Hanni
Honig

HANNI MÜNZER

Honigland
Am Ende der Nacht

ROMAN

PIPER

Mehr über unsere Autorinnen, Autoren und Bücher:
www.piper.de

Wenn Ihnen Roman gefallen hat, schreiben Sie uns unter Nennung des Titels »Honigland« an *empfehlungen@piper.de*, und wir empfehlen Ihnen gerne vergleichbare Bücher.

Von Hanni Münzer liegen im Piper Verlag vor:

Die Honigtot-Saga:
Band 1: Honigtot
Band 2: Marlene

Die Seelenfischer-Tetralogie:
Band 1: Die Seelenfischer
Band 2: Die Akte Rosenthal – Teil 1
Band 3: Showdown – Die Akte Rosenthal – Teil 2
Band 4: Das Hexenkreuz – Die Vorgeschichte zu »Die Seelenfischer«

Die Schmetterlings-Reihe:
Band 1: Solange es Schmetterlinge gibt (Eisele Verlag)
Band 2: Unter Wasser kann man nicht weinen

Die Heimat-Saga:
Band 1: Heimat ist ein Sehnsuchtsort
Band 2: Als die Sehnsucht uns Flügel verlieh

Am Ende der Nacht:
Band 1: Honigland
Band 2: Honigstaat

Inhalte fremder Webseiten, auf die in diesem Buch (etwa durch Links) hingewiesen wird, macht sich der Verlag nicht zu eigen. Eine Haftung dafür übernimmt der Verlag nicht. Wir behalten uns eine Nutzung des Werks für Text und Data Mining im Sinne von § 44b UrhG vor.

ISBN 978-3-492-06396-8
© Piper Verlag GmbH, München 2023
Redaktion: Myriam Welschbillig
Satz: Uhl + Massopust, Aalen
Gesetzt aus der Adobe Devanagari
Druck und Bindung: CPI Books GmbH, Leck
Printed in the EU

DRAMATIS PERSONAE

*historische Persönlichkeiten
sind mit einem * gekennzeichnet.*

Die Bewohner von Gut Tessendorf:
*Marguerite (Daisy) von Tessendorf, eine junge Frau, die die Wolken spüren will
Ludwig (Louis) von Tessendorf, Daisys Bruder und bester Freund
Violette von Tessendorf, ihre jüngere Schwester
Yvette von Tessendorf, ihre französische Mutter
Kuno von Tessendorf, ihr weltfremder Vater
Hagen von Tessendorf, Sohn Kunos aus erster Ehe. Ein Maulheld.
Elvira von Tessendorf, seine Frau
Sybille von Tessendorf, Großmutter von Daisy, Louis und Violette. Führt die Familie vom Rollstuhl aus mit eiserner Hand.
Waldo von Tessendorf, Sybilles exzentrischer Schwager
Winifred und Clarissa von Tessendorf, Waldos unverheiratete Schwestern
Franz-Josef, Sybilles vornehmer Kammerdiener
Hermine (»Mitzi«) Gotzlow, Daisys beste Freundin
Theres Stakensegel, Mitzis Tante und gelegentliche Heimsuchung, Kochmamsell*

*Stanislaus »Zisch« Krejčínejznámíjšítující, übellauniger
   Stallmeister*
Nereide, Daisys geliebte Stute
Monsieur Fortuné, Yvettes Mops

Andere:
Willi Hauschka, Louis' Freund
Antoine de Saint-Exupéry*, Pilot und Schriftsteller
Marie la Sainte, Pariser Bordsteinschwalbe
Henry Prudhomme Roper-Bellows, ein britischer Gentleman
Hugo Brandis zu Trostburg, Diplomat
Eugen Mendel senior, Advokat
Martin Mendel junior, auch Advokat
Adelaide Kulke, eine Seelsorgerin
Bertha Schimmelpfennig, gen. die rote Olga
*Lotte Schimmelpfennig, ihre Schwester und angehendes
   Filmsternchen*

Reichskanzlei und Diverse
Paul von Hindenburg*
Wedige von der Schulenburg*, Hindenburgs Adjutant
Albert Speer*, Hitlers Architekt
Adolf Hitler*

SS-Mannen und Diverse
Hermann Göring*, Reichstagspräsident
Joachim von Ribbentrop*, Sekthändler
Hubertus von Greiff, Hauptmann der Polizei

*Den unbekannten Heldinnen gewidmet,
deren Geschichten nie erzählt wurden…*

> Nichts ist schwerer und nichts erfordert mehr
> Charakter, als sich in offenem Gegensatz zu seiner
> Zeit zu befinden und laut zu sagen: NEIN!
>
> Kurt Tucholsky

Ich träumte vom Gesang der Amsel am Morgen,
doch was ich hörte, war die Stille.
Ich träumte vom Mond in seinem silbernen Glanz,
doch was ich erblickte, war das Dunkel.
Ich träumte von der Sonne an einem leuchtenden
Himmel,
doch das, was ich fühlte, war Leere.
Ich träumte den Traum vom Honigland.
Ich träumte den Traum vom Ende der Nacht.

Prolog

Jedes Leben ist auf seine Weise einzigartig. Unsere Erwartungen hingegen ähneln einander: unvergängliche Liebe, ein schönes Heim, gesunde Kinder und möglichst wenig Stürme. Wer träumt nicht davon?

Deshalb Hand aufs Herz: Wenn Ihnen das Schicksal die Wahl zwischen einem ruhigen und einem turbulenten Leben ließe, wie würden Sie sich entscheiden?

Falls Sie zu Ersterem tendieren, würde ich fast dazu raten, dieses Buch mit meiner Geschichte zurück ins Regal zu stellen. Ich will Sie keinesfalls auf einem wilden Ritt durch mein abenteuerliches Leben aus dem Sattel stürzen.

Als ich 1911 auf einem herrschaftlichen Rittergut in Westpommern geboren wurde, herrschten in Europa Kaiser, Könige und ein Zar. Die Menschen waren Untertanen, die Frauen meiner Gesellschaftsschicht dienten als bloßes Beiwerk, fest eingeschnürt in Korsette und Konventionen, und für Mädchen galten strenge Regeln – die ich alle gebrochen habe. Meine Erziehung umfasste sittsames Benehmen und Konversation, Musik (Harfe, Klavier, Gesang), Sprachen und Geschichte, ein bisschen hiervon, ein bisschen davon, im Ganzen wurde mir ein Fingerhut Allgemeinwissen zugestanden. Ich lernte, damenhaft zu schreiten, wie man mustergültig einen wehrlosen Helgoland-Hummer zerschnippelt und unauffällig vornehm eine Gräte in die Serviette spuckt. Vom Leben wusste ich nichts. In meiner Generation wurden wir für ein Leben an der Seite eines Ehemanns präpariert. Zweckmäßig wird uns dafür eine Aussteuerkommode mit Geschirr und Bettwäsche bereitgestellt, wofür wir auf diversen Veranstaltungen wie Zuchtstuten herumgereicht werden, um uns einen Gatten zu angeln, der ein paar Nachkommen zeugt, Stammhalter bevorzugt. Ende der Geschichte. Meine hingegen beginnt damit erst.

Das Dilemma ist, dass ich selbst lange Zeit brauchte, um mich überhaupt für irgendetwas zu entscheiden. Natürlich wusste ich genau, was ich wollte. Bloß, dass es jeden Tag etwas anderes war. Mein Kopf steckte in den Wolken, und ich ließ mich gerne treiben, sagte manchmal Ja, um die Erwartungen anderer zu erfüllen. Meine eigenen Erwartungen erforschte ich nicht. Erst spät lernte ich, dass Entscheidungen bestimmen, wer wir sind. Wer wir sein wollen.

Zu dieser Zeit wurde ich bereits in das unmittelbare Weltgeschehen hineingezogen, und ich bin ihnen allen begegnet: den Großen, den Kleinen und den Kleinkarierten, der kaiserlichen Familie, dem alternden Hindenburg, dem Hitler und seinen Satelliten, ich wurde zur Spionin, habe Leben gerettet und Leben genommen. Ich traf Künstler, Fantasten und Abenteurer, ich lebte in Berlin, Rom und Paris. Dabei kannte ich weder meinen Weg noch das Ziel. Aber am Ende kam ich dennoch an: Die Liebe hat mich geführt.

Dies ist meine Geschichte.

TEIL 1

Daisy im Honigland

Kapitel 1

Gut Tessendorf, Pommern, Juni 1928

Marguerite von Tessendorf, von allen Daisy genannt, nahm in undamenhafter Hast die breite Treppe, schwenkte nach rechts und überrannte dabei fast das Stubenmädchen mitsamt dem Wäschekorb. Ohne innezuhalten, rief Daisy ihr ein »Pardon« zu und fegte weiter den Flur entlang, der in den Westflügel führte. Dort riss sie eine Tür auf, schlug sie hinter sich zu und lehnte sich schwer atmend dagegen.

Ihr älterer Bruder Louis blickte von seinem Schreibtisch hoch. »Oje, Daisy! Was hast du jetzt wieder angestellt?« Allzu beunruhigt wirkte er nicht, er war die temperamentvollen Auftritte seiner sechzehnjährigen Schwester gewohnt.

»Ich habe mich verlobt!«, platzte es aus ihr heraus.

»Potzblitz! Wer ist denn der Glückliche?«

»Hugo«, wisperte Daisy und sah gar nicht glücklich aus.

»Zu Trostburg? Der Diplomat aus Wien? Großmutter rechnet sicher schon die Vermögen unserer Familien zusammen, Vater wird wie stets geistesabwesend nicken, während sich unsere Mutter kopfüber in pompöse Hochzeitsvorbereitungen stürzen wird. Unsere kleine Violette wird sich auf ein neues Kleid freuen, und unser missgünstiger Halbbruder Hagen entzündet eine Kerze, damit du möglichst keine Söhne bekommst, die sein Erbe schmälern.«

»Söhne?« Daisy riss die Augen auf. »Daran habe ich noch gar nicht gedacht. Ehefrauen bekommen Kinder!«

»In der Regel. Es funktioniert aber auch ohne Trauschein«, bemerkte Louis trocken.

Daisy sah nun aus, als hätte sie vergorene Milch geschluckt. Ihr Blick fiel auf den funkelnden Saphir an ihrem Finger. Und schlagartig fühlte sich die Stelle heiß an, als würde ihr Finger vor Hitze schmelzen. Hektisch versuchte sie, den Ring abzustreifen. Doch das Schmuckstück, das zuvor willig über ihren Finger geglitten war, ließ sich nicht abziehen.

»Hilf mir!«, rief Daisy panisch.

Louis setzte der Qual seiner Schwester ein Ende, indem er in sein Badezimmer eilte und mit einem Stück angefeuchteter Seife zurückkehrte.

Sekunden darauf hielt er das Schmuckstück ins Tageslicht. »Hübsch und teuer. Warum hast du Ja gesagt?«

Daisy zuckte mit der Schulter. »Hugo hatte alles perfekt arrangiert. Ein Picknick am See, Erdbeeren und Champagner. Und vom Baum regnete es Rosenblätter.«

»Wie können aus einem Baum Rosenblätter regnen?«

»Hugo hatte extra seinen Kammerdiener oben platziert.«

»Wie schlau von ihm, er lässt klettern. Wenn das Schule macht. Und weiter?«

»Er ging in die Knie, hielt mir die Schmuckschachtel unter die Nase, und ich sagte Ja, bevor ich richtig begriff, was gerade geschah. Es war wie in einem Traum.«

»Herrje, Daisy! Wie oft habe ich dir das schon gepredigt: Erst denken, dann handeln! Entscheidungen bestimmen, wer wir sind. Selbst die banalste hat Konsequenzen. Oh, und bevor ich es vergesse: Gratulation zu deiner Verlobung, kleine Schwester.« Louis grinste breit.

»Aber ich will ja gar nicht heiraten! Ich will reisen und die Welt sehen!«

»Deswegen würde ich mir keine Sorgen machen«, erklärte Louis pragmatisch. »Hugo ist prädestiniert für eine Diplomatenkarriere. Du wirst ihn auf seinen Reisen begleiten.«

»Aber dann muss ich dahin, wohin man ihn schickt. Am Ende lande ich irgendwo in den Karpaten und zähle Bären!«

»Dann, kleine Schwester, hättest du im richtigen Moment Nein sagen müssen.«

»Danke, das weiß ich jetzt auch«, meinte Daisy deprimiert und ließ sich aufs Bett fallen. Sie tippte auf den sternförmigen Leberfleck an ihrer Wange. Als Kind hatte sie ihn lange Zeit als Makel empfunden, weil der Pfarrer in einer Sonntagsrede Teufelsmale erwähnt und als Zeichen des Bösen gebrandmarkt hatte. Vielleicht stimmte es, dass sie das Unglück anzog. Sie geriet irgendwie von einem Schlamassel in den anderen – als Kind war sie in die Silage und in den Brunnen gefallen, im Winter im Eis des Teichs eingebrochen. Dabei hatte sie stets auch ihre Retter in Gefahr gebracht. Bis heute befiel sie ein Zittern, wenn sie an jenen furchtbaren Tag zurückdachte, als sie mit ihrem Pony Fee gestürzt war und das arme Tier sich das Vorderbein gebrochen hatte. Seither trug sie Fees Hufnagel immer bei sich, als Mahnung und Erinnerung.

Ihrem Vater Kuno, klug, wie er war, blieben die Seelenqualen seiner Tochter nicht verborgen, und er machte das Sternenmal als deren Ursache aus. Er konnte sein kleines Mädchen davon überzeugen, ihr Mal sei keineswegs ein Makel, sondern markiere ihren klügsten Punkt. Sie müsse ihn nur berühren, und schon würden ihr gescheite Gedanken zufließen.

Jetzt dämmerte Daisy, mit der Verlobung eine gewaltige Dummheit begangen zu haben.

»Was mache ich bloß?« Sie senkte den Blick und betrachtete ihre Stiefeletten, als trügen sie die Schuld an ihrem neuesten Desaster. Louis platzierte den Ring auf Ovids *Metamorphosen*, aus deren Lektüre Daisy ihn so rüde herausgeholt hatte.

»Wo ist Hugo jetzt?«, erkundigte er sich.

»Er spricht in der Bibliothek mit Vater.«

»Dann geh hin und gestehe die Wahrheit.«

»Was denn für eine Wahrheit?«

»Dass du nicht vorhast, dein Leben an einen Mann zu binden. Dass du lieber frei sein willst.«

Daisy kniff ein Auge zu. »Ernsthaft? Das soll ich sagen?«

»Nein, natürlich nicht.« Louis feixte. »Erkläre Hugo, sein Antrag hätte dich überwältigt. Aber du hättest aufgrund deiner Jugend inzwischen Zweifel an deinem Jawort bekommen. Tu geniert und flattere ein wenig mit den Lidern.«

»Ich soll das unschuldige Dummchen spielen?«

»Das bekommst du doch sonst auch glänzend hin.«

»Hmm«, machte Daisy und schnipste ein eingebildetes Staubkorn von ihrem Tweedrock. »Ich fürchte, ich habe Hugo auch ein wenig gekränkt …« Sie flatterte mit den Lidern.

»Oje, was hast du noch verbrochen?«

»Nach dem Ja wollte er mich küssen.« Daisy ahmte seinen schmachtenden Ton nach: »O Daisy, du machst mich zum glücklichsten Mann auf Erden.« Im Normalton fuhr sie dann fort: »Hugo hat seinen Mund geschürzt wie ein Karpfen, ehrlich, es war, als küsste mich ein Fisch. Und sein Schnurrbart kitzelte. Niemand hätte sich da das Kichern verkneifen können.« Daisy sah ihren Bruder eindringlich an. »Am Ende rannte ich ihm davon. Kurz darauf sah ich Hugo mit Vater in der Bibliothek verschwinden. Denkst du, er hält bei ihm um meine Hand an?« Daisy knabberte nervös an ihrem Daumennagel.

»Mit Sicherheit«, bestätigte Louis.

»Was soll ich jetzt bloß tun?«

»Frag nicht mich, frag dich, Daisy! Du musst lernen, für dich selbst einzustehen. Eine Entscheidung ist eine Entscheidung, egal ob falsch oder richtig.«

»Aber keine treffen zu wollen ist doch auch eine Form der Entscheidung, nicht wahr?«

»Sicher, aber das ändert nichts an deiner misslichen Situation. Außer, du heiratest Hugo.«

»Unmöglich!«, sagte Daisy aus tiefster Überzeugung.

Pferdegetrappel und das Quietschen von Rädern kündeten von der Ankunft einer Kutsche. Daisy stürzte zum Fenster, und beim Anblick des Einspänners erhellte sich schlagartig ihre Miene. »Großmutter ist zurück! Sie wird das mit Hugo für mich regeln.«

Louis rang resigniert die Hände. »Himmel, Daisy. So lernst du nie, für das einzustehen, was du verbockt hast.«

»Aber ich tue Großmutter damit einen Gefallen. Unser aller Schicksal zu lenken ist ihr Lebensinhalt, nicht wahr?«

»Du bist unverbesserlich.«

Kapitel 2

August 1928

> Kein Ding sieht so aus, wie es ist. Am wenigsten der Mensch, dieser lederne Sack voller Kniffe und Pfiffe.
>
> Wilhelm Busch

Franz-Josef, wissen Sie, wo meine Schwester Daisy steckt?«, erkundigte sich Louis beim Butler seiner Großmutter Sybille.

»Sie wollte mit ihrer Staffelei zur Obstwiese, Herr Graf.«

Louis hatte es schon längst aufgegeben, den vornehmen Butler seiner Großmutter darauf hinzuweisen, dass er kein Graf war. Franz-Josef verharrte eisern in seiner Rolle als ehemaliger Haushofmeister in der Wiener Hofburg, und er trat ebenso standesbewusst auf wie sein Namensvetter, der verstorbene österreichische Kaiser. Mit derselben Entschlossenheit hielt er daran fest, seine Herrschaft Sybille von Tessendorf mit »Durchlaucht« anzureden, und im Gegensatz zu ihrem Enkelsohn hatte die nichts daran auszusetzen. Darüber hinaus fungierte Franz-Josef als Sybilles drittes Auge und Ohr. Es entging ihm nichts. Sei es ein nächtlich umherschleichender Diener auf dem Weg zum Stubenmädchen, ein Fleck auf der Silberplatte oder das Geschwisterpaar Louis und Daisy, das einen Streich ausheckte.

Louis bedankte sich für die Auskunft und verließ das Haus

über die Terrasse. Am Fuß der Treppe zum Garten lief er seiner Schwester Violette in die Arme. Sie trug ihr weißes Tenniskleid und schwang einen Schläger. »Louis! Spielst du eine Partie mit mir?«

»Das geht gerade nicht. Ich muss mit Daisy reden.«

»Immer hast du Zeit für Daisy, aber nie für mich«, schmollte die Zwölfjährige.

»Na schön.« Er gab nach, denn so ganz unrecht hatte sie nicht. »In einer halben Stunde, in Ordnung? Bis dahin kannst du ein paar Aufschläge üben.« Ein strahlendes Lächeln war seine Belohnung.

Daisy hatte ihre Staffelei in den Schatten eines Apfelbaums gerückt. »Also wirklich, Nereide«, hörte Louis sie mit ihrem Pferd schimpfen. »Kannst du nicht wenigstens eine Minute ruhig stehen?« Aber die hübsche Trakehner Stute fand das Fallobst weitaus interessanter, als ihrer Herrin Modell zu stehen. Emsig stöberte sie im Gras umher, so weit es ihre Schleppleine erlaubte.

Louis musste schmunzeln und schaute Daisy über die Schulter. Die gespannte Leinwand zeigte zwar kaum mehr als eine vage Skizze, und trotzdem war es eindeutig Nereide, die darauf Gestalt annahm.

»Heute naturalistisch unterwegs? Hast du dem Expressionismus abgeschworen?«

»Wenn sie nicht aufpasst, male ich ihr ein drittes Auge auf die Stirn wie bei einem Zyklop. Und ein fünftes Bein«, grummelte Daisy. Sie steckte ihr Zeichengerät weg. »Komm, das wird heute nix mehr, und allmählich wird es zu warm. Gehen wir einen Happen essen? Ich bin halb verhungert.«

»Wie kann das sein? Wir haben gerade erst gefrühstückt.«

»Aber das war um sieben Uhr!«

»Eben, und jetzt ist es halb zehn.«

Daisy seufzte. »Meinem Magen zufolge ist es längst Mittagszeit.« Sie ging zu ihrem Pferd und band es los. »Du hattest genug, du Vielfraß. Ab auf die Koppel.« Nereide protestierte mit einem leichten Schnauben, folgte ihr jedoch willig.

Louis packte Daisys Staffelei zusammen und schlenderte neben ihr her. Sie blickte schräg zu ihm rüber. »Warum hast du mich gesucht?«

»Wegen Hugo, ich ...«

»Was? Ist er da?« Daisy blieb abrupt stehen.

»Nein. Und wenn du mich ausreden ließest, hättest du dir den Schreck erspart. Ich möchte dir einen Vorschlag machen.«

***

Zehn Tage später lag Daisy mit der Flinte im Anschlag im Schilf und wartete darauf, dass ihr das Mittagessen vor die Kimme geriet. Seit einer Woche waren Louis und sie nun mit ihren Faltbooten auf der Havel unterwegs, ihr Proviant ging zur Neige, und sie hatte mittlerweile so viel angelfrischen Fisch konsumiert, dass es sie wenig gewundert hätte, wären ihr Flossen gewachsen. Sie hatte nie vorgehabt, Louis auf seiner lange geplanten Tour durch die Brandenburger Seenlandschaft zu begleiten. Gewiss, sie mochte frische Luft, den Wald und die freie Natur, zog es jedoch in der Regel vor, all diese Annehmlichkeiten auf dem Rücken ihres Pferdes zu genießen. Nach dem Skandal um die gelöste Verlobung mit Hugo Brandis zu Trostburg hatte Louis sie jedoch zu dieser Bootstour überreden können. Tatsächlich taten ihr der Tapetenwechsel und die räumliche Distanz wohl. Es lüftete ihren Kopf aus. Trotzdem hielt Hugo noch einen großen Teil davon besetzt, sie musste nur seinen Namen denken, und ihr Magen verschlang sich zu einem Knoten.

Außerhalb der Familie hätte niemand von ihrer Ver- und Entlobung erfahren müssen, doch Hugo hatte es kaum erwarten können, die Verlobung überall hinauszuposaunen. Anders als von Daisy angenommen, dachte ihre Großmutter gar nicht daran, ihr aus der Patsche zu helfen.

»Bist du deppert?«, hatte die gebürtige Wienerin angemerkt, die rechte Augenbraue hochgezogen. »Wer Ja sagt, kann auch Nein sagen. Entweder du heiratest den Mann, oder du erklärst ihm, dass du ihn nicht willst. Du hast dir dein Problem selbst geschaffen, Marguerite. Löse es auch selbst. Servus.« *Servus* bedeutete stets Rauswurf, und Daisy hatte sich wohl oder übel getrollt.

Die Angelegenheit in Ordnung zu bringen erwies sich jedoch als weit schwieriger als angenommen. Denn Hugo Brandis zu Trostburg weigerte sich, Daisys Sinneswandel hinzunehmen. Jegliches Argument, welches sie gegen ihre Heirat ins Feld führte, wischte er sogleich vom Tisch. Brachte sie vor, sie fühle sich noch zu jung, um jetzt schon eine Ehe einzugehen, lächelte er und sagte, da müsse sie sich nicht sorgen, älter würde sie schließlich von allein, und deshalb sei es klug, sie überließe ihm, dem Erfahreneren, die Entscheidung, da sie selbst so unentschlossen sei. Wandte sie ein, sie liebe ihn nicht, erwiderte er, die Liebe würde mit der Zeit entstehen, sobald sie ihn und seine Vorzüge besser kennenlerne. Erklärte sie, das würde nicht geschehen, weil Liebe niemals ein Umstand von

Vorzügen sei, entgegnete er, in diesem Falle würde seine Liebe für sie beide genügen. Daisy brandete gegen eine Mauer aus männlicher Arroganz und Ignoranz, die in einer Verlobungsanzeige in der auflagenstarken *Berliner Illustrierten Zeitung* gipfelte, die Hugo ohne ihr Wissen in Auftrag gegeben hatte.

Noch am selben Tag trudelten erste Glückwünsche von Verwandten und Bekannten zu dieser Verbindung ein. Daisy konnte es nicht fassen. Als Hugo gut gelaunt erschien, im Glauben, alles stehe zum Besten und seine Verlobte sei ihm dafür dankbar, dass er klare Verhältnisse geschaffen habe, ging ihm Daisy fast an die Gurgel.

Selbst Hugo dämmerte es dann, dass Daisy sich nicht nur ein wenig zierte. Sein Gleichmut fiel von ihm ab.

»Du hysterische Ziege! Du hast mich mit der Verlobungsanzeige der Lächerlichkeit preisgegeben!«

»Ach, jetzt bin ich schuld?«, entgegnete Daisy hitzig. »Ich bin es schließlich nicht gewesen, die zum Anzeiger gerannt ist! Schon allein, wie du dich jetzt aufführst, zeigt mir, dass ich gut beraten bin, dich nicht zu heiraten. Du bist kein nobler Mann.«

»Ach, und wer berät dich in dieser Frage? Etwa dein verzärtelter Dichter-Bruder?«

Sie warfen sich noch vieles an den Kopf. Auch eine venezianische Vase fiel dem Streit zum Opfer. Daisys Temperament kannte viele Ausprägungen.

Allerdings konnte auch diese hässliche Szene nicht an Hugos Überzeugung rütteln, dass er der beste Mann für sie sei und Daisy das mit der Zeit schon noch begreifen würde. So einfach wurde sie ihn nicht los, und die nächsten Wochen verfolgte er sie regelrecht.

Hätte Daisy es nicht besser gewusst, sie hätte vermutet, Hugo habe in Hagen von Tessendorf, Louis' und ihrem Halbbruder aus der ersten Ehe ihres Vaters Kuno, einen Verbündeten. Aber Hagens primäres Interesse galt seinem eigenen hohlen Ich. Wahrscheinlich verdiente sich einer der zahlreichen Dienstboten etwas dazu, indem er Hugo mit Informationen über sie fütterte. Unangemeldet kam Hugo nach Tessendorf, passte sie bei ihrem morgendlichen Ausritt ab, und sie konnte keine Gesellschaft und keinen Tanztee mehr besuchen, ohne dass er ebenfalls dort auftauchte, sich als ihr Verlobter aufspielte und in dieser Eigenschaft nicht von ihrer Seite wich.

Mutter Yvette nahm die Tochter schließlich beiseite. »*Chérie*«, erklärte sie mit ihrem charmanten französischen Akzent, »du hast 'Ugos Eitelkeit verletzt.«

»Was kann ich tun, Maman?«

»Nichts. Du kannst nur abwarten und darauf hoffen, dass bald eine andere Frau deine Stelle einnehmen wird. Oder ein neuer Mann in dein Leben tritt, der 'Ugo Paroli bieten kann. Meiner Erfahrung nach kann ein Mann es viel eher akzeptieren, wenn er durch einen anderen ersetzt wird, als wenn die Frau ihn nicht will.«

Und deshalb lag Daisy nun inmitten der Brandenburger Einsiedelei am Rande eines Weihers auf der Lauer. Eine Wildente rückte in ihr Visier. Sie spannte den Hahn, krümmte bereits den Finger, als hinter ihr ein Zweig vernehmlich knackte. Daisy zuckte zusammen, der Schuss ging los und verfehlte sein Ziel beträchtlich. Die Ente ergriff quakend die Flucht.

Daisy rollte herum und fand sich einer jungen Frau mit Rucksack und geschultertem Gewehr gegenüber. Dichtes dunkles

Haar umrahmte ein frisches und freundliches Gesicht. »Verzeihung«, sagte die Fremde. »Ich habe Sie nicht erschrecken wollen. Aber ich wäre beinahe über Sie gestolpert.«

»Keine Ursache. Die Ente freut's. Und ich kriege keine nassen Füße.« Daisy rappelte sich auf und zupfte diverses Grün von ihrer Kleidung.

»Pardon, ich bin Margret«, stellte sich die Frau ihr vor.

Daisy musste grinsen. »Angenehm, und ich bin Marguerite. Was führt Sie in die Einsamkeit, Margret. Außer der Jagd?«

»Unsere Hochzeitsreise«, erteilte Margret bereitwillig Auskunft. »Mein Mann und ich sind mit unseren Booten vom Spandauer Schiffskanal aus gestartet.«

»Oh, von dort sind wir auch losgefahren!«, rief Daisy.

»Sind Sie ebenfalls mit Ihrem Mann unterwegs?«

»Nein, mit meinem Bruder Louis. Um der Wahrheit Genüge zu tun, dieser Ausflug ist sein Einfall gewesen. Ich glaube nicht, dass ich für ein Leben unter freiem Himmel geschaffen bin. Die Stechmücken sind einfach grauenvoll.« Daisy schlug nach einer Schnake, die summend ihren Kopf umschwirrte.

Margret nickte mitfühlend, aber auch ein wenig belustigt. Daisys Gespür für Menschen war wenig ausgereift. Dennoch begriff sie, dass Margret bei der Wahl zwischen den Annehmlichkeiten der Zivilisation und dem, was die Natur zu bieten hatte, sich jederzeit für Letzteres entschieden hätte.

»Bitte denken Sie jetzt nicht falsch von mir. Ich mag die Seen, die Wälder, den endlosen Himmel und die Weite. Aber diese drückende Einsamkeit! Sie sind der erste Mensch, dem ich seit einer Woche begegne. Ach, ich vermisse mein Pferd«, schloss Daisy mit einem Stoßseufzer.

Ihr Gegenüber lachte hell auf. »Albert und ich mögen beide diese Einsamkeit. Genau darum sind wir hier.«

»Ja, Sie sind ja auch frisch verheiratet!« Daisy biss sich auf die Unterlippe. »Das war jetzt ungehörig, oder? Bitte stören Sie sich nicht an meinem Geplapper. Ich trage mein Herz auf der Zunge. Das sagt jeder.«

»Ich mag das. Es ist erfrischend.«

»Ha! Erklären Sie das mal meinen beiden Tanten. Die finden mich einfach unmöglich.«

Den Abend verbrachten sie zu viert am Lagerfeuer, grillten Forellen, die Louis geangelt hatte, während Daisy auf Entenpirsch lag, und buken Kartoffeln in der Glut, an denen sie sich die Finger verbrannten. In Gesellschaft schmeckte Daisy sogar der Fisch wieder. Sie verstand sich mit Margret, und sie entdeckten einiges an Gemeinsamkeiten wie die Liebe zum Theater.

Albert und Louis hingegen schwelgten zunächst in der Liebe zur Natur und der Glückseligkeit, die ihnen das einfache Leben in Zelt und Hütte verschaffte. Nachdem sie eine Zeit lang das Grandiose der Einsamkeit beschworen hatten, wandte sich ihr Gespräch Alberts Beruf zu. Er hatte kürzlich in Berlin beim bekannten Architekten und Hochschullehrer Heinrich Tessenow eine Stelle als Universitätsassistent angetreten. Louis lauschte Alberts Ausführungen mit großer Begeisterung. Dieser Mann hatte Visionen!

Am nächsten Morgen trennten sich die Zufallsbekanntschaften voneinander. Sie tauschten Adressen aus und versprachen sich, in Kontakt zu bleiben.

Kapitel 3

> Die Bösen, das sind immer die anderen.
>
> Annemarie Sadler

Nach drei Wochen in freier Natur rebellierte Daisy. Sie sehnte sich nach Lärm und Zivilisation, nach Ausritten auf Nereide, nach Lachen und Herumalbern mit Mitzi und nicht zuletzt nach warmem Pflaumenkuchen mit Sahne. So kehrten sie früher als geplant nach Gut Tessendorf zurück und gerieten mitten hinein in eine gewaltige Aufregung. Im Herrenhaus war eingebrochen worden!

Der Dieb hatte nachts das Fenster der Schreibstube aufgehebelt und sich mit der Geldkassette des Rentmeisters Otto Hauschka aus dem Staub gemacht. Aus dem Geld der Kasse wurden die meisten Dinge des täglichen Bedarfs bestritten. Ob Küchenmamsell Theres Stakensegel einen neuen Kochtopf benötigte oder Louis ein Fässchen Tinte und Briefmarken, sie mussten sich den Betrag bei Hauschka abholen.

Daisy kannte Rentmeister Hauschka als einen Mann, der allen Widrigkeiten des Lebens mit unerschütterlicher Gelassenheit begegnete, sei es die Maul- und Klauenseuche, eine brennende Scheune oder die wilden Streiche seines Sohnes Willi. Aber nun war er außer sich. Ihrer Familie diente er seit dreißig Jahren zuverlässig als Verwalter aller Tessendorf-Güter, und im Einvernehmen mit Patriarchin Sybille von Tessendorf zog er bereits seinen Sohn Willi für diese verantwortungsvolle Position heran.

Freilich war schon früher das ein oder andere auf dem Gut abhandengekommen. Aber nie zuvor hatte sich ein Räuber ins Haus geschlichen und Geld entwendet. Die Polizei ermittelte.

Clarissa und Winifred von Tessendorf, die Schwestern von Daisys verstorbenem Großvater Wilhelm, hatten die Schuldigen indessen längst ausfindig gemacht: fahrendes Volk. Acht bunt bemalte Wagen parkten zu einem Kreis gruppiert auf dem Dorfanger. Sie kamen in jedem September, ausgenommen die Jahre des Krieges. Abends würde das fahrende Volk ein großes Lagerfeuer entzünden. Wenn die Glut heiß genug brannte und Funken in den Nachthimmel stiegen, holten die Männer ihre Geigen hervor, die jungen Frauen ihre Tamburine, und der Tanz begann. Schon jetzt fieberte Daisy dem Moment entgegen, sich wie im Vorjahr barfuß unter sie zu mischen.

»Die sind das gewesen, die Zigeuner!« Sofort bei ihrer Ankunft hatte sich Clarissa auf Daisy gestürzt.

»Unmöglich, dass man ihnen erlaubt hat…« Winifred rang vor Empörung nach Luft.

Clarissa sprang wie gewohnt für sie ein: »Ja, unmöglich, dass man sie auf der Dorfwiese ihr Lager aufschlagen lässt! Fast unter unseren Augen. Was hat sich der Bürgermeister nur dabei gedacht!«

»Ja, was hat er sich nur dabei gedacht? Der Mann ist untragbar. Er gehört seines Amtes enthoben!«, echote Winifred.

Die Schwestern, die ihr Leben der Mildtätigkeit widmeten, waren selten milde in ihrem Urteil.

Daisy gab meist nichts auf das Gerede der Echo-Schwestern. Aber heute entfachten sie ihren Ärger. »Auch unter den Zigeunern stehlen nur die Diebe! Denkt mal darüber nach, liebe Tanten!« Sie knickste schief und folgte Louis rasch ins Haus.

Wie die Tanten dachten viele, und die bunten Wagen wurden als Erstes von den Polizisten durchsucht. Auch einige Dorfbewohner beteiligten sich daran, unter ihnen Willi Hauschka, der Sohn des Rentmeisters.

»Unsere Polizei ist ein Haufen unfähiger Idioten«, beschwerte sich Willi noch zwei Tage darauf bei Louis. Die Jugendfreunde hatten am Tessensee flache Steine aufgelesen und sie über die Oberfläche tanzen lassen, sich danach voll bekleidet ins Wasser gestürzt und waren bis zum Bootshaus um die Wette geschwommen. Jetzt lagen sie nackt auf den sonnenwarmen Stegplanken, während ihre Kleider trockneten.

»Was sollen sie deiner Ansicht nach tun?«, fragte Louis träge. Die Wärme lag angenehm auf seiner Haut und ließ seine Gedanken langsamer fließen.

»Sie hätten sich auch die Häuser im Dorf vornehmen müssen!« Willi setzte sich auf. Er fand noch einen flachen Stein, aber anstatt diesen geschmeidig über die Oberfläche hüpfen zu lassen, schleuderte er ihn wütend ins Wasser.

Louis drehte sich bäuchlings zu ihm. »Komm, Willi«, meinte er beschwichtigend. »Es wurde nur Geld entwendet und kein Mord begangen. Soll die Polizei etwa wie marodierende Soldateska in die Häuser einfallen?«

»Sonst sind die Prügelbullen doch auch nicht zimperlich.«

»Meinst du nicht, du nimmst die Sache ein wenig zu persönlich? Zumal es nicht euer eigenes Geld gewesen ist.« Louis formulierte vorsichtig und sprach in versöhnlichem Ton. Seit Jahresbeginn war zunehmend eine Spannung zwischen ihn und Willi getreten, deren Ursächlichkeit sich ihm entzog. Sie hatten fast ihre gesamte Kindheit gemeinsam verbracht und waren zusammen mit der fast gleichaltrigen Daisy und ihrer Freundin Mitzi auf dem Gut aufgewachsen. Im Sommer badeten sie zu viert im See, stauten Bäche und fingen Kaulquappen, kletterten auf Bäume und bauten sich am Rand der Lichtung der schlafenden Riesen eine Hütte im Wald. Oder Willi und er spielten Banditen, die zwei Prinzessinnen entführten, wobei sie sich meist mit Mitzi in die Haare gerieten, die viel lieber ein Räuber als eine schwache Prinzessin sein wollte, während Daisy dies Joppe wie Hose fand. In den langen Wintern lieferten sie sich ausgelassene Schneeballschlachten, fuhren Schlitten oder liefen Schlittschuh auf dem Tessensee und schlugen Löcher ins Eis, um zu angeln. Sie hingen beisammen wie ein vierblättriges Kleeblatt. Doch als die Schwelle des Erwachsenwerdens näher rückte, gingen die heranwachsenden Jungen und Mädchen immer häufiger getrennte Wege. Willi hatte seinen Anteil an der Entfremdung von den Mädchen, weil er sich darin gefiel, Daisy und Mitzi zu provozieren – fast, als müsse er ihnen gegenüber plötzlich seine Männlichkeit beweisen. Louis sah sich des Öfteren veranlasst, zwischen den dreien zu schlichten.

»Mein Vater ist bestohlen worden!«, riss Willi jetzt Louis rüde aus dessen Gedanken. »Wie zur Hölle sollte ich das nicht persönlich nehmen?« Er sprang auf und fuhr in seine Hose.

»Was tust du?« Louis blinzelte hoch zu seinem Freund, fast ein wenig benommen vom Sommer der Erinnerung.

»Nach was sieht's denn aus? Ich gehe!« Willi stapfte wütend davon, sodass der hölzerne Steg unter seinen nackten Sohlen erzitterte.

***

Etwa zur gleichen Stunde sah sich Daisy mit dem langjährigen Stallmeister Stanislaus Zisch in eine Auseinandersetzung verstrickt. Der Tscheche hieß nicht wirklich Zisch. Aber sein eigentlicher Name war länger als ein Lindwurm, gespickt mit einer Unzahl von s und z und ein unüberwindliches Hindernis für normale Zungen. Menschen begegnete Zisch grundsätzlich mundfaul, und wenn Worte unvermeidlich wurden, konnte nach seiner Auffassung das Wesentliche auch im Streit gesagt werden. Ein ruhiges Gespräch mit ihm erwies sich genauso als ein Ding der Unmöglichkeit, wie ihn in ein Automobil zu zwingen, die er allesamt für Ausgeburten der Hölle hielt. Er redete im Grunde nur mit seinen Pferden, dies allerdings mit einer erstaunlichen Ruhe und Sanftheit.

In der Pferdewelt galt Zisch als Koryphäe. Sein Ruf reichte weit über Westpommern hinaus, weshalb auch seine beständige Übellaunigkeit in Kauf genommen wurde. Die Besitzer von hoffnungsvollen Pferden nahmen oftmals weite Wege auf sich, um seine Expertise einzuholen. Zisch wusste alles über Pferde, aber nichts über Menschen. Sie waren ihm gleich. Außer, sie störten ihn bei der Arbeit. Dann wurde er ungemütlich.

Daisy mochte den Stallmeister. Sie hatte kaum das Laufen gelernt, da trugen ihre ersten tapsigen Schritte sie in den Stall. Es war Zisch gewesen, der das furchtlose Kleinkind das erste

Mal auf den Rücken eines Pferdes hob. Daisy hatte sich an den warmen Pferdeleib geschmiegt und sofort gewusst: Sie gehörte an diesen Ort. Sie wollte unter diesen scheuen, sanften Geschöpfen leben, ihrem leisen Schnauben lauschen und sich in ihren Frieden hüllen. Vielleicht bestand darin das höchste Maß des Glücks: etwas zu finden, nach dem man nicht gesucht hatte, und plötzlich wurde man Teil eines Wunders. Daisy war noch viel zu klein, um diese Erfahrung als solches zu begreifen. Dafür gab es Tränen, Schreie und wütendes Strampeln, als Zisch sie wieder herunterheben musste, weil das Kindermädchen, dem Daisy kurzzeitig entwischt war, völlig außer Atem in der Stalltür erschien.

Zisch würde vermutlich nicht einmal unter Folter eingestehen, wie sehr sich Daisy in sein Herz geschlichen hatte, denn sie liebte Pferde, diese sensiblen Geschöpfe, genauso wie er.

Ihr heutiger Streit drehte sich wie so oft um Daisys Stute Nereide, genauer gesagt um deren Ernährung. Zisch vertrat die Meinung, Daisy verwöhne Nereide mit zu vielen Leckerbissen.

»Es war nur ein Apfel. EIN APFEL!«, verteidigte sich Daisy.

»Es geht nicht um Apfel!«, zischte Zisch. »Du dich nie an Stallzeiten halten! Pferde brauchen Ruhe! Keine Störung, wenn fressen!«

So ganz unrecht hatte er da nicht. Zisch, der als Husar lange beim Militär gedient hatte, führte den Stall wie eine Kaserne und hatte feste Besuchszeiten durchgesetzt, an die sich jeder zu halten hatte. Dennoch war Daisy mitten in die Fütterungszeit hineingeplatzt, als die Pferde gerade ihre Extraration Hafer bekamen.

Sie sah ein, dass es wenig Sinn hatte, sich wegen eines Apfels zu zanken. Man konnte ja sehen, wozu das in der Vergangenheit schon geführt hatte ... Andererseits wollte sie sich nicht aus *ihrem* Paradies vertreiben lassen. Daher verlegte sie sich auf ihren treuesten Hundeblick: »Bitte, Zisch, ich war immerhin ganze drei Wochen fort und habe viel nachzuholen. Ich brauche das.«

»Hä? Was?« Zisch kniff ein schwarzes Kieselsteinauge zu.

»Na, die Pferde! Den Geruch nach Stall und Leder und Stroh!« Theatralisch öffnete Daisy die Arme. »Das alles hier!«

Nun verengten sich beide Augen. Für jedermann, der Zisch kannte, das Signal, sich schleunigst außer Reichweite zu begeben. Aber so schnell wollte Daisy nicht klein beigeben. Sie hob kämpferisch ihr Kinn und bot dem Stallmeister Paroli.

Mit einer flinken Bewegung pflückte Zisch von einer nahen Schubkarre einen Pferdeapfel und drückte Daisy das noch dampfende Teil in die verblüffte Hand. »Hier, nimm einfach nächstes Mal Pferdeapfel mit zum Schnüffeln. Und jetzt raus!«

Kapitel 4

> Will dir den Frühling zeigen, der hundert Wunder hat.
> Der Frühling ist waldeigen und kommt nicht in die Stadt.
>
> Rainer Maria Rilke

Der Winter wich dem Frühling. Während sich in Daisys Wahrnehmung die Zeit in den Herbst- und Wintermonaten verlangsamte und an manchen Tagen zum völligen Stillstand kam, beschleunigten sich die Tage im Frühling in einem Tempo, das sie kaum je Atem schöpfen ließ.

Denn der Frühling bedeutete die geschäftigste Zeit auf dem Hauptgut Tessendorf und den vier angeschlossenen Gütern Molensee, Ohlendorf, Dietzau und Wissow. Die Inspektoren sichteten die Winterschäden und veranlassten die entsprechenden Reparaturen. Die Felder wurden bestellt, es wurde gepflügt, geeggt und die neue Saat ausgebracht. Die Obstbäume wurden geschnitten, die Wälder ausgeholzt, der Fischteich gesäubert. Dreschmaschinen, Traktoren und Zapfwellenbinder wurden generalüberholt und der Stromgenerator in der Mühle durch ein moderneres Modell ersetzt. Der Park erhielt ebenso eine Frühjahrskur, Gärtner schnitten Ilex und Buchsbaum, rechten Laub, harkten Beete und rückten dem Moos zu Leibe. Frühjahrspflanzen, die zur Überwinterung in den Gewächshäusern gelagert hatten, wurden neu in die

Erde verbracht. Auch die Menschen reckten sich nun wie das erste Grün, das Licht suchend durch die Erde brach, und sie schmiedeten Pläne für den Frühling und Sommer.

Auf Gut Tessendorf stand in diesem Jahr eine besondere Jubiläumsfeier an. Feste besaßen auf dem Land eine hohe Bedeutung. Sie waren Begegnung, Vergnügen und Belohnung zugleich, es wurden Geschäfte eingefädelt, während man über Politik debattierte und dazu eine Menge Zigarrenrauch in die Luft paffte. Und nicht zuletzt dienten Feste als Heiratsmarkt.

Während die Männer am Festtag bestenfalls den gereinigten Smoking oder die Galauniform hervorholten, ein Bad nahmen, sich rasierten und vielleicht noch die Haare schneiden ließen, löste bei den Damen die Einladung zu einem Ball hektische Betriebsamkeit aus. Bei den Vorbereitungen wurde nichts dem Zufall überlassen. Jede Dame wollte glänzen, und das ging nur in einem neuen Kleid.

Daisys französische Mutter Yvette stellte grundsätzlich hohe Ansprüche an ihre Garderobe. Es genügte ihr nicht, in das nahe gelegene Stettin zu fahren, das über durchaus ansprechende Modesalons verfügte. Selbst die pulsierende Metropole Berlin fand keine Gnade vor ihren Augen. Wenn es um Couture ging, pflegte Yvette zu sagen: »Pah, Berlin? *C'est provincial!*« Für sie kamen nur die weltbesten Modeschöpfer infrage. Und diese waren nun einmal in ihrer Heimatstadt Paris zu finden. Mindestens zweimal pro Jahr packte sie ihre Koffer für eine Fahrt in die französische Hauptstadt.

Mit der anstehenden Festlichkeit wurde der fünfundsiebzigste Geburtstag von Sybille von Tessendorf, Yvettes Schwiegermutter, begangen. Schon lange vor dem Tod ihres Mannes

Wilhelm von Tessendorf im Jahr 1918 hatte Sybille die Zügel des Familienunternehmens, der Stettiner Helios-Werft und Lokomotive AG, übernommen und hielt sie seither fest in der Hand. Anlässlich ihres Jubiläums hatte sich die gesamte Hautevolee aus Gesellschaft und Politik auf Gut Tessendorf angesagt. Und auch wenn es noch nicht von offizieller Seite bestätigt worden war, so galt es doch als ein offenes Geheimnis, dass Reichspräsident Paul von Hindenburg persönlich die Laudatio auf die Vorstandsvorsitzende eines so wichtigen Unternehmens wie die Helios-Werft AG halten würde.

Daisy war die häufigen Reisen ihrer Mutter gewohnt, und die Abschiede wurden ihr versüßt durch die Vorfreude auf deren Rückkehr. Nicht nur, dass es Geschenke geben würde, sie durfte überdies nach Lust und Laune in den neuen Sachen ihrer Mutter stöbern. Daisy hatte noch kaum lesen können, da buchstabierte sie bereits die Namen der berühmtesten Pariser Couturiers und Parfümeure wie Patou, Chanel und Guerlain. Am liebsten mochte sie jedoch einen mit ägyptischen Motiven bestickten Beutel aus Gobelin. Nach der Entdeckung des sagenhaften Grabes des Tutanchamun hatte das orientalische Design die Modewelt im Sturm erobert.

Zu den wundersamen Gaben aus Paris gehörten stets auch luftige Baisers und Macarons aus Mandelmehl, verpackt wie Schmuckstücke in kunstvolle Kartons. Die kleine Daisy naschte für ihr Leben gern.

Nicht jeder im häuslichen Umfeld billigte Yvettes Luxusreisen, und es kam vor, dass Daisy Bemerkungen aufschnappte, in denen die Worte Verschwendung und Vergnügungssucht Erwähnung fanden. Zu den Missgünstigen zählten ihr Halbbruder Hagen, seine Frau Elvira und, o Wunder, die Großtanten Clarissa und Winifred. Deren Lebenselixier bestand vorwiegend aus Mirabellenlikör, Empörung und fortwährendem Geschwätz. So konnten sich die ältlichen Fräuleins auch endlos über die unmöglichen, gekleckstens Gemälde echauffieren, die Yvette in Paris erworben hatte und die ihre privaten Räumlichkeiten schmückten. Daisy hingegen liebte diese verrückten Bilder, deren Schöpfer Namen wie Picasso, Braque oder Magritte trugen. Darunter hatten es ihr zwei besonders angetan: Da war zum einen die Frau mit den zwei Gesichtern, die eine Hälfte lachend, die andere weinend, und das hüftlange Haar bestand aus Hunderten winziger blauer Schmetterlinge. Das andere zeigte ein verwundetes Herz, in unzähligen Pünktchen hingetupft unter Verwendung jedes denkbaren Rottons, von der hellen Farbe unreifer Kirschen bis hin zum satten Ton reifer Himbeeren. Es blutete in Richtung Boden, als wollte es aus dem Gemälde verschwinden. Es berührte Daisy schon als Kind bis tief in die Seele hinein, dieses blutende Herz. Wenn sie lange genug davor verharrte, konnte sie es pochen hören, und dann regte sich ihr eigenes Herz in ihrer schmalen Brust und antwortete ihm in stummer Zwiesprache. Als Yvette den Zauber bemerkte, der für ihre Tochter von dem Bild ausging, sagte sie: »Das ist Kunst, *Chérie*. Kunst muss bewegen. Und manchmal zielt sie dabei mitten in unser Herz.«

Daisys Vater Kuno besaß hierzu keine Meinung, er interessierte sich weder für Kunst noch für Klatsch und zum Leidwesen seiner Mutter Sybille auch nicht für das tessendorfsche Familienimperium. Er hatte im Großen Krieg gekämpft und war als ein anderer Mensch heimgekehrt. Über seine Erlebnisse sprach er nie, aber seither sah er die Welt mit neuen Augen. Als jüngerer Sohn derer von Tessendorf war ihm ursprünglich die Bewirtschaftung der umfangreichen Ländereien bestimmt gewesen, wozu er ein Studium der Forstwirtschaft absolviert hatte. Seiner Neigung für naturwissenschaftliche Forschung widmete er auch fortan sein Leben. Seine besondere Passion galt den Vögeln. Er vermochte Dutzende ihrer Stimmen nachzuahmen. Und ebenso hegte er eine Vorliebe für Insekten und Weichtiere. Seit Kurzem züchtete er Purpurschnecken, von denen er immer welche in einem Marmeladenglas mit sich herumschleppte. Er studierte sie eingehend, um später ein Buch über diese faszinierenden Wesen zu schreiben. Er versuchte sich an vielem. Daisys Vater zog die Stille dem Lärm der Menschen vor und verbrachte viel Zeit in der ehemaligen Hütte des Wildhüters, die er für seine Zwecke hergerichtet hatte. Es gab wenig, was ihn aus seiner selbst gewählten Gelehrtenisolation hervorlocken konnte.

Diskreten oder weniger diskreten Bemerkungen bezüglich der Ausgaben seiner Gattin für Parisreisen, Kunst und Kleider begegnete er mit stets gleichlautender Antwort: »Wenn es ihr doch Freude bereite...« Kuno billigte ausnahmslos alles, was zum Glück seiner zweiten, weitaus jüngeren Frau beitrug.

Und nun wollte seine Frau erstmals die beiden Töchter mit in ihre Heimatstadt nehmen. An einem Tag im April des Jahres 1929 rief Yvette Daisy und Violette zu sich, um ihnen die frohe Botschaft zu verkünden.

Die Schwestern führten spontan einen Freudentanz auf. »Wir fahren nach Paris, wir fahren nach Paris!« Die hellen Mädchenstimmen scheuchten Sybilles Leonberger auf, die bellend in ihren Jubel einstimmten. Das Heidenspektakel schreckte selbst Monsieur Fortuné, Yvettes Mops, auf. Für gewöhnlich der bewegungsfaulste Hund unter der Sonne, bequemte er sich auf die kurzen Beine und steuerte einige gemächliche Pirouetten bei, um sich daraufhin wieder auf dem samtenen Kissen niederzulassen.

Yvette genoss die Unbeschwertheit ihrer Mädchen. Sie verdrängte die trüben Erinnerungen an ihre eigene Jugend in Paris, und bei Tage gelang ihr das mühelos. Nur in manchen Nächten, an der Schwelle zum Morgen, wenn der Mensch am verletzlichsten ist und empfänglich für die Schatten, brachen die früheren Ängste über sie herein. Dann waren ihr die Toten näher als die Lebenden. Aber sie hatte jetzt ein gutes Leben, *une bonne vie,* und sie gedachte, es mit beiden Händen festzuhalten.

»*Maman,* bekomme ich ein Ballkleid von Mademoiselle Chanel? Mit einem richtigen Ausschnitt und Handschuhen aus Satin bis zum Ellenbogen? Und bitte, darf ich eine Frisur wie Daisy haben? Ohne Zöpfe und Haarbänder?«, sprudelten Violettes Wünsche aus ihr hervor.

»Wir werden sehen. Aber zuerst müsst ihr mir beide etwas versprechen. Setzt euch.« Yvette wies auf ein zierliches Sofa und nahm selbst in einem elegant geschwungenen Sessel Platz. »Es gibt Regeln, die ihr beide während unserer Reise zu befolgen habt. Das Deutsche Reich hat den Krieg verloren, und in Paris ist das noch nicht vergessen.«

»Was denn für Regeln? Der olle Krieg ist elf Jahre vorüber!« In Violettes Augen war das eine Ewigkeit, und es schien ihr unbegreiflich, was das mit ihr zu tun hatte.

»Hört mir genau zu, *mes filles*. Es war das Deutsche Kaiserreich in Union mit der Donaumonarchie, die einst diesen furchtbaren Weltkrieg begonnen haben. Es fällt schwer, dies zu vergessen, wenn man Väter, Söhne und Brüder im Krieg verloren hat oder sie als Krüppel nach Hause hat heimkehren sehen. Der Krieg schafft tiefes Leid. Und manchmal entstehen Wut und Hass auf die Verantwortlichen. Darum möchte ich, dass ihr euch in Paris nicht als Deutsche zu erkennen gebt. Während unserer gesamten Reise werden wir Französisch reden. Im Hotel Ritz logiere ich stets unter meinem Mädchennamen Poisson. Als meine Töchter werde ich euch dort ebenfalls unter diesem Namen anmelden. *Compris?*«

»Ich soll mich als französische Mademoiselle ausgeben? Aber das ist *magnifique!*«, rief Violette begeistert, sprang erneut auf und drehte sich wie ein Kreisel.

»Das ist kein Spiel, Violette!«, erklärte Yvette streng. »Du wirst dich benehmen und meine Anweisungen befolgen. Du und Daisy, ihr werdet keinen Fuß ohne mich aus dem Hotel setzen. Das müsst ihr mir hier und jetzt versprechen!«

Violette und Daisy sahen sich erschrocken an. So energisch wurde ihre Mutter nur sehr selten, und daher beeilten sie sich, ihr zu versichern, dass sie sich selbstverständlich an die Regeln halten würden.

***

»Marguerite, bitte lege jetzt die Schachtel mit dem Konfekt fort, du hattest bei Weitem genug. Violette, wenn du dein Gesicht noch länger an die Scheibe drückst, wirst du eine platte Stelle auf deiner Nasenspitze behalten«, mahnte Yvette auf Französisch.

»Was?«, entfuhr es Violette prompt auf Deutsch. Sie bemerkte ihren Fauxpas sofort und korrigierte sich: »*Comment?*«

Ihr Ausrutscher war nicht weiter schlimm, weil sie das Erste-Klasse-Schlafabteil für sich hatten.

»Du musst konzentriert bleiben!«, mahnte Yvette.

»Ja, *Maman*.« Violette senkte den Kopf, um sich gleich wieder der Aussicht zuzuwenden. Nach einem Tag und einer Nacht im Zug hatten sie nun die Peripherie von Paris erreicht, Orte wie Goussainville, Villiers-le-Bel und Sarcelles glitten vorüber, eine Ansammlung von Bauernhäusern, Scheunen und Kirchen, unterbrochen von frisch bestellten Feldern und Weiden.

Violette zappelte vor Aufregung.

Daisy erging es kaum anders. Sie hatte den *Baedeker* studiert und sich mit ihrem phänomenalen Gedächtnis, das sie von ihrer Großmutter geerbt hatte, den Stadtplan und die Liste der Sehenswürdigkeiten eingeprägt. Durch die Erzählungen ihrer Mutter war die französische Stadt ihrem Herzen schon lange nahe. Dennoch wurde sie nun von dem Gefühl der Vertrautheit überrascht, das der Anblick der ersten Pariser Vororte in ihr auslöste. Als wäre sie schon einmal hier gewesen, als sei dies hier nicht ihr erster Besuch, sondern eine Heimkehr.

Auf ihre Mutter traf genau das zu. Ohnehin ein dem Leben zugewandter Mensch, trat nun ein Leuchten in ihr Gesicht, als hätte sich in ihrem Inneren eine Flamme entzündet. *Wie schön meine Maman ist...* Yvettes Aussehen, ihr Gespür für Eleganz und Stil riefen allgemein Bewunderung hervor. Doch für das

Kind Daisy war ihre Mutter eine sanfte Stimme und warme Haut, Geborgenheit und Urvertrauen. Tiefere Gedanken wie diese bewegten Daisy erst seit Kurzem. Doch sie ertappte sich immer häufiger dabei, auch hinter die Dinge schauen zu wollen.

»Woran denkst du, *mon amour*?«, erkundigte sich Yvette.

»An dich und wie wunderhübsch du bist, *Maman*«, bekannte Daisy offen.

»Wie lieb von dir, *ma puce*«, erwiderte sie. *Ma puce,* mein Floh. Weil Daisy als Kind niemals hatte still sitzen können. Nun ja, sehr viel hatte sich seitdem nicht geändert.

»Ich wünschte, ich wäre so schön wie du, *Maman*«, brach es da aus Violette heraus. Anders als ihre Schwester Daisy war sie nicht mit einem unerschütterlichen Selbstbewusstsein gesegnet. Violette geriet in letzter Zeit allzu schnell aus der Fassung, reagierte aufmüpfig, wollte alles auf einmal, stand sich selbst im Weg, verhedderte sich im Überschwang der Gefühle, wollte und wollte… Ja, was wollte sie überhaupt?

»Aber *mon cher enfant,* du bist hinreißend!«, erwiderte Yvette zärtlich. »Sieh nur deine Haut! Wie aus Sahne! In deinem Alter hatte ich ein Gesicht voller Pusteln und bin nur so herumgelaufen.« Yvette zog ihren modischen Topfhut bis unter die Nase, sodass lediglich ihr kirschroter Mund darunter hervorlugte.

»Und ich habe diese doofen Sommersprossen! Und den Leberfleck an der Wange.« Auch Daisy zog nun ihren Hut tief ins Gesicht. Violette kicherte. So rasch, wie sie aus dem Lot geriet, fand sie auch wieder zu sich selbst zurück.

»Mädchen, schaut doch! Wir fahren schon durch Saint-

Denis! Willkommen in Paris!«, rief Yvette mit derselben Aufregung, die ihre Töchter empfanden.

Kurz darauf ruckelte der Zug in den Pariser Bahnhof Gare du Nord, und kaum eine Stunde später nahmen sie Quartier im Hotel Ritz am Place Vendôme. Daisy und Violette hatten bereits im luxuriösen Berliner *Adlon* gewohnt, kannten die mondänen Bäder an der Ostsee genauso wie die alte Kaiserstadt Wien und das goldene Prag. Aber das hier war Paris! Das pulsierende Herz von Kunst, Kultur und Mode, ein Mythos, der die berühmtesten Künstler und Literaten dieser Erde anzog und inspirierte. Paris war mehr als eine gewöhnliche Ansammlung von Straßen und Gebäuden, Paris war ein Versprechen. Dazu lag über der Stadt der Frühling und setzte einen besonderen Zauber frei: *l´amour.*

Yvette bat ihren Fahrer, einen kleinen Umweg über die Champs-Élysées zu nehmen, um den Mädchen Napoleons Triumphbogen zu zeigen, der zwar nicht ganz so breit war wie das Brandenburger Tor, dafür aber mit doppelter Höhe prunkte. Sie drehten dazu eine Runde um den Place de la Concorde, in dessen Mitte der Obelisk von Luxor in den Himmel ragte, und von dort erhaschten sie auch einen ersten Blick auf die Lebensader der Pariser, die Seine, auf der sich eine große Anzahl Kähne und Boote tummelte. Sofort bestürmten Daisy und Violette ihre Mutter, eine Flussfahrt zu unternehmen. Doch die Seine und ihre Boote rückten gleich wieder in den Hintergrund, als sich vor ihren Augen die Umrisse des Eiffelturms abzeichneten.

Hatten sich Violette und Daisy schon im Zug die Nasen platt gedrückt, so fühlten sie sich nach der Fahrt in der Limousine wie trunken von all den Sehenswürdigkeiten, von denen sie bisher nur gehört oder gelesen hatten.

Ihre Mutter lächelte. Niemand konnte Wirkung und Anziehungskraft von Paris besser nachvollziehen als sie. Paris, das war Magie.

Kapitel 5

> Die mutigste Handlung ist immer noch, selbst zu denken. Laut!
>
> Coco Chanel

Der Eiffelturm musste vorerst warten.

Rue Cambon 31 war das erste Ziel, das Yvette dem Fahrer am folgenden Morgen nannte. Dort befanden sich die Ateliers von Gabrielle Chanel, Yvettes bevorzugter Modeschöpferin. Mademoiselle Chanel oder Coco, wie sie sich selbst nannte, hatte die Mode revolutioniert und die Frauen von ihren Miederzwängen befreit. Sie schenkte ihnen eine neue Form der Körper- und Bewegungsfreiheit. Jahrhundertelang hatten die Frauen sich gesellschaftlichen Normen unterworfen, sich in Korsette zwingen lassen und dabei vergessen, dass es nichts gab, was die Freiheit ihres Denkens einschränken konnte – niemand, außer die Frauen taten es selbst.

Die drei Tessendorf-Damen verbrachten den gesamten Vormittag in der Rue Cambon. Grazile Mannequins führten ihnen die neueste Kollektion vor, und Yvette traf ihre Auswahl unter den Tageskleidern und Kostümen. So unvergleichlich schön die gezeigten Modelle waren, Daisy und Violette warteten in fiebriger Erregung auf den Durchgang mit der Abendmode. Beim Frühstück hatte ihre Mutter die Bombe platzen lassen: Anlässlich des Geburtstagsballes ihrer Großmutter würden auch sie beide das erste Mal Pariser Couture tragen!

Nachdem das letzte Modell an ihnen vorbeidefiliert und hinter dem samtenen Vorhang verschwunden war, begann die Beratung. Mademoiselle Chanel skizzierte einige Vorschläge für sie und nahm anschließend selbst Maß.

Daisys Taille, sie hatte es bereits befürchtet, ließ zu wünschen übrig. Zwischen der ihrer Schwester und ihrer eigenen lagen vierzehn Zentimeter! Daisy schielte zu der verspiegelten Theke hinüber, auf der eine kleine Auswahl mit Leckerbissen für die Kundinnen bereitstand. Immer, wenn sie sich vor der Aufmerksamkeit ihrer Mutter sicher wähnte, hatte sie sich bedient. Beschämt dachte sie an das zweite Croissant, das sie in ihrer Handtasche aus dem Hotel herausgeschmuggelt und erst vorhin in der Garderobe verputzt hatte. Daisy verfluchte ihren ständigen Appetit und ihre mangelnde Disziplin. Dabei begegnete sie den aufmerksamen Augen der Modeschöpferin und fand einen Hauch von Belustigung darin. Chanels Stimme allerdings war davon nichts anzumerken, als sie ihr versicherte: »Keine Sorge, Mademoiselle Marguerite, Rundungen sind immer en vogue. Ich werde für Sie ein Kleid entwerfen, das Ihre Figur umschmeicheln wird wie Wasser! Jede Frau ist schön, wenn sie sich ihrer selbst gewiss ist und den Kopf hoch trägt.«

Daisy erlag sofort der Faszination dieser Frau. Wie sicher und selbstbewusst die Chanel auftrat, mit einer Zigarette im Mundwinkel, so, als würde sie niemals an sich zweifeln! Sie verdiente ihr eigenes Geld und behauptete sich in einer Welt, in der die Männer seit jeher die Regeln bestimmten.

Am Ende des Tages erwarb Daisy bei Mademoiselle Chanel mehr als nur eine neue Garderobe. Sie nahm vor allem die Erkenntnis mit, dass es keine Grenzen gab, außer, man setzte sie sich selbst.

Sie verließen das Modeatelier und ergatterten den letzten Tisch in einem Straßencafé an der Rue Saint-Honoré. Das milde Wetter lockte halb Paris auf die Straßen. Yvette bestellte *café*, der in winzigen Tassen serviert wurde, dazu *amuse-bouches*: duftiges, ofenwarmes Baguette, drei Sorten Paté und ein Töpfchen schwarze Oliven. Daisys Hand fasste sofort nach einem der köstlichen Appetithäppchen, aber ihre Mutter hinderte sie daran durch einen leichten Klaps ihres Fächers: »Von wegen. Nicht eine Olive! Du bist bis heute Abend auf Diät gesetzt.«

»Aber *Maman!*«, protestierte Daisy. »Es ist Mittagszeit, und ich bin hungrig!«

»Du hattest schon bei Weitem genug, *Chérie*. Denk nicht, mir sei entgangen, dass du heute früh das halbe Buffet leer geräumt hast. Vom Croissant in deiner Handtasche will ich gar nicht erst sprechen. *Bon sang,* du musst über den Magen eines Wals verfügen...« Yvettes Stimme klang sanft wie eh und je, umso gewichtiger wog darin der Tadel. Daisy seufzte, trank ihren *café* und beschränkte sich darauf, ihre Umgebung zu bestaunen: Sie fand sich in jener Verzauberung gefangen, in dem sich alles im perfekten Einklang fand. Als sei die Welt über Nacht schöner geworden.

Und während in Tessendorf eben erst die Tulpen ihre Kelche öffneten, blühten in Paris entlang der Boulevards bereits die Kastanien schaumweiß, und ihr betörender Duft erschien

Daisy so weich wie die Seide in den Ateliers von Mademoiselle Chanel. Auf den Bürgersteigen tummelten sich die Passanten, und gerade lenkten zwei berittene Gendarmen Daisys Blick auf sich, weil die Pferde sie sofort an Nereide denken ließen. Immerhin wusste sie ihre seit Kurzem trächtige Stute zu Hause bei Zisch in den besten Händen. Mit einem kleinen Lächeln folgte sie dem Weg einer jungen Bediensteten mit weißer Schürze und Häubchen, die einen kunstvoll getrimmten weißen Pudel an der Leine führte. Beide, Spaziergängerin und Tier, hielten den Kopf stolz erhoben, was Daisy an die Worte von Mademoiselle Chanel erinnerte, dass jede selbstbewusste Frau schön sei. Daisy straffte sich, reckte das Kinn und fühlte sich… schön. Prompt errang sie die Aufmerksamkeit eines jungen Schornsteinfegers, der fröhlich pfeifend seine Leiter schulterte. Als er Daisy bemerkte, zog er seinen Zylinder mit großer Geste und zwinkerte ihr völlig ungeniert zu. Auf der gegenüberliegenden Straßenseite hatte ein Musiker sein Akkordeon ausgepackt und stimmte ein Chanson an. Am nachhaltigsten beeindruckten Daisy jedoch die zahllosen schicken Pariserinnen, Frauen von scheinbar müheloser Eleganz, denen es gelang, am Arm ihres Kavaliers aufzutreten, als verkündeten sie: »*Oui*, du darfst mich begleiten, aber die Richtung bestimme ich.«

Daisy wünschte, ihre Freundin Mitzi könnte jetzt hier sein und dieses Erlebnis mit ihr teilen. Doch Mitzi konnte weder mit ihr ausreiten noch mit ihr durch die Straßen flanieren, sie konnte keine Kleider im Atelier Chanel anprobieren oder mit ihr den Eiffelturm besichtigen. Denn Mitzi war auf Gut Tessendorf das Küchenmädchen, und Küchenmädchen reisten nicht nach Paris.

Daisy selbst bedeutete der Standesunterschied nichts. Die schlaue Mitzi hingegen wusste, dass man sich nur Schwierigkeiten einhandelte, wenn man sich zwischen den Welten bewegte.

Daisys Aufmerksamkeit wurde nun auf einen der Cafétische gelenkt, der eben frei wurde und sogleich wieder von vier Personen belegt war. Die neuen Gäste trugen schicke Anzüge mit Krawatte und Hut, zündeten sich sofort Zigaretten an und lehnten sich mit unübertroffener Nonchalance in ihren Stühlen zurück, als sei es ihre Raison d'être, hier zu sitzen und ihre Gauloises zu paffen. Daisy blinzelte. Einmal, zweimal, bis ihr aufging, dass es sich durchweg um Frauen handelte. Natürlich, dies waren echte Garçonnes! Frauen, die auf Heirat und Mutterschaft pfiffen und ein unabhängiges und selbstbestimmtes Leben führten.

Eine der Garçonnes hob ihr Monokel und musterte Daisy, als wollte sie ihr zurufen, *bonjour,* du lustiger kleiner Vogel.

Daisy schämte sich, weil sie beim Starren erwischt worden war. Neben ihr stieß Violette sie an. »Hast du die gesehen?«, wisperte sie. »Die sind aber komisch gekleidet. Und die eine trägt sogar Bart!«

Daisy, erpicht, ihr Wissen weiterzugeben, erklärte ihr, dies seien Garçonnes, die ihre traditionelle Rolle als Frau ablehnten.

»Verstehe ich nicht«, meinte Violette. »Sie lehnen die Männer ab, um sich dann wie sie anzuziehen und Bärte anzukleben?«

Yvette hatte es gehört und lachte herzlich. »*Mon amour*«, sagte sie, »das Konzept der Freiheit ist selten einfach und die

Forderung danach stets ein zweischneidiges Schwert. Der Franzose kann davon ein Lied trällern.«

»Was?«, fragte Violette irritiert.

»Es geht um Mut, Epinette, nicht um Gleichheit.«

»So ist es!«, ergänzte Daisy eifrig. »Garçonnes tragen Männeranzüge, um zu zeigen, dass jeder Mensch das sein kann, was er gerne sein möchte.«

»Also, ich will ganz sicher eine Frau sein und schöne Kleider tragen«, erklärte Violette. »Und ich habe bestimmt nicht vor, mir einen Bart sprießen zu lassen.«

Bevor die drei Tessendorf-Damen in ihr Hotel zurückkehrten, unternahmen sie noch einen ausgedehnten Spaziergang. Daisy hatte es bereits im Atelier bereut, dass sie am Morgen ihre nagelneuen Spangenschuhe angezogen hatte. Zu ihrem Glück gab es auf dem Weg alle naselang etwas zu bestaunen, was ihre energische Mutter daran hinderte, ihr übliches Tempo vorzulegen.

Die Sonne vergoldete bereits die Dächer von Paris, als sie ins Ritz zurückkehrten. Heute würden sie auswärts dinieren. Während sich ihre Mutter zum Umkleiden in den eigenen Schlafraum zurückzog, begaben sich die Schwestern in ihr gemeinsames Zimmer. Paris bei Nacht, da wollten sie beide glänzen. Jedes mitgebrachte Kleidungsstück wurde hervorgezerrt und einer kritischen Betrachtung unterzogen. Nicht lange, und der gesamte Inhalt ihres Überseekoffers ergoss sich wie ein bunter Wasserfall über das Bett, Strümpfe und Strumpfgürtel baumelten malerisch von Stuhllehnen, Hüte und Taschen besetzten den Rest. Violette hüpfte leicht bekleidet durchs Zimmer, kramte hier, kramte dort, um zuletzt eine hektische Suche in Daisys Schminkköfferchen zu beginnen.

»Wo ist dein rosa Lippenstift?«

»In meinem ägyptischen Beutel.« Daisy saß im Frisiermantel vor dem Spiegel und bürstete ihre Locken.

»Und wo ist der?«

Daisy zuckte mit den Schultern und deutete vage zum Badezimmer. Violette fand das Gesuchte, öffnete die Verschnürung und rief: »Igitt, der ist ja voller Krümel!« Ungeachtet dieser Tatsache kippte sie den Inhalt auf das Bett. Neben einem schmalen Büchlein purzelten eine bestickte Börse, ein Taschentuch, ein paar Münzen, Haarspangen und Bonbonpapier heraus sowie Daisys Talisman, der rostige Hufnagel ihres Ponys Fee.

»Wirklich, Daisy«, schalt Violette, »das ist keine Handtasche, das ist eine Müllhalde! Und kein Lippenstift!«

»Oh, da fällt mir ein, ich habe ihn schon herausgenommen. Er liegt hier auf dem Schminktisch.«

Violette tauchte hinter ihrer Schwester im Spiegelbild auf. »Ach«, seufzte sie herzergreifend, »ich würde alles für deine dichten Locken geben! Mein Haar ist nur dünn und glatt. Ich sehe aus wie ein Dackel.«

»Was für komische Einfälle du immer hast!«, rief Daisy betont munter, um ihre Schwester aufzuheitern. »Ich würde sofort mit deinem glatten Haar tauschen. Dann hätte ich es mir längst zu einem Bubikopf kürzen lassen. Aber mit meinem widerspenstigen Gekringel sähe ich dann aus wie ein Staubwedel. Und schau nur, wie grazil deine Taille ist!«, seufzte Daisy. Sie griff mit Daumen und Zeigefinger in ihr eigenes Bauchröllchen.

»Aber das könntest du schnell ändern und den Speck loswerden, wenn du weniger in dich hineinstopfen würdest! Mein Haar hingegen«, Violette fasste nach einer Strähne und hielt sie demonstrativ hoch, »bleibt fad, wie es ist. Und das ständige Hantieren mit dem Brenneisen macht es bestimmt nicht besser. Kein Mann wird sich je für mich interessieren. Alle drehen sich immer nur nach dir und Mutter um!«

»Das redest du dir ein, Violette. Wenn du weniger mit dir selbst beschäftigt gewesen wärst, hättest du gestern bemerkt, dass der Liftboy bei unserer Ankunft kaum die Augen von dir hat wenden können. Er hat dich geradezu angeschmachtet.«

»Der Liftboy? Pah, was soll ich denn mit einem Liftboy?« Violette schüttelte den Kopf, als sei ihre Schwester nicht ganz bei Trost. Doch bevor sie sich abwandte, sah Daisy, dass ihre Worte auf fruchtbaren Boden gefallen waren. Im Mundwinkel ihrer Schwester nistete ein winziges, verträumtes Lächeln.

***

Die Pariser liebten die Intimität kleiner, verräucherter Restaurants. Die Brasserie *La Coupole* stellte allerdings das genaue Gegenteil dar. Inmitten des trubeligen Künstlerviertels Montparnasse gelegen, galt das größte Lokal von Paris als Tempel des Art déco, und sein Name war Programm: Zwar speiste man als Gast nicht unter einer Kuppel, aber der spektakuläre, zwei Stockwerke hohe Raum wusste diese Illusion dennoch zu erzeugen. Das Etablissement hatte seine Tore erst im Vorjahr geöffnet und zog die Kulturschaffenden jeglicher Couleur an – Literaten, Musiker und selbstverständlich die zahlreichen Maler des Montparnasse, die erfolgreichen und die erfolglosen, von denen nicht wenige an den grün gestrichenen Wänden Nachweise ihres künstlerischen Schaffens hinterlassen hatten. Es wurde gemunkelt, dass die beiden Inhaber Fraux und Lafon so manches Bild im Austausch für Speis und Trank erhielten.

Der Ober trug Frack und ein bleistiftdünnes Lippenbärtchen und geleitete sie mit den Bewegungen eines Dirigenten zum Tisch. Sie bestellten Meeresfrüchte, dazu Weißwein und als Aperitif Champagnercocktails. Ein Kellner rollte einen Servierwagen vorbei, auf dem sich Teller mit Profiteroles türmten. Die leckere Nachspeise verlockte Daisy. Rechtzeitig besann sie sich jedoch ihrer eigenen Röllchen und sah sich zur Ablenkung weiter verstohlen um. Dies sollte ein Speiserestaurant sein? Es kam ihr vielmehr vor, als hätten sie eine große Theaterbühne betreten, auf der sich die Darsteller gegenseitig an Exotik und Sinnesfreuden übertrafen. Zwei Tische weiter küsste sich eben ein junges Paar ungeniert vor aller Augen. Eine solche Freizügigkeit wäre auf einer Gesellschaft zu Hause unvorstellbar gewesen. Die anwesenden Herren bevorzugten Smoking oder weiße Anzüge und paradierten nicht wie daheim in Uniform, die Damen kleideten sich in raffinierte Roben. Daisy saugte alle Eindrücke gierig in sich auf, bis ihre Mutter Yvette sich zu ihr hinüberbeugte und, ihre Lippen wegen des hohen Geräuschpegels sehr nah an Daisys Ohr, sagte: »Starr die Leute nicht so an, *Chérie!*«

Na wunderbar, da träumte sie davon, Teil der weltläufigen Pariser Gesellschaft zu sein, und gab sich prompt als neugierige Landpomeranze zu erkennen. Seufzend nahm Daisy einen Schluck aus ihrer Champagnerflöte.

Das Essen kam. Muscheln in Weißweinsoße und frischer

Hummer wurden unter Wärmeglocken auf silbernen Platten serviert, und jeder Bissen schmeckte köstlich.

Immer wieder blieb jemand an ihrem Tisch stehen, um ein paar Begrüßungsworte mit Yvette zu wechseln. Den Beginn des Reigens bildete ein kleiner, faunartiger Mann, den Yvette ihren Töchtern als den Maler Pablo Picasso vorstellte. Man Ray, dessen Fotografien Daisy bereits in der *Vogue* bewundert hatte, küsste ihre Hand, ebenso der Literat und Regisseur Jean Cocteau, in dessen Begleitung sich ein auf ägyptische Art geschminkter Jüngling in kurzer Tunika befand. Violette und Daisy konnten kaum die Augen von ihm abwenden, er sah aus wie ein junger Pharao. Als Nächstes folgten zwei Amerikaner, der eine Schriftsteller, der andere Bildhauer.

»Amerikaner gibt es hier wie Sand am Meer«, raunte Yvette den Töchtern zu. »Durch den starken Dollar können selbst arme Schlucker wie die Fürsten leben.«

Ein weiterer Gast machte ihnen die Aufwartung. Nach einer herzlichen Begrüßung stellte Yvette ihn als Comte de Saint-Exupéry vor und bat ihn als bisher einzigen ihrer Bekannten, an ihrem Tisch Platz zu nehmen. Im selben Moment trat noch ein Paar heran, und Yvette forderte Daisy mit einem Blick auf, sich des Comtes anzunehmen.

»Leben Sie in Paris, Monsieur Comte?«, erkundigte sich Daisy höflich, ihr Mund an seinem Ohr.

»Nein, derzeit bin ich in Brest stationiert. Ich bin in Begleitung einiger Kameraden hier.«

»Sie sind Soldat?« Mit Soldaten hatte Daisy wenig am Hut. Ihre ewig währenden Heldengeschichten kaperten jede Gesellschaft und Konversation.

»Ich bin Flieger.«

Mit Piloten konnte Daisy noch weniger anfangen. Das lag vor allem an ihrem Halbbruder Hagen, der gleichfalls der elitären Fliegerzunft angehörte und bei jeder Gelegenheit damit prahlte. Doch der Comte de Saint-Exupéry weckte Daisys Interesse. Verstohlen musterte sie den nicht mehr ganz jungen Mann, dessen zerknitterter Abendanzug den Junggesellen verriet. Einerseits drang ihm die Abenteuerlust aus jedem Knopfloch, andererseits fanden sich in seinen Augen auch Ruhe und Besonnenheit. Weit davon entfernt, sie mit einer Eloge über Flugtechniken zu quälen, entpuppte er sich als ein ausgezeichneter Literaturkenner. Im Nu fand sich Daisy mit ihm in einem angeregten Gespräch über französische Autoren. Daisy glänzte mit Victor Hugo und Flaubert, dessen *Madame Bovary* ihm eine Anklage wegen Verstoßes gegen die guten Sitten eingebracht hatte.

»Und ich dachte, die jungen Mädchen von heute widmeten sich bevorzugt der Lektüre von Colette«, neckte sie der Comte.

»Colette habe ich natürlich auch gelesen. Heimlich«, gab Daisy zu.

Mit roten Wangen, leuchtenden Augen und rauer Kehle vom steten Qualm und lauten Sprechen kehrten Yvette und ihre Töchter weit nach Mitternacht ins Hotel zurück.

»Ach, Paris ist einfach wunderbar!«, schwärmte Violette mit Augen, in denen Sterne tanzten. »Als seien wir Teil eines Märchens. Ich fühle mich hier viel körperlicher.«

»Du meinst sicher fraulicher«, lächelte Daisy. Sie konnte die Emotionen ihrer Schwester gut nachempfinden. Bereits den gesamten Tag befand sie sich im Zustand des Überschwangs, durchströmt von einer vibrierenden Kraft, die ihr die Gewissheit einflößte, dass in Paris die Liebe auf sie wartete. Die Stadt gab ihr das Gefühl, sich selbst näher zu sein – nicht der Daisy, die lediglich davon träumte, die Welt zu erobern, sondern der Daisy, die genau das tat.

***

Ein Geräusch weckte Daisy in der Nacht. Kurz fühlte sie sich desorientiert, bis ihr wieder einfiel, dass sie in einem Pariser Hotelbett lag. Halb aufgerichtet lauschte sie in die Dunkelheit, konnte nichts Beunruhigendes ausmachen und ließ sich mit einem Seufzer zurücksinken. Sekunden später fuhr sie erneut hoch. Sie tastete neben sich und fand das Bett leer. »Violette?« Sie knipste die Nachttischlampe an. Ihre Schwester befand sich weder im Zimmer noch im Bad, das sie mit der Mutter teilten. Violette musste zu ihr hinübergegangen sein.

Daisy löschte das Licht und legte sich wieder hin. Doch dann trieb die Unruhe sie erneut aus dem Bett. Sie warf sich ihren Morgenmantel über, durchquerte das Badezimmer und betätigte leise die Klinke zum Schlafgemach der Mutter. Die Tür war abgesperrt. Seltsam... Daisy wollte klopfen, als ein unbestimmtes Gefühl sie davon abhielt. Ihr fielen die Blicke ein, die Violette und der Liftboy mit den samtbraunen Augen an diesem Abend in der Kabine getauscht hatten. Was, wenn die beiden noch mehr ausgetauscht hatten? Womöglich für eine kleine Serenade im Mondschein verabredet waren? Daisy gönnte Violette ihr kleines Abenteuer von Herzen. Im Grunde wirkte der schmalzlockige Jacques harmlos, der Ruf der Franzosen hingegen war es nicht. Wenn Jacques mit Violette nun mehr im Sinn hatte, als ihr lediglich ein paar Küsse zu rauben? Wäre Violette töricht genug, darauf einzugehen?

Ich fühle mich hier viel körperlicher... Verflixt! Einer Eingebung folgend öffnete Daisy die Tür zum Hotelflur. Ihre Schuhe standen frisch geputzt auf der Fußmatte, Violettes fehlten! Daisy zweifelte nicht mehr an einem nächtlichen Rendezvous ihrer Schwester. Und im Grunde war es ihre Schuld. Sie hatte Violette den Liftboy erst schmackhaft gemacht... Sie musste die beiden finden, bevor ihre Mutter Wind von der Sache bekam.

Rasch kleidete Daisy sich an, öffnete leise die Tür und traute kaum ihren Augen, als sie ihre Mutter am Ende des Flurs entdeckte. In einem dunklen Umhang, ein Barett tief in die Stirn gezogen, wartete sie auf den Lift. Wohin wollte sie in dieser Aufmachung? Zu einem Liebhaber? Daisy bebte vor Empörung. Sie überließ Violette ihrem Schicksal und flog förmlich das Treppenhaus hinab, um ihrer Mutter auf die dunklen Straßen von Paris zu folgen. Yvette wandte sich auf der Place Vendôme nach rechts und schritt gewohnt flott aus.

Die frische Nachtluft kühlte Daisys erhitztes Gemüt, und erst jetzt kam ihr der Gedanke, dass Violettes Verschwinden der Anlass für den Ausflug ihrer Mutter sein könnte. Aber nein, in dem Fall hätte ihre Mutter ihr sicher Bescheid gegeben. Sie musste den nächtlichen Abstecher geplant haben. Yvette marschierte jetzt auch entschlossen voran, wie ein Mensch mit einem festen Ziel. Daisy hielt gebührenden Abstand, vermied den Schein der Laternen und blieb jederzeit auf der Hut, um sich schnell in einen Hauseingang zu drücken, sollte sich ihre Mutter umsehen. Sie rief sich den Stadtplan von Paris ins Gedächtnis und folgerte, dass sie sich in der Rue Saint-Honoré befanden. Ein Straßenschild bestätigte ihre Annahme. Ihre Mutter umging den Jardin des Tuileries und bog in die Galerie Lemmonier ein. Deren Ende markierte die gut beleuchtete Pont Royal. Wenn sie die Seine an dieser Stelle überquerten, betraten sie das Künstlerviertel Saint-Germain-des-Prés.

Daisy wartete, bis ihre Mutter die Brücke hinter sich gelassen hatte. Furcht empfand sie keine. Sie wurde vom Gefühl geleitet, das Richtige zu tun. Und sie war keineswegs allein unterwegs. In Stettin, vom Hafenviertel einmal abgesehen, waren gegen zehn Uhr abends die Straßen menschenleer, in Paris hingegen pulsierte das Leben einfach weiter.

Auf der anderen Seite des Quai Voltaire folgte Daisy ihrer Mutter in die Rue de Verneuil. Unvermittelt öffnete sich vor ihr eine Tür und spuckte einen Trupp lärmender junger Leute aus. Sie umringten Daisy im Nu und bedrängten sie, sich ihnen anzuschließen. Mehrere Meter wurde sie unfreiwillig von der fröhlichen Menschenwelle mitgespült, bis es ihr gelang, sich daraus zu befreien. Sie fand sich inmitten eines Gewirrs von Nebenstraßen und Gassen wieder. Unmöglich zu sagen, welchen Weg ihre Mutter genommen hatte. Sie hatte sie verloren! Verdammt, und jetzt? Sie würde sicher zurück ins Ritz finden, aber inzwischen machten sich ihre Füße bemerkbar. Verflixte Schuhe, verflixte Blasen. Gleichwohl war Daisy noch nicht bereit, aufzugeben. Sie ließ nun alle Vorsicht fahren, spurtete los und spähte in jede Nebenstraße. In der Rue Guillaume glaubte sie, vor sich die Silhouette ihrer Mutter ausgemacht zu haben. Die Straße erwies sich als lang und eng, und an ihrem Ende stand ein schmaler Sichelmond, der Daisy wie ein Wegweiser erschien. Sie ging schneller. Nun tauchte die vermeintliche Gestalt ihrer Mutter vor ihr erneut in eine Nebenstraße ein und geriet dabei kurz in den Dunstkreis einer Laterne. Erleichtert stieß Daisy ihren Atem aus. Sie hatte ihre Mutter wiedergefunden!

Die Verfolgung ging weiter. Darauf bedacht, Yvette kein zweites Mal aus den Augen zu verlieren, hatte Daisy ihrer Umgebung kaum mehr Beachtung geschenkt. Längst hatten sie die besseren Viertel verlassen, die Gegend wurde zunehmend schäbig, die Gassen waren voller Unrat und Exkremente. Statt Nachtschwärmern in Abendkleidung kreuzten nun vermehrt Männer in schlichtem Aufzug ihren Weg, nicht wenige davon sturzbetrunken. Einer übergab sich gleich neben ihr an einer Hausecke, ein anderer rief ihr etwas Unflätiges zu und grapschte nach ihrem Arm. Dem Himmel sei Dank stand er derart unter Alkoholeinfluss, dass er sich kaum mehr auf den Beinen halten und sie ihm leicht entwischen konnte. Dennoch stieg nun ein flaues Gefühl in Daisy auf. Die Abwesenheit von Angst bedeutete keine Abwesenheit von Gefahr.

Als irgendwo in ihrer Nähe zwei Männer ein schlüpfriges Lied grölten, sah sich Daisy besorgt um und hätte dadurch um ein Haar verpasst, wie ihre Mutter eine neue Richtung einschlug.

Sie rannte los, hielt dann inne und spähte vorsichtig um die Ecke. Zur linken Straßenseite ruhten die Häuser still, auf der rechten reihten sich mehrere wenig einladende Lokale aneinander. Daisy wagte sich einige Meter hervor und traf zu ihrem Unglück auf die beiden unmusikalischen Wermutbrüder von vorhin, die ihr Arm in Arm entgegenwankten. Um ihrer Aufmerksamkeit zu entgehen, drückte sie sich dicht an die Mauer. Im nächsten Hauseingang standen zwei Frauen. Selbst im trüben Laternenlicht wirkten sie übertrieben aufgetakelt. Nun erst fiel der Groschen bei Daisy. Das Hurenviertel der Hafenstadt Stettin gehörte zu jenen Angelegenheiten, deren Existenz Frauen ihrer Gesellschaftsschicht zu ignorieren hatten, aber natürlich wussten sie alle Bescheid. Himmel! Wohin hatte ihre Mutter sie geführt?

»He, du!«, hörte sie plötzlich eine schrille Frauenstimme. »Hast dich wohl verlaufen? Zieh bloß Leine, sonst machen wir dir Beine!«

Der feindselige Ton veranlasste Daisy, flugs die Straßenseite zu wechseln. Langsam hatte sie die Nase gestrichen voll von ihrem Abenteuer. Fast wünschte sie sich, ihre Mutter würde sie entdecken.

Indessen schien Yvette das Ziel ihres Ausflugs erreicht zu haben. Zwei Häuser weiter klopfte sie an eine Tür, worauf ihr sofort Einlass gewährt wurde. Damit war sie vorerst Daisys Blicken entzogen. Daisy schlich näher an das Gebäude heran. Die verschlossenen Fensterläden verliehen ihm etwas Abweisendes, und die Laterne über dem Eingang schien schon vor langer Zeit zersprungen. Wenigstens drang von der anderen Straßenseite so viel Helligkeit herüber, dass Daisy das rostige Schild über dem Türstock entziffern konnte: *Le Chat noir*. Die schwarze Katze. Ein ehemaliges Etablissement? Was wollte ihre Mutter hier? Daisys Augen wanderten die graue, bröckelnde

Fassade empor. Nirgendwo sickerte auch nur der geringste Lichtstrahl heraus. Sie stand vor dem stillsten und dunkelsten Haus von ganz Paris, Mauern, die das Geheimnis ihrer Mutter verbargen. Daisy zog sich in den nächsten Eingang zurück, um das Gebäude im Blick zu behalten, und wartete.

Mit jeder verstreichenden Minute wünschte sie sich mehr zurück in ihr Bett im Ritz. Anstatt warm und weich in seidenen Laken von Paris zu träumen, kauerte sie frierend auf schmierigem Kopfsteinpflaster, gestrandet in der Hurengasse. Das konnte auch nur ihr passieren. Sie verfluchte Violette, sie verfluchte ihre Mutter, aber am meisten verfluchte sie sich selbst. Was hatte sie sich bei alldem nur gedacht? Nichts, und genau das war ihr Problem. Sie verdrückte ein paar Tränchen und tat sich selbst leid, als sie plötzlich bei den Schultern gepackt und hochgezerrt wurde.

»Wen haben wir denn da?«, lallte ein Angetrunkener. Er grinste breit, was ziemlich schlechte Zähne enthüllte. Energisch befreite sich Daisy aus seinem Griff. »Lassen Sie mich gefälligst in Ruhe!«, zischte sie.

»Wie viel?« Die Art, wie er Daumen und Zeigefinger aneinanderrieb, demonstrierte Daisy unmissverständlich, dass er nach ihrem Preis fragte. »Na hören Sie mal! Ich bin nicht käuflich!«

Unbeirrt zog der Mann einen zerknitterten Schein aus der Tasche und wedelte damit unter ihrer Nase. Daisy machte rasch zwei entrüstete Schritte zurück, direkt hinein in die Arme eines zweiten Mannes, der sie fest wie ein Schraubstock umschlang. »Das nenne ich mal ein richtig dralles Täubchen«, flüsterte er an ihrem Ohr. Daisy trat dem Mann kräftig auf den Fuß.

»Au!« Er ließ sie los, und Daisy gab sofort Fersengeld. Sogleich war der andere Mann zur Stelle und versperrte ihr den Weg. »Du Biest! Du hast es wohl gern auf die harte Tour, was?« Er lächelte auf beängstigende Weise.

Zwei Frauen tauchten nun auf, dieselben, die sie vorhin verjagt hatten. Doch statt Daisy aus ihrer misslichen Lage zu befreien, stachelten sie die Männer an: »Los, Didier, besorg es ihr! Das miese Flittchen hat hier nichts zu suchen!«

Zwischen den beiden Häschern und den anfeuernden Huren gefangen, flehte Daisy: »Bitte, das ist ein Irrtum! Ich bin nicht von hier.«

»Scheiß drauf, woher du bist«, schrie die eine grob. »Jetzt bist du da und bekommst deine Abreibung. Das wird dich lehren, dich nicht in unserem Revier herumzutreiben!«

Erneut wurde Daisy von den Männern gepackt. Der eine hielt sie fest, der andere riss an ihrer Kleidung. Daisy stieß einen markerschütternden Schrei aus. Ihr Hilferuf wurde von lautem Motorengeräusch verschluckt. Reifen quietschen, und jäh flammten an beiden Enden der Gasse Autoscheinwerfer auf. Türen schlugen, Gendarmen schwärmten aus, Trillerpfeifen schrillten durch die Nacht. Es folgte eine wilde Rangelei, weil alle Welt versuchte, gleichzeitig zu flüchten. Allein Daisy sackte mit weichen Knien auf das Pflaster. Ein Polizist stieß sie an. »Hoch mit dir!«

Daisy blinzelte zu ihm auf: »Vielen Dank, Monsieur. Sie haben mich gerettet.«

Der Gendarm schaute auf sie hinab, als sei sie nicht ganz bei Trost. Sein Gesicht unter der Kappe war jung und eifrig, und er fackelte nicht lange. Er zerrte sie hoch und stieß sie mitten in eine Gruppe Huren hinein, die seine Kollegen aus den umliegenden Lokalen zusammentrieben. Die Gendarmen sparten dabei nicht mit dem Einsatz ihrer Knüppel. Daisy protestierte gegen die rüde Behandlung und erhielt einen Extraschlag in den Nacken. Halb benommen wurde sie mit den anderen in einen der vergitterten Transporter verfrachtet. Als sich ihr Verstand allmählich wieder klärte, fuhren sie bereits am Revier von Saint-Lazare vor. Die Festgenommenen wurden wie Vieh ins Gebäude getrieben, die Männer nach rechts, die Frauen nach links. Als Endstation diente den Frauen ein riesiger Käfig in einem Saal voller geschäftig agierender Gendarmen. Der Lärm war ohrenbetäubend, alles schrie, brüllte und schlug gegen die Käfigstäbe. Daisy hielt sich den schmerzenden Kopf, der wie eine Kirchenglocke dröhnte.

Ein älterer Gendarm schritt vorüber, ohne die Insassen des Käfigs eines Blickes zu würdigen. Sein Profil wies eine vage Ähnlichkeit mit Daisys Vater auf, was sie zu einer spontanen Geste veranlasste. Sie streckte ihre Hand durch die Gitterstäbe und flehte: »Monsieur, bitte, hören Sie mich an! Das ist ein Irrtum, ich gehöre nicht hierher. Ich bin mit meiner Mutter auf Besuch in Paris und habe mich verirrt! Mein Name ist Marguerite Poisson. Wir logieren im Hotel Ritz. Bitte rufen Sie dort an, der Concierge wird Ihnen meine Angaben bestätigen!«

Der Gendarm ging unverdrossen weiter, dafür erntete Daisy lautes Hohngelächter seitens einiger Mitgefangenen. Die Rothaarige, die ihr bereits Didier und seinen Saufkumpan auf den Hals gehetzt hatte, packte sie beim Zopf, riss sie zurück und geiferte: »Wir logieren im Ritz... haha. Du hältst dich wohl für was Besseres!« Sie stieß Daisy gegen das Gitter. »Halt lieber deine Papiere bereit, sonst scheren sie dir hier gleich die Haare. Was meint ihr?«, rief sie in die Runde. »Gehört das Hühnchen gerupft?«

»Ja!«, brüllte es ihr entgegen.

»Ruhe!« Ein Gendarm schlug mit dem Knüppel gegen die Stäbe, dass es nur so schepperte. »Halt dein verfluchtes Schandmaul, Babette«, fuhr er die Rädelsführerin an. Die wiegte sich aufreizend in den Hüften und wandte sich mit einer obszönen Geste an ihren Aufpasser. »Na, Jean-Claude, wie wär's?«

Der Angesprochene ließ sie stehen und kehrte zu seinen vorherigen Verrichtungen zurück.

Daisy wähnte sich mitten in einem Albtraum. Von welchen Papieren schwafelte Babette? Sie trug keine bei sich, und wie sollte sie ohne ein Dokument ihre Identität nachweisen? Ihr dämmerte, in welch prekärer Situation sie sich befand.

»Hör nicht auf Babette, Täubchen. Sie ist eine missgünstige alte Krähe.«

Überrascht hob Daisy den Kopf und schaute in ein wohlmeinendes Gesicht. Die Frau war einige Jahre älter als der Rest ihrer Mitgefangenen, und ihre Aufmachung verriet, dass auch sie sich ihr Geld auf der Straße verdienen musste.

»Wer sind Sie?«, krächzte Daisy, weil ein dicker Tränenkloß in ihrem Hals saß.

»Marie la Sainte.«

Daisy riss die Augen auf. »Im Ernst?«

»Früher hieß ich Marie la Vierge.«

Daisys Kloß löste sich in einem ungewollten Kichern auf. »Pardon«, murmelte sie.

»Weshalb? Manchmal ist Hysterie eine Notwendigkeit. Lass alles heraus. Umso rascher findest du deine Fassung wieder«, erklärte Marie großzügig.

»Werden mir die Gendarmen wirklich meine Haare abschneiden?«, erkundigte sich Daisy ängstlich.

»Kannst du dich denn nicht ausweisen?«

»Nein. Ich hatte mich nur zufällig in diese Gegend verirrt, als ich...« Daisy verstummte. Sie kannte die Frau erst seit einer Minute. Sollte sie sich ihr wirklich schon anvertrauen? Zumal ihre Geschichte ein schlechtes Licht auf sie warf. Was würde Marie zu einer Tochter sagen, die heimlich ihrer Mutter gefolgt war?

»Marie«, sagte sie mit leiser Stimme, »wissen Sie, was das *Chat noir* ist?«

»Das *Chat noir*? Warum fragst du?« Misstrauen legte sich wie ein Schatten auf Maries Gesicht. Fast schien es Daisy, als rückte sie ein Stück weit von ihr ab, obwohl sie sich gar nicht bewegte. Daisy nahm all ihren Mut zusammen. »Weil meine Mutter heute Nacht in diesem Gebäude verschwunden ist.«

»Und dich ließ sie vor der Tür stehen, oder wie?«

»Sie hat mich nicht gesehen.«

»Heißt das, du bist ihr heimlich gefolgt? Mädchen, Mädchen.« Marie nahm ihre Ohrringe ab, riesige Klunker, die Abdrücke hinterlassen hatten. Sie rieb sich die geröteten Ohrläppchen.

»Ich habe töricht gehandelt.« Daisys Stimme klang reuevoll.

»Keine Sorge. Ich bin die Letzte, die den Stab über dir brechen würde. Es gibt Dummheiten, die bringen einen ins Grab, andere machen uns schlauer. Ich bin inzwischen sehr schlau, aber offensichtlich nicht schlau genug. Sonst wäre ich nicht schon wieder in diesem Käfig gelandet.« Marie seufzte und entledigte sich ihrer dunklen Perücke. Darunter kam kurzes graues Haar zum Vorschein. Verblüffenderweise wirkte sie ohne Schmuck und Perücke jünger und vitaler. Als hätte sie die Insignien der Nacht abgestreift. »Komm, setz dich«, forderte sie Daisy auf und ließ sich auf dem schmutzigen Boden nieder, die Gitterstäbe dienten als unbequeme Lehne. »Was hat dich dazu gebracht, deiner eigenen Mutter hinterherzuspionieren? Ist dafür normalerweise nicht Monsieur Ehemann zuständig?«

»Es war eine spontane Idee«, gab Daisy zu.

Marie grinste wissend. »Du hast gedacht, deine Mutter hat ein Geheimnis, nicht? Vielleicht einen Liebhaber? Warum sollte sie keinen haben?«

Daisy zog es vor, darauf nicht zu antworten. Maries unangenehme Fragen nahmen die ihrer Mutter vorweg, vorausgesetzt, sie würde sie in diesem Leben wiedersehen.

»Das *Chat noir*«, erklärte Marie leise, »galt einmal als das beste Haus am Platz. Es gehörte Madame de Bouchon. Jeder vornehme Kavalier Frankreichs, der sich abseits des Ehebetts amüsieren wollte, kannte ihre Adresse. Madame wählte für ihr Etablissement nur die schönsten und kultiviertesten Frauen aus. Und ich«, Marie hob stolz ihr Kinn, »war eine von ihnen!«

Daisy wurde ganz flau im Magen. Maries Worte erinnerten sie an einen Streit zwischen ihrem Halbbruder Hagen und ihrer Mutter, den sie einmal belauscht hatte. Damals hatte er Yvette eine billige Hure genannt. War dies das Geheimnis ihrer Mutter? Hatte auch sie einst für Madame Bouchon gearbeitet, und waren sich ihre Eltern auf diese Weise begegnet? Allerdings konnte Daisy sich ihren Vater schwerlich in einem solchen Etablissement vorstellen. Wobei sie sich genauso wenig jemals ausgemalt hätte, eines Tages in einem Pariser Gefängnis zu landen... Aber da sie nun einmal hier festsaß, wollte sie zumindest in Erfahrung bringen, wofür sie Haar und Freiheit riskierte.

»Was ist mit dem *Chat noir* passiert?«

Maries Lippen wurden schmal wie Striche, und ihr Blick versenkte sich in die Perücke auf ihrem Schoß. Daisy wartete mit angehaltenem Atem. »Es ist eine traurige Geschichte«, begann Marie. »Madame Bouchon wurde noch vor dem Großen Krieg ermordet. Zu allem Unglück war ich es, die sie tot in ihrem Bett gefunden hat. Der Täter wurde nie gefasst. Damals ging das Gerücht, sie habe mit deutschen Agenten kollaboriert. Arme Madame Bouchon. Sie ist sicher vieles gewesen, aber ganz sicher keine Spionin. Nach ihrem Tod wurde das *Chat noir* geschlossen.«

»Na, Marie?«, höhnte die rote Babette. »Suhlst du dich wieder in deinen glorreichen Zeiten bei der Bouchon? Dass du dich überhaupt daran erinnerst, wo es doch Ewigkeiten her sein muss. Was meint ihr? Hundert Jahre?« Der gesamte Käfig fiel in Babettes boshaftes Lachen ein.

Marie sprang auf und konterte: »Im Gegensatz zu dir, Babette, bin ich wenigstens einmal schön gewesen! Darum wollte die Bouchon mich haben und dich nicht!«

»Du dreckiges Miststück.« Ohne Vorwarnung stürzte sich Babette auf Marie. Im Nu entspann sich ein wilder Kampf im gesamten Käfig. Es wurde geschrien und gekreischt, geschubst und gestoßen, an Kleidung und Haaren gerissen, und so manche Perücke segelte quer durch den Raum. Daisy versuchte zunächst, sich herauszuhalten, aber vergeblich. Sie erwehrte sich der Angriffe, so gut sie konnte, und teilte am Ende selbst tüchtig aus.

Die Flics, daran gewöhnt, dass sich jede Schlägerei irgendwann müde lief, ließen die Frauen zunächst gewähren. Aber dann beendeten sie den Kampf der Furien, indem sie die Kontrahentinnen mit mehreren Eimern kaltem Wasser übergossen. Da standen sie nun alle mit triefenden Haaren und Kleidern und hängenden Armen. Die Kampfhennen zogen sich zurück, um ihre Wunden zu lecken. So verging der Rest der Nacht.

Am Morgen gab es ein großes Schlüsselgerassel, die Tür flog auf, und ein Gendarm brüllte zwei Namen: »Jacqueline Lever, Marguerite Poisson! Mitkommen!«

Daisy und Marie fuhren hoch. Die letzten Stunden hatten sie aneinandergelehnt auf dem kalten Steinboden zugebracht. Ihren Namen so unvermittelt zu hören verunsicherte Daisy. Sie schaute rasch zu Marie und erhaschte gerade noch einen kurzen Blick auf deren erschrockenes Gesicht. Jacqueline Lever, ein hübsches junges Ding, schickte sich indes bereits an, den Käfig zu verlassen. Einige Frauen applaudierten ihr und riefen obszönes Zeug.

Daisy begann am ganzen Leib zu beben. Aber es gab kein Versteck, und sie selbst hatte gestern ihren Namen herausposaunt. Die anderen Frauen drängten sie nun gnadenlos hinaus, direkt in die Arme eines kräftigen Flics, der sie mit geübtem Griff packte und mit sich zog. Auch Daisy folgten schlüpfrige Bemerkungen. Über ihnen vernahm sie Maries Stimme klar und deutlich: »Sei schlau, Marguerite!«

Der Weg über weite Treppenaufgänge und lange, hallende Gänge schien Daisy endlos und bot ihr ausreichend Gelegenheit, sich ihr drohendes Schicksal in den trübsten Farben auszumalen. Schließlich schob sie der Gendarm in ein riesiges Amtszimmer und schloss die breite Flügeltür hinter sich.

Der Unterschied zur Zelle hätte nicht größer ausfallen können: Holzvertäfelung, Stuck, eine prachtvoll bemalte Decke… und hinter einem Koloss von Schreibtisch ein Mann im Talar, der sie mit strenger Miene musterte. »Treten Sie näher, Mademoiselle.«

Daisy verharrte wie festgefroren. War dies der Mann, dem sie zu Diensten sein sollte? Würde er gleich über sie herfallen? Niemals! Wie ein gehetztes Tier suchte ihr Blick die Tür. Wahlweise zog sie auch eines der beiden Fenster in Betracht. Sie würde eher springen, als sich von diesem Gnom vergewaltigen zu lassen!

Ein zweiter Mann in Uniform machte sich nun bemerkbar. Er hatte bisher still an der Wand gelehnt, sodass Daisy ihn erst jetzt entdeckte. O Gott, gegen beide hatte sie keine Chance! Trotzdem wollte sie nicht kampflos aufgeben. Sie nutzte das Überraschungsmoment, indem sie sich dem Uniformierten unvermittelt entgegenwarf. Während der Mann einen verblüfften Laut von sich gab und gegen die Wand taumelte, sprintete sie an ihm vorbei zur Tür und riss sie auf. Ihre Flucht währte exakt drei Schritte, da hatte sie der Gendarm im Gang wieder eingefangen.

Der Uniformierte war ihr hinaus gefolgt. Erst, als er zu ihr trat und sie zweimal leise mit »Mademoiselle Poisson« ansprach, blickte sie auf, und ein ganzes Gebirge fiel von ihrem Herzen. »Pardon, ich habe Sie in Ihrer Uniform nicht erkannt.«

Der Comte de Saint-Exupéry lächelte: »Wenn man in Frankreich etwas erreichen möchte, ist es angezeigt, als Patriot aufzutreten.«

Die Erleichterung, ein freundliches Gesicht vor sich zu haben, ließ Daisy jede Zurückhaltung vergessen, zumal ihre Beine ihr nicht mehr gehorchen wollten. Sie warf sich dem Comte weinend an die Brust. Etwas unbeholfen streichelte Saint-Exupéry ihren Rücken und murmelte beruhigende Worte. Hinter ihrem Tränenschleier nahm Daisy nur vage wahr, dass er sich von dem Herrn im Talar verabschiedete. Saint-Exupéry geleitete sie rasch ans Ende des Flures und blieb in einer Nische stehen. Unter dem steinernen Blick einer Marmorbüste reichte er ihr ein Taschentuch. Daisy trocknete ihre Augen. »Verzeihung, ich habe kurz die Contenance verloren.«

»Aber ich bitte Sie, Comtesse, nach einer Nacht im Gefängnis? Kommen Sie, Ihre verehrte Frau Mutter erwartet Sie voller Ungeduld.«

Daisy atmete tief durch und straffte ihre Schultern. Am Arm ihres Retters verließ sie das Gebäude, vor dem ein Taxi wartete. Der Fahrer hielt bereits den Wagenschlag für sie geöffnet. Während sie einstieg, wechselte ihre Mutter mit Saint-Exupéry einige Worte, darauf verabschiedete sich der Comte mit einem kurzen Gruß und entfernte sich zu Fuß. Das Taxi fuhr an.

Daisy hockte stumm neben ihrer Mutter. Nach dieser Nacht

wünschte sie sich nichts sehnlicher, als sich an deren Brust auszuweinen, wagte es jedoch nicht, den ersten Schritt zu tun.

Yvette legte ihre Hand sacht auf die ihrer Tochter, als wollte sie sich versichern, dass sie kein Trugbild vor sich hatte. Ihre Geste flutete Daisy mit Dankbarkeit, und zaghaft wagte sie es, den Kopf zu heben. »*Maman*, ich bin so froh, dich zu sehen.«

Yvette blickte sie ernst an. »Diese Nacht war eine harte Lektion. Und du hast sie dir selbst zuzuschreiben.«

»Ja, *Maman*«, wisperte Daisy kleinlaut.

»Ich bin maßlos von dir enttäuscht, Marguerite. Du hast dein gegebenes Versprechen gebrochen. Wie soll ich dir jemals wieder vertrauen können?«

»Bitte, *Maman*, es wird nie wieder vorkommen. Ich schwöre es dir.« Daisys Hände legten sich um die Finger ihrer Mutter und drückten sie, als wollte sie einen Pakt besiegeln.

Yvette wusste um die tausend Gefahren, die zu jeder Zeit und an jedem Ort in einer Stadt wie Paris auf ein junges, unerfahrenes Mädchen lauerten. Und wie jede Mutter wünschte sie sich, ihre Kinder davor schützen zu können. Sie passierten eben die Pont Neuf an der Île de la Cité, rechts zeichneten sich nun die mächtigen Umrisse von Notre-Dame ab.

»Hör mir zu, *ma fille*«, sagte Yvette eindringlich. »Wenn man so jung ist wie du, erscheint einem das Leben schillernd wie eine Seifenblase. Dabei ist diese Welt eine grausame, zu oft begegnet sie uns gewalttätig und ungerecht. Jede Mutter fragt sich, wie sie ihre Kinder vor Unheil bewahren kann. Was möchtest du für ein Mensch sein, *Chérie*? Jemand, der einen Schwur bricht?«

»Es tut mir leid, *Maman*«, wiederholte Daisy.

»Ja, *jetzt* tut es dir leid. Weißt du, wie viele Ängste ich in den letzten Stunden ausgestanden habe? Was hat dich bloß dazu bewogen, nachts das Hotel zu verlassen?«

Ich wollte Violette suchen, aber dann entdeckte ich dich am Aufzug und bin dir heimlich gefolgt. Die Worte kamen Daisy nicht über die Lippen. Die Wahrheit zu sagen würde ihre Mutter in Verlegenheit bringen. »Ich wollte mir nur ein wenig die Beine vertreten, *Maman*. Und auf einmal hatte ich mich verlaufen.« Was das Schwindeln anbetraf, war Daisy völlig unbegabt, sie bekam sofort Schluckauf.

»Tss! Und jetzt lügst du mich auch noch an, Marguerite.«

Daisy stritt es gar nicht erst ab. Beschämt senkte sie die Lider.

»*Bien*, ich will dir zugestehen, dass du es für Violette getan hast, um die nächtliche Eskapade deiner Schwester zu verschleiern.«

»Du weißt es?«, entfuhr es Daisy.

»*Naturellement!* Schließlich hatte ich das kleine Tête-à-Tête mit Jacques selbst arrangiert. Er sollte mit Violette auf den Dachgarten gehen, ihr den Sternenhimmel zeigen und dabei ein wenig Süßholz raspeln.«

Die Erklärung stürzte Daisy in Verwirrung. »Warum hast du das getan, *Maman*?«

»Um Violettes Selbstbewusstsein zu stärken. Ihr fehlt der Glaube an sich selbst, und sie steckt voller Zweifel und Unsicherheit. Sie bedurfte dringend einer Bestätigung. Die Aufmerksamkeit des hübschen Jacques erschien mir ein geeignetes Mittel.«

Daisy stand die Verblüffung im Gesicht.

Ihre Mutter deutete ein Lächeln an. »Das ist das Fatale an der

Jugend. Stets haltet ihr euch für schlauer als eure Eltern. Wir sind auch einmal jung gewesen und versuchten uns an denselben Tricks wie ihr. Warum bist du mir nachgeschlichen?«

Die Frage erwischte Daisy kalt und brachte ihr Herz zum Flattern. Der Wagen stoppte vor dem Hotel Ritz. Der Portier eilte heran und öffnete ihnen die Tür.

»Wir reden oben weiter«, beschied ihre Mutter.

Daisy fiel etwas ein. »*Maman*, ich bin im Gefängnis einer Frau begegnet. Sie hat sich meiner angenommen. Können wir ihr nicht auch irgendwie helfen? Sie nannte sich Marie la Sainte.«

Yvettes feine blonde Augenbrauen zogen sich zusammen. Daisy fürchtete eine Ablehnung. »Bitte, *Maman!*«

Yvette seufzte. »*Bien*. Ich werde zusehen, was ich für die Frau tun kann.«

In der Suite stürzte Violette ihnen aufgeregt entgegen, und die beiden Schwestern fielen sich um den Hals. Weil das, was ihre Mutter noch mit Daisy zu bereden hatte, nicht für Violettes Ohren bestimmt war, stattete Yvette sie mit ein paar Francs aus und schickte sie los, in der nächstgelegenen Patisserie ein paar Eclairs zu besorgen.

Yvette befahl Daisy zunächst, ein Bad zu nehmen, und kippte großzügig Duftessenz ins Wasser. Bald begann der Schaum um Daisy herum zu steigen. Yvette schloss den Hahn und nahm auf dem Wannenrand Platz. »Nun sag mir, was du dir dabei gedacht hast, mir heimlich nachzusteigen.«

»Nichts«, gab Daisy zu und schämte sich dafür.

»Du hast nicht zufällig angenommen, ich sei zu einem Liebhaber unterwegs, um deinen armen Vater zu betrügen?«

Daisys Miene verriet sie.

Ihre Mutter griff nach dem Schwamm und tauchte ihn ins Wasser. »Chérie, du bist so schmutzig wie deine Gedanken.« Sie hob Daisys schweres kupferfarbenes Haar im Nacken an und begann, der Tochter energisch den Rücken zu schrubben. Daisy fragte sich bange, welche Strafe sie zu erwarten hatte.

Offenbar hatte die Mutter beschlossen, die Tochter diesbezüglich auf die Folter zu spannen. Sie sagte nämlich vorerst nichts mehr.

Als Violette zurückkehrte, blickte Yvette von einer Tochter zur anderen. »Nun, ihr habt euch sicher viel zu erzählen. Ich lasse euch jetzt allein, aber wehe, eine von euch verlässt das Zimmer, bevor ich zurück bin.«

Kaum hatte sie die Tür hinter sich zugezogen, platzte es aus Violette heraus: »Wo bist du nur gewesen? Du hättest *Maman* erleben sollen, Daisy! Sie war ganz bleich und so zornig, dass sie eine Schale zerbrochen hat!«

Daisy war noch nicht bereit, über ihre nächtlichen Erlebnisse zu sprechen. Sie fühlte sich seltsam matt und murmelte nur: »Ich habe mein Versprechen gebrochen.« Sie kroch in ihr Bett und wickelte sich in die Decke, bis nur noch ihre Nasenspitze hervorlugte.

»Ich glaube, *Maman* war deshalb so wütend auf dich, weil schon einmal jemand einen Schwur, den er ihr gegeben hatte, gebrochen hat.« Violette warf sich mit Schwung auf die Matratze. Da sie vor Mitteilungsbedürfnis platzte, fehlte ihr jedes Gespür für Daisys Bedürfnis nach Ruhe. »Du hättest es wirklich klüger anstellen sollen! Mich hat *Maman* nämlich nicht erwischt!«, verkündete Violette triumphierend. Ihre Worte sprudelten munter weiter und drehten sich dabei ausschließlich um den ach so wundervollen Jacques. Die erschöpfte Daisy schlief bald nach den ersten Schwärmereien ein.

Für Daisy zog der Ausflug vorerst keine Konsequenzen nach sich. Sie hatte mit Hausarrest gerechnet, doch das für den restlichen Tag geplante Programm wurde abgespult. Sie bestiegen den Eiffelturm und speisten anschließend im Restaurant auf der Plattform, das einen atemberaubenden Rundumblick über Paris bot. Abends besuchten sie das Varietétheater Folies Bergère. Das frivole Spektakel trieb den Schwestern die Hitze in die Wangen. Sie sahen sich an und fühlten sich selbst ein wenig anrüchig.

»Oh, là, là, das verraten wir aber nicht den Tanten«, meinte Yvette schelmisch auf dem Weg zurück ins Hotel.

Vor dem Zubettgehen fasste sich Daisy ein Herz. Sie klopfte an die Tür ihrer Mutter, um sie direkt nach der zu erwartenden Strafe zu fragen. Yvette saß im hauchzarten Negligé am Frisiertisch und verteilte sahnige Creme im Gesicht. Ohne sich nach Daisy umzudrehen, erklärte sie leicht belustigt: »*Mon dieu*, Marguerite! Soll ich dich etwa in der Suite einsperren und dich hundert *Vaterunser* beten lassen?« Sie fuhr mit ihrer Toilette fort und betupfte ihre Handrücken mit Lotion.

Das sollte es schon gewesen sein? Daisy war das nicht geheuer.

Ihre Mutter seufzte, schraubte den Deckel auf den Cremetopf und erhob sich. »Du hast deine Strafe längst erhalten, *Chérie*. Sie sitzt hier drin.« Yvettes schlanker Zeigefinger tippte gegen ihre Stirn, und Daisy stieg der blumige Duft ihrer Lotion in die Nase. »Du wirst diese Nacht im Gefängnis niemals vergessen. Weil du am eigenen Leib erfahren hast, wie die Menschen sein können. Begreifst du, was ich dir sagen will?«

»Ja, *Maman*.«

»*Bien*. Im Übrigen geht es Marie la Sainte gut. Sie befindet sich wieder auf freiem Fuß.«

Und damit war das Kapitel um die Ereignisse von Paris abgeschlossen. Mutter und Tochter sprachen nicht mehr davon – weder warum Yvette das Hotel zu so später Stunde verlassen hatte, noch wie sie von Daisys Verhaftung hatte erfahren können. Erst sehr viel später, als längst eine neue Zeit angebrochen war, sollte Daisy das Geheimnis lüften.

Kapitel 6

Die Unvergänglichkeit des Weizens

Die Wochen nach ihrer Rückkehr aus Paris rasten nur so dahin. Längst waren die Zugvögel zurückgekehrt. Den drolligen Kiebitzen folgten Schwärme von Staren, Graugänse zogen in beinahe soldatischer Formation unter den Wolken vorüber, und die Störche ließen sich in den hohen Nestern aus dem Vorjahr nieder.

O sonnendurchglühter Sommer unter einem endlos weiten Himmel, trunken vor Hitze und den Geschmack von Staub auf der Zunge. Köstliche Abkühlung im Tessensee, sich auf dem Rücken treiben lassen und in Gedanken zu reisen.

Louis' Prusten holte Daisy zurück in die Gegenwart. Seine Wellenbewegungen trafen auf die ihren und brachten ihr den Streit vom Morgen zurück. Entzündet hatte er sich an einer Nichtigkeit, an die sie sich schon jetzt nicht mehr erinnern konnte, aber wie so häufig in letzter Zeit endete er bei Willi. Er und sie kabbelten sich, seit sie denken konnte, doch nun schlich sich vermehrt eine ihr unverständliche, latente Feindseligkeit in ihre Begegnungen. Louis wollte es weder wahrhaben noch zugeben, und noch weniger wollte er von ihr hören, dass Mitzi ihre Meinung teilte. »Typisch Daisy«, sagte er im

Tonfall des Klügeren. »Du suchst dir jemanden, der deine Meinung bestätigt, weil du unbedingt recht haben willst.«

»Das ist nicht fair, du weißt, dass es nicht so ist. Mitzi ist meine Freundin, und es ist völlig natürlich, dass wir uns darüber austauschen.«

»Vielleicht spürt Willi ja, dass du nicht mehr mit ihm befreundet sein willst?«

»Kunststück, wenn er sich so benimmt!«, brauste Daisy auf.

Sie zankten sich noch eine Weile, schlossen aber wieder Frieden, weil es definitiv viel zu heiß zum Streiten war und der Tessensee lockte.

Die Tage flogen nur so dahin. Eben erst hatten sie zur Sonnenwende hohe Scheiterhaufen aufgeschichtet, um die kürzeste Nacht des Jahres zu feiern, hatten einander an den Händen gefasst und waren um das lodernde Feuer getanzt, heidnisch und flammentrunken. Glut und Hitze dieser Nacht waren noch nicht ganz erloschen, da setzte bereits die Erntezeit ein.

Wie menschliche Zugvögel trafen zuerst die polnischen Erntehelfer ein und bezogen die Schnitterkasernen. Daisy war von klein auf mit auf dem Feld dabei gewesen, fasziniert von den feierlichen Ritualen und mystischen Sprüchen, die den Beginn der großen Ernte markierten. Dann fühlte sie sich wie ein Heidenkind, erdnah und mit den alten Zeiten verbunden, und das Wesentliche erschien ihr nie greifbarer als zu dieser Zeit des Sommers.

Alle werkten Hand in Hand, die Luft flimmerte vor Staub, und der Schweiß floss in Strömen. Der Plackerei zum Trotz herrschte allseits frohgemute Stimmung, es wurde gelacht, gescherzt und viel gesungen. Erschöpft, aber auch auf eigentümliche Art von der Gewissheit berauscht, der Natur das Beste abgerungen zu haben, sanken die Helfer am Abend auf ihre Strohbetten.

Ende Juli traf endlich die Sendung aus Paris ein. Zur Anprobe der Kleider versammelte Yvette ihre Töchter um sich, und alles passte wie angegossen. Das große Fest Anfang Oktober rückte näher, und die kommende Zeit war angefüllt mit einer Vielzahl an Vorbereitungen.

Wenn eine bedeutende Persönlichkeit wie Sybille von Tessendorf ihren fünfundsiebzigsten Geburtstag beging, lag es in der Natur der Sache, dass sich die Planung verselbstständigte. Sybille selbst versetzte das zu erwartende Spektakel in dauerhaft schlechte Laune. Denn leider konnte sich selbst eine Patriarchin wie sie, Generaldirektorin eines Großunternehmens und mit dreitausend Hektar bester Erde zweitgrößte Landbesitzerin in Pommern, den Erwartungen der tonangebenden Oberschicht nicht entziehen. Während sie sich in der Geschäftswelt den Ruf erworben hatte, in endlosen Besprechungsmarathons mit Partnern und Kunden zu verhandeln, bis diese mürbe wurden, waren ihr gesellschaftliche Pflichten eine Last. Nicht, dass sie etwas gegen Konventionen gehabt hätte, im Gegenteil. Sie hielt sehr viel auf sie, schließlich waren sie das Korsett, das die Gesellschaft zusammenhielt. Aber nun sah sie sich zu Festivitäten gezwungen, die Unsummen verschlangen. Sie wurde fünfundsiebzig, die Zeit zerrann ihr zwischen den Fingern, und man musste schon eine Idiotin sein, um darin einen Anlass zum Feiern zu sehen.

Zu allem Übel war am Morgen ein Brief aus Berlin eingetroffen, mit dem sich Reichspräsident Paul von Hindenburg quasi selbst zu ihrem Jubeltag eingeladen hatte, *um die Laudatio für die verehrte gnädige Frau zu halten*. Von diesem Moment an befürchtete Sybille, die gesamte Unternehmung könnte außer Kontrolle geraten. Die Dienerschaft musste neu eingekleidet werden, die Fassade ausgebessert und vor allem mehr Räumlichkeiten hergerichtet werden, um die nicht unerhebliche Entourage Hindenburgs unterzubringen. Er, wie alle der prominentesten Gäste, würde Logis auf dem Hauptgut nehmen, die Übrigen mussten auf die umliegenden kleineren Güter verteilt werden. Organisation und Logistik der Veranstaltung bereiteten Sybille weniger Sorge. Dergleichen konnte sie getrost in die Hände ihrer Schwiegertochter Yvette und ihres Butlers Franz-Josef legen. Wieder rückten die Handwerker an. Fassaden und Stuck wurden ausgebessert, Türen und Fensterrahmen frisch gestrichen, und der durchdringende Geruch der Farben und Lacke zog noch tagelang durch die Häuser. Räumlichkeiten wurden hergerichtet, Böden, Treppen und Geländer gewischt und gewienert. Spiegel und Fenster wurden geputzt, die Vorhänge gereinigt, Bettwäsche gewaschen, gemangelt und gestärkt. Das hundertjährige, mit dem Tessendorf-Wappen versehene Geschirr würde ebenso zum Einsatz kommen wie das Tafelsilber, das mit Asche auf Hochglanz poliert wurde. Lampen und Kronleuchter erhielten neue Birnen, Wandhalterungen frische Kerzen, und jede verfügbare Vase wurde hervorgeholt, um am großen Tag mit prachtvollen Blumensträußen aus dem eigenen Gewächshaus bestückt zu werden.

Eine Angelegenheit von größter Bedeutung stellte die Tischordnung dar, die sowohl für spannende Gegensätze zu sorgen hatte als auch, in Kenntnis der neuesten Gerüchte, interessante Techtelmechtel anstiften sollte. Tagelang sah man Yvette darüber brüten. Sie führte diverse Telefonate mit dem Adjutanten des Reichspräsidenten, dessen Sohn Oskar von Hindenburg, um das Programm seiner Ankunft vorzubereiten. Obwohl der alte Feldmarschall und Held von Tannenberg als Gast und nicht in seiner offiziellen politischen Funktion nach Tessendorf reiste, wurden mit seiner Person gewisse Erwartungen verknüpft. Statt eines einfachen Händeschüttelns erwartete seine Exzellenz den großen Bahnhof: Empfang durch die Honoratioren des Dorfes und einige dekorierte Veteranen der Umgebung, eine Rede (Bürgermeister), ein Ständchen des Kinderchors (Auftritt Pfarrer), eine Abordnung Landfrauen in pommerscher Tracht und die Darreichung von Blumensträußen durch weiß gekleidete Mädchen, die nach frischer Seife rochen. Eine Militärkapelle würde bei Ankunft den preußischen Parademarsch *Alter Dessauer* und zur Verabschiedung *Fridericus Rex* schmettern, traditioneller Gruß preußischer Feldmarschälle und... und... und...

Jetzt, im Spätsommer, konnte sogar Hindenburgs einziger Passion Rechnung getragen werden: der Jagd. Das Waidwerk war für den Morgen nach dem Fest angesetzt, und auch einige Damen hatten ihre Teilnahme angemeldet, darunter Daisy, die sich selten einen Ritt entgehen ließ. Wer sich anderweitig sportlich betätigen wollte, dem standen der hauseigene Tennisplatz, eine Boule-Bahn oder die Pingpongplatte zur Verfügung, ein Spiel, das seit Kurzem *en vogue* war. Des Weiteren waren eine Führung durch das technische Museum der

Helios-Werft sowie eine Probefahrt mit dem Prototyp der neuesten Helios-Lok auf dem eigenen Testgelände am Stettiner Hafen vorgesehen. Es wurde an alles gedacht und nichts vergessen.

Nur die höhere Gewalt, auch Schicksal genannt, hatte niemand auf dem Plan. Es lud sich selbst zum Fest ein und veränderte den Lauf der Geschichte.

Kapitel 7

Das geflügelte Herz

Daisys Impulsivität hatte sie schon als Kind in Schwierigkeiten gebracht. Zum Beispiel die Sache mit der Kirche. Der sonntägliche Kirchgang mit der Familie war Pflicht, aber Daisy konnte viel besser mit Gott sprechen, wenn sie alleine mit ihm war. Wenn alle um sie herum beteten, wem sollte Gott da zuhören? Oder Karfreitag! An diesem Tag wurde Jesus ans Kreuz genagelt und starb. Deshalb wurde von ihr verlangt, nicht zu rennen und ganz leise zu sein. Am Ostersonntag war Jesus wieder auferstanden. Gut, kann passieren. Aber im Jahr darauf wiederholte sich das Schauspiel. Wozu leise sein?, fragte sich Daisy. Um den Mann nicht zu wecken? Kein Mensch brauchte drei Tage Schlaf. Was man dabei alles versäumte! Davon abgesehen begriff sie ohnehin nicht, warum man den armen Mann überhaupt jedes Jahr frisch annageln musste.

Sie verstand allerdings früh, dass die Erwachsenen wirklich die seltsamsten Dinge anstellten, sich dann aber darüber aufregten, wenn sie in ihrem Sonntagsgewand in den Pferdestall ging. Erwachsene und ihre Regeln blieben für das Kind Daisy ein Buch mit sieben Siegeln. Sie besaß ohnehin ihre eigene Sicht auf die Dinge und betrachtete sie gerne aus einer anderen

Perspektive. Sie musste nur darauf achten, dabei nicht erwischt zu werden. So kletterte sie gerne auf Bäume, um herauszufinden, was die Vögel sehen konnten. Oder sie kroch mit Monsieur Fortuné, dem Schoßhündchen ihrer Mutter, durch die Korridore und fand es aufregend, wie unnatürlich groß plötzlich alles erschien. Die chinesische Vase wuchs zu einer Säule, der goldene Konsolentisch wurde zum Tempel, und zugleich bewunderte sie den winzigen Monsieur Fortuné, der sich tapfer durch diese Welt der Riesen schlug.

Völlig aus dem Häuschen geriet sie, als sie erstmals die Bilder entdeckte, die ihre Mutter Yvette von ihren häufigen Reisen aus ihrer Heimatstadt Paris mitbrachte. Dort lebten Maler, die die Welt als genauso wundersam empfanden wie sie, die verstanden, dass man oben mit unten vertauschen und den Blickwinkel verschieben konnte, die Gesichter zeichneten, die ineinanderflossen, Augen, die außerhalb des Körpers saßen, den Mund anstelle der Nase, und die Frauen waren nackt und blau.

Diese Bilder bestätigten Daisy, was sie längst gewusst hatte: Es gab keine Grenzen und keinen Rahmen. Ihr Herz besaß Flügel, und sie konnte sie ausbreiten und damit an jeden Ort der Welt fliegen.

Auch ihr Bruder Louis besaß eine künstlerische Neigung. Beim Zeichnen bevorzugte er jedoch das Technische, weshalb er überwiegend Autos, Schiffe und oftmals seine kleine Segeljolle auf dem Papier verewigte. Er liebte das Segeln, so wie Daisy das Reiten. Für seine künftigen Aufgaben im Familienunternehmen erwies sich sein Zeichentalent als ideale Voraussetzung, und er wurde darin von seiner Großmutter bestärkt. Daisys Bilder hingegen beachtete Sybille von Tessendorf nicht.

Die ersten Jahre wurden die Geschwister noch gemeinsam durch Hauslehrer unterrichtet. Doch mit zehn wurde Louis aufs Lyzeum in Stettin geschickt, um auf sein Leben im Dienst des Familienunternehmens vorbereitet zu werden. Nach der Matura würde er an der Technischen Hochschule sein Ingenieurstudium aufnehmen, während Daisy auf ein Leben vorbereitet wurde, das ganz der Gefälligkeit gewidmet sein sollte, reich an weiblichen Tugenden, immerzu gelassen und freundlich lächelnd. Sie lernte, wie man ein großes Haus führte und glänzende Gesellschaften beging, auf denen sie selbst zu glänzen hatte. Fremdsprachen, Konversation und Gesellschaftstanz sowie Gesangs- und Musikunterricht gehörten ebenso zu ihrer Ausbildung. Zweimal die Woche kam ein Fräulein Bergheim ins Haus für Harfe- und Klavierstunden. Daisy lag die Musik, für das Üben hatte sie weniger übrig.

Sooft es ging, traf sie sich heimlich mit Mitzi am Schmugglerloch. Während des Krieges hatte Großmutter Sybille darin Güter aller Art vor den Requirierungstrupps der Armee versteckt. Nach Kriegsende ließ sie den zugemauerten Eingang wieder öffnen, und nun diente es vornehmlich als Vorratslager für Kraut- und Rübenfässer, die man bequem über eine Rampe hineinrollen konnte. Ein Gang verband das Lager mit dem Bier- und Spirituosenkeller, und da dies für durstige Kehlen eine stete Versuchung darstellte, schützte ein massives Schloss den Eingang. Daisy, findig wie immer, hatte sich einen Zweitschlüssel verschafft. In der kälteren Jahreszeit erwies sich das Lager als idealer Ort für eine heimliche Zigarette mit Mitzi und Dotterblume. Das kleine Huhn war mit verkümmerten Füßchen geschlüpft und kämpfte sich seither tapfer durchs Leben. Dotterblume hatte Mitzis Herz erobert, und jeden Abend schmuggelte sie es in ihre Dachkammer. Zwischen zwei Zügen meinte sie nachdenklich: »Ich würde gerne das Piano spielen können.«

Es war nicht üblich, dass Küchenmädchen länger als vier Jahre in die Schule gingen oder gar ein Musikinstrument erlernten. Daisy, die über einen ausgeprägten Sinn für Gerechtigkeit verfügte, entflammte dieser Gedanke sogleich. Ihr Herz sagte ihr, dass es falsche Regeln und Konventionen waren, die ihre Freundin Mitzi von ihrer Welt ausschlossen und ins Tiefparterre verbannten. Selbst wenn sie in Stettin zusammen ins Lichtspielhaus gingen, mussten sie darauf achten, möglichst von niemandem aus Daisys Bekanntenkreis gesehen zu werden. Daisy war daher fest entschlossen, jeden Spalt zu nutzen, um Mitzi in ihre Welt zu holen. Und so kam es, dass Mitzi zweimal die Woche nach ihrer Arbeit heimlich ins Musikzimmer schlüpfte, wo Daisy ihr Klavierunterricht erteilte. Mitzi zeigte einen erstaunlichen Lerneifer. Abends übte sie oft noch in ihrer Kammer mittels eines Brettes, auf das sie die Klaviertasten aufgezeichnet hatte. Innerhalb eines Jahres gelang es ihr, Daisys Vorsprung aufzuholen. Auch das Notenlesen bereitete ihr keinerlei Schwierigkeiten.

»Himmel!«, zog Daisy ihre Freundin auf. »Ich wäre niemals darauf gekommen, dass sich in dir eine echte Streberin verbirgt. Pass auf, demnächst gründest du noch ein Orchester.«

»Das ist der Unterschied zwischen Zwang und etwas wirklich zu wollen«, erklärte Mitzi. »Du lernst das Instrument, weil es von dir erwartet wird. Ich lerne es, weil ich schon lange davon geträumt habe.«

Es dauerte nicht lange, und die Tanten Clarissa und Winifred kamen hinter ihr Treiben. In der Folge wurde Mitzi vor ihre eigene Tante, Küchenmamsell Theres Stakensegel, zitiert und musste einen ausschweifenden, mit Bibelzitaten geschmückten Vortrag über sich ergehen lassen, wo ihr von Gott zugewiesener Platz sei.

»Was bin ich gesegnet«, ließ sich Mitzi später bei Daisy aus, »dass meine Tante immer genau weiß, was Gott mir sagen will. Ich kann ihr ewiges ›Man muss das Leben verstehen, es gilt nicht für alle gleich‹ nicht mehr hören. Tante Theres kann ihr Dasein gerne eine halbe Etage unter der Erde verbringen, bis sie ganz darunterliegt. Ich lasse mich dazu nicht zwingen. Ich will den Himmel sehen. Jeden Tag!«

Kapitel 8

> Wer seinen Nachbarn hasst,
> wird selbst in der Sonne Fehler entdecken.
>
> Polnisches Sprichwort

Auf dem Weg zum Stall scholl Daisy schon von Weitem Hagens wütende Stimme entgegen. Er stritt häufiger mit Zisch, denn ihr Halbbruder konnte den Stallmeister nicht ausstehen, weil er glaubte, dieser ließe es ihm gegenüber an der nötigen Hochachtung mangeln. Niemand würde Hagen darin widersprechen. Zisch ließ sich grundsätzlich von niemandem etwas sagen, einzig Sybille von Tessendorf gegenüber ließ er es nicht an Respekt fehlen. Über sein Leben, bevor er vor über dreißig Jahren mager und abgerissen auf Gut Tessendorf auftauchte, war wenig bekannt. Sybille, immer schon ebenso eine Pferdenärrin wie ihre Enkelin heute, hatte Zischs Talente schnell erkannt, und es verging weniger als ein Jahr, bis sie ihn zu ihrem Stallmeister ernannte.

»Was fällt dir ein, mir Vorschriften zu machen!«, tobte Hagen.

»Nix Vorschriften. Ich bin verantwortlich für die Pferde«, konterte der Stallmeister gefährlich ruhig. Er würde niemals die Stimme vor seinen sensiblen Schützlingen erheben.

»Eines Tages werde ich dich mit einem Stiefeltritt vom Hof jagen. Meine Großmutter wird nicht ewig leben«, drohte Hagen.

»Ja, ja, schöne Träume für dumme Mann«, knurrte Zisch und spuckte neben Hagen auf den Boden, gerade als Daisy das Stallgebäude betrat. Die beiden Streithähne standen sich im Mittelgang gegenüber, rechts und links lugten nervöse Pferdeköpfe aus den Boxen.

»Was fällt dir ein!« Hagen hob die Reitgerte, aber Daisy warf sich zwischen die beiden Männer und legte jedem die ausgestreckte Hand auf die Brust. »Was ist denn hier los? Die Pferde sind ja völlig durcheinander!«

»Dieser unverschämte Flegel will mir Apollo nicht herausgeben!«, geiferte Hagen.

»Apollo lahmt.« Zisch kaute Tabak.

»Hagen, bitte«, wandte sich Daisy diesem zu. Sie zwang ein freundliches Lächeln in ihr Gesicht. »Es stimmt. Apollo lahmt seit gestern und benötigt einige Zeit Ruhe.«

Unwillig betrachtete Hagen seine Halbschwester. »Ja, ja!«, grummelte er. »Du verteidigst diesen frechen Kerl jedes Mal!«

Daisy ging nicht darauf ein. »Hör zu, warum satteln wir nicht Hector und Nereide und reiten zusammen aus?« Sie wäre zwar lieber allein losgezogen, wusste jedoch, dass Hagen nichts gegen ihre Gesellschaft einzuwenden hatte. Insofern betrachtete sie ihr Angebot als gutes Werk, wenn sie ihn damit aus dem Stall locken konnte. Trotz des Altersunterschieds von über zwanzig Jahren hatte sie sich mit Hagen immer gut verstanden. Als sie noch klein war, hatte er sie mit seinen Grimassen zum Lachen gebracht, sie auf seinen Schultern reiten lassen und bei so mancher Gelegenheit vor den Argusaugen der Tanten gerettet. Erst nach seiner Hochzeit mit Elvira hatten sie sich voneinander entfernt, und gemeinsame Momente waren seither eher rar. Und vielleicht, dachte sie, trug sie ein Stück weit selbst die Schuld daran, weil sie sich zu wenig um ihren Halbbruder bemüht hatte – wobei auch mit hineinspielte, dass Hagen Louis die kalte Schulter zeigte, seit Sybille den Jüngeren zu ihrem Erben erklärt hatte.

Hagen nahm Daisys Vorschlag mit einer knappen Geste an.

»Wir sprechen uns noch«, knurrte er Zisch zu, bevor er sich abwandte und einen der beiden Stallburschen herbeikommandierte. Daher entging ihm, dass Zisch hinter seinem Rücken das Teufelszeichen machte und erneut ins Stroh spuckte. Daisy schüttelte resigniert den Kopf. Sie wünschte, Zisch würde ihren Halbbruder weniger provozieren. Sie mochte sich nicht ausmalen, was geschehen wäre, wenn sie nicht dazwischengegangen und Hagen den Stallmeister mit der Reitgerte geschlagen hätte. Eines Tages würde sie nicht rechtzeitig zur Stelle sein.

Kapitel 9

> Enttäuscht vom Affen, schuf Gott den Menschen.
> Danach verzichtete er auf weitere Experimente.
>
> Mark Twain

Der große Tag war gekommen. Seit dem Vorabend trudelten die ersten Logiergäste auf dem Gut ein, und die geschwungene Auffahrt füllte sich mit den neuesten Automobilen deutscher Ingenieurskunst. Das Glanzstück bildete ein goldfarben lackierter Maybach, dem der Filmproduzent Jonathan Fontane entstieg. Begleitet wurde er von drei jungen Damen, eine blond, eine rot- und eine schwarzhaarig, von jeder Farbe eine. Die Hausdiener bekamen es nun mit Tonnen an Gepäck zu tun, und auf der Treppe herrschte ein reges Kommen und Gehen. Bei solchen Gästen war immer auch mit Exzentrik zu rechnen. Ein pensionierter General brachte seinen Ohrensessel mit, ein älteres Paar seine Matratzen, und die steinreiche Frau Liebeskindt, Gattin eines Großaktionärs der Helios-Werft und Lokomotive AG, reiste mit zwei Schrankkoffern und zehn Hutschachteln an – für einen geplanten Aufenthalt von drei Tagen.

Die ungarische Fürstin Szondrazcy, sagenhaft reich und über einige Ecken und Kanten mit Sybille verwandt, hatte Ehemann Nummer vier, einen dreißig Jahre jüngeren Stutzer, im Schlepptau, dazu einen Kapuzineraffen im roten Pagenkostüm auf der Schulter, der Daisy an Violettes Flamme Jacques denken ließ. Bei der Anreise zerzauste der Winzling die fürstliche Frisur. Sie reichte ihren demolierten Strohhut an Nummer vier weiter, während sie pausenlos zwitscherte: »Nein, Chico. Nein, Chicolein...«

Besonderes Interesse rief ein durch die Deutsche Reichspost zugestelltes Nagelbrett hervor. Ein Beamter hatte das schwere Gepäckstück zur Überprüfung geöffnet und anschließend eher nachlässig wieder verschnürt. Das Paket war an einen Sunjay Singh adressiert, dessen Name nicht auf der Gästeliste stand. Martin, ein junger Hausdiener, zweifelte an der Echtheit der Nägel, machte die Probe aufs Exempel und musste danach verarztet werden.

Auch ein gutes Dutzend unverheirateter Vettern und Basen wurde mit der ersten Gästewelle angeschwemmt. Daisy besaß wenig Überblick über die genauen Verwandtschaftsverhältnisse, weil sie sich weder für Genealogie erwärmte noch den Gothaer Adelskalender studiert hatte, der in ihren Kreisen, neben der Bibel, als wichtigste Lektüre galt. Über die Gesellschaft der Verwandten freute sie sich dennoch, ihre einzige wirkliche Freundin war jedoch Mitzi. Und diese bezeichnete wiederum diese Mädchen als *Kichererbse*.

Mitzi hatte sich kurz von der Arbeit davongestohlen, um einen Blick auf die eintreffende Gästeschar zu erhaschen. Neugierig nahm sie Jonathan Fontane in Augenschein. Der Filmproduzent sah gar nicht mal so übel aus. Und mit Genugtuung stellte Mitzi fest, dass sie mit seinen Begleiterinnen mühelos mithalten konnte. Natürlich nicht in ihrer Küchenschürze, aber...

»Schau sie dir an, diese reichen Fatzkes!«, murrte es nah an ihrem Ohr. »Unsereiner hat nichts zu fressen, und die färben ihre Fahrzeuge mit Gold ein.«

Mitzi stieß einen genervten Laut aus. Willi verdarb ihr den Moment. »Und ich fress 'nen Besen, wenn du auch nur einen Tag in deinem Leben gehungert hast. Im Übrigen ist es kein Gold, sondern nur ein wenig gelber Lack.«

»Eben, Lackaffen!«, stänkerte er weiter.

»Verzieh dich, Willi. Du schepperst herum wie ein leerer Eimer, da hab ich echt null Bock drauf.«

»Haha«, lachte Daisy, die just zu ihnen stieß. »Scheppert herum wie ein leerer Eimer …«

Willi fand's weniger lustig. Mit einem vernichtenden Blick auf sie beide stampfte er davon.

»Na, der ist ja mies drauf«, meinte Daisy kopfschüttelnd.

»In letzter Zeit ständig. Der steht morgens mit dem falschen Fuß auf und überlegt, wie er mit dem anderen jemanden treten kann.«

»Aber er ist doch früher nicht so gewesen. Wo kommt das in letzter Zeit bloß her? Er benimmt sich, als sei ihm die ganze Welt zum Feind geworden.«

»Tja!« Mitzi grinste breit. »Willi sollte sich mal gründlich im Heu wälzen und absamen.«

Daisy schlug die Hand vor den Mund. »Wirklich, Mitzi«, kicherte sie.

»Ist doch so. Aber jetzt sollt ich wieder rein, sonst schickt mir Tantchen noch 'nen Suchtrupp auf den Hals.«

***

Am folgenden Festtagsmorgen ging es nach dem Frühstück für Yvette und ihre Töchter ins Gewächshaus. Sie füllten mehrere Körbe mit frisch geschnittenen Blumen, um sie anschließend in den Vasen im Haus zu arrangieren. Mit Hinweis auf das bevorstehende opulente Abendmenü fanden die Schwestern zu Mittag lediglich gedünstetes Gemüse auf ihrem Teller. Betrübt fragte sich Daisy, wie sie die nächsten acht Stunden durchhalten sollte, mit nichts als Erbsen und Rüben im Magen. Zumal das Essen für die engste Familie und ihren Ehrengast Hindenburg am Tisch serviert wurde, während der Rest der Gesellschaft sich an einem Buffet gütlich tun durfte. Daisys Faible für Buffets verstand sich von selbst, da niemand merkte, wie viel man wirklich zu sich nahm. Ihre Mutter, ganz Französin, vertrat hingegen die Überzeugung, Buffets untergrüben jede Essenskultur.

Schlau unterließ Daisy jeden Protest, besaß sie doch mit Theres eine Verbündete in der Küche, die ihren Liebling sicher nicht verhungern lassen würde. Sie lächelte und stolperte fast über den Blick ihrer Mutter, der auf ihre Taille zielte. »Vergiss nicht, Chérie«, mahnte diese, »dass deine Robe auf Figur gearbeitet ist.«

Niemand trauerte der Charleston-Mode mit den lustigen Fransen und dem locker fallenden Schnitt mehr nach als die von ständigem Appetit geplagte Daisy. Beim Gedanken an ihre traumhafte Chanelrobe stieß sie einen langen Seufzer aus und nahm sich vor, bis zum Abend auf jeden weiteren Bissen zu verzichten. Heroisch hielt sie bis zum späten Nachmittag durch, um sich schließlich doch in die Küche zu schleichen und ein halbes Dutzend Petits Fours zu stibitzen.

Gerade als sie sich das erste der köstlichen Miniaturtörtchen einverleiben wollte, trat ihre Mutter in ihr Zimmer. »Du willst sicher nicht, dass dir inmitten der Festlichkeit wieder eine Naht platzt, Marguerite«, mahnte Yvette und entwand ihrer Tochter die Leckerei.

»Aber *Maman!* Das ist fast drei Jahre her.« Es war bei einem Empfang im Berliner Tiergarten passiert, als sie dem ehemaligen Kronprinzen Wilhelm vorgestellt wurde. Beim Hofknicks riss ihr die Seitennaht von der Schulter bis zur Taille. Jeder konnte es hören. Und sehen! Sie wäre damals am liebsten im Boden versunken.

Bevor Yvette angesichts der spektakulären Unordnung in Daisys Zimmer zu einer weiteren Rüge ansetzen konnte, hüstelte es vornehm an der Tür.

»Ja, was gibt es, Franz-Josef?«, fragte Yvette den Butler.

»Frau Gräfin, in der Küche hat sich eine Situation ergeben.«

»Theres?«, erkundigte sich Yvette sofort. Ihre friesische Köchin war ein Genie am Herd, besaß jedoch einen fatalen Hang zur Hysterie. Ein faules Ei, eine Tragödie. Ein Mehlwurm, eine Katastrophe. Eine zerbrochene Tasse, der Weltuntergang! Allein Yvette gelang es dann, Theres zu beruhigen und zur Weiterarbeit zu bewegen. Bevor sie ging, um die Dinge in der Küche wieder geradezurücken, befahl sie Daisy: »Ab ins Bad. Danach schicke ich René zu dir.« René Charpentier, namentlich Ralf Schreiner, war ein Berliner Friseur, der ihnen das gesamte Festwochenende zur Verfügung stehen würde. Er verstand sich selbst als Haarkünstler und hatte mit praktischen Kurzhaarfrisuren nichts am Hut. Zu seinem Leidwesen hatten sich diese in den Zwanzigern geradezu epidemisch verbreitet. Angesichts Daisys dichter Kupfermähne verfiel er regelmäßig in Ekstase. Aber sosehr der Meister über ihr Haar ins Schwärmen geriet, versetzten ihn ihre Augenbrauen in Aufruhr. »Komtess, ich kann Sie unmöglich mit diesem verwilderten Gestrüpp unter die Leute gehen lassen. Denken Sie an meinen Ruf!«

»Ich mag meine Brauen!«, erklärte Daisy und erhob sich. Sie fand, die meisten Damen sahen mit ihren dünnen, mit Khol nachgestrichelten Bögen albern aus.

Missmutig sammelte René seine Utensilien ein und stolzierte davon.

Daisy verschmähte auch jedes Make-up. Ihre junge Haut hatte weder Puder noch Rouge nötig, lediglich ihre Lippen zog sie ein wenig nach.

Es klopfte. Almut, die Zofe ihrer Mutter, brachte ihr das frisch aufgebügelte schwarze Abendkleid. Daisy bedankte sich bei ihr und befühlte den neuartigen Stoff aus fließendem Jersey. Traditionell trugen junge, unverheiratete Mädchen in Gesellschaft hellere Töne. Aber Mademoiselle Chanel hatte versichert, diese ganzen »Jungfrauen-Farben« seien ohnehin bald passé. Der weiche Stoff schmiegte sich wie eine zweite Haut an den Körper, verzieh jedoch kein Pölsterchen zu viel. Daisy schlüpfte in das Kleid. Verflixt! Um die Taille zeichneten sich ihre Röllchen unschön ab. Sie kam um das verhasste Mieder nicht herum. Daisy zwängte sich hinein und schloss die Häkchen vorne. Es fühlte sich nun an, als säße ihr Busen direkt unter dem Kinn. *Himmel*, prustete sie kurzatmig. Warum zur Hölle verlangte niemand von den Herren der Schöpfung, sich einzuschnüren, bis ihnen die Luft wegblieb, und steif wie

Stöcke auf der Stuhlvorderkante zu sitzen? Warum durften die Männer ihre dicken Bäuche jederzeit vor sich herschieben wie Trophäen? Sie hatte es so satt. Und um alles musste sie kämpfen. Das Tragen von Hosen und das Nichttragen von Hüten, die Länge des Rocksaums und das Weglassen von Strümpfen. Wie konnte es jemals ein Skandal sein, wenn sie barfuß tanzte? Als wenn es keine anderen Sorgen gäbe!

Ihr Blick fiel auf die Uhr. Erst sechs! Da blieb ihr noch ausreichend Zeit, um ihrer hochtragenden Stute Nereide einen Besuch abzustatten. Kurzerhand tauschte sie das Foltermieder gegen ihre Stallkleidung und stahl sich aus dem Haus.

Kapitel 10

> Nichts wächst leichter in den Himmel als unsere Träume.
>
> Yvette von Tessendorf

Der Kies spritzte nach allen Seiten, als Daisy die Allee zum Stall entlanghastete. In ihre Gedanken versunken, fuhr sie zusammen, als sich aus dem Schatten der Bäume vor ihr zwei Gestalten lösten. Während die eine schleunigst das Weite suchte, lehnte sich die andere in aller Ruhe an einen Stamm, zog eine Zigarette hervor und gab sich selbst Feuer. Mitzi! Eigentlich hieß sie Hermine Gotzlow. Küchenmamsell Theres Stakensegel hatte ihre verwaiste Nichte als knapp Achtjährige zu sich aufs Gut geholt. Mitzi bekleidete die Stellung als Küchenmädchen, womit sie in der Hackordnung des Gutsbetriebes traditionell ganz unten rangierte. Ihr oblag es, das Geschirr zu spülen, Gemüse zu schälen, die Böden zu wischen und das Federvieh zu versorgen. Dafür musste man nicht sonderlich helle sein, und deshalb galten Küchenmädchen allgemein als etwas beschränkt. Mitzi jedoch besaß eine ganze Menge Grips und mehr als nur ein Händchen für das Federvieh. Bei der Aufzucht der Entenküken verlor sie so gut wie nie eines – eine Aufgabe, die allgemein als schwierig galt, da Enten empfindsamer und weniger robust waren als Hühner.

Die gleichaltrigen Mädchen hatten sich schnell angefreundet. Dabei achtete die gewitzte Mitzi darauf, ihre Freundschaft nicht an die große Glocke zu hängen. Erst im Frühjahr wurden die beiden von ihrer Tante Theres vertraulich rauchend hinter dem Gänsestall erwischt. Das hatte ziemlichen Ärger gegeben. Für Mitzi. Leider wurde der Standesdünkel der herrschenden Gesellschaft auch beim Personal im Tiefparterre gepflegt. Der Stand wurde bei der Geburt festgelegt. Punkt. Tanzte nur einer aus der Reihe, bestünde die Gefahr, dass das ganze Gefüge ins Wanken geriet. Sein Schicksal zu hinterfragen hieße, Gott anzuzweifeln, und dies bedeutete das ewige Fegefeuer. Mindestens. An dieser Überzeugung hielt die Kochmamsell fest, und in diesem Sinne regierte sie ihr kleines Reich mit ebenso eiserner Hand wie Sybille von Tessendorf das ihre eine Etage höher.

Sobald sich Daisy und Mitzi ungestört wähnten, waren sie einfach nur zwei junge Mädchen mit Köpfen voller Flausen und wilden Zukunftsfantasien. Die jüngste beinhaltete eine gemeinsame Wohnung in Berlin. Mitzi träumte davon, eine berühmte Schauspielerin zu werden, umringt von einer Schar Verehrer, die sie mit Pelzen und Juwelen überhäuften. Daisy plante, sich ebenfalls ein halbes Dutzend Liebhaber zuzulegen und einen raffinierten Salon zu unterhalten wie einst Ninon de Lenclos.

»Wer zum Teufel ist Ninon de Lenclos?«, hatte Mitzi gefragt.

»Eine Kurtisane, die vor dreihundert Jahren in Paris gelebt hat. Bei ihr verkehrten alle großen Namen. Die Königin Christine von Schweden und Madame de Maintenon, die zweite Frau des Sonnenkönigs. Und Molière!«, schwärmte Daisy.

»Aha«, erwiderte Mitzi. Der Begriff Kurtisane sagte ihr

genauso wenig wie die Namen Maintenon oder Molière. Zwischen Daisy und Mitzi klaffte eine Bildungslücke so groß wie der Spandauer Schifffahrtskanal, jedoch gelang es ihnen mühelos, diese mit den verrückten Träumen und Wünschen ihrer Jugend zu überbrücken. Längst hatten sie sich das gegenseitige Versprechen gegeben, gemeinsam in die Hauptstadt zu ziehen.

»Gib mir auch eine Zigarette«, bat Daisy nun. Einen Atemzug lang wirkte es, als wollte Mitzi ablehnen, bevor sie damit herausrückte.

»Wer ist diesmal der Glückliche?«, erkundigte sich Daisy nach dem ersten Zug. Mitzi war ihr altersmäßig nur wenige Monate voraus, aber sie konnte bereits auf hinreichend Erfahrung mit dem anderen Geschlecht zurückblicken.

Mitzi lächelte geheimnisvoll. Und schwieg.

»Komm schon. Ist es einer der Stallburschen?«

»Vielleicht…« Mitzi, sonst über die Maßen auskunftsfreudig, ließ sich den Namen nicht entlocken. Das weckte erst recht Daisys Neugierde. »Sag mal, hast du dich etwa verliebt?« Einst hatten sie sich feierlich versprochen, sich niemals zu verlieben, weil das etwas war, von dem alle Provinzlerinnen träumten, und sie wollten keinesfalls provinziell sein. Später hatten sie ihren Schwur ein klein wenig aufgeweicht. Oder vielmehr Daisy hatte ihn erweitert, indem sie erklärte, es spräche nichts dagegen, sich zumindest ein bisschen zu verlieben, weil das Küssen sonst weniger Spaß bereite. Aber natürlich erst, wenn sie der Stettiner Provinz entflohen wären und sich in der Landeshauptstadt etabliert hätten.

Mitzi blieb ihr die Antwort weiterhin schuldig. »Ich habe unseren Reichspräsidenten heute Nachmittag bei der Ankunft gesehen«, wechselte sie das Thema. »Er sieht aus, als seien bei ihm schon einige Lampen ausgeknipst.«

»Was dir so auffällt... Ich hatte vielmehr den Eindruck, dass du deine gesamte Aufmerksamkeit Jonathan Fontane und seinen Begleiterinnen gewidmet hast.«

Mitzi tat, als sei sie ungerührt. Sich gegenseitig aufzuziehen machte einen großen Teil ihrer Freundschaft aus. Obgleich sie den Standesunterschied negierten, war er dennoch vorhanden, ein unsichtbarer Graben, über den sie sich mit gegenseitigen Frotzeleien hinwegsetzten. Mitzi drückte ihre halb geraucht Zigarette aus und verwahrte den Reststummel in ihrer Schürze. »Ich sollte zurück an die Arbeit. Tante Theres dreht schon fast durch«, sagte sie in einem Ton, als sei ihr dies schnuppe. »Oh«, fiel ihr darauf ein, »heute hast du echt was verpasst. Einer der angeheuerten Hilfsdiener, ein Karottenkopf, hat versucht, das Küchenpersonal gegen die Herrschaft aufzuwiegeln. Den hat Theres vielleicht zur Minna gemacht. Später beobachtete sie durchs Fenster, wie der in *ihrem* Gemüsegarten an *ihren* Vogelscheuchen Messerwerfen übt. Sie hat sich eine Pfanne geschnappt, ist damit raus und hat ihm damit tüchtig eins übergebrannt. Der ist umgeklatscht wie eine gefällte Tanne, aber er hat's überlebt. Franz-Josef hat ihn in die Räucherkammer verfrachtet, solang bei dem noch die Vögelchen piepen.«

»Bei euch ist immer was los«, meinte Daisy neidisch.

»Ha!«, entfuhr es Mitzi. »Sagt ausgerechnet das Prinzesschen, das sich gleich auf dem Ball amüsieren wird. Und ich muss zurück in die Küche und Linsen lesen.«

»Wir sehen uns später bei dir, ja?«, erinnerte Daisy die Freundin an ihr Ritual. Seit Daisy an abendlichen Veranstaltungen teilnehmen durfte, schlich sie sich danach zu Mitzi in deren Dachmansarde. Daisy brachte Champagner, Zigaretten und den neuesten Klatsch mit, Mitzi stibitzte Leckereien aus der Küche, und damit feierten sie ihr eigenes kleines Fest. Und obwohl sie sich gegenseitig geschworen hatten, sich niemals richtig zu verlieben oder zu heiraten, insbesondere seit Daisys Schlappe mit Hugo, landete ihr Gespräch meist bei den unverheirateten männlichen Gästen. Ihr Tratsch machte vor niemandem halt, mit einer Ausnahme: Louis. Früher hatte er zum Gesprächsrepertoire gehört, aber seit einer Weile umging Mitzi Daisys Bruder. Ungefähr zur selben Zeit hatte sich auch eine kaum merkliche Missstimmung zwischen sie geschlichen. Anfänglich glaubte Daisy, sie bilde es sich bloß ein. Mitzi und sie besaßen beide ihre Launen, kabbelten und stritten sich. Aber niemals währte ein Zwist lange. Zuletzt hatte sie jedoch immer häufiger das Gefühl, sie könnte Mitzi nichts mehr recht machen.

Die Episode mit dem Geschenk aus Paris reihte sich nahtlos in diese Wahrnehmung ein. Sie hatte für ihre Freundin ein Parfüm von Mademoiselle Chanel ausgesucht und es ihr in einer kostbaren Schmuckschachtel aus Rosenholz überreicht. Die alte Mitzi hätte gejubelt, die Verschnürung aufgerissen, den Duft auf ihr Handgelenk getupft und überschwänglich gerufen: »Wie rieche ich?« Die neue Mitzi nahm das teure Geschenk mit einem Ausdruck entgegen, als handele es sich um ein Almosen.

Heute erforderte es allerdings nicht allzu viel Kombinationsgabe, um Mitzis schlechte Laune mit der hastig zwischen den Bäumen verschwundenen Gestalt in Verbindung zu bringen: Sie war unglücklich verliebt!

Kapitel 11

> Der Horizont vieler Menschen ist ein Kreis mit
> Radius null – und das nennen sie ihren Standpunkt.
>
> Albert Einstein

Das Rittergut war hell erleuchtet, und der gesamte Park mutete wie eine Märchenlandschaft an. Lampions hingen zwischen den Bäumen und tauchten die Nacht in ein zauberhaftes Licht. Mit Fackeln beleuchtete Wege luden zum Flanieren ein. Gleichzeitig sollte die Beleuchtung verhindern, dass durch Alkoholgenuss angeheiterte Gäste, mit denen zu fortschreitender Stunde stets zu rechnen war, im Gebüsch oder Ententeich landeten.

Zum Empfang der Gäste nahm ein Dutzend Diener in blaugoldenen Livreen vor dem Eingangsportal Aufstellung, und im Vestibül machten sich adrette Dienstmädchen zur Abnahme der Garderobe bereit.

Indessen versammelte sich die Familie von Tessendorf im kleinen Salon. Zuletzt rollte die Gastgeberin, Sybille von Tessendorf, herein. Die Spätfolgen einer in der Kindheit erlittenen Poliomyelitis fesselten sie in letzter Zeit vermehrt an den Rollstuhl. Was sie keinesfalls an einem großen Auftritt hinderte. Ihre Robe aus burgunderroter Duchesseseide war von erlesener Eleganz, eine herrliche Brosche schmückte den hochgeschlossenen Kragen, und auf ihrem Haupt funkelte das Familiendiadem. Zwischen den behandschuhten Fingern hielt sie den Gehstock aus Elfenbein, den sie nur zu seltenen Anlässen hervorholte. Ihr zur Seite schwebte ihre jüngste Enkelin Violette. Die frischen Wangen vor Aufregung gerötet, trug die Dreizehnjährige das erste Ballkleid ihres Lebens, eine Kreation aus elfenbeinfarbenem Samt und zarter Spitze. Ihr kleines Dekolleté schmückte eine der Perlenketten ihrer Mutter. Violette sah wirklich reizend aus, wie selbst ihr Halbbruder Hagen anerkennen musste.

An sich waren ihm Festivitäten solcher Art ein Gräuel. Der heutige Abend hingegen bildete wegen der exklusiven Gästeliste eine Ausnahme. Reichspräsident Hindenburg würde die Laudatio auf seine Großmutter halten, und er selbst brannte darauf, sich mit dem Oberpräsidenten von Ostpreußen und dem Vorstand des Deutschen Landwirtschaftsrats auszutauschen. Er hatte seine brillanten Ideen als Memorandum verfasst, das er in der Tasche seines Smokings verwahrte. Wenn ihm die anwesenden Politiker mit Wohlwollen begegnen und ihm vorschlagen würden, eine politische Funktion zu übernehmen, musste seine Großmutter Sybille endlich begreifen, wie sehr sie seine Qualitäten bisher verkannt hatte.

Neben der alteingesessenen Aristokratie und dem neuen Geldadel hatte seine Stiefmutter Yvette auch namhafte Künstler sowie Wissenschaftler und Sportler in die pommersche Provinz locken können. Auch seine Fliegerkameraden aus dem Krieg, Hermann Göring und Ernst Udet, wurden erwartet. Hermann, den er seinen Freund nennen durfte, seit er ihm im Großen Krieg in einem Luftkampf beigestanden und ihn vor dem sicheren Tod bewahrt hatte, wurde von seiner schwedischen Frau Carin und einem weiteren hohen Gast begleitet. Den Namen hatte Hagen ihm partout nicht entlocken können, insgeheim hoffte er jedoch auf Fritz von Opel, der kürzlich mit seinem Raketenauto den neuen Geschwindigkeitsrekord von 238 km/h aufgestellt hatte.

Unvermittelt fiel Hagen bei seiner Inspektion etwas auf. »Wo ist Marguerite?« Er nannte sie nie Daisy. Er fand den Namen vulgär, eine der wenigen Angelegenheiten, in denen er die Meinung seiner Frau Elvira teilte.

Niemand zollte ihm Aufmerksamkeit. Er wiederholte seine Frage, schärfer, lauter, worauf seine Gemahlin Elvira die Gelegenheit für einen ihrer spitzen Kommentare nutzte: »Vermutlich jagt sie wieder auf ihrem Pferd durch den Wald.« Hagen bedachte sie mit einem verdrossenen Blick. Elvira war ein zänkisches Frauenzimmer, das nie ein Unrecht vergaß, weder die echten noch die eingebildeten. Darüber hinaus war sie reizlos und spröde wie ein altes Kommissbrot. Dies trat umso augenscheinlicher zutage, wenn sie neben ihrer französischen Stiefschwiegermutter Yvette von Tessendorf stand, deren Esprit so stark wirkte, als sei sie von einer steten, pulsierenden Energie umgeben. Diesem besonderen Knistern konnte sich kaum jemand entziehen, insbesondere nicht das männliche Geschlecht, und es war allgemein bekannt, dass sein Vater Kuno ihr vom ersten Tag an mit Haut und Haar verfallen war. Yvette war eine geborene Poisson, weshalb seine Großmutter die Schwiegertochter, in Anlehnung an ihren Namen und das weizenblonde Haar, als Silberfischchen titulierte. Yvette rächte sich liebenswürdig mit *le dragon*, der Drachen, für Sybille. Von ihren drei Kindern hatte nur Violette die Haarfarbe ihrer Mutter geerbt. Marguerite hingegen kam mehr nach den brünetten Tessendorfs, aber in puncto Charme und Temperament ganz nach Yvette.

Elvira, seine Gattin, war weder charmant noch temperamentvoll, dafür aber sehr reich. Manchmal hasste er sie selbst dafür.

Wo Daisy steckte, fragte sich nun auch ihr Bruder Louis. Wie es seiner Art entsprach, beobachtete er das Geschehen vom Rande aus und besaß damit den besten Überblick. Im Zentrum der Familie herrschte seine Großmutter Sybille. Obgleich von Wiener Geburt, verhielt sie sich preußischer als die Preußen, und ihr Denken wurzelte tief im bismarckschen Feudalismus der Vorkriegszeit.

Sein Halbbruder Hagen hingegen war ein Tunichtgut, der bis heute vom Ruhm als Fliegerheld im Großen Krieg zehrte und seither nichts vollbracht hatte, als das familieneigene Unternehmen kurzzeitig an den Rand des Ruins zu treiben. Weshalb ihm seine Großmutter jegliche Repräsentanz im Namen der Firma untersagt hatte. Nichtsdestotrotz hielt Hagen unerschütterlich an seiner Genialität fest. Hagens Frau Elvira besaß zu allem eine Meinung, nur keine kluge. Sie führte ein Dasein im Schatten ihres Mannes, dem sie vollständig ergeben war. Die große Tragik ihres Lebens blieb ihre Kinderlosigkeit. Ärzte, Bäder- und Trinkkuren, Medikamente, Kräuter und Gebete, Elvira hatte alles versucht. Louis empfand durchaus Mitgefühl für sie, auch wenn er die grundlose Eifersucht nicht billigte, mit der Elvira seine Mutter Yvette verfolgte. Sein verwitweter Vater hatte Yvette bei einer Geschäftsreise in Paris kennengelernt, sie noch vor Ort geehelicht und sich damit erstmals gegen seine übermächtige Mutter Sybille behauptet. Längst jedoch hatte sich seine Großmutter mit der zweiten Schwiegertochter arrangiert. Yvette glänzte als Gastgeberin. Unermüdlich knüpfte sie ihr Netzwerk, und selbst im hundertzwanzig Kilometer entfernten Berlin schlug man sich um eine Einladung auf das Rittergut Tessendorf in Westpommern. Das war wichtig fürs Geschäft, und für seine Großmutter besaß alles eine Berechtigung, sofern es dem Unternehmen diente. Zudem hatte ihr Yvette drei Enkelkinder geschenkt. Zwei Mädchen – und ihn, Louis … *den Erben*. Er zweifelte nicht daran, dass die Großmutter ihnen allen drei zugetan war, Daisy allerdings war ihr besonderer Liebling. Oder vielmehr ihre einzige Schwäche. Seine jüngere Schwester Violette rückte nun in sein Blickfeld; sie hatte sich wie eine Schildwache hinter dem Stuhl ihrer Großmutter postiert. Er hatte sie sehr gern, fand jedoch anders als zu Daisy nur wenig Zugang zu ihr, insbesondere seit sie an der Schwelle zum Erwachsensein stand.

Neben ihm räusperte sich Waldo von Tessendorf. Der jüngere Bruder seines verstorbenen Großvaters Wilhelm sah aus wie ein alter Seebär, dem der Wind noch immer in den Haaren stand, und in seinen Augen lag ein Spott, als wüsste er, dass alle Furcht dieser Erde auf einem Irrtum beruhte. Er galt allgemein als Sonderling, das Familienunternehmen interessierte ihn nicht. Jahrzehntelang hatte er sich in der Weltgeschichte herumgetrieben, vornehmlich im Orient, wo er mit einem Briten namens Lawrence durch Arabien zog und von dort allerlei fremdländische Vorlieben mitgebracht hatte, nicht zuletzt den Konsum von Opium. Sybille hatte ihren Schwager in den entferntesten Flügel des Schlosses verbannt. Dort hatte er sich ein Laboratorium eingerichtet, das er manchmal tagelang nicht verließ. Da er oft Unverständliches vor sich hin brabbelte, ging das Gerücht, er sei schon ziemlich wirr im Kopf. Dabei war Onkel Waldo der klügste Mensch, den Louis kannte. Die Kunst bestand lediglich darin, ihm die richtigen Fragen zu stellen.

Zu Waldo gesellten sich nun dessen ältere Schwestern, Clarissa und Winifred, bestückt mit je einem nervösen Rehpinscher, die sie wie Accessoires auf dem Arm spazieren trugen. Obwohl sie zwei Jahre trennten, glichen sie einander wie eineiige Zwillinge, und ebenso unzertrennlich traten sie auf. Wenn sie nicht gerade im Salon über ihren Stickarbeiten saßen, widmeten sich die unverheirateten Fräuleins der Mildtätigkeit. Als Kind durfte man ihnen nicht zu nahe kommen. Man bekam die Haare mit Spucke gekämmt oder ein klebriges Pfefferminzbonbon zwischen die Lippen gepresst. Daisy und Louis lernten früh, einen möglichst großen Bogen um die Tanten zu schlagen. Waldo befand sich in einer ähnlichen Bredouille, da die Schwestern ihn weiterhin wie einen Fünfjährigen bemutterten. Vielleicht waren deshalb Alkohol und Opium Waldos beste Freunde. Louis hätte jetzt selbst einen Schluck gebrauchen können. Er war der Erbe, und als solcher würde er heute herumgereicht werden. Wollte er die Rolle wirklich – oder wurde er vielmehr nur jener Bestimmung gerecht, die ihm als Kunos Sohn in die Wiege gelegt worden war? Willi behauptete, er würde abgerichtet werden wie ein Jagdhund, der den Fasan nicht selbst fressen, sondern nur seinem Herrn vor die Füße legen durfte. Louis hatte über seine Worte gelacht, weil er wusste, wie gerne Willi übertrieb und dass dessen Spruch genauso auf die eigene Lage abzielte. Denn auch Willis Vater Otto Hauschka stellte die Weichen für seinen Sohn und trieb ihn dazu an, in seine Fußstapfen als Rentmeister der Tessendorfs zu treten.

Manchmal beneidete Louis Daisy, diesen wilden bunten Schmetterling, der unbeschwert herumflatterte und sich niemals um die Konsequenzen ihres Handelns scherte. Er liebte sie zärtlich und bewunderte die tiefe Leidenschaft, mit der sich seine Schwester kopfüber in alles stürzte, wonach ihr gerade der Sinn stand. Für Daisy war die Welt ein Honigland, ein Ort zu ihrer Verfügung, um nach Lust und Laune seinen Nektar zu naschen.

Louis hatte allerdings eine ziemlich genaue Vorstellung davon, wo Daisy um diese Zeit abgeblieben war. Je näher Nereides Geburtstermin rückte, umso nervöser gebärdete sich Daisy. Wer daher nach ihr fahndete, versuchte sein Glück am besten im Stall.

Kapitel 12

> »Dulce et decorum est pro patria mori.«
> (Süß und ehrenvoll ist es, fürs Vaterland zu sterben.)
> Wilfred Owen

Daisy hatte in ihrem jungen Leben schon einige Zeitenwenden erlebt. Geburt im Kaiserreich, Kindheit im Krieg und Jugend in der Weimarer Republik. Der große Weltenbrand zwischen 1914 und 1918, der die alte Ordnung wegfegte. Die Ställe, die sich von ihren geliebten Pferden leerten, von denen keines je auf das Gut zurückkehrte. Und als Kind für sie besonders einprägsam: die sorgenvollen Gesichter der Erwachsenen.

Gut Tessendorf wurde während des Krieges seine Größe zum Verhängnis. Die Männer waren fort, und es fehlten die Hände, dreitausend Hektar Land zu bewirtschaften. Dazu kamen hohe Lebensmittelabgaben für das unersättliche Militär, und der Gutsherr, Wilhelm von Tessendorf, Sybilles Mann, gab frohen Herzens. Als glühender Monarchist und Patriot war er ein Mann vom Schlage derer, die bedauerten, dass sie nur ein Leben für ihr Vaterland zu geben hatten. Aber nicht einmal das verlangte das kaiserliche Militär noch von seinem verdienten Veteran. Es ist bitter, zu alt zu sein, und tragisch, dies nicht wahrhaben zu wollen. Er starb kurz vor Kriegsende.

In den frühen 1920ern begann sich die Lage in der jungen

deutschen Demokratie zu stabilisieren, und auch auf Gut Tessendorf kehrten die besseren Zeiten wieder, und sogar neue Reittiere konnten angeschafft werden.

»Hier bist du«, sagte Louis, als er sie fand. Daisy hatte es sich in einer Ecke der Abfohlbox auf einer Pferdedecke gemütlich gemacht. Neben ihr, den gewölbten Körper an die Holzwand gedrängt, stand Nereide. Sie wirkte ruhig, allein ihr Schweif bewegte sich, um einige lästige Fliegen abzuwehren.

Louis griff sich einen Apfel aus dem Korb mit Fallobst und bot ihn Nereide an. Die Stute, einem Leckerbissen genauso wenig abgeneigt wie ihre Besitzerin, kam auf ihn zu und pflückte die Frucht mit samtigen Lippen aus seiner Hand. Sie zermalmte den Apfel, schluckte und stupste ihn an. *Mehr Apfel*, forderten ihre großen samtbraunen Augen.

»Sie hat heute schon genug gefressen. Am Ende bekommt sie noch eine Kolik«, mahnte Daisy und kam auf die Beine. Nachlässig klopfte sie sich das Stroh von ihrer Kleidung und fuhr liebevoll über Nereides Flanke. Die wandte ihren Kopf nach ihrer Herrin.

»Nein, von mir kriegst du auch keinen Apfel«, wehrte Daisy ihr Pferd lachend ab. Erst jetzt bemerkte sie Louis' festliche Aufmachung. »Herrje, wie spät ist es?«

»Fast acht, und alles ist bereit für den Empfang der Gäste.«

»Mist«, sagte Daisy laut.

»Ja, genau danach riechst du«, erklärte Louis und gab ein Schnüffelgeräusch von sich.

»Aber ich kann hier unmöglich weg. Das Fohlen kommt!«

Louis musterte Nereide. Die hob sofort hoffnungsvoll den Kopf. *Apfel?*

»Ich finde, sie sieht ganz munter aus. Nicht gerade, als würden bald die Geburtswehen einsetzen, oder?«

»Nein«, gab Daisy zu. »Aber ihr Fohlen kommt ganz sicher heute Nacht.«

»Wenn du das sagst.« Louis hütete sich, den Pferdeverstand seiner Schwester anzuzweifeln. Würde es sich heute nicht um den fünfundsiebzigsten Geburtstag ihrer Großmutter handeln, wäre er zur Gesellschaft zurückgekehrt und hätte behauptet, seine Schwester nicht gefunden zu haben.

»Großmutters Fest zu schwänzen kommt wohl nicht infrage.« Daisy zeichnete mit dem Stiefel Kreise ins Stroh.

»Die Nacht ist lang, Daisy«, sagte Louis. »Einer der Stallburschen wird bei Nereide wachen, und beim geringsten Anzeichen, dass die Geburt losgeht, wird er nach dir schicken. Und Zisch ist schließlich auch noch da«, erwähnte er den Stallmeister, den er eben vor der Tür angetroffen hatte.

»Puh! Dass du immer so furchtbar vernunftbegabt sein musst...« Widerstrebend folgte Daisy ihrem Bruder durch den Boxengang hinaus.

»Ich stelle fest, du bist weit nervöser als Nereide. Als würdest du selbst Mutter werden«, meinte Louis, als sie den Pfad zum Haus einschlugen.

»Schlimmer! Es kommt mir vor, als würde ich sie im Stich lassen«, erklärte Daisy niedergeschlagen.

»Ach so. Daher weht der Wind«, bemerkte Louis. »Es ist Zisch. Er hat dich wieder in der Mangel gehabt. Lass dich von ihm nicht immer so runterziehen, Daisy. Wenn man ihm so zuhört, müsste der Stall schon dreimal abgebrannt sein, alle Pferde würden an Huffäule leiden, und die Welt wäre längst mit Blitz und Donner untergegangen. Und dabei stehen wir hier, und alles ist gut.« Louis breitete die Arme aus, als wollte er den klaren Sternenhimmel einfangen.

Daisy lächelte ihm zärtlich zu. Ein unverbesserlicher Optimist.

»Schau«, setzte er nach, »du bist kaum fünf Minuten vom Stall entfernt, und im Falle eines Falles wärst du sofort bei Nereide.« Louis gelang es stets, die richtigen Worte zu finden, um Daisy zu beruhigen.

»Warte, Daisy! Wo willst du jetzt wieder hin?«, hielt er sie auf, als sie zielstrebig den Pfad zum Haupteingang einschlug.

»Was denn? Du holst mich, und dann hältst du mich zurück?«

»Nun, wenn du vorhast, in Reiterkluft und mit frischem Mist an den Absätzen auf dem Ball zu erscheinen, immer gerne«, erklärte Louis und verkniff sich ein Grinsen.

Daisy sah an sich hinab. »Herrje, ich geh mich rasch umziehen! Bis gleich.« Zuvor hatte sie sich über den Dienstboteneingang hinausgeschlichen, zurück wählte sie vorsorglich den Weg über das Schmugglerloch, wenig darauf erpicht, dem Butler oder der Köchin zu begegnen. Bevor Daisy aus dem Schatten der Platanen trat, schaute sie sich vorsichtig um. In diesem Moment schwang die Tür des Schmugglerlochs auf, und nacheinander traten drei Männer heraus. Eine Laterne spendete nur spärlich Licht, dennoch meinte Daisy Wedige von der Schulenburg zu erkennen, Adjutant des Reichspräsidenten Hindenburg. Der zweite Mann wandte ihr den Rücken zu und war nicht zu erkennen. Der dritte im Bunde hingegen bescherte ihr einen regelrechten Schock. Was suchte ihr Verflossener Hugo Brandis zu Trostburg hier?

»Was gibt es denn so Dringendes, Sir, dass es keinen Aufschub duldet?«, begann von der Schulenburg zu Daisys Verblüffung in gedämpftem Englisch. »Ich darf doch hoffen, Sie schneiden nicht wieder die Schwarze Reichswehr und das Thema *Dual Use* an. Wir dürften bereits erschöpfend geklärt haben, dass sich die Helios-Werke nicht an dieser unlauteren Unternehmung beteiligt haben«, fuhr er fort. Er angelte ein Zigarettenetui hervor, klappte es auf und bot seinem Gegenüber davon an.

Der unbekannte Hutträger lehnte ab, zückte jedoch ein Feuerzeug und gab dem Adjutanten Feuer, während er erklärte: »Ich habe vor weniger als einer halben Stunde eine Depesche erhalten, dass sich unter die Gäste ein Anarchist gemischt haben soll, mit der Absicht, ihren Reichspräsidenten zu ermorden.«

Daisy schrak auf, aber Schulenburg schien die Nachricht wenig zu beunruhigen. Er nahm sich Zeit für einen tiefen Zug aus seiner Zigarette, und während er den Rauch aus seinen Lungen entließ, wies er Hugo mit einem Kopfnicken an, die Antwort zu übernehmen. Hugo warf sich in Positur. »Haben Sie Dank für den Hinweis, Sir. Unseligerweise sehen wir uns fortdauernd mit Morddrohungen gegen unsere Schutzperson konfrontiert«, erklärte er. »Wir haben die Gästeliste des heutigen Abends im Vorfeld einer gründlichen Überprüfung unterzogen. Mein Dienst kam zu der Einschätzung, dass für unseren Präsidenten keine Gefährdungslage besteht. Nichtsdestotrotz haben wir die üblichen Vorkehrungen getroffen und unter den Gästen einige unserer Agenten platziert. Ein striktes Schusswaffenverbot wurde ebenfalls ausgegeben. Bis auf unsere Leute trägt heute niemand eine Waffe. Seien Sie daher versichert, Sir, wir haben alles unter Kontrolle.« Daisys Ex-Verlobter ließ keinen Zweifel aufkommen, dass er das Thema damit für abgeschlossen hielt.

Das galt nicht für seinen Gesprächspartner: »Herr zu Trostburg, Sir, ich würde mir niemals erlauben, Ihre Kompetenz oder Ihre Vorgehensweise infrage zu stellen. Erlauben Sie mir jedoch die Anmerkung, dass in diesem Haus eine Menge Dienerschaft ihr Werk verrichtet. Fraglos wurde die Mehrheit dieser Leute für die heute anstehenden Aufgaben extra angeheuert. Ich darf wohl davon ausgehen, dass alle diese zusätzlichen Personen samt und sonders einer Prüfung unterzogen worden sind?«

»Natürlich!«, entgegnete Hugo ein wenig zu schrill. Er bemerkte es selbst und fuhr bemüht höflich fort: »Auch wir hegen keineswegs Zweifel an der Kompetenz Ihres Dienstes, Sir. Aber die meisten Hinweise erweisen sich als Fehlalarm, und es liegt an uns, die falschen Informationen von den echten zu trennen. In diesem Fall irrt der Verfasser Ihrer Depesche, Sir. Es besteht kein Anlass zur Sorge, seien Sie dessen versichert.«

»Vermutlich haben Sie recht, Herr zu Trostburg«, erklärte der Unbekannte neutral. Daisy bewunderte seine Geduld.

»Nur eine letzte Anmerkung, Herr zu Trostburg. An diesem Abend herrscht ein stetes Kommen und Gehen. Für einen Attentäter wäre es ein Leichtes, sich eine Dienstbotenuniform anzueignen und sich unter die Gesellschaft zu schmuggeln. Und diese Person muss nicht unbedingt von einer Schusswaffe Gebrauch machen. Er könnte auch ein Messer wählen.«

Von der Schulenburg hatte genug gehört. Er warf seine

Zigarette fort. »Nochmals vielen Dank für die Warnung.« Hindenburgs Adjutant hatte es plötzlich eilig. Er winkte seinen Begleiter Hugo zu sich, und beide verschwanden im Schmugglerloch. Der Hutträger folgte nach kurzem Zögern.

Daisy wartete eine Minute, bevor sie den Schatten der Bäume verließ und sich dem Schmugglerloch vorsichtig näherte. Ihren Ex-Verlobten unvermittelt auf dem Gut zu sehen versetzte sie genauso in Aufregung wie das belauschte Gespräch. Ein mögliches Attentat auf den Reichspräsidenten auf dem Fest ihrer Großmutter?! Nicht auszudenken, sollte er unter ihrem Dach seinen letzten Atem aushauchen!

Als würde ein Schlüssel ins Schloss gleiten, machte es in Daisys Kopf klick. Der Mann in der Räucherkammer! Sie hastete davon, um Mitzi zu suchen.

***

»Zu spät«, sagte Mitzi, als Daisy ihr alles in Kurzform berichtete. »Er ist schon weg.«

»Was heißt weg?« Enttäuscht spähte Daisy in die Räucherkammer.

»Er ist aufgewacht, und Franz-Josef hat ihn davongejagt.«

»Wann war das?«

»Ist 'ne Stunde her.«

»Verdammt. Denkst du, er ist wirklich verschwunden?«

Mitzi zuckte mit den Achseln. Ihr Interesse an der Angelegenheit hielt sich sichtlich in Grenzen. »Ich fand ihn nicht besonders helle. Wenn du mich fragst, war das einfach nur ein Kartoffelkopf mehr, der sich wichtigmachen wollte.«

»Wie sah er aus?«

»Warum willst du das wissen?« Mitzi sah Daisy spöttisch an. »Willst du nach ihm Ausschau halten?«

»Es könnte doch sein, dass er noch hier ist und sich irgendwo versteckt.«

»Um sich dann mitten auf dem Fest auf den ollen Hindenburg zu stürzen?«

»Sei doch mal ernst!«

»Ich bin ernst, aber du spinnst dir da wieder was zusammen.«

»Tu ich nicht!«

»Tust du doch!« Plötzlich erbleichte Mitzi und spritzte davon.

»Fräulein Marguerite«, sagte Franz-Josef in seinem würdevollen Hofburgton hinter Daisy. »Es ist bereits nach acht Uhr.«

Das brachte auch Daisy auf Trab.

Das Fest war bereits in vollem Gange, als Daisy den Saal durch eine Hintertür betrat. Im Glanz der tausend Lichter schimmerten die Ballkleider der Damen, und die Luft duftete zart nach ihren Parfüms. Das Defilee zum Empfang der Gäste war vorbei, und sie hatte auch die Rede des Reichspräsidenten verpasst, worin Daisy aber keinen großen Verlust erkennen konnte. Nun hielt der alte Feldmarschall im Beisein ihrer Großmutter, flankiert von seinem Sohn Oskar und umringt von einem halben Dutzend Honoratioren, im großen Salon Hof. So ungern Daisy Hugo recht gab – der Reichspräsident lief im Haus ihrer Großmutter wohl kaum Gefahr, von einem Anarchisten gemeuchelt zu werden.

Daisy hielt sich bewusst im Hintergrund. Sie wollte nicht gleich in den ersten Minuten ihren üblichen Verehrern in die Arme laufen, von denen sie annehmen konnte, dass sie bereits nach ihr Ausschau hielten.

Auf dem mit Blumengirlanden geschmückten Podium dirigierte Kapellmeister Barnabas von Gézy seine Musiker, und auf dem Parkett drehten sich eine Menge Paare zu den Walzerklängen von *An der schönen blauen Donau*. Daisy entdeckte ihre Mutter im Arm eines großen schlanken Mannes, der wie auf Stelzen umhertappte. Im Schwalbenschwanz mit gestreiften Hosen gehörte er zwar nicht zur Zunft langweiliger Uniformträger, jedoch wirkte er mit der Überdosis Pomade im Haar und dem steifen Gehabe wie ein eitler Dandy. Und er trug Oberlippenbart. Seit der geplatzten Verlobung mit Hugo hatte Daisy ihr Faible für glatt rasierte Gesichter entdeckt. Verdammt, Hugo! Den hätte sie beinahe vergessen. Tatsächlich stach er ihr nun ebenfalls auf der Tanzfläche ins Auge. In seinen Armen lag Violette. Er schien ihr eben etwas ins Ohr geflüstert zu haben, denn sie bog ihren langen Schwanenhals zurück und lachte geschmeichelt. Sieh an, das kleine Biest flirtete mit ihm! Daisy ließ ihren Blick weiter durch den Saal schweifen. Wo war Louis? Entweder er rauchte eine Zigarette auf der Terrasse, oder er und seine jungen Freunde waren in die Fänge von Hagen und dessen Fliegerkameraden geraten, die sich meist vor Tanz und höflicher Konversation drückten. Stattdessen rotteten sie sich im Trophäenzimmer zusammen und putschten sich mit ihren Kriegserlebnissen auf.

Daisy verharrte weiter im Schutz einer Säule. Sie wünschte

sich Mitzi an ihre Seite. Hunderte geladene Gäste, die ihren halben Hausrat mit sich schleppten, aber ihr war es versagt, die beste Freundin mitzubringen! Sie belog sich selbst, wenn sie die Standesunterschiede zwischen ihnen negierte. Sie deckte sich in Paris mit Haute Couture ein und drückte Mitzi bei ihrer Rückkehr einen Flakon in die Hand. *Hier, für dich habe ich auch etwas ...* Es war einfach, sich in Großzügigkeit zu üben, wenn man viel besaß. Und wo steckte bloß ihr verdammter Bruder? Die Suche nach ihm setzte allerdings voraus, ihre Deckung zu verlassen. Sie prüfte ihre Optionen, als unversehens die kleine Deborah, Tochter der gefeierten Operndiva Elisabeth Malpran, in ihr Blickfeld rückte. Die Vierjährige war eine Miniaturausgabe ihrer Mutter und so zart wie eine Pusteblume. In einem Prinzessinnenkleid hockte sie mit baumelnden Beinen auf dem Schoß eines dunkelhäutigen Mannes und lauschte andächtig seinen Worten. Sunjay Singh stach mit seinem primelgelben Turban und hellen Seidenanzug wie eine exotische Pflanze aus der Gästeschar hervor. Er begleitete einen Gast, vermutlich den britischen Gesandten. Vielleicht spielten sie ja zusammen Krocket und nahmen danach im Schneidersitz einen Tee auf dem Nagelbrett, das sich als Eigentum des Turbanträgers entpuppt hatte.

»My dear! Wissen Sie, wie Sie aussehen?«

Daisy wirbelte herum. Vor ihr ragte der lange Dandy auf, mit dem sich ihre Mutter über das Parkett gequält hatte. Der näselnde Akzent verriet den Upperclass-Briten. Auch aus der Nähe sah der Mann nach einer Tonne Langeweile aus, und der Duft der Nelke an seinem Revers betäubte sie beinahe. Besser, sie wurde ihn schnell wieder los, noch bevor er auf die unsinnige Idee kam, auch sie zum Tanzen aufzufordern. »Danke, als glückliche Besitzerin eines Spiegels ist mir mein Aussehen durchaus bekannt«, erwiderte sie forsch.

Er zog eine Augenbraue hoch. Hatte sie ihn schockiert? Briten galten ja allgemein als etwas empfindlich.

Nein, er bog den Kopf zurück und lachte. Immerhin hatte er schöne Zähne. Aber der Bart war grauenhaft. Dick und borstig wie ein Handbesen.

»Ich werde es Ihnen trotzdem verraten, mein Fräulein. Sie erinnern mich an meinen Kompanieführer, bevor er uns am Euphrat ins Schlachtgetümmel gegen die Osmanen schickte.«

»Oha.« Daisy taxierte ihn aufreizend. »Einen Soldaten hätte ich nicht in Ihnen vermutet.«

»Nun, das ist verständlich, so ohne Uniform. Könnte ich darin bei Ihnen punkten?«

»Nein«, erwiderte Daisy ehrlich, aber unhöflich.

»Sind Sie Pazifistin, mein Fräulein?« Auch er unterzog sie einer Musterung.

»Ich sehe mich in erster Linie als Mensch. Und als solcher habe ich entschieden etwas dagegen, dass sich Leute gegenseitig totschießen.«

»Sie sind also nicht der Ansicht, dass es Männer braucht, um das Vaterland zu verteidigen?«

»Ich bin vor allem der Meinung, dass es keine Männer braucht, um ein Vaterland anzugreifen! Wessen es auch sein mag.« Daisy merkte selbst, dass sie sich vielleicht etwas zu sehr in das Thema verstieg. Leider hatte ihr Gegenüber etwas an sich, das sie anzustacheln schien. Und sein Näseln war entschieden zu affektiert. Sicher trank er den halben Tag Tee aus der Hochebene Sumatras und hielt den kleinen Finger abgespreizt.

»Wie ich sehe, habt ihr euch bereits miteinander bekannt gemacht«, vernahm sie plötzlich Hagens Stimme.

»Nein, Herr von Tessendorf«, erwiderte Daisys Gesprächspartner. »Aber wir standen eben im Begriff, dies nachzuholen.« Der lange Brite verbeugte sich steif. »Gestatten, Henry Prudhomme Roper-Bellows.«

Der Anstand gebot nun, dass Daisy ihm die Hand zum Kuss reichte. Aber sie rührte sich nicht. Das veranlasste Hagen, sich weiter in die Begegnung hineinzudrängen: »Herr Roper-Bellows, darf ich Ihnen meine Schwester, die Komtess Marguerite von Tessendorf, vorstellen?«

»Sie sehen mich hocherfreut, Komtess. Es ist mir Ehre und Vergnügen zugleich, Sie kennenzulernen. Sie müssen wissen«, erklärte Roper-Bellows, »Ihr Bruder spricht in den höchsten Tönen von Ihnen.«

»Tut er das?« Daisy wünschte, sie beherrschte wie dieser Brite die Kunst, eine einzelne Augenbraue hochzuziehen. Für Hagen zählte nur Hagen, und falls er sie lobend erwähnte, konnte das nichts anderes bedeuten, als dass er sie anpries wie eine Zuchtsau, für die er sich den höchsten Preis erhoffte. Was zum Rückschluss führte, dass dieser Roper-Bellows vermögend, einflussreich und unverheiratet sein musste und ihr Halbbruder sie gern in sein Bett gelegt hätte, damit sie kleine britische Dandys mit ihm zeugte. Daisy unterdrückte ein Schnauben und sagte das Erstbeste, was ihr in den Sinn kam: »Ich muss Ihnen leider mitteilen, Herr Roper-Bellows, dass Ihre Nelke ganz abscheulich riecht.«

Hagen schaute leidvoll. »Bitte verzeihen Sie die mangelnden Manieren meiner Schwester, Herr Roper-Bellows. Es ist das Versäumnis meiner Eltern.«

Der Engländer verzog keine Miene: »Ich finde die Bemerkung erfrischend ehrlich, so wie die ganze junge Dame.« Während er sprach, zupfte er die Nelke vom Revers und reichte sie an den Exoten mit dem gelben Turban weiter, der wie herbeigezaubert nun hinter ihm stand. Ebenso fix griff sich Roper-Bellows eine Margerite aus einem Blumenarrangement, kürzte den Stiel mit einem Taschenmesser, das er überraschenderweise in seiner Hosentasche bei sich trug, und steckte sie sich an. »Wie unverzeihlich von mir, heute Abend die falsche Blume gewählt zu haben. Nennen Sie mich bitte Henry, Miss Marguerite«, näselte er und blickte Daisy tief in die Augen.

Herrje, der ist tatsächlich darauf aus, mir den Hof zu machen! Er war ihr zu steif und zu alt, aber um Hagen zu ärgern, ließ sie sich auf das Spiel ein.

»Miss Marguerite?«, lachte sie nun viel zu laut auf. »Das klingt ja, als sei ich hundert Jahre alt! Nennen Sie mich Daisy. Und da Sie Brite sind, werde ich Sie Mr Darcy nennen.«

Er verneigte sich abermals. »Sie sehen mich entzückt, Miss Daisy. Aus ihrem Vorschlag schließe ich, eine waschechte Verehrerin von Jane Austen vor mir zu haben.« In diesem Moment wechselte die Musik in eine flottere Melodie. Daisy mochte den bekannten Schlager, plötzlich war ihre Stimmung wie ausgewechselt.

Entweder las der Brite den Wunsch in ihrem Gesicht, oder ihr Fuß hatte gezuckt, jedenfalls sah er sich veranlasst, zu sagen: »Ich hoffe, Sie verzeihen mir, dass ich auf den Charleston verzichten muss. Mein lädiertes Bein bringt mich leider um das Vergnügen.«

Daisy war nicht unfroh. »Eine alte Kriegsverletzung, nehme ich an?«

»Nein, die Wahrheit ist profan: Ich bin beim Polo vom Pony gestürzt.«

»Oh, Sie spielen Polo? Dann müssen Sie ja richtig gut reiten können!«, stellte Daisy verblüfft fest. Sie betrachtete ihr Gegenüber mit neuem Interesse.

Henry Prudhomme Roper-Bellows registrierte dies mit einem inneren Schmunzeln.

»Oje«, entfuhr es Daisy nun.

»Wie meinen?«

»Ich fürchte, meine Tanten Winifred und Clarissa haben uns als Klatschobjekt entdeckt.« Daisy wies ihm die Richtung.

Er blinzelte zu den beiden ältlichen Fräuleins hinüber, die nun mit ihren Rehpinschern auf sie zutrippelten. Hastig verabschiedete sich Hagen, da er keinerlei Wert darauf legte, ins Fahrwasser der Tanten zu geraten.

»Marguerite«, flötete Clarissa. »Möchtest du uns den Herrn nicht vorstellen?«

»Darf ich vorstellen: Herr Roper-Bellows, meine Tan...« Weiter kam Daisy nicht, ihre Tanten nahmen ihn sofort in Besitz.

»Herr Roper-Bellows, was verschlägt Sie...?«, begann Clarissa.

»...in unsere schöne Gegend?«, setzte Winifred den Satz fort.

»Ich bin im Import-Export-Geschäft tätig und...«

»Grundgütiger, Sie sind Händler? Handeln Sie auch mit Wolle?«, erkundigte sich Winifred. Worauf auch Clarissa etwas atemlos meinte: »Sie handeln mit Wolle?«

»In der Tat betreibe ich auch Handel mit Baumwolle aus Übersee. Aber mein primäres Betätigungsfeld sind Wein und...«

»Wir müssen Ihnen erzählen, was wir kürzlich mit einem Händler...«

»... mit einem Wollhändler erlebt haben. Es ist einfach unmöööglich...«

Roper-Bellows' Kopf pendelte höflich zwischen Winifred und Clarissa hin und her. Von Daisy konnte er sich weder Beistand noch Erlösung erhoffen, heiter verfolgte sie sein Dilemma.

»Sie haben mir den ersten Tanz versprochen, Komtess!« Ein junger Mann war an sie herangetreten. Daisy warf Roper-Bellows einen schelmischen Blick zu, bevor sie sich von ihrem Tanzpartner entführen ließ.

Der Brite befand sich weiterhin in den Fängen der Schwestern und lauschte höflich ihren Ausführungen, als Daisy von ihrem Tanz zurückkehrte.

»Und dann habe ich zu ihm gesagt...«

»...und dann hat sie zu ihm gesagt...«

»...er soll seine nasse Wolle wieder aufladen und...«

»...und verschwinden, genau das hat sie gesagt.«

»Reden die immer so?«, flüsterte Henry Daisy zu.

»Ja, aber man gewöhnt sich schnell daran«, wisperte Daisy zurück. Und laut: »Liebe Tanten, Onkel Waldo sucht euch.«

»Oh, wo ist er denn?«, fragte Winifred sofort.

»Ja, wo ist unser Bruder?«, fragte Clarissa und hob die Nase, als nehme sie Witterung auf.

Daisy deutete auf das andere Ende des Saales. »Ich sah ihn eben noch dort drüben im Gespräch.«

Die beiden Schwestern pflügten Arm in Arm davon.

»Onkel Waldo? Ist das eine Art Zauberwort wie ›Sesam-öffne-dich‹?«, wunderte sich Roper-Bellows.

»Ihr jüngerer Bruder. Sie vergöttern ihn.«

»Und Sie, Miss Daisy? Sie mögen Ihren Onkel nicht?«

»Wie kommen Sie darauf?«

»Nun, immerhin schicken Sie ihm seine Schwestern auf den Hals«, schmunzelte der Brite.

»Oh, seien Sie gewiss, Mr Darcy, Onkel Waldo kann sich sehr gut seiner Haut erwehren. Überdies war es nur ein Vorwand, um Sie zu erlösen. Aber ich denke, Sie und Onkel Waldo würden sich tatsächlich großartig verstehen. Wie ich vernahm, handeln Sie primär mit alkoholischen Getränken, und Onkel Waldo ist tatsächlich ein großer Liebhaber von Spirituosen.« Was eine wirklich charmante Umschreibung für den alten Saufkopf ist, überlegte Daisy vergnügt. Ab einem gewissen Stadium der Trunkenheit wurde Waldo rührselig, und dann wurde es richtig lustig. Er kannte Seemannslieder, die die Ohren aller anwesenden Damen zum Glühen brachten. Der Gedanke ließ Daisy lächeln. »Und nun entschuldigen Sie mich.« Sie hatte endlich Louis in der Menge ausgemacht und ließ Roper-Bellows verblüfft stehen.

Louis lehnte an einer Säule und sprach mit seinem Freund Manni Sörgel – Architekt, Kulturphilosoph und vor allem ein amüsanter Fantast, der einen riesigen Staudamm in der Meerenge von Gibraltar zur Stromversorgung von Europa plante. Danach wollte er es in Atlantropa umbenennen. Sein Projekt wies einige Schönheitsfehler auf wie das teilweise Fluten von Genua und Venedig, aber darin sah er kein echtes Hindernis. Für sein verrücktes Vorhaben hielt er ständig und ausdauernd Ausschau nach möglichen Investoren.

Nur noch wenige Meter trennten Daisy von Louis, als sie sich unversehens von zwei ihrer Verehrer umringt sah und in einen angrenzenden Raum verschleppt wurde. Dort fand sie die üblichen Akteure versammelt. Herrje, die Edelhelden … Sie hätte viel lieber Louis' Freund Manni gelauscht, dessen versponnene Visionen wenigstens unterhaltsam waren. Schon wurde sie ins Zentrum des Geschehens geschoben, neben ihren Halbbruder Hagen. Vierhundert Gäste, und sie wurde ihn nicht los. Sein Kumpan Hermann Göring drängte heran, begrüßte sie charmant und schob sich auf ihre andere Seite, sodass Daisy zwischen ihm und Hagen gefangen war. Der langweilige Heldenvortrag würde ihr nicht erspart bleiben. Zuvor jedoch hielt ein schmächtiger Enddreißiger eine Rede. Er besaß mimisches Talent, und Daisy hätte ihn fast für einen Schauspieler gehalten, wenn er nicht die übliche Klage zum Schandfrieden von Versailles geführt hätte. Elf Jahre seit Kriegsende, und der Unfriede vergiftete weiter die Herzen.

Als Schlusspunkt beschwor der unbekannte Redner die Solidarität der Frontsoldaten und gab die Bühne frei für Görings Auftritt. Der begann sogleich wortgewaltig eines seiner zahllosen Flugabenteuer zu schildern, und Daisys Verstand klinkte sich weitgehend aus, sodass er nur noch einzelne

Satzfetzen herausfilterte: Fokker – zweite Maschine – Feind heimtückisch – Sperrfeuer – gewagtes Flugmanöver – Volltreffer – britischer Pilot – Trudel – Tod. Göring nahm den Beifall seiner Bewunderer entgegen. Nach ihm schob sich Hagen mit der eigenen Suada ins Rund der Zuhörer und imitierte gekonnt das Knattern von Maschinengewehrsalven – in Daisys Augen das einzige Talent, auf das er zurückgreifen konnte. Weitere Piloten folgten. Ständig diese ausgelutschten Geschichten. Daisy konnte sich nicht überwinden, auch nur einen Funken Interesse zu heucheln. Was auch nicht nötig war, denn das ganze Spektakel wurde offensichtlich für den blassen Redner in ihrer Mitte veranstaltet, der den Schilderungen mit echtem Vergnügen lauschte. Das dunkle Haar fiel ihm unordentlich in die Stirn, und mehrfach strich er es mit affektierter Geste zurück. So belanglos er ihr schien, auf die anwesenden Männer wirkte er wie ein Magnet.

Als ahnte der Mann ihre Gedanken, wandte er sich ihr zu. Seine Augen leuchteten in einem intensiven Blau wie ein unheilvoller Edelstein, dessen Besitz Unglück bringen sollte. Er trat zu ihr, lächelte gewinnend, wies in die erwartungsvoll verharrende Runde und fragte: »Nun, mein junges Fräulein? Was sagen Sie zu unseren strammen Fliegerheroen?«

Daisy fühlte sich auf eigentümliche Weise herausgefordert. Sie setzte ein zuckersüßes Lächeln auf: »Nun, wenn man ihnen zuhört, so drängt sich die Frage auf, wie das Deutsche Kaiserreich den Krieg überhaupt verlieren konnte.«

Die Gesichter aller Umstehenden vereisten. Der bleiche Fremde blinzelte. Dennoch reagierte er rasch und wusste die Situation zu seinem Vorteil zu drehen. »Bravo!«, rief er und klatschte in die Hände. »Das Fräulein nimmt kein Blatt vor den Mund!« Und weiter an die Versammelten: »Lassen Sie sich das gesagt sein, meine Herren. Die junge Dame hat nicht ganz unrecht.«

Daisy ignorierte die Wut, die von Hagen ausging. Ihr Augenmerk galt dem neuen Zuhörer, der ihr jetzt nahe der Tür auffiel. Der britische Dandy? Er neigte nur kurz den Kopf zum Gruße und zog sich dann zurück, als wollte er die Heldenrunde keinesfalls stören.

Auch Daisy sah zu, der kriegslüsternen Gesellschaft zu entkommen, und flüchtete auf die kleine Terrasse, auf der sie sich an heißen Sommertagen gerne aufhielt.

Die Nacht funkelte kalt, und sie fröstelte in ihrem dünnen Kleid. Nachdem ihre Stimmung kurz ein Zwischenhoch erlebt hatte, ging es mit ihrer Laune nun wieder rasant bergab. Am liebsten hätte sie sich in den Stall zu Nereide zurückgezogen. Jedoch hatten sie und Louis als Teil des Abendprogramms für ihre Großmutter die Aufführung eines Musikstücks vorbereitet. Das Ganze war ihr Einfall gewesen, und weil ihr Bruder ungern ins Zentrum der Aufmerksamkeit rückte, hatte sie ihn erst zum Auftritt überreden müssen.

Musik war die einzige Leidenschaft, die ihre Großmutter neben ihrer Arbeit kannte, und ihre beachtliche Notensammlung umfasste einige unbezahlbare Originalpartituren. Bange dachte Daisy daran, dass ihr einstudiertes Stück aus Sybilles Sammlung stammte und sie sich die alte Komposition ungefragt angeeignet hatte. Louis würde das niemals gutheißen, aber schließlich diente ihr Handeln dem höheren Zweck, ihrer Großmutter eine Freude zu bereiten.

Statt eines berühmten Komponisten hatte sie den unbekannten Verfasser »X« gewählt, der sein Werk durchnummeriert hatte. Das Stück war hübsch und verträumt, der Text betörend wie ein Gedicht, und Daisy konnte hoffen, dass ihre Beute aus Sybilles Jugend stammte. Vielleicht sogar aus der Hand eines Mannes, der das Herz ihrer Großmutter einst mit süßen Melodien erfüllt hatte.

Der mysteriöse X beschäftigte Daisy seit ihrem Fund. Großvater Wilhelm konnte sie getrost ausschließen, das hatten diesbezügliche Nachforschungen bei ihrem Vater Kuno ergeben. Demnach hatte Wilhelm zeitlebens keinen Finger auf eine Klaviertaste gesetzt und sich auch sonst nicht für Musik erwärmt, Marschlieder ausgenommen. Daisy hatte schließlich ihre Geheimwaffe Mitzi eingesetzt. Die ließ sich von ihrer Neugier bereitwillig anstecken, stellte im Dienstbotenflügel beiläufig Fragen und horchte herum. Und weil nichts die Zeit so sehr überdauerte wie Gerüchte und Skandale, grub Mitzi am Ende tatsächlich etwas aus: Angeblich war Daisys Großmutter in ihrer Wiener Jugendzeit von Männern nur so umschwärmt worden, es wurde sogar gemunkelt, sie sei der Anlass für ein Dutzend Duelle gewesen.

Daisy fror auf der Terrasse, aber sie genoss die kühle frische Herbstluft in ihren Lungen. Nur widerstrebend kehrte sie schließlich in den Ballsaal zurück.

Dort drängte sich inzwischen alles zusammen. Die Temperatur im Raum hatte sich merklich erhöht, Daisy sah gerötete Gesichter, und so manche Dame musste sich Luft zufächeln. Daisy umging die »Witwenbank«, wo die älteren, von Kopf bis Fuß in schwarze Spitze gehüllten Damen wie Spinnen in ihrem Netz lauerten und tuschelnd Gericht über die Jugend hielten. Wenn man ihnen so lauschte, könnte man meinen, die gesamte Welt sei ein einziges Sodom und Gomorrha. Daisy wünschte, es wäre so.

Ein Arm schlang sich just um ihre Taille, und eine Stimme raunte an ihrem Ohr: »Schönste des Abends, wo haben Sie so lange gesteckt? Ich möchte meine Kamera auf Sie richten und Ihren Zauber einfangen. Bitte sagen Sie nicht Nein. Sie sind für die Leinwand wie geschaffen!«

»Da muss ich Sie enttäuschen, Herr Fontane«, entgegnete Daisy dem bekannten Regisseur. »Ich hege keinerlei Ambitionen für den Film.« Sie versuchte, sich von ihm zu lösen, mit dem Ergebnis, dass er sie noch enger an sich zog. »Sie brechen mir das Herz«, jammerte er. »Bitte, nennen Sie mir wenigstens Ihren Namen, damit ich mit diesem auf den Lippen sterben kann.«

»Tut mir leid, ich bin nur ein kleines Gänseblümchen.« Sie entwand sich ihm mit einer Drehung und tauchte in der Menge unter. Drollig, wie das Renommee mancher Menschen zerbröselte, sobald man sie kennenlernte, dachte Daisy amüsiert.

Sie hielt weiter Ausschau nach Louis, übersah ihn dabei prompt und stolperte ihm quasi in die Arme. »Hoppla, Schwesterherz!«

»Da bist du ja!«, rief Daisy erleichtert, packte ihn am Ärmel und zog ihn mit sich in die Halle. Vor der geschwungenen Treppe trafen sie auf Hagen und Hermann Göring, die auf einen dritten Beteiligten einredeten. Dieser lauschte ihnen mit verschränkten Armen. Daisy erkannte in ihm den Redner von zuvor wieder.

Louis blieb abrupt stehen.

»Was hast du?«, fragte Daisy.

»Siehst du den Mann dort? Das ist der Hitler, der Chef der Nationalsozialistischen Partei. Er ist ein gefährlicher Putschist.«

Daisy musterte den mageren Mann mit dem kleinen Oberlippenbart. Sie hatte ihm vorhin gelauscht, wenig beeindruckt. »Der? Ein Putschist? Bist du sicher? Der sieht doch aus, als könne er sich nicht mal allein die Haare kämmen.« In diesem Moment erspähte sie auf der gegenüberliegenden Seite der Eingangshalle ihre Mutter. Yvette trug Gold von Kopf bis Fuß und sah aus wie eine ägyptische Göttin; niemand bewegte sich eleganter als sie, und sie überstrahlte heute alle anderen anwesenden Frauen. Sie kam zu ihnen herüber. »*Ma petite*, da bist du ja! Ich fürchtete schon, du wolltest heute im Stall Wurzeln schlagen. Wie geht es Nereide?«

»So weit gut. Das Fohlen lässt noch auf sich warten.« Dass ihre Mutter sich trotz der tausend Dinge, um die sie sich heute Abend kümmern musste, nach Nereide erkundigte, freute Daisy. Yvette berührte kurz ihre Wange. »Es wird ganz bestimmt so hübsch und gesund sein wie seine *Maman*. Es gibt übrigens eine kleine Planänderung. 'Agen lässt sich nicht davon abbringen, eine Rede zu halten.«

Daisy stöhnte. »Das hätte mich auch gewundert, wenn er die Gelegenheit ungenutzt ließe. Großmutter wird sechsundsiebzig sein, bevor er zu einem Ende findet.«

Yvette ließ ihr die vorlaute Bemerkung durchgehen. »Ich habe ihm vorgeschlagen, dass er vor eurer Darbietung spricht.«

»Na prima, und wir müssen dann gegen das anschließende Geschnarche anspielen.«

Diesmal wies Yvettes Blick Daisy zurecht, bevor sie fortfuhr: »Es wird eine wundervolle Überraschung sein, dich spielen und Louis singen zu hören. Ich gehe jetzt 'Agen ansagen, danach bitte ich euch beide auf die Bühne. Hast du deine Noten, *ma puce*?«

»Die sind auf meinem Zimmer!«, rief Daisy erschrocken und eilte zur Treppe. Noch vor der ersten Stufe fing sie ein Arm ein wie ein Lasso, es war schon wieder der Regisseur Jonathan Fontane. Daisy kam ein Einfall. »Nicht hier«, wisperte sie nachgiebig in sein Ohr. »Treffen Sie mich fünfzehn Minuten nach Mitternacht am Chinesischen Teehaus!« Sie entfloh.

Die Musiker spielten einen Tusch, im großen Saal kehrte Ruhe ein. Ein weiterer Tusch und eine Armee von Dienern brachte rasch Stühle heran. Sybille von Tessendorf, die engste Familie und die Ehrengäste nahmen ihre Plätze in der ersten Reihe ein.

Daisy schaffte es rechtzeitig mit den Noten zurück, Hagen setzte gerade erst zu seiner Rede an. »Sehr geehrter Herr Reichspräsident, sehr verehrte Großmutter, geehrte Gäste. Wir haben uns heute hier versammelt, um ...« Es folgte eine endlose Eloge auf Sybille und das Unternehmen Tessendorf, deren Errungenschaften und Erfolge, wobei Hagens Formulierungen keinen Zweifel daran ließen, wie viel Anteil er sich dabei selbst zuschrieb. Die ersten Zuhörer gähnten schon hinter vorgehaltener Hand.

Bevor Hagen ihre Gäste endgültig in Traumtiefen versenken konnte, klopfte Sybille schließlich energisch mit ihrem Stock auf den Boden und rief: »Danke, Hagen! Jetzt wollen wir uns noch ein wenig amüsieren.« Yvette trat rasch neben Hagen aufs Podium und dankte ihm ebenfalls. Hagens Ehefrau Elvira sprang auf und begann, frenetisch zu klatschen, andere fielen höflich ein. Hagen quittierte den zurückhaltenden Applaus mit einer Verbeugung, sammelte mit sauertöpfischer Miene seine Blätter ein, ließ sich ein Glas Champagner reichen und rettete seine Restwürde, indem er einen weiteren Trinkspruch auf die Gesundheit der Jubilarin ausbrachte.

Daisy wartete neben Louis auf ihren Auftritt. Sie hatte plötzlich kalte Füße. Sie wünschte, sie hätte Louis nicht dazu gedrängt, das Lied des unbekannten X einzustudieren. Aber die Worte waren nun einmal von einem Mann für eine Frau gedacht, und seine Singstimme übertraf die ihre bei Weitem. Als sie sich auf den Klavierhocker setzte und die Noten zurechtrückte, war sie versucht, Unwohlsein vorzutäuschen und den Auftritt abzusagen. Am Ende wünschte sie, sie hätte den Mut dazu aufgebracht. Denn als sie zum Schluss des Vortrags von der Bühne aus auf ihre Großmutter hinabschaute, blickte sie in ein totenbleiches Gesicht. Zu keiner Zeit hätte Daisy mit dieser Reaktion ihrer Großmutter gerechnet. Wenigstens schien niemand Sybilles Erschütterung zu bemerken. Bis auf Louis. Bestürzt sah er zu seiner Schwester. Schon setzten lauter Applaus und Bravorufe ein. Mit einem forcierten Lächeln verbeugten sich Louis und Daisy und verließen die Bühne.

Hagen, der seine schlechte Laune pflegte, biss die Zähne zusammen. Als Daisy und Louis an ihm vorbeigingen, raunte er seinem Halbbruder zu: »Kompliment, du besitzt nur weibische Begabungen.«

Daisy getraute sich kaum, zu ihrer Großmutter hinüberzusehen. Die war inzwischen in ein Gespräch mit dem Reichspräsidenten und Emil Retzlaff, Inhaber der Ostseewerft, verwickelt und wirkte dabei vollkommen gefasst. So erleichtert Daisy darüber war, überwog dennoch ihre Beklommenheit. Sie hatte in ihrem Leben schon eine Menge Unfug angestellt, aber wie es aussah, hatte sie sich heute selbst übertroffen. Sie nahm sich ein Glas Champagner, stürzte es hinunter und griff sich sofort ein zweites.

»Der wird dir auch nicht helfen«, meinte Louis hinter ihr. »Großmutter wird dich vierteilen.«

»Ich weiß«, hauchte Daisy erstickt.

»Du streitest es also nicht einmal ab.«

»Was denn?«

»Dass du ihr die Noten geklaut hast. Du hättest mich wenigstens vorwarnen können.«

»Es tut mir leid.«

»Ja, hinterher immer! Du bittest lieber um Vergebung als um Erlaubnis. Du solltest dein Handeln überdenken, *bevor* du andere in deine Dummheiten hineinziehst.«

»Ich werde Großmutter erklären, dass die Sache mit den Noten allein meine Idee gewesen ist und du nichts davon gewusst hast.«

Louis gab einen Unmutslaut von sich, nahm sie am Ellbogen und dirigierte sie in einen kleinen Nebenraum. »Hier geht es nicht um mich, Daisy! Du hast Großmutter heute tief verletzt. Hast du ihre Reaktion bemerkt? So erschüttert habe ich sie noch nie erlebt. Ehrlich, ich verstehe dich nicht.«

Daisy betrachtete ihre silbernen Schuhspitzen. »Ich habe Mist gebaut«, sagte sie geknickt.

»Das hast du.«

»Und jetzt?« Sie blinzelte zu ihm auf.

»Jetzt gehen wir beide wieder da raus und bringen den Rest des Abends anständig hinter uns.«

Sie verließen gemeinsam den Raum, doch Daisy stahl sich gleich anschließend unbemerkt davon. Sie suchte Mitzi, die sie beim Auffüllen der Platten in der Küche fand. »Komm mit rauf in mein Zimmer«, raunte sie ihr zu und zog ihre verdutzte Freundin hinter sich die Dienstbodentreppe hinauf. »Du hast fünfzehn Minuten nach Mitternacht ein Rendezvous mit Jonathan Fontane.«

»Was?«

Daisy erzählte von dem kleinen Intermezzo. »Du benötigst ein Abendkleid, such dir was aus.« Sie öffnete ihren Schrank.

»Wie ist er?«, fragte Mitzi. Sie hielt sich ein grünes Seidenensemble unters Kinn, dessen Farbe exakt ihre Augen spiegelte.

»Er hat lange Arme.«

Rechtzeitig zum Programmhöhepunkt kehrte Daisy zurück. Die gefeierte Operndiva Elisabeth Malpran betrat soeben mit ihrem Pianisten die Bühne. Während Louis seinen Platz vorne bei der Familie einnahm, war Daisy in dem Gefühl gefangen, sich selbst ins Abseits katapultiert zu haben. Sie blieb hinten im Saal, um der Darbietung von dort zu lauschen.

Die ersten Töne aus der Oper *Norma* erklangen, und die Malpran hob zur Arie *Casta Diva* an. Sie galt als unvergleichliche Interpretin der Werke Bellinis und Verdis und schlüpfte in ihre jeweilige Figur wie in ein magisches Gewand. Die

Musik umfing Daisy wie ein Zauber. Als die Sängerin ihren großartigen Vortrag mit dem Klagelied der Violetta aus *La Traviata* beendet hatte und es das Publikum nicht mehr auf den Stühlen hielt, verharrte sie wie benommen. Ein Satz der Arie nahm sie gefangen, als sei er nur für sie aus Verdis Feder geflossen: *Weh, für mich ist alles verloren, ich bin zu ewiger Buße erkoren.*

»Sie wirken, als seien auch Sie vom Wege abgekommen«, raunte eine Stimme nah an ihrem Ohr.

»Wie bitte?« Verwirrt wandte sich Daisy dem Briten Roper-Bellows zu.

»*La Traviata* – die vom Weg Abgekommene«, erklärte er.

»Ich weiß, was es heißt«, erklärte Daisy brüsker als beabsichtigt. Was schlich dieser Kerl auch überall herum? Wo blieb die vornehme Zurückhaltung der Briten? »Bitte entschuldigen Sie mich.« Ihr stand nicht der Sinn nach höflicher Konversation. Ihr schlechtes Gewissen trieb sie dazu, schnellstmöglich das Gespräch mit ihrer Großmutter zu suchen. Leider bekam sie dazu keine Gelegenheit. Sybille von Tessendorf war die Person des Abends und wurde von ihren Gästen vollkommen in Anspruch genommen. Daisy unternahm mehrmals den Versuch, mit ihr in Blickkontakt zu treten, aber Sybille schien ihre Enkelin zu ignorieren. Daisys Herz sank.

Nach dem Auftritt der Malpran bat Sybille den Ehrengast und zwei Dutzend handverlesene Gäste zum Galamenü in den Speisesalon. Der lange, festlich gedeckte Tisch strotzte vor Gold und Silber, und das sanfte Licht der Kerzenleuchter ließ die Gesichter der Anwesenden weicher wirken. Alles war einladend und märchenhaft schön. Allein Daisy blies Trübsal. Sie hätte das Menü liebend gerne geschwänzt. Aber damit hätte sie ihre Großmutter erneut brüskiert.

Daisy fluchte leise, als sie die beiden Namen auf den goldgerahmten Tischkärtchen neben sich las. Jemand hatte sie vertauscht. Sie verdächtigte sofort Hagen. Ändern ließ sich jedoch nichts mehr, denn der englische Dandy Roper-Bellows nahm bereits seinen Platz zu ihrer Linken ein, auf der anderen Seite fand sie neben sich Oskar von Hindenburg, den Sohn des Reichspräsidenten.

Daisys schlechte Laune machte sie einsilbig, und selbst das erstklassige Menü bereitete ihr keine Freude. Sie rührte ihre Speisen kaum an. Sprach einer ihrer Tischnachbarn sie an, so antwortete sie zwar, vermied es jedoch, selbst Fragen zu stellen, was jede Konversation versanden ließ. Sie notierte Roper-Bellows' Enttäuschung, und auch der junge Hindenburg wirkte etwas befremdet, da er sie als charmante Gesprächspartnerin kennengelernt hatte.

Als die Tafel kurz vor Mitternacht aufgehoben wurde und man die Gäste für das Feuerwerk auf die Südterrasse bat, war Daisy die Erste, die den Speisesaal verließ.

Kapitel 13

> Man muss die Tatsachen kennen,
> bevor man sie verdrehen kann.
>
> Mark Twain

Wer Pferde liebt, kann einem Feuerwerk nichts abgewinnen. Daisy zog es wie an jedem letzten Tag im Jahr in den Stall zu Nereide. Sie wollte so lange bei ihrer Stute bleiben, bis der Lärm explodierender Raketen und krachender Böller ausgestanden wäre.

Unterwegs zum Stall bemerkte sie zwischen den Bäumen einen winzigen glimmenden Punkt. Er verglühte, kurz darauf wiederholte sich der Vorgang. Zweifelsohne gönnte sich da jemand eine heimliche Zigarette. Daisy war neugierig, glitt zwischen die Bäume und näherte sich der Stelle mit Bedacht. Enttäuscht erkannte sie einen Mann in der Uniform der von Franz-Josef angeheuerten Hilfskellner. Der Unbekannte warf seinen Zigarettenstummel zu Boden, doch statt den Pfad zum Haupthaus zurückzugehen, tauchte er seinerseits zwischen die Bäume, als wollte er nicht gesehen werden.

Argwöhnisch folgte Daisy dem Mann bis in die Nähe der Steintreppe, die beidseitig auf die Südterrasse führte. Auf der Terrasse, der Treppe und dem davorliegenden Rasenstück tummelte sich inzwischen das Gros der Gäste. Auch das Personal hatte sich eingefunden, das sich das Feuerwerksspektakel keineswegs entgehen lassen wollte.

In dieser Sekunde teilte sich die Menge auf der Terrasse, um Reichspräsident von Hindenburg und Daisys Großmutter, deren Rollstuhl Violette anschob, Platz zu machen, damit sie an der steinernen Balustrade die Ehrenplätze einnehmen konnten. Kurz erhaschte Daisy auch einen Blick auf diesen Hitler, der sich ins Fahrwasser des Reichspräsidenten gemogelt hatte. Kaum zehn Meter von ihr entfernt auf dem Rasen stand Hindenburgs Adjutant Wedige von der Schulenburg. Daisy nahm es als Zeichen und lief auf ihn zu, um ihn über den verdächtigen Kellner zumindest in Kenntnis zu setzen, als plötzlich Hugo hinzutrat, von Schulenburg etwas zuflüsterte und beide darauf in die entgegengesetzte Richtung davonrannten.

Was nun?, fragte sich Daisy ratlos. Den Hilfskellner hatte sie inzwischen aus den Augen verloren. Sie streifte umher und entdeckte ihn eher zufällig wieder, als er das Gebäude durch das Hauptportal betrat. Fehlalarm. Er kehrte wohl doch zu seiner Arbeit zurück. Erleichtert wollte Daisy sich bereits abwenden, als das Licht des hell erleuchteten Foyers auf seinen roten Haarschopf fiel. Prompt hatte sie Mitzis Bemerkung im Ohr, ein Karottenkopf habe versucht, das Küchenpersonal aufzuwiegeln. War der Verfolgte der junge Mann aus der Räucherkammer? Und wenn es sich bei ihm tatsächlich um den Anarchisten handelte, von dem die Männer am Schmugglerloch gesprochen hatten?

So schnell es ihr langes Kleid erlaubte, eilte Daisy zum Haus, entledigte sich dort geistesgegenwärtig ihrer Schuhe, weil die

Absätze sie auf dem Parkett verraten würden, und folgte dem Mann hinein.

Der mögliche Attentäter schritt indessen flott aus, hatte bereits das Vestibül durchquert und schwenkte zielstrebig nach links. Der Zeitpunkt war optimal gewählt, die Beletage menschenleer, alle hatten sich nach draußen begeben und fieberten dem Feuerwerk entgegen.

Der kürzeste Weg zur Südterrasse führte durch den Ballsaal. Anstatt ihn jedoch durch eine der breiten Flügeltüren linker Hand zu betreten, wählte er die anschließende Butlerküche mit direktem Zugang zum Saal. Ein Speisenaufzug verband den Wirtschaftsraum mit der Küche, um die Gäste auf kürzestem Wege zu versorgen. Daisy schlich sich heran und horchte. Von innen vernahm sie leises Gläserklirren. Hatte sie lediglich einen gewöhnlichen Säufer aufgestöbert, der die Gelegenheit nutzte, seinen Durst zu stillen? Kurz entschlossen riss sie die Tür auf. Einen Tick zu spät. Die gegenüberliegende Tür zum Ballsaal schwang eben zu. Daisy huschte hinterher. Der Rothaarige balancierte ein Tablett mit Gläsern und Champagnerkübel, und sein Ziel war eindeutig die Südterrasse. Von irgendwo erklang ein Signal. Der falsche Kellner betrat die Terrasse, tippte den erstbesten Gast an, worauf der bereitwillig zur Seite rückte. Daisys Instinkt schlug Alarm. So, wie der Typ sich nach vorne drängte, konnte er nichts Gutes im Schilde führen! Sie kannte nun kein Halten mehr. Auf bestrumpften Füßen spurtete sie los und schrie aus voller Kehle: »Haltet den Mann auf! Er ist ein Attentäter!«

Niemand schenkte ihr Gehör. Die Aufmerksamkeit der Gäste galt dem kommenden Spektakel und nicht der Gefahr in ihrem

Rücken. Schon schoss ein Dutzend Raketen gen Himmel, und das Feuerwerk explodierte in einer gewaltigen Orgie aus Farben und Formen. In rascher Folge zischten nun Böller und Feuerwerkskörper in die Luft, zerbarsten, knallten und krachten, während sich der vermeintliche Kellner mit dem Tablett weiter nach vorne arbeitete. Die Reihen schlossen sich hinter ihm. Daisy gab nicht auf. Sie warf sich mit aller Kraft zwischen die erstaunten Gäste, setzte ihre Ellenbogen ein, schubste, boxte und brüllte sich die Seele aus dem Leib und blieb trotzdem ohne Chance gegen den ohrenbetäubenden Raketenlärm. Ihr rabiater Einsatz zahlte sich dennoch aus. Sie hatte den Rotschopf fast erreicht, allein der schmalbrüstige Hitler stand als letztes Hindernis zwischen dem Attentäter und dem hochgewachsenen Reichspräsidenten, dessen weißes Haupt wie eine Zielscheibe über Daisy schwebte. Wo zum Teufel waren von der Schulenburg, Hugo und Hindenburgs Sohn Oskar?

Der falsche Kellner ließ das Tablett los und zückte eine Pistole. Am Rande ihres Sichtfeldes nahm Daisy flüchtig etwas kleines Rotes wahr, das sich rasant auf und ab bewegte. *Chico?* Ihr blieb keine Zeit, um sich über die Anwesenheit des Tiers zu wundern. In einem letzten Akt der Verzweiflung sprang sie dem Täter auf den Rücken und brachte ihn damit aus dem Gleichgewicht. Er stolperte, prallte gegen Hitler, der seinerseits gegen den Reichspräsidenten stieß. Die Balustrade verhinderte einen Sturz Hindenburgs, aber Daisy, Hitler und der Attentäter gingen zu Boden. Zur gleichen Zeit erreichten Hindenburgs Bewacher ihren Schützling und brachten ihn im Haus in Sicherheit, bevor Daisy sich aufrappeln konnte.

Nun brach endgültig das Chaos auf der Terrasse los. Alles

schrie und drängelte in Panik, während das Feuerwerk mit einem letzten gigantischen Böller seinen Abschluss fand und Sybilles Namen und die Ziffer 75 in den Himmel malte. Die Farben verblassten, zerfielen in der Luft und lösten sich zu rauchgeschwängertem Nichts auf. Zurück blieb der Geruch nach Schießpulver und Schwefel.

Das Letzte, was Daisy bewusst wahrnahm, war das Reißen ihres Kleides. Jemand half ihr hoch und brachte sie fort.

Ein anwesender Arzt untersuchte Daisy. Außer einer kleinen Beule am Kopf und ein paar blauer Flecken hatte sie bei ihrem abenteuerlichen Einsatz nichts davongetragen. Ihr schönes Ballkleid allerdings war ruiniert.

»Wie geht es dir?«, fragte Yvette, nachdem der Arzt sich verabschiedet hatte. Daisy fand ihre Familie um ihr Bett versammelt. Vater Kuno blinzelte ratlos hinter seiner Brille, Louis blickte erschüttert, und Violette verbreitete einen Hauch von Sensationslust.

»Ich glaube, ich könnte ein Glas Champagner vertragen.« Trotz der schwellenden Beule auf der Stirn fühlte sich Daisy hervorragend. Sie badete im selig machenden Gefühl einer großen Tat. »Ist mit Großmutter alles in Ordnung?«, erkundigte sie sich und nahm sich dankbar ein quietschgrünes Petit Four vom Teller, den Theres für ihren Liebling bereitgestellt hatte.

»Ja, sie ist wohlauf. Sie hat sich bereits in ihre Räume zurückgezogen. Kuno, mein Bester«, wandte Yvette sich an ihren Mann, »bitte klingele nach einer Flasche Champagner, und dann sieh nach unseren verbliebenen Gästen. *Alors,* und gib Franz-Josef Bescheid, dass er Waldo aus dem Verkehr zieht, bevor er anfängt, schmutzige Matrosenlieder zu singen. Louis und Violette, bitte begleitet euren Vater. Ich möchte mit Daisy allein sprechen.«

Yvette wartete, bis sich die Tür hinter ihnen geschlossen hatte. »Wie konntest du etwas derart Törichtes tun?«, schalt sie. »Hast du völlig den Verstand verloren? Ist dir Paris keine Lehre gewesen?«

Daisy schwebte noch in den Sphären ihrer heldenhaften Aktion. »Aber *Maman,* ich konnte doch nicht zusehen, wie jemand auf den Reichspräsidenten schießt!«

»*Mon dieu*«, rief Yvette und sah zur Zimmerdecke, »was habe ich nur verbrochen, dass ich mit dieser unmöglichen Tochter gestraft werde.«

»Wurde der Attentäter verhaftet? Und wie geht es Hindenburg? Hat er was gesagt?« Daisy gierte danach, alles zu erfahren.

Ihre Mutter kniff die Augen zusammen, als frage sie sich, ob der Arzt Daisys Kopfverletzung womöglich unterschätzt hatte. »*Mon dieu,* Daisy! Du hattest schon als Kind ein Faible für verrückte Geschichten.«

Daisy blickte ihre Mutter verdutzt an. » Warum bist du böse auf mich, *Maman?* Ich habe dem Reichspräsidenten das Leben gerettet!«

Es klopfte, der Champagner wurde gebracht. Yvette schenkte sich ein Glas ein. Als Daisy sich ebenfalls bedienen wollte, wurde sie von ihrer Mutter daran gehindert: »Erst reden wir. Danach bekommst du ein Glas. Vielleicht.«

»Aber *Maman*, ich habe Durst!«

»Dann trink ein Selters. Du hattest heute genug Alkohol. Man hat ja gesehen, wohin das führt. Du hast dich unmöglich benommen. Und nun fantasierst du dir irgendwelches Zeug von Attentätern zusammen.«

»*Maman*, der falsche Kellner hatte eine Pistole!«

»Unsinn! Niemand hat etwas bemerkt, geschweige denn eine Waffe gesehen. Es wurde im Übrigen auch keine gefunden. 'Ugo und seine Leute haben alles auf das Genaueste inspiziert. Ist dir bewusst, dass du völlig grundlos eine Panik ausgelöst hast? Ein Wunder, dass bei dem Tumult niemand ernstlich verletzt worden ist. Du hast das Fest deiner Großmutter ruiniert, und ich muss dir sagen, sie ist dir aufrichtig böse.«

Daisy schwang die Beine aus dem Bett.

Ihre Mutter hielt sie zurück. »Was tust du?«

»Ich will zu Großmutter und es ihr erklären.«

»Nichts da. Sie will dich nicht sehen. Überdies hast du Zimmerarrest. Um deinen Anteil an der Blamage möglichst gering zu halten, haben wir erklärt, dir sei auf der Terrasse plötzlich unwohl geworden.«

Daisy wurde wütend. »Fein, jetzt wird jeder annehmen, ich hätte zu tief ins Glas geschaut. Ich war nicht betrunken! Ich weiß doch, was ich gesehen habe! Der Mann hatte eine Waffe!«

»*Contenance*, Daisy! Franz-Josef erwähnte, er hätte dich kurz vor dem Feuerwerk in Richtung Stall laufen sehen. Und plötzlich tauchst du oben auf der Hauptterrasse auf. Was scherte dich dieser Kellner?«

Als fürchtete Daisy, ihre Mutter könne ihr sofort wieder den Mund verbieten, redete sie so hastig, dass sie sich mehrmals verhaspelte. Sie ließ auch das von ihr belauschte Gespräch am

Schmugglerloch nicht aus, obgleich dies kein gutes Licht auf sie warf.

Yvette rügte sie prompt: »Du solltest dich schämen, Gespräche zu belauschen, die nicht für deine Ohren bestimmt sind! Du zimmerst dir einen Verdächtigen zusammen, folgst ihm zum Haus, vorbei an Dutzenden Menschen, und anstatt dich bemerkbar zu machen, entschließt du dich, die Sache selbst in die Hand zu nehmen?«

»Aber das habe ich ja versucht! Und ich konnte doch nicht sicher sein, ob...«

»Also hattest du selbst Zweifel! Und um dein schlechtes Benehmen und deinen Wahnwitz zu rechtfertigen, erfindest du nun die Lüge mit der Waffe. Ich bin sehr enttäuscht von dir, Marguerite.«

»Aber *Maman,* du musst mir glauben, ich weiß doch...«

Ihre Mutter schnitt ihr das Wort ab. »Du weißt gar nichts! Weder über den Menschen noch über die Politik. Was, wenn der Mann ein echter Attentäter gewesen wäre und geschossen hätte? Wenn unser Reichspräsident, der allseits verehrte Held von Tannenberg, jetzt mausetot wäre? Getötet unter unserem Dach, in Gegenwart deiner Großmutter, die ihn hierher eingeladen hat! Du weißt nichts!«, wiederholte sie erregt. »Aber ich kann dir sagen, was danach geschehen wäre. Anstatt gemütlich im Bett zu sitzen und Petits Fours in dich hineinzustopfen, würden dich 'Ugo und seine Leute stundenlang verhören. Am Ende würden sie dir eine Mitschuld an 'Indenburgs Tod anhängen, um vom eigenen Versagen abzulenken! Mische dich nie in die Angelegenheiten der Herrschenden ein, Marguerite. Außer, du willst enden als der *fou du roi,* der Narr des

Königs!« Yvettes kornblumenblaue Augen funkelten wie ein Abendgewitter. Sie griff zum Champagner, nahm einen großen Schluck direkt aus der Flasche und hielt sie weiter außer Reichweite Daisys. Danach stieß sie hörbar Luft aus. Etwas gedämpfter fuhr sie fort: »'Ugo hat sich nach deinem Befinden erkundigt. Du wirst nicht umhinkommen, mit ihm zu sprechen. Und du darfst ihm unter keinen Umständen erzählen, was du gerade mir gesagt hast. Unser Bemühen muss sein, den Skandal unter dem Deckel zu halten.«

»Was denn für ein Skandal?« Daisy konnte es nicht fassen. Sie rettete Hindenburg das Leben und stand am Ende als verrückte Fantastin da!

»Ein Skandal von der Art, dass ausgerechnet die Enkelin der Gastgeberin sturzbetrunken einen Kellner samt Tablett umstößt und einen Tumult auslöst! Du kannst dich bei Gott bedanken, dass niemand ernsthaft dabei verletzt wurde. Und dem kleinen Affen der Fürstin Szondrazcy solltest du eine Kiste Bananen stiften, da sein freches Treiben maßgeblich dazu beigetragen hat, dass dein Anteil an dem Chaos nahezu unbemerkt geblieben ist. Dennoch, einige Gäste haben Prellungen erlitten, General von Plessen verlor sein Toupet, und die Prinzessin von Waldburg-Zillerstein vermisst seither ihr Diadem.«

»Vielleicht hat es dieselbe Person an sich genommen, die auch die Pistole verschwinden ließ?« Das konnte sich Daisy nicht verkneifen.

»Jetzt reicht es!«, erklärte Hagen scharf. Yvette und Daisy fuhren herum.

Hagen trat auf sie zu. »Du dummes Ding! Bist du so verblödet, oder willst du es einfach nicht begreifen?«, blaffte er Daisy an. »Du hast dich absolut unmöglich benommen und damit deiner Familie und dem Unternehmen geschadet! Wir leben von Regierungsaufträgen, und du verschreckst unsere wichtigsten Kunden!«

»Du hast im Zimmer meiner Tochter nichts verloren. Geh, 'Agen!« Energisch schob ihn Yvette durch die Tür und drehte den Schlüssel im Schloss. Sie stieß einen Fluch aus, eine ziemlich garstige französische Aufforderung, die Daisy kaum aus ihrem Mund erwartet hätte. »*Maman*, so glaub mir doch, ich habe mir das nicht ausgedacht! Ich kann sogar die Waffe des Mannes beschreiben. Am Lauf war ein Zeichen eingraviert. Warte, ich male es dir auf!« Daisy glitt aus dem Bett, griff sich Block und Stift vom Sekretär und skizzierte mit raschen Strichen ihre Beobachtung. Keinen Blick hatte ihre Mutter für das Blatt übrig. Allein ihre feinen Augenbrauen zogen sich zusammen.

»Setz dich, und hör mir zu, Daisy«, erklärte sie eindringlich. »Der Mann, den du für einen Attentäter gehalten hast, folgte nur einer Anweisung. Zu Beginn des Feuerwerks sollte er dem Reichspräsidenten und deiner Großmutter ein Glas Champagner reichen. Ist es nicht viel wahrscheinlicher, dass du nur irgendeiner Reflexion aufgesessen bist, etwas, was du für eine Waffe gehalten hast, weil es genau deinem Verdacht entsprochen hat?«

»Nein, *Maman*. So ist es nicht gewesen. Der Mann hielt wirklich eine Pistole in der Hand. Vermutlich hat er sie über die Balustrade geschleudert, und sie liegt dort irgendwo im Gebüsch. Sobald es hell wird, gehe ich sie suchen.«

Yvette stöhnte. »*Mon dieu!* Du hast Zimmerarrest, schon vergessen?« Sie fasste nach dem Champagner, schenkte sich ein, und nach einem kummervollen Blick auf ihre Tochter erhielt diese auch ein Glas. »Wir beruhigen uns jetzt beide. Deine Renitenz bringt uns nicht weiter, Marguerite. Nehmen wir mal an, es hätte sich tatsächlich so zugetragen, wie du es schilderst: Ein junges Mädchen rettet heldenhaft das Leben des Reichspräsidenten bei einem versuchten Attentat. Einfach so!« Yvette schnippte mit den Fingern. »Wie, glaubst du, stünden 'Indenburgs Beschützer in diesem Fall da? Denkst du, sie hätten auch nur das geringste Interesse daran, die Sache aufzuklären oder öffentlich zu machen? Allen voran dein Verflossener 'Ugo? Nein, gerade 'Ugo würde alles daransetzen, sein eigenes Versagen zu vertuschen. Also: Wirst du dazu befragt, wirst du beschämt erklären, dir sei auf der Terrasse plötzlich unwohl geworden, du hättest das Gleichgewicht verloren und seist dabei gegen den Kellner gestürzt.«

»Ich bin nicht renitent, sondern standhaft, *Maman*.« Daisy glühte vor Wut. »Und du verlangst von mir zu lügen, weil das für alle Beteiligten die einfachste Lösung ist.«

»Pah, die anderen sind mir völlig egal. Mir geht es in erster Linie darum, dich, *mon amour*, zu schützen. Die Wahrheit ist ein hohes Gut, aber sobald das eigene Ansehen und der gute Ruf auf dem Spiel stehen, verliert sie an Wert.«

»Mein Ruf ist mir egal!« Daisys Stimme überschlug sich fast.

»*Chérie*, diese Diskussion führt zu nichts. Du bist meine Tochter und tust, was ich dir sage. Und du wirst dich bei deiner Großmutter entschuldigen, und falls der Reichspräsident geruht, sich dazu zu äußern, wirst du auch ihn um Verzeihung bitten.«

Daisy kam es vor, als hätte sie die Wirklichkeit gewechselt, als trennte sie plötzlich eine Scheibe vom Rest der Welt. »Aber,

Maman! Wenn man die Wahrheit aufgibt, macht man sich dann nicht zum Komplizen des Bösen?«

»Das hast du von Louis, *n'est-ce pas?* Dein Bruder ist sehr klug, aber man kann auf viele Arten klug sein, *ma petite.*« Yvettes Blick wurde weich. »In diesem Fall bedeutet klug sein, klug zu handeln. Frag dich, was du zu gewinnen hast, wenn du auf deiner Version bestehst.«

Das brachte Daisy zwar kurz ins Grübeln, aber nicht zur Einsicht.

Bis ihre Mutter den höchsten Einsatz auf den Tisch legte: Falls Daisy von ihrer verrückten Geschichte abließe, würde ihr der Zimmerarrest erlassen und sie dürfe am folgenden Morgen sogar an der Jagd teilnehmen. Das gab den Ausschlag.

Daisy sah für den Augenblick ein, dass sie am kürzeren Hebel saß, schluckte Trotz und Stolz hinunter und tauschte kurzfristig die Wahrheit gegen ihre Freiheit ein. »Was ist mit Nereide? Ich möchte gerne zu ihr in den Stall.«

»Nein. Diese Gelegenheit hast du versäumt. Wenn das Fohlen kommt, wirst du es erfahren. Du bleibst wenigstens bis morgen früh auf deinem Zimmer und lässt dich nirgendwo blicken. Du bist unwohl. Haben wir uns verstanden?«

»Ja, *Maman.*«

Daisy leuchtete durchaus ein, dass man auf viele Arten schlau sein konnte. Ebenso konnte man auf viele Arten etwas falsch machen, obgleich man das Beste im Sinn hatte. Künftig würde sie sich jedenfalls hüten, sich in die Angelegenheiten anderer einzumischen. Sollten sich die Leute doch ermorden lassen! Sie jedenfalls würde in ihrem Zimmer bleiben.

Es dauerte keine Stunde, dann schälte sich Daisy aus der Decke, streifte ihre Reitkleidung über und kletterte aus dem Fenster. Vom Sims hangelte sie sich an der Fassade entlang bis zum Balkon der Echo-Schwestern. Dort ließ sie sich langsam an der Brüstung hinab, den letzten Meter überwand sie mit einem Sprung, um weich im Gras zu landen. Eine tausendfach praktizierte Übung.

Im Stall fand sie die Lage unverändert vor. Nereide begrüßte ihre Besitzerin mit einem freudigen Wiehern, für eine bevorstehende Geburt fehlte weiterhin jedes Anzeichen. Daisy entließ den Pferdeburschen und übernahm selbst die Stallwache. Sie klopfte sich etwas Stroh zurecht und machte es sich darauf bequem. Allerdings hatte sie die Rechnung ohne den Stallmeister Zisch gemacht. Er tauchte wenig später in der Box auf und winkte sie in den Mittelgang. Dort las er ihr leise, aber unmissverständlich die Leviten. »Du bist viel zu unruhig«, erklärte er. »Wie ein See, in den man einen großen Stein geworfen hat. Schlecht für Pferde, schlecht für eine Geburt. Du gehst. Sofort. Raus!« Sein Finger zeigte zur Tür.

Daisy blieb nichts anderes übrig, als abzuziehen. Im Stall herrschte nun einmal Zisch, und sein Wort war Gesetz.

Sie wollte sich gerade via Schmugglerloch zurück ins Haus schleichen, als eine Gestalt vor ihr aus dem Schatten trat.

»Himmel, Louis!«, japste Daisy, als sie ihn in der Kleidung eines Stallburschen erkannte.

»Entschuldige, ich wollte dich nicht erschrecken. Du musst mir helfen, Daisy«, sagte er gehetzt. »Sie haben Willi verhaftet!«

»Was? Wieso?«

»Sie behaupten, er sei ein Anarchist. Lächerlich!«

»Wer ist ›sie‹?«

»Hugo und seine Kraftmeier.«

»Das gibt's doch nicht! Und von mir behaupten sie, ich sehe Gespenster!«

»Hugo hat Willi geschlagen. Wir müssen ihn aus den Händen dieses Barbaren befreien! Er bringt ihn sonst noch um!«, rief Louis aufgelöst. »Hilf mir, Daisy!«

»Aber ... wie, in Gottes Namen, stellst du dir das vor?«, stotterte sie.

Louis wischte sich mit dem Ärmel über die Augen und zog die Nase hoch. »Sie haben ihn ins Schmugglerloch gesperrt. Du hast doch einen Schlüssel dafür, oder?«

»Ja, schon. Wird Willi denn nicht bewacht?«

»Hugo hat zwei Männer dafür abgestellt. Einer hält vor der Tür Wache und ein weiterer innen vor dem Zugang zum Weinkeller. Wenn du den Polizisten vor dem Schmugglerloch für einen Moment weglockst, dann kann ich Willi da herausholen. Schnell! Sie haben vor, ihn bei Sonnenaufgang nach Berlin zu schaffen.«

»Woher weißt du das alles?«

»Ich konnte ein Gespräch zwischen Schulenburg und Hugo belauschen.«

»Was macht Hugo überhaupt hier? Ist er jetzt Polizist oder so was?«

»Er ist inzwischen zum Leiter der Politischen Polizei in Berlin aufgestiegen.«

»Und wo befindet er sich jetzt?«

»Schulenburg und Hugo wollten dem Reichspräsidenten

Bericht erstatten. Das ist unsere Gelegenheit. Bitte, Daisy. Wir können Willi nicht Hugo überlassen.«

Daisy musste nicht lange überlegen. Natürlich würde sie ihrem Bruder helfen.

»Abgemacht, tun wir's! Aber ich hole Willi heraus. Keine Widerrede! Eine Frau ist unverdächtiger. Warte hier, ich hole den Schlüssel aus dem Versteck.«

Kurz darauf folgte sie Louis zwischen den Bäumen hindurch auf eine kleine Lichtung. Neben einem aufgeschichteten Haufen Reisig lagen ein Benzinkanister, eine mit Stoff umwickelte Fackel und ein Spaten. In wenigen Sätzen erläuterte Louis sein Vorhaben.

Daisy reagierte alles andere als begeistert. »Wir riskieren einen Großbrand, wenn das Feuer auf die Bäume übergreift! Und der Stall ist auch in der Nähe.«

»Nein, es ist beginnender Oktober und die Erde inzwischen mit Feuchtigkeit gesättigt. Warum, glaubst du, brauche ich Benzin und Reisig? Außerdem...«, er deutete auf den Spaten, »habe ich eine kleine Grube für das Reisig gegraben. Das Feuer wird sich rasch totlaufen. Darum müssen wir die Befreiungsaktion schnellstmöglich durchziehen.« Er betrachtete Daisys Reitkleidung und reichte ihr seine Schiebermütze. »Hier, setz die auf, und schmier dir reichlich Dreck ins Gesicht, damit dich der Posten später nicht wiedererkennt.«

Kurz darauf brannte zwischen den Bäumen das Feuer, und Daisy rannte, mit den Armen wild rudernd, auf den Posten vor dem Schmugglerloch zu. »Feuer!«, schrie sie. »Bitte helfen Sie beim Löschen! Es darf keinesfalls auf den Stall übergreifen. Ich hole rasch Hilfe!«

Der Mann zögerte und warf einen Blick auf die massive Tür hinter sich.

»Bitte, die Pferde!«, flehte Daisy.

Endlich sprintete der Wachhabende los.

Nun musste es schnell gehen: Kaum hundertfünfzig Meter trennten den Mann vom brennenden Reisighaufen. Daisy drehte den Schlüssel im Schloss, und die Tür sprang auf.

Willi stürzte sofort heraus, bereit, alles, was sich ihm in den Weg stellte, niederzuwalzen. Fast hätte es Louis erwischt, der nun aus dem Schutz der Platanen ebenfalls herbeigelaufen kam. »Halt, Willi, ich bin's. Komm mit!« Die beiden verschwanden in der Dunkelheit, während Daisy die Tür schnell wieder abschloss und sich ebenfalls schleunigst davonmachte. Keine Sekunde zu früh. Vom Hain her erklang ein Pistolenschuss, ihr Schwindel war aufgeflogen.

Daisy hastete über den Dienstboteneingang zurück ins Haus und wartete auf den Aufruhr, der auf Willis Flucht folgen würde. Merkwürdigerweise blieb alles ruhig. Wo war der überlistete Wachposten? Lediglich Musikfetzen und fernes Lachen aus dem Ballsaal drangen an Daisys Ohr, keiner schien von dem Vorfall Notiz zu nehmen.

Daisy glühte inzwischen vor Schadenfreude. Nachdem ihr eigener Einsatz zur Rettung des Reichspräsidenten als Hirngespinst eines beschwipsten Mädchens abgetan worden war, hatten von der Schulenburg, Hugo und seine Mannen den Streich mit Willi gründlich verdient.

Sie schlich sich in den Dienstbotentrakt zu Mitzi. »Wie siehst du denn aus? Hast du ein Schlammbad genommen?« Mitzi griff nach dem Wasserkrug. »He! Hast du das von Willi gehört? Er wurde verhaftet!« Dem Personal im Tiefparterre blieb nichts verborgen. Manchmal hatte Daisy den Eindruck, dass man dort unten bereits Bescheid wusste, bevor überhaupt etwas geschah. Von ihrer und Louis' Rolle bei Willis Befreiung ahnte Mitzi freilich nichts, und das sollte auch so bleiben. Nach allem, was heute geschehen war, ließen Louis und sie vorerst lieber Vorsicht walten.

Ansonsten fand Daisy in Mitzi eine willige Zuhörerin. Endlich jemand, der ihr das mit dem verhinderten Attentat glaubte und mit ihr darauf anstieß! Mitzi hatte Birnenbrand und dazu ein paar Leckereien organisiert.

»Dem roten Burschen«, erklärte Mitzi schon ein wenig angeschickert, »traue ich alles zu. Der hatte richtig gemeine Augen. Und er hat versucht, Dotterblume zu treten.« Sie streichelte den Kopf ihrer kleinen Gefährtin, die zu ihren Füßen gluckte.

»He, du sagst ja gar nichts zu Josef Brünnlein?«, rief Daisy.

»Wer soll das sein?«

»So hieß unser piekfeiner Jonathan Fontane, bevor er sich umbenannt hat.«

»Puh, so ein richtig selbstverliebter Flegel. Er hielt mich für ein Ei und wollte mich an Ort und Stelle pellen. Aber ich habe ihn an der Angel. Ich gab mich als russische Prinzessin aus. Mit ›eine gaaaanz grosssse Geheimnis‹«, fügte sie übertrieben hinzu. »Jon will mein Leben verfilmen, selbstverständlich mit mir in der Hauptrolle.« Mitzi schaute blasiert.

Daisy kicherte. »Ich wusste, er würde dir nach fünf Minuten aus der Hand fressen. Wann triffst du ihn wieder?«

»Bald, in Berlin. Ich hab ihm vorgemacht, ich logiere bei

meinem Onkel, einem Großfürsten. Du musst mir dafür Kleider leihen.«

»Natürlich, und ich werde dich nach Berlin begleiten! Und vielleicht hängt bald deine Sammelpostkarte an der Wand!« Mitzi hatte ihre komplette Mansarde mit den Konterfeis berühmter Filmstars tapeziert. Greta Garbo hing neben Zarah Leander, Hans Albers neben Johannes Heesters, und dazu tummelten sich ausländische Stars wie Charlie Chaplin und Douglas Fairbanks jr. Und mindestens ein halbes Dutzend Aufnahmen von Mitzis Lieblingsdarstellerin Louise Brooks.

»Übrigens«, meinte Mitzi, »ich habe deinen ehemaligen Verlobten gesehen. Wer hat den denn eingeladen?«

»Niemand. Der gehört zur Hindenburg-Entourage. Louis sagt, Hugo sei jetzt Chef der Politischen Polizei.«

»Verdammt! Seit wann fließt Scheiße nach oben?« Mitzi rümpfte die Nase. »Das mit Willi musste ja so kommen. Ich hab ihn gewarnt. Besser, er hätte seine Klappe gehalten.«

»Wie meinst du das?« Hungrig grub Daisy ihre Zähne in eine Pastete, die Mitzi ebenfalls hatte mitgehen lassen.

»Na ja. Er ist in letzter Zeit viel über euch hergezogen. Kapitalistenschweine und so. Die Theres hat ihn ein paarmal aus der Küche geworfen.«

Daisy schluckte einen Bissen hinunter. »Aber er ist doch kein Anarchist?«

»Woher soll ich das wissen? Ich kenn ja keinen.«

Seltsamerweise blieb der Alarm wegen Willis Flucht weiter aus. Während sich die Flasche mit Birnenschnaps leerte, nahm deshalb auch Daisys Sorge ab. Kurz vor fünf war alles bis zum letzten Krümel verspeist, und die Flasche gab keinen Tropfen mehr her.

»Ich glaube, die Feier ist zu Ende«, lallte Mitzi und rutschte vom Bett auf die Holzdielen. Daisy ließ sich zurück aufs Bett plumpsen und wunderte sich über die vielen Sterne, die um sie kreisten.

»Ich glaub, mir wird schlecht«, stöhnte Mitzi. Sie kroch auf allen vieren zum Fenster und hangelte sich hoch, um es zu öffnen. Kalte Luft und Ernüchterung strömten herein. »Was hilft noch mal gegen Kater?«, erkundigte sie sich mit schwerer Zunge.

»Nicht saufen?« Daisy fragte sich, ob ihr Kopf auf dem Hals halten würde, wenn sie aufstand. Sie musste in ihr Zimmer gelangen, bevor die ersten Bediensteten ihre Arbeit aufnahmen. Sie wagte den Versuch, und die Welt drehte sich um sie. Ihre Stiefel in der Hand, wankte sie von dannen. Sie verzichtete auf Licht, den Weg kannte sie inzwischen blind, und der fast volle Mond lugte durchs Flurfenster.

Darauf konzentriert, auf dem bedrohlich schwankenden Boden nicht das Gleichgewicht zu verlieren, entging Daisy das Hindernis. Sie stolperte prompt, verlor ihre Stiefel und griff auf der Suche nach Halt vergebens in die Luft. Sie stürzte und landete quer auf etwas, das sich wie ein großer, weicher Berg anfühlte. Nun geriet der Berg auch noch in Bewegung! Sie wurde abgeschüttelt wie Ungeziefer, und eine tiefe Stimme brummte: »Halt, wer da?«

Daisy erschrak fast zu Tode. Sie rappelte sich flugs hoch. Verdutzt erkannte sie den ehrwürdigen Reichspräsidenten Paul von Hindenburg, den sie offenkundig mitten im Korridor bei einem Nickerchen überrascht hatte. Nein, das konnte unmöglich sein.

»Haben Sie etwa getrunken, Soldat?« Der Reichspräsident ragte nun in seiner ganzen imposanten Größe vor ihr auf. Selbst das lange weiße Nachtgewand und die Schlafmütze minderten nicht die einschüchternde Wirkung. Daisy hielt den Kopf beharrlich gesenkt, was ihr prompt den Blick auf Hindenburgs riesige nackte Füße bescherte. In ihrem Magen rumorte es bedenklich, der Schnaps drängte nach oben und ließ sie hörbar aufstoßen.

»Alkohol im Dienst! Insubordination!«, erbebte der Feldmarschall. »Ich werde Sie aus der Truppe entfernen lassen! Name? Dienstgrad? Kompanie?«

Plötzlich kamen zwei Männer über den Flur gerannt. Daisy, nun ziemlich ernüchtert, erkannte Hindenburgs Sohn Oskar und den Leibdiener Karl. Im Laufen stopften sie ihre Hemden in die Hosen, die Träger baumelten lose herunter, und auch für Schuhe hatte die Zeit nicht gereicht, wie ein Blick auf ihre Strumpfsocken zeigte. Routiniert flankierten sie den Präsidenten, indem sie ihn jeweils unter einem Arm fassten. Bevor sie ihn mit sich nahmen, wandte sich Oskar an Daisy. »Es ist der Krieg«, erklärte er eindringlich. »Nachts sucht er meinen Vater heim, und dann wandelt er im Schlaf umher. Ich bitte Sie inständig, zu vergessen, wovon Sie gerade Zeuge geworden sind. Ich darf doch auf Ihre Verschwiegenheit rechnen, Komtess?«

»Selbstverständlich«, versicherte Daisy verlegen.

Am nächsten Morgen ließ von der Schulenburg, Hugos direkter Vorgesetzter, ausrichten, eine Befragung der jungen Komtess von Tessendorf zum Vorfall auf der Südterrasse sei nicht vonnöten. Hugo hatte jetzt andere Sorgen. Der verdächtige Anarchist Willi Hauschka war ihm, kaum dingfest gemacht, gleich wieder entwischt. Dazu hatte er wenigstens fünf Stunden Vorsprung, da die Flucht erst am frühen Morgen von der Ablöse gemeldet wurde. Der innen postierte Polizist hatte nichts mitbekommen, und der Außenposten war verschwunden. Der arme Mann geriet sofort als Willis Komplize in Verdacht. Gegen sechs wurde er schließlich gefesselt und geknebelt im Wald gefunden und sogleich einem Verhör unterzogen.

Später am Morgen erfuhr Daisy von Louis, was genau im Wald passiert war. Der weggelotste Posten hatte den Schwindel durchschaut und einen Pistolenschuss abgegeben, um seine Kameraden zu alarmieren. Willi konnte ihn noch zwischen den Bäumen niederstrecken und seine Polizeiwaffe an sich nehmen. Louis konnte ebenso aufschnappen, dass die Ermittler davon ausgingen, der verdächtige Anarchist sei in Richtung polnischer Grenze geflohen, wo er auf die Hilfe politischer Sympathisanten hoffen konnte.

Was für eine Blamage für den deutschen Polizeiapparat! Wie deutlich zu vernehmen war, tobte der alte Hindenburg.

Louis freute sich über Willis erfolgreiche Rettung und wirkte dennoch unglücklich. Daisy saß bei ihrem Bruder auf dem Bett, nachdem sie sich auf ihrem Zimmer gewaschen und sich ein Stündchen hingelegt hatte. Sie hoffte, dass ihr eigener nächtlicher Ausflug in dem Durcheinander nach Willis Flucht unbemerkt geblieben war.

»Es wird alles gut gehen«, versicherte sie Louis.

»Schon gut, Schwesterherz. Du musst mich nicht trösten. Willi ist vorerst in Sicherheit, und das ist alles, was im Augenblick zählt.«

»Wie kam es überhaupt zu seiner Verhaftung?«

»Willi glaubt, er wurde denunziert.«

»Denunziert? Von wem?«

Louis schnaubte missmutig. »Wissen wir nicht.«

»Welches unserer Pferde hast du ihm gegeben?«

»Kein Pferd. Mein Auto.«

»Den Benz?« Daisy sah ihn ungläubig an. Der Wagen war Louis heilig.

»Na und?« Ihr Bruder zuckte mit den Schultern, als sei das nichts. Daisy wusste es besser. Sie hätte gerne noch ein wenig nachgebohrt, aber plötzlich stand ihre Mutter im Zimmer.

»Sieh an! Da haben wir ja Marc Anton und Kleopatra. Schmiedet ihr Ränke gegen das Reich?« Yvette wirkte um sieben Uhr morgens so frisch wie ein Frühlingshauch. Ihr blondes Haar schimmerte wie Perlmutt, das maßgeschneiderte Kostüm aus englischem Tweed saß perfekt.

In ihrer Gegenwart kam sich Daisy wie ein Mauerblümchen vor. Sie spürte die Nachwehen des Alkohols, ihre Kehle brannte wie Feuer. Was sie jetzt brauchte, war ein heißes Bad. Um acht brach die Jagdgesellschaft auf, und es wurde für sie höchste Zeit – vorausgesetzt, ihre Mutter bestand auf keinem weiteren Zimmerarrest. Daisy blinzelte vorsichtig zu ihr hinüber. Aber Yvettes gesamte Aufmerksamkeit galt Louis, nicht ihr. Sie trat zu ihm und nahm ihn in den Arm. »*Mon amour*«, murmelte sie.

Daisy ergriff die günstige Gelegenheit, um sich davonzustehlen. Sie fand ihre Tür offen, ein Bad war bereits für sie eingelassen, und, Gipfel der Glückseligkeit, ein Mädchen reichte ihr Kaffee.

Daisy war unterwegs zum Stall. Ihr noch feuchtes Haar hatte sie zu einem strengen Zopf geflochten und unter der Reitkappe versteckt. Nereide kaute munter an ihrer Morgenmahlzeit, und Zisch machte weiter keinen Hehl daraus, dass er für Daisy keinerlei Verwendung hatte. Da der Stallbursche sich um das Satteln des Pferdes kümmerte, das sie zur Jagd reiten würde, eilte sie im Laufschritt zurück ins Haus. Noch zwanzig Minuten bis zum Halali. Vielleicht konnte sie Louis dazu bringen, an der Jagd teilzunehmen. Der Ritt und die frische Luft würden ihm sicher guttun!

Louis war mehr als ihr großer Bruder, er war ihr Seelenfreund. Sie teilte alles mit ihm, all ihre Sehnsüchte, jede Nische ihres Herzens und jede Kapriole ihres Verstandes. Sie konnte fühlen, wie es in ihm arbeitete, und wartete darauf, dass er sich ihr anvertraute. Aber während sie ihr Herz auf der Zunge trug, brauchte es bei Louis einen langen Anlauf. Seit ihrer Rückkehr aus Paris hatte er sich sehr verändert. Immer häufiger vernachlässigte er seine Pflichten auf dem Hof, setzte sich in seinen Wagen, verschwand halbe Tage lang, ohne dass er ihr hinterher verraten wollte, wo er gewesen war. War ihr dies zuvor als Laune erschienen, bereitete es ihr nun Sorgen.

Da Daisy Louis nicht auf seinem Zimmer fand und er seinen Wagen Willi überlassen hatte, versuchte sie es als Nächstes in der Bibliothek. Dort schreckte sie zwar jemanden auf, aber es war nicht Louis. Der einsame Leser hatte es sich mit seiner Lektüre in einem Ohrensessel gemütlich gemacht. Daisy erkannte in ihm den beredten Politiker vom Vorabend. In Kniebundhosen und Trachtenjacke entsprach er nun ganz dem Bild eines harmlosen Biedermanns. »Sie sind das! Kommen Sie nicht mit auf die Jagd, Herr Hitler?«

Er verbeugte sich. »Guten Morgen, Komtess. Nein, ich ziehe es vor, in Ihrer wundervollen Bibliothek zu stöbern.«

»Ach, lesen können Sie immer. So eine Jagd ist aufregend!«

Hitler lächelte geziert. »Ihr Elan ist mitreißend, Komtess, aber ich finde kein Vergnügen an der Jagd.«

»Oh, wie kommt das? Aber reiten können Sie schon?«

Auf Hitlers Gesicht erschien ein Ausdruck, als sehe er keinen Anlass, seine Motive preiszugeben oder sie gar zu erklären. Dennoch antwortete er: »Mir erschließt sich der Sinn dieses Sports nicht, an dessen Ende ein Tier getötet wird.«

Na, so was, dachte Daisy überrascht. Eine zartbesaitete Seele hätte sie zuletzt in ihm vermutet. Sie erinnerte sich allerdings deutlich an die dicke Scheibe Schinken auf Hitlers Teller beim abendlichen Buffet: »Aber Sie essen doch totes Schwein, mein Herr?«

Für den Bruchteil einer Sekunde loderte etwas Stechendes in Hitlers Augen auf. Mit kräftig rollendem »r« erklärte er darauf: »Bravo, Sie sind geradeheraus, junges Fräulein, und Sie haben völlig recht: Ein Politiker sollte unbedingt auf Widersprüche achten! Damit erteilen Sie mir eine erstklassige Lektion.«

Daisy bekam fast eine Gänsehaut. Irgendwie beunruhigend, wie rasch dieser Mann eine Situation einschätzen und sie zu seinen Gunsten wenden konnte. Da habe ich mich wohl geirrt, durchfuhr es sie erschrocken. In dem steckt wirklich ein Putschist!

»Nun«, fuhr er fort, »ich schätze Personen, die mir offen ihre Meinung sagen. Darum erlaube ich mir, Komtess, weiter an Ihre Ehrlichkeit zu appellieren. Denn wie sollte ich mein künftiges Volk zu seinem Wohle regieren, wenn ich nicht weiß, was es denkt?«

Künftiges Volk? Der Mann strotzt ja nur so vor Sendungsbewusstsein. »Lesen Sie deshalb dieses Buch?«, wich Daisy seiner Frage aus. Sie zeigte zum Tisch, auf dem Hitler seine Lektüre abgelegt hatte. *Psychologie der Massen*, stand auf dem Einband. Er lächelte.

»Bravo! Sie sind sehr scharfsinnig. Wie bedauerlich, dass Sie kein Mann sind. Ich wäre sonst versucht, Sie als Berater in meinen Dienst zu stellen.«

Das sollte wohl als Kompliment gedacht sein. Daisy hatte große Mühe, sich weiter zu zügeln. »Tatsächlich bin ich froh, kein Mann zu sein, weil ich sonst gezwungen wäre, Ihr Angebot abzulehnen«, erklärte sie schnippisch.

Hitler blieb vergnügt und schwang den Zeigefinger. »Nun, wie das ausgegangen wäre, bleibt wohl ungeklärt, nicht wahr? Und, wie lautet Ihre Antwort, werte Komtess?« Sein intensiver Blick hielt sie fest.

Daisy hatte die Frage vergessen. »Wie meinen Sie das?«

»Ich habe Ihr Missfallen erregt und interessiere mich für den Grund.«

Himmel, der lässt mich nicht mehr vom Haken, dachte Daisy und antwortete schließlich: »Es ist vor allem Ihre Hartnäckigkeit, die mein Missfallen erregt.«

Hitler klatschte sich theatralisch gegen die Stirn. »Sie haben selbstverständlich recht, Komtess, und ich bitte um Pardon. Ich war unhöflich. Kommen Sie, setzen Sie sich zu mir, und unterhalten wir uns noch ein wenig.«

Bevor Daisy es sich versah, hatte er ihr einen Sessel zurechtgerückt und sie hineingedrückt. Von draußen war ein Jagdhorn zu hören. Daisy wurde ärgerlich. Wie kam dieser Hitler dazu, auf diese scheinbar höfliche, aber eigentlich äußerst dreiste Weise über sie zu verfügen? Ihr Missmut gab ihr die Sätze ein: »Ich kann das ständige Gerede über den Versailler Vertrag und den Schandfrieden nicht mehr ertragen. Immerzu geht es um Vaterland, Patriotismus und die verlorene Ehre. Als seien die Deutschen das Opfer.«

»Sie sagten gerade *die* anstatt *wir Deutschen*. Wollen Sie damit ausdrücken, Sie seien keine Patriotin und das Schicksal des deutschen Volkes rühre Sie nicht?«

Was passiert da gerade?, dachte Daisy. Wieso reden wir jetzt über mich? »Was hat denn das eine mit dem anderen zu schaffen?«, fuhr sie auf. »Natürlich bin ich Deutsche. Herkunft ist im Übrigen kein Verdienst, sondern Zufall. Oder, Herr Hitler, können Sie mir einen einzigen Menschen auf dieser Erde nennen, der sich den Ort seiner Geburt selbst ausgesucht hätte?«

»Das ist wahr!« Hitler pflichtete ihr mit einer Inbrunst bei, die Daisy erneut verblüffte. »Ich wurde in der Donaumonarchie geboren. Persönlich hätte ich mir das Deutsche Reich ausgesucht. Gibt es ein Land oder einen Ort, an dem Sie gerne zur Welt gekommen wären, wenn Sie die Wahl gehabt hätten, Fräulein von Tessendorf?«

»Warum sollte ich mir im Nachhinein Gedanken über etwas machen, auf das ich nie einen Einfluss hatte?«

»Wohl gesprochen! Das Schicksal hat Sie bei Ihrer Geburt sehr begünstigt, Komtess. Es ist ein Privileg, an einem so schönen Ort wie Gut Tessendorf aufzuwachsen. Sicherlich hat es Ihnen nie an etwas gefehlt. Sie mussten nie hungern, sich nie fragen, woher Sie die nächste Mahlzeit nehmen sollen. Wissen Sie, nur einem Bruchteil der Menschheit wird ein so glückliches Geschick zuteil. Die Übrigen werden ins Elend hineingeboren, es fehlt ihnen an Obdach, Nahrung, Kleidung, an Arbeit und der damit verbundenen Würde. Das Schicksal ist wankelmütig und selten gerecht. Aus diesem Grund wurde ich Politiker. Ich sehe mich in der heiligen Pflicht, dafür zu sorgen, dass es jedem Menschen in unserem Land im gleichen Maße wohlergeht.«

Damit hatte er es tatsächlich geschafft, dass Daisy sich ins Unrecht gesetzt fühlte, weil sie ein Leben mit allen Vorzügen und Annehmlichkeiten des Reichtums führen durfte. Hitzig entgegnete sie: »Ich habe Ihre gestrige Rede gehört, Herr Hitler. Sie wiegeln die Menschen damit auf. Warum tun Sie das? Wollen Sie einen erneuten Krieg anzetteln? Wann hat man je davon gehört, dass ein Krieg das Leben der Menschen besser gemacht hätte? Warum setzen die Regierenden nicht alles daran, künftige Kriege zu verhindern? Genau darum sollte es gehen: den Frieden auf Dauer zu sichern. Nur so wird es den Menschen in diesem Land besser gehen.«

Die Augen geschlossen, ruhte Hitler im Ohrensessel, beinahe als sei er während ihrer feurigen Replik eingeschlafen. Die Höhe des Polsterstuhls ließ ihn klein und schmächtig wirken, gleichzeitig verlieh das Licht der Stehlampe seinem Gesicht eine gespenstische Tiefe.

Verärgert musterte Daisy den Politiker. Natürlich hatte er sie absichtlich provoziert, und sie war ihm prompt auf den Leim gegangen. Warum blieb er jetzt stumm? Nahm er sie ernst, oder tat er ihre Rede als das hysterische Geschwätz einer Frau ab, so wie es viele Männer taten, wenn ihnen eine Frau unbequem kam?

Aber Hitler nickte nun bedächtig, als wiege er ihre Worte ab. Er öffnete die Augen. »Aber ja«, entfuhr es ihm geradezu verzückt. »Komtess, Sie sind eine Offenbarung!«

Na, so was, dachte Daisy perplex. Dabei war sie sicher, ihm die Petersilie gründlich verhagelt zu haben. Was für ein seltsamer und widersprüchlicher Mensch. Irgendwie nicht fassbar und wetterwendisch wie eine Fahne.

»Unser Land«, Hitler hob dozierend den Zeigefinger, »stand lange genug unter der Herrschaft des Ancien Régime. 1914 dienten alle achtzehn Armeen unter einem adeligen Kommandeur. Elf der dreizehn preußischen Oberpräsidenten waren Adelige, desgleichen alle Botschafter. Es wird Zeit für die Herrschaft des Volkes. Darum bin ich Patriot. Genauso wie Sie, Komtess«, ergänzte er triumphierend.

Das traf Daisy. »Was reden Sie da? Ich habe mich mit keinem Wort als Patriotin bezeichnet!«

»Aber natürlich haben Sie das. Sehen Sie, letztendlich ist das alles eine Frage der Definition. Sie plädieren dafür, dass es den Menschen in diesem Land besser geht. Das Land ist Deutschland, die Menschen sind das Volk. Per se ist jeder Politiker ein Patriot – weil er sich um seine Mitmenschen sorgt. Als Politiker trete ich genau dafür an, die Lebensumstände *meines* Volkes zu verbessern. Nicht das der Franzosen, der Engländer oder der Polen. Das der Deutschen!«

»Aber wenn Sie in der Donaumonarchie geboren sind, so sind Sie doch Österreicher? Warum wollen Sie dann nicht die Lebensumstände *Ihrer* Landsleute verbessern?«

Hitlers Mund zuckte, das einzige Anzeichen einer kurzen Irritation. Darauf lächelte er wieder, allerdings ohne Beteiligung der Augen: »Alles zu seiner Zeit, alles zu seiner Zeit, Komtess! Sie haben mich in der Tat sehr inspiriert«, ergänzte er, um mit jähem Enthusiasmus zu rufen: »Was dieses Land und seine Menschen brauchen, ist eine Stimmung des Aufbruchs! Ich werde eine Rede verfassen!« Er sprang auf und hatte es plötzlich sehr eilig. Fast schon an der Tür rief er noch: »Sie entschuldigen mich!« Er ließ eine höchst unzufriedene Daisy zurück. Der Tag hatte noch nicht richtig begonnen und war ihr schon gründlich verdorben. Sie benötigte dringend frische Luft. Da schwang die Tür nochmals auf, und Hitler kehrte zurück.

Was daraufhin folgte, mutete Daisy derart seltsam an, dass sie später des Öfteren mit sich haderte, ob die Begebenheit überhaupt in dieser Form stattgefunden hatte oder ob ihr die Erinnerung hier einen Streich spielte. Die Szene war auf unerklärliche Weise einprägsam und unwirklich zugleich.

Hitler nahm eine Pose ein, als würde er vor großem Publikum die faustische Rede deklamieren, und sprach mit schmelzendem Bariton: »Fräulein von Tessendorf, gleich, was man Ihnen weisgemacht haben sollte, zweifeln Sie nicht! Glauben Sie unerschütterlich an sich selbst und Ihre Kraft. Sie haben

Ihrem Vaterland gestern einen großen Dienst erwiesen. Sie wissen es noch nicht, werden es jedoch eines nicht allzu fernen Tages begreifen. Sie wurden von der Vorsehung geschickt, und Ihre Tat hat Deutschland gerettet. Falls Sie je einen Wunsch haben sollten, äußern Sie ihn, und er wird erfüllt. Haben Sie Dank!« Er verbeugte sich und verließ den Raum im Stechschritt.

Von Hitlers Auftritt wie benommen, ließ Daisy sich in ihren Stuhl zurückfallen. Hatte er ihr tatsächlich gerade eingestanden, dass sie Hindenburgs Leben gerettet hatte, obwohl ihr außer der beschwipsten Mitzi niemand sonst Glauben schenken wollte? Natürlich, er war dort gewesen und musste die Waffe des Attentäters ebenso gesehen haben wie sie! Aber anstatt öffentlich ihre Partei zu ergreifen, beteiligte er sich am schmutzigen Spiel der Vertuschung! Ihre Stirnbeule begann zu pulsieren. Der Rhythmus von Hitlers Stechschritt verband sich mit dem ihres Herzschlags, und sie konnte nichts dagegen tun.

Die Jagdgesellschaft hatte sich längst auf den Weg gemacht. Aber Daisy fand auf Louis' schnellem Pferd Hector mühelos den Anschluss. Leider schaffte es der Ausritt nicht, sie von den schweren Gedanken zu befreien, die die Unterhaltung mit Hitler in ihr geweckt hatte.

Daisy schwänzte den anschließenden Ausschank und suchte Hilfe bei Louis, der inzwischen wieder aufgetaucht war. Haarklein schilderte sie ihm in seinem Zimmer ihre surreale Begegnung mit dem österreichischen Politiker, während er am Schreibtisch lehnte.

Louis war ihr stets Ratgeber und Rückhalt gewesen, darum

erwischte sie seine Reaktion wie ein Kübel Eiswasser. »Es muss hart für dich sein, dass dir statt unseres Reichspräsidenten Hindenburg ausgerechnet jemand dankt, für den du keine Sympathien hegst.«

»Was redest du denn da? Ich kann doch nichts für seinen Beifall! Und ich habe seine Nähe auch nicht gesucht, sondern nach dir Ausschau gehalten. Aber du warst ja nirgendwo zu finden!«

»Ach, jetzt ist es alles meine Schuld, dass du dem Donau-Dampfplauderer über den Weg gelaufen bist?«

Wie ungerecht! Ein Riss tat sich plötzlich in ihr auf. Aber ... wie sah es hier überhaupt aus? Das pure Chaos! Ungewöhnlich für Louis und sein Credo, es herrsche genug Gedankenkirmes in seinem Kopf, weshalb es in seinem Umfeld klarer Ordnung bedürfe. Mit einem Kraftakt brachte sie ihre Wut unter Kontrolle. Louis und sie hatten eine schlaflose Nacht hinter sich, und sie hatten ihren Freund Willi verloren. Unwahrscheinlich, dass sie ihn in diesem Leben wiedersehen würden. Sie stellte sich vor, Mitzi würde einfach so verschwinden, behaftet mit einem üblen Verdacht und von der Polizei verfolgt.

Ihr Blick wurde sanft. Louis litt. Er brauchte keine tobende Schwester, sondern Trost. Ihre Mutter Yvette hatte es vor ihr begriffen. Darum war sie am Morgen gekommen und hatte ihren Sohn in den Arm genommen. Das tat Daisy jetzt auch. Louis sah überrascht auf, ließ es aber bereitwillig geschehen.

»Ist doch alles Brezel!«, beteuerte Daisy.

Der Ausdruck zauberte ein winziges Lächeln in Louis' ansonsten betrübtes Gesicht. Ach, sie waren einander so sehr vertraut ... Als Kleinkinder hatten sie im Töpfchen sogar ihre

Würstchen verglichen. Einmal besaß Louis' Hinterlassenschaft die eindeutige Form einer Brezel. Lag seither etwas besonders im Argen, hieß es bei den Geschwistern: *Das ist doch alles Brezel!*

»Entschuldigung, Schwesterherz, ich habe mich gehen lassen. Du hast mir und Willi geholfen und solltest die Letzte sein, an der ich mich abreagiere.«

»Es ist nicht nur Willi, oder? Du hast dich gegen das Ingenieurstudium in Berlin entschieden.«

»An Berlin halte ich fest. Allerdings bin ich mir wegen des Studienfaches nicht mehr ganz sicher. Es gibt so vieles, was mich interessiert.«

»O, dann denkst du vielleicht über Geschichte und Philosophie nach? Willst du Schriftsteller werden? Ist es das?«, fragte Daisy lebhaft. Dankbar ergriff sie die Chance, ihren Bruder aufzumuntern.

»Vielleicht.« Louis spielte gedankenverloren mit seinem Füller und kleckste Tinte, ohne Notiz davon zu nehmen. »Ich weiß nur, dass ich etwas bewegen will.« Er legte den Füller auf seiner aktuellen Lektüre ab und verfolgte, wie der Stift über den ledernen Einband rollte, über die Kante fiel und erst vom Tintenfass gestoppt wurde. »In letzter Zeit denke ich vermehrt über den Menschen nach. Über die herrschenden Unterschiede, darüber, was uns vereint und was uns trennt. Ist es die Bildung? Die Erziehung? Die Religion?«

»Oje, Philosoph, Lehrer, Pfarrer, mir ist alles recht, solange du dich nicht für die Politik entschließt. Die finde ich nämlich Brezel.«

»Weißt du, Daisy, du besitzt wirklich die Fähigkeit, eine Diskussion ins Marginale zu treiben.«

»*Tres charmant*, Bruderherz.«

»Tja, nur wenige können damit umgehen, wenn ihnen der Spiegel vorgehalten wird.«

Daisy lag bereits eine Antwort auf der Zunge, als sie innehielt und ihren Bruder scharf musterte. »Louis von Tessendorf, ich weiß, was du gerade versuchst. Du willst vom Thema ablenken, indem du mich auf die Palme bringst!«

»Schon gut.« Er lenkte überraschend fix ein. »Pax.«

»Nix Pax«, grollte Daisy. »Ich will jetzt wissen, was mit dir los ist, Bruderherz. Seit ich aus Paris zurück bin, benimmst du dich seltsam. Und gerade eben wolltest du mich loswerden, damit du dich wieder deinen Grübeleien hingeben kannst.«

Daisy hatte befürchtet, er würde es abstreiten. Aber Louis erwiderte, entwaffnend ehrlich: »Alles hat sich geändert, während du in Frankreich warst. Ich habe mich verliebt.«

»Und deine Liebe ist nicht standesgemäß. Deshalb bist du so unglücklich! Sag, ist es Mitzi?«

»Wie, um alles in der Welt, kommst du auf Mitzi?« Louis schaute konsterniert.

»Wer ist es dann?« Daisy setzte sich aufs Bett und streifte ihre Schuhe ab. Sie war bereit für eine gute Geschichte.

»Errätst du es wirklich nicht? Ich bin fast ein wenig enttäuscht, Daisy. Ich hatte dich in Sachen Liebe für flexibler gehalten.«

»Das nehme ich als Herausforderung, Bruderherz! Ein Rätsel! Soll ich nun alle nicht standesgemäßen Damen der Umgebung aufzählen?«

»Es ist tatsächlich keine Dame«, erklärte Louis.

»So weit sind wir schon gewesen. Wer könnte also das Interesse meines unvergleichlichen Bruders wecken? Es muss jemand Besonderes sein…«

»Es ist jemand Besonderes, und du kennst ihn gut.«

Es dauerte eine Sekunde, bevor bei Daisy der Groschen fiel.

»Verdammte Brezel! Es ist Willi!«

»Bist du jetzt schockiert?«

»Natürlich! Weil du es so lange vor mir verheimlicht hast. Dein Glück, dass ich dich liebe. Sonst wäre ich jetzt verärgert, weil du mir nicht vertraut hast.«

»Versprich mir, dass du es für dich behältst.«

»Was denn sonst. Ach, Louis, es tut mir so unendlich leid.«

Louis' Seelenqualen, seine Tränen, seine Verzweiflung, alles ergab nun einen Sinn.

»Willi ist kein Anarchist«, hob Louis an. »Er ist Pazifist und Sozialist, und sein Bestreben ist es, die bestehenden Lebensumstände der Armen und der Schwachen zu verbessern. Jemand muss für sie sprechen und ihnen eine Stimme geben. Es geht nicht an, dass einige wenige fast alles besitzen, und der Rest der Welt vegetiert dahin im Elend. Alles Unglück auf dieser Erde hat seinen Ursprung in der Ungerechtigkeit. Die Herrschaft der Herrschenden muss gebrochen werden. Erst, wenn das Volk selbst über sein Schicksal bestimmen kann, wird diese Welt eine gerechtere sein.«

»Jetzt bin ich verwirrt«, stellte Daisy fest. »Worin besteht der Unterschied zu dem, was der Hitler zu mir gesagt hat?«

»Ganz einfach, Daisy. Willi und mir geht es um den Menschen, Hitler geht es allein um die Macht.«

»Dann wollen wir hoffen, dass er niemals Macht gewinnt.«

Louis tat Hitler mit einem verächtlichen Schulterzucken ab.

»Willi und ich sind Pazifisten aus Überzeugung. Daher ist es mir unmöglich, am Bau von Kriegsschiffen mitzuwirken, die Waffen abfeuern und Menschen töten.«

Daisy verstand. »Aber in unserer Werft werden doch längst keine Kriegsschiffe mehr gebaut!«

»Du hast ja keine Ahnung!«, rief Louis händeringend.

»Was soll das heißen?«

Louis hatte sie noch nie von oben herab behandelt. Daisy schrieb es Willis Einfluss zu. Noch vor einer Woche hatte dieser Mitzi in ihrem Beisein verspottet, weil sie sich als Hühnermagd von ihrer Herrschaft ausnutzen ließ. Bei der Gelegenheit prophezeite er Daisy, bald sei es mit ihrem guten Leben vorbei, sie solle an das Schicksal der Zarentöchter denken.

Daisy berührte ihr Sternenmal an der Wange, und es gewährte ihr verlässlich eine Eingebung. »Was ist die Schwarze Reichswehr?«, fragte sie ins Blaue hinein.

Louis riss die Augen auf. »Sieh an, Schwesterchen hat doch etwas mitbekommen.«

»Lass das. Verrat mir lieber, ob man sich um diesen Hitler und seine Partei Sorgen machen muss?«

»Nein. Ich habe Vertrauen in die Weimarer Republik. Ihr Start mag holprig gewesen sein, aber die Lage hat sich in den letzten Jahren stabilisiert. Auf Dauer wird sich die neue Demokratie bewähren. Deutschland verfügt jetzt über eine der besten und modernsten Verfassungen der Welt, und das Frauenwahlrecht ist garantiert. Der Krieg und seine Folgen werden sich abschwächen, und dann können wir eine neue und sozialere Welt bauen. Gustav Stresemann ist ein hervorragender Mensch und Politiker. Solange er und Hindenburg die Geschicke unserer jungen Republik lenken, hat ein Mann wie Hitler niemals eine Chance.«

Daisy wollte ihm das nur zu gerne glauben. Doch das Gespräch mit Hitler klang in ihr ebenso nach wie die geisterhafte Begegnung mit dem Feldmarschall am frühen Morgen.

»Vielleicht geht es nur mir so... Aber ist dir nicht auch aufgefallen, dass unser Präsident schon etwas... instabil anmutet?«

Belustigt merkte er auf. »Nanu, Schwesterherz, so zurückhaltend?«

Daisy zuckte mit den Achseln. »Ich mein ja nur.« Sie hütete sich, ihr nächtliches Treppenabenteuer mit dem Reichspräsidenten preiszugeben. Es wunderte sie, dass der alte Haudegen nicht längst Opfer eines Unfalls oder Anschlags geworden war, während er nachts umhertappte oder ein Schläfchen im Flur hielt. Falls das Schicksal des Reiches an ihm und diesem Stresemann hing, wünschte Daisy den beiden Herren aus vollstem Herzen ein ewiges Leben.

Die Tür wurde aufgerissen, und Waldo polterte herein. Das Haar stand ihm zu Berge, die Augen funkelten im Zorn, und seine zerknitterte Djellaba wirkte, als hätte er die Nacht darin verbracht. »Ich will sofort mein Dynamit zurück!«

Daisy und Louis fuhren erschrocken zu ihm herum.

»Du!« Waldo schritt auf Louis zu und stieß ihm den Zeigefinger in die Brust. »Du sagst mir jetzt, wo dein Freund es versteckt hat.«

»Was?«, stotterte Louis. »Wovon redest du?«

»Stell dich nicht dumm. Willi hat mir ein Fässchen Dynamit geklaut!«

Louis' Kehlkopf zuckte. »Ich weiß nicht, wie du darauf kommst. Willi würde nie...«

»O doch. Der Langfinger hat mir auch schon Opium geklaut. Ich habe ihn erwischt und vermöbelt. Offenbar nicht gründlich genug. Also, wo steckt dein Freund?«

Louis schluckte, und Daisy übernahm es, für ihn zu antworten. »Willi ist fort.«

Waldo zog seine buschigen Augenbrauen zusammen. »Und was soll das jetzt genau heißen?«

Daisy setzte ihn über die nächtlichen Ereignisse in Kenntnis. Offenbar hatte ihr Onkel seinen Rausch bis in den Mittag hinein ausgeschlafen und dadurch sämtliche Entwicklungen versäumt. Waldo stieß einige höchst lästerliche Flüche aus und urteilte dann: »Dein Freund ist gefährlich.«

»Hast du Beweise für deine Behauptung, Onkel?«

»Ich brauche keine Beweise! Der Willi war es!«, blaffte Waldo und versprühte ein paar Speichelbläschen.

Louis wich nicht zurück, sondern straffte seine Schultern. »Es ist einfach, jemanden in Abwesenheit zu beschuldigen. Du solltest besser keine explosiven Substanzen im Haus aufbewahren.«

»Und du, Bürschchen, solltest dich nicht mit mir anlegen.«

»Wirst du mich sonst auch vermöbeln?«

»Bring mich nicht in Versuchung«, grollte Waldo. »Und du«, er wandte sich an Daisy, »solltest deinem Bruder klarmachen, dass er mit dem Feuer spielt.« Waldo stapfte wütend davon.

***

Am Tag nach der Jagd tauchte Louis zur Abwechslung in Daisys Zimmer auf. Er fand sie an ihrem Schreibtisch vor dem Fenster.

»Woher hast du das?« Er zeigte auf das Blatt mit Daisys Waffenskizze.

»Warum? Weißt du, was die drei Pfeile bedeuten?«

Sein Zögern verriet ihn und versetzte Daisy augenblicklich in Erregung. »Du hast sie zuvor schon gesehen. Wo?«

Er legte das Papier zurück. »Nein, ich glaube nicht.«

»Komm schon, du kennst es. Sag mir, was das für eine Markierung ist.«

»Zuerst du. Warum hast du die Zeichnung angefertigt?«

»Die drei Pfeile waren auf der Waffe des Attentäters eingraviert.«

»Du hast meine Frage nicht beantwortet. Warum hast du sie aufgezeichnet?«

»Weil mir niemand wegen der Waffe glauben will. Damit wollte ich Mutter zeigen, was ich gesehen habe.«

»Mutter weiß davon?«

»Ja, aber sie hatte keinen Blick für mein Papier übrig.«

»Hast du es sonst jemandem gezeigt?«

Daisys Augen verengten sich. »Sag mal, wird das jetzt ein Verhör? Warum interessiert dich das?«

»Falls es das ist, was ich vermute, wäre es ratsam, das hier verschwinden zu lassen.« Louis tippte auf das Blatt. Unvermittelt holte er ein Feuerzeug hervor und ließ die Zeichnung in Flammen aufgehen, noch bevor Daisy danach greifen konnte.

»Was soll das? Was tust du da?«, fuhr sie empört auf.

»Es ist das Beste, wenn wir es dabei bewenden lassen.« Louis schien es plötzlich sehr eilig zu haben, Daisys Zimmer zu verlassen. Mit einem Satz versperrte sie ihm den Weg: »Louis von Tessendorf, du lässt mich hier nicht einfach so stehen! Was ist los? Dir ist das Zeichen zuvor schon begegnet. Und ich vermute stark, es hat irgendwie mit Willi zu tun, sonst wärst du nicht derart aufgebracht. Hat Waldo recht mit dem Dynamit?«

»Brezel, Daisy. Kannst du nicht einmal Ruhe geben?«

»Du hast gerade meine Zeichnung verbrannt wie ein verdammter Spion! Was zum Teufel soll ich da wohl denken?«

Louis stöhnte, aber seine starre Haltung wurde etwas nachgiebiger. »Wenn ich dir die Bedeutung der drei Pfeile verrate, versprichst du mir, es für dich zu behalten und mit niemandem darüber zu sprechen. Auch nicht mit Mitzi?«

»Ich verspreche es.«

»Die drei Pfeile gelten als geheimes Symbol einer anarchistischen Kampforganisation. Sie bekennt sich zu einer Reihe politischer Morde.«

»Ist Willi einer von diesen Kämpfern?«

»Treib es nicht zu weit, Daisy.«

»Weißt du, Ovid hat ganz recht mit dem, was er schreibt.«

»Womit?«

»Dass einen die Liebe verändert.« Damit gab ihm Daisy den Weg frei.

Kapitel 14

> Manchmal wird ein Leuchtfeuer zum Irrlicht.
> Oder umgekehrt.
>
> Louis von Tessendorf

Die Festivitäten waren vorüber, die Gäste abgereist. Zurück blieben nur die Fürstin mit Mann und Affe und ein alter General, der den lieben langen Tag in einem Sessel döste und nur zu den Mahlzeiten munter wurde. Yvette scherzte, er sei wohl absichtlich bei ihnen vergessen worden.

Daisy hoffte auf die Aussprache mit ihrer Großmutter, aber die ließ sie weiter zappeln. Ablenkung fand sie nur im Stall. Nereide hatte endlich ihr Fohlen bekommen, einen kerngesunden kleinen Hengst, hübsch besockt und mit derselben Stirnblesse gezeichnet wie seine Mutter. Daisy war die ganze Nacht in der Box geblieben, während sich das Fohlen ins Leben kämpfte. Sie rieb es anschließend mit Stroh ab und sah ihm lächelnd bei seinen ersten ungeschickten Aufstehversuchen zu. Sie taufte ihn Orion und verbrachte jede freie Minute, die ihr Stallmeister Zisch zugestand, bei Mutter und Sohn.

Den gesellschaftlichen Gepflogenheiten entsprechend, trafen während der Woche täglich Dankschreiben und Präsente für die Hausherrin ein, vornehmlich Blumen, Pralinés und Bonbonnieren. Daisy schlich gerade um die neu angelieferten Süßigkeiten herum, als Franz-Josef ihr ein an sie adressiertes

Päckchen überreichte. Neugierig riss sie es auf und entdeckte darin ein kleines messingfarbenes Jagdhorn für Damen. Ein kurzer Brief lag bei:

Verehrte Komtess, liebes Fräulein von Tessendorf!
Bitte empfangen Sie dieses kleine Präsent als Ausdruck tiefer Verbundenheit. Ich stehe in Ihrer Schuld, und wann immer Sie ein Anliegen haben, das zu erfüllen im Rahmen meiner Möglichkeiten steht, zögern Sie nicht, meine Hilfe in Anspruch zu nehmen.
Mit Dank und Hochachtung verbleibe ich
Ihr Adolf Hitler

Daisy zeigte Brief und Horn Mitzi, als sie sich beim nächsten Mal am Schmugglerloch trafen.

»Da hast du dir aber einen komischen Kauz als Verehrer angelacht«, frotzelte ihre Freundin. Sie nahm das Jagdhorn, blies probehalber hinein und entlockte ihm ein schiefes Tröten. Darauf hielt sie ihre Hand ans Ohr und horchte übertrieben in die Gegend.

»Was, in Gottes Namen, tust du da?«, fragte Daisy perplex.

»Psst! Ich höre Hufgetrappel.«

»Was?« Daisy sah sich verwirrt um. »Da ist doch nichts.«

»Aber freilich! Durch Nacht und Wind, der Hitler eilt geschwind zu Hilfe ...«

Daisy knuffte Mitzi. »Musst du mich immer so auf den Arm nehmen!«

Ihr Bruder Louis bekam Hitlers Zeilen gar nicht erst zu Gesicht. Am selben Tag, als das Jagdhorn eintraf, erreichte die von Tessendorfs auch die traurige Nachricht vom frühen Ableben Gustav Stresemanns, jenem Politiker, in den Louis seine Hoffnung gesetzt hatte.

Daisy steckte daher Horn und Brief zu den abgepausten Noten von Komponist X ins hinterste Fach bei den Abendhandschuhen, die sie niemals trug, und dachte nicht mehr daran.

Endlich auch rief ihre Großmutter sie zu sich.

»Es tut mir unendlich leid, Großmutter, und ich bitte dich um Verzeihung«, murmelte Daisy kleinlaut, als sie im kleinen Salon vor deren Stuhl trat. »Ich hätte deine Noten niemals unerlaubt an mich nehmen dürfen.«

Sybille von Tessendorf schwieg. Als nähme sie ihre Enkelin nicht wahr, schaute sie an ihr vorbei in eine unbestimmte Ferne. Die Minuten dehnten sich, das Warten wurde für Daisy zur neuerlichen Folter.

Endlich rührte sich Sybille. Ihr Blick richtete sich auf ihre Enkeltochter. Daisy hielt das Kinn oben und die Schultern gestrafft, im Wissen, dass ihre Großmutter jede Schwäche wittern konnte.

»Es ist gut, Kind«, sagte Sybille mit rauer Stimme, als hätte sie sie länger nicht gebraucht. »Manchmal hat es durchaus seine Berechtigung, Rückschau zu halten und frühere Entscheidungen zu überdenken.«

Daisy hatte ein Donnerwetter erwartet und war bereit gewesen, jede Strafe auf sich zu nehmen. Mit einer Absolution hatte sie zu keiner Zeit gerechnet. zugleich war sie verwirrt. Worauf spielte ihre Großmutter an? Ging es um den geheimnisvollen Komponisten?

»Wenn man jung ist«, nahm Sybille den Faden unverhofft wieder auf, »trifft man wichtige Beschlüsse mit dem Herzen und nicht mit dem Verstand. Bei mir verhielt es sich genau umgekehrt. Ich stellte den Verstand über das Herz und meinen Ehrgeiz über die Liebe.« Sie maß Daisy mit einem Ausdruck, als stünde nicht ihre Enkelin vor ihr, sondern jemand anderer, jemand aus ihrer Vergangenheit, vor dem sie Rechenschaft ablegte. Kurz zeigte sich Erschöpfung auf ihrem alten, würdevollen Gesicht, aber in einem Lidschlag war jedes Anzeichen von Schwäche getilgt. Ihre Stimme klang nun wie geschliffenes Glas: »Was stehst du da so untätig herum? Geh! Und wenn du noch einmal in meinen Sachen wühlst, darfst du den gesamten Kuhstall ausmisten. Verstanden?«

»Ja, Großmutter.« Innerlich konnte Daisy ihr Glück kaum fassen. Sollte sie tatsächlich derart ungeschoren davonkommen? Allerdings war sie von der Lösung des Rätsels um den mysteriösen X genauso weit entfernt wie zuvor.

In letzter Zeit schien ohnehin jeder ein Geheimnis vor ihr zu verbergen. Die Mutter in Paris, Mitzi ihren unbekannten Liebhaber. Und nun ihre Großmutter.

Kapitel 15

Das Gewicht von Ochsen

Am folgenden Morgen kehrte Daisy von einem frühen Ausritt zurück. Nach einem kurzen Plausch und einer Zigarette mit Mitzi hinter dem Gänsestall betrat sie die Halle und schnupperte. Es duftete nach Apfelstrudel! Gesegnet sei Theres. Rasch entledigte sie sich ihrer Stiefel, tappte in den Frühstückssalon und traf dort auf Waldo und Louis. Waldo häufte am Buffet reichlich Würstchen auf seinen Teller, Louis hockte am Tisch, vor sich lediglich eine Tasse Kaffee.

Daisy rief ein fröhliches »Guten Morgen« in den Raum, erhielt aber keine Antwort. Waldo ging dazu über, Preiselbeermarmelade auf seine Wurst zu löffeln, igitt, und Louis' Miene war düster, als sei an diesem Morgen gar nichts gut. Der Kummer um Willi hatte ihm dunkle Ringe ins Gesicht gemalt und eine unübliche Streitlust hervorgebracht. Daisy vermisste ihren ausgeglichenen Bruder. Darüber hinaus schwelte nach wie vor die Geschichte um das verschwundene Fässchen Sprengstoff zwischen Onkel und Neffe. Wenigstens schien Waldo nüchtern zu sein, soweit sie dies beurteilen konnte.

»Habt ihr euch schon wieder in der Wolle?«, fragte Daisy und schielte gleichzeitig nach dem Strudel.

»Deinem Bruder sitzt der Hitler auf der Laus«, brummte Waldo.

»Das heißt Leber«, berichtigte Louis gallig.

Daisy unterdrückte ein Seufzen. Louis beschwor also wieder die politische Apokalypse herauf, und niemand hörte zu, schon gar nicht Waldo. Das erklärte die Abwesenheit von Franz-Josef, der sich in solchen Fällen diskret zurückzog, und mit Sicherheit hatte auch ihr Vater die Flucht ergriffen. Ihre Mutter, Violette, Elvira und Hagen frühstückten nie um diese Zeit, und ihre Großmutter saß längst in ihrer Stettiner Kommandozentrale an ihrem Schreibtisch.

Daisy gönnte sich ein ordentliches Stück warmen Strudel.

»*Vox populi*«, brummte Waldo an ihrem Ohr. Auch er nahm den Strudel ins Visier, dabei türmte es sich bereits bedenklich auf seinem Teller. Wortlos reichte ihm Daisy den eigenen Teller und holte sich selbst einen zweiten. Statt eines Dankes servierte Waldo weiter Kryptisches: »Dummheit der Masse.«

»Wenn ich nur wüsste, wovon du redest.« Daisy schenkte sich einen Kaffee ein.

Ihr Onkel nahm Platz und schaufelte abwechselnd Würstchen und Strudel in sich hinein. »Vor dem Krieg«, ein Würstchen knackte zwischen seinen großen Zähnen, »besuchte ich in London meinen Freund Francis Galton. Er war Naturforscher.«

»Oh, wie Vater! Was macht er jetzt?«, erkundigte sich Daisy.

»Er ist tot.«

»Oh.«

»O wie Ochse.«

»Was?«

»Francis wollte die Dummheit der Masse Mensch beweisen. Aus diesem Grund lobte er einen Schätzwettbewerb um das Gewicht eines Ochsen aus.«

»Das weiß doch jeder. Ein ausgewachsener Ochse wiegt um die sechshundert Kilo.« Daisy schob sich eine Gabel Strudel in den Mund.

»Auf dem Land sicher, aber auf einer Nutztiermesse treiben sich auch eine Menge ahnungsloser Städter herum. Woher sollten die das wissen? Denen begegnet Fleisch in der Regel servierfertig vom Grill.«

»Wie ging's denn aus?« Daisys Interesse an der Geschichte wuchs.

»Exzellent. Fast achthundert Teilnehmer, mehr als die Hälfte davon Städter. Am Ende lag die durchschnittliche Schätzung nur um knapp ein Prozent neben dem tatsächlichen Gewicht.« Waldo stand auf und kehrte mit Brot, einer weiteren Portion Würstchen und dem Rest des Strudels vom Buffet zurück.

»Hm.« Daisy nippte an ihrem Kaffee. »Das bedeutet, die Masse Mensch ist gar nicht so dumm wie angenommen, oder? Womit das Experiment das glatte Gegenteil bewiesen hat.«

»Genau!« Waldo hob die Gabel wie einen verlängerten Zeigefinger. »Stattdessen hat mein Freund Francis einen anderen Beweis angetreten. Eine politische Wahl funktioniert nämlich ähnlich. Die Wähler mögen keine Politikexperten sein, aber sie kennen ihren Ochsen.« Letzteres war eindeutig an Louis' Adresse gerichtet. Der setzte sich kerzengerade auf, die Miene miesepetriger als zuvor.

»Ich fürchte, ich kann dir nicht mehr folgen, Onkel«, gab Daisy zu.

»Der Hitler ist der Ochs, und die Leute werden's merken. Noch jemand ein Würstchen?«

»Nein.« Daisy hatte jedoch noch etwas anderes auf dem Herzen. Es betrübte sie, wie Waldo und Louis seit ihrem leidigen Streit um Willi miteinander verkehrten. Ihre Begegnungen gestalteten sich nun mindestens so explosiv wie das verschwundene Dynamit. Ob Willi es nun getan hatte oder nicht, war ihr gleich, aber Waldo hätte Louis nicht auf diese Weise angehen und bezichtigen dürfen. Sie ergriff die Gelegenheit beim Schopf. »Nur Ochsen würden einen für die Taten anderer verantwortlich machen«, tönte sie laut in Waldos Richtung.

Waldo spießte das letzte Würstchen auf. Es lag ein Knistern in der Luft. Mit sturmumwölkter Miene musterte er zunächst Daisy, dann Louis. Er biss der Wurst den Kopf ab und erklärte schmatzend: »Nur beschränkte Menschen halten an den falschen Freunden fest.« Darauf brach er in ein jähes Lachen aus, hieb Daisy auf die Schulter, woraufhin sie mit dem Gesicht fast auf dem Teller landete, und verspeiste den Rest seiner Wurst.

Kapitel 16

Nichts ist so unglaubwürdig wie die Wahrheit.

Daisy von Tessendorf

Die Felder waren frisch gepflügt, die Wintersaat war ausgebracht, und Gut Tessendorf erlebte einen wahrhaft goldenen Oktober. Der Himmel leuchtete in einem samtigen Blau, und die Wälder hüllten sich in ihr prächtigstes Gewand. Das Beerenrot der Eberesche konkurrierte mit dem Königsrot des Ahorns, das dunkle Gold der Eiche mit dem lichteren von Buche und Birke.

Daisy liebte den Herbst, und gleichzeitig stimmte er sie melancholisch. In all seinen Farben lag bereits der Abschied, und längst sammelte der Ostwind seinen Atem, um über die Lande zu brausen, die Blätter von den Bäumen zu fegen und in Wirbeln über die Äcker zu treiben.

An diesem Morgen beobachtete sie die ersten Stare, die sich für den Zug in den warmen Süden bereit machten.

Auch Daisy und Mitzi planten einen Ausflug – in vertauschten Rollen. Ab und an schlüpften sie in die Kleider der jeweils anderen und mischten sich in Stettin unter die Leute. Daisy trug Mitzis einfachen braunen Wollrock mit gegürteter Jacke, derbe Schuhe und ihr geflochtenes Kupferhaar unter einem breiten Filzhut versteckt. Mitzi war gekleidet in ein burgunderrotes Samtkostüm, ihre auffälligen katzengrünen Augen verbarg ein Schleierhütchen.

Wie üblich flanierten sie durch die Innenstadt, erfreuten sich an den Auslagen der Kaufhäuser und Läden und stöberten am Kiosk auf der Hakenterrasse nach neuen Sammelpostkarten für Mitzis Mansardenwände. »He, die ist neu! *Lilo Hennessy*«, las Mitzi und betrachtete die hübsche Brünette.

»Zeig mal.« Daisy griff nach der Karte. »Die kenne ich doch! Sie war auf Großmutters Fest. Der Fontane hat sie mit zwei anderen Begleiterinnen mitgebracht. Weißt du nicht mehr?«

»Stimmt. Sie sieht auf dem Foto hübscher aus als in natura.«

»Hoffentlich klappt das mit eurem Treffen im Dezember«, meinte Daisy nicht zum ersten Mal.

»Bis jetzt hat mir Jon jedenfalls nicht abgesagt«, erklärte Mitzi selbstbewusst. Sie erwarben die Hennessy-Karte, besuchten die Vorstellung im Lichtspielhaus und gönnten sich abschließend noch ein Eis in der Waffel. Nun warteten sie in Stettin auf ihren Zug. Daisy vertrieb sich die Zeit, indem sie eine Bekanntmachung an der Litfaßsäule überflog, ein weiteres langweiliges Notstandsgesetz, als Mitzi hinter ihr sagte: »Sieh mal, da drüben auf dem Bahnsteig. Ist das nicht deine Mutter?«

Daisy fuhr herum. Die Augen zusammengekniffen, suchte sie in der angegebenen Richtung. »Wo denn?«

»Mist! Sie hat sich gerade weggedreht. Die zwischen dem Mann im Lodenmantel und der alten Dame mit dem Käfig. Weiß der Kuckuck, weshalb die Leute ihre Kanarienvögel auf Reisen mitschleppen müssen.«

»Oder ihre Affen«, meinte Daisy. Mitzis Verdachtsperson trug einen unförmigen Kutschermantel, einen schmucklosen Hut und derbe Halbstiefel. Daisy beendete ihre Musterung.

»Nein, das ist niemals meine Mutter. Sie würde sich eher in die Oder stürzen, als solches Schuhwerk an ihre Füße zu lassen.«

»Na gut, aber im Profil sah sie ihr schon sehr ähnlich.«

Eine Minute später schnaufte am gegenüberliegenden Gleis eine Lokomotive in den Bahnhof. Der Lautsprecher erwachte knackend zum Leben und verkündete die Ankunft des Regionalzugs aus Berlin. Bremsen quietschten, Dampf zischte, und im Nu waren Mitzi und Daisy in den Geruch von Steinkohle gehüllt. Ein Schaffner stand mit der Kelle bereit, ein Pfiff ertönte, und die Türen schlugen auf. Die Freundinnen hatten reichlich Muße, die wenigen aussteigenden Passagiere in Augenschein zu nehmen. Plötzlich ging ein Ruck durch Daisy, ihre Finger krallten sich in Mitzis Arm. »Was ist los?«

»Ich glaube, du hattest doch recht«, hauchte Daisy ungläubig. »Siehst du dort die beiden Frauen, die sich umarmen? Die eine ist tatsächlich meine Mutter! Und ich kenne auch die andere Frau. Ihr Name ist Marie la Sainte.«

Mitzi stutzte. »Hieß so nicht die Frau, die dir im Pariser Gefängnis geholfen hat?«

»Eben. Was macht sie in Stettin?«

»Vielleicht hat deine Mutter sie zum Dank eingeladen? Möchtest du rübergehen und sie begrüßen?«

»Eher nicht. Meine Mutter hat sich viel Mühe für ihr Inkognito gegeben. Ich würde zu gerne wissen, was sie ...«

»Hast du das gerade gesehen?«, flüsterte Mitzi aufgeregt. »Deine Mutter hat dieser Marie einen Umschlag zugesteckt.«

»Was? Ich habe nichts bemerkt.«

»Weil die das sehr geschickt angestellt haben. Von Rockfalte zu Rockfalte.«

»Vielleicht ist es die Belohnung für Maries Hilfe in Paris? Falls der Umschlag Geld enthält, würde ich auch vermeiden wollen, dass jemand das spitzkriegt, oder?«, mutmaßte Daisy.

»Möglich, aber warum übergibt sie ihr das Geld jetzt und nicht schon vor Monaten in Paris?«

»Schau, sie trennen sich. Das ging aber schnell.« Während Daisys Mutter den Bahnsteig mit raschen Schritten verließ, schlenderte Marie la Sainte zum Schaukasten und studierte die Fahrpläne.

»Wo ist eigentlich ihr Gepäck?«, wunderte sich Daisy. »Sie trägt nur eine kleine Handtasche bei sich.«

»Vielleicht wird es noch ausgeladen?«

Sie warteten. Eine Minute später verfolgten sie verblüfft, wie sich ein hinkender Mann in schäbigem Anzug Marie von hinten näherte und sie am Arm packte. Marie fuhr herum. Anstatt sich jedoch zu wehren und auf ihre missliche Lage aufmerksam zu machen, zischte sie ihm sichtlich wütend etwas zu. Darauf ließ er sie widerstrebend los.

Mitzi stieß Daisy an: »Sieh an, die beiden kennen sich.«

Daisy nickte, ohne einen Blick von der Szene zu wenden. Instinktiv hatten die Freundinnen hinter der Litfaßsäule Deckung bezogen.

Maries Bekannter sprach auf sie ein. Die schüttelte den Kopf, machte auf dem Absatz kehrt und stieg zurück in den Regionalzug. Durch die Fenster konnten Daisy und Mitzi beobachten, wie sie den Gang entlanglief, eine Abteiltür aufschob und sich hineinsetzte. Der Mann humpelte ihr hinterher und nahm im selben Abteil Platz. Damit entschwanden die beiden aus ihrem Sichtfeld.

Daisy atmete aus. »Na also. Marie ist mit einem Begleiter auf der Durchreise und will zurück nach Berlin und von dort sicher weiter nach Paris. Und Mutter hat sich eben kurz hier mit ihr getroffen, um ihr die Belohnung zuzustecken.«

»Hmm.« Mitzi spitzte die Lippen. »Ich finde dennoch, dass das ganze Treffen etwas Konspiratives an sich hatte. Und dieses Hinkebein wirkte schmierig wie ein Zuhälter.«

»Wirklich, du guckst zu viele Filme, Mitzi. Komm jetzt, unser Zug fährt ein.« Als sie in den Waggon der Lokalbahn kletterten, sah sich Daisy verstohlen nach ihrer Mutter um. Aber sie tauchte nicht auf, woraus Daisy schloss, dass sie mit dem eigenen Cabriolet nach Stettin gekommen war. Sie tastete nach ihrem Glücksbringer, Fees Hufnagel, in der Tasche und schloss ihre Finger fest darum. Nach dem, was in Paris passiert war, setzte ihr die Beobachtung am Bahnhof zu.

»Vielleicht wäre es klug, deine Mutter nicht auf Marie anzusprechen«, schlug Mitzi unvermittelt vor.

Daisy fuhr zusammen. »Wie kommst du darauf?«

»Wenn du sie nach ihrem Stelldichein fragst, erfährt sie zwangsläufig auch von unserem kleinen Ausflug. Und dann kommt es womöglich der Theres zu Ohren.«

»*Maman* würde uns nie verpetzen!«

»Sicher doch. Aber einer spricht, und viele hören zu. Die Wände auf Tessendorf haben Ohren, glaub mir.«

»Schon gut, ich behalt's für mich.«

Bekanntermaßen sind Geheimnisse mit Schwimmkorken ausgestattet, die ohne jedes Zutun irgendwann an die Oberfläche steigen. Man muss lediglich ein bisschen warten…

Kapitel 17

> Wenn wir in der Jugend so klug wären wie in den Jahren der Reife, dann gäbe es überhaupt keine Jugend.
>
> Otto von Leixner

Wenige Tage darauf fuhr Daisy erneut nach Stettin. Louis' Geburtstag stand in Kürze an, und sie hatte beizeiten seinen bevorzugten Buchhändler darauf angesetzt, die Erstausgabe eines Klassikers als Geschenk zu besorgen. Am Morgen erhielt sie den Anruf, ein Exemplar von *Moby Dick* liege für sie bereit. Sie hätte es sich jederzeit zustellen lassen können, aber das ungewöhnlich milde Wetter verlockte sie dazu, es selbst abzuholen. Der Oktober neigte sich dem Ende zu, und vielleicht war dies die letzte Möglichkeit zu einem Bummel, bevor die Novemberstürme einsetzten und Regen und Matsch einem Laune und Schuhe verdarben.

»*Chérie*«, bat ihre Mutter, als sie von dem Ausflug hörte, »sei so gut und schau bei Madame Appelbaum vorbei, sie hat meinen neuen Hut fertig.«

Der Inhaber der Buchhandlung am belebten Kohlmarkt in der Innenstadt verabschiedete seine elegante Kundin mit einer Verbeugung und hielt ihr die Tür auf. Die leuchtende Herbstsonne hatte Daisy dazu verleitet, sich etwas zu luftig zu kleiden. Nun fröstelte sie in ihrem weißen Faltenrock mit Blazer.

Kurz verharrte sie auf dem Bürgersteig, während der Strom der Passanten an ihr vorbeifloss. Sie hatte ziemlich lange im Laden herumgestöbert. Inzwischen war es Mittag geworden, und sie verspürte Appetit. Allerdings gelüstete sie es weniger nach einem der Heringsbrötchen, die hier überall von Straßenhändlern angeboten wurden, sondern nach heißem Kaffee und einem Stück Stettiner Pfefferkuchen. Den Besuch bei der Appelbaum konnte sie auf dem Rückweg zum Bahnhof erledigen. Sie wandte sich nach links, wo sich der mächtige Backsteinbau der Jacobikirche erhob, und bog rechts in eine Gasse ab. Sie führte zu ihrer bevorzugten Konditorei, die neben köstlichen Backwaren und Torten auch hauseigene Eiscreme feilbot. Daisy, in Gedanken schon beim Pfefferkuchen, stieß an der Straßenecke fast mit einem jungen Burschen zusammen, der von da kam, wo sie hinwollte – unschwer erkennbar an seinem Waffeleis. Der junge Mann sprang zur Seite, wobei ihm die Waffel aus der Hand flog und die Schiebermütze vom Kopf. Mit einer raschen Bewegung sammelte er Letztere auf, murmelte ein Pardon und hastete sogleich weiter. Dadurch entging ihm Daisys Reaktion. Die stand wie vom Donner gerührt. *Der Kellner mit dem Feuerkopf! Der verhinderte Hindenburg-Attentäter!* Sofort nahm sie die Verfolgung auf und verschwendete keine Sekunde an Paris. Undenkbar, dass sich dieser Fehlschlag wiederholte. Schließlich war sie hier zu Hause, der Name Tessendorf ein Begriff und helllichter Tag. Was sollte schon großartig passieren?

Daisy wurde schnell klar, dass der Weg in Richtung Oderhafen führte. Als unternähme sie einen Stadtrundgang anderer Art, passierte sie nacheinander einige der bekanntesten Wahrzeichen Stettins. Aber Daisy verschwendete keinen Blick auf das Renaissanceschloss der Pommernherzöge oder die Bastei der Sieben Mäntel und auch nicht an eines der beliebtesten Ausflugsziele der Stadt: die großzügige, terrassierte Hakenanlage, deren Anhöhe eine grandiose Aussicht auf den Oderhafen bot. Jetzt zur Mittagszeit war der Platz durch Ausflügler belebt, und Daisy bereitete es keine Mühe, unentdeckt dem falschen Kellner zu folgen, der jetzt die Kaipromenade verließ. Am Reiterstandbild Friedrichs III. vorbei überquerte der junge Mann vor ihr eine Freifläche und betrat den Botanischen Garten. Auch hier flanierten Menschen im Schatten der Bäume, dennoch blickte der Verdächtige nun mehrmals zurück über die Schulter, als rechnete er mit Verfolgung. Daisy gelang es, sich rechtzeitig vor ihm zu verbergen. Die Gegend hinter dem Park war ihr wenig bekannt, aber sie wusste, dass sie sich jenem Teil Stettins näherten, den Besucher und Ausflügler in der Regel kaum zu Gesicht bekamen.

Tatsächlich veränderte sich nun das Stadtbild. Aus Villen mit gepflegten Gärten hinter Mauern wurden Reihenhäuschen, dazwischen gab es ein paar kleine Läden und Handwerksbetriebe. Als der von ihr verfolgte Rotschopf das nächste Mal eine neue Straßenrichtung einschlug, tat sich vor Daisy jäh eine lange Reihe gegenüberliegender Mietskasernen auf, gleichförmige graue Zweckbauten, geprägt von erschreckender Trostlosigkeit. Eine Droschke klapperte an Daisy vorbei, und sie bedauerte das müde, magere Pferd in seinem Geschirr. Auf dem Bürgersteig kam ihr eine Frau mit einem Kinderwagen entgegen, aus dem es kräftig krähte, und ein paar weitere Dreikäsehochs klammerten sich an ihren Rock. Sie bestaunten Daisy großäugig, während die Mutter sie eher argwöhnisch musterte. Feine Damen im Sommerfrischekostüm verirrten sich eher selten in diese Gegend. Daisy murmelte einen freundlichen Gruß und eilte weiter.

Die Verfolgung dauerte bereits eine Dreiviertelstunde, ihr linker Schuh scheuerte, fraglos wuchs an der Ferse eine böse Blase heran. Daisy gönnte sich eine Sekunde Rast und ließ ihren Fuß kreisen. Als sie wieder hochsah, war der junge Mann vor ihr verschwunden. Verdammt, wo war er so schnell abgeblieben? Daisy fürchtete, er habe sie entdeckt und verberge sich nun in einem Hauseingang, um sie abzupassen. Sie stellte die Schachtel mit Louis' Geschenk kurz ab und kramte in ihrem ägyptischen Beutel nach Fees Hufnagel, dessen Länge durchaus als Waffe taugte. Darauf wechselte sie an den äußeren Rand des Bürgersteigs, um sich jederzeit mit einem Sprung auf die Straße in Sicherheit zu bringen, falls der Attentäter tatsächlich danach trachtete, sie sich zu greifen. Nach kaum dreißig Metern fiel ihr eine Toreinfahrt auf, die in einen Hinterhof führte. Vorsichtig betrat sie den kurzen Tunnel, blickte sich in seinem Schutz im weitläufigen Hof um und sah gerade noch, wie die Schiebermütze in einem Kellerabgang verschwand. Sie schlich hinterher, beugte sich über das Geländer und entdeckte eine schmale Betontreppe, die zu einer rostigen Tür führte. Falls er sie von innen verriegelt hatte, endete die Verfolgung hier und jetzt.

Daisy fand die Tür jedoch unverschlossen und betrat ein langes, dämmriges Gewölbe. Das kleine, vergitterte Fenster über der Tür spendete gerade so viel Licht, dass man zumindest nicht über die eigenen Füße stolperte. Es war kalt und feucht, und Daisy fror. Zu beiden Seiten des Gangs befanden sich Verschläge aus Holz. Sie tappte vorsichtig weiter. Mit jedem Schritt voran wurde es dunkler, aber sie verzichtete darauf, die Mauern nach einem Schalter abzutasten. Dann war das Ende des Gangs erreicht, wo er sich verzweigte. Sie hatte die Wahl: rechts oder links? Rechter Hand vernahm sie ein gedämpftes Stampfen, als seien dort irgendwelche Maschinen am Werk. Von links hörte sie nichts. Sie verharrte unschlüssig und überlegte umzukehren, als sie jäh von hinten gepackt wurde. Eine große Hand legte sich ihr schwer auf Mund und Nase, und sie wurde in den rechten Gang gezogen. Daisy hatte das Gefühl, unter dem Griff zu ersticken, obwohl es nur wenige Meter waren, bis ihr Angreifer schließlich mit dem Fuß eine Tür aufstieß und sie von sich schleuderte. Daisy schlug der Länge nach hin und holte keuchend Atem. Lichtpunkte tanzten vor ihren Augen. Sie hob vorsichtig die Lider und sah sich zwei Paar Beinen gegenüber, von denen die einen in staubigen Stiefeln, die anderen in ausgetretenen Straßenlatschen endeten. Sie brauchte nicht weiter hochzusehen, um zu wissen, dass Letztere zum verhinderten Attentäter gehörten. Sie saß eindeutig in der Patsche... Verstohlen musterte Daisy den großen Kellerraum. An den Wänden stapelten sich Paletten und Holzkisten, und mittig stampften und ratterten schwere Maschinen, die einen Lärm erzeugten, der ihre Ohren klingen ließ. Der durchdringende Geruch nach Schmieröl und Tintenschwärze verriet ihr, dass sie in einer Druckerei gestrandet war. Ein halbes Dutzend Arbeiter mit fleckigen Lederschürzen waren im Raum zugange, aber keiner von ihnen erweckte den Eindruck, als würde er sich großartig um Daisys Schicksal scheren.

Der Mann mit den Stiefeln ergriff nun ihren Arm, zerrte sie unsanft auf die Füße und schubste sie vor sich her in einen separaten kleinen Raum, spärlich möbliert mit einem Schreibtisch, einem Aktenschrank und zwei Stühlen. Auf einen davon wurde Daisy gepresst. Der Mann kippte den Inhalt ihres ägyptischen Beutels auf den Schreibtisch. Der magere Inhalt ließ ihn die Nase rümpfen. Neben ihrer Börse enthielt er ein Taschentuch, Karamellbonbons und ein Stück zerbröselten Butterkuchens. Mit einer wütenden Bewegung wischte er die Krümel vom Tisch. Daisy fielen dabei seine verfärbten Pranken auf, vermutlich das Ergebnis jahrelangen Hantierens mit Druckerschwärze. Er öffnete ihre Klappgeldbörse, in dem sich nur einige wenige Scheine und Kleingeld befanden. Sie trug nie viel bei sich, die Tessendorfs genossen überall Kredit. Offenbar ging es ihm aber eh nicht um den kümmerlichen Betrag, da er die Börse wieder zuschnappen ließ. Er verschränkte die muskelbepackten Arme über der Lederschürze und baute sich vor ihr auf.

»Wen haben wir denn da? Ein richtig feines Dämchen, he? So was sehen wir hier nicht oft.« Er lächelte bar jeder Freundlichkeit.

Daisy ballte die Fäuste, in der Rechten hielt sie Fees Hufnagel umklammert. Wie durch ein Wunder hatte sie ihn nicht verloren. Sie beschloss, ihm ihren Namen nicht vorzuenthalten, vermutlich kannte er ihn längst, und wenn nicht, so barg er vielleicht die einzige Chance, mit heiler Haut davonzukommen. »Ich bin Marguerite von Tessendorf, die Enkelin von Sybille von Tessendorf, und meine Familie ist der größte Arbeitgeber von Stettin.«

Seine tief liegenden Augen verengten sich. »Hübsches Sprüchlein. Ich verrate dir was: Es ist mir scheißegal, wer du bist. Ihr Tessendorfs seid allesamt Ausbeuter. Ihr saugt die Arbeiter aus bis aufs Blut und lebt selbst in Saus und Braus.« Daisy fand seinen Spruch reichlich ausgelutscht, aber sein Zorn befeuerte ihre Angst. Mit einem wütenden Menschen konnte man nicht verhandeln. »Was wollen Sie von mir?«

Der Stiefelmann bedachte seinen jüngeren Kumpan mit einem bösen Blick. Daisy begriff, dass sich sein Ärger vor allem auch gegen ihn richtete, da er sie hierhergeführt hatte. Sie war ein Problem, aber ihr Gegenüber schien sich keinesfalls schlüssig, wie er mit ihr weiter verfahren sollte. In ihr regte sich die Hoffnung, dass er vor einem Mord zurückschreckte. Sie hatte sich bereits in einem von Steinen beschwerten Sack gesehen, versenkt am tiefsten Punkt der Oder. Sie fasste Mut. »Wie wäre es mit einem Lösegeld?«, schlug sie vor.

»Ich glaube, mein Schwein pfeift! Ich kassiere das Geld und lasse dich laufen, damit du schnurstracks zur Polizei marschierst. Du willst mich wohl für blöd verkaufen?«

»Nein, ich gebe Ihnen mein Wort. Ich vergesse die Druckerei und Ihre Gesichter.«

»So wie du mich vergessen hast?« Erstmalig meldete sich der Rothaarige zu Wort.

Daisy wandte sich ihm zu. »Das war etwas anderes. Ich bin dir spontan gefolgt.«

»Warum, in aller Welt, hast du das getan?« Er klang beinahe kläglich, als fürchtete er sich vor dem anderen Mann, und reichlich spät ging Daisy auf, was ihr schon früher hätte auffallen müssen: die Ähnlichkeit der beiden. Vermutlich hatte sie Vater und Sohn vor sich! Sie hob ratlos die Schultern. Wie sollte sie erklären, dass sie zu unüberlegten Handlungen neigte und die Dinge selten zu Ende dachte?

»Wie alt bist du?«, fragte der Stiefelmann.

»Siebzehn.«

»Hmm«, knurrte der. »Und woher kennst du den Hitzkopf da? Hat er dir an die feine Wäsche gewollt?«

Daisy merkte interessiert auf. War es möglich, dass der Vater von den anarchistischen Umtrieben seines Sohnes nichts ahnte? Falls ja, musste dem Sohn daran gelegen sein, dass es auch so blieb. Falls sie ihre Karten richtig spielte, könnte sie ihren Hals mit diesem Wissen vielleicht noch aus der Schlinge ziehen!

Die Tür wurde aufgerissen. »Meister!«, rief einer der Drucker. »Die Zwei klemmt schon wieder, ein ganzer Satz ist verdorben, und Franz behauptet, es sei Wielands Schuld. Nun haben sie sich mächtig in der Wolle. Die Männer schließen schon Wetten ab!«

»Verdammte Idioten, alles muss man selbst machen!«, zürnte der Meister. Er war schon halb hinaus, als er seinen Sohn anwies: »Pass auf sie auf, ich bin gleich wieder da.«

Daisy ergriff ihre Chance. »Was soll ich deinem Vater sagen, woher wir uns kennen?«, fragte sie.

Er baute sich nun seinerseits vor ihr auf und musterte sie wie ein großes lästiges Ärgernis. Dabei zupfte er an seinen Fingernägeln. Die Situation überforderte ihn sichtlich. Sie schätzte ihn auf höchstens zwanzig. Und vielleicht waren sie einander in ihrer Art gar nicht so unähnlich und teilten womöglich dieselbe verhängnisvolle Veranlagung, die Dinge niemals bis zu

Ende zu denken. Der Vater hatte den Sohn einen Hitzkopf genannt, und Daisy fragte sich, ob der Attentatsplan auf dessen alleinigem Mist gewachsen war oder ob ihn jemand dazu angestiftet hatte. Wie eine Mutprobe. Oder eine Wette...

Da er schwieg, ergriff Daisy weiter die Initiative. »Wie heißt du überhaupt? Zumindest deinen Vornamen könntest du mir verraten.«

Er zog eine säuerliche Grimasse. »Nein, erst bist du dran. Woher kennst du mich, und warum bist du mir gefolgt?«

Daisy brauchte eine verwirrte Sekunde, bis sie verstand: Er wusste es nicht, er hatte keine Ahnung, dass sie ihn als Attentäter entlarvt hatte! Außer Mitzi hatte ihr ohnehin keiner Glauben schenken wollen. Weshalb von offizieller Seite die Fahndung ausblieb und die Presse schwieg. Seit drei Wochen musste er deswegen wie auf Kohlen sitzen! Er hatte sein Leben für das Attentat riskiert, war entkommen, und nun... Funkstille. Als sei nie etwas passiert.

Für Daisy änderte diese Erkenntnis die Situation vollständig. In strengem Tonfall sagte sie: »Tu nicht so, Bursche! Du kennst den Grund. Du hast mir in der Gasse meine Brosche gestohlen!« Auf die Schnelle fiel ihr nichts Besseres ein.

Er lief beinahe purpurrot an. »Du nennst mich einen Dieb?«

»Wer ist hier ein Dieb?« Sein Vater stand in der Tür, und seine Miene verhieß nichts Gutes.

»Die da«, sein Sohn fuchtelte erregt mit den Händen, »behauptet, ich hätte ihr eine Brosche gestohlen. Sie lügt. Ich schwör's, Vater. Beim Leben meiner Mutter. Ich stehle nicht!«

Der Vater wandte sich Daisy zu. In Größe und Massigkeit ohnehin eine einschüchternde Erscheinung, traf sie nun ein Blick wie von Zeus, der Blitze vom Himmel schleuderte. »Mein Sohn würde niemals stehlen. Dazu habe ich ihn nicht erzogen.«

Er mag vielleicht nicht stehlen, aber er versucht, Leute zu ermorden, dachte Daisy, hütete aber ihre Zunge.

Der Meister beugte sich argwöhnisch zu ihr herab. »Wenn du bestohlen wurdest, warum hast du nicht einfach die Polizei gerufen, sondern schnüffelst hier herum?«

Und das war des Pudels Kern. Der Meister fürchtete, dass sie etwas gesehen hatte, was nicht für ihre Augen bestimmt war. Vermutlich druckte er illegale Flugblätter, um die Arbeiterschaft aufzuwiegeln. Daisy erkannte durchaus die Ironie dahinter. Er fabrizierte Schmähschriften gegen den Klassenfeind, finanziert mit der klingenden Münze jener Kapitalisten, die es sich in diesen Zeiten überhaupt noch leisten konnten, bei ihm Festschriften und dergleichen in Auftrag zu geben.

Daisy entschied, die Jungfrau in Nöten zu spielen. In scheinbarer Reue senkte sie den Kopf. »Mein Handeln war höchst unüberlegt. Tatsächlich kann ich nicht erklären, was in mich gefahren ist. Bitte sehen Sie mir meine Unvernunft nach.« Sie hob zaghaft das Kinn und legte mädchenhaftes Flehen in ihre Augen.

»So ist das!«, brummte er, als bestätigte Daisy eine jede seiner Annahmen. »Das reiche Dämchen wollte einmal spicken, wie die einfachen Leute leben, he? Und? Konnten wir deinen Sensationsdurst befriedigen? Hast du genug Schmutz und Elend gesehen?«

Daisy zog die Schulterblätter ein. Sie hatte nicht vor, darauf zu antworten.

»Frag sie nach der Brosche!« Den Sohn erzürnte nach wie vor Daisys falsche Anschuldigung, die er keinesfalls auf sich sitzen lassen wollte. »Sieh her!« Er krempelte seine Hosentaschen nach außen, um zu demonstrieren, dass sie kein Diebesgut enthielten. Nicht ohne Neid bemerkte Daisy, dass der Vater eher dazu neigte, seinem Sohn Glauben zu schenken als ihr, und sie wünschte, ihre Mutter hätte ihr beim vereitelten Attentat genauso vertraut. »Also gut«, druckste Daisy und wandte sich an den Junior. »Ich bitte dich um Verzeihung, wenn ich dir unrecht getan habe. Womöglich habe ich die Brosche schon zuvor in der Buchhandlung verloren. Vielleicht wurde sie ja inzwischen dort gefunden. Am besten, ich gehe zurück und frage nach.« Daisy sprang auf, wurde jedoch vom Vater sofort wieder auf den Stuhl zurückgepresst. »Nicht so hastig! So einfach kommst du mir nicht davon.«

»Bitte lassen Sie mich gehen«, rief Daisy. »Ich bin schon viel zu lange fort, und wenn es um Pünktlichkeit geht, ist mit meinem Vater nicht zu spaßen. Ich werde fürchterlich Ärger bekommen.« Geistig leistete sie Abbitte bei ihrem sanften alten Herrn.

Daisys vermeintliches Geständnis erfreute den Druckermeister. »Sieh mal einer an! Unser feines Dämchen hat Angst vor dem Herrn Papa! Seine Erziehung scheint mir allerdings wenig Früchte zu tragen.« Er stemmte die dicken Fäuste in die Seiten. »He, vielleicht sollte ich dich höchstpersönlich bei ihm abliefern, was meinst du?«

»Oh, bitte nicht! Wenn er erfährt, wo ich gewesen bin, werde ich die nächsten drei Monate in meinem Zimmer weggesperrt.«

»Das geschähe dir vollkommen recht. Es würde dich lehren, deine vorwitzige Nase nicht in anderer Leute Angelegenheiten zu stecken.«

Daisy gab sich zerknirscht. Solange er sie für eine minderbemittelte, verzogene Göre hielt, die eine tüchtige Tracht Prügel wieder auf Spur brachte, wagte sie zu hoffen, die Waagschale könnte sich zu ihren Gunsten neigen. Fraglos kam diese erzieherische Methode auch bei seinem Sohn zum Einsatz.

»Bitte lassen Sie mich gehen, mein Herr.«

Er stützte sich erneut auf seine stämmigen Oberschenkel und beäugte sie wie ein Scharfrichter: »Hm, du verlangst von mir, dass ich einfach so über deine unverschämte Schnüffelei hinwegsehen soll?«

Daisy straffte sich in gespielter Empörung. »Ich habe nicht geschnüffelt! Das Einzige, was Sie mir vorwerfen können, ist, dass ich mich unberechtigterweise in den Keller geschlichen habe. Und Sie hätten mich beinahe erstickt! Das Ganze ist ein fürchterliches Missverständnis und ...«

»Du bist eine richtige kleine Schwätzerin, he?«, unterbrach er ihre Rede. Er wirkte genervt. Seine große, geschwärzte Hand strich nachdenklich über das stoppelige Kinn. Daisys Angst, er könnte sich doch dazu entschließen, sie zu töten, kehrte zurück. Sie würde einfach aus der Welt verschwinden, und keiner würde je etwas über ihr Schicksal erfahren. Er erkannte ihre Furcht und lächelte halb. Sie gefiel ihm ängstlich besser. Ohne seinen Sohn anzusehen, meinte er: »Was sagst du dazu, Junge? Sollen wir das feine Dämchen mit dem Schrecken davonkommen lassen?«

Der Junge gab vor, als zögere er mit seinem Einverständnis.

Daisy spannte alle Muskeln an, während sie ihr Urteil erwartete.

Schließlich bejahte der verhinderte Attentäter.

Daisy fand sich neuerlich am Arm gepackt und ohne weitere Umschweife zurück auf die Straße befördert. Dort drückte ihr der Meister ihren Gobelinbeutel in die Hand, zog sie nochmals nah an sich heran und entließ sie mit der Warnung: »Das nächste Mal kommst du mir nicht so glimpflich davon. Und jetzt verschwinde, bevor ich es mir anders überlege.«

***

»Autsch!«

»Herrje, halt still, Daisy. Ich hab das Ding noch nicht mal aufgestochen. Aber es ist wirklich eine sehr große Blase, selbst für deine Verhältnisse.« Mitzi schraubte die Jodflasche zu und klebte noch ein Pflaster über die wunde Stelle. »Und jetzt möchte ich die Geschichte hören, weshalb du hier angehumpelt kommst und aussiehst wie ein Kaminkehrer.«

Haarklein berichtete Daisy von ihrem jüngsten Abenteuer.

»Puh, das hätte wirklich böse enden können, Daisy.« Mittlerweile war es Abend geworden, sie hockten in Mitzis Mansarde auf dem Bett und teilten sich eine Packung Schokoladentrüffel.

»Ehrlich«, witzelte ihre Freundin, »man fragt sich schon, wie du so lange überleben konntest bei dem, was du dir ständig einbrockst.«

Daisy grinste fast ein bisschen stolz. »Ich kann es selbst noch nicht so richtig fassen, dass die beiden mir die Vorstellung des Gretchens vom Lande abgenommen haben.« Sie grub ihre Zähne in eine dunkle Schokoladenkugel.

»Tja, bei allen Klassenunterschieden, ob arm oder reich, kann man weiter darauf zählen, dass Männer Frauen für einfältig halten.«

»Heute kam mir das sehr zupass. Trotzdem habe ich noch nie so viel Furcht ausgestanden.«

»Hast du dich bepinkelt?« Mitzi warf einen vielsagenden Blick auf Daisys Kleidung, die als Häufchen auf einem Schemel lagerte.

Daisy verdrehte entrüstet die Augen. »Nein, aber der Faltenrock ist völlig verdorben, aber vielleicht kannst du den Blazer retten.«

»Ich versuch mein Glück.« Sie leckte sich Trüffelcreme vom Finger. »Warum hat dich der Feuerkopf eigentlich nicht erkannt?«

Daisy spitzte die Lippen. »Darüber habe ich den ganzen Rückweg gegrübelt. Vermutlich hat er sich nach der Bekanntschaft mit Theres' Bratpfanne bis kurz vor Mitternacht in der Allee versteckt gehalten. Von dort bin ich ihm nachgeschlichen und auf der Terrasse in den Rücken gesprungen. Er hat mich daher keinmal richtig gesehen und kann deshalb auch nicht wissen, dass er mir das verhinderte Attentat zu verdanken hat. Eine Gegenüberstellung fand ebenfalls nicht statt, weil sich am Ende alles auf Willis Flucht konzentriert hat.«

»Oder du unterschätzt den Jungen«, bemerkte Mitzi ernst.

»An diese Möglichkeit möchte ich lieber gar nicht erst denken.« Zerstreut stopfte sich Daisy eine weitere Praline in den Mund, obwohl ihr die vorherige noch am Gaumen klebte.

»Das solltest du aber! Was ist, wenn der Rotschopf deine Finte mit der Brosche durchschaut und nur mitgespielt hat, damit sein Vater nichts von seinem Mordkomplott gegen Hindenburg erfährt? Ist dir klar, was das für dich bedeuten würde?«

Daisy nickte unglücklich. »Er weiß genau, dass ich ihn als Attentäter wiedererkannt habe. Ansonsten wäre ich ihm nicht gefolgt.«

»Damit bist du für ihn eine gefährliche Mitwisserin.«

»Das bin ich schon seit drei Wochen«, hielt Daisy entgegen.

»Korrekt. Bloß hast du jetzt herausbekommen, wo er und sein Vater arbeiten, und du könntest ihn jederzeit anzeigen. Vermutlich hat er den Schreck seines Lebens bekommen, als sein Vater dich geschnappt hat. An deiner Stelle würde ich öfter mal über die Schulter sehen. Und vielleicht solltest du dir eine Waffe zulegen.«

»Wärmsten Dank auch, Mitzi. Jetzt fühle ich mich richtig schlecht.«

»Pah!« Mitzi deutete auf die leere Schachtel. »Das kommt von der Schokolade. Du hast sie fast allein weggefuttert.«

***

Zum Abendessen ließ sich Daisy entschuldigen, ihr sei nicht wohl. Louis folgte ihrem Beispiel, aus anderen Gründen. Ihre Eltern waren bereits am Nachmittag zu einer Gesellschaft auf einem der Nachbargüter aufgebrochen und wurden erst am nächsten Tag zurückerwartet, weshalb Sybille von Tessendorf Rentmeister Plaschke, Willis Vater, eingeladen hatte, ihr bei Tisch Gesellschaft zu leisten. Ganz nebenbei gingen sie gemeinsam die jüngsten Abrechnungen durch.

So traf Daisy ihre Mutter erst am folgenden Mittag wieder.

»Franz-Josef verriet mir, du seist gestern nicht wohl gewesen, *Chérie*?«

»Nur eine vorübergehende Unpässlichkeit, *Maman*. Mir geht es wieder ausgezeichnet.«

»*Alors*, du wirkst in der Tat noch blass. Und du humpelst. Du verschweigst mir hoffentlich nicht wieder, dass du vom Pferd gefallen bist?« Für ihre Mutter war alles, was über einen gemütlich schaukelnden Schritt im Damensattel hinausging, gefährlich.

»Natürlich nicht!« Daisys Empörung war echt, sie wurde nur höchst selten abgeworfen. Aber es wurde ihr ziemlich ungemütlich unter dem forschenden Blick ihrer Mutter. Um von sich abzulenken, erkundigte sie sich nach der gestrigen Gesellschaft auf Gut Wissow, zu der ihre Eltern eingeladen worden waren, berichtete selbst kurz von ihrem Ausflug nach Stettin, den sie mit einem herrlichen, nie verspeisten Pfefferkuchen krönte, aber am längsten sprachen sie über Louis und seinen Gemütszustand.

Erst als Daisy schon aufgestanden war, um nach Nereide zu schauen, fragte die Mutter: »Ach, *Chérie*, hast du gestern meinen neuen Hut bei Madame Appelbaum abgeholt?«

Das stoppte Daisy mitten in der Bewegung. Verdammt, daran hatte sie gar nicht mehr gedacht. Und *Moby Dick* musste auch irgendwo im Keller gestrandet sein, als der Stiefelmann sie gepackt hatte. Sie drehte sich um. »Herrje, Mutter«, rief sie, ohne sie direkt zu belügen, »deinen Hut habe ich völlig vergessen!«

»Schon gut, ich werde Anton schicken. Bist du sicher, dass es dir gut geht, *ma petite?* Du hast schon wieder keine Farbe in den Wangen.«

»Nein, nein, *Maman*. Ich ärgere mich nur über mich selbst und meinen hohlen Kopf.«

Ihre Mutter lächelte und sagte nichts mehr.

***

In der Nacht öffnete der Himmel seine Schleusen und verwandelte die Wege in Schlamm. Erst gegen Mittag ließ der Regen nach, die Sonne vertrieb die letzten Wolken, und am frühen Nachmittag wurde es endlich trocken genug für einen Ausritt. Der Stallmeister gab grünes Licht, und Daisy sattelte Hector, der Nereide so lange ersetzte, bis die Stute sich von Orions Geburt erholt hatte.

Wie so häufig legte sie eine kleine Rast am Platz der schlafenden Riesen ein. Hector trank vom Tessenbach und rupfte anschließend Gras, während Daisy auf einem großen flachen Stein den herrlichen Frieden der Lichtung auf sich wirken ließ. Meist genügte das, ihren inneren Aufruhr zu besänftigen, doch nicht heute. Das gestrige Erlebnis vibrierte zu sehr in ihr nach. In der Nacht hatte sie wach gelegen und dem Regen gelauscht. Seit dem Frühjahr stolperte sie von einer Aufregung in die nächste. Künftig würde sie die Füße stillhalten. Und wenn zehn rothaarige Attentäter vor ihr mit der Pistole fuchtelten, sie würde einfach die Augen davor verschließen.

Hector merkte noch vor ihr, dass etwas nicht stimmte. Der Wallach hob den Kopf, sah in Daisys Richtung, und seine Ohren zuckten nervös. Daisy stand auf. »Was hast du, Hector?«

Hinter ihr knackte ein Zweig, gleichzeitig wieherte Hector. Daisy wirbelte herum, aber da schlang sich bereits ein Arm um ihre Brust, und ein feuchtes Tuch wurde auf ihren Mund gepresst. Ein scharfer Geruch stieg ihr in die Nase, von dem ihr augenblicklich schwindelig wurde. Äther? Das Letzte, was sie hörte, bevor sie in den Armen ihres Angreifers erschlaffte, war der entsetzliche Laut eines Pferdes in höchster Not.

***

Sie erwachte in vollkommener Stille und Dunkelheit. Ihr Hals brannte, und sie schmeckte feuchte Erde. Wo war sie? Wie kam sie hierher? Und weshalb konnte sie sich nicht bewegen? Sie wollte schreien und brachte nur ein jämmerliches Krächzen zustande. Sie versuchte, sich zu erinnern, aber ihr Gedächtnis war wie ausradiert. Selbst ihr Name wollte ihr nicht mehr einfallen. Fühlte sich so der Tod an, ein ewiges Nichts in der Finsternis? Ihre Lider fielen zu, sie war noch zu schwach, um weiter in die dunkle Leere zu starren. Ihr Geist glitt davon in verwirrte Träume.

Als sie das nächste Mal die Augen aufschlug, lag plötzlich ein Name auf ihren Lippen: Nereide? Einen Herzschlag lang stand die Welt still, dann kehrte Daisys Bewusstsein zurück, und die Geschehnisse trafen sie mit ganzer Wucht. Sie war betäubt und entführt worden! Sie zuckte hoch und stieß sich sofort schmerzhaft den Kopf. Was war das? Sie hob die Hand, tatsächlich befand sich die Decke kaum fünfzehn Zentimeter über ihr.

Sie bestand aus grobem Holz. Hektisch tastete Daisy mit den Fingern weiter ihre Umgebung ab. Wie ein glühender Schürhaken bohrte sich schließlich die Erkenntnis in ihre Eingeweide: Sie lag in einem Sarg, lebendig begraben! Panisch schlug sie mit den Fäusten gegen die Decke, bis ihre Fingerknöchel aufplatzten, ihre Lungen brannten und die Welt in weißen Blitzen auf sie einstürzte. Es war zwecklos. Niemand hörte sie. Sie war allein. Ihr Herz hämmerte wie verrückt, aber sie konnte ihren Körper nicht mehr fühlen. Als hätte ihr Geist sich bereits von ihm losgelöst. »Es tut mir leid«, flüsterte sie an all jene gerichtet, die sie liebte und nie wiedersehen würde. Das Atmen fiel ihr zunehmend schwerer. Sie weinte stille Tränen, lauschte dem Pochen ihres Herzens und wartete auf seinen letzten Schlag.

***

Lautlos wie ein Schatten stand der Mann plötzlich vor ihnen.
»So verseht ihr also euren Dienst!«
Die beiden Männer schraken aus ihrem Würfelspiel auf. »Aber es hieß vierzehn Stunden, Chef, und es sind erst zwölf!«, versuchte es der eine.
Der Mann trat näher und versetzte ihm einen Hieb in den Magen. »Und darum steht keiner von euch Wache? Das hat ein Nachspiel. Und jetzt nehmt eure Schaufeln und holt sie raus.«
Er fürchtete nicht wirklich eine Entdeckung. Der Besitz war ihm von einem Freund zur Verfügung gestellt worden, der ihm versichert hatte, hierher käme nie jemand, weil angeblich ein Fluch auf dem Ort lastete.
Er ging seinen Handlangern voran nach draußen. An der

Tür der kleinen verlassenen Kapelle musste er sich ducken, um sich nicht den Kopf zu stoßen. Die Nacht war kalt und finster. Bodennebel waberte um seine Füße und verlieh der Szenerie etwas Geisterhaftes. Er blickte in den mondlosen Himmel. Bis zum Sonnenaufgang blieb ihnen maximal noch eine Stunde. Vor dem frischen Grab hielt er inne. Zwölf Stunden allein unter der Erde. Es gab kaum eine wirksamere Folter, und die meisten waren schon nach einer Stunde mürbe. Seine Gehilfen kamen ihm nach. Der eine erkundigte sich: »Was ist mit dem da?« Er wies auf einen zweiten, frisch aufgehäuften Erdhügel in wenigen Metern Entfernung.

»Den holen wir nach ihr raus.«

Die beiden Männer gruben. Der aus einfachen Brettern zusammengenagelte Sarg lagerte nicht sehr tief. Sie hievten ihn aus der Grube. Bevor sie ihn öffneten, befahl ihr Anführer: »Masken auf!«

Als sie den Deckel zurückschlugen, riss kurz die Wolkendecke über ihnen auf. Ein Mondstrahl stahl sich hindurch und beleuchtete Daisys bleiches Gesicht und machte es beinahe durchscheinend.

»Ist sie tot?«, fragte der zweite Mann, der bisher kein Wort von sich gegeben hatte.

»Besser nicht«, brummte der andere. »Sonst wäre die ganze Plackerei umsonst gewesen.«

»Haltet den Mund, alle beide.« Ihr Anführer hob Daisy heraus und legte sie auf die Erde. Dort fühlte er den Puls der jungen Frau. Schwach, aber sie lebte.

Hinter ihm stießen die beiden ihre Schaufeln wieder in die Erde. »Wartet!«, gebot er ihnen Einhalt.

»Was denn jetzt? Sollen wir ihn nicht ausgraben?«

»Doch, aber ich will, dass sie dabei zusieht.« Die Idee war ihm gerade erst gekommen. Es würde sie noch gefügiger machen, wenn sie um ein weiteres Leben bangen musste. Aber dazu musste er sie zuerst wach kriegen. »Holt mir Wasser!« Die beiden Totengräber sahen sich an. »Gibt kein Wasser hier. Aber wir haben Bier«, murrte der eine.

»Dann eben Bier. Na los.«

Er setzte das herbe Gebräu an Daisys Mund, zwängte ihre Lippen auseinander und brachte sie dazu, zu schlucken.

Die rüde Behandlung und der Alkohol holten Daisy zurück. Sie drehte sich zur Seite und hustete.

»Na also«, hörte sie eine dumpfe Stimme sagen. Daisy zuckte herum und schrie erschrocken auf. Über ihr schwebte eine dunkle Maske.

»Seid ihr der Teufel?«, wisperte sie.

»Du hast's erraten.« Er zog sie hoch, aber Daisys gefühllose Beine wollten sie nicht tragen. Sie knickte sofort wieder ein und wäre gestürzt, hätte der Maskierte sie nicht festgehalten. Er schleifte sie zu einem zweiten, frisch aufgeschütteten Grab. »Auf dich wartet noch eine Überraschung.«

Daisy stockte unmittelbar der Atem. Mit ihrem eigenen Leben hatte sie abgeschlossen, aber was, wenn es Louis war, der dort lag? Ihr Verstand setzte aus, und sie stürzte sich blindlings auf den Mann mit der Maske. Ihr Angriff war ebenso schwach wie sinnlos. Mit beleidigender Beiläufigkeit verabreichte er ihr eine Ohrfeige. »Halt still.«

»Warum tun Sie das?«, krächzte Daisy

»Damit du endlich begreifst, was passiert, wenn du deine

Nase weiterhin in Dinge steckst, die dich nichts angehen.« Der Mann wandte sich seinen Gehilfen zu. »Grabt ihn aus!«

Sie machten sich ans Werk, und Daisy schloss die Augen.

Der Maskenteufel bemerkte es sofort, und sein Griff um ihren Arm verstärkte sich. Es tat furchtbar weh, aber Daisy verkniff sich jeden Laut.

»Sieh genau hin, Miststück. Vielleicht lasse ich ihn dann sogar am Leben. Auf, Männer! Legt gefälligst einen Zahn zu!«

Es schien wie eine Ewigkeit, bis der grob gezimmerte Sarg endlich zum Vorschein kam, der Deckel entfernt wurde und sie endlich in das Gesicht des lebendig Begrabenen blicken konnte. Aber ... das war nicht Louis! Daisy schämte sich nicht ihrer Erleichterung, als sie anstatt ihres Bruders den rothaarigen Druckergehilfen erkannte. Ein Beben durchlief ihren Körper, und sie brach in Tränen aus.

Der Maskierte stieß einen Unmutslaut aus. »Spar dir das Geflenne. Das alles hast du dir selbst zuzuschreiben.« Seinen Kumpanen rief er zu: »Was ist mit dem Kerl? Lebt er noch?«

Der eine beugte sich über ihn und ließ ihm ebenfalls eine Bierbehandlung angedeihen. Im Gegensatz zu Daisy zeigte er keinerlei Reaktion; das Gebräu lief ihm als Rinnsal übers Kinn. Darauf fühlte der Mann nach einem Puls und schüttelte dann den Kopf. »Der ist hinüber.«

»Umso besser«, sagte der Teufel kalt.

»Sollen wir ihn wieder verscharren, Chef?«

»Nein, den nehmen wir mit. Er muss auf Nimmerwiedersehen verschwinden.«

»Was ist mit der da?« Sein Kopf wies zu Daisy, auf die der zweite Totengräber ein Auge hatte.

»Die übernehme ich. Packt alles zusammen. Abfahrt in zehn Minuten.« Der Wortführer ergriff Daisy, zerrte sie in die Kapelle und setzte sie auf die vorderste Bank. Aus seiner Manteltasche zog er einen Strick. Er fesselte ihre Hände und band sie an Ort und Stelle fest.

»Sie Schwein!«, keuchte Daisy. »Was haben Sie mit meinem Pferd gemacht?«

»Du hast deine Lektion hoffentlich gelernt: Du schnüffelst zu viel. Solltest du dich je wieder einmischen, schneide ich deinem Gaul höchstpersönlich die Kehle durch. Verstanden?«

Daisy schwieg. Wieder sah sie den Schlag nicht kommen, er traf sie noch härter als der vorherige. Ihre Lippe platzte auf, und sie schmeckte Blut.

Er brachte seine lederne Maske ganz nah vor ihr Gesicht. »Verstanden?«

Daisy nickte. »Und wie soll ich meine Abwesenheit erklären?«, brachte sie dann hervor.

»Nicht meine Sorge. Der Strick ist dünn. Du dürftest ihn mit deinen spitzen Zähnen bald durchgenagt haben. Und kein Wort zu niemandem. Das hier bleibt unser böses kleines Geheimnis.« Er ging. Kurz darauf hörte sie Motorenlärm und machte sich ans Werk.

Ihr Verschwinden hatte einigen Wirbel ausgelöst. Der Stallmeister schlug sofort Alarm, als Hector humpelnd und ohne seine Reiterin zum Stall zurückkehrte. Eine Suchmannschaft wurde zusammengestellt und kontrollierte ihre üblichen Reitwege. Alle glaubten an einen Sturz von Pferd und Reiterin. Als man Daisy schließlich fand, beließ sie es bei dieser Annahme.

Der herbeigerufene Doktor Seeburger diagnostizierte neben Abschürfungen eine leichte Gehirnerschütterung, verordnete Bettruhe und einen Löffel Baldrian. Ausnahmsweise fügte sich Daisy seiner Anweisung. Trotz ihrer Erschöpfung und Beruhigungsmittel fand sie keinen Schlaf. Sobald sie die Augen schloss, wähnte sie sich wieder unter der Erde, und Furcht kroch kalt und feucht ihre Beine herauf. Endlich wurde es Morgen, und sie suchte Mitzi auf, um sich das schreckliche Erlebnis von der Seele zu reden. Zudem erschütterte eine weitere Nachricht ihr Innerstes. Sie hatte erfahren, dass Hector wegen eines gebrochenen Beins hatte erlöst werden müssen. Ohne es selbst gesehen zu haben, wusste sie, dass ihre Entführer dies mit Absicht getan hatten.

Es war das erste Mal in der Geschichte ihrer Freundschaft, dass Daisy ihre Freundin sprachlos erlebte.

»Da bleibt einem glatt die Spucke weg! Welche Sorte Mensch tut einem anderen so was an?« Mitzi stöpselte die Flasche Birnenbrand auf, die Daisy mitgebracht hatte, nahm einen ordentlichen Zug und gab sie an die Freundin zurück. »Ich wette, es war Hugo!«, äußerte sie ihren Verdacht.

Daisy hob Dotterblume auf ihren Schoß und strich ihr nachdenklich über das Gefieder. Der kleine, warme Körper hatte etwas Tröstliches. Schließlich verneinte Daisy. »Es war dunkel, der Mann trug einen wadenlangen Ledermantel, Wollmütze und eine Maske. Es könnte jeder gewesen sein.«

»Aber du hast mit ihm gesprochen. Was ist mit seiner Stimme? Seiner Statur?«

»Wenn ich ehrlich bin, kam mir der Mann insgesamt größer vor, und seine Stimme unter der Maske klang viel zu dumpf, um sie wiederzuerkennen. Seine Helfershelfer hörten sich an wie er. Unmöglich, sie voneinander zu unterscheiden.«

»Hmm«, schnaubte Mitzi. »Die Größenwahrnehmung lässt sich durch den langen Ledermantel erklären. Damit wirkt jeder Kerl imposanter, was der Grund ist, weshalb sie diese scheußlichen Dinger überhaupt tragen.«

Daisy sagte nichts und übergab Mitzi die Flasche. Die holte ein paar Haferkekse aus der Nachttischschublade. »Hier, nimm, sonst sind wir in null Komma nix betrunken.« Sie aßen jede einen Keks. Mitzi fragte vorsichtig: »Bist du dir sicher, dass du dich nicht einfach nur gegen die Erkenntnis sträubst, dein Verflossener könnte dir diese Grausamkeit angetan haben?«

Daisy reagierte empört, aber eigentlich nur, weil Mitzi sie offenbar besser kannte als sie selbst. »Nein, es hat rein gar nichts damit zu tun! Ich war eine Stunde mit ihm verlobt, mehr nicht.«

»Fein, wenn er es nicht selbst gewesen ist, kann er die Finstermänner immerhin geschickt haben.«

»Falls er sich an mir rächen wollte, ist er damit reichlich spät dran«, warf Daisy ein.

»Vielleicht ist er der Meinung, du hättest ihn bei der Hindenburg-Sache alt aussehen lassen. Oder er hat herausgefunden, dass du bei Willis Flucht geholfen hast. Oder ...«

»Oder was?«

»Oder es war ein Denkzettel aus der Druckerei. Der Kommunistenfreund hat dich schließlich auch gewarnt, deine Nase nicht in fremde Angelegenheiten zu stecken. Irgendwie schon mehr als ein merkwürdiger Zufall, dass deine Entführung ausgerechnet einen Tag danach stattgefunden hat. Aber wo ist der Zusammenhang?«

Auch darüber hatte Daisy sich bereits den Kopf zerbrochen. »Dagegen spricht, dass der Feuerkopf dabei umgekommen ist. Das hätte sein Vater niemals zugelassen. Und es gibt weitere Ungereimtheiten. Die Lichtung, wo sie mich überfallen haben, liegt ziemlich versteckt. Wie konnten die Entführer davon wissen?«

»Vielleicht haben sie einen Hinweis bekommen. Auf dem Gut arbeiten eine Menge Leute. Oder dir ist jemand gefolgt.«

»Aber das wäre mir doch aufgefallen!«

»Ach ja? Schaust du beim Ausreiten etwa über deine Schulter? Wer nicht mit Verfolgung rechnet, kriegt in der Regel gar nichts davon mit.«

»Und worauf gründet dein Erfahrungsschatz?«

Mitzi ging auf diese Bemerkung nicht ein, meinte stattdessen: »Jedenfalls wurde sehr viel Mühe auf die Inszenierung verwandt. Zwei Entführungen, zwei Särge und am Ende sogar ein Toter! Und das Ganze allein, um dir Angst einzujagen?«

Daisy schüttelte sich. »Das haben sie jedenfalls geschafft. Letzte Nacht konnte ich selbst bei eingeschaltetem Licht nicht schlafen.«

Wortlos reichte Mitzi Daisy den Birnenschnaps.

Kapitel 18

> Der Mensch ist ein Seil, geknüpft zwischen
> Tier und Übermensch – ein Seil über dem Abgrunde.
>
> Friedrich Nietzsche, aus *Zarathustra*, Vorrede

Willi war seit drei Wochen fort, und mit jedem Tag geriet Louis' Seelenleben mehr aus dem Gleichgewicht. Sein kaum begonnenes Studium hatte er abgebrochen. All seine philosophischen Studien der Erkenntnistheorie, die Lektüre von Freud und Schopenhauer, das gesamte, seit Jahren angeeignete Wissen zur Erforschung der Beweggründe des Menschen bewahrten ihn nicht davor, in den Abgrund des eigenen Ichs zu stürzen. Dabei hatte Louis alles unternommen, um sich und seinen Gedanken zu entfliehen. Ganze Tage war er mit seinem Segelboot auf dem Meer unterwegs. Er setzte sich den Herbststürmen aus, ließ sich herumschleudern wie ein Spielball, während in seiner Seele weit schlimmere Stürme tobten. Von seinen Ausflügen kehrte er mit aufgerissenen Händen und zersprungenen Lippen zurück, zu Tode erschöpft und lange noch nicht müde genug, um das zu vergessen, was ihn so sehr quälte. Er wanderte durch Wald und Flur, ritt stundenlang aus, bis sein Pferd streikte und keinen Huf mehr rührte, er ruderte auf dem Tessensee, bis seine Handflächen bluteten. Er werkelte mit dem Zimmermann am neuen Dach für die Schafställe, betrank sich besinnungslos, fuhr nach Stettin, geriet in eine Schlägerei und kehrte mit blutunterlaufenem Auge und Schürfwunden zurück. Und er stritt sich mit Daisy. Er wollte ihre Fürsorge nicht. Doch je heftiger er sie von sich stieß, umso näher schien sie an ihn heranzurücken, dem geheimen Paradoxon der Liebe unterworfen.

In der Regel mischte Yvette sich kaum in die Belange ihrer erwachsenen Kinder, von geplatzten Verlobungen, Pariser Verhaftungen oder mutmaßlichen Reichspräsidentenrettungen einmal abgesehen. In ihrer Gesellschaftsschicht war es nicht üblich, zu viele Umstände um seine Nachkommen zu machen. Sie waren da, es wurde für ihre Bedürfnisse gesorgt, aber ihr Leben spielte sich fern des Erwachsenenalltags ab. Fürsorge und Erziehung lagen in der Hand von Ammen, Gouvernanten und Hauslehrern, wobei der Löwenanteil den Dienstboten zukam. Wie Welpen lernten sie vom Rudel, das sie täglich umgab. Hatten die Kinder keinen Unterricht, streunten sie überall herum; das Gut, die Wirtschaftsgebäude, die Ställe mit ihren Tieren und die Wälder und Seen der Umgebung ergaben einen fantastischen Abenteuerspielplatz. Die Gesellschaftszimmer in der Beletage blieben für die Heranwachsenden tabu, und Feste und Veranstaltungen beobachteten die Kinder nur von der Empore der ersten Etage aus, durch die Streben des Treppengeländers.

Bevor Yvette in diesen Tagen zu einer ihrer zahllosen gesellschaftsbedingten Reisen aufbrach, bat sie ihren liebeskranken Sohn zu einer Unterredung. Louis hielt einen Seufzer zurück, als er ihr elegantes Appartement betrat. Bisher hatte er der kostbaren Ausstattung nie Beachtung geschenkt, inzwischen schämte er sich jedoch für den Reichtum, der ihn umgab, die Annehmlichkeiten, die er genoss, derweil andere Menschen kaum das Nötigste zum Leben hatten.

Er nahm auf einem puppenhaft kleinen Sofa Platz. Von dort bot sich ihm eine direkte Sicht auf einige abstrakte Gemälde aus der Sammlung seiner Mutter. Anders als Daisy hatte er nie viel in den Bildern sehen können. Sie trugen keine Ruhe in sich, waren ihm stets wie eine wütende Anklage erschienen, gemalte Protestschriften, die er nicht lesen konnte. Bis zu diesem Moment. Er blickte auf das blutende Herz, Daisys Lieblingsbild und nun das Sinnbild seiner eigenen Gefühle. Liebe und Schmerz, nicht sichtbar, nur spürbar. Und beides dennoch eine zutiefst reale Erfahrung

Vor ihm auf dem intarsienverzierten Tisch stand ein mit Purpurschnecken gefülltes Marmeladenglas. Es verriet die kürzliche Anwesenheit seines Vaters, der Gläser mit diesen Viechern ständig irgendwo abstellte und vergaß.

Monsieur Fortuné, Yvettes Mops, bequemte sich nun von seinem samtenen Kissen und legte sich warm und schwer über Louis' Füße – wie ein Trost auf vier Pfoten. Louis senkte die Augen und bemerkte verblüfft Fortunés ergraute Schnauze. Das Tier war alt geworden, als seien Jahre seit ihrer letzten Begegnung vergangen. Wann, fragte er sich, war ihm das Gefühl für Zeit abhandengekommen?

»*Mon amour*«, erinnerte ihn seine Mutter sanft an ihre Anwesenheit. »Jede *Maman* wünscht sich für ihre Kinder eine Liebe ohne Leiden. *Alors*, die Liebe ist das eine und die Wirklichkeit das andere, und selten hat Monsieur Gott ein Ohr frei für die Wünsche einer *Maman*.« Yvette betrachtete ihren Sohn zärtlich, und Louis entdeckte in ihren Augen eine erschütternde Weisheit.

»*L'amour*«, Yvette verlieh dem Wort einen süßen Klang,

»ist jede Mühe wert. Dennoch bleibt sie unsere größte Herausforderung. In der Liebe geben wir unser Innerstes preis, und das macht uns anfällig für Verletzungen. Was uns am Ende immer bleibt, ist der freie Wille.«

Louis kraulte Monsieur Fortuné, der sich behaglich auf den Rücken rollte. »Das ist mein Dilemma, *Maman*«, gestand er. »Ich weiß nicht mehr, was ich will oder was ich bin. Meine Gedanken kreisen wie verrückt, aber ich stehe still. Es zerreißt mich.«

»*Chéri*«, Yvettes Hand liebkoste seine Wange, »eine unerfüllte Liebe schmerzt immer. Aber ein gebrochenes Herz bedeutet nicht das Ende. Ansonsten wäre unsere Erde längst entvölkert, *non*? Es bleibt deine Entscheidung, ob du dich in deinem Leid verlierst oder dein Leben neu in Angriff nimmst.«

Louis hasste das Brennen in seiner Brust, als sei sein Herz zweigeteilt. Ach, ginge es doch endgültig in Flammen auf – wenn dann der Schmerz endlich verschwinden würde.

Die Augen seiner Mutter ruhten auf ihm. »Warum fragst du nicht deinen Onkel Waldo um Rat?«

Ein überraschender Vorschlag, und entsprechend verdutzt reagierte Louis darauf: »Onkel Waldo?«

»*Alors*«, Yvette zuckte elegant mit der Schulter, »dein Onkel ist unstrittig ein Freigeist und sicher ein wenig verrückt. Aber genau dies befähigt ihn, über die Dinge hinauszudenken. Selbst betrunken ist er meist ein ganzes Stück klarer als der Rest unserer konventionellen Welt. *Tu comprends*?«

Louis war gegangen, und Yvette blieb mit dem Gedanken zurück, wie grundverschieden ihre drei Kinder doch geraten waren. Ihre jüngste, Violette, fügte sich widerspruchslos in die Rolle, die ihr die Gesellschaft als Frau zuerkannte – eine Zierde für ihren künftigen Gemahl zu sein. Yvette spürte einen leisen Hauch von Bedauern darüber und war sich gleichzeitig der Ambivalenz ihrer Überlegung bewusst. Denn diese Tochter würde ihr kaum Kummer bereiten. Aber dafür hatte sie ja Daisy. In ihr trafen ein Übermaß an Leidenschaft und Spontaneität zusammen, und das mündete in der Regel in Schwierigkeiten. Yvette fragte sich, wie lange Daisy wohl suchend durchs Leben treiben würde, bevor ihr unruhiges Herz seine Heimat fände. Echte Sorge bereitete ihr derzeit nur Louis. Er war zu klug und zu sensibel für diese grausame, selbstsüchtige Welt, und sie fürchtete, dass er immer wieder ein Opfer seiner Gefühle werden würde. Ihr Blick verfing sich am Marmeladenglas. *Bon sang*, und wann eigentlich war die Welt ihres Mannes auf die Größe von ein paar Purpurschnecken geschrumpft? Dieser besorgniserregenden Angelegenheit würde sie sich nach ihrer Rückkehr aus Bayern ebenfalls annehmen müssen.

***

Zwei lange Tage brütete Louis darüber, ob er wirklich seinen Onkel zurate ziehen wollte. Nicht immer ergaben Waldos Ratschläge einen Sinn. Nur eins war sicher: Er musste das Gespräch mit ihm vor dem Nachmittag suchen, weil sonst die Gefahr bestand, ihn sternhagelvoll oder von Opium benebelt anzutreffen.

Am dritten Tag machte er sich zu den Räumen seines Onkels auf. Im Korridor schnupperte er würzigen Tabakgeruch. Louis zog diesen dem süßlichen Rauschmittel vor, das Waldo aus eigenen Pflanzen destillierte. Opium oder Tabak, sein Onkel paffte den ganzen Tag wie eine Lokomotive. Louis klopfte.

Die Tür schwang, wie von unsichtbarer Hand betätigt, auf, und Louis betrat Waldos Reich. Schwere rote Samtvorhänge vor den Fenstern tauchten den Raum ins Halbdunkel. Hier und da schmuggelte sich Tageslicht zwischen den Stoffbahnen herein und malte ein Streifenmuster auf das Parkett. Links führte eine Tür in Waldos Laboratorium, rechts öffnete sich ein breiter Durchgang zum Schlafraum. Statt eines Bettes hatte Waldo dort ein Beduinenzelt aufgebaut, das ansonsten von Juni bis September am Ententeich im Wind knatterte, üppig ausgestattet mit Teppichen und Kissen, was die Frage aufwarf, wozu ein Bett, wenn man in einem Zelt dem Himmel und den Sternen so nahe sein konnte? Vorausgesetzt, es regnete nicht.

Louis' Onkel ragte wie ein Felsmassiv hinter seinem Arbeitstisch auf, eine Zigarre klemmte zwischen den großen Zähnen. »Herein, herein, Junge!«, dröhnte er. »Ich überlege gerade, ob ich mir einen Zwerg zulegen soll. Iwan der Schreckliche besaß vier Zwerge!«

Louis wusste, dass es darauf keiner Antwort bedurfte. Sein Onkel gab häufig Exzentrisches von sich, dessen Sinn sich einem nicht sofort erschloss. Oft nicht einmal das. Er fand Freude darin, die Leute zu verwirren, um sich danach an ihren Reaktionen zu ergötzen.

Waldo kritzelte etwas auf einen Zettel und stand auf. Er trug seine geliebte, inzwischen ausgefranste Djellaba, unter der ausgetretene Wanderstiefel hervorlugten. Um den stattlichen

Bauch schlang sich ein Gürtel, an dem mehrere Ledersäckchen baumelten.

Irgendwo im Raum erhob sich zartes Gezwitscher. Louis sah sich irritiert um. Dann machte er die Quelle der piepsenden Geräusche aus: Mehrere flaumig gelbe Küken tapsten zwischen seinen Beinen umher und purzelten lustig übereinander.

»Wo kommen die denn her?« Er nahm eines der zarten Federbällchen auf, das sich sogleich wohlig zirpend an seine Brust schmiegte.

»Och, die waren heute Morgen plötzlich da. Die müssen aus den Eiern geschlüpft sein, die ich mir beschafft hatte, um meine neueste Erfindung zu testen.«

»Was denn für eine Erfindung?«

»Eine Eierschlachtmaschine.«

»Wer braucht denn so was?«, fragte Louis verwundert.

»Danke, das weiß ich jetzt auch. Hier, nimm eine Pistazie.« Waldo deutete auf eine Schale mit einer Auswahl getrockneter Früchte und Nüsse. »Im Iran muss man die angebotenen Pistazien zählen, um zu sehen, wie sehr der Gastgeber einen schätzt.«

Louis hielt das Angebot der Knabberei für einen vielversprechenden Beginn. Er nahm sich eine der grünen Baumfrüchte, die aussahen, als würden sie lächeln, und das konnte er gerade gut gebrauchen.

Ein Blick auf Louis genügte dem Älteren: »Na, mein Junge. Mal wieder mächtig beim Trübsinnblasen?«

»Darum bin ich hier. Ich brauche deinen Rat.«

»Willst du heiraten?«

»Wie kommst du darauf?«, rief Louis schockiert.

Waldo lachte auf. »Tee?« Er zeigte auf den Samowar auf dem Tisch. Louis, der bereits hinlänglich Erfahrung darin besaß, dass das Gebräu mehr Rum als Tee enthielt, lehnte höflich ab.

Waldo mäanderte durch den Raum, der vollgestopft war wie ein Möbellager. Neben meterhohen Bücherstapeln und einer Ansammlung von Stehlampen gab es eine Menge wunderlicher Apparaturen, allesamt Waldos Erfindungen, von denen die meisten noch nicht ihrer wahren Bestimmung zugeführt worden waren oder ihrer noch harrten. Nach einigem Herumwühlen fand Waldo eine Tasse, wischte sie mit den Fingern sauber und füllte sie großzügig auf.

Louis fragte sich indessen, wie er sein Anliegen vorbringen sollte. In seinem Kopf herrschte das gleiche Chaos wie in Waldos Behausung. Aber im Grunde war es einfach. »Ich möchte, dass mein Leben einen Sinn ergibt.«

»Verstehe. Darum willst du nicht heiraten.« Waldo hielt seine Bemerkung für urkomisch. Er kicherte so sehr, dass er die Hälfte seines Tasseninhalts verschüttete. Woraufhin er verkündete: »Ich muss nachdenken.« Und das tat er, während er trank und rauchte. Seine Zigarre schmolz wie eine Kerze zusehends zu einem Stumpen.

Louis übte sich in Geduld und hatte schon fast aufgegeben, als Waldo sich plötzlich erhob und zur Tür schlich. Mit einem Ruck riss er sie auf, und Daisy purzelte herein.

»Wo der eine, da die andere nicht weit ...«, brummte er. »Setz dich und gib Ruhe. Louis und ich überlegen, wie das Leben einen Sinn ergibt.«

»Oh, ergibt dein Leben einen Sinn?«, platzte Daisy heraus.

Waldo nahm es ihr nicht übel. »Hie und da ...« Die Art seines Grinsens ließ keinen Zweifel an der Art seiner Erinnerungen aufkommen. Er war zeitlebens ein Blaubart gewesen und hatte mehr als ein Kindermädchen Daisys auf dem Kerbholz.

»Die Theres sagt«, erklärte Daisy feierlich, »gleich, wie tief man nach dem Sinn des Lebens gräbt, alles hat seinen Ursprung im Herzen.« Sie schielte zum Samowar. Im Gegensatz zu Louis war sie einem Grog nicht abgeneigt.

»Die Theres ist eine Philosophin. Gibt es etwa Pflaumenkuchen?« Waldo hob schnüffelnd die Nase.

»Ja, frisch gebacken. Unglaublich, wie du das bei all dem Zigarrendampf überhaupt riechen kannst!«

»Geh und hol Louis und mir ein paar Stücke«, sagte Waldo prompt, fasste Daisy am Ellbogen und schob sie hinaus. Die Tür fiel hinter ihr ins Schloss.

»Verdammte Brezel«, fluchte Daisy. »Hol dir deinen Kuchen doch selbst!«, murmelte sie erbost und verschwand in Richtung Stall. Gespräche unter Männern konnten ihr sowieso gestohlen bleiben. Was ihr in Wirklichkeit zusetzte, war, dass Louis offenbar beschlossen hatte, bei Waldo Rat einzuholen und nicht bei ihr. Verlor sie etwa ihre Rolle als seine wichtigste Vertraute? Er war in der letzten Zeit so mit sich selbst beschäftigt gewesen, dass sie sich ihm ihrerseits auch nicht hatte anvertrauen können. Dabei rang Daisy weiterhin mit der Erinnerung an die entsetzlichen Stunden der Todesangst, die sie im Sarg durchlitten hatte. Früher war es ihr eine Selbstverständlichkeit gewesen, sich hinzulegen und einzuschlafen. Nun wälzte sie sich stundenlang im Bett umher. Das Kissen war zu weich, die Matratze zu hart, und das Gewicht der Bettdecke gab ihr das Gefühl, darunter zu ersticken. Dann trieb es sie zum Fenster, und sie riss es weit auf, um den Raum mit Luft zu füllen und sich zu versichern, dass sie von der ganzen Weite des Himmels umgeben war. Stets ließ sie am Abend die Nachttischlampe brennen, und nie wieder fuhr sie allein nach Stettin.

Drinnen wies Waldo auf Ermelyn. »Was braucht ein Fuchs zum Leben?« Abgesehen von einigen ausgestopften Tieren leistete ihm diese alte Füchsin, die er vor Jahren aus einer Wildererfalle gerettet hatte, Gesellschaft.

Ob das auch zur Kategorie exzentrische Fragen gehörte, fragte sich Louis. »Nicht viel?«, tastete er sich heran.

»Eben. Alles andere, was du hier siehst«, Waldo breitete die Arme aus wie Moses, »ist Schall und Rauch.«

Die Sache mit dem Rauch fand vollste Zustimmung bei Louis, dem die Augen inzwischen tränten wie eine undichte Regenrinne.

»Ein Fuchs, wie ein jedes Tier dieser Erde, zweifelt niemals am Sinn seiner Existenz. Am Ende der Nacht beginnt er jeden Morgen neu. Vielleicht liegt darin das Geheimnis des Lebens begründet, mein Junge. Ich selbst halte es mit den alten Griechen. Die schrieben niemals Nachrufe. Starb ein Mensch aus ihrer Mitte, so riefen sie an seinem Grab: Hat er Leidenschaft gekannt? Sieh dich in der Welt um, Neffe. Und danach frage dich, was du vom Leben erwartest.«

Kapitel 19

Nichts ist anziehender als ein verbotener Ort

Als kleines Kind war Daisy oftmals hinter ihrem Onkel Waldo hergetappt und hatte das besondere Talent bewiesen, ihn in den unpassendsten Momenten zu stören, wie beim Tête-à-Tête mit dem neuen Stubenmädchen. Neben dem Stall blieb Waldos Labor für sie ein andauerndes Objekt der Begierde. Für Außenstehende mochte es befremdlich anmuten, dass Daisy sich zu barschen alten Männern hingezogen fühlte, aber genau genommen war es durchaus schlüssig. Schon die kleine Daisy suchte unbewusst nach Zuwendung, und ein Lächeln besaß mehr Wert, wenn man darum kämpfen musste.

Waldo wiederum hielt kleine Mädchen für die nervigste Angelegenheit der Welt und hatte Daisy verboten, auch nur den kleinen Zeh in sein Labor zu setzen. Dabei ist nichts anziehender als ein verbotener Ort. Welches Kind konnte dem schon widerstehen?

Es war an einem heißen Julitag, als sie ihrer neuen Kinderfrau entwischte und sich endlich heimlich Zutritt zu seiner Wirkungsstätte verschaffte. Viel zu lange schon hatte sie von Waldos geheimnisvollem Zauberreich geträumt und sich in ihrer Fantasie ein Märchenland mit leuchtenden Regenbögen und immerwährendem Sommer ausgemalt, mit Feen, die auf geflügelten Einhörnern ritten, und einer blühenden Blumenwiese, auf der sich die schönsten Schmetterlinge tummelten. Stattdessen betrat sie eine Art düstere Apotheke mit deckenhohen, geschwärzten Eichenregalen, in der es nach altem Fell müffelte. Kein Wunder, in jeder Ecke stand ein präpariertes Tier. Daisy konnte es bereits im Jagdzimmer nicht leiden, wo die Hirschköpfe durch alle Wände wuchsen. Wenigstens gab es hier Exoten zu entdecken. Nachdem sich Daisy erst das Krokodil und danach den Tiger angeschaut hatte, dessen gelbliche Fangzähne sie ans Gebiss der Großtanten erinnerten, musterte sie den Braunbären. Sie erschrak nicht bei seinem Anblick, sondern brach vielmehr in Tränen aus, weil ihr das Tier so fürchterlich leidtat, da es dort verstauben musste, still und starr mit falschen Glasaugen und fern von seiner gewohnten Welt. Mit dem Ärmel wischte sie sich dann ihre Nase, trocknete ihre Tränen und setzte die verbotene Tour fort.

Auf den Regalen türmte sich allerhand Kram. Werkzeug lagerte neben Stapeln alter Zeitschriften und schmutziger Lappen, es gab Seile und Kabel in jeder Größe und Länge, Trichter, komische kleine Glasteller, Gummiringe und vieles, das verdächtig nach Müll aussah. Glastiegel gefüllt mit diversen Pulvern, die meisten davon gelb oder grün, andere enthielten Nägel und Schrauben, alle schon ganz rostig. Kräutersäckchen, aus denen es bereits rieselte, und verkorkte Behälter aus Ton. Doch Daisys Interesse galt nicht den offensichtlichen Dingen, sondern den versteckten. Im obersten Regal unter der Decke hatte sie eine Reihe geheimnisvoller Gefäße entdeckt, ein jedes bemalt mit einem Totenkopf. Zum Hinaufklettern fand sie einen dreistufigen Tritt. Sie reckte sich auf der letzten Stufe auf Zehenspitzen, aber ihr Arm reichte trotzdem nicht heran. Rasch setzte sie einen Schemel obendrauf, und endlich bekamen ihre Finger einen der Behälter zu fassen. Gleichzeitig geriet die wackelige Konstruktion unter ihr ins Wanken. Daisy japste erschrocken auf, als der Schemel kippelte. Sie ließ ihre Beute los, die auf dem Boden in tausend Scherben zerbarst, und klammerte sich wie ein Äffchen am Regal fest. Über ihr geriet ein weiteres Gefäß ins Rutschen, rauschte knapp an ihrem Kopf vorbei nach unten und zerschellte mit einem lauten Knall. Der Inhalt der beiden Gefäße verteilte sich auf den Fliesen, und fast sah es so aus, als zöge es die beiden Chemikalien zueinander hin. Und dann knallte es!

Am Ende kam Daisy mit versengtem Rock und Haar und einem tüchtigen Schrecken davon. Aber natürlich regten sich alle furchtbar über die Sache auf.

Waldo schimpfte sie ein dummes, nichtsnutziges Gör und erwies sich in der Folgezeit als entsetzlich nachtragend. Dabei hatte sich die damals fünfjährige Daisy bei ihm in aller Aufrichtigkeit entschuldigt.

Liefen sich Onkel und Nichte fortan in den weiten Fluren über den Weg, gefiel es Waldo, tüchtig in die Hände zu klatschen und in voller Lautstärke zu brüllen: »Bumm!«

Zwei Jahre lang achtete Daisy darauf – wie bei den Klebebonbons der Tanten –, ihm möglichst nicht in die Quere zu kommen. Danach hatte sie genug. Als er sie wieder einmal erwischte und »Bumm!« rief, brüllte die Siebenjährige in voller Lautstärke zurück: »Selber Bumm!« Sie stemmte dabei die Hände in die Hüften und funkelte ihn wütend an.

Worauf Waldo sich zu ihr herabbeugte wie ein riesenhafter Baum und sie mit schmalen Augen musterte. Daisy wich nicht zurück, obwohl ihr kleines Herz wild ausschlug.

»Hartnäckiges Gör!«, verkündete Waldo darauf. Was sich aus seinem Munde beinahe anerkennend ausnahm.

Damit war der Burgfrieden wiederhergestellt.

Kapitel 20

»Unter Freiheit verstehe ich,
es aus eigener Kraft zu schaffen.«

Hermine »Mitzi« Gotzlow

Louis fand Gefallen an der Vorstellung, für eine Weile zu verreisen und alles hinter sich zu lassen. Er würde dadurch nicht seine Liebe vergessen, und sicher schmälerte es nicht seinen Kummer, aber Waldo hatte die Qualen seiner Seele richtig gedeutet: Willi war fort und hatte die Weite mitgenommen; Louis drohte an der eigenen Enge zu ersticken. Er musste die Schale seiner Bestimmung als Erbe sprengen und aus sich selbst ausbrechen, um Erwartungen zu entfliehen, die er niemals erfüllen könnte.

Sein Plan erforderte jedoch ein Gespräch mit der Großmutter, und davor schreckte er zurück. Nicht umsonst wurde ihr nachgesagt, sie sei der einzige Mann im Direktorium und ihr Blick könne Stahl schmelzen.

Sybille von Tessendorf nahm ihm die Entscheidung ab, indem sie ihn in den Betrieb beorderte. »Setz dich, Louis. Als ich die Geschäftsführung von deinem Großvater übernahm, war ich von einem Tag auf den anderen für Tausende von Arbeitern und ihre Familien verantwortlich«, eröffnete sie das Gespräch. »Ein Unternehmen zu führen erweist sich als fortwährender Kampf mit täglich wechselnden Herausforderungen. Es braucht Loyalität und Mut, aber es darf vor allem nicht an einem fehlen: der Leidenschaft für das, was man tut. Du bist jünger, als ich es damals gewesen bin, Louis, und du hegst gesunde Zweifel, ob du der Bürde als Tessendorf-Erbe gewachsen bist.«

Verwirrt lauschte Louis ihren Worten. Ihre Worte nahmen ihm den Wind aus den Segeln.

»Du bist besonnen und leidest nicht an Selbstüberschätzung«, fuhr seine Großmutter fort. »Darum habe ich mich für dich und gegen Hagen entschieden. Nimm dir die Zeit, die du brauchst, Louis, und prüfe dich. Du hast davon gesprochen, Amerika bereisen zu wollen. Ich habe dir eine Schiffspassage nach Übersee gebucht. Wenn du in einem halben Jahr zurück bist, wirst du mir deine Entscheidung mitteilen. Frau Gänsewein hält alle Papiere für dich bereit. Ich wünsche dir eine gute Reise. Servus.«

Louis stolperte aus ihrem Büro, ließ sich von Frau Gänsewein die Reiseunterlagen reichen und kam erst auf dem Hof wieder richtig zu sich. Kaum zweihundert Meter trennten ihn von Stettiner Haff und Ausrüstungshafen, aber statt frischer Seeluft füllte eine Mixtur aus erhitztem Stahl, Schmieröl und Rauch seine Lungen. Betriebsamkeit und die Geräuschkulisse waren enorm. Lastwagen mit neuem Schiffsbaumaterial röhrten an ihm vorüber, Loren mit Kohle rumpelten auf schmalen Gleisen zu den Quais am Hafen, und selbst aus dieser Entfernung erschien das den Hafen überspannende Stahlgerüst der Hellinganlage gewaltig. Turmhohe Kräne reckten ihre Hälse wie urzeitliche Ungeheuer in den Himmel, und den Schloten der Fabrikhallen entstieg dunkler Qualm. Die Kulisse seines künftigen Lebens, wenn er es denn wollte, tagaus, tagein. Doch erstmals hatte er nicht das Gefühl, sein Erbe erdrücke ihn. Alles, woran er denken konnte, war: Freiheit!

Noch vor dem Jahreswechsel bestieg Louis in Hamburg das Schiff, das ihn nach New York bringen sollte. Auch Jonathan Fontane reiste gemeinsam mit Josef von Sternberg und Marlene Dietrich nach Amerika. Letzteres erfuhr Mitzi nicht etwa vom Regisseur selbst, sondern aus der Filmillustrierten. Damit hatten sich ihre ersten zarten Hoffnungen zerschlagen, im Filmgeschäft Fuß zu fassen. Aber sie verlor keineswegs den Mut, sondern hielt unbeirrt an ihrem Traum fest.

In Louis' Abwesenheit verstärkte Daisy ihre Lehrtätigkeit im Waisenhaus, das ihre Großmutter nach dem Krieg gestiftet hatte und von den Echo-Schwestern geleitet wurde. Zu Beginn ihrer Tätigkeit schwebte Daisy eine Bande kleiner Racker von Mitzis Kaliber vor. Stattdessen traf sie auf Schulklassen mit Kindern, die sich wie dressiert benahmen. Ihre Tanten führten ein strenges Regiment. Sie legten mehr Wert darauf, dass ihre Schützlinge gehorsam waren und frei von Läusen, als darauf, deren Geist und Talente zu fördern, um sie auf ihr künftiges Erwachsenenleben vorzubereiten.

In diesem Winter besuchte Daisy die üblichen Veranstaltungen für höhere Töchter und sammelte weiter Verehrer. Gemeinsam mit Violette begleitete sie ihre Mutter auf diversen Gesellschaftsreisen nach Wien, Prag und Budapest, bei denen Yvette alte Netzwerke pflegte und neue knüpfte. Doch trotz all dieser Aktivitäten vermisste Daisy ihren Bruder schmerzlich. Die wöchentlichen Briefe boten nur kümmerlichen Ersatz für ihre Gespräche, und ungeduldig erwartete sie seine Rückkehr. Kurz bevor das halbe Jahr um war, entschloss sich Louis jedoch, seine Abwesenheit um einige Monate zu verlängern.

In der Woche vor Pfingsten starb Dotterblume. Mitzi fand sie am Morgen leblos neben sich im Bett. Sie hob ein kleines Grab hinter dem Gänsestall aus, verdrückte ein paar Tränen und erzählte Daisy davon, als sie sich am frühen Abend vor dem Schmugglerloch auf eine Zigarette trafen.

»Ach, das tut mir so leid, Mitzi! Ich weiß, wie sehr du an ihr gehangen hast. Dotterblume war ein gutes Huhn.«

Mitzi inhalierte und entsandte Rauchkringel in die kühle Abendluft. Kurz musterte sie ihre Freundin, ihr Mundwinkel zuckte. »Ernsthaft? *Sie war ein gutes Huhn?*« Völlig unvermittelt erklärte sie darauf: »Ich bin frei.«

»Was zur Brezel soll das heißen?« Aus unbekanntem Grund schnürte es Daisy gerade die Kehle zu.

»Ich werde nach Berlin gehen. Bald. Meine kleine Dotterblume konnte ich schlecht mit in die Stadt nehmen, und sie hierzulassen kam nicht infrage.«

»Aber ich hätte doch auf sie achtgeben können!«

Mitzi verdrehte die Augen. »Du kannst ja nicht einmal auf dich selbst aufpassen.«

Daisy schluckte die Bemerkung. »Hast du es deiner Tante gesagt?«

»Jesus, bloß das nicht! Sie läge mir bis zur Abreise mit ihrem Gezeter in den Ohren. Bevor ich die Pferde scheu mache, muss ich mir in Berlin Arbeit und Quartier suchen. An meinem nächsten freien Tag fahre ich hin und sehe mich um.«

»Prima, ich komme mit.« Daisy schmiedete bereits Pläne.

Doch Mitzi wiegelte ab. »Besser nicht. Das wird bestimmt eine elendige Rennerei werden, und wir beide wissen, du bist nicht gut zu Fuß. Außerdem wird mir kein Mensch abnehmen, ich sei auf Arbeitssuche, wenn ich ein so feines Püppchen wie dich im Schlepptau habe.«

»Aber wir haben uns geschworen, gemeinsam nach Berlin zu gehen!«

Mitzi zog an ihrer Zigarette, und die Glut flammte auf wie ein Feuerkäfer in der Nacht. »Stimmt«, räumte sie ein, »aber damals waren wir fast noch Kinder. Seit deiner komischen Verlobung hatte ich nicht den Eindruck, dass es dir noch ernst ist mit dem Umzug nach Berlin.«

»Weißt du, was ich gerade für einen Eindruck habe, Mitzi? Du willst nicht, dass ich mit dir komme! Ich bin dir ein Klotz am Bein.« Daisy war nicht wütend, sondern enttäuscht, und es tat sehr weh.

Mitzi drückte ihre Zigarette aus. »Ich hatte befürchtet, dass du das in den falschen Hals kriegst. Und es ist meine Schuld. Mir fehlt jedes Geschick, mich diplomatisch auszudrücken.«

Daisy schwieg.

»Erinnerst du dich an meine Begründung, weshalb ich es ablehne, jemals zu heiraten?«, fragte Mitzi unverhofft.

»Natürlich. Du sagtest, ein Ehemann sei das Gegenteil von Freiheit. Was zur Hölle hat das mit mir zu tun?«

»Weil du im Grunde dieselbe Funktion erfüllst, Daisy. Du bist reich und verwöhnt und...«

»Geht's noch?«, unterbrach Daisy. »So willst du es mir also erklären? Indem du mich schon mit dem zweiten Satz beleidigst? Wahrhaftig, Diplomatie ist dir fremd.«

»Das war keine Beleidigung, sondern eine Feststellung. Wirst du mich nun bitte ausreden lassen? Sonst geh ich nämlich wieder rein.«

»Schon recht«, murmelte Daisy.

»Sieh mal, Daisy«, meinte Mitzi in versöhnlichem Ton. »Du kannst kaum leugnen, dass du einen völlig anderen Anspruch ans Leben hast als ich. Seit Kindesbeinen bist du an Dienerschaft, Daunenkissen und feine Kleider gewöhnt. Zum Umzug würdest du das Cabriolet deiner Mutter nehmen, es mit all den hübschen und komfortablen Dingen füllen, die dein Leben ausmachen, und mit Sicherheit würde dich deine Mutter unterstützen und dich standesgemäß mit einer netten kleinen Wohnung ausstatten. Ich hingegen werde mit quasi nichts nach Berlin gehen. Und ich will es unbedingt aus eigener Kraft schaffen, weil es nämlich das ist, was ich unter Freiheit verstehe. Dem wäre aber nicht so, wenn ich mich von meiner reichen Freundin sponsern lasse. Verstehst du das?«

Daisy nickte. »Das tue ich, wirklich, Mitzi. Gleichzeitig enttäuscht es mich, dass du mir so wenig zutraust. Ich bin mehr als nur das verwöhnte Gör, das du in mir siehst. Bitte lass es mich dir beweisen! Ich werde kein Stück mehr nach Berlin mitnehmen als du und mir genauso eine Stellung suchen. Was sagst du?«

Mitzis Ausdruck nach wollte sie sich lieber gar nicht mehr äußern. Sie blies die Backen auf. »Also gut, ich sag's dir. Aber sei gewarnt, ich werde dir tüchtig auf die Zehen treten.«

»Nur zu«, forderte Daisy sie dazu auf.

»Wie du willst. Du hast nicht den leisesten Schimmer, worauf du dich einlässt, Daisy. In deinem ganzen Leben musstest du nie einen Nachttopf leeren oder sechzehn Stunden am Stück harte Arbeit leisten. Keinen Tag würdest du unter Theres' Fuchtel durchhalten. Tatsache ist, du stammst aus der Beletage und ich aus dem Tiefparterre. Das sind zwei völlig verschiedene Welten. Und keine von uns beiden hat sich die ihre ausgesucht.«

Daisys Wangen hatten sich flammend rot gefärbt. »Aber Mitzi! Das ist genau das, was ich dir zu erklären versuche!«, konterte sie eifrig. »Du traust mir einfach nichts zu! Was ist während der Erntezeit? Stehe ich da nicht genauso lange auf dem Feld wie die Schnitter und leiste meinen Anteil? Und miste ich nicht jeden Tag Nereides Stall aus?«

»Du machst dir was vor. Es gibt einen gewaltigen Unterschied zwischen dem, was man tun muss, und dem, was man freiwillig gibt. Du kannst dir die Arbeit aussuchen, weil du nicht davon leben musst, Daisy. Sobald ich keinen Finger mehr rühre, habe ich nichts zu beißen und lande auf der Straße. Du hingegen wirst immer einen gedeckten Tisch vorfinden. So sieht's aus. Im Übrigen kann ich mir nicht ernsthaft vorstellen, dass du auf Nereide und deine Ausritte verzichten möchtest. Wie stellst du dir das vor, wenn du dich wie ich als Dienstmagd oder Kellnerin verdingst? Der miese Verdienst würde kaum für dich selbst reichen. Ein Pferd damit durchfüttern? Unmöglich!«

Daisy bearbeitete ihre Unterlippe. Mitzi hatte an ihren Schwachpunkt gerührt. Nereide. Ein Leben ohne ihr Pferd? Unvorstellbar. Aber gerade überwog ihr unbedingter Eifer,

Mitzi zu überzeugen. Alles andere würde bedeuten, klein beizugeben. Mitzi hatte ein schiefes Bild von ihr, und sie musste es geraderücken. Für Nereide würde sie später eine Lösung finden. »Es ist nicht fair, dass du mir vorneweg die Fähigkeit absprichst, ich könnte mir meinen Lebensunterhalt nicht selbst verdienen.« Sie hob in feierlicher Geste ihre Hand. »Hiermit schwöre ich dir, dass ich meinem gewohnten Leben entsage und in Berlin das gleiche Dasein wie du führen werde. Wenn du für dich die Freiheit in Anspruch nimmst, es allein schaffen zu wollen, dann solltest du das auch mir zugestehen.«

»Verdammt, du bist hartnäckiger als Schneckenschleim!«, rief Mitzi, nun doch ungehalten. »Du hast einfach keine Ahnung vom Berlin der Arbeiter. Ich bin Armut gewohnt. Bevor ich ins Waisenhaus kam, haben meine Mutter und ich von der Hand in den Mund gelebt, unsere Wohnung war ein unbeheiztes Loch, und zum Abtritt ging's über den Hinterhof. Wetten, spätestens nach drei Tagen ziehst du ins *Adlon* und nimmst ein Schaumbad!«

Bisher hatte Mitzi jedes Detail ihres Vorlebens wie ein Staatsgeheimnis gehütet, weshalb Daisy sofort interessiert aufmerkte. »Das ist das erste Mal, dass du deine Mutter erwähnst. Erzählst du mir von ihr?«

Mitzi seufzte. »Du bist ein hoffnungsloser Fall, Daisy. Gerade noch schwörst du Stein und Bein, du könntest dich meinem künftigen Lebensstandard anpassen. Und nun Themenwechsel, weil du darauf brennst, mehr über meine Vergangenheit zu erfahren. Aber das ist nicht der Punkt, Daisy. Du bist und bleibst ein verwöhntes Pflänzchen. Und deshalb werde ich ohne dich nach Berlin gehen.«

»Heißen Dank für deine hohe Meinung von mir«, konterte Daisy verstimmt. »Was ist eigentlich mit dem halben Dutzend Liebhaber, die du dir zulegen wolltest?«

»Prima, der nächste Themenwechsel«, sagte Mitzi genervt.

»Wart's ab. Hast du nicht erklärt, du würdest dich von ihnen aushalten lassen?«

»Ja und?«

»Aber von mir, deiner Freundin, willst du keine Hilfe annehmen. Lieber lässt du mich in der Provinz zurück, auf dass ich hier versauere!«

»Ich lasse dich nicht zurück, und von versauern kann ja wohl keine Rede sein! Das mit den Liebhabern ist eine völlig andere Schiene. Die Mädchen meiner Gesellschaftsschicht wurden seit jeher von reichen Männern ausgenutzt. Ich sehe es als ausgleichende Gerechtigkeit, mich ihrer zu bedienen.«

»Und schließlich bekommen die reichen Herrschaften auch was für ihr Geld«, konstatierte Daisy böse.

»O Daisy, muss das…?« Mitzi brach ab. »Sag mal, heulst du?«

Daisy konnte ihr Schniefen nicht mehr unterdrücken. »Ich bin einfach so furchtbar enttäuscht. Wir hatten einen gemeinsamen Traum, und du wirfst ihn einfach fort.«

»Ich werfe nichts fort, und es hat rein gar nichts mit dir zu tun, Daisy, sondern allein mit mir.« Mitzi fummelte ein Taschentuch hervor und reichte es ihrer Freundin. »Hör zu. Mein ganzes bisheriges Leben bin ich von den Wohltaten anderer abhängig gewesen. Erst von den Schwestern im Waisenhaus und später von Theres, der ich meine Stellung hier zu verdanken habe. Was sie mir bei jeder Gelegenheit unter die

Nase reibt. Ich will es allein schaffen und niemandem dafür Dank schulden. Wenn du mir unter die Arme greifst, Daisy, wird es aber genau so sein. Ich mag nur eine Küchenmagd sein, aber ich besitze meinen Stolz. Versuch wenigstens, es zu verstehen.«

»Ich kann, aber ich will nicht! Es ist nämlich keine Schande, Hilfe von Freunden anzunehmen. Ohne jede Gegenleistung! Und es kränkt mich, dass du denkst, dass ich Dank erwarte.«

Auf Ausgleich bedacht, erklärte Mitzi: »Schau, Daisy. Du kannst jederzeit nachkommen, sobald ich in Berlin Fuß gefasst habe.«

»Oder wir schließen einen Pakt: Ich leiste dir für den Anfang Starthilfe, ein Darlehen, das du mir zurückzahlst. Nein, unterbrich mich jetzt bitte nicht, Mitzi«, verlangte Daisy, als sie merkte, dass die Freundin zu einer Erwiderung ansetzte. »Ich stelle ja gar nicht infrage, dass ich mit den Verhältnissen zu kämpfen hätte, und auf Nereide könnte ich nicht verzichten. Lass mich uns in Berlin doch auf eine gesunde Basis stellen. Du suchst dir eine Anstellung nach deinem Gusto, und ich kann mich als Gesellschafterin für eine alte Dame oder als Lehrerin für Französisch und Klavier verdingen. Was spricht gegen eine hübsche kleine Wohnung? Warum willst du es dir unnötig schwer machen? Nur um dir selbst etwas zu beweisen? Das hast du gar nicht nötig. Du bist Mitzi! Du gibst deine sichere Arbeit auf und stürzt dich ins Unbekannte. Ich kenne niemanden, der so unerschrocken ist wie du.« Daisys Gesicht glühte nach diesem Appell.

»Das ist aber mächtig viel Honig«, meinte Mitzi grinsend.

»Ich weiß, aber jedes einzelne Wort ist mein voller Ernst.«

»He, Mitzi!«, schreckte Theres' Stimme die beiden auf. Im Eifer des Gefechts hatten sie sie nicht bemerkt. »Willst du da draußen Wurzeln schlagen? Die Arbeit erledigt sich nicht von allein.« Daisy hingegen begrüßte die Küchenmamsell ausgesucht höflich. »Guten Tag, Fräulein Marguerite«, flötete sie.

»Theres.« Daisy grüßte mit einem Nicken zurück.

»Ich werde drüber nachdenken«, raunte Mitzi Daisy beim Weggehen zu.

Ihre Freundin stellte Daisy auf eine harte Probe. Wochenlang wurde sie vertröstet. An ihrem freien Tag fuhr Mitzi allein nach Berlin, und noch am Abend ihrer Rückkehr willigte sie plötzlich und unverhofft in Daisys Angebot ein.

»Was hat deine Meinung geändert?«, erkundigte sich Daisy neugierig.

»Berlin. Ich habe mich im Viertel Neukölln gründlich umgesehen. Dort herrscht ein einziger gnadenloser Überlebenskampf. Als ich mich in den Kneipen nach Arbeit erkundigte, ging mir einer der Wirte sofort an die Wäsche. Ekelhaft. Das ist mir mein Stolz auch wieder nicht wert. Und das Leben hier auf dem Gut ist kein schlechtes. Ich habe eine saubere Kammer, regelmäßiges Essen und meinen Lohn. Offenbar sind meine Ansprüche auch gestiegen«, räumte Mitzi freimütig ein.

»Es lebe der Vergleich«, grinste Daisy glücklich.

Und damit war es abgemacht. Sie wollten nichts überstürzen, zumal es einiges an Vorbereitungen brauchte. Daisy musste mit ihren Eltern sprechen, eine passende kleine Wohnung gefunden werden, ein Mietreitstall für Nereide und so weiter. Wenn alles nach Plan lief, glaubten sie, gegen Ende des Jahres umzuziehen.

Ende August traf ein Telegramm von Louis mit seinen Ankunftsdaten im Hamburger Hafen ein. Daisy jubelte und bestand darauf, den Heimkehrer direkt vom Schiff abzuholen. Sie überredete ihre Mutter, sie zu begleiten, und steuerte den Wagen selbst in die Hansestadt.

Louis war beinahe neun Monate fort gewesen, und nun verspätete sich auch noch sein Dampfer. Mutter und Tochter, warm eingepackt gegen den frischen Seewind, konnten daher mit Muße verfolgen, wie die *Bremen*, der Stolz der Norddeutschen Lloyd, beidrehte und sich majestätisch den Weg in den Hafen bahnte. Die Schiffssirene heulte, und die Matrosen schwärmten aus, um das Anlegemanöver vorzubereiten.

Mit dem Fernglas suchte Daisy die Reihe der an Deck wartenden Passagiere ab. »Da ist Louis!«, schrie sie und schwenkte aufgeregt ihr Taschentuch.

Endlich durften die Passagiere an Land gehen. Kaum hatte Louis wieder festen Boden unter den Füßen, als seine Schwester ihm in die Arme flog. Aus der Blässe am Tag seiner Abreise war ein kräftiges Braun geworden, seine Schultern wirkten breiter, und seine Haltung strahlte eindeutig Selbstbewusstsein aus.

Louis bestand darauf, Mutter und Schwester zu kutschieren, und so nahm Yvette an seiner Seite und Daisy auf der Rückbank des Benz Platz.

Nachdem Louis sich nach allem und jedem auf dem Gut erkundigt hatte, begann er, von seiner Reise zu erzählen. Er war von New York aus nach Norden gereist, hatte Pittsburgh, Cleveland und Detroit besucht, jene Städte, die durch Stahl und Autobau zu immer mehr Wohlstand gelangten.

Willi fand in Louis' Schilderung keine Erwähnung, doch als er vom Elend der Arbeiter berichtete und besonders das der Farbigen erwähnte, die man in armseligen Slums zusammenpferchte, geriet seine Rede zunehmend leidenschaftlich. Yvette lauschte dem eine Weile und unterbrach ihn schließlich, indem sie ihm die Hand auf den Arm legte: »*Mon amour*, ich bin furchtbar stolz auf dich, wie sehr dich das Schicksal dieser benachteiligten Menschen bewegt. Aber du wirst einer liebenden Mutter sicher verzeihen, dass sie darauf hofft, dass ihr Sohn eine Weile zu Hause bleibt und nicht bald wieder ein Schiff besteigt, um die Not der Armen in der Welt zu lindern, *d'accord?*«

Louis war klug genug, das Thema vorerst fallen zu lassen, und Yvette gelang es, das Gespräch in unverfänglichere Gefilde zu lenken.

***

Nur wenige Tage nach Louis' Ankunft und kurz vor Sybilles sechsundsiebzigstem Geburtstag, starb Willis Mutter Hertha. Der Kummer um den verlorenen Sohn hatte ihrem bereits geschwächten Herzen weiter zugesetzt, sodass es am Ende einfach aufhörte, zu schlagen.

Nach der Bestattung und anschließenden Trauerfeier trafen sich Daisy und Louis mit Mitzi im Chinesischen Teehaus am Teich. Wortlos zog Louis eine Flasche Cognac aus dem Mantel. Sie wanderte reihum. Zwischen ihnen herrschte eine eigenartige Stimmung. Die frühere Vertrautheit schien geschwunden, und sie wussten nicht, wie sie zu ihr zurückfinden konnten. Wortlos kamen sie überein, das Thema Hertha zu meiden, weil dies unweigerlich den Pfad zu Willi öffnen würde.

Sein Schatten begleitete sie ohnedies bereits während des gesamten Tages. Daisy hegte den stillen Verdacht, dass ihr Bruder womöglich darauf gehofft hatte, Willi könnte auf irgendeine Weise vom Tod seiner Mutter erfahren haben und heimlich zur Beerdigung zurückkehren.

Kapitel 21

> Manchmal bekommt man nicht das, was man wollte, sondern das, was man brauchte.
>
> Waldo von Tessendorf

Als Daisy am folgenden Sonntag von einem Besuch auf dem Nachbargut zurückkehrte, parkte das Cabriolet ihrer Mutter in der Auffahrt. Drei Tage zuvor hatte Louis es sich ausgeliehen, angeblich da er dringend nach Berlin musste. Seither hatten sie nichts mehr von ihm gehört oder gesehen. Niemand außer Daisy sorgte sich deshalb. Ihr Vater nahm es gar nicht richtig zur Kenntnis, und ihre Mutter Yvette sah sich lediglich zu der Bemerkung veranlasst: »*Alors*, das wurde auch Zeit! Endlich schlägt der Junge einmal über die Stränge.« Und für Großmutter Sybille existierten nur Krisen von der Größenordnung eines Werftarbeiterstreiks, anhaltender Trockenheit im Frühjahr oder der Zerstörung der Ernte durch Heuschrecken. Ein Enkel, der sich nur ein wenig auslebte, gehörte nicht dazu.

Daisy nahm zwei Stufen auf einmal, und wie üblich fand sie es nicht der Mühe wert, vor dem Eintreten in Louis' Zimmer anzuklopfen.

»Wenigstens gibst du gar nicht erst vor, Manieren zu besitzen«, wurde sie von ihrem Bruder begrüßt.

»Sagt derjenige, der ohne eine Silbe nach Berlin verschwindet! Ich bin schrecklich wütend auf dich, hörst du! Warum hast du mir nichts gesagt?«

»Weil es ausnahmsweise um mich ging und nicht um dich. Und weil du dein Plappermaul nicht halten kannst.«

»Das ist nicht fair! Ich habe mir Sorgen gemacht.«

»Ich kann sehr gut auf mich selbst achtgeben, Schwesterherz.«

»Pah! Du kannst nicht…« Daisy stoppte. Aufmerksam betrachtete sie ihren Bruder. Es lag etwas Neues in der Art, wie er die Schultern spannte und den Kopf hochtrug. »Hm, irgendetwas an dir ist anders. Wenn ich es nicht besser wüsste, würde ich sagen, du bist in den drei Tagen ein Stück gewachsen.«

»Vielleicht bin ich das auch? Sieh dir das an. Es ist zwar noch nicht ganz fertig, aber das Wesentliche ist schon zu erkennen.« Er wedelte mit seinem Zirkel und lud sie ein, ihm über die Schulter zu schauen. Auf seinem Schreibpult lag ein ausgebreiteter Konstruktionsplan. Daisy begutachtete diesen eingehend. »Hmm. Das ist jedenfalls kein Schiff.«

»Es sind Wohngebäude. Siehst du die Anzahl der Fenster? Und das hier…«, er tippte mit dem Finger auf die Zeichnung, »…sind sanitäre Anlagen. Mindestens eine auf jeder Etage. Aber unser Ziel muss es sein, künftig jede Wohnung mit einer Toilette auszustatten. Albert sagt das auch.«

»Albert?«

»Erinnerst du dich an die Flitterwöchner, denen wir auf unserer Tour durch die Havellandschaft begegnet sind?«

»Natürlich, Margret und Albert. Stimmt, er ist Architekt und hat dich schon damals beeindruckt. Ich wusste nicht, dass du noch Kontakt zu ihm hast.«

»Wieder. Ich habe ihm geschrieben und mich mit ihm in Berlin getroffen. Du machst dir keine Vorstellung davon, wie viele arme Menschen es allein in der Hauptstadt gibt, Daisy. Sie leben nicht, sie vegetieren! Und sieh uns an, wie gut es uns geht. Wir haben elektrisches Licht und warmes Wasser aus der Leitung. Anständig zu wohnen ist ein Lebensrecht. Darum möchte ich Architektur studieren. Ich will den Bedürftigen helfen und Häuser für sie bauen.«

Sein Eifer brachte Daisy in Verlegenheit. Um der Situation etwas Leichtigkeit zu verleihen, fragte sie betont munter: »Bist du neuerdings zum Edelkommunisten mutiert, Bruderherz?«

»Was du immer aufschnappst.«

»Das würde jedenfalls Großmutter sagen.«

»Nein, sie würde rufen: *Bist du deppert?*« Gekonnt ahmte er Sybilles wienerischen Tonfall nach, den sie auch Jahrzehnte fern ihres Geburtsorts nie abgelegt hatte.

Das brachte Daisy zum Lachen. Aber sie kannte ihren Bruder gut und wusste seinen Gemütszustand zu deuten. Er meinte es ernst. Sie verstand seinen inneren Konflikt, dieses Hin- und Hergerissensein zwischen dem, was er sich für sein Leben erhoffte, und dem, was die Familie von ihm erwartete. Und Louis schuldete seiner Großmutter noch eine Antwort. Deshalb stand ihr Geist gerade übergroß zwischen ihnen im Raum.

»Ist es wirklich das, was du willst, Louis?«, fragte Daisy leise.

»Ja. Ich kann meine Augen vor dem unvorstellbaren Elend nicht mehr verschließen. Außer sonntags malochen die Arbeiter mindestens zwölf Stunden täglich in verdreckten Fabrikhallen, um danach in ihre ärmlichen Quartiere in Wedding oder Neukölln heimzukehren. Ganze Familien drängen sich in einem einzigen Raum zusammen, der gleichzeitig zum Kochen und Schlafen dient. Für die tägliche Hygiene müssen sie sich mit einer Schüssel Wasser begnügen, und oft haben sie nicht einmal das. Tuberkulose und Typhus grassieren, und die Kindersterblichkeit ist hoch. Dabei leben wir im 20. Jahrhundert! Wir bauen Flugzeuge und Raketenautos, aber für unsere Arbeiter reicht es nicht einmal für Waschräume und Toiletten.«

Einmal in Fahrt, zeichnete Louis seiner Schwester das gesamte Bild des Elends. Abgezehrte Kinder, die auf Lumpen schliefen. Menschen, die in ihrer Not das eigene Bett tagsüber an Schichtarbeiter vermieteten, Bettler und Kriegsversehrte en masse in den Gossen.

Daisy lauschte ihrem Bruder aufmerksam. Sie lebte nicht auf einer silbernen Wolke und verschloss sich keineswegs dem Leid der Menschen. Auch in Stettin gab es viele arme Familien, sie wusste um die Schicksale der Waisen im Heim, und die soziale Frage beschäftigte sie durchaus. Gleichzeitig hielten Dienstboten wie Franz-Josef und Theres unverbrüchlich am Glauben fest, der Stand würde bei der Geburt festgelegt. Die Kirche unterstützte das. Folgte man den Klerikern, hatte jener, der reich und adelig geboren wurde, dies so verdient. Und wer Privilegien genießt, der verteidigt sie auch. Daisy war sich der eigenen Vorteile als eine Tessendorf durchaus bewusst. Aber daraus erwuchsen ebenso Pflichten. Seit jeher war es Aufgabe der Tessendorf-Frauen, sich um die Kranken und Bedürftigen im Dorf zu kümmern. Während des Krieges hatte ihre Großmutter ein kleines Lazarett eingerichtet, das später in ein Heim für Blinde und Obdachlose umgewandelt worden war. Und sie hatte das Waisenhaus gestiftet. Dasselbe Pflichtgefühl veranlasste die Unternehmerin Sybille von Tessendorf, anständig für ihre Dienstboten und Arbeiter zu sorgen; für Letztere baute sie Siedlungen, bezahlte die Krankenversicherung und gründete eine Rentenkasse. Darin sah sie weniger eine Mildtätigkeit denn eine Investition in ihre Angestellten. Wer gut behandelt wurde, der arbeitete auch besser.

Erschrocken bemerkte Daisy, dass sie Louis nicht mehr zuhörte. Aber sie las es ohnehin in seinen Augen: Sein Entschluss stand fest. »Du hast also vor, nach Berlin zu ziehen und dort Architektur zu studieren«, kürzte Daisy ab.

»Ich wusste, du würdest mich verstehen!«

»Ausgezeichnet. Jetzt musst du es nur noch Großmutter beibringen.«

Louis atmete hörbar aus. Damit hatte Daisy den wunden Punkt berührt. Das Studentenleben in Berlin kostete Geld. Er war zwar ein reicher Erbe, aber ohne einen Pfennig in der Tasche. Zwar besaß er wie seine Geschwister ein Aktienpaket, das ihnen jeweils bei ihrer Geburt überschrieben worden war. Die jährliche Dividende stand ihnen allerdings erst an ihrem einundzwanzigsten Geburtstag zu. Bis dahin wurde ihnen lediglich ein kleines Taschengeld zuerkannt.

Louis hatte bisher nie Barmittel nötig gehabt. Wenn er etwas brauchte, so bekam er es. Das wenige an Barem, das er im Laufe der Zeit trotzdem beiseitelegen konnte, hatte er Willi am Tag von dessen Flucht überlassen.

Daisy interpretierte Louis' Miene falsch. »Für Gewissensbisse besteht kein Anlass. Du bist doch ein Mann! Niemand, ob Großmutter oder unsere Eltern, können dich daran hindern, nach Berlin zu ziehen. Hast du überhaupt eine Ahnung, wie sehr ich dich manchmal um deine Rechte als Mann beneide? Alles wäre so viel leichter, wenn ...«

»Pah! Mein Geschlecht löst meine Probleme nicht«, fiel ihr Louis ins Wort. »Frauen stülpt man keine Werft über, noch schickt man sie als Soldat in den Krieg.«

»Na, hör mal! Ich bin auf deiner Seite, falls dir das entgangen sein sollte, Bruderherz.«

»Aber du machst es dir viel zu einfach! Du schaust nie hinter die Dinge!«

»Und du denkst zu viel!«

»Niemand außer dir würde mir das zum Vorwurf machen!«

»Himmel!« Daisy wurde es zu bunt. »Hattest du heute Morgen Stacheldraht zum Frühstück? Welchen Sinn hat dieses ganze Kopfzerbrechen, wenn es dir nichts als üble Laune beschert und wir uns deshalb streiten? Das hilft den Bedürftigen in Berlin auch nicht weiter.«

Louis zuckte zurück, rote Flecken brannten auf seinen Wangen. Kurz sah es aus, als setzte er zu einer heftigen Erwiderung an.

Erschrocken fragte sich Daisy, wie eine in ihren Augen eher harmlose Kabbelei einen solchen Zorn in ihrem Bruder entfachen konnte. Das sah ihm überhaupt nicht ähnlich. Er war empfindsam, aber nicht empfindlich. Ihr schwante, dass sie gerade eine Art Stellvertreterstreit führten und es in Wahrheit um etwas völlig anderes ging. »Willst du mir vielleicht verraten, was da gerade in dich gefahren ist?«, fragte sie daher sanfter nach.

Louis schluckte. »Es ist Willi.«

»Ach, Louis«, rief Daisy mitfühlend. »Warum sagst du das nicht gleich? Wie schwer muss es für dich sein, so lange nicht zu wissen, wie es ihm geht.«

Louis trat ans Fenster und schaute hinaus. Als er sich seiner Schwester wieder zuwandte, wirkte er, als steckte er irgendwo zwischen Lachen und Tränen fest. »Du irrst dich. Willi ist in Berlin.«

Daisy richtete sich kerzengerade auf. »Du hast ihn in Berlin getroffen? Woher wusstest du …?«

»Er hat geschrieben. Willi möchte, dass ich zu ihm nach Berlin komme.«

Daisy begriff die Tragweite der Entscheidung. Aber sie spürte auch Louis' Zaudern. »Das ist ein enormer Schritt. Was möchtest du?«, erkundigte sie sich zurückhaltend.

Louis stand verloren im Raum, wie jemand, dem sein Vorhaben entfallen war und der sich nun daran zu erinnern versuchte. »Ich beneide Willi. Er ist sich so sicher, was er will, während ich …« Louis betrachtete seine Fußspitzen.

»Während du dir alles zweimal überlegst«, beendete Daisy den Satz.

»Auch. Aber mich beunruhigt vorwiegend der Gedanke, dass nach Willi gefahndet wird! Er selbst sieht das alles viel zu lässig. Als sei die Tatsache, dass er jederzeit verhaftet werden könnte, ein Jux. Wenn das Gericht ihn für schuldig befindet, endet er am Strang!«

»Ist Willi … denn schuldig?«, wagte Daisy die Frage.

»Er sagt Nein.«

»Glaubst du ihm?«

»Selbstverständlich. Das bedeutet aber keinesfalls, dass er nicht trotzdem verurteilt werden kann. Dein Hugo ist ein ganz scharfer Hund.«

»Er ist nicht *mein* Hugo!«

Louis fuhr sich durch sein dichtes Haar und verschränkte die Hände im Nacken. »Verzeih, ich bin nicht in bester Gemütsverfassung und sollte das nicht an dir auslassen.«

»Pardon erteilt, Bruderherz. Und ich schicke dir gleich noch eine Wahrheit hinterher: Du zögerst, hier alles hinter dir zu lassen, um mit Willi ein neues Leben zu beginnen, da du fürchtest, er könnte dir womöglich erneut entrissen werden.«

Louis spielte mit einem gläsernen Briefbeschwerer, der ein Miniatursegelschiff enthielt. Er wirkte verwirrt und sehr verletzlich.

Umso sicherer gab sich Daisy. »Wir gehen jetzt zu Großmutter. Du teilst ihr deine Pläne mit und erklärst ihr die Gründe für deine Entscheidung.«

»Ich soll ihr von Willi erzählen?« Louis verzog das Gesicht.

»Quatsch! Erzähl ihr von Albert Speer und euren Visionen.«

Vorsichtig, als könnte der Briefbeschwerer jederzeit zwischen seinen Fingern zerbrechen, platzierte ihn Louis auf dem Schreibtisch. »Großmutter rechnet fest mit mir. Bei meiner Rückkehr aus Amerika hat sie mir versichert, sie freue sich auf den Tag, an dem sie den Staffelstab an mich weitergeben könne. Sie wurde bereits von Vater und Hagen enttäuscht. Und nun stehe ich im Begriff, ihr das Gleiche anzutun.«

»Du bist du, und niemand kann von dir verlangen, für Vater und Hagen zu bezahlen, oder?« Daisy wartete auf sein zustimmendes Nicken, bevor sie weitersprach. »Eben. Du kannst nichts dafür, dass unser Vater als anderer Mensch aus dem Krieg heimgekehrt und Hagen ein Maulheld ist. Es ist dein Leben! Versprich mir, dass du nur das tust, was du dir selber wünschst. Du folgst deiner Liebe, und daran ist nichts falsch, genauso wenig wie an deinem Plan, Menschen helfen zu wollen. Gegen ein gutes Herz kann selbst unsere Großmutter nichts einwenden. Ich bin sicher, dir werden genau die richtigen Worte einfallen.«

Um den besonderen Anlass des Gesprächs zu unterstreichen, baten die Geschwister Franz-Josef, er möge bei ihrer Großmutter nachfragen. Sie warteten hinter der Tür, während er sie offiziell ankündigte: »Ihre Enkel Marguerite und Louis möchten Sie sprechen.«

Die Hände auf den Armlehnen ihres Rollstuhls ruhend, empfing Sybille sie mit würdevoller Miene zur Audienz. Eine ungekrönte Königin, die jeden Raum mühelos in einen Thronsaal verwandelte.

»Louis hat dir etwas mitzuteilen, Großmutter.« Daisy trat etwas zurück.

Ihre Großmutter runzelte die Stirn. »Kann dein Bruder nicht für sich selbst sprechen?«

Louis schluckte. Seiner Großmutter gegenüberzustehen, ihrer kraftvollen Ausstrahlung und ihrem eisernen Willen zu begegnen hemmte ihn, als flösse sein Blut langsamer. Die schöne Einleitung, die zurechtgelegte Erklärung – wie weggefegt. Lediglich der Satz: »Ich möchte kein Ingenieur werden, sondern Architekt«, schaffte es noch über seine Lippen.

»Architekt?« Sybille sprach es aus wie ein Fremdwort. »Du willst Häuser bauen?«

Tapfer hob Louis den Kopf und verschanzte sich hinter seinem eigenen guten Willen. »Für die Bedürftigen. Jeder Mensch hat ein Anrecht auf ein besseres Leben.«

»O bitte! Fang jetzt nicht auch noch mit dem Geschwätz von der nationalen Wohlfahrt an. Mir reichen schon die Predigten von den Trotteln, die uns Hagen ständig anschleppt.«

»Aber das ist kein Geschwätz, Großmutter. Louis hat recht«, mischte sich Daisy ein. »Unser Land braucht Erneuerung. Die soziale Frage bedarf dringend der Klärung. Es ist eine neue Zeit!«

»Soziale Frage? Du plapperst eine Schlagzeile nach, Kind. Du solltest auch den Inhalt lesen – über den alltäglichen Wahnsinn, den die sogenannte Erneuerung in unsere Städte trägt. Die Revolution frisst ihre eigenen Kinder! Fragt eure Mutter, die Franzosen haben da hinlänglich Erfahrung. Es braucht keine neue Zeit. Die alte ist gut, sie hat sich bewährt.«

»Du wünschst dir die Monarchie zurück?« Louis schaute unsicher zu Daisy, als wollte er sich vergewissern, ob sie dasselbe wie er verstanden hatte.

Daisy war schlagartig unwohl. Vielleicht hatte sie Louis zu vorschnell dazu gedrängt, das Gespräch mit der Großmutter zu suchen.

Sybilles Augen verengten sich zu Schlitzen. »Ihr unbedarften, selbstgerechten Kinder! Da steht ihr und bläht euch vor mir auf als die großen Weltversteher. Unsere Werte und Traditionen haben sich über Jahrhunderte herausgebildet, sie sind unsere Stützpfeiler. Oder glaubt ihr, die Privilegien des Adels seien uns aus heiterem Himmel zugefallen? Sie beruhen auf den Errungenschaften unserer Ahnen! Man muss erst etwas geleistet haben, bevor man die Früchte genießen kann. Sagt mir, was habt ihr beiden bisher geleistet, außer Forderungen zu stellen?«

Alle Spontaneität war dahin. Selbst Daisy wollte darauf keine Antwort einfallen.

Ihre Großmutter gab einen kehligen Laut von sich. »Was ist? Hat es euch die Sprache verschlagen? Merkt es euch: Privilegien bedeuten Verantwortung, und der komme ich nach. Oder wollt ihr abstreiten, dass ich gut für meine Leute sorge? Und sorge ich nicht auch gut für euch? Wer, glaubst du, hat die Rechnung für deine Schiffspassage nach Amerika beglichen, Louis? Oder die teure Pariser Couture, die deine Mutter und Schwestern so gerne spazieren führen? Ich kann mich an keinen Tag entsinnen, an dem ihr dagegen protestiert und von mir verlangt hättet, ich solle dieses Geld besser an die Armen verteilen.«

Daisy biss sich fest auf die Unterlippe.

Louis hingegen fand zu seiner Stimme zurück. Tapfer nahm er Haltung an. »Das ist genau das, was mich bewegt, Großmutter. Ich wurde in dieses privilegierte Leben hineingeboren. Du kannst es einem Säugling nicht zum Vorwurf machen, dass er auf Daunen schläft. Du kannst mir allerdings anlasten, dass ich nicht früher über den goldenen Tellerrand geschaut habe.«

»Ich werfe dir gar nichts vor, Louis. Ich mache dich nur darauf aufmerksam, dass du das Produkt deiner Vorfahren bist. Eine lange Reihe von Männern und Frauen, die etwas geschaffen haben. Nur zu«, Sybille machte eine Handbewegung zur Tür hin, »geh nach Berlin und tu, was immer du glaubst, tun zu müssen.«

»Aber Großmutter...«, setzte Daisy an.

Sybille ließ sie nicht ausreden. »Kein Aber. Ihr habt um dieses Gespräch gebeten. Ich beende es jetzt. Servus.«

»Das ging ja so richtig daneben«, meinte Louis draußen.

»Ja, sie hat uns tüchtig zurechtgestutzt.« Daisy pustete sich eine lose Strähne aus der Stirn. »An Großmutter prallt einfach alles ab.«

»Sie ist wirklich aus Stahl. Komm, wir machen einen Spaziergang. Ich muss ganz dringend meinen Kopf auslüften.«

»So richtig zerknirscht wirkst du aber nicht auf mich«, stellte Daisy im Park fest.

»Wenigstens besteht jetzt Klarheit über meine Zukunft.«

»Ich werde dich vermissen.«

»Ich dich auch. Aber außer einem neuen Studienfach ändert sich im Grunde nichts. Ich wäre ohnehin in diesem Herbst nach Berlin an die Technische Hochschule gegangen.«

»Es ändert sich insofern etwas, da du mit keiner finanziellen Unterstützung rechnen kannst. Natürlich gebe ich dir alles mit, was ich gespart habe. Das bringt dich aber gerade mal über die ersten Monate. Wovon willst du danach leben?« Daisy blieb mitten auf dem Weg stehen. »Wie wär's? Du wartest ein paar Tage ab, und in dieser Zeit änderst du deine Meinung.«

»Tut mir leid, ich kann dir gerade nicht ganz folgen.«

»Du wirst erklären, du seist nochmals in dich gegangen, hättest deinen Irrtum eingesehen und würdest nun doch das geplante Ingenieurstudium aufnehmen. Dann studierst du eben heimlich Architektur in Berlin.«

»Das wäre Täuschung, Daisy. So bin ich nicht.«

»Wieso? Auf diese Weise bekäme jeder, was er will, und beide Seiten wären zufrieden.«

»Nein, Daisy. Ich wäre nicht zufrieden, und der Betrug würde irgendwann auffliegen. Spätestens, wenn ich nach meinem Studium nicht ins Unternehmen eintrete. Was glaubst du, wie furchtbar dann Großmutters Enttäuschung wäre? Nein, ich werde mir eine Arbeit neben dem Studium suchen. Albert hat mir hierbei seine Unterstützung angeboten.«

»Dann vergiss meinen Vorschlag. Es ist nur... Mir tut Großmutter einfach leid. Sie braucht einen Nachfolger für das Unternehmen. Und jetzt hat sie niemanden mehr.«

»Zerbrich dir da mal nicht den Kopf. Wir beide kennen unsere Großmutter, sie findet immer eine Lösung.«

Kapitel 22

> »Weh dir, dass du ein Enkel bist.«
> Mephisto in *Faust I* von Johann-Wolfgang von Goethe

Im Salon fand ebenfalls ein Gespräch statt.
»Franz-Josef?«
»Euer Durchlaucht?«
»Einen Pfefferminzlikör.«
»Sehr wohl.«
»Franz-Josef?«
»Eure Durchlaucht?«
»Was bedeutet es eigentlich genau, dieses *Durchlaucht*?«
»Wie meinen?«
»Das Wort, was ist sein Ursprung? Ein Mensch, der durchleuchtet ist?«

Franz-Josef schwieg. Hier ging es offensichtlich um Philosophisches, und damit hatte er sich zeitlebens wenig befasst. Es gab Regeln, und die hatte man zu befolgen. Wenn sich jeder daran hielt, ergaben sich keine Komplikationen. Er sah seine Bestimmung darin, über das Wohlergehen seiner Durchlaucht zu wachen und ihre Bedürfnisse zu erspüren. Ihre Frage konnte er daher nicht beantworten und beschränkte sich darauf, seiner Herrin einen weiteren Likör zu kredenzen.

Sybille zog ein besticktes Taschentuch aus ihrem Ärmel und tupfte sich den Mund. »Vielleicht«, sinnierte sie nach einem langen Moment der Stille, »ist gerade das Selbstverständliche unser Verhängnis? Wir schwimmen bedenkenlos im gleichmäßigen Strom des Gewohnten. Wir kennen nur eine Richtung und halten sie für sicher, weil sie uns vertraut ist. Hält das Selbstverständliche unseren Geist gefangen? Fürchten wir die Veränderung?«

Franz-Josef hüstelte und senkte den Kopf mit dem sorgfältig gestutzten Backenbart.

»Ja, Franz-Josef?«

»Wenn ich den Vorschlag anbringen darf, Durchlaucht. Es könnte sein, dass der junge Herr Louis eine Erklärung hierfür findet.«

Sybille spitzte die Lippen. »Hm. Es braucht also Menschen, die über das Gewohnte hinausdenken?« Sie nahm ihre Sehhilfe ab und fuhr sich über die müden Augen, bevor sie sich Franz-Josef zuwandte und ihn musterte, als nähme sie eine Bestandsaufnahme seiner Erscheinung vor. Die im Übrigen tadellos ausfiel wie immer, von den blütenweißen Handschuhen zum eleganten Frack über die messerscharfen Bügelfalten seiner Hose und die polierten Schuhe. Mit einem Ausdruck, als sei sie sich selbst entrückt, kehrte Sybille ins Gespräch zurück.

»Habe ich vielleicht zu lange in die falsche Richtung geblickt und mir nie die richtigen Fragen gestellt? *Was ist Leben?* Wissen Sie eine Antwort darauf, Franz-Josef?«

»Nein. Aber eines weiß ich schon, Durchlaucht. Das Leben gilt nicht für alle gleich.«

***

Schon am Morgen nach dem Gespräch mit der Großmutter packte Louis seine Habseligkeiten und fuhr nach Berlin.

Die Eltern hielten ihn nicht davon ab. Vater Kuno nahm die Abreise seines Sohnes mit gewohntem Gleichmut hin. Als Mann weniger Worte merkte er lediglich an, dass Kinder das Haus verließen, das eine früher, das andere später, und er hoffe, dass ein jedes nach seiner Fasson selig werde. Darauf wandte er sich wieder seinen Purpurschnecken zu.

Mutter Yvette fasste die Entscheidung ihres Sohnes mit vergleichbarer Gelassenheit auf. Neben Daisy wusste sie als Einzige in der Familie über Willi Bescheid und erklärte, ihr läge einzig daran, dass ihr Kind glücklich sei.

Daisy bot Louis an, ihn mit dem Wagen nach Berlin zu bringen. Aber er entschied sich für den Zug.

Yvette und Daisy begleiteten ihn zum Abschied auf den Bahnsteig. Die Mutter gab sich heiter, sie würde einen Weg finden, ihn bei seinem Vorhaben finanziell zu unterstützen. Louis konnte es sichtlich kaum erwarten, endlich in den Zug zu steigen. Daisy verdrückte ein paar Tränen.

»Komm schon, ich ziehe nicht in den Krieg«, versuchte er, sie aufzumuntern. »Du bist herzlich eingeladen, mich jederzeit zu besuchen. Wir können telefonieren und uns schreiben.«

»Ich bin trotzdem furchtbar traurig. Du hättest...« Ein schrilles Signal ließ Daisy verstummen, und der Schaffner rief die Passagiere zum Einstieg.

Eine letzte Umarmung, eine letzte gegenseitige Versicherung, sich bald wiederzusehen, und dann war Louis fort.

»Komm, *mon amour*«, sagte Yvette und legte Daisy einen Arm um die Schulter. »Gegen den Abschiedsschmerz hilft nur ein Becher Pfirsicheis, *n'est-ce pas?* Oder sollen wir einen Schaufensterbummel unternehmen?«

Daisy verlockte weder das eine noch das andere.»Wenn es dir recht ist, *Maman,* möchte ich lieber nach Hause und mit Nereide ausreiten«, bat sie.

Kapitel 23

> »Du bist Aragorn, nicht Isildur.
> Du bist nicht an sein Schicksal gebunden.«
>
> Aus »Die Gefährten« von J.R.R. Tolkien

Eine Woche war seit Louis' Abreise vergangen. Der Nebel schlich ums Haus, und Daisy vermisste ihren Bruder. Das Haus war noch von seinem Echo erfüllt, das mehr und mehr verstummte. Zurück blieb eine Leere, die auch in Daisys Herz zog. Sie begann sich zu fragen, wie ihr künftiges Dasein aussehen sollte. Der berühmte Ring am Finger? Mann und ein Stall voller Kinder? Zumindest war dies die Verwendung, die ihr Gesellschaft und Kirche als Frau zugedachten. Im Dezember wurde sie neunzehn. Was wollte sie im Leben erreichen? Hatte sie überhaupt einen Plan, geschweige denn ein Ziel?

Als Daisy an diesem trüben Novembermorgen aus dem Stall zurück ins Haus kam, trat ihr Franz-Josef bereits im Foyer entgegen. »Ihre Durchlaucht wünscht Sie zu sprechen, Komtess.«

»Großmutter ist noch hier?« Daisys Augen suchten die Standuhr in der Halle. Neun Uhr. Während sie erst ihren morgendlichen Ritt hinter sich hatte und sich auf ein kräftiges Frühstück freute, saß ihre Großmutter normalerweise um diese Zeit längst an ihrem Schreibtisch im Direktionsgebäude der Helios-Werft.

»Ihre Frau Großmutter erwartet Sie im Salon.«

Oje, überlegte Daisy, weil ihr schlechtes Gewissen sofort überlaut anklopfte. Rasch rief sie sich die letzten Tage ins Gedächtnis, aber ihr wollte nichts einfallen, was den Unmut ihrer Großmutter verdient haben könnte. Das bisschen Stibitzen in der Küche und das laute Abspielen von Jazzplatten brachten ihre Großmutter kaum auf den Plan, und das letzte Nacktbaden im See konnte es auch nicht sein. Es lag schon vier Wochen zurück, und außerdem nahm sie seit ihrer Entführung stets zwei der Leonberger mit, die sie warnen würden, falls jemand sie beobachten sollte. Jüngst hatte es weder eine Verlobung noch Entlobung gegeben und auch keinen Streit mit Hagen. Den sah man auf dem Gut nur noch selten, er trieb sich lieber in Berlin herum. Im Gesicht des Butlers zu forschen erübrigte sich. Franz-Josef blieb stets die Verbindlichkeit in Person und ging zum Lachen in den Keller.

Da man ihre Großmutter besser nicht warten ließ, betrat Daisy in Reitdress und auf Strümpfen den kleinen Salon.

Sybille hatte ihren Stuhl direkt vors Fenster gerückt. In der Nacht war ein heftiger Regenschauer niedergegangen; der wolkenverhangene Himmel sorgte für trübes Licht im Raum und beschattete ihre Miene.

Daisy straffte ihr Rückgrat. Am ehesten beggnete man Sybille von Tessendorf mit Selbstbewusstsein.

»Setz dich, wir müssen reden.« Die edle alte Hand mit dem Siegelring wies auf den nächsten Sessel.

Daisy nahm vorsichtig Platz, als lagerte eine Stange Dynamit unter dem Polster.

»Sag mir, wo ist mein Enkelsohn Hagen?«

Daisy runzelte die Stirn. Seltsame Frage, Hagens Berlinreise stellte kein Geheimnis dar. Offiziell nahm er an einem Veteranentreffen teil. *Wer's glaubt.* Seine Frau Elvira jedenfalls nicht, zumal Hagen es abgelehnt hatte, sie mitzunehmen. Die Eheszene durfte ihrer Großmutter kaum entgangen sein. Sie folgte nichtsdestotrotz ihrer Aufforderung: »Hagen ist nach Berlin gefahren.«

»Richtig. Pferdewetten, Saufen und Herumhuren! Und wo steckt dein Vater Kuno?«

Daisy beschloss, sich nicht weiter zu wundern. »Er ist am Morgen mit dem Fernglas losgezogen.«

»Ebenso richtig! Mein Sohn Kuno liegt wieder irgendwo im Schilf und beobachtet Wildvögel. Und wo ist mein Enkel Louis?«

»In Berlin? Und bevor du dich erkundigst, was Onkel Waldo gerade anstellt, so befindet er sich zweifellos in seiner Räuberhöhle und mixt irgendwelche Tinkturen zusammen«, ging Daisy auf ihr Ratespiel ein.

»So ist es! Vier männliche Tessendorfs, und keiner kümmert sich ums Geschäft, das sie ernährt.« Ihre Großmutter vollführte eine Geste, als wollte sie alle Tessendorfs vom Tisch fegen. Aber als sie dann Daisy in ihrer Reitkleidung in Augenschein nahm, tat sie es durchaus mit Wohlwollen. Und das, obwohl Daisy zu Louis' ausrangiertem, löchrigem Wollpullover ihre alten, ausgebeulten Reithosen trug. Frauen in Hosen fanden nicht nur die Tanten unmöglich, auch Sybille brachte ihnen keinerlei Sympathie entgegen. Daisy wurde zunehmend unheimlicher zumute.

Indessen spann ihre Großmutter den Fragefaden fort: »Wie alt bin ich?«

Daisy schielte irritiert zum Tablett mit den Getränken. Eigentlich hielt sich ihre Großmutter mit Alkoholischem doch zurück. Aber sie besaß durchaus eine Neigung zu Theres' Pfefferminzlikör. An diesem war nur der Name lieblich. In Wahrheit handelte es sich um, ein giftgrünes scharfes Gebräu. Sollte sie…?

»Was ist? Bist du plötzlich mit Stummheit geschlagen? Oder hast du Durst?«

Nein, stellte Daisy fest, Sybille von Tessendorf war vollkommen klar. »Sechsundsiebzig«, hauchte sie beklommen. Sie begann zu ahnen, dass sie gleich von etwas überrollt werden würde, größer als jeder Ozeandampfer, der jemals vom Stapel der Helios-Werft gelaufen war.

Zunächst aber holte Sybille noch einmal aus: »Dein Großvater Wilhelm hat sich nur für drei Dinge interessiert: Jagd, Krieg und Weiber. Das ist die Wahrheit, auch wenn man Toten nichts Schlechtes nachsagen soll. Wilhelm überließ mir die Firma, die sein eigener Vater und Großvater aufgebaut hatten. Hier…« Zwischen den Falten ihres langen Taftrocks zog Sybille einen Gegenstand hervor, der Daisy bisher entgangen war: eine gerahmte Fotografie. »Das ist Arthur«, erklärte Sybille unerwartet weich. Daisy durchfuhr ein Schauer. Arthur, Großmutters ältester Sohn und, seit sie denken konnte, das große Tabu in der Familie. Im ganzen Haus suchte man vergeblich nach einer Fotografie von ihm, und auch sein Porträt war aus der Ahnengalerie der männlichen Tessendorfs entfernt worden. Sie war noch sehr klein gewesen, als Arthur in den Krieg zog und nicht wiederkehrte. Die Zeit hatte sein Aussehen verwischt. Aber sie erinnerte sich an seine großen warmen

Hände und seinen Geruch nach Tabak und Leder, wenn er sie hochhob und vor sich aufs Pferd setzte. Ihr Onkel konnte sehr laut lachen, und sie hatte ihn gerngehabt. Neugierig betrachtete Daisy sein Bild. Ein gut aussehender Mann mit dunklen Haaren, der selbstsicher in die Kameralinse schaute. Sie interessierte sich brennend für Arthurs Geschichte. Sie hatte hier und da versucht, Nachforschungen anzustellen, aber niemand im Haus wollte ihr dazu etwas verraten. Ihr Vater nicht, ihre Mutter nicht und selbst die sonst so geschwätzigen Tanten nicht. Über Arthur wurde nicht gesprochen, so als hätte es ihn nie gegeben.

Am heutigen Tag jedoch brach Sybille ihr Schweigen. »Die Ehe mit deinem Großvater Wilhelm hatte mein Vater arrangiert. Dein Urgroßvater Ernst-Johann besaß eine unerfreuliche Neigung zu Bordellen und verfiel zunehmend auch der Spielsucht. Die Schulden häuften sich, und bald gaben sich bei uns die Gläubiger die Klinke in die Hand. Ein vermögender Schwiegersohn musste her, an den Vater mich verschachern konnte. Er war ein österreichischer Fürst, der als Beamter Karriere in der Hofburg gemacht hatte. Meine Mutter Marikka entstammte einem alten ungarischen Geschlecht und diente der Kaiserin Elisabeth als Hofdame. Ich war also trotz der finanziellen Situation eine begehrte Partie.«

»Warum hast du es zugelassen?«, fragte Daisy kühn. Kein Bild ihrer Großmutter erschien ihr unvorstellbarer als jenes von der höheren Tochter, die sich klaglos dem Willen ihrer Eltern fügte.

»Selbstverständlich rebellierte ich. Und wie.« Ihre Großmutter lächelte amüsiert. »Ich hasste es, wie sie über mich bestimmten. Aber ich willigte ein, nachdem ich Wilhelm kennengelernt hatte.«

Daisy riss die Augen auf. »Weil du dich in ihn verliebt hast?«

»Wo denkst du hin!«, rief ihre Großmutter, als hätte sie ihr keine absurdere Frage stellen können. »Wir wohnten in der Wiener Hofburg, da meine Eltern beide dem Kaiserpaar dienten. Das österreichische Hofzeremoniell war streng. Jede Handlung wurde vorgeschrieben, das Individuelle geknebelt, und längst hatte das Phlegma die Hofburg im Griff wie ein ungesunder Organismus. Kaiserin Elisabeth hingegen war eine extrem unabhängige Frau und kämpfte zeitlebens um ihre Freiheit. Der Kaiser atmete schon auf, wenn sie zu den jährlichen Hofbällen erschien, ansonsten ließ er ihr wohl oder übel die Leine lang.« Sybille bedachte ihre Enkelin mit einem verschmitzten Lächeln. »Ich erkannte, dass ich als Gattin eines lenkbaren Mannes mehr Freiheiten haben würde, denn als Tochter eines Beamten an der Hofburg. Also heiratete ich Wilhelm von Tessendorf. Wilhelm mangelte es sowohl an Ehrgeiz als auch an Intelligenz; er hatte allein sein Amüsement im Sinn. Dabei stand ich ihm nicht im Weg. Während er sich mit seinen kostspieligen Dirnen vergnügte, übernahm ich nach und nach die Leitung der Helios-Werft. Die Direktoren gewöhnten sich bald daran, sich in allen geschäftlichen Belangen an mich zu wenden. Natürlich kam Wilhelm hin und wieder seinen ehelichen Verpflichtungen nach, und so schenkte ich Arthur und später Kuno das Leben.« Sybille vertiefte sich kurz in die Fotografie ihres ältesten Sohnes und fuhr in ihrer Erzählung fort. »Arthur kam bereits als kleiner Junge mit ins Kontor. Als Zweijähriger spielte er mit Holzschiffen unter meinem Schreibtisch. Wir ähnelten uns in so vielem. Als der deutsche Kaiser seine neue Flotte ausrüstete, florierte die Helios-Werft wie nie zuvor. Unsere Lokomotivsparte gedieh im gleichen Maße, denn die Leute entdeckten das bequeme Reisen. Es war eine neue Zeit, und Arthur und ich wussten sie zu nutzen.« Sybille stockte kurz, wegen der unliebsamen Erinnerungen, die ihre nächsten Worte wachriefen. »Dann kam der Große Krieg. Als Mitinhaber eines kriegswichtigen Rüstungsunternehmens wurde Arthur vom Soldatendienst freigestellt. Fatalerweise erwies sich die Kriegsbegeisterung zu jener Zeit als genauso ansteckend wie die Ruhr. Als Arthur begann, von Ehre zu faseln, wusste ich, was die Stunde geschlagen hatte. 1915 meldete er sich freiwillig. Er gilt seit der Schlacht bei Gallipoli als vermisst.«

Daisy schwieg betroffen. Sie sah auf und begegnete dem aufmerksamen Blick ihrer Großmutter. Warum erzählte ihr Sybille das eigentlich alles?

Ihre Großmutter las ihr die Frage offensichtlich vom Gesicht ab. »Vierzehn Jahre sind seit Arthurs Verschwinden vergangen. Eine lange Zeit, um alle Hoffnung fahren zu lassen. Das gilt jedoch niemals für eine Mutter, da wir mit dem Herzen warten. Solange man mir nicht Arthurs Knochen zeigt, werde ich weiter an seine Rückkehr glauben. Ist das Schwäche? Nein, es ist Zuversicht. Gleichwohl bin ich auch Geschäftsfrau, und mit sechsundsiebzig Jahren muss ich der Tatsache ins Auge blicken, nicht mehr ewig zu leben. Daher habe ich beschlossen, einige Vorkehrungen zu treffen.« Ihr Kopf wies zum Sekretär aus Kirschholz. Daisy erspähte darauf eine dünne lederne Akte. »Du machst dein ... Testament?«, entfuhr es ihr erschrocken.

»Etwas in der Art. Ich übertrage dir ein größeres Aktienpaket und einen Sitz im Vorstand unseres Familienunternehmens.«

»Wie bitte?« Daisys Stuhl schien zu schwanken.

»Wer soll es sonst machen? Ich beobachte dich schon dein ganzes Leben, Marguerite. Du bist klug, neugierig und selbstbewusst. Du verfügst über einen beweglichen Geist und innere Stärke. Du bist die geborene Unternehmerin.«

»Aber Hagen und Louis sind deine Erben! Es ist ihr Geburtsrecht«, rief Daisy, obgleich sie wusste, wie wässrig dieses Argument klang.

»Pah, Geburtsrecht! Das ist das Ärgernis unserer von Männern dominierten Gesellschaft. Sie schaffen sich ihre Gesetze selbst. Für mich zählt nur die Leistung. Die männliche Linie der Tessendorfs ist schwach. Kuno hat noch nie Ehrgeiz besessen, Hagen ist ein Gernegroß und würde unser Unternehmen in kürzester Zeit ruinieren. Dein Bruder Louis mag seine Vorzüge haben, aber er ist ein Tagträumer. Du, Marguerite, bist die Einzige in der Familie, der ich diese Aufgabe zutraue. Du, Daisy, sollst mein Arthur sein. Willst du?«

Nie zuvor hatte ihre Großmutter sie Daisy genannt, und nie zuvor hatte sie sie auf diese wertschätzende Art angesehen.

Tief in ihrem Inneren hörte Daisy Louis' Stimme flüstern: »Frauen stülpt man keine Werft über...« Sie wurde von Schwindel erfasst. Das alles kam viel zu plötzlich. Sie berührte ihr Sternenmal, und die Erkenntnis durchfuhr sie wie ein Blitz: Mademoiselle Chanel und ihre Großmutter, sie waren beide vom gleichen Schlag! Wie blind sie all die Zeit gewesen war... Da hatte sie ihr Vorbild täglich vor Augen gehabt und nichts begriffen. Allerdings verstand sie, welche Verantwortung künftig auf ihren Schultern lasten würde. Ein taubes Gefühl legte sich auf ihre Ohren und dämpfte jedes Geräusch: Das Ticken der Kaminuhr, die Atemgeräusche der drei Leonberger, die auf dem Läufer vor sich hin dösten, selbst die alltäglichen Geräusche eines großen Gutsbetriebs schienen wie ausgesetzt. Umso lauter hörte Daisy ihr eigenes Herz in einem schnellen Rhythmus schlagen: Poch, poch. *Nein, nein.* Poch, poch. *Nein, nein.*

Ihrem Bruder Louis hatte sie das Versprechen abgenommen, seinen Sehnsüchten zu folgen, sein eigenes Leben zu leben und es nicht von anderen bestimmen zu lassen. Und was war mit ihr? Poch, poch. *Nein, nein*, flüsterte ihr Herz.

Ihre Schultern sanken herab unter dem bleiernen Gewicht dieser Entscheidung.

Kapitel 24

> Alles hat seinen Ursprung im Herzen.
>
> Theres Stakensegel

Es war besiegelt. Daisy würde Louis' vakanten Platz im Familienunternehmen übernehmen. Vater Kuno nahm die Entscheidung seiner Tochter mit neuerlichem Gleichmut entgegen. Allerdings wirkte er bei ihrem Gespräch zerstreuter denn je und bot ihr zunächst eine Zigarre an. Als sie ablehnte, schaute er verwundert über den Rand seiner Brille und rief: »Herrje, du rauchst ja nicht!« Er drückte sie kurz an seinen zunehmend hageren Körper, wünschte seiner Tochter Glück auf allen ihren Wegen und fragte sie beim Abschied, ob sie irgendwo sein Schneckenglas gesehen habe.

Danach suchte Daisy ihre Mutter und fand sie beim monatlichen Bad von Monsieur Fortuné, das sie gerne selbst übernahm. Daisy wartete, bis der Mops gründlich trocken gerubbelt war und sie die ungeteilte Aufmerksamkeit ihrer Mutter besaß. Dann berichtete sie von ihrer Vereinbarung mit der Großmutter.

Yvette forschte im Gesicht ihrer Tochter. »Ist es wirklich das, was du tun möchtest, *mon amour*? Was sagt dein Herz?«

Daisys Herz schwieg, und sie sah zu Monsieur Fortuné, der sich zufrieden grunzend auf dem Handtuch ausstreckte. Es erinnerte sie an Nereide, wenn sie sich auf der Wiese im

Gras wälzte und ihr Pferdeglück laut herauswieherte. Sie fragte sich, ob dies womöglich das ewige Verhängnis des Menschen war, der glaubte, zum Glück brauche es mehr als einen gefüllten Napf oder eine saftige grüne Wiese. Wann hatte sie sich zuletzt so glücklich gefühlt, dass sie sich im Gras hätte wälzen wollen? Sie besaß nicht die Gabe der Voraussicht, und ob sie ihr Glück in der Helios-Werft finden würde, wussten nur die Sterne. Aber das Vertrauen, das ihre Großmutter in sie setzte, erfüllte ihr Herz mit Freude.

Kapitel 25

»Da, nimm du das Kind, und gib mir die Eier.
Du lässt ja eh immer alles fallen.«

Hermine »Mitzi« Gotzlow

Zwei Tage darauf war Daisy geladen wie eine Schrotflinte. Sie hatte endlich Louis in Berlin erreicht und ihm von der neuesten Entwicklung in ihrem Leben berichtet. Nur um ganz nebenbei von ihm zu erfahren, dass Willi im vorigen Monat nicht ihm von seiner Rückkehr aus Polen geschrieben hatte, sondern Mitzi, die den Brief an Louis weitergeleitet hatte. Mitzi kannte also den Grund für Louis' dreitägiges mysteriöses Verschwinden und hatte es ihrer besten Freundin die ganze Zeit über vorenthalten!

Daisy passte Mitzi am Hühnerstall ab. »Wann hattest du vor, es mir zu sagen?«, fuhr sie ihre Freundin an.

»Was denn?« Unbeirrt streute Mitzi weiter Futter aus.

»Komm schon! Ich weiß, dass Willi dir geschrieben hat.«

Mitzi stellte den Eimer ab. Ihre Augen funkelten. »Ach? Und wann wolltest du mir mitteilen, dass du trotz deines heiligen Schwurs nun doch nicht mit mir nach Berlin kommen wirst?«

Verdammt! Ihre Treffen in letzter Zeit gestalteten sich immer explosiver. Die eine brachte die Zündschnur mit, die andere das Streichholz. »Das ist etwas völlig anderes«, erklärte Daisy lahm. »Können wir bitte beim Thema bleiben?«

»Das ist mitnichten etwas anderes! Es war klar, dass dir Louis von Willis Brief erzählen würde. Du hingegen verschweigst mir seit zwei Tagen, dass du hierbleibst, um für deine Großmutter zu arbeiten. Und jetzt spielst du dich auf und machst mir Vorwürfe?«

Das lief nicht rund. Um sie herum gackerte das Federvieh, und Daisy fand plötzlich, dass sie sich selbst wie aufgeschreckte Hühner benahmen. »Lass uns vernünftig sein, Mitzi, und nicht streiten.«

»Wer ist denn hier wie die Madame angestürmt und hat die Küchenmagd zur Rede gestellt?«

»Himmel! Kann man unter Freundinnen nicht mehr streiten, ohne dass gleich die Standeskarte gezogen wird?«

»Gerade hast du noch erklärt, wir sollten nicht streiten.«

Daisy platzte. »Also gut!«, schrie sie. »Du hast recht! Ich war zu feige, es dir gleich zu sagen. Bist du nun zufrieden?«

Mitzi lächelte spöttisch und zog ein Päckchen Zigaretten aus ihrem Kittel. Wortlos bot sie Daisy davon an. Die akzeptierte das Friedensangebot. Sie rauchten.

Mitzi brach das Schweigen: »Warum tust du das?«

»Was meinst du?«

»In die Fußstapfen deiner Großmutter treten. Arbeiter ausbeuten. Kriegsschiffe bauen.«

Daisy stöhnte.

Mitzi grinste. »Keine Sorge, ich ziehe dich nur auf. Also, warum tust du es?«

»Ich habe dir doch von Mademoiselle Chanel in Paris erzählt und wie sehr sie mich beeindruckt hat. Sie hat keinen Mann nötig, sie ist unabhängig, weil sie ihr eigenes Geld verdient.«

»Du möchtest also eine erfolgreiche, unverheiratete Geschäftsfrau werden? Nichts dagegen. Aber das kannst du auch in Berlin.«

»Weißt du, Mitzi, du solltest einem Debattierclub beitreten. Du würdest sie alle in Grund und Boden reden.«

»Ich habe keine Ahnung von Debattierclubs. Ich nehme an, das sind Leute wie Hagen, die sich gerne selbst zuhören. Aber ich kenne dich, Daisy. Du weißt nicht, was du wirklich willst, und du hast ein großes Problem damit, Nein zu sagen.«

Daisy hatte vor allem das Problem, zu erkennen, dass Mitzi gerade an ihre Achillesferse gerührt hatte. Sie reagierte entsprechend empfindlich: »Ich glaube, du willst mich nicht verstehen. Arthur, Hagen, mein Vater und Louis haben Großmutter enttäuscht. Sie hat nur noch mich und hält mich für fähig, das Familienunternehmen zu leiten!«

»Sag ich doch. Muss nur jemand was von dir wollen, und du sagst Ja. Vielleicht solltest du dir mal Gedanken darüber machen, was du, Daisy, willst. Ich jedenfalls weiß genau, was ich will. Im nächsten Frühjahr bin ich weg.« Mitzi öffnete das Gatter, trat hinaus und schlug die Richtung zum Gänsestall ein. Sie folgte ihrer morgendlichen Arbeitsroutine, während es sich für Daisy anfühlte, als würde sich Mitzi mit jedem Schritt weiter von ihr entfernen. Sie hastete ihr hinterher. »Bitte, Mitzi, lass uns Freundinnen bleiben. Ich besuche dich auch in Berlin, versprochen.«

»Wenn wir Freundinnen bleiben sollen, dann hör als Erstes damit auf, mir etwas zu versprechen. Meine Tür in Berlin steht dir jederzeit offen.«

»Also gut, ich verspreche dir, dir nichts mehr zu versprechen.« Daisys Lächeln bettelte.

Mitzi rollte mit den Augen, aber nachtragend zu sein lag nicht in ihrem Wesen. Sie lächelte zurück.

Daisy folgte ihr ins Gänsegehege. Mitzi öffnete die Stalltür, und sie wichen wie immer sofort einige Schritte zurück. Der Ganter, das hinterlistigste Stück Federvieh, das je aus einem Ei geschlüpft war, wie Mitzi versicherte, lugte wie ein Feldspäher heraus und sicherte die Umgebung, als erwartete er in den Hügeln feindliche Stellungen. Schnatternd gab er Entwarnung, das Signal für seine Damenschar, die nun in schönster V-Formation herausgewackelt kam.

Mitzi scheffelte Körner aus dem Futtersack in den Zinkeimer, den ihr Daisy hinhielt. »Übrigens, an was werkelt denn dein Onkel Waldo schon wieder?«, erkundigte sich Mitzi nun. »Ich hatte heute Morgen um fünf Uhr kaum den Küchenofen angeschürt, da stürmte er wie ein Feldwebel herein und verlangte von mir die Herausgabe sämtlicher Hühner- und Gänsefedern. Als hätte ich sie mir für mein Kissen gemopst.«

»Ach, er hat Ärger mit den Dohlen. Sie haben seinen Hanf entdeckt. Darum will er die perfekte Vogelscheuche bauen.«

»Soll er doch die Echo-Tanten ins Feld stellen. Perfekter geht's nicht.«

»Mitzi!«, rief Daisy laut und kicherte.

Kapitel 26

Wie stürmt man eine Burg?

Fortan änderte sich Daisys Tagesablauf. Wann immer das Winterwetter es gestattete, stand sie noch vor dem Morgengrauen auf und sattelte Nereide. Nach dem Ausritt folgte das gemeinsame Frühstück mit ihrer Großmutter, das zugleich mit den ersten Anweisungen einherging, danach fuhren beide zusammen ins Stettiner Werk.

Am ersten Tag ihres neuen Lebens bekam Daisy von ihrer Mutter eine hübsche rote Ledermappe für ihre Notizen überreicht, und Großmutter Sybille überraschte sie im Direktionsbüro mit einem Schreibtisch dem ihren gegenüber. Am Fenster wartete neben Sybilles berühmtem Nachdenksessel ein zweiter auf sie, mit demselben tannengrünen Leder bezogen und brandneu. Auf ihren fragenden Blick hin zuckte ihre Großmutter belustigt mit den Schultern: »Ich habe nie daran gezweifelt, dass du Ja sagen wirst. Du bist aus meinem Holz geschnitzt, Marguerite. Es ist mein Wunsch, dass du das Geschäft von der Pike auf lernst. Mir blieb das verwehrt. Vor fünfzig Jahren, als ich mich in die Belange der Firma einarbeitete, herrschten andere Zeiten. Dein Großvater hatte die Zügel gründlich schleifen lassen, die Verwaltung staubte still vor sich hin, und alles war von einer schrecklichen Ineffizienz geprägt. Auf deinem Tisch«, fuhr sie fort, »findest du einen Ausbildungsplan. Du wirst eine gründliche Einführung in unsere kaufmännischen Belange erhalten. Danach absolvierst du ein Praktikum in der Konstruktionsabteilung, und als Abschluss deines ersten Jahrs schicke ich dich in ein, zwei Fabriken, damit du einen Einblick in unsere Produktionsabläufe gewinnst.«

Daisy hörte diesen Ausführungen über ihr künftiges Leben nur mit halbem Ohr zu. Sie brannte darauf, ihrer Großmutter weitere Auskünfte zu entlocken: »Wie genau bist du an die Spitze der Helios-Werft gelangt?« Eigentlich meinte sie: Wie hast du als Frau deinen Ehemann ausgebootet?

Sybilles Augenbrauen hoben sich um eine Winzigkeit. Unmöglich, ihr etwas vorzumachen. Aber Daisy bekam ihre Antwort. »Mein Schwiegervater Traugott war bereits vor meiner Heirat mit Wilhelm leidend. Er starb bald nach unserer Hochzeit. Dein Großvater Wilhelm interessierte sich wenig für sein Firmenerbe und tauchte nur sporadisch im Kontor auf. Er dachte wohl, eine Firma läuft wie ein Motor ganz von alleine, und das Geld wächst auf den Bäumen. Nach Traugotts Tod verfiel die Helios-Werft daher in eine Art Dämmerschlaf.« Sybille brach ab und bat dann: »Marguerite, sei so gut und klingle nach einer Kanne Tee. Ich werde heute noch mehr sprechen müssen, und meine Kehle fühlt sich bereits jetzt rau an.«

Daisy tat, wie geheißen, und nutzte die Pause, bis der Tee kam, um eine Frage zu ihrem Onkel zu stellen: »Warum hat Onkel Arthur nie geheiratet? Er hatte die vierzig doch schon überschritten, als er in den Krieg zog.«

Ihre Großmutter sah sie amüsiert an. »Ahnst du es nicht? Arthur besaß dieselbe Neigung wie dein Bruder Louis.«

»Du weißt davon?«, stotterte Daisy.

»Kindheit und Jugend in der Hofburg haben mich sehr früh die wahre Natur des Menschen gelehrt. Die einen sind bigott, die anderen heucheln, bloß ehrlich ist selten jemand.«

»Aber du hast kürzlich erzählt, dort herrschten strenge Regeln?«

»Je strenger die Regeln, umso entschlossener sind die Menschen, sie zu brechen. In der Hofburg gab es keine Tabus. Die, die am schärfsten auf die Einhaltung der Regeln pochen, sind die, die sie am ehesten brechen. Merk dir das! Hast du noch mehr Fragen?«

»Äh, nein, Großmutter.«

Der Tee wurde serviert. Das Dienstmädchen ging, und Sybille tat sich mit der Zange drei Stück Würfelzucker in die Tasse. »Mein Schwiegervater hatte einen hohen Kredit aufgenommen, um die Expansion der Lokomotivsparte voranzutreiben. Wilhelm, den sein Vater stets kurzgehalten hatte, brachte sein Erbe nun mit vollen Händen unter die Leute. In Berlin kaufte er eine Villa für seine Geliebte und überhäufte sie mit Schmuck. Er verbrachte ganze Nächte am Kartentisch und verlor. Sein Erbe schmolz wie Schnee unter der Frühlingssonne. Auf den Konten lag ohnehin wenig Geld, alles steckte im Unternehmen, und Wilhelm stellte fleißig Schuldscheine aus.« Sybille nippte an ihrer Tasse. Das Porzellan klapperte, als sie es auf dem Teller absetzte. »Ich lag noch mit Arthur im Wochenbett, als Vertreter der Kreditanstalt auf dem Gut erschienen und nach Wilhelm verlangten. Er hatte ihre Bitten um eine

Unterredung mehrfach abgewiesen. Mein Gemahl weilte einmal mehr bei seiner Geliebten, daher empfing ich die Herren. In diesem Gespräch wurde mir klar, wie prekär es um die Werft inzwischen stand: Wilhelms Geschäftsuntüchtigkeit trieb uns langsam, aber sicher in den Ruin. Ich musste handeln. Nach anfänglichen Scharmützeln überließ mir Wilhelm die Zügel. Das Einzige, was ihn an seinem Unternehmen interessierte, waren die Erträge, die es erwirtschaftete. Solange die Taler flossen, unterschrieb er jedes Papier, das ich ihm vorlegte. Also sorgte ich dafür, dass ihm stets genügend Geld zur Verfügung stand, um es in Berlin mit seiner Geliebten zu verprassen. Auf diese Weise bekamen wir beide, was wir wollten.« Daisy traf ein wacher Blick. »Egal, was sie uns einzureden versuchen, Marguerite, Frauen stehen Männern in nichts nach! Wir besitzen dieselben intellektuellen Fähigkeiten und Durchsetzungskraft.«

In der folgenden Zeit glitt Daisy wie ein kleines Beiboot in das geschäftliche Fahrwasser ihrer Großmutter. Zunächst wurden ihr die wichtigsten Mitarbeiter vorgestellt. Den Geschäftsführer Adalbert von Goretzky und den Firmenjustiziar Ottokar Bertram kannte sie bereits. Daisy durchlief die kaufmännischen Abteilungen wie Materialwirtschaft, Rechnungswesen und Buchhaltung, danach wies Herr Bertram sie in die Welt der Lizenzverträge, Kaufverträge, Gewährleistungen und sonstiger rechtlicher Verbindlichkeiten ein. Daisy fand das alles fürchterlich langweilig; Zahlen, Tabellen, Listen, Paragrafen, all dies war von einer schrecklichen Nüchternheit geprägt. Ihrer anfänglichen Begeisterung für das neue Berufsleben folgte kalte Desillusion. Dagegen wuchs täglich ihr Respekt für die Arbeiter im

Werk. Sie hatten nie eine Wahl gehabt, sondern mussten früh arbeiten. Ihr dagegen waren die Privilegien zugefallen. Diese Gedanken waren es, die sie durchhalten ließen. Sie stellte sich der Monotonie ihrer neuen Aufgaben, wobei sie sich wohl nie daran gewöhnen würde, von nun an ständiger Beobachtung ausgesetzt zu sein – an manchen Tagen fühlte sie sich wie unter einem Brennglas.

Im Frühjahr 1931 verwirklichte dann nicht sie, sondern Mitzi ihren Traum und zog nach Berlin!

An einem regnerischen Samstagmorgen im April brachte Daisy ihre Freundin im Cabriolet ihrer Mutter zum Bahnhof nach Stettin. Sie waren spät dran, der Abschied fiel entsprechend kurz aus.

Ausgerechnet eine Lok aus der heimischen Heliosfabrikation entführte ihr die beste Freundin. Nach Louis nun Mitzi. In ihr brannte das unbestimmte Gefühl, dass an diesem Tag etwas Unwiderrufliches sein Ende gefunden hatte. Die Einsamkeit ließ sich wie eine dunkle Wolke auf ihr nieder.

Nicht einmal der einsetzende Frühling konnte der trüben Leere, die sich in ihr ausbreitete, etwas entgegensetzen, und der Aprilregen wusch alle Farben fort.

Im Juli, am Tag bevor die große Ernte begann, folgte Willis Vater, der alte Rentmeister Otto Hauschka, seiner Hertha ins feuchte Grab. Er wurde eines Morgens friedlich entschlafen in seinem Bett gefunden, die rauen Hände wie zu einem letzten Gebet gefaltet. Otto war der Abschied von der Welt beschieden worden, wie es sich insgeheim jeder für sich wünschte.

Er galt bis zur letzten Minute als kerngesund, deshalb wussten die Gerüchte, dass der Kummer um den verlorenen Sohn erst seine Frau und nun ihn dahingerafft hatte.

Ganz Tessendorf trauerte um Otto Hauschka, und ein langer Zug folgte seinem blumengeschmückten Sarg aus der Kirche. Sybille von Tessendorf hielt eine ergreifende Rede, in der sie der Verdienste des Rentmeisters ehrenvoll gedachte, und es war eine Selbstverständlichkeit, dass Louis und Mitzi für seine Bestattung aus Berlin anreisten. Daisy freute sich auf ihren Bruder und das erste Wiedersehen mit der Freundin seit deren Wegzug nach Berlin.

Wie im Vorjahr nach Hertha Hauschkas Beerdigung trafen sich die drei nach der Bestattung am Chinesischen Teehaus und teilten sich eine Flasche Cognac. Vom Himmel glühte die Julisonne, und eine leichte Brise trug ihnen die Gesänge der polnischen Erntehelfer und das Knattern der neuen Dreschmaschinen zu. Die große Ernte hatte begonnen.

Die drei entledigten sich ihrer Hüte, Schuhe und Strümpfe, setzten sich auf den Steg und ließen die Füße ins Wasser baumeln, während sie abwechselnd am Cognac nippten.

»Puh«, meinte Daisy schon nach den ersten Schlucken, »der macht aber schwummerig.« Sie fuhr sich über die verschwitzte Stirn und stülpte ihren Hut wieder über.

»Kaltes Bier wäre besser«, befand Mitzi und tauchte ein Taschentuch ins Wasser, um sich damit den Nacken zu kühlen. Sie nahm einen weiteren Schluck aus der Flasche, verzog das Gesicht und streifte darauf so unvermittelt wie ungeniert ihre Kleidung ab und sprang in den Teich. Daisy und Louis sahen sich kurz an, zuckten mit den Schultern und taten es ihr gleich. Als sie sich danach von der Sonne trocknen ließen, erzählte Mitzi von ihrem Leben in Berlin.

»Ich kann mir endlich Schauspielunterricht leisten. Als Kellnerin bei Aschinger verdiene ich gar nicht mal so übel. Ist allerdings auch kein Zuckerschlecken in so einer Bierhalle. Die Krüge sind schwer, und wenn die Männer betrunken sind, haben sie ihre Finger überall. Wir haben einige Saalwächter, die für Ordnung sorgen sollen, aber die meiste Zeit müssen wir selbst austeilen.« Mitzis Ton und Blick verbaten jeden abfälligen Kommentar dazu.

»Und wo wohnst du?«, fragte Daisy, weil Mitzi dies in ihren Briefen bisher unerwähnt gelassen hatte.

»In einer Kammer über der Bierhalle. Der Wirt vermietet sie an seine Angestellten. Um Geld zu sparen, teile ich mir sie mit zwei Kolleginnen. Ist praktisch, so habe ich nur zwei Treppen bis zur Arbeit.«

»Du schleppst Bierkrüge, musst dich von fremden Männern begrapschen lassen, und am Ende hast du nicht einmal eine eigene Kammer für dich? Und dafür hast du Tessendorf verlassen?« *Dafür hast du mich verlassen,* echote Daisys Seele.

Mitzi konterte sofort. »Schon klar, dass du mir damit kommst! Berlin ist meine freie Entscheidung. Das ist der Unterschied, gnädiges Fräulein von T.«

»Schon gut«, beschwichtigte Daisy. »Du musst deshalb nicht gleich auf die Barrikaden gehen.«

Louis, der neben seiner Schwester lag, setzte sich auf und schlang die Arme um die Knie. »Ich finde, genau das sollten wir!«, erklärte er bestimmt. »Wir alle gemeinsam! Sonst wird sich nie etwas an diesen Umständen ändern!«

Daisy und Mitzi sahen sich überrascht an.

»Was soll sich denn ändern?«, fragte Mitzi. »Willst du etwa das Bier rationieren? Oder den Cognac?« Sie lachte.

»Nein, ich will die sozialen Missstände beseitigen. Die Arbeiter werden bis aufs Blut ausgebeutet, und die Reichen werden immer reicher.«

»Ick glob, mein Schwein pfeift!«, berlinerte Mitzi. »Bleib mir bloß vom Hals mit den Parolen. Das hohle Geschwätz muss ich mir schon dauernd bei der Arbeit anhören. Auf unserem Podium schwingen nämlich die Politiker ihre großmäuligen Reden und versprechen unsereinem immer das Gleiche: Brot und soziale Gerechtigkeit für alle. Damit hetzen sie die Armen auf die Reichen, und auf den Straßen gibt es Mord und Totschlag. Wir kleinen Leute sind für euch doch nichts weiter als nützliche Idioten, so sieht's aus!«

»Du irrst dich, Mitzi«, erklärte Louis mit feierlichem Ernst. »Dieses Mal ist es anders. Du lässt die zivilisatorische und kulturelle Entwicklung außer Acht. Der Krieg war furchtbar, aber er hat eine neue Friedensbewegung in Gang gesetzt und neue verantwortungsvolle Politiker mit sozialem Gewissen hervorgebracht.«

»Sag ich doch! Berlin quillt derzeit über von diesen Schreihälsen. Die meisten sind so dumm wie das Brot, das sie uns versprechen. Und selber haben sie genug Geld im Beutel, um im Mercedes durch die Stadt zu kurven und in feinen Restaurants zu speisen. Wird sich schon einer finden, der ihnen in die Suppe spuckt. Oder ins Bier.« Mitzi musste gar nicht erst auf ihre freche Art grinsen. Daisy begriff es auf Anhieb. Mitzi zuckte unbekümmert mit den Schultern.

Louis gab sich nicht geschlagen. Der Furor des Idealismus war in ihn gefahren und damit die Überzeugung, im Besitz der allein selig machenden Wahrheit zu sein – er musste sie nur oft genug wiederholen, so würde sie auch verstanden werden. »Fraglos gibt es eine Reihe von Politikern, die sich in unsinnigen Parolen verrennen. Marx sagt, *die Welt verändern*. Rimbaud sagt, *das Leben verändern*! Das ist es, wonach unsere Bewegung strebt. Wir brauchen mehr als eine soziale Revolution, wir brauchen eine neue Art des Denkens. Ein neues Miteinander! Damit ein gutes Leben für jeden zur Realität wird. Dafür kämpfe ich!«

Sein Pathos lief bei Mitzi völlig ins Leere. »Ist ja komisch. Du hast es doch, das gute Leben. Scheint ja nicht so dolle zu sein, sonst würdest du es nicht aufgeben wollen. Aber für unsereins eintreten und wissen, was das Beste für uns ist. Ehrlich, ich hab die Schnauze gestrichen voll davon. Für ein besseres Leben sorge ich selbst. Dazu brauche ich keinen reichen Pinkel wie dich!«

Louis starrte Mitzi an, als hätte sie ihn unsanft aus dem Bett geschubst. »Du hast mich missverstanden. Was ich meine, ist…«

Mitzi ließ ihn gar nicht erst ausreden. »Ach so? Ich bin wohl zu blöd, um dich zu verstehen? Du hältst dich für gescheit, brauchst aber andere Klugscheißer zum Zitieren, die ich nicht kenne und die mir verdammt egal sind!«

»Wie redest du denn mit mir?« Louis kam fast ins Stottern.

»Wie eine Freundin. Das ist es nämlich, was echte Freunde tun: dem anderen auch mal den Kopf zurechtrücken!«

Daisy musste die Lippen aufeinanderpressen, um nicht zu

kichern. Niemand legte sich ungestraft mit Mitzi an. »Noch ein Schluck Cognac?«, bot sie Louis an. Wortlos setzte er die Flasche an.

»Ich denke«, erklärte Daisy mit der Miene eines Zeremonienmeisters, »die nächste Revolution findet ohne Mitzi statt.«

»Darauf trinke ich«, sagte ihre Freundin und entwand Louis die Flasche.

***

Gerade wenn es um Zahlen ging, erwies sich Daisys phänomenales Gedächtnis als große Hilfe. Manchmal machte es ihr selbst Angst, wie einfach sie sich das Gelesene einprägen und es jederzeit abrufen konnte. Abgesehen von ihrem Bruder ahnte niemand etwas von ihrer besonderen Fähigkeit, und er hatte ihr dazu geraten, es tunlichst für sich zu behalten.

Während Daisy in der Buchhaltung die Bilanzen durchging, verglich sie die Zahlenkolonne im Kopf mit jenen Werten aus ihrer Zeit in Einkauf und Materialwirtschaft und stellte eine Abweichung fest. Ihren Berechnungen zufolge ergab sich ein nicht unerheblicher Schwund innerhalb der Produktion, insbesondere beim Roherz. Es wurde fast doppelt so viel davon eingekauft, wie am Ende verarbeitet wurde. Auch bei anderen Werkstoffen oder einfachen Fabrikationsteilen wie Nägeln, Schrauben und Gewinden stieß Daisy auf teilweise erhebliche Diskrepanzen. Ihre Großmutter musste davon erfahren!

Im Vorzimmer fand sie die langjährige Sekretärin, Fräulein Gänsewein, bei einem Pläuschchen mit Hausmeister Roffenweiler. Sein liebstes Requisit, ein Besen, lehnte am Aktenschrank. Damit fegen sah Daisy ihn nie. Fräulein Gänsewein winkte die Enkelin der Chefin durch.

»Was gibt es denn so Dringendes, Marguerite? Ich erwarte in wenigen Minuten eine Delegation aus Schweden.«

»Ich glaube, ich bin einem groß angelegten Diebstahl auf der Spur.« Eifrig rasselte Daisy eine Einkaufsliste und Zahlenkolonnen als Begründung ihres Verdachts herunter.

Die Miene der Großmutter blieb unbewegt. »Dann gib mir die Zahlen, ich lasse sie prüfen.« Sybille streckte die Hand nach Daisys roter Ledermappe aus.

Darin befanden sich lediglich Notizen und diverse Zeichnungen, die sie keinesfalls beabsichtigte herauszurücken. »Aber ich habe die Zahlen nur im Kopf, Großmutter!«

»Wirklich, Kind, manchmal bist du deppert. Soll ich etwa deinen Kopf an den Prüfer weiterreichen? Du bist seit acht Monaten im Unternehmen. Da solltest du gelernt haben, im Geschäftsleben alles schriftlich niederzulegen. Niemand ist so schlau wie man selbst. Also setz dich hin, schreib's auf, und gib das Papier meiner Sekretärin. Servus.«

Daisy feilte die ganze Nacht am gewünschten Bericht und gab ihn am Morgen ab.

Drei Tage später ließ Sybille sie wissen, dass eine gründliche Prüfung keinerlei Abweichungen ergeben habe.

»Aber ...«, setzte Daisy an.

»Nix aber! Die Buchführung ist einwandfrei. Es gibt einen Schwund, das ist richtig. Aber der bewegt sich im statistischen Rahmen. Nichtsdestotrotz gebührt dir ein Lob für deine Beobachtung. Du hast in den letzten Monaten doch etwas gelernt. Als Nächstes schicke ich dich in die Konstruktionsabteilung.

Wir wissen beide, dass sie deiner Neigung zum Zeichnen sehr entgegenkommt.«

Daisy hielt die Lippen zusammengepresst. Gab es irgendetwas, das sich der Aufmerksamkeit ihrer Großmutter entzog?

Der Wechsel kam gerade zur rechten Zeit. Daisy hatte die engen, schlecht belüfteten Büroverschläge satt, die sich an heißen Sommertagen aufheizten wie Glutöfen und deren Wände durchlässig wie Papier waren. Das andauernde Klappern der Schreibmaschinen, das Ticken der Telegrafen und Schrillen der Fernsprechapparate dröhnten in den Ohren. Mehrfach hatte Daisy ihrer Großmutter Vorschläge unterbreitet, um die Arbeitsbedingungen für die Büroangestellten annehmbarer zu gestalten. Und stieß auf Granit.

»Bisher hat sich niemand darüber beschwert, Marguerite. Du kannst gerne etwas verändern, wenn du später hier die Chefin bist.«

Ihre nächste Station, die Konstruktionsabteilung, war im Dachgeschoss untergebracht. Eine durchgehende Fensterfront flutete den Raum mit Licht und Weite und bot einen einmaligen Blick auf die Werftanlage mit dem Kanal, die Odermündung und das sich dahinter ausbreitende Stettiner Haff.

Jedes Stück Bürowand wurde zum Aufhängen von Plänen und Zeichnungen von Schiffsmodellen genutzt, und über der Tür mahnte ein Schild aus Emaille: *Es gibt nichts, was nicht verbessert werden kann.* Modelle der ersten Segelschiffe, die vor mehr als hundertfünfzig Jahren vom Stapel der Helios-Werft gelaufen waren, standen staubgeschützt in Vitrinen. Längst wurden die Handels- und Passagierschiffe mit Dampf betrieben, die Helios-Werft hatte sich insbesondere auf den Bau von Erzfrachtern spezialisiert.

»Unsere Auftragslage ist dünn«, erklärte Sybille Daisy in der Einführungswoche. »Die Vulcan-Werft AG musste bereits 1928 ihre Tore schließen, und die Ostseewerft von Emil Retzlaff ist inzwischen ebenfalls in Schieflage geraten.«

»Braucht denn niemand mehr Schiffe?«

»Doch, aber sie können sie nicht bezahlen. Der Zusammenbruch der New Yorker Börse vor zwei Jahren hatte auch verheerende Konsequenzen für Europa. Wir halten die Werft gerade so über Wasser und setzen vermehrt auf die Lokomotivsparte. Der Eisenbahn gehört die Zukunft.«

Wie in allen bisherigen Abteilungen empfing man Daisy auch im Dachgeschoss mit Zurückhaltung. Den Ingenieuren fiel es schwer, der künftigen Chefin unbefangen zu begegnen. Mit Lerneifer und ihrem Zeichentalent verschaffte sich Daisy jedoch bald Anerkennung, und als ihre Großmutter sie nur wenige Wochen später der Produktion zuteilte, verließ sie die Konstruktionsabteilung nur ungern.

Nun geriet sie mitten hinein in das pulsierende Herzstück des Unternehmens. Über dem Hafen prangte weithin sichtbar auf der Hellinganlage der meterhohe Schriftzug HELIOS-WERFT AG. Den Weg dorthin säumten Schrottplätze mit ausrangierten Schiffsteilen, die ihrer möglichen Wiederverwertung harrten. Im angeschlossenen Stahlwerk glühten die Hochöfen, und auf einem separaten Areal befanden sich die Werk- und Montagehallen, das technische Museum sowie die Teststrecke für Lokomotiven. Am südlichsten Rand hatte ihre Großmutter eine Siedlung für zweihundertfünfzig Arbeiterfamilien errichten lassen. Die Arbeiter malochten in zwei Schichten, dem steten Rhythmus der Werkssirene unterworfen, die Anfang und Ende einer Schicht einläutete. Dann öffneten sich allenthalben die Türen, und die einen strömten ihrem Feierabend entgegen, während sich ihre Ablöse durch das Werkstor drängte. Alles, was die Helios-Werft produzierte, landete nach einem exakt abgestimmten Materialfluss am Ausrüstungskai, wo den bis dato seelenlosen Schiffskörpern Leben eingehaucht wurde.

Daisy wurde von Werkmeister zu Werkmeister weitergereicht. Sie hätte eigene Erkundungsgänge vorgezogen, aber wenigstens hing sie zur Abwechslung nicht an einem Schreibtisch fest, sondern durchmaß riesige Fabrikhallen, in denen Maschinen stampften, Förderbänder liefen und unentwegt gehämmert oder geschweißt wurde. Es stank nach Metall, Benzin, Schmierstoffen und Rauch, es zischte, wummerte und klackerte in einer Tour, und anfangs glaubte sich Daisy wie in eine dämonische Welt versetzt. Der infernalische Lärm erzeugte einen permanenten Druck im Kopf, aber nur die Vorarbeiter trugen Ohrenschützer. Die Übrigen mussten sich mit Pfropfen aus Wachs begnügen. Der Betriebsarzt Doktor Weinstein erläuterte Daisy, dass die Arbeiter und Arbeiterinnen des Öfteren an Entzündungen des Gehörgangs litten, und erst kürzlich sei eine junge Mutter trotz der Verabreichung von Penicillin gestorben. Daisy versprach Abhilfe und orderte im Einkauf spontan tausend Paar Ohrenschützer. Damit überschritt sie eindeutig ihre Kompetenzen. Der Auftrag kam nur deshalb zur Ausführung, weil der noch relativ junge Abteilungsleiter weder Daisys Auftreten als Enkelin der Chefin noch ihrem

Charme widerstehen konnte und nicht im Geringsten an ihrer Zusicherung zweifelte, der schriftliche Auftrag würde nachgereicht werden.

Am ersten Montag im September trat Daisy eine einwöchige Tätigkeit am Förderband in der Montagehalle an. Nie zuvor hatte sie eine derart monotone und geisttötende Tätigkeit verrichten müssen. Sie zog den ganzen Tag Schrauben auf Gewinde und steckte Kleinteile zusammen, und schon am ersten Abend beklagte sie wunde Fingerspitzen. Zu Hause legte sie sich in die Badewanne und behandelte ihre Blessuren mit Kräutertinktur. Als die Woche sich dem Ende zuneigte, schämte sie sich ihrer Erleichterung und zwang sich am Montag darauf, weitere Arbeitstage anzuhängen. Ihre Großmutter hatte nichts einzuwenden, und Daisy hielt den gesamten Monat durch. Am letzten Freitag des Septembers suchte die Vorarbeiterin Erna Saale Daisy auf. »Fräulein von Tessendorf, ich möchte Sie im Namen meiner Kolleginnen bitten, Ihre Arbeit am Förderband niederzulegen.«

Daisy war völlig perplex. Sie hatte ihren Respekt erringen wollen, stattdessen schickten sie sie fort! »Nennen Sie mir den Grund, Frau Saale. Und, bitte, nehmen Sie kein Blatt vor den Mund.«

»Wie Sie wünschen. Wenn Sie nur ein wenig Arbeiterin spielen wollten, Fräulein von Tessendorf, so hätten wir das verstanden. Aber Sie glauben, wenn Sie eine Weile Seite an Seite mit uns malochen, würde Sie das zu einer von uns machen! Es ist völlig unerheblich, wie lange Sie am Band durchhalten. Denn es bleibt bei einem Gastspiel. Unter dem grauen Kittel sind Sie eine Dame. Und ich wette, ein Dienstmädchen bereitet Ihnen jeden Abend ein wohliges Schaumbad.«

Daisy sammelte ihre Restwürde ein und zog von dannen wie ein geprügelter Hund. Bei der Konfrontation mit der wirklichen Welt zog sie eindeutig den Kürzeren. Mitzi hätte sie sicher davor gewarnt. Daisy begann zu ahnen, dass es mehr brauchen würde als nur den guten Willen, um den in Jahrhunderten geschaffenen Graben zwischen privilegiertem Adel und der Arbeiter- und Bauernschaft zu überwinden. Das blieb die große Aufgabe der Politik. Daisy dachte an den Mord an der Zarenfamilie, an deren unschuldigen Kindern. Es bereitete ihr Angst, wie viel Hass eine neue politische Idee hervorrufen konnte, sodass Menschen nicht um ihrer Taten willen getötet wurden, sondern für das, was sie verkörperten. Wohin sollte das noch führen?

Sie hakte die Fabrik und Frau Saale unter »Erfahrungen« ab und wandte sich einem anderen Thema zu. Es war ihr aufgefallen, dass ein größeres bebautes Areal im nördlichsten Kanalbereich von der Besichtigungstour bisher ausgespart wurde. Als Hausmeister Roffenweiler das nächste Mal ihren Weg kreuzte, ergriff Daisy die Gelegenheit, sich bei ihm danach zu erkundigen. Roffenweiler erklärte, die Gebäude seien einsturzgefährdet und deshalb der Zutritt zu diesem Terrain untersagt.

»Aber sie wirken doch ganz passabel, und erst kürzlich sah ich einige Personen hineingehen.«

»Gut möglich. Derzeit wird die Instandsetzung von Fachleuten geprüft.«

Daisy fand das nicht ganz schlüssig. Sie kämpften um jeden Auftrag, und es standen mehrere, näher am Ausrüstungskai gelegene Gewerke leer. Da wäre es doch weit logischer, diese zuerst zu nutzen, bevor man andere für teures Geld instand setzte. Daisy nahm sich vor, das fragliche Gelände bei nächster Gelegenheit auf eigene Faust zu erkunden. Leider gelangte sie nicht einmal in seine Nähe. Sofort fand sich jemand an ihrer Seite, um ihr seine Hilfe aufzudrängen. Als ihr emsigster Leibwächter betätigte sich Hausmeister Roffenweiler. Er und sein Besen kamen ihr ständig in die Quere. Auch das Sicherheitspersonal – Veteranen, die teils mit Schäferhunden über das Areal patrouillierten – hielt ein wachsames Auge auf sie.

Daisy tat, als hätte sie das Interesse verloren; ihr würde schon etwas einfallen, wie sie in das Gebäude gelangen konnte.

Als Nächstes stand der Besuch im Stahlwerk auf dem Programm, und Daisy begegnete dort einem neuen Schlag Männer: Stahlkocher, geprägt von einem eigentümlichen Stolz und durch den täglichen Umgang mit dem Element Feuer ebenso abgehärtet wie das Produkt, das sie erzeugten. Allein hundertfünfzig Tonnen Stahl, Roherz und andere Materialien wurden täglich angeliefert. Daisy erklomm in Schutzkleidung und mit Helm die stählerne Rampe und beobachtete die Kocher, die das Roherz mit langen Schaufeln in die Hochöfen beförderten. Die Hitze der Flammen war selbst in dieser Entfernung auf ihren Wangen zu spüren. Es entzog sich ihrer Vorstellungskraft, wie diese Männer ihre beschwerliche Tätigkeit Stunde um Stunde, Tag für Tag, Woche für Woche durchhalten konnten. Bis daraus Jahre wurden und ein ganzes Leben…

Daisy tauchte tief in die Grundlagen des Schiff- und Lokomotivbaus ein. Längst konnte sie alle verwandten Werk-

und Rohstoffe aufzählen, wusste, wie Eisenerz aufbereitet und verhüttet wurde, und war imstande, die Ventile am Hochofen zu bedienen. Sie kannte die Funktion einer jeden Maschine und durfte den Umgang mit Löt- und Schweißgerät unter Aufsicht üben. Sie leistete täglich genauso viele Stunden Arbeit wie ihre Großmutter. So gar nicht nach ihrem Geschmack waren allerdings die stundenlangen Sitzungen und Verhandlungen, bei denen die Großmutter auf ihrer Teilnahme bestand. Ob Direktorium oder Geschäftspartner, selten waren die Herren sich einig, ein endloses Palaver reihte sich ans andere. Daisy schüttelte die Hände unzähliger Vertreter der Firmen Thomas B. Thrige, Hatlapa oder Kampnagel, bei denen sie Decksmaschinen zukauften. Sie empfing Kunden wie Burmeister & Wain, für die sie in Lizenz Dieselmotoren für Handelsschiffe herstellten. Der Konkurrenzkampf unter den Werften wurde mit harten Bandagen geführt, und ihre Großmutter nutzte jedes zur Verfügung stehende Mittel. Auch Daisy wurde von ihr ins Gefecht geschickt. Sie durfte den wichtigen Herrschaften nicht von der Seite weichen und hatte dabei stets lieblich zu lächeln. Bei der Gelegenheit wurde Daisy auch der eine oder andere Reedersohn mit Schleifchen präsentiert, aber sie hatte dazugelernt und wich allen Ankerwürfen geschickt aus.

Alles in den Schatten stellten jedoch die turnusmäßigen Zusammenkünfte des Helios-Aufsichtsrats; sie weckten in Daisy regelmäßig den Wunsch, sich schon frühmorgens vor den nächsten Zug zu werfen. Ein Dutzend ergrauter Herren, die Hälfte davon Ex-Militärs, enterten den Besprechungsraum und wollten allesamt ausgiebig gehört werden. Sybille ließ aus Kalkül die Männer ihre eitlen Zwistigkeiten austragen. Nach langen, zähen Stunden erklärte sie, diese überaus wichtigen Entscheidungen könnten nicht sofort getroffen werden, und bat die Herren in den angrenzenden Raum. Dort erwarteten sie eine üppig bestückte Bar, kubanische Zigarren und ein vorzügliches Menü, das von adretten jungen Dienstmädchen serviert wurde. Man speiste, man trank, man scherzte. Die Atmosphäre löste sich in entspanntes Wohlgefallen auf, und am Ende wurden Beschlüsse gefällt, die ganz in Sybilles Sinne waren. Entsprechend lagen die Papiere in den Mappen bereits *vor* der Sitzung bereit, die Herren mussten nur noch ihren Namenszug daruntersetzen. Eine bühnenreife Posse.

Nach der Tortur der dritten Aufsichtsratssitzung erklärte Daisy ihrer Großmutter spontan: »Das nächste Mal erscheine ich im Herrenanzug, paffe eine Zigarre und erwarte, dass mir eine gut aussehende Ordonnanz meinen Cognac serviert.« Daisy erwartete einen Drachenblick. Stattdessen verzog Sybille ihre Lippen auf eine Weise, die es Daisy nicht erlaubte, ihre Miene zu deuten.

»Wird das jetzt eine Rebellion? Oder bist du einfach nur deppert?«, fragte Sybille.

»Keins von beidem! Ich wollte nur ...«

»Schade!«, schnitt ihr Sybille das Wort ab. »Warum machst du jetzt einen Rückzieher, Marguerite? Wenn es dir nicht passt, wie ich das Ganze handhabe, so sag es auch. Tacheles.«

»Gut, Tacheles. Ich begreife nicht, warum wir den Herrschaften derart den roten Teppich ausrollen und auch noch junge Damen darin einwickeln. Ihre Aufsichtsratstätigkeit wird ihnen von uns großzügig vergütet. Weshalb veranstalten wir zusätzlich das ganze aufwendige Brimborium?«

»Das sind die Regeln.«

Daisy nickte wie ein Drache, der mit dem Schwanz schlägt. »Genau das entzieht sich meinem Verständnis. Du hast mir erklärt, dies sei eine von Männern dominierte Welt, die sich ihre Gesetze selber schaffen, und dann spielst du ihnen mit deinem Verhalten in die Hände. Du verlangst von mir, in ihrer Anwesenheit meine weiblichen Waffen zur Schau zu tragen und zu lächeln, bis mir die Zähne einfrieren. Einerseits trittst du für die Unabhängigkeit der Frau ein, andererseits hältst du an den Konventionen fest und behauptest, sie seien das Gerüst, das die Gesellschaft zusammenhält. Das ist ein Widerspruch, Großmutter.«

»Wir setzen ein, was uns nutzt. Das ist das Spiel. Die Männer haben sich in Jahrtausenden eine Burg samt Graben geschaffen, und wir Frauen stehen draußen und starren auf dicke Mauern. Wie stürmt man eine Burg, Marguerite?«

»Mit Soldaten, Kanonen und Rammböcken?« *Oder einem feuerspeienden Drachen?*

»Und wenn man über keine Armee und Waffen verfügt? Was bleibt einem sonst, um die Burg zu erobern?

Daisy dachte an Homer. »Eine List?«

»Bravo, jetzt hast du's verstanden. Da wir die Burg nicht von außen stürmen können, müssen wir uns hineinschleichen und unser Werk von innen verrichten. Das geschieht nicht von heute auf morgen. Die Männer haben ihre Burg auch nicht in sechs Tagen geschaffen.«

»Warum bin ich dann nur deine fünfte Wahl gewesen,

Großmutter? Warum hast du mich so spät in deine Burg geholt? Warum erst Arthur, meinen Vater, Louis? Selbst Hagen hat seine Chance bekommen.«

Sybille nickte ernst. »Mein Handeln dient in erster Linie dem Wohle des Unternehmens. Arthur war perfekt für die Firma, und ich setzte auch Vertrauen in deinen Vater Kuno. Hagen, nun ja, ich bin nicht stolz auf dieses Intermezzo. Zumindest habe ich schnell begriffen, dass ich ihn nicht formen konnte, wie es notwendig gewesen wäre. Dein Bruder Louis besitzt eine Menge Geist, aber leider hat er eine andere Entscheidung getroffen.«

Daisy grollte. »Und jetzt soll ich von dir geformt werden, Großmutter? Wie eine Schiffsglocke, die dir nach dem Mund läutet, oder ein Anker, der mich an die Werft kettet?«

Sybilles Mund verzog sich zu einem seltenen Lächeln. »Nein, ich lehre dich das Spiel, Marguerite, wie Frauen die Welt in ihrem Geiste umformen. Wir beide zusammen reißen die Burg ein. Und jetzt Servus, ich habe zu tun.«

Daisy kam nie dahinter, in welchem Maße die Herren Aufsichtsräte das Spiel der Großmutter durchschauten und sich von ihr wissentlich an der Nase herumführen ließen. Wie hielt ihre Großmutter das bloß seit Jahrzehnten aus? Wie ertrug sie diese großtuerischen Bedenkenträger und ihr kleinliches Kompetenzgerangel?

Die Antwort lag auf der Hand: Ihre Großmutter genoss das Spiel der Macht. Daisy hingegen fehlte dieser innere Motor. Der Gedanke, dass ihr künftig die Verantwortung obliegen würde, genügend Aufträge heranzuziehen, um Lohn und Brot für viertausend Mitarbeiter zu sichern, erfüllte sie zunehmend mit Beklommenheit. Sie saß mitten im Fluss des Lebens auf einem trockenen Felsen, Tag reihte sich an Tag, und es war lediglich eine Frage der Zeit, bis sie abgeschliffen sein würde wie ein Kieselstein.

Immer häufiger ertappte sich Daisy, wie sie sich aus den Debatten ausklinkte, mit ihren Gedanken abschweifte und sich danach sehnte, Nereide zu satteln und allem zu entfliehen.

Kapitel 27

> Politik ist die Kunst, von den Reichen das Geld
> und von den Armen die Stimmen zu erhalten,
> beides unter dem Vorwand,
> die einen vor den anderen schützen zu wollen.
>
> Anonym

Nach langer Zeit trafen Ende Oktober wieder einmal ein paar Zeilen von Mitzi ein.

Liebe Freundin,
Neuigkeiten! Ich schleppe keine Bierkrüge mehr, sondern bin jetzt Verkäuferin im Kaufhaus Wertheim! Einer meiner Gäste hat mich dort protegiert. Es ist alles so neu und aufregend. Wir Angestellten können sogar in einer eigenen Kantine essen. Ich komme mir fast schon vor wie eine Herzogin. Mein Leben wird täglich besser. Und bevor du es von Louis erfährst: Ich musste kurzfristig zu unserer Mimose ziehen. Der Wirt hat mich nach der Kündigung aus meiner Kammer geworfen, und finde in Berlin mal schnell eine neue Bleibe... Ich habe nun zum ersten Mal einen Fahrstuhl benutzt. Das ist mal was anderes als mit dem Paternoster! Spannend und irgendwie unheimlich, wie ein Sarg, der einen aufrecht spazieren fährt!
Wann kommst du?
Deine Mitzi.

Mimose lautete der Tarnname, den sie in ihren Briefen Willi gegeben hatten. Man konnte nie wissen, wann ein Brief verloren ging und wer ihn zu lesen bekam.

Berlin verlockte wie nie, und Daisy fand, dass ihr nach einem knappen Jahr Geschäftsdrill einige freie Tage durchaus zustanden. Sie wurden ihr gnädig gewährt.

Ausgerüstet mit einem kleinen Koffer und einem Schließkorb mit Theres' Leckereien reiste Daisy in die Hauptstadt. Da sie möglichst viel Zeit mit Mitzi verbringen wollte, verzichtete sie darauf, wie sonst üblich im *Adlon* zu logieren.

Mitzi hatte es völlig versäumt, den Luxus von Willis geheimem Versteck zu erwähnen. Verblüfft betrat Daisy eine pompöse Wohnung in der obersten Etage einer Jugendstilvilla am Gendarmenmarkt. Decken, Wände, Möbel, jedes Fleckchen war irgendwie bemalt, vergoldet und verziert worden, ein verschwenderischer Prunk, von dem man beinahe erschlagen wurde. Im Bad, der einem römischen Tempel nachempfunden war, spazierte man über ein frivoles Mosaik aus nackten Jünglingen, und das Wasser zapfte man aus vergoldeten Hähnen mit gebogenen Schwanenköpfen.

Mitzi erklärte, ein reicher Gönner habe Willi die Wohnung als Zuflucht zur Verfügung gestellt. Leider hatte der anonyme Mäzen in seiner Großzügigkeit versäumt, für eine entsprechende Reinigungskraft zu sorgen. Mit Ausnahme von Mitzis Raum schien der Schmutz geradezu aus jeder Ritze zu kriechen.

Wie sich herausstellte, war Mitzi nicht die einzige Mitbewohnerin. Zwar hatte Louis bei Studienbeginn ein günstiges Zimmer bei einer Witwe in der Charlottenstraße bezogen und durch Albert Speers Fürsprache eine gut bezahlte Assistentenstelle an der Technischen Universität ergattert. Trotz der eigenen Bleibe lebte Louis jedoch faktisch auch in Willis Wohnung. Außerdem wohnte dort die junge Bertha Schimmelpfennig, die Daisy jedoch nur zweimal kurz zu Gesicht bekam. Was daran liegen mochte, dass Mitzi und Bertha wie Hund und Katz miteinander umgingen.

***

Daisy schlug die Augen auf. Mitzi war bereits fort zur Arbeit, nebenan hörte sie Willi palavern. Er schwang schon wieder eine seiner nervtötenden Reden, in denen er die gesamten Probleme der Menschheit im Alleingang löste. Sie stellte die untragbare Lebenssituation der Arbeiterschaft keinesfalls infrage, aber man musste mit den Leuten auf Augenhöhe sprechen und sie nicht aufwiegeln. Das hatte sie von ihrer Großmutter gelernt, wenn diese mit den Gewerkschaftsvertretern verhandelte. Lauschte man Willi hingegen, konnte einem dabei richtiggehend angst und bange werden. Wie weit war es vom Wort zur Tat?

Seit Tagen umkreisten sie einander wie Kontrahenten, und Daisy wartete auf den Knall. Gestern wäre es beinahe so weit gewesen. Mitzi hatte sich noch außer Haus befunden, Louis in der Universität, und die Schimmelpfennig verschanzte sich wie gewohnt in ihrem Zimmer. Daisy hatte tagsüber einen Schaufensterbummel unternommen, Mitzi im Wertheim besucht und bei der Gelegenheit ordentlich eingekauft. Willi kam ihr im Hausflur entgegen, bemerkte die Schachteln mit dem Wertheim-Schriftzug und ließ eine ausgesprochen hässliche Bemerkung vom Stapel. Das lockte selbst die scheue Schimmelpfennig kurz hervor, und Daisy verstand nun, was Mitzi meinte, als sie deren hämisches Lächeln sah. Fraglos teilte sie Willis Meinung. Willi stichelte bei jeder sich bietenden Gelegenheit gegen den Kapitalismus, und in Daisy sah er das Symbol allen Übels. Sobald Louis zugegen war, hielt er sich mit Äußerungen zurück. Ihrem Bruder zuliebe ignorierte Daisy Willis Animositäten und hatte deshalb auch seine gestrige Beleidigung runtergeschluckt.

Jetzt meldete sich ihr Magen mit einem hungrigen Geräusch. Frühstückszeit!

Nach einem Zwischenstopp im Bad begab sie sich in die Küche. Sie brühte Kaffee auf und belud einen Teller mit Brot, Käse und Wurst, als Willi und Louis zu ihr stießen. Beide rauchten. Daisy konnte sich nicht mit Willis verändertem, grobem Aussehen anfreunden. Stattlich gebaut, mit zimtfarbenem Haarschopf, Sommersprossen und einem verwegenen Lächeln wusste er auf dem Gut mehr als einem ihrer Stubenmädchen den Kopf zu verdrehen, und selbst Almut, die Zofe ihrer Mutter, hatte ein Auge auf ihn geworfen gehabt. Nun hatte er sich zur Tarnung die Haare abrasiert und trug ein briefmarkengroßes Bärtchen unter der Nase, das als Kennzeichen alter Frontkämpfer galt.

Ohne Morgengruß schob sich Willi das letzte Stück von Theres' Hirschsalami in den Mund. Kauend meinte er zu Louis: »Sie kann von mir aus öfters kommen, aber nur, wenn sie für mehr Salami sorgt.« Daisy ärgerte Willis Gönnerhaftigkeit. Seit drei Tagen fraß er sich durch ihren Proviant, ohne sich einmal zu bedanken. »Auch einen schönen guten Morgen, Willi«, sagte sie laut. »Hast du nichts zu tun? Du bist doch Arbeiterführer? Warum arbeitest du nicht?«

Willi griff seine speckige Jacke und steckte dreist Daisys frisches Zigarettenpäckchen vom Tisch ein. »Ich glaube, ich bin hier überflüssig.«

»Richtig«, pflichtete ihm Daisy bei. »Auf Wiedersehen, Willi. Nein, eher nicht, Willi!«

Er verließ die Küche mit einer obszönen Geste.

»Musst du ihn andauernd so provozieren?«, meinte Louis unglücklich.

»Er ist es doch, der seit Tagen auf mir rumhackt und so tut, als triebe ich Arbeiter mit der Peitsche an. Ich wollte wirklich Rücksicht nehmen, aber alles muss ich mir nicht gefallen lassen. Zum Frieden gehören immer zwei.« Daisy hatte es endgültig satt. Warum erkannte Louis nicht, dass Willi nichts weiter als ein Taugenichts war, der ihn ausnutzte? Sein Freund mochte zwar mietfrei wohnen, verfügte jedoch selbst über keinen roten Heller. Wie sie es sah, beglich Louis sämtliche Rechnungen, und Willi lieh sich zusätzlich Geld von ihm, das er nie zurückzahlte. Nun verstand sie, warum weder Louis' Universitätsgehalt noch Yvettes Unterstützung ausreichte und er dazu noch seine Schwester anpumpte. Um das Geld Willi zu geben! Der verachtete die Kapitalisten und ließ sich munter von ihnen aushalten. »Willi ist ein Schmarotzer, und er redet nichts als Unfug! Ich habe genug von seinem subversiven Geschwafel. Und es ist mir unbegreiflich, wie sehr dich dieser Blender um den Finger gewickelt hat.«

»Willi ist kein Blender!«

»Hast du Petersilie in den Ohren? Mir kommt Willis Marx schon aus den meinen heraus. Und nichts davon ist neu! Marx plappert lediglich nach, was Robespierre hundertvierzig Jahre vor ihm aufgeschrieben hat!«

Louis lauschte ihrem Ausbruch mit verschränkten Armen. »Bist du fertig?«, fragte er im Anschluss verdrießlich.

»Nein! Ich fange gerade erst an. Willis Behauptung, das Individuum sei die Negation des Staates, ist absurd! Niemand kann die Menschen gleich machen. Weil der Mensch nicht gleich *ist*. Sehe ich etwa aus wie du? Denke ich wie du? Mag ich Salami wie du?« Nach drei Tagen Überdosis Willi hatte sich bei Daisy einiges angestaut.

»Ehrlich«, schnaubte Louis schicksalsergeben, »bevor ich mit dir streite, verbringe ich lieber eine Woche Urlaub mit den Tanten.«

»Unmöööglich…« Daisy musste lächeln. »Komm, Bruderherz, ich lade dich zum Frühstück ein. Ich muss unbedingt aus dieser verrauchten Bude raus. Und ab und zu ein wenig sauber machen könntest du auch.«

»Hört, hört! Das sagt die Richtige.«

Nach dem Frühstück verabschiedete sich Louis in die Universität, und Daisy kehrte in die Wohnung zurück. Ihr fiel auf, dass sie erstmals ganz allein darin war, da die Schimmelpfennig die Wohnung bei ihrer Ankunft gerade verlassen hatte. Und das brachte sie auf eine Idee. Es konnte sicher nicht schaden, ein wenig in Willis Zimmer rumzuschnüffeln… Jeder Blinde konnte sehen, dass Willi Louis nicht guttat. Ihr Bruder wirkte blass, abgekämpft und alles andere als glücklich. Wenn das die Liebe sein sollte, dann konnte sie getrost auf sie verzichten.

Daisy betrat Willis Schlafzimmer. Viel besaß er nicht. Ein paar geflickte Kleidungsstücke, ein Dutzend Bücher, darunter

Marx' *Kapital*, natürlich, und an der Wand stapelten sich Ausgaben von *Der Rote Kämpfer* und *Der freie Arbeiter*.

Daisy durchstöberte den fast leeren Kleiderschrank, ein verschnörkeltes Ungetüm mit Klauenfüßen; an das oberste Regal gelangte sie mithilfe eines Stuhls. Die Beute enttäuschte sie: mehr alte Zeitungen, ein ausgefranster Hut, ein Rollkragenpullover, der nach Motoröl stank, und eine übel von Motten befallene Wolldecke. Daisy zerrte alles hervor und warf es achtlos hinter sich. Und dann wurde es spannend. Ganz hinten ertastete sie einen kastenförmigen, schweren Gegenstand, umhüllt von Stoff. Als sie ihr Fundstück davon befreite und erkannte, was sie in den Händen hielt, verlor sie beinahe das Gleichgewicht. Sie stellte das Objekt ab, räumte den restlichen Schrankinhalt wieder zurück und vergewisserte sich, dass Willis Zimmer aussah wie vor ihrem Betreten. Sie verließ den Raum mit ihrer Entdeckung unter dem Arm und wartete auf Mitzis Heimkehr. Sie wollte zuerst mit ihr sprechen, bevor sie Willi mit ihrem Fund konfrontierte.

»Was ist denn los?«, fragte Mitzi, weil Daisy sie sofort in ihr Zimmer zerrte.

»Das hier!« Daisy schlug die Bettdecke zurück und enthüllte eine Geldkassette mit dem Tessendorf-Wappen. »Die war bei Willi im Schrank versteckt. Ist das zu fassen? Er hat damals den eigenen Vater bestohlen! Wenn Louis das hier sieht, wird er hoffentlich begreifen, was für ein Mensch sein Freund wirklich ist.«

Mitzi rollte mit den Augen, als hätte sie es mit einem Kleinkind zu tun. »Mensch, Daisy, lass bloß diesen Quatsch sein.«

»Wie bitte?!«

»Wirklich, manchmal verhältst du dich wie das Gretchen vom Lande. Der Schuss wird ziemlich böse nach hinten losgehen. Du hast Willis Sachen durchwühlt! Er wird auf dich losgehen, und mit Sicherheit hat er auch eine schlaue Ausrede parat. Louis wird ihm wie stets blind vertrauen, und am Ende hast du lediglich einen weiteren Keil zwischen dich und deinen Bruder getrieben. Was im Übrigen genau das ist, was Willi dir gerne vorwirft.«

»Aber die Kassette ist doch der eindeutige Beweis für seinen Diebstahl!«

»Wen juckt's? Louis hätte sie selbst finden müssen. Lass das die Jungs unter sich austragen. Bring sie wieder zurück, bevor Willi merkt, dass du bei ihm herumgeschnüffelt hast. Sonst wirft er dich hier raus und mich gleich mit.«

»Ach!« Daisy reckte das Kinn. »Darum geht es... Du willst dein hübsches Zimmer behalten!«

Mitzi ließ sich nicht provozieren. »Kannst du mir das verdenken? Ich kann umsonst hier wohnen. Anders als anwesende Herrschaften kann ich mir kein Hotel leisten, weil ich jeden Pfennig dreimal umdrehen muss.«

»Und dafür opferst du Louis!« Daisy war fassungslos.

»Sei nicht theatralisch. Louis ist viel zu verliebt in Willi. Er sieht ihn nicht so, wie wir ihn sehen, sondern nur die Vorstellung, die er von Willi hat.«

»Und woher beziehst du deine schlauen Weisheiten? Aus dem Lichtspielhaus?«

»Pluster dich nicht so auf. Mein Verstand funktioniert ganz ordentlich von allein. Und wenn du deinen eigenen Grips ein bisschen anstrengen würdest, wüsstest du, dass momentan kein Blatt zwischen Louis und Willi passt. Egal, was du unternimmst, du kannst nur verlieren. So sieht's aus. Und noch etwas. Dieser andauernde Schlagabtausch zwischen dir und Willi...«

»Was soll damit sein?« Argwöhnisch kniff Daisy die Augen zusammen.

»Ich habe euch zwei Kampfhähne beobachtet. Dabei fiel mir auf, dass zwischen euch eine Menge Eifersucht im Spiel ist.«

Daisy fuhr auf wie gestochen. »Wie bitte? Wovon redest du?«

»Louis und du habt euch immer nahegestanden. Inzwischen nimmt Willi deinen Platz ein. Damit kommst du nicht zurecht.«

»Was? Ich soll überreagieren? Es ist doch völlig normal, dass ich...«

»Halt!« Mitzi legte Daisy einen Finger auf den Mund. »Du musst nicht laut werden. Und es ist ganz und gar nicht in Ordnung, dass du Willis Zimmer durchwühlt hast. Überleg mal, wie du reagieren würdest, hätte Willi deinen Koffer durchsucht.«

»Ich verstecke aber kein Diebesgut!«

»Dein Fund rechtfertigt nicht die Tat!«

»Verdammt!« Daisy presste die Lippen aufeinander. Mitzi hielt ihr den Spiegel vor, und sie wollte nicht hineinblicken.

»Noch ein weiterer Tipp«, fuhr Mitzi fort. »Sei die Klügere. Geh Willi und eurem Zwist aus dem Weg.«

Das hatte Daisy sich am Morgen schon selbst vorgenommen, aber leider nicht durchgehalten. Und auch jetzt konnte sie nicht nachlassen und fixierte die Kassette auf ihrem Schoß.

»Da ist was Schweres drin. Was, denkst du, hat Willi versteckt? Geld wird es kaum sein, er hat ja keins.«

Mitzi fasste sich an die Stirn. »Ehrlich, Daisy, dir ist nicht mehr zu helfen.« Zwei Sekunden später: »Wenn du es wüsstest, lässt du dann die ewige Fragerei?«

Daisys Kinn ruckte hoch. »Du weißt, was drin ist! Und mir hältst du Vorträge über verbotenes Herumwühlen!«

Mitzi hob unbeeindruckt die Schultern. »Es ist ein Revolver.«

»Kann ich ihn sehen?«, fragte Daisy sofort.

»Warum? Eine Waffe ist eine Waffe.«

»Hat Willi sie dir gezeigt?«

»Kannst du nicht endlich Ruhe geben? Ich habe dir verraten, was drin ist. Jetzt bring das Ding zurück in Willis Zimmer, bevor er nach Hause kommt und dir die Hölle heißmacht.«

»Na und? Ich fürchte mich nicht vor Willi!«

Mitzi war genervt. »Du bist einfach unmöglich. Als rede man gegen eine Mauer.«

»Schon gut, ich tu's ja.« Daisy folgte der Aufforderung ihrer Freundin und verstaute die Geldkassette wieder an ihrem Platz.

Aber der Verdacht ließ ihr keine Ruhe. Sie nahm ihren Zeichenblock und zeigte Mitzi später die Skizze. »Hatte die Waffe zufällig dieses Symbol?«

»Warum interessiert dich das?« Mitzi hängte ihre Wertheim-Uniform sorgfältig auf einen Bügel.

»Bitte sag mir, ob es so ist.«

»Ja, es ist darauf eingraviert. Woher kennst du es?«

Daisy packte Erregung. »Weil es dasselbe Zeichen ist wie auf der Waffe des Hindenburg-Attentäters! Ich hatte es damals aufgemalt, und Louis fand die Skizze auf meinem Schreibtisch. Es hat ihn derart erschreckt, dass er sie vor meinen Augen verbrannt hat.«

Ungläubig hob Mitzi den Mundwinkel. »Und nun glaubst du, dass es dieselbe Waffe ist? Ist das nicht ein wenig weit hergeholt?«

»Keineswegs. Schließlich ist Willi dort gewesen!«

»Mag sein, aber ich kenne Willi. Er ist ein Hund, der bellt, aber nicht beißt.«

»Ich behaupte ja gar nicht, dass er in die Verschwörung involviert war«, lenkte Daisy ein. »Es ist doch möglich, dass er die Waffe gefunden hat, nachdem der Attentäter sie weggeworfen hatte.«

»Ach, jetzt ist es also eine Verschwörung? Geht es nicht eine Nummer kleiner? Ehrlich, Daisy, du weißt wirklich, wie man einen Schlamassel anrichtet.«

»Ich? Aber ich habe ja gar nichts getan!«

»Hm... Du belauschst Gespräche, bildest dir Attentäter ein und durchwühlst fremdes Eigentum. Eines Tages bringt dich dein unüberlegtes Handeln noch in Teufels Küche.«

»Das lass mal meine Sache sein!«

»Wenn's so einfach wäre«, stöhnte Mitzi ohne jegliche Streitlust. »Hör mir zu, Daisy. Wenn du dich in die Angelegenheiten der großen Leute einmischst, gehst du in der Regel mit unter. Wenn die es vermasseln, geht's nicht um Aufklärung, sondern um Sündenböcke.«

»Merkst du, was du gerade tust? Du wirfst mir vor, ich biege mir alles nach meinem Gusto zurecht, und im nächsten Atemzug erklärst du, die Großen hielten es genauso!«

»So ist die Welt. Louis hat es verstanden, sonst hätte er deine Skizze nicht verbrannt. Wir sollten es ihm gleichtun und das Papier vernichten. Und kein Wort darüber, zu niemandem, hörst du? Ich will da nicht in etwas hineingezogen werden. Und du auch nicht.« Und dann explodierte Mitzi. »So ein Mist! Jetzt muss ich mir eine neue Bleibe suchen!«

Kapitel 28

> Der Zweck heiligt die Mittel.
>
> Niccoló dei Machiavelli,
> Staatsphilosoph

Daisy stand an der Hellinganlage und verfolgte die Vorbereitungen für den Stapellauf eines Erzfrachters. Die norwegische Reederei Wilhelm Wilhelmsen, einer ihrer treuesten Kunden, hatte zwei davon in Auftrag gegeben, und allein die Anzahlung in Gulden hatte den Wochenlohn der gesamten Belegschaft garantiert. Nun würde der Rest der Zahlung fällig werden, und ein weiterer Auftrag stand kurz vor dem Abschluss. Es ging aufwärts mit ihren Geschäften.

Von ihrer Position aus konnte Daisy auf die angeblich einsturzgefährdeten Gebäude am östlichsten Rand des Kanals blicken. Es war ihr noch immer nicht gelungen, sie auszuforschen. Zweifellos wurde sie überwacht, aber ihr Entschluss stand fest: Sie würde ihre Großmutter heute auf der gemeinsamen Heimfahrt damit konfrontieren.

Einer der zahlreichen jungen Laufburschen näherte sich ihr. »Fräulein von Tessendorf, Ihre Großmutter bittet Sie zu sich ins Büro.«

Als Daisy im Hauptgebäude eintraf, dirigierte Frau Gänsewein sie sogleich in den getäfelten Besprechungsraum, wo sich bereits das gesamte Direktorium und eine Hälfte des Aufsichtsrats eingefunden hatte. Ihre Großmutter fehlte. Daisy wusste nichts von einer außerplanmäßigen Sitzung. Die Tür öffnete sich, und ein neuer, zugleich altbekannter Akteur betrat die Szene.

Na, das war ja mal ein Ding! Wie kam der britische Dandy Roper-Bellows, den Hagen ihr damals auf dem Silbertablett serviert hatte, hierher? Falls er plante, sich ein Schiff oder einen eigenen Luxussalonwagen zuzulegen, wäre dazu keine Extrasitzung nötig. Zumal England über erstklassige Unternehmen in beiden Produktsparten verfügte.

Roper-Bellows wurde von einem Brillenträger mit dicker Aktentasche flankiert, dem die Aura eines Advokaten anhaftete. Roper-Bellows' Blick schweifte prüfend durch den Raum, wie ein Fotograf, der Licht und Motiv abschätzte, und blieb auf Daisy haften. Sie sahen sich an, und Daisy wurde von ihrer eigenen Reaktion überrascht. Ihre Bekanntschaft hatte nur einen Abend lang gewährt, und der lag mehr als zwei Jahre zurück. Dennoch knüpften sie unmittelbar an das fragile Band der Vertrautheit an, das damals zwischen ihnen entstanden war. Während sie nach einer Erklärung suchte, weshalb sie Nähe zu jemandem empfand, den sie kaum kannte und der sie als Mann nicht ansprach, trat er lächelnd auf sie zu. »Komtess«, sagte er, sich verbeugend, »ich bin entzückt, Sie wiederzusehen. Seither ist kein Tag vergangen, an dem ich nicht an Sie gedacht habe.«

Daisy blieb keine Zeit für eine Entgegnung, denn ihre Großmutter rollte herein, bat alle, Platz zu nehmen, und eröffnete die Sitzung: »Meine Herren Aufsichtsräte, haben Sie Dank für Ihre Teilnahme an dieser kurzfristig anberaumten Zusammenkunft. Nicht alle Herren konnten rechtzeitig anreisen, aber es ist gewährleistet, dass sie unverzüglich über die heutigen Vorgänge in Kenntnis gesetzt werden. Ich möchte Ihnen den ehrenwerten englischen Gentleman Henry Prudhomme Roper-Bellows vorstellen. Der Mehrheit der Anwesenden dürfte er bereits in seiner Eigenschaft als Mitglied der Alliierten-Kommission zur Rüstungskontrolle bekannt sein.«

Ein Unmutston durchlief den Raum, und es wurde getuschelt. Sybille verschaffte sich erneut Gehör: »Ich bitte die werten Herren um Ruhe. Ihrer Reaktion entnehme ich, dass die Aufgabe von Herrn Roper-Bellows keiner näheren Erläuterung bedarf.«

Auch in Daisy regte sich Protest. Nicht im Traum wäre sie darauf gekommen, der harmlose Mr Darcy könnte sich als eine Art Inspektor entpuppen, zu dessen Aufgaben es gehörte, sicherzustellen, dass das besiegte Deutschland sich an die Versailler Verträge hielt. Nach dem Krieg war das gesamte noch funktionstüchtige Kriegsgerät von den Alliierten zerstört, versenkt oder beschlagnahmt worden. Die Kommission behielt weiterhin ein Auge auf Produktion und Auslieferung aller auf der Liste der Rüstungsunternehmen geführten Fabriken, so auch auf die Helios-Werft.

Sybille übergab das Wort an den Engländer. Roper-Bellows' Begleiter reichte diesem eine dicke Akte. »Unserer Kommission«, begann dieser, »wurden geheime Unterlagen zugespielt, die nahelegen, dass sich die Helios-Werft seit Jahren nicht an die Versailler Bestimmungen hält. Entgegen der Abmachung soll sie sich am Bau von neuen Kriegsschiffen und U-Booten beteiligt haben. Aus diesem Grund wurde ich mit einer Inspektion beauftragt.«

Im Namen aller Anwesenden versicherte Sybille dem Briten, dass es sich hier um eine Fehlinformation handele, die Unterlagen nur gefälscht sein konnten, und wies den Verdacht in aller Schärfe von sich. Um zugleich zu betonen, dass sie und ihre Mitarbeiter die Inspektion vorbehaltlos unterstützen würden.

Roper-Bellows bedankte sich für die Kooperationsbereitschaft und setzte den Beginn der Inspektion für den folgenden Morgen fest. Darauf erhob er sich, grüßte die Herrenrunde aus Geschäftsmännern, Marine und Militär und verabschiedete sich zuletzt von Sybille von Tessendorf und Daisy. Sybille lenkte ihren Rollstuhl so, dass sie ihm damit den Weg abschnitt.

»Ich gebe heute Abend eine kleine Dinnergesellschaft, Herr Roper-Bellows. Bitte seien Sie unser Gast. Meine Enkelin würde sich sehr über Ihr Kommen freuen, nicht wahr, Marguerite?«

Daisy schluckte. Ihr war nichts über eine Gesellschaft bekannt, und gerade empfand sie eher Ärger als Freude. Ihre Großmutter setzte sie als Köder ein. Wie konnte sie! Zumal sie nach Roper-Bellows' Enthüllungen darauf brannte, ihre Großmutter unter vier Augen zu sprechen. Zwischen ihnen entwickelte sich eine ungemütliche Pause, da Sybilles Einladung vor aller Ohren den Briten in einen Interessenkonflikt brachte.

Daisy störte sich nichtsdestotrotz an seinem Zögern. »Bitte machen Sie mir die Freude, und speisen Sie heute Abend mit uns, Mr Darcy«, sagte sie daher mit ihrem schönsten Lächeln.

»In diesem Fall«, Roper-Bellows verbeugte sich, »käme es einem Verbrechen gleich, ein solch charmantes Ansinnen abzulehnen.«

»Dann dürfen wir Sie also heute um acht Uhr auf dem Gut begrüßen.«

Daisy heftete sich an ihre Großmutter und folgte ihr ungefragt in deren Büro. Nachdem sie die gepolsterte Tür geschlossen hatte, ging sie sofort auf ihr Ziel los. »Was Roper-Bellows behauptet, entspricht der Wahrheit, oder? Es gibt eine geheime Fertigung! Das ist der Grund für die enormen Materialdiskrepanzen«, warf sie Sybille empört vor. »Du hast mich absichtlich für dumm verkauft, Großmutter!«

»Komm mit«, sagte ihre Großmutter und rollte an ihr vorbei.

»Wohin?«

»Ins Personalbüro.«

Dort angekommen, scheuchte ihre Großmutter alle Mitarbeiter hinaus. Sie öffnete einen Aktenschrank und zog einen Einschub heraus. Jede Mappe war mit einem Namen beschriftet. »Auf, nenn mir einen beliebigen Angestellten«, forderte Sybille ihre Enkelin auf.

»Wie bitte?«

»Lies einfach einen Namen deiner Wahl vor.«

»Leonhard Abel«, entschied sich Daisy für den ersten.

»Leonhard Abel, Maschinenbaumeister«, wiederholte Sybille. »Alter 47, sechs Kinder und seit 33 Jahren im Unternehmen. Begann als Lehrling in der Kupferschmiede. Er verlor im Krieg drei Finger der linken Hand, seit zwei Jahren ist er Witwer. Seine Frau starb an Tuberkulose. Letzteres findest du allerdings nicht in der Akte.« Daisy verglich die Angaben mit jenen in der Mappe, sie stimmten allesamt. »Los, nächster Name«, verlangte Sybille.

Daisy griff wahllos die nächste Mappe. »Gabriele Baiser.«
»Alter 29, vier Kinder und seit Kriegsende 1918 bei uns beschäftigt. Der Mann ist auf und davon. Arbeitet in der Poststelle. Laut Befund unseres Betriebsarztes von schwacher Konstitution. Darum wurde ihr eine leichtere Tätigkeit zugeteilt. Nächster Name?«

»Herbert Brandt.«

»Alter 59, technischer Zeichner, seit 36 Jahren im Unternehmen. Wegen eines Lungenleidens vom Kriegsdienst freigestellt. Mitglied der Gewerkschaft. Unverheiratet. Was nicht in der Akte steht: Seine gebrechlichen Eltern sind auf seine Unterstützung angewiesen.« Wieder stimmten alle Angaben mit der Personalakte überein.

»In Ordnung, Großmutter, du kennst deine Mitarbeiter und ihre Lebensumstände. Warum muss ich das wissen?«, fragte Daisy.

»Weil alle diese Personen ihre Arbeit verlieren, wenn ich nicht für neue Aufträge sorge. Bis 1918 beschäftigten wir fast zwanzigtausend Mitarbeiter. Nun sind es kaum mehr viertausend. Ich trage als Unternehmerin die Verantwortung für alle diese Menschen.«

Daisy musterte ihre Großmutter scharf. »Ist das ein Geständnis?«

»Gott, hast du neuerdings ein Gesetzbuch verschluckt?«

»Du brauchst nicht sarkastisch zu werden, Großmutter. Ich mag es nur nicht, derart belogen zu werden.«

Sybille stieß hörbar Luft aus. »Du bist jung und steckst noch voller Ideale, Marguerite. Manchmal erfordern es die Umstände, gegen die eigene Moral zu handeln. Auch du wirst das mit den Jahren noch lernen. In erster Linie bin ich unserem Unternehmen und seinen Mitarbeitern verpflichtet. Weniger der strikten Einhaltung der Versailler Verträge.«

»Der Zweck heiligt die Mittel!«, rief Daisy laut. »Das willst du damit doch sagen! Aber wenn sich jeder eine eigene Moral zurechtlegt, öffnen wir der Anarchie Tür und Tor!«

»Lass die Melodramatik, Kind. Es ist nicht meine Unterschrift, die unter dem Vertrag von Versailles steht. Es geht hier um unser Geschäft, Marguerite, und dafür verlange ich von dir volle Loyalität. Wenn du dazu nicht bereit bist, entbinde ich dich hier und jetzt von deinen Pflichten.«

»Du wirfst mich raus?«

»Die Entscheidung liegt bei dir.«

Daisy kannte inzwischen die rigorose Härte, mit der ihre Großmutter die Geschäfte handhabte. Hilflos sah sie zum Aktenschrank mit den Mitarbeiterakten. Viertausend Leben. Viertausend Schicksale. Wenn sie jetzt ihrem Gewissen folgte, wäre sie frei. Oder machte sie es sich womöglich zu einfach? Suchte sie gar nach einem Vorwand, ihrer Verantwortung für das Familienunternehmen zu entfliehen, indem sie ihren inneren moralischen Kompass vorschob? Sie dachte an ihre Notizen in der roten Mappe, die Liste jener Dinge, die sie ändern wollte, käme sie ans Ruder. Sie könnte etwas für die Menschen bewirken. Die entscheidende Frage lautete: Wer würde einen Vorteil daraus gewinnen, wenn sie ihrem Gewissen nachgab, außer ihr?

»Ich werde schweigen«, hörte sie sich sagen. Es kam einer Kapitulation gleich.

»Gut.« Ihre Großmutter nickte, als hätte sie von ihr nichts anderes erwartet. »Aber hüte dich davor, dich beim Abendessen zu verplappern. Dieser Roper-Bellows ist scharfsinnig und verfügt über einen brillanten Verstand. Er wird sicherlich die Gelegenheit ergreifen, dich auszuhorchen.«

»Vielen Dank, dass du mich daran erinnerst.«

»Sei nicht so empfindlich.«

Und damit hatte ihre Großmutter wie immer das letzte Wort.

***

Pünktlich entstieg Roper-Bellows einem Rolls-Royce. Am Steuer saß sein indischer Fahrer Sunjay.

»Sie sehen bezaubernd aus, Fräulein von Tessendorf.«

Daisy reichte dem Briten die Hand zum Kuss, schenkte ihm einen verführerischen Blick unter gesenkten Lidern und hauchte: »Vielen Dank.« Das schulterfreie Satinensemble von Mademoiselle Chanel tat demnach seine Wirkung.

Yvette hatte erneut ihre organisatorischen Fähigkeiten unter Beweis gestellt und in kürzester Zeit eine kleine Abendgesellschaft aus dem Boden gestampft. Theres murrte zwar anfangs ein wenig, was sie immer tat, wenn man sie aus ihrer täglichen Routine riss, nur um anschließend zur Höchstleistung aufzulaufen. In kürzester Zeit brachte sie ein Menü aus Kartoffelschaumsuppe mit Krabbeneinlage, Forellenfilet, zweierlei Pastete von Reh und Hase und zum Nachtisch Palatschinken und Nockerl mit Mohn aus Sybilles Heimat auf den Tisch. Für die erlesenen Weine fand Roper-Bellows anerkennende Worte. Was Daisy daran erinnerte, dass der Brite in seinem Hauptberuf mit Spirituosen handelte.

Neben Sybille, Daisys Eltern und ihrer Schwester Violette

hatten sich im großem Speisesalon auch Hagen und seine Frau Elvira eingefunden. Ausnahmsweise fehlten die Echo-Schwestern, da Clarissa seit dem Vortag über eine grässliche Migräne klagte, woraufhin auch Winifred leidend wurde. Waldo zog es vor, der Gesellschaft fernzubleiben. Zu Daisys Freude war der alte Commodore Schnell gekommen. Rund um Stettin galt er als bekannte Persönlichkeit, hatte so manches Ehrenamt inne und leitete den Stettiner Segelclub. In seiner blauen Uniform mit goldenen Knöpfen, dem ewig zerzausten Haar und der von Sonne und Salz gegerbten Haut war er das Paradebeispiel eines Kapitäns zur See. Daisy kannte ihn schon ihr ganzes Leben. Niemand spann das Seemannsgarn fantasievoller als er, und als Kind hatte sie atemlos seinen Geschichten gelauscht, in denen Stürme tosten, Schiffe auf turmhohen Wellen umhergeschleudert wurden und Unbeschreibliches in den Tiefen lauerte. Sie begrüßte ihn herzlich. Der alte Seebär schloss sie in seine starken Arme und lachte dröhnend. Mit den eher farblosen von Güstrows, die vom Nachbargut herübergekommen waren, Sybilles langjährigem Arzt Gunter Schönfeld sowie Fürstin Alice Szondrazcy, die nach ihrer jüngsten Trennung von Ehemann Nummer vier seit Kurzem als Hausgast samt Kapuzineraffe Chico auf dem Gut logierte, zählte die Runde dreizehn Personen.

Daisy besaß zwar ihren Glücksbringer, Fees Hufnagel, hielt sich aber trotzdem nicht für abergläubisch. Das sollte sich nach diesem Abend ändern.

Die Gesellschaft ließ sich harmlos an. Franz-Josef servierte Cocktails und Horsd'œuvres; es herrschte eine lockere Stimmung, und Fürstin Alice fand rasch Geschmack an Commodore Schnell. Sie nahm sofort Kurs, hisste sämtliche Segel, zwitscherte und flirtete. Der verwitwete Kapitän ließ es sich gefallen, behielt jedoch das Ruder fest in der Hand. Bei Tisch lenkte Yvette mit Charme und Wortwitz die Konversation, während sich alle das vorzügliche Menü munden ließen.

Nach dem Dessert hob Sybille die Tafel auf. Üblicherweise teilte sich eine Tischgesellschaft danach in zwei Gruppen auf: Während die Damen nun Mokka, Likör und einen Schwatz genossen, nebelten sich die Herren im Rauchsalon ein und widmeten sich den Angelegenheiten der Politik.

Zur Überraschung ihrer Gäste unterbrach Sybille die Routine. »Verzeihen Sie einer alten Frau, Herr Roper-Bellows«, richtete sie das Wort an diesen. »Es war ein langer Tag, und ich werde mich nun zurückziehen. Da die Nacht noch jung ist und meine Nichte den Tanz liebt, werden Sie ihr sicher den Wunsch erfüllen und sie noch ausführen? Soweit mir bekannt ist, unterhält das Hotel Metropole in Stettin ein erstklassiges Etablissement mit eigenem Orchester.«

Daisy war entsetzt. Was zum Teufel war in ihre Großmutter gefahren? Was sie bezweckte, lag auf der Hand, aber wie konnte sie nur so dilettantisch vorgehen?

Henry zuckte nicht mit der Wimper. Er folgte Sybilles plumpem Spiel und erklärte, der Wunsch der jungen Komtess sei ihm selbstverständlich Befehl. Der Brite ließ seinen Wagen vorfahren, Franz-Josef reichte ihr die Pelzstola, und noch bevor Daisy protestieren konnte, befanden sie sich schon auf dem Weg nach Stettin. Daisy haderte mit sich. Erneut hatte sie es versäumt, rechtzeitig Nein zu sagen. Ein Muster, das sich durch ihr Leben zog. Gut, das war ihre Entschuldigung. Aber warum hatte sich Henry auf das durchsichtige Spiel ihrer Großmutter eingelassen? Er hatte ihr einiges an Jahren und Lebenserfahrung voraus, und nun saß er mit ihr im Fond des Wagens, Zylinder und Handschuhe auf dem Schoß, und schien selbst ein wenig ratlos.

»Es tut mir leid«, erklärte er unvermittelt.

Überrascht wandte sie sich ihm zu: »Was tut Ihnen leid? Die Inspektion oder dass ich Ihnen von meiner Großmutter aufgedrängt worden bin?«

»Nein, aber ich bedauere die Umstände ganz allgemein. Ich hätte Sie liebend gerne unter anderen Bedingungen kennengelernt, Komtess. Sie sind die faszinierendste Person, der ich je begegnet bin. Und sehr direkt«, fügte er mit einem Lächeln hinzu.

»Ich wünschte, ich könnte das auch von Ihnen behaupten, Herr Roper-Bellows. Warum habe ich das Gefühl, dass Sie meiner Frage ausweichen?«

Sein Lächeln unter dem Bart wurde breiter. »Weil es so ist, Mylady. Was halten Sie davon, wenn wir für einige Stunden vergessen, wer wir sind, und nicht an morgen denken? Heute sind wir nur Henry und Daisy. Heute Nacht gehören die Sterne uns.«

Ihr Wagen passierte Bredow, und kurz drauf kamen die ersten Häuser von Stettin in Sicht. Hafen und Haff lagen noch verborgen, aber Daisy brauchte sie nicht zu sehen, sie konnte das Wasser bereits spüren.

Sie näherten sich ihrem Ziel. Der Wagen bog in die Heiliggeiststraße und hielt vor Henrys Hotel Metropole, dem besten am Platze.

Daisy rührte sich nicht, Henrys verwirrender Vorschlag hatte sie überrascht. Wie sollte man vergessen, wer man war? Was erhoffte er sich? Ein spontanes romantisches Abenteuer? Warum wurde sie das Gefühl nicht los, dass seinen Worten eine tiefere Bedeutung zugrunde lag? Wem gehörten die Sterne?

Er spürte ihre Unsicherheit. »Wir müssen nicht tanzen«, erklärte er. »Wir können auch über die Hafenpromenade schlendern und uns anschließend auf der Hakenterrasse einen Schlummertrunk genehmigen. Ich weiß dort ein nettes kleines Lokal.«

Daisy willigte ein. »Frische Luft schadet nie.«

Henry beugte sich vor und wies Sunjay in kurzen Worten die neue Richtung.

»Stettin scheint Ihnen wohlvertraut, Herr Roper-Bellows«, bemerkte Daisy, während der Wagen sich erneut in Bewegung setzte.

»Ich hatte in der Vergangenheit mehrfach in der Stadt zu tun und habe dabei ihre besondere Atmosphäre schätzen gelernt. Mein Beruf erfordert viele Reisen, und Stettin erweist sich als einer der wenigen Orte, wo ich der Hektik meiner Verpflichtungen für eine kurze Zeit entfliehen kann. Wenn es meine Zeit erlaubt, fahre ich nach Gotzlow und leihe mir ein Segelboot. Ich kenne kein schöneres Segelrevier als die Gewässer von Stettin und Dievenow bis hinauf nach Rügen. Nirgendwo sonst findet sich diese ungeheure Fülle an idyllischen

Binnengewässern und Liegeplätzen im Schilf, verschwiegenen Buchten und kleinen Fischerhäfen. Und dahinter die freie See.« Henry hielt inne. »Verzeihen Sie, Segeln ist meine große Leidenschaft, und darüber gerate ich regelmäßig ins Schwärmen.«

»Das ist kaum zu überhören, Herr Roper-Bellows«, lächelte Daisy, von einem leisen Staunen ergriffen. Der Brite hatte ihr eben einen unerwarteten Blick auf einen anderen Henry gewährt. Sie sahen sich an, aber genauso rasch lösten sie den Kontakt wieder – noch nicht dazu bereit, die Tiefe im anderen zu finden, ein jeder aus anderen Gründen.

»Mein Bruder ist ein ebenso leidenschaftlicher Segler und Mitglied im Stettiner Yachtclub«, erklärte Daisy rasch, um irgendetwas zu sagen, was ihr half, die jähe Befangenheit abzuschütteln.

Henry ließ sich sofort darauf ein. »Oh, dann sollten Ihr Bruder und ich vielleicht einmal zusammen in See stechen. Und bitte nennen Sie mich Henry. Alles andere klingt so förmlich. Oder Sie bleiben bei Mr Darcy.« Er lächelte beinahe verschämt.

Daisy gelang es, für den Rest des Abends alles andere beiseitezuschieben und das Beisammensein mit Henry zu genießen. Sie sprachen über fremde Orte, und Henry erzählte, wie ihn Venedig als jungen Mann nachhaltig beeindruckt hatte, sodass aus einem ursprünglich geplanten Kurzurlaub ein halbes Jahr wurde. »Aber meine eigentliche Sehnsucht gilt Indien«, gestand er mit dem nächsten Atemzug. »Es ist ein unglaublicher Rausch an Gerüchen, Farben und Sinneslust. Aber sobald man einen Blick hinter die Kulissen wagt, begegnet man Kastenwesen und Schicksalsergebenheit und massenhaft Bettlern, die im Schatten der märchenhaften Paläste ihrer Maharadschas im Schmutz vegetieren. Ich kenne kein Land, in dem die Gegensätze offensichtlicher zutage treten. Von allen Städten Indiens bleibt jedoch Jaipur, die rosafarbene Stadt, für mich die schönste. Mein Freund Sunjay stammt von dort.«

»Ihr Chauffeur Sunjay ist Ihr Freund?«

»Das eine schließt das andere nicht aus, nicht wahr?«

»Das stimmt.« Daisy dachte an Mitzi.

Leider fanden sie das von Henry erwähnte Lokal geschlossen. Nachdem sie eine Runde über die Hakenterrasse gedreht und ein kräftiger Seewind sie tüchtig durchgepustet hatte, lockte sie leise Musik in eine Bar. Über eine Treppe betraten sie ein kleines, verrauchtes Kelleretablissement. Ein halbes Dutzend Tische waren um die kleine Tanzfläche gruppiert, auf der sich ausschließlich Frauen in Männerkleidung zu moderaten Jazzklängen bewegten. *Deutsche Garçonnes!* Daisy hatte von solchen Bars gehört, aber selbst noch nie eine dieser Lokalitäten betreten.

Der befrackte Kellner platzierte sie am letzten freien Tisch, und Henry orderte eine Flasche Champagner. Daisy stürzte die ersten beiden Gläser ein wenig zu schnell hinunter und merkte, wie der Alkohol ihr zu Kopf stieg. Sie wurde von einer albernen Leichtigkeit ergriffen, die sie zum Reden verleitete. »Wussten Sie, dass die Taufe eines Schiffes allein durch eine Frau erfolgen darf, und dabei darf sie nichts Grünes tragen, das bringt nämlich Unglück. Und es muss stets Sekt in der Flasche sein, die am Schiffskörper zerschellt. Bei der *Titanic* haben sie Wasser genommen, und Sie wissen ja, was mit dem Dampfer passiert ist.« Himmel, was schwafelte sie denn da?

»Ich hätte Sie nicht für abergläubisch gehalten, Daisy.« Henry lächelte charmant.

Als die Glocke der nahen Jacobikirche Mitternacht schlug, war der Champagner fast geleert, und Henry erhob sich. Doch nicht, wie Daisy es sich erhofft hatte, um sie zum Tanz aufzufordern, nein, er wollte aufbrechen!

Ein kleiner Nadelstich der Enttäuschung. Warum erst das Gerede von »heute Nacht gehören die Sterne uns«, wenn ihm gar nicht der Sinn danach stand, ihr den Hof zu machen? Nun gut, sie würde sich ihm sicher nicht aufdrängen. Roper-Bellows war ohnehin zu alt für sie und sein Schnurrbart eine angegraute Scheußlichkeit. Auch wenn ihr gewisse Vorzüge an ihm aufgefallen waren, seine freundlichen Augen, sein ruhiges, weltgewandtes Auftreten und die unerschütterliche Anständigkeit, die er ausstrahlte. Unvorstellbar, dass er sich wie Hugo unehrenhaft benehmen könnte. Damit brachte sie sich selbst zurück ins Lot und stieg in den Wagen. Die Frage, wem die Sterne gehörten, blieb ungeklärt, und vielleicht sollte der Abend genau so enden.

Daisy hatte sich mit geschlossenen Augen in den Sitz zurückgelehnt und erkannte daher nicht gleich, wohin ihr Weg führte. Statt zurück nach Gut Tessendorf fuhren sie geradewegs zur Helios-Werft. Dort gingen ungewöhnliche Dinge vor: Das gesamte Areal war taghell erleuchtet, das Haupttor weit geöffnet, und vor dem Direktoriumsgebäude parkte ein halbes Dutzend Mannschaftswagen der Polizei. Uniformierte standen in Grüppchen herum und erweckten den Anschein, auf etwas zu warten.

Henrys Wagen passierte das Tor. »Was soll das?«, wandte sich Daisy unangenehm berührt an ihn.

»Wir beginnen mit der Inspektion.«

»Sagten Sie nicht, Sie wollten erst morgen damit anfangen?«

»Es ist nach Mitternacht. Somit ist es der Definition nach bereits morgen.«

Daisy war fassungslos. Die Gedanken wirbelten durch ihren Kopf, und sie wünschte, sie hätte weniger Champagner getrunken. Sie hatte sich in Henrys Gesellschaft wohlgefühlt und sogar damit geliebäugelt, ihm zum Abschied einen Kuss zu entlocken. Als kleine Machtprobe. Und jetzt diese Enttäuschung.

Henry reagierte auf ihr Schweigen. »Gibt es etwas, was Sie mir sagen möchten, Komtess?« Er klang förmlich.

»Ja, wagen Sie es ja nicht, mich nochmals um eine Verabredung zu bitten oder zum Dinner auszuführen. Lieber verhungere ich!« Daisy griff nach der Tür.

»Bitte, Daisy! Das hier hat rein gar nichts mit Ihnen zu tun. Verstehen Sie doch, ich erledige nur meine Arbeit.«

»Und ich«, erklärte sie hoheitsvoll, »will Sie keineswegs davon abhalten. Leben Sie wohl.« Sie stieg aus und stöckelte in Richtung Direktionsgebäude davon. Von vulkanischer Wut ergriffen, hätte sie es wenig verwundert, wenn sie eine Funkenspur hinter sich hergezogen hätte. Vom Büro ihrer Großmutter aus telefonierte sie mit dem Gut. Franz-Josef nahm das Gespräch schon beim zweiten Läuten entgegen, als hätte er neben dem Apparat gewacht. Daisy bat ihn, ihre Großmutter zu wecken, sie müsse dringend mit ihr sprechen, die Polizei durchsuche die Werft.

»Wir sind über das Geschehen bereits im Bilde, Komtess. Von Ihrer Durchlaucht soll ich Ihnen Folgendes ausrichten: Es bestehe kein Anlass zur Sorge, alle nötigen Arrangements wurden entsprechend getroffen. Herr von Goretzky und Herr Bertram befinden sich auf dem Weg ins Werk. Alles Weitere können Sie beruhigt den beiden Herren überlassen, Komtess, darf ich Ihnen Anton senden, damit er Sie abholen kommt?«

»Nein, ich bleibe vor Ort«, entschied Daisy irritiert. Offenbar hatte ihre Großmutter mit ihrem späten Anruf gerechnet. Wie, um alles in der Welt, konnte sie so rasch von Henrys Überfall erfahren haben? Und was bedeutete die Auskunft, es sei alles entsprechend arrangiert?

Minuten später trafen Direktor Goretzky und Justiziar Bertram ein. Daisy erhoffte sich von den beiden Klarheit. Weit gefehlt. Die Herren bekräftigten ihr gegenüber, dass kein Anlass zur Sorge bestünde, da die Anschuldigungen jeder Grundlage entbehrten, und erklärten Daisy, ihre Anwesenheit sei nicht vonnöten, sie könne beruhigt nach Hause fahren. Herr von Goretzky offerierte ihr seine Limousine samt Chauffeur, Daisy lehnte ab.

»Wie Sie wünschen«, meinte von Goretzky. Er verbeugte sich, winkte Herrn Bertram ins angrenzende Besprechungszimmer und überließ Daisy sich selbst.

Wütend schleuderte sie ihren Pelz von sich. Da war sie hübsch ausmanövriert worden! Jeder schien mit ihr nach seinem Gutdünken zu verfahren. Ihre Großmutter drängte sie Henry auf, der wiederum täuschte sie über seine wahren Absichten, und von Goretzky und Bertram wollten sie nach Hause schicken. Was war sie für sie alle? Eine Spielfigur, die man beliebig auf dem Feld hin und her schieben konnte? Sie würde keinen Fuß von hier wegrühren!

Zehn Minuten später bereute sie ihre Entscheidung. Die Tür wurde aufgestoßen, und sie fand sich unvermittelt ihrem Ex-Verlobten Hugo gegenüber.

»Was suchst du denn hier?«, rief sie frustriert, weil sie sich erkennbar erschrocken zeigte.

Er musterte sie unverschämt, wobei er besonderes Augenmerk auf ihr Dekolleté legte. »Dasselbe könnte ich dich fragen, Marguerite.«

»Ich arbeite hier!«

»Mitten in der Nacht und im Abendkleid? Da ist mir aber etwas anderes zu Ohren gekommen...«

»Es ist mir schnurz, was du gehört hast. Also, warum bist du hier?«

»Es dreht sich nicht alles nur um deine Person, Marguerite«, antwortete er, überlegen lächelnd. »Wobei ich dir deinen Einsatz hoch anrechne.«

»Welcher Einsatz?«, fragte Daisy argwöhnisch.

»Dem britischen Feind ein wenig Sand in die Augen zu streuen.«

Daisy hielt es nicht für der Mühe wert, mit Hugo deshalb eine Diskussion vom Zaun zu brechen. Sie wollte ihn schleunigst loswerden. Leider kam ihr die eigene Neugierde in die Quere. »Zeigst du heute auch Einsatz, Hugo?«

»Ich bin hier in offizieller Vertretung des Reichskommissars von Pawelsz, der das Ressort Entwaffnungsfragen verantwortet. Inoffiziell«, Hugo senkte vertraulich die Stimme, »bin ich hier, um euch zu helfen.«

Inzwischen musste jemand Henry über Hugos Anwesenheit unterrichtet haben. Flankiert von den Herren Goretzky und Bertram betrat er den Raum.

»Herr Brandis zu Trostburg«, begrüßte er Hugo.

»Herr Prudhomme Roper-Bellows.« Die beiden Männer tauschten einen steifen Händedruck.

Hugo musterte Henrys Abendanzug und blickte dann komplizenhaft zu Daisy.

»Sie beide kennen sich?« Unbewusst trat Daisy einen Schritt zurück. Himmel! Das Gespräch, das sie seinerzeit am Schmugglerloch belauscht hatte! Wo es um das Attentat auf Hindenburg ging! Der unbekannte Mann, verflixt, es hatte sich um Henry gehandelt! Warum hatte sie sich das nicht früher zusammengereimt?

»Ja, wir hatten bereits das Vergnügen, als Herr Roper-Bellows noch für die Interalliierte Militärkontrollkommission tätig gewesen ist.«

»Ist er das denn nicht mehr? Ich dachte, dies sei der Anlass der heutigen Untersuchung?«

»Laut Pariser Abkommen vom Januar 1927 wurde die Arbeit der Interalliierten Militärkontrollkommission eingestellt. Seit die Deutsche Republik dem Vertrag von Locarno beigetreten ist, obliegt die Rüstungskontrolle dem Völkerbund«, erklärte Henry. »Dieses Gremium hat mich legitimiert.«

Hugo feixte. »Gleich zitiert unser Herr Inspektor noch die entsprechenden Paragrafen.«

»Bitte, die Herren«, meldete sich Herr von Goretzky, um Ausgleich bemüht. »Vielleicht begeben wir uns nach nebenan in das Sitzungszimmer und besprechen die Formalitäten.«

Die drei Männer nickten Daisy zu und verließen geschlossen den Raum. Missgestimmt sah ihnen Daisy hinterher. Einfach so zurückgelassen. Mit ihrer Großmutter hätten sie sich das niemals erlaubt. Die Daisy aus dem Vorjahr wäre entrüstet nach nebenan gestürmt und hätte auf ihr Recht gepocht. Die Daisy von heute hatte gelernt, nicht mehr jedem Impuls nachzugeben. Sie tippte an ihr Sternenmal und fand sich in ihrem Entschluss bestärkt, im Büro zu warten, selbst wenn es bedeutete, Hugo nochmals entgegenzutreten.

Es wurde eine lange Nacht. Henrys Polizeitruppe schwärmte auf dem gesamten Gelände aus. Jedes einzelne Büro wurde durchsucht, den Anfang bildete das ihrer Großmutter. Daisy verharrte ruhig in ihrem Nachdenksessel, während kistenweise Akten und Geschäftsbücher abtransportiert wurden. Einmal hörte Daisy Hugos und Henrys Stimmen kurz auf dem Flur, später entdeckte sie die beiden vom Fenster aus, als sie den Hof überquerten und gemeinsam mit einer Gruppe Uniformierter den Weg zur großen Schiffbauhalle einschlugen.

Kurz vor sechs Uhr morgens, noch vor dem anstehenden Schichtwechsel, war der ganze Spuk vorbei. Von Goretzky meldete Daisy das Ende der Inspektion und informierte sie, Herr Brandis zu Trostburg befinde sich bereits auf dem Rückweg nach Berlin. Deshalb sei er von ihm gebeten worden, ihr und ihrer Großmutter in seinem Namen hochachtungsvolle Grüße zu überbringen.

Nicht, dass Daisy sich nicht freute, den Wichtigtuer los zu sein, aber ein wenig verwunderlich mutete sein Verhalten schon an. »Sollte er sich nicht erst mit meiner Großmutter zur heutigen Durchsuchung beraten?«

»Herr zu Trostburg fand es dringlicher, zunächst mit dem Reichsminister von Pawelsz zu sprechen.«

Typisch Hugo, dachte Daisy. Er genießt seine Machtposition zu sehr und lässt uns im eigenen Saft schmoren.

»Herr Bertram und ich lassen uns ein Frühstück kommen. Dürfen wir auch für Sie etwas bestellen, Komtess?«

»Danke, nur eine Kanne Kaffee.«

Er verließ sie.

Im Hof wurden Motoren gestartet, und die Wagenkolonne der Polizei rollte geschlossen vom Hof. Henrys Rolls-Royce blieb zurück. Als sie im Gang Schritte hörte, wäre sie am liebsten geflohen. Es klopfte. »Darf ich eintreten?«, bat Henrys Stimme durch die Tür.

»Nein!«, entgegnete Daisy aufgewühlt. »Verschwinden Sie.«

»Bitte, Mylady, lassen Sie uns nicht auf diese Weise auseinandergehen.«

»Das hätten Sie sich vorher überlegen sollen, Herr Roper-Bellows!«

»Bitte, Daisy«, flehte er.

»Hören Sie, ich verbiete Ihnen, mich beim Vornamen zu nennen! Dieses Recht haben Sie sich heute verwirkt. Nie zuvor bin ich derart hintergangen worden. Und jetzt gehen Sie!«

Innen an der Tür lehnend, horchte Daisy auf seine sich entfernenden Schritte. Sie ärgerte sich über ihr dummes Herz, das viel zu schnell gegen ihre Brust hämmerte.

***

Daisy trank ihren zweiten Kaffee, heiß und stark, wie sie ihn mochte, als ihre Großmutter im Unternehmen eintraf. Die langen Stunden seit Mitternacht hatte Daisy in einer aufgeputschten Stimmung verbracht. Nun fühlte sie sich seltsam matt, als seien ihre Energie spendenden Leitungen gekappt worden.

Sybille von Tessendorf hingegen sah geradezu unverschämt ausgeschlafen aus, von Besorgnis keine Spur. »Guten Morgen, Marguerite! Deine Mutter bestand auf frischer Kleidung für dich.« Anton folgte der Chefin auf dem Fuß mit dem Kleidersack.

»Du kannst dich in meinem Waschkabinett frisch machen.« Wie sie es sagte, klang es eher nach einem Befehl als einer aufmerksamen Geste. Anton öffnete unaufgefordert den kleinen Raum, der vom Büro abging, deponierte das Mitgebrachte und verließ das Büro. Fräulein Gänsewein schloss hinter ihm die Tür.

»Wollen wir uns nicht erst über die nächtlichen Ereignisse austauschen?«, fragte Daisy verdutzt.

»Ich werde mich gleich mit den Herren Goretzky und Bertram dazu besprechen.«

»Und was ist mit mir?«

»Deine Anwesenheit ist nicht erforderlich, Marguerite. Aber wenn du darauf bestehst, kannst du selbstverständlich gerne daran teilnehmen.«

Daisys Zorn hatte sich zu lange aufgestaut. »Warum behandelst du mich wie ein kleines Mädchen?«, platzte es aus ihr heraus.

»Weil du dich wie eines benimmst, Marguerite. Du echauffierst dich und wirst laut. Du zeigst Gefühle und lässt damit Schwäche erkennen. Da wir schon beim Thema sind: Ich hatte dich dringend gebeten, mit niemandem über die angebliche Diskrepanz in den Geschäftsbüchern zu sprechen. Hast du dich daran gehalten?«

»Selbstverständlich!«

»Du hast wirklich keinem davon erzählt? Denk nach! Hast du es vielleicht in einem Brief an Mitzi oder deinen Bruder erwähnt?«

»Nein! Hör auf, mich zu verdächtigen. Die Einzige, der gegenüber ich es kurz erwähnt habe, war Mutter. Aber du kennst sie ja. Wenn es um das Unternehmen geht, hört sie gar nicht richtig hin.«

»Also hast du es Yvette erzählt. Was war an meiner Bitte, mit *niemandem* zu sprechen, nicht zu verstehen?«, fragte Sybille rau. Sprach sie mit diesem Timbre, wurde es für den Betreffenden in der Regel ungemütlich.

Daisy schoss die Empörung bis in die Haarwurzeln. »Du willst damit hoffentlich nicht allen Ernstes andeuten, Mutter hätte irgendetwas mit der Durchsuchung zu schaffen?«

»Sie ist Französin. Herr Roper-Bellows wurde durch französische Einsatzkräfte unterstützt.«

Es waren nur Worte, aber jedes davon traf Daisy wie ein Schmiedehammer. »Das ist das Absurdeste, was ich je in meinem Leben gehört habe. Mutter eine Spionin?«

»Anton wird dich jetzt nach Hause bringen, Marguerite. Du hast dringend Schlaf nötig.« Sybille klingelte. Ihre Vorzimmerdame erschien in einer Geschwindigkeit, die nahelegte, dass ihr Ohr an der Tür geklebt hatte. »Fräulein Gänsewein, geben Sie Anton Bescheid. Er möchte meine Enkelin zum Gut fahren.«

Daisy schluckte jede Erwiderung hinunter. Vor der Gänsewein wollte sie sich keine Blöße geben. Schließlich war es ihr gar nicht so unrecht, dass sie von ihrer Großmutter quasi vor die Tür gesetzt wurde. Sie wünschte sich nichts sehnlicher, als Nereide zu satteln und ihren Kopf in der frischen Luft abzukühlen. Und sie freute sich darauf, mit ihrer Mutter Yvette über Sybilles Hirngespinst zu reden, damit sie gemeinsam herzlich darüber lachen konnten.

***

»Wirklich? Das hat *le dragon* gesagt? *Merveilleux!*«, rief Yvette vergnügt. »Je älter sie wird, umso lustiger wird sie.« Daisys Mutter saß vor dem Spiegel und zupfte ihren platinblonden Pony in Form.

»Ich dachte mir schon, dass du es mit Humor nimmst, Mutter. Aber ist es nicht furchtbar, dass sie überhaupt auf einen solchen Gedanken kommt?«

Yvette griff einen Parfümflakon und besprühte ihre Handgelenke. »Ach, *Chérie*. Deine Großmutter ist reich und mächtig, und heute Nacht musste sie befürchten, etwas von ihrem Reichtum zu verlieren. Das macht die Menschen paranoid, und Furcht führt zu furchtbaren Gedanken.« Ein letzter prüfender Blick auf ihr Spiegelbild, und Yvette sprang auf. »Wie sehe ich aus?«

»Umwerfend. Das Kostüm steht dir hervorragend, und der Hut ist einfach formidabel. Wohin gehst du?«

»Unsere Bridgerunde trifft sich heute bei Frau von Aichenberg. Möchtest du mich begleiten?«

Daisy verzichtete. Für ihren Geschmack hatte sie in dieser Nacht definitiv zu viel Gesellschaft gehabt.

»*Ma puce*, was ziehst du denn für ein trübes Gesicht? Nimm es deiner Großmutter nicht übel. Ich tue es auch nicht. *Au revoir*, ich muss los. O, da fällt mir ein… Wie ging der gestrige Abend aus?«

»Keine Ahnung. Großmutter hat nichts gesagt, und mit Henry habe ich nicht mehr gesprochen.«

Yvette legte die Hand an Daisys Wange. »O *Chérie*, ich verstehe. Sie haben dich beide enttäuscht. Komm doch mit mir zu den Aichenbergs. Es würde dich auf andere Gedanken bringen.«

»Nein, ich glaube, ich nutze den freien Tag, um an Mitzi zu schreiben.«

»Wie du meinst, *ma fille. Au revoir.*«

Aus dem Brief an Mitzi wurde nichts, Daisy fehlte es an der nötigen Konzentration. Dabei surrte ihr der Kopf weniger wegen der absurden Verdächtigung ihrer Großmutter. Tatsächlich ließ Henrys Verhalten sie nicht zur Ruhe kommen. Wie konnte er sie derart vor den Kopf stoßen? Und das wirklich Ärgerliche an der gesamten Angelegenheit blieb, dass sie ihm daraus keinen echten Vorwurf stricken konnte. Denn im Gegensatz zur bizarren Bezichtigung ihrer Großmutter waren jene Anschuldigungen, die Henry gegen die Helios-Werft vorbrachte, gerechtfertigt. Wozu sonst sollte das abgesperrte Gelände dienen als für den heimlichen Bau von Kriegsschiffen?

***

Am Abend desselben Tages bat Sybille die gesamte Familie mitsamt den Herren Goretzky und Bertram, den Direktoren der beiden Unternehmenssparten Werft und Lokomotive, sowie dem Vorsitzenden des Aufsichtsrats, einem pensionierten General mit Kaiser-Wilhelm-Schnauzer und einer Stimme, die ganze Armeen in Marsch setzen konnte, zum Essen in den Speisesalon.

Nach dem Aperitif schlug sie mit dem Löffel gegen ihr Glas: »Wie Sie wissen, ist unser Unternehmen derzeit erneut Gegenstand einer Untersuchung durch den Völkerbund. Die Situation ist alles andere als angenehm, da es Unruhe in unsere Belegschaft bringt und unsere eigene Arbeit behindert. Aber die Helios-Werft und Lokomotive AG hat seit ihrer Gründung weitaus schlimmere Stürme überstanden. Da unsere Bücher sauber sind, betrachte ich das Ganze als reine Formalität. Die gesamte Inspektion wird im Sande verlaufen.«

»Hört, hört!«, rief Hagen.

»Aber...« Ein einziger Blick Sybilles stoppte Daisy.

»Marguerite«, erklärte Sybille, »die Familie und ich stehen in deiner Schuld.«

»Was?« Daisy fiel beinahe das Glas aus der Hand.

Sybille lächelte mit geschlossenem Mund. »Es ist Marguerites akribischer Arbeit zu verdanken, dass in den Bilanzen beizeiten ein Fehler aufgedeckt worden ist. Ein Buchhalter und ein leitender Mitarbeiter des Einkaufs hatten seit Monaten in die eigene Tasche gewirtschaftet, sie haben große Mengen Material abgezweigt, unter anderem tausend Ohrenschützer. Beide Männer wurden entlassen und angezeigt. Marguerites frühzeitige Enthüllung hat einen enormen Schaden von unserem Unternehmen abgewendet. Trinken wir auf Marguerites Triumph!«

Alle hoben das Glas auf ihr Wohl, und Daisy verstand die Welt nicht mehr. Ihr Versuch, mit der Großmutter darüber zu reden, scheiterte. Sybille erklärte das Thema für erledigt.

Kapitel 29

> Glück ist ein Loch,
> das sich nicht stopfen lässt.
>
> Theres Stakensegel

Zwei Personen, die eine im Reitdress, die andere im Adamskostüm, standen am Ufer des Tessensees und sahen zu, wie die Sonne über dem Horizont aufging.

»Wunderschön«, schwärmte Waldo.

Daisy nickte. Sie war heute noch früher auf den Beinen als sonst. Sie schlief nicht gut in diesen Tagen. Die Begegnung mit Hugo, die Inspektion und die folgende verblüffende Wendung beim Familienessen ließen sie nicht zur Ruhe kommen, und auch Henry besetzte weiterhin einen Teil ihrer Gedanken. In ihrem Inneren war eine Menge in Bewegung geraten, als wandele sie bei stürmischer See über die Planken eines Schiffsdecks.

Immer häufiger begab sie sich noch vor Tagesanbruch in den Stall, ignorierte tapfer den Stallmeister, der ihr zeitiges Auftauchen missbilligte, und schwang sich auf Nereides Rücken.

Heute früh hatte sie am See Waldos eindrucksvolle Gestalt entdeckt. Ermelyn stöberte geräuschvoll im Schilf, und ihr Herr hantierte mit einer Wünschelrute. Spontan hatte Daisy sich zu ihnen gesellt.

»Wie ich sehe«, nahm sie den Faden der gegenseitigen

Anspielungen und des Neckens auf, »hast du Wasser gefunden, Onkel.«

»Ich habe *dich* gefunden«, meinte Waldo ausgesprochen friedfertig. Seine Stimme ließ jeglichen Spott missen, weshalb Daisy auf den Hinweis verzichtete, dass es ja eigentlich *sie* gewesen war, die *ihn* aufgespürt hatte.

Auf dem Wasser sammelte sich der Nebel wie Geheimnisse, dahinter ragte der Tessenwald auf, der in sanften Wellen über die umschließenden Hügel lief. Eine Brise brachte den Geruch des würzigen Fichtenharzes heran, den erdigen Duft von Laub und Nadeln, und zwischen den Bäumen stieg kühle Frische auf. Die Sonne blinzelte bereits über den Wipfeln, breitete sich rosig über eine Hälfte der Halbkugel und schickte die andere Hälfte schlafen. Daisy versank in der Schönheit dieses frühen Morgens.

»Ich habe beschlossen, meine letzte große Reise anzutreten«, durchbrach Waldos Stimme den Zauber.

Erschrocken fuhr Daisy herum. »Was?«, rief sie. »Wie kannst du so etwas überhaupt erwägen! Sieh dich doch an, du bist das blühende Leben!«

»Törichtes Gör!«, knurrte Waldo und kratzte sich mit der Wünschelrute den haarigen Rücken. »Es ist mir ein Rätsel, warum die heutige Jugend die Dinge immer vom falschen Ende her denkt. Zu viel gepfiffen und getrommelt?«

»Du kannst mich so viel beleidigen, wie du willst, Onkel. Solang ich nur im Unrecht bin.«

Waldo lächelte wie ein Wasserspeier. »Du hast dazugelernt, kleine Bumm. Fabelhaft! Man kann sich mit Worten besser verteidigen als mit einem Bajonett.« Er stemmte die

Arme in die Hüften und schloss die Augen. Daisy glaubte das Gespräch beendet und wandte sich zum Gehen, als Waldo brummte: »Wo willst du hin?« Sanft, beinahe schwärmerisch erklärte er: »Ich möchte noch einmal die Sonne über der Wüste aufgehen sehen. Nächste Woche breche ich auf. Komm mit mir.«

Die Beiläufigkeit von Waldos Einladung ließ Daisy blinzeln. »Was hast du gerade gesagt?«

»Seit wann bist du taub? Du kennst nur den Westen. Ich zeige dir den Osten.«

»Ist das dein Ernst?«

»Sehe ich aus, als würde ich scherzen?«

Daisy konnte sich ihr Grinsen nicht verkneifen. »Zuvorderst siehst du aus wie Adam im Paradies.«

»Erzähl mir etwas, was ich nicht weiß«, brummte Waldo. Er griff nach seiner Djellaba, die er über ein Gebüsch geworfen hatte.

»Warum willst du mich mitnehmen, Onkel Waldo?«

»Weil man die Welt nur begreifen kann, wenn man sie im Gesamten gesehen hat.«

»Und Großmutter? Ich habe ihr versprochen, sie im Unternehmen zu unterstützen.«

»Bist du glücklich?«

»Ich verstehe nicht...?«

»Was ist an meiner Frage nicht zu verstehen: Bist du glücklich, kleine Bumm?«

Die Frage brachte Daisy in Nöte. Sie zog sich auf sicheres Terrain zurück. »Die Theres sagt, Glück ist ein Loch, das sich nicht stopfen lässt.«

»Bist du Theres, hä?« Waldo brach den nächstgelegenen Zweig ab. »Hier!« Er reichte ihr das kleine Stückchen Holz.

»Was soll ich damit?«

»Das bist du. Ein Zweig, der unter der Last eines Versprechens bricht.«

Nie zuvor hatte Daisy ein derart ernstes Gespräch mit ihrem Onkel geführt. Es stürzte sie in ein neues Dilemma. Oder warf es nur eine alte Frage auf, mit der sie bereits durch Louis und Mitzi konfrontiert worden war? Was wollte sie, Daisy? Waldos Einladung zeigte ihr eine neue Perspektive; Frieden brachte es ihr nicht. Im Gegenteil. Ihr Innerstes blieb aufgewühlt, ihre Vorstellungen von der Zukunft, ihre Wünsche und Ziele, nichts davon besaß Kontur, und das eine überlagerte das andere. Sie kam sich vor wie eine Wünschelrute, die, wohin sie sich auch drehte, stets in die entgegengesetzte Richtung ausschlug. Was erwartete sie von ihrem Leben? Im Dezember wurde sie zwanzig. Wie tief wollte sie in den Fußstapfen ihrer Großmutter einsinken? Fand sie Glück darin? Oder wollte sie nur ihre Großmutter damit glücklich machen? In letzter Zeit ertappte sie sich immer häufiger bei der Frage, wie ihr Leben heute wohl aussehen würde, hätte sich ihr Bruder nicht gegen sein Erbe entschieden. Gleichzeitig haderte sie mit der eigenen Schwäche, weil sie das Angebot ihrer Großmutter nicht abgelehnt hatte. Weil es einfacher gewesen war, Ja zu sagen, als sich gegen deren Erwartung zu stellen. Louis hatte Mut bewiesen, und deshalb lebte er nun sein eigenes Leben in Berlin.

Am Montag nach Waldos Angebot trudelte einer von Mitzis seltenen Briefen ein. Neben der Jubelbotschaft über ihr erstes Engagement als Künstlerin enthielt er auch eine kryptische Andeutung Louis betreffend. Mitzis Zeilen bildeten nur ein weiteres Glied in einer wachsenden Kette beunruhigender Gedanken. Louis' Briefe waren noch rarer als die ihrer schreibfaulen Freundin, und zuletzt war er an Weihnachten in Tessendorf gewesen. Zeit, zu handeln! Sie musste nach Berlin und wollte nicht bis zum nächsten Wochenende warten. Wenige Monate nach dem letzten Urlaub würde es allerdings nicht einfach sein, ihrer Großmutter die benötigten freien Tage abzuschwatzen.

»Urlaub? Jetzt? Ausgeschlossen!«, sagte Sybille ungehalten.
»Bitte, Großmutter, ich sorge mich um Louis.«
»Ist er in Schwierigkeiten?«
»Nein, aber...«
»Dann ist es ja gut. Du kannst jetzt nicht fort, Marguerite. Anarchisten haben gestern einen Bombenanschlag auf eine unserer Lokomotiven bei der Berliner Reichsbahn verübt.«
Daisy erschrak. »Schon wieder? Ist jemand zu Schaden gekommen?«
»Nur Sachschaden. Die Lok stand im Depot.«
»Das ist eine Angelegenheit der Kriminalpolizei und der Versicherung. Ich denke nicht, dass meine Anwesenheit deshalb erforderlich ist.«
»Das ist sie. Die Geier von der Versicherung haben sich schneller bei uns gemeldet als die Polizei. Ich plane, eine eigene Untersuchungskommission nach Berlin zu entsenden, die den Schaden für uns begutachtet. Wir müssen Vorkehrungen treffen, um uns künftig besser gegen Anschläge dieser Art zu wappnen.«

Daisy konnte ihr nicht folgen. »Wie ist das zu verstehen?«

»Indem wir beim Bau unserer Waggons und Lokomotiven der Sprengstoffsicherheit viel mehr Rechnung tragen. Es gilt zu überlegen, inwieweit wir Achsen und Aufbauten zum Schutz der Passagiere mit einer entsprechenden Panzerung verstärken können. Ich habe dazu eine Sitzung mit den leitenden Ingenieuren anberaumt. Sie beginnt in einer Stunde, und es ist mein Wunsch, dass du daran teilnimmst.«

»Bedaure, Großmutter, aber meine Reise nach Berlin hat Vorrang. Du hast hier wie immer alles im Griff. Servus!«

»Hiergeblieben! Da du ohnehin vorhast, nach Berlin zu reisen, könntest du beides miteinander verbinden. Du wolltest doch immer Verantwortung übernehmen, Marguerite. Nun, hier ist sie: Ich übertrage dir die Leitung unserer Untersuchungskommission in Berlin.«

Konfus entgegnete Daisy: »Aber ich bin kein Ingenieur.«

»Davon ist keine Rede. Deine Aufgabe vor Ort wird es sein, Gespräche mit der Reichsbahn, der Versicherung und der Polizei zu führen. Hierbei ist Verhandlungsgeschick gefragt. Du wirst mit den erforderlichen Befugnissen ausgestattet, zudem stelle ich dir unseren Justiziar, Herrn Bertram, zur Seite. Möchtest du die Herausforderung annehmen, Marguerite?«

Natürlich sagte Daisy Ja.

Die erste Euphorie über den Vertrauensbeweis war rasch verflogen. Stattdessen plagte Daisy das dumpfe Gefühl, ihrer Großmutter auf den Leim gegangen zu sein. Welchen Vorteil versprach sie sich davon, ihre unerfahrene Enkelin mit dieser Aufgabe zu betrauen? Gleich nach der Sitzung mit den Ingenieuren verließ Daisy die Firma. Sie musste packen und wollte zuvor noch mit ihrer Mutter sprechen. Franz-Josef schickte sie zur Orangerie.

Als sich Daisy dem viktorianischen Glasgebäude näherte, wehten ihr Gesprächsfetzen entgegen. Hagen war bei ihrer Mutter. Es lag keineswegs in ihrer Absicht zu lauschen, aber irgendwie schien es das Schicksal so einzurichten, dass sie ständig in Geheimnisse verwickelt wurde.

»Dieses Mal bist du zu weit gegangen«, hörte sie Hagen sagen. Dabei brachte er es fertig, zugleich anklagend und triumphierend zu klingen.

»*Mon dieu*, mach dich nicht lächerlich.«

»Lächerlich? Ich allein kann dich retten!«, brüstete er sich. »Und das weißt du genau. Du bist erledigt, sobald meine Großmutter davon erfährt.«

»*Vite, vite,* lauf zu *le dragon*«, erklärte Yvette leichthin. »Vielleicht schreibst du gleich ein Buch. Deine Fantasie ist *formidable*.«

»Dir wird das Spotten noch vergehen.«

»Aber Hagen, ich spotte nicht. Ich verstehe nur nicht, was du von mir willst.«

»O du verdammtes, durchtriebenes Biest! Ich werde dir zeigen, was ich will...«

Daraufhin krachte es vernehmlich, es hatte wohl einen Blumentopf getroffen, und Yvette sagte scharf: »Nimm gefälligst deine dreckigen Pfoten von mir!« Ihre Stimme klang alles andere als verängstigt, Daisy reichte es dennoch. Sie riss die Tür zum Gewächshaus auf und wurde Zeuge, wie Yvette Hagen eine kräftige Ohrfeige verabreichte.

Ihre Mutter wirkte mindestens so erschrocken wie Hagen, als plötzlich Daisy vor ihnen stand.

Yvette fing sich sofort. »*Chérie!*«, sagte sie mit einem eilig aufgesetzten Lächeln. »Du bist schon zu Hause! Das ist schön.« Sie bückte sich nach den Resten des zerbrochenen Topfes, während Hagen wortlos davonschritt.

»Worüber habt ihr euch gestritten?« Daisy half beim Einsammeln der Scherben.

»Ach, du kennst doch Hagen. Ständig spinnt er seine kleinen Intrigen.« Yvette holte eine Kehrschaufel und begann, Erde und Tonscherben aufzufegen. Ihre Bewegungen waren sicher und zügig, aber Daisy spürte den Nachhall des Streits wie kleine Vibrationen in der Luft.

»Und du, warum bist du schon so früh hier, *mon amour*?«

»Ich fahre für einige Tage nach Berlin und treffe mich mit Louis.«

»Exzellent!«, freute sich ihre Mutter. »Wenn der Prophet nicht zum Berg kommt, muss es die Schwester in die Hand nehmen. Das wird dir im Übrigen guttun, wieder einmal etwas anderes zu sehen als nur die grauen Wände der Firma, *Chérie.*«

»Aber Maman, ich arbeite dort!«

»Eben, du arbeitest viel zu viel. Dein Teint nimmt schon diese grässliche Büroblässe an. Richte deinem untreuen Bruder aus, wenn er nicht bald seine arme alte Mutter zu Hause besuchen kommt, dann streiche ich ihm die Apanage! Im Übrigen erinnert mich das daran, dir noch von einer interessanten Beobachtung zu erzählen. Ich war heute in Stettin im Pariser Viertel unterwegs, und während ich die Auslage im

Café Koch betrachte, entdecke ich zufällig innen 'Ugo mit den Tanten Clarissa und Winifred beim Kaffeeklatsch.«

»Hugo und die Tanten?« Daisy blinzelte ungläubig.

»*Alors,* offenbar haben die Schwestern einen Weg gefunden, ihre eigene Apanage aufzubessern.«

Daisy ärgerte sich. »Und ich hatte immer Hagen in Verdacht!«

Yvette gluckste. »*Bon,* das eröffnet dir Möglichkeiten, *Chérie!* Wenn 'Ugo dich das nächste Mal ärgern sollte, erfinde irgendetwas, das die Schwestern ihm zutragen können, und schicke 'Ugo damit in die Irre.«

Kapitel 30

Eva Dotterblume und der Zitronenfalter

Daisy bestieg den Zug nach Berlin. Sie war nervös, und die Fahrt wollte nicht enden. Sie machte sich schon genug Gedanken um Louis, und nun musste sie sich auch noch mit Ermittlungsbeamten herumschlagen. Diese verfluchten Anarchisten! Warum jagten sie sich nicht alle selbst gegenseitig in die Luft, dann wäre Ruhe.

Sie wollte sich eine kleine Schonfrist gönnen und rief, kaum in Berlin angekommen, Herrn Bertram an und täuschte eine Unpässlichkeit vor. Der überaus höfliche Justiziar erklärte sich sogleich bereit, das Gespräch mit den Kriminalbeamten allein zu führen. Dass sie damit das Problem nur vor sich herschob, war ihr bewusst.

Die morgige Begehung das Tatorts hingegen konnte sie Herrn Bertram nicht allein überlassen. Aber auf diese Weise hatte sie wenigstens einen freien Nachmittag mit Mitzi gewonnen, während sich Louis um diese Zeit üblicherweise in der Universität aufhielt.

Mitzi hatte inzwischen das Wunder Wirklichkeit werden lassen, im überfüllten Berlin eine Wohnung zu ergattern. Die neue Behausung am Prenzlauer Berg befand sich im Tiefparterre einer heruntergekommenen Mietskaserne. »Es ist kein

Palast, aber die Wohnung gehört mir. Sie ist sogar schon elektrifiziert«, erklärte Mitzi mit Besitzerstolz. »Und verkneif dir jede Bemerkung darüber, dass ich wieder im Tiefparterre gelandet bin. Es ist meine Entscheidung. Und ich bin Willi und die Schimmelpfennig los.«

Der winzige Flur platzte mit zwei Personen und Daisys Gepäck aus allen Nähten. Rasch folgte Daisy ihrer Freundin in den Wohnraum. Linker Hand trennten gemusterte Vorhänge einen Bereich ab, hinter dem Daisy Mitzis Schlafstatt vermutete. Eine offene Tür zweigte in die Küche ab, und auf den ersten Blick schien sie kaum größer als der Eingangsbereich. Daisy vermisste vor allem Tageslicht. Das einzige Fenster war schmal und vergittert, lag obendrein auf Fußhöhe der Passanten und schloss die Helligkeit eher aus, als sie hereinzulassen. Hinter ihr betätigte Mitzi den Schalter der Deckenlampe, deren Form an einen umgekehrten Trichter erinnerte. Daisy wollte sich gerade auf ein Plüschsofa mit Blumenmuster sinken lassen, als sie sofort wieder hochschreckte. Da saß schon jemand! Entgeistert betrachtete sie das alte Mütterchen, so klein und unscheinbar, dass es beinahe mit dem Sitzmöbel verschmolz.

»O, das ist Oma Kulke«, erklärte Mitzi leichthin. »Sie wohnt auch hier. Darum ist die Miete so günstig. Ich habe sie quasi von ihrem Sohn übernehmen müssen. Ich muss nur einmal am Tag mit ihr an die frische Luft. Sie ist taubstumm, dafür lächelt sie den ganzen Tag. Eine freundliche Seele.«

»Du hast eine Wohnung samt Großmutter gemietet, die du täglich spazieren führst wie einen Hund?«

»Willkommen in Berlin!«, sagte Mitzi mit dem Grinsen eines Zirkusdirektors. »Komm, ich zeig dir, wo du deine Sachen einräumen kannst. Danach gehen wir in ein Kaffeehaus. Ich lade dich ein!«

»Und Oma Kulke?« Daisy lächelte dem Mütterchen zu. Es lächelte herzallerliebst zurück und entblößte dabei einen abgebrochenen Schneidezahn. Es verlieh ihr etwas liebenswert Verschmitztes.

»Die nehmen wir mit. Sie ist ganz und gar unkompliziert.«

»Bist du dir wirklich sicher, dass sie uns nicht verstehen kann?«, erkundigte sich Daisy verschämt.

»Kein Wort, glaub mir.«

»Mir ist trotzdem unwohl.«

»Ach was, du gewöhnst dich dran.«

Auf dem Weg ins Café, Oma Kulke trippelte in Mantel und mit Kopftuch neben ihnen her, erkundigte sich Daisy: »Kann sie sich noch, äh, selbst versorgen?«

»Wenn du auf die Sache mit dem Nachttopf anspielst, dann sag's einfach. Bei mir musst du nicht die feine Dame markieren. Und ja, sie kann. Sie kleidet sich auch selbst an. Eigentlich kann sie alles. Man muss sie lediglich dazu animieren. Ich stelle ihr einen Topf mit Gemüse hin, sie schält und kocht. Ich gebe ihr einen Besen, sie fegt. Ich deute auf den leeren Zinkeimer, und sie holt Kohlen aus dem Keller. Sie ist wie eine der mechanischen Spielzeugfiguren, die man mit einem Schlüssel aufziehen muss. Ein echtes Goldstück. Nicht wahr, Oma Kulke?« Mitzi tätschelte ihr den Arm. Oma Kulke lächelte freundlich drein. »Im Grunde habe ich eine Haushälterin gewonnen und spar dabei noch Miete. Das ist doch knorke!«

»Hmm...«, meldete Daisy weiter Zweifel an. »Findest du nicht, dass du ihre Gutmütigkeit schamlos ausnutzt?«

»Warum? Ich sorge doch auch für sie, oder? Zudem ist sie körperlich noch prima in Schuss. Es ist ungesund, den ganzen Tag herumzusitzen und nichts als Schals und Wollstrümpfe zu stricken. Und sie betätigt sich wirklich gerne. Sieh nur, wie glücklich sie schaut! Hast du je einen zufriedeneren Menschen erlebt?«

In der Tat. Oma Kulke verlor nie ihr Lächeln und entsprach dem Bild eines mit sich absolut im Reinen befindlichen Menschen. Erstaunt registrierte Daisy, dass ihre eigene Anspannung nachließ, als strahlte Oma Kulkes tiefe Ruhe in sanften Wellen auf sie ab.

Sie setzten sich ins *Kranzler* am Kurfürstendamm und bestellten Kaffee und Napfkuchen. Oma Kulke widmete sich ihrem Stück mit großer Konzentration.

Daisy brannte darauf, Mitzi über Louis auszufragen. Ihre Freundin hingegen hatte eine Menge loszuwerden, und ihr Redestrom wollte nicht versiegen. Mitzi orderte bei der Bedienung frischen Kaffee plus zwei Cognac und redete und redete. Während die Worte ihrer Freundin munter sprudelten, befiel Daisy der Verdacht, Mitzi bereue inzwischen ihre Andeutungen. Schließlich riss ihr der Geduldsfaden. »Jetzt mach mal halblang, Mitzi«, grätschte sie ihr in die Parade. »Rück endlich mit der Sprache heraus. Was ist mit Louis?«

Mitzi trank einen ordentlichen Schluck Cognac und stellte ihr Glas ab, ohne es loszulassen. »Kannst du dir unseren Louis vorstellen, wie er durch Kneipen zieht und sich prügelt?«

»Nein, natürlich nicht.« Daisy wollte Mitzi nicht ausgerechnet jetzt auf die Nase binden, wie Louis einmal blutend aus Stettin heimgekehrt war, kurz nachdem sich Willi abgesetzt hatte.

»Danach sieht es aber aus. Ich traf ihn jüngst, und er redete sich damit heraus, er hätte eine Karambolage mit dem Wagen gehabt. Wer's glaubt! Unser Louis konnte noch nie gut schwindeln...«

»Warum denn? Es könnte doch genau so passiert sein, oder?«

»O heilige Einfalt!« Mitzi verdrehte die Augen. »Du bist mir eine echte Landpomeranze!«

»Ach ja? Und dir scheint die Berliner Luft ins Hirn gestiegen zu sein. Du hältst dich jetzt wohl für was Besseres!«, fauchte Daisy zurück.

Frau Kulkes Hand senkte sich auf Daisys Arm. Eine Berührung leicht wie eine Feder und ebenso besänftigend. Erstaunt suchte Daisy das friedliche Gesicht der alten Frau.

Mitzi grinste wissend. »Unsere gute Kulke sollte Kanzler werden. Dann wäre Schluss mit Mord und Totschlag.«

»Bitte verzeih«, murmelte Daisy und berührte ihrerseits Mitzis Hand. »Louis schreibt kaum, ruft nicht an, und wenn er es tut, dann lediglich, um seinen geplanten Besuch abzusagen. Mutter und ich sind sehr in Sorge um ihn.«

»Geht mir genauso. Darum habe ich mich weiter umgehört. Hör zu, Louis steckt in Schwierigkeiten.«

»Was denn für Schwierigkeiten?«

»Er ist in schlechte Gesellschaft geraten. Und damit meine ich ausnahmsweise nicht allein Willi.«

»Verdammte Brezel!« Daisy schüttelte unwillig ihre Locken. »Sag mir, was du in Erfahrung gebracht hast.«

»Es deutet alles darauf hin, dass Willi endgültig in radikale Kreise abgerutscht ist«, erklärte Mitzi mit gedämpfter Stimme.

»Dem Gerücht nach hat er sich trotzkistischen Anarchisten angeschlossen.«

Daisys Mund wurde trocken. »Du glaubst, Willi beteiligt sich an Anschlägen?«

»Laut meinem Kontakt bei der Politischen Polizei steht er nicht nur wegen der Hindenburg-Sache auf der Fahndungsliste.«

»Du hast einen Kontakt bei der Politischen?«, wunderte sich Daisy.

»Der Mann ist ein Klient von mir.«

»Klient? Bist du jetzt Anwalt oder Bankier oder so was?«

»I wo! Ich habe doch zuerst im Bierausschank Aschinger am Prenzlauer Berg gearbeitet. Der Typ kam ab und zu vorbei, um bei uns ein kühles Blondes zu zischen. So kamen wir ins Gespräch.«

Die Erklärung konnte Daisy wenig überzeugen, aber gerade ging es um Louis und nicht um Mitzi.

Mitzi sprach bereits weiter. »Hast du zufällig etwas vom jüngsten Bombenanschlag auf die Reichsbahn in Berlin mitbekommen?«

»Mehr, als mir lieb ist. Eine unserer Lokomotiven wurde in die Luft gejagt. Deshalb kam meine Großmutter auf die glorreiche Idee, dass ich den Schaden mit der Versicherung und den Ermittlern begutachten soll. Morgen habe ich dazu am Güterbahnhof eine Tatortbegehung.«

Mitzi rückte näher heran. »Dann halt dich mal fest: Es geht das Gerücht, Willis Gruppe ›Der rote Zar‹ sei für den Anschlag verantwortlich. Irgendwie ein irrer Zufall, dass...« Mitzi stockte.

»Was meinst du? Nur raus damit!«, forderte Daisy.

»... dass ausgerechnet eine eurer Lokomotiven betroffen ist. Denkst du, Willi hat es mit Louis' Billigung getan?«

Daisy sprang auf. »Was spinnst du dir denn da zusammen! Ich hätte dir nie von Waldos verschwundenem Fässchen erzählen sollen!«

»Schschh ... bleib sitzen«, mahnte Mitzi.

»Nein!« Daisy schnappte nach ihrer Tasche. »Ich muss sofort mit Louis sprechen!«

Mitzi gab nach. »In Ordnung.« Sie zahlten, setzten zunächst Frau Kulke in Mitzis Behausung ab und nahmen die Elektrische zur Technischen Universität. Sie fragten sich zu einem von Louis' Kommilitonen durch und erfuhren durch ihn, dass Louis heute nicht aufgetaucht sei.

Ihr nächster Weg führte Daisy und Mitzi nach Charlottenburg in die Hardenbergstraße, wo Daisy Louis bereits einmal besucht hatte. Frau Semmelweiß, Louis' Zimmerwirtin, öffnete auf ihr Klingeln, allerdings ließ sie nicht mehr von sich sehen als ihre blasse Nasenspitze zwischen Tür und Kette. »Ach, Sie sind das. Sie wünschen?«

»Guten Tag. Ich möchte bitte zu meinem Bruder Louis.«

»Bedaure, der ist gestern Morgen ausgezogen.« Bevor sie die Tür zuschlagen konnte, hatte Mitzi blitzschnell ihren Fuß in den Spalt geschoben. »Nicht so hastig, Frau Semmelweiß. Hat Ihnen Herr von Tessendorf gesagt, wohin er zu gehen beabsichtigte?«

»Nein, der junge Herr hatte es ziemlich eilig. Seine Sachen wollte er später abholen. Ich muss sagen«, ihre Lippen zitterten nun vor Empörung, »er ließ es mir gegenüber am nötigen Respekt mangeln. Und jetzt lassen Sie mich in Frieden, ich habe etwas auf dem Herd stehen.« Sie drückte gegen die Tür, aber Mitzi wich keinen Zollbreit.

»Herr von Tessendorf«, erklärte Mitzi ins Blaue hinein, »hat die Miete bis Ende des Monats entrichtet. Somit gilt er offiziell noch als Ihr Mieter. Zeigen Sie uns sein Zimmer.«

»Das geht nicht«, druckste Frau Semmelweiß nun herum. »Ich habe das Zimmer bereits weitervermietet. Unsereiner muss schließlich zusehen, wie er über die Runden kommt!«

»Gute Frau, wir haben kein Interesse an Ihrem Extraverdienst. Wenn wir das Zimmer schon nicht sehen können, so geben Sie Fräulein von Tessendorf einfach die Sachen ihres Bruders heraus.«

»Bedaure, ich warte, bis der junge Herr sie selbst abholt.«

»Wie Sie wünschen. Dann kommen wir mit der Polizei wieder«, erklärte Mitzi und zog ihren Fuß zurück. Daisy konnte über Mitzis Unverfrorenheit nur staunen.

»Also gut«, schnaubte Louis' Hauswirtin und öffnete die Tür. Sie wies auf zwei Gepäckstücke, die im schlecht beleuchteten Flur lagerten. »Da sind seine Koffer. Sie können nachsehen, es fehlt nichts.«

»Wo ist sein Rucksack?«, fragte Daisy.

»Den hat er mitgenommen.«

Sie schnappten sich je einen Koffer und kehrten in Mitzis Wohnung zurück. Dort nahmen sie das Gepäck gründlich auseinander. Kleidung, Wäsche, ein paar Schuhe und Bücher, aber keinen Hinweis zu Louis' möglichem Aufenthaltsort.

Daisy ließ die Schultern hängen. »Einen Tag früher, und ich hätte ihn noch angetroffen«, klagte sie mutlos.

»Wir werden ihn schon finden«, tröstete Mitzi sie. »Louis ist sicher bei Willi untergetaucht.«

»Untergetaucht? Du glaubst ihn auf der Flucht? Mein Gott, so weit habe ich noch gar nicht gedacht!«

»Ruhig Blut. Es gibt zwei gute Nachrichten. Zunächst scheint die Polizei nicht nach ihm zu suchen, sonst wären sie vor uns bei der Semmelweiß aufgetaucht. O, danke, Frau Kulke.« Mitzis Mitbewohnerin hatte ihnen Tee gekocht, setzte sich wieder aufs Sofa und malte ihr sanftes Lächeln in die Luft.

»Und wie lautet die zweite?«, fragte Daisy ungeduldig.

»Willi schlägt der deutschen Polizei seit über zwei Jahren ein Schnippchen. Er weiß, wie man sich versteckt und seine Identität verschleiert.«

Daisy fand keine Ruhe und wanderte durchs Zimmer. »Ich kenne Louis und kann nicht glauben, dass er in etwas Unrechtes verwickelt sein soll. So ist er nicht. Im Gegenteil! Louis würde Willi ins Gewissen reden.«

Mitzi pustete in ihren Tee. »Mich wundert nichts mehr. Liebe verändert den Menschen.«

»Aber doch nicht zum Schlechteren!«

»Pah, was weißt du schon darüber.«

Im Regelfall hätte Mitzis Bemerkung geradewegs in eines ihrer Wortgefechte geführt. Aber Daisys Sorge um Louis drängte alles andere in den Hintergrund. »Ich muss meinen Bruder finden!« Sie griff entschlossen nach Tasche und Hut.

Mitzi bremste sie aus. »Langsam. Es ist längst dunkel. Berlin ist nicht Tessendorf. Du kannst hier nicht einfach nachts herumlaufen. Seit Kurzem murkst ein Pärchen feine Leute ab. Die Presse nennt sie schon das Dahlem-Duo.«

»Aber das hier ist nicht Dahlem.«

»Deshalb kann man trotzdem vorsichtig sein.«

»Was machen wir dann?«

»Wir verkleiden uns als Männer und drehen eine Runde durch die einschlägigen Spelunken. Alkohol lockert die Zungen – wir werden also ordentlich was springen lassen müssen. Wie viel Geld hast du dabei?«

Wortlos reichte Daisy Mitzi ihre Börse. Sie hatte ihre gesamte Barschaft eingesteckt und sich noch etwas von ihrer Mutter geliehen.

Mitzi warf einen Blick hinein. »Prima. Das dürfte für einige Gelage reichen. Wir beginnen in Neukölln. Aber zuerst müssen wir dich entsprechend ausstaffieren.« Mitzi zog ein paar ihrer Kleidungsstücke hervor, und Daisy tauschte ihr elegantes graues Reisekostüm gegen eine Hose aus grobem dunklem Wollstoff und einen Rollkragenpullover. Ihre auffälligen Locken verschwanden unter einer Schiebermütze.

Auf dem Hinweg schärfte Mitzi Daisy ein: »Ich rede, und du sagst kein Wort! Du würdest uns bloß verraten.«

»Ständig musst du mich piesacken! Als sei ich das dümmste Frauenzimmer auf diesem Planeten«, begehrte Daisy auf.

»Sei nicht so empfindlich. Dir strömt die feine Dame aus jeder Pore. Willst du Krach mit den Roten? Wenn die merken, wer du bist, rupfen sie dich wie eine Gans.«

Unterwegs begegnete ihnen auf dem Bürgersteig eine zerlumpte Frau, mehrere hohlwangige Gören im Schlepptau. Im Chor bettelten sie um ein Almosen und streckten ihr die offenen Hände entgegen. Daisy kramte nach ihrem Kleingeld und verteilte freigiebig.

Mitzi zog sie mit energischem Griff weiter. »Lass das, sonst bist du gleich die gesamte Börse los.«

»Aber ich will der Frau bloß helfen!«, begehrte Daisy auf und lächelte dem kleinen Mädchen zu, das mit offener Hand neben ihr herlief.

»Ja, Mitleid aus einer Laune heraus. Spar dir das.«

»Warum bist du so hart?«

»Das hat nichts mit Härte zu tun. Du hast keine Ahnung vom Wesen der Armut.«

»Dann erklär's mir.«

»Später.«

»Nein, ich will es jetzt wissen.«

»Ich dachte, wir wollten deinen Bruder suchen?«

»Das tun wir, aber nichts spricht dagegen, dabei zu reden«, reimte Daisy.

»Du bist wirklich die nervigste aller Nervensägen.«

»Warum willst du nicht, dass ich Almosen verteile?«

Mitzi packte erneut Daisys Arm und zog sie hinter sich her, während sie die Straßenseite wechselten. Die Mutter und ihre Gruppe Kinder gaben auf und blieben zurück.

Mitzi hielt an der nächsten Ecke. »Du sagst es. Almosen! Du fütterst sie an und änderst damit nichts.«

»Aber irgendwo muss man mit der Hilfe doch beginnen!«

»Ach ja? Wenn es dir gerade zufällig unter die Nase springt, wie eben die Frau mit ihrem halben Dutzend Gören? Schau dich um, das Elend ist überall. Früher versprachen uns Fürsten und Kirche ein besseres Leben, heute blasen die Politiker ins selbe Horn, und die Not ist geblieben. Wenige besitzen alles, und der Rest buckelt sich krumm.«

»Und darum soll ich nicht von dem abgeben, was ich habe?«

»Ach, wie viel soll's denn sein? Willst du ab sofort nur noch die Hälfte essen, auf Pralinen und Buletten verzichten, um sie niemand anderem wegzuessen? Da du gerade in Wohltäterlaune bist, warum händigst du der barfüßigen Frau nicht deine Schuhe aus? Und verschenkst deine Perlenohrstecker dazu? Die Familie hätte dadurch einen Monat zu essen. Und danach? Kehrst du in vier Wochen zurück, um ihr mehr zu geben? Ab dem dritten Monat wird die Frau auf dich warten, und womöglich wird sie keinen Finger mehr rühren, um sich aus der eigenen Misere zu befreien. Für sie ist es ohnehin zu spät, aber frag dich, welches Beispiel du damit den Kindern gibst. Almosen sind ein Fass ohne Boden, das habe ich damals im Waisenhaus begriffen.«

»Was ist im Waisenhaus passiert?«, sprang Daisy sofort darauf an.

»Nicht auf der Straße. Lass uns später darüber reden«, blockte Mitzi ab.

»Versprichst du es?«

»Ja, ich versprech's, und jetzt komm endlich und lass uns deinen Bruder finden.«

Gegen fünf Uhr früh kehrten sie in Mitzis Bleibe zurück. Sie waren erschöpft, angetrunken und dabei keinen Schritt weitergekommen. Die Leute schluckten das spendierte Bier gerne, aber die Freundinnen stießen auf eine Wand des Schweigens. In der letzten Kneipe waren sie nur knapp einer Schlägerei entgangen, als jemand lauthals brüllte, sie seien Spitzel und ihm bereits in der Kneipe nebenan mit ihrer Fragerei aufgefallen.

Mitzi als erprobte Kellnerin wusste genau einzuschätzen, wann eine Lage brenzlig wurde. Sie schnappte nach Daisys Arm, bugsierte sie nach draußen und rief: »Lauf!« Nach einer kurzen Hatz über dunkle Hinterhöfe gaben die Männer auf.

Mitzi schälte sich aus ihrer Kleidung. »Herrje, wir müffeln wie nach einer Bierdusche!«

Daisy sank niedergeschlagen in den einzigen Sessel. Frau Kulke schlief, in eine Decke gewickelt, auf dem Plüschsofa und gab friedliche Atemgeräusche von sich. »Und jetzt?«, murmelte Daisy ratlos.

»Jetzt schlafen wir und vertrauen auf die Flüsterpost. Morgen sehen wir uns in einem anderen Viertel um.«

»Flüsterpost?«

»Was denkst du denn? Die Anarchisten sind untereinander vernetzt. Ich habe in jedes Ohr geflüstert, Willis kleine Schwester sei auf der Suche nach ihm.«

»Aber... Willi hat keine Schwester!«

»Was du nicht sagst! Mannomann, dauert es bei dir immer so lange, bis der Groschen fällt?«

Daisy warf ein Kissen nach ihr. »Du bist ein echtes Miststück!«

»Gern geschehen«, erklärte Mitzi und erlaubte sich ein Grinsen.

Frau Kulke setzte sich auf und gähnte ausgiebig. Darauf ergriff sie Daisys Hand und tätschelte sie. Ihre stille Gegenwart brachte Ruhe in Daisys Gedankenkirmes. Wer brauchte schon Waldos verbotene Cannabismischung, wenn man eine Frau Kulke zur Seite hatte?

Nach kurzen Stunden Schlaf erwachte Daisy mit einem schalen Biergeschmack im Mund und einem Kopf, der mindestens doppelt so viel wog wie noch gestern. Mitzi war längst auf den Beinen. Sie hatte Theres' Schließkorb geplündert und Frühstück zubereitet. Der Duft von frisch aufgebrühten Bohnen kitzelte Daisys Nase – genau das, was sie jetzt brauchte. Mitzi hatte sich bereits bedient. »Auch eine Tasse?«, fragte sie.

Daisy nickte, und allein diese Bewegung ließ sie aufstöhnen.

»Dein Kater hört sich übel an.«

»Frag nicht. Mein Schädel platzt gleich.«

»Tja, wer sonst nur feinen Champagner süffelt, dem knallt die Arbeiterprölle richtig rein…« Mitzi rückte die Wasserkanne zurück auf die gusseiserne Platte, schüttete Bohnen in die Kaffeemühle und begann zu mahlen.

»Wo ist Frau Kulke?« Daisy vermisste sie auf ihrem gewohnten Platz. Ihre Wolldecke hing ordentlich gefaltet von der Sofalehne, das verwaiste Strickzeug lag im Korb.

»Da kommt sie, sie hat Kohlen aus dem Keller geholt.«

Frau Kulke trat mit einem vollen Zinkeimer in der Küche. Sie trug Kittel, ein gemustertes Kopftuch und ihr gewohnt freundliches Lächeln. Mitzi reichte ihr gleich eine Tasse frisch Gebrühten und schob ihr Brotkorb und Honigtopf zu. Während Frau Kulke mit gutem Appetit zulangte, schlürfte Daisy verzückt ihren Kaffee. »Wann musst du ins Wertheim?«

»Es ist der vierte Samstag im Monat, und da habe ich immer frei. Ich muss aber gleich los zur Generalprobe der Nachwuchskünstler ins Tingel-Tangel. Falls du magst, unternimm einen Spaziergang mit Frau Kulke. Gut gegen Kater.«

»Gern. Ich hole sie gleich nach meinem Termin am Güterbahnhof ab und dreh mit ihr eine Runde zur Technischen Hochschule. Ich will mich nochmals nach Louis erkundigen.«

»Ist die Uni am Samstag offen?«

»Verflixt, daran habe ich gar nicht gedacht!«, entfuhr es Daisy. »Egal, ich versuch's trotzdem. Sag, kannst du mir Schuhe leihen, Mitzi? Ich habe nur welche mit Absatz eingepackt.«

»Ja, meine Freundin ist stets schick, aber nie praktisch. Guck einfach meine Schuhe durch, mit zwei Paar ist die Auswahl überschaubar. Am frühen Nachmittag bin ich zurück. Wünsch mir Glück! Meine Konkurrenz ist groß, aber wenn die Probe glattläuft, darf ich heute Abend erstmals im Theater auftreten. In dem Fall kommst du natürlich mit zur Vorstellung!«

Daisy schaute befremdet. »Was? Wir hatten doch vor, weiter nach Louis suchen!«

»Sofern du ihn vorher nicht gefunden hast, können wir das nach der Vorstellung immer noch tun. Sie endet gegen elf, das reicht für eine weitere Kneipenrunde. Die Männerklamotten pack ich uns für alle Fälle ein, umziehen können wir uns bei Bedarf hinter der Bühne.«

***

Daisy nahm ein Taxi zum Güterbahnhof, um ihre schmerzenden Füße, so gut es ging, zu entlasten. Doch Blasen und Druckstellen sollten bald ihr geringstes Problem sein.

Am vereinbarten Treffpunkt am Schlesischen Bahnhof erwarteten sie der Firmenjustiziar Bertram sowie Herr Kiesewetter von der Pommerschen Versicherungsanstalt. Daisy kannte ihn nur flüchtig. Die Herren nahmen sie in ihre Mitte und geleiteten sie zum Schauplatz des Anschlags. Vor dem abgesperrten Gelände stießen sie auf zwei Polizisten, die sie nach kurzem Wortwechsel durchließen. Nur eine kleine Gruppe Schaulustiger fand sich noch am Ort des Geschehens, die übrige Katastrophenkarawane war längst weitergezogen. Allerdings bestürmte sie ein Mann in einem zerknitterten Anzug. Er rief ihnen Fragen zu und schwenkte ein Notizbuch, während ein zweiter mit grellem Blitz mehrere Aufnahmen von ihnen tätigte. Die Polizisten schritten nicht gegen die Presseleute ein.

Auf dem Weg zum Schauplatz des Verbrechens zeigte sich das ganze Ausmaß der Verwüstung. Die Druckwelle der Explosion hatte Dach und Wände des Depots beschädigt und Backsteine, Schindeln und sonstigen Bauschutt im weiten Umkreis verstreut. Es roch nach kaltem Rauch und heißem Metall, und jeder Atemzug schmeckte nach Staub. Aus den Resten des Gebäudes lugte die demolierte Lokomotive hervor wie ein erlegtes Urzeitungeheuer.

Zu Daisys Unmut erspähte sie nun noch ihren Ex-Verlobten Hugo. Er hatte sie bereits ausgemacht und schritt nun mit aufgesetztem Lächeln auf sie zu. Müßig, sich bei Herrn Bertram über die Präsenz von Hugo Brandis zu Trostburg zu beschweren. Das hatte ihr ihre Großmutter eingebrockt, weil sie sich davon einen Vorteil versprach.

»Da bist du ja, Marguerite. Es freut mich, dich wiederzusehen, auch wenn ich die betrüblichen Umstände bedauere.« Er speiste Daisys Begleiter mit einem kurzen Nicken ab, nahm ungefragt ihren Arm und zog sie mit sich in das zerstörte Gebäude.

»Was tust du hier, Hugo?«, fragte Daisy.
»Meine Arbeit, natürlich. Dies ist ein politisches Attentat.«
»Als Leiter der Politischen Polizei wirst du sicherlich über ausreichend Mitarbeiter verfügen, die sich der Aufgabe annehmen könnten.«
»Selbstverständlich, aber damit würde ich mich selbst um das Vergnügen bringen, dich persönlich herumzuführen.«

Daisy verfluchte still ihre Großmutter, sah aber ein, dass sie sich in die Situation fügen musste. Hugo würde nicht einfach so verschwinden, genauso wenig wie der Stein, der sich in ihren Schuh geschmuggelt hatte und gegen ihren Ballen drückte.

Der Schutt knirschte unter jedem ihrer Schritte. Herr Bertram und Herr Kiesewetter näherten sich einem langen Tisch, auf dem allerlei Gerätschaften aufgebaut waren. Zwei Männer mit Kitteln über ihrer Uniform begutachteten mit einer Lupe ein handgroßes Stück verbogenen Stahls. Mehrere Schaufeln lehnten an einem Haufen aufgeschichteter Steine, daneben lagerten große, fest verschnürte Plastiksäcke.

Hugo führte Daisy nah an die beschädigte Lokomotive heran. Im Dach des Führerstands klaffte ein gezacktes Loch, was Daisy an eine gigantische zerplatzte Konservendose erinnerte.

Hugo erläuterte weitschweifig den Tathergang und zeigte ihr die Stellen, wo die insgesamt drei Sprengsätze unter der Lokomotive angebracht worden waren. »Um maximalen Schaden anzurichten, haben die Anarchisten einen der Sprengsätze direkt unter dem Führerstand platziert. Aber sei unbesorgt, Marguerite. Wir werden diesen Verbrechern das Handwerk legen.«

»Ich bin jedenfalls heilfroh, dass es nur Sachschaden zu beklagen gibt.«

Hugos Miene wurde düster. »Ich fürchte, da bist du nicht auf dem Laufenden, Marguerite.«

»Was?« Daisy spürte, wie ihr das Blut in den Adern gefror.

»Wir haben einen Leichnam entdeckt. Bedauerlicherweise ist nicht mehr viel von ihm übrig, die Explosion hat ihn überall verteilt.«

Daisy sah sich reflexhaft um, als würden noch irgendwo Leichenteile herumliegen, auf die sie versehentlich treten könnte.

»Keine Sorge, wir haben alles eingesammelt.« Hugo nickte in Richtung Schaufel und Plastiksäcke. »Die Gerichtsmediziner werden eine Rekonstruktion versuchen. Nach unserem bisherigen Erkenntnisstand handelt es sich um einen Mann.«

»Bitte, können wir gehen?«, fragte Daisy, der sich der Magen umdrehte.

»Einen Moment noch, Marguerite.« Hugo blickte an ihr vorbei.

Als Daisy sich umwandte, entdeckte sie am Eingang zum Depot einen hochgewachsenen, hageren Mann, der sich aufmerksam umsah und nun auf sie zuschritt. Sein langer Ledermantel verlieh ihm eine düstere Ausstrahlung, eine schwarze Augenklappe verstärkte den finsteren Eindruck.

»Marguerite«, sagte Hugo, »ich darf dir Hubertus von Greiff vorstellen, meinen besten Ermittler.«

Von Greiffs Blick glitt gelangweilt über Daisy hinweg, und auch die junge Frau legte keinen Wert auf eine tiefere Bekanntschaft. Hugo und Greiff suchten sich für ihr Gespräch eine stille Ecke. Daisy kalkulierte inzwischen ihre Chancen, schnell und unbemerkt zu verschwinden. Hugo würde bestimmt eine Einladung zum Abendessen aussprechen. Sie zog es vor, der Frage gleich auszuweichen. Sie winkte Herrn Bertram heran und gab ihm zu verstehen, dass er sie nach draußen begleiten solle.

»Herr Bertram, ich weiß die Angelegenheit bei Ihnen in den besten Händen. Richten Sie Herrn zu Trostburg meine Grüße aus und erklären ihm bitte, ich hätte dringend fortgemusst, um einen weiteren wichtigen Termin wahrzunehmen. Auf Wiedersehen!« Eilig marschierte Daisy los, dem verblüfften Justiziar blieb gar nicht die Möglichkeit eines Einwandes.

Unbehelligt schaffte sie es bis zum nächsten Taxistand. Erleichtert ließ sie sich gegen das Polster der Rückbank sinken. Nächstes Mal würde sich Hugo nicht mehr so leicht austricksen lassen. Immerhin brachte ihr die heutige Begegnung eine wichtige Erkenntnis: Louis hatte mit dem Attentat nichts zu schaffen, das hätte ihr Hugos Verhalten mit Sicherheit verraten. Mitzi und ihre Hirngespinste! Daisy öffnete die Verschnürung ihres Halbschuhs und entfernte den Kiesel.

Das Hochgefühl, Hugo erfolgreich ein Schnippchen geschlagen zu haben, verflüchtigte sich rasch, und ihre Sorge um Louis' Verschwinden rückte wieder in den Vordergrund. Daisy überlegte, ob ein friedvoller Spaziergang mit Frau Kulke ihre aufgewühlten Gedanken in ruhigere Bahnen lenken würde, weg von Louis und Hugo, Anarchisten und Attentaten. Und von ihrer Großmutter… Bei ihrer Rückkehr musste sie vor ihr Rechenschaft ablegen. Aber heute galt es vorrangig, Louis zu finden. Sie holte Frau Kulke ab und spazierte mit ihr zur Universität. Auf dem Campus tummelten sich Gruppen von

Studenten, die allerdings eher dem Müßiggang frönten. Daisy rüttelte dennoch an der Tür zur Technischen Fakultät. Verschlossen. Zumindest hatte sie es versucht. Gegen drei Uhr kehrte sie mit Frau Kulke in Mitzis Wohnung zurück. Mitzi selbst tauchte erst gegen sechs Uhr auf.

Sie nahmen die U-Bahn, und Daisy berichtete ihrer Freundin von der Begegnung mit Hugo und dem Toten im Depot. Mitzi fand die neueste Entwicklung furchtbar, schien ihre Gedanken jedoch rasch wieder auf ihren Auftritt zu konzentrieren.

Daisy mochte die neuen Lichtspielhäuser, aber sie bevorzugte nach wie vor das Theater. Es blieb stets ein besonderes Erlebnis, Heinrich George und Elisabeth Bergner in einer Inszenierung von Max Reinhardt zu erleben. Das Tingel-Tangel-Theater konnte dem Vergleich mit dem Deutschen Theater in Berlin Mitte allerdings nicht standhalten. Es siedelte eher versteckt in Charlottenburg im Keller des Theaters des Westens. Das Programm kündigte eine Revue mit dem Titel »Höchste Eisenbahn« an, den Daisy ziemlich treffend fand.

Mitzi deutete auf ein Plakat neben dem Eingang mit dem Konterfei einer knapp bekleideten Dame. Darunter pries ein Schriftzug Eva Dotterblume an. »Mein Künstlername«, erklärte Mitzi stolz. »Der eigentliche Star der Revue ist Marlene Dietrich. Aber sie tritt erst morgen wieder auf.«

Daisy horchte auf. »O, die Dietrich ist zurück in Berlin? Du hast gar nichts gesagt. Was ist mit dem Fontane?«

Mitzi grinste, und Daisy verstand. »Er hat sich bei dir gemeldet?«

»Ja, und vielleicht kommt er heute sogar hierher, um mich

zu sehen. Dieser Abend gehört uns Nachwuchskünstlern. Ich werde ein selbst getextetes und komponiertes Stück vortragen. Wenn's gut läuft und es dem Betreiber des Theaters gefällt, wird vielleicht ein richtiges Engagement daraus!«

»Du hast ein Lied geschrieben?«, fragte Daisy ungläubig.

»So ungefähr... Ein Couplet. Das ist ein politisch-satirischer Text.«

»Du singst jetzt politische Lieder?« Daisy hatte etwas Frivoles à la Folies Bergère vorgeschwebt.

»Schau nicht, als sei ich verrückt geworden. So was ist in Berlin sehr populär, und die Texte gehen mir leicht von der Hand. Lass dich überraschen.«

Zunächst überraschte Daisy Mitzis Kostüm, es war in der Tat so knapp wie auf dem Plakat: enge Korsage, knappes Satinhöschen und zarte Strümpfe am Straps, die jeden Zoll ihrer wohlgeformten Beine zeigten. Ein Klappzylinder und ein kleiner Stock komplettierten Mitzis Staffage.

Mitzi auf der Bühne war eine Sensation! Sie sprühte vor Temperament, sie sang, sie tanzte, sie kokettierte, sie war frech und frivol. Der Funke sprang rasch auf das Publikum über. Am Ende wurde der Refrain ihres Couplets *Zitronenfalter* von jedermann ausgelassen mitgegrölt und lautstark eine Zugabe eingefordert.

Früher tat ich Huhn und Gänslein rupfen,
ließ auch so manches Male an mir selber zupfen.
Denn für die reichen Adelsleute,
ist die Magd 'ne schnelle Beute.

Ich wollte keine Trophäe mehr sein,
so schwinge ich heute mein Bein
und wetze meine Zunge.
Denn heut' kreischt es aus jeder Lunge:

Wir wollen nur das Beste für euch!
Ja, wer das glaubt, der glaubt auch,
der Zitronenfalter faltet Zitronen.
Am Ende wird's sich nur für die Schreihälse lohnen.

Ob Marxist oder Nazi,
das gleiche Rot auf der Fahne.
Und rot wie das Blut, wie ich es ahne,
wird ihre Rache sein.
Erst versprechen sie das Gelbe vom Ei,
am Ende ist's nur heißer Brei.

Wir wollen nur das Beste für euch!
Ja, wer das glaubt, der glaubt auch,
der Zitronenfalter faltet Zitronen.
Am Ende wird's sich nur für die Schreihälse lohnen.

Nach der Wahl gibt's nichts mehr zu lachen,
dann macht keiner nur halbe Sachen.
Marxisten werden die reichen Knilche jagen,
kriegen wir die Nazis, geht's dem Jud an den Kragen.
So oder so schlagen sich alle gegenseitig tot,
am Ende bleibt dem Volk nur das blutige Rot.

Wir wollen nur das Beste für euch!
Ja, wer das glaubt, der glaubt auch,
der Zitronenfalter faltet Zitronen.
Am Ende wird's sich nur für die Schreihälse lohnen.

Am Ende werden sich alle beklagen,
wenn die Schreihälse haben das Sagen!

Jonathan Fontane ließ sich leider nicht blicken, aber das war für Mitzi leicht zu verschmerzen. Denn Friedrich Hollaender, der Betreiber des Theaters, geleitete sie persönlich von der Bühne und versprach ihr, dies sei nicht ihr letzter Auftritt im Tingel-Tangel gewesen.

Kapitel 31

> Wer mit Dummköpfen ringt,
> kann keine großen Siege erringen.
>
> Waldo von Tessendorf

Auf Mitzis Triumph folgte die Enttäuschung. Auch in dieser Nacht blieb ihre Suche nach Louis und Willi ergebnislos. Im Morgengrauen kehrten die jungen Frauen heim und krochen hundemüde unter ihre Decken. Während Mitzi schnell in den Schlaf sank, fand Daisy keine Ruhe. Sie lauschte hellwach Mitzis ruhigem Atem, dem Quietschen der schadhaften Sprungfedern, wenn Frau Kulke sich auf dem Sofa bewegte, und ängstigte sich vor ihren eigenen sorgenvollen Gedanken.

Da klopfte es leise an der Tür. Kurz darauf wiederholte es sich. Daisy rüttelte Mitzis Schulter, aber die schlief so fest wie ein Fels. Hinter dem Vorhang, der ihren Schlafbereich vom Rest des Raumes abtrennte, knarzte das Sofa, und Daisy vernahm das Tappen nackter Füße. Frau Kulke war aufgestanden. Himmel, sie wollte die Tür öffnen!

»Nein, Frau Kulke!« Daisy schwang sich aus dem Bett, riss den Vorhang beiseite, stolperte und stieß im Dunkeln gegen eine Truhe. »Verflucht!«

Das holte auch Mitzi aus dem Schlaf. »Was ist denn das für ein Radau?« Sie knipste die Nachttischlampe ein.

Frau Kulke hockte mit geschürztem Nachthemd und friedlich blinzelnd auf dem Topf, und Daisy ging zu spät auf, dass die taubstumme Alte das Klopfen gar nicht gehört haben konnte. Jetzt klopfte es erneut, zusammen mit dem leisen Ruf: »Mitzi!«

Die Freundinnen tauschten einen bestürzten Blick. Sie hatten beide die Stimme erkannt. Daisy schnellte zur Tür, entriegelte sie, und sofort drängten zwei bärtige Männer herein. Sie stützten sich gegenseitig, und Daisy stieg der metallische Geruch von Blut in die Nase.

»Louis!«, keuchte sie erschrocken, nahm ihren Bruder um Taille und Schulter, und mit Willis Hilfe verfrachteten sie ihn auf Mitzis Bett.

Während Frau Kulke für heißes Wasser sorgte, untersuchten die Freundinnen Louis' Wunden. »Es ist weniger schlimm, als es aussieht!«, wehrte Louis ab. »Nur ein paar Schrammen und ein verstauchter Knöchel.«

»Aber deine Hände!«, rief Daisy. »Sie bluten und sind voller Schmutz.«

Louis betrachtete seine Handflächen, als sähe er sie zum ersten Mal. »Halb so wild. Das muss beim Sturz passiert sein. Übrigens, schön, dich zu sehen, Schwesterherz.« Er versuchte sich an einem Lächeln.

»Damit kriegst du mich nicht!« Sie funkelte ihn wütend an. »Was hast du dir nur dabei gedacht, einfach so zu verschwinden. Ich bin vor Sorge fast umgekommen!«

Frau Kulke brachte die Waschschüssel. Daisy griff nach einem Tuch und begann, Louis zu säubern. So richtig sanft ging sie dabei nicht zu Werke. Louis biss die Zähne zusammen und beschwerte sich nicht. Nachdem der Patient verbunden und mit einer Tasse Tee versorgt im Bett saß, nahmen sie den unversehrten Willi ins Visier.

»Du Idiot!«, ging Daisy auf ihn los. »In was hast du Louis hineingeritten? Wenn du dein Leben ruinieren willst, nur zu, deine Sache. Aber halt gefälligst meinen Bruder davon fern!«

»Hör auf, mich anzukeifen. Aber so sind die feinen Piefkes: stets vorschnell mit einer Verurteilung zur Hand. Zu deiner Information, ich habe nichts getan. Louis hat ...«

»Ach, halt doch den Rand«, fuhr ihm Mitzi über den Mund. »Niemand interessiert sich für deine Lügen. Geh, Willi. Verlass meine Wohnung!« Sie wies zur Tür.

»Klar hältst du zur Aristokratie. Du Verräterin«, stänkerte Willi.

»Spar dir dein Gift. Und jetzt raus hier.« Mitzi griff sich den Besen.

»Oho, sie will mich rauskehren!« Willi grinste dreist und machte einen Schritt auf sie zu. Daisy stellte sich neben Mitzi. Die Luft flirrte vor Spannung.

»Hört auf, alle drei.« Louis richtete sich im Bett auf. »Willi hat mich zu nichts überredet. Ich treffe meine Entscheidungen selbst.«

»Wovon sprichst du?« Daisy spürte einen Knoten im Magen.

»Von der Lokomotive im Depot. Ich habe sie hochgejagt.«

»Du hast was?« Nun hatte Daisy auch noch ein merkwürdiges Pfeifen in ihrem Ohr.

»Man muss den Kapitalismus an seiner Wurzel packen. Terror verschafft uns Aufmerksamkeit. Anders begreift die Bevölkerung nicht unsere Bereitschaft, alles für unsere Ziele zu geben.« Er sprach wie ein beflissener Schüler, der Gelerntes wiedergab.

Daisys Gehirn brauchte ein, zwei Sekunden, um das Gehörte zu verarbeiten, dann stürzte sie sich mit erhobenen Fäusten auf Willi: »Du verdammtes Schwein! Du hast meinem Bruder eine Gehirnwäsche verpasst!« Wutentbrannt trommelte sie gegen seine Brust.

Willi packte ihre Hände, und sein sommersprossiges Gesicht kam ihr so nahe, dass sie jede einzelne hätte zählen können. Zwischen ihnen stand die Hitze des Zorns und verdampfte die letzte freundschaftliche Regung ihrer Kindheit. An ihre Stelle trat Unversöhnlichkeit.

Grob stieß Willi Daisy von sich. »Bei dir piept's wohl.«

»Daisy«, mahnte Louis.

Sie fuhr herum. »Nichts, *Daisy!* Du fährst morgen mit mir nach Hause. Wenn ich dir den Kopf nicht zurechtrücken kann, dann unsere Großmutter.«

»Nein, ich bleibe in Berlin. Bei Willi.«

»Ach, und wo ist das bitte? So wie es aussieht, habt ihr keinen Platz mehr, wohin ihr gehen könnt. Sonst wärt ihr nicht bei Mitzi hereingeplatzt!«

Erneut suchte Louis Willis Blick. Daisy versetzte die Abhängigkeit ihres Bruders einen weiteren Hieb.

»Gut«, gab Willi zähneknirschend nach. »Ich verschwinde. Aber Louis bleibt so lange hier bei euch, bis sein Knöchel geheilt ist.« Er öffnete die Tür. »Ich komme wieder, um nach ihm zu sehen.« Es klang wie eine Drohung.

***

»Ich erkenne dich nicht wieder, Louis«, sagte Daisy, sobald Willi weg war.

»Was meinst du?« Louis sank tiefer in die Matratze. Zweifellos wünschte er sich an jeden anderen Ort der Welt.

Daisy nahm es mit Genugtuung zur Kenntnis. Zwei Tage hatte er sie durch die Hölle der Ungewissheit geschickt, und nun lag er hier im Bett, mit verstauchtem Knöchel und blutigen Schrammen. »Du wirfst dein Leben fort, Louis. Du wolltest doch etwas schaffen, stattdessen zerstörst du Dinge!«

»Ich weiß, für jemanden wie dich ist das schwer zu begreifen. Es geht um die Symbolik des Terrors. Der Kapitalismus...«

Sie ließ ihn gar nicht erst ausreden. »Jemand wie ich«, grollte sie mit mühsam gebremstem Zorn, »begreift vor allem, dass du verblödetes Anarchistengequatsche von dir gibst. Weißt du, wie viele Arbeiter wie viele Stunden gearbeitet haben, um diese Lokomotive zu bauen? Da stecken über zehntausend Stunden Arbeitsleistung drin, und ihr Idioten sprengt sie einfach in die Luft. Frag doch mal die Arbeiter, was die davon halten!« Daisy hielt inne, der Zorn hatte sie atemlos gemacht. Wann genau hatte ihr Bruder diese falsche Richtung eingeschlagen? Stets war er der Klügere, der Vernünftigere von ihnen beiden gewesen. Aber so langsam bekam sie es mit der Angst zu tun, ihn womöglich nicht mehr erreichen zu können. Mager, die Augen tief verschattet, lag er vor ihr in Mitzis Bett. Aber Daisy war viel zu wütend, um ihn zu bedauern. Dennoch war sie geneigt, ihm ein wenig Schlaf zu gönnen, hatte die Rechnung jedoch ohne Mitzi gemacht.

Ihre Freundin schaute auf Louis hinab, als gehörte er einmal tüchtig durchgeschüttelt, damit die Teile des echten Louis wieder zurück an ihren Platz fielen. Sie hielt eine Flasche Birnenschnaps und zwei Gläser parat und entkorkte den Hochprozentigen kurzerhand mit den Zähnen. Den Korken spuckte sie achtlos aus, knallte die Flasche auf den Nachttisch und füllte die Gläser randvoll. Das eine reichte sie Daisy, das andere kippte sie selbst hinunter.

»Dieser bekloppte Willi!«, keuchte sie. »Ich schwöre dir, der setzt keinen Fuß mehr in meine Wohnung.« Sie goss nach.

Louis öffnete ein Auge, schielte zur Flasche, und Mitzi fuhr ihn an wie eine wütende Katze: »Der ist nicht für dich, du bist benebelt genug! Hast du überhaupt einen Schimmer, was du angerichtet hast?« Daisy japste erschrocken auf. Sie verstand sofort, was Mitzi umtrieb. Sie hielt es für keine kluge Idee, ihren Bruder schon jetzt mit dem Toten im Magazin zu konfrontieren. Dazu saß ihr der Schock selbst noch zu tief in den Knochen. Außerdem war bisher nichts bewiesen, und vielleicht irrte Hugo, und vielleicht… Mitzis Blick schnitt ihre Gedanken ab. Ihre Freundin hatte dazu eindeutig eine andere Meinung.

Louis erfasste die jähe atmosphärische Veränderung im Raum. Die Augen auf Mitzi gerichtet, fragte er leicht verwirrt: »Wovon sprichst du?«

»Davon, dass du Blödmann mit der Lokomotive einen unschuldigen Menschen in die Luft gesprengt hast!«

»Was, in Gottes Namen, faselst du da?« Louis schlug die Decke zurück, als wollte er aufstehen. Daisy schob sich rasch zwischen Mitzi und das Bett. »Jetzt mal halblang, Mitzi. Lass Louis erst einmal zur Ruhe kommen. Wir können später darüber reden.«

Mitzi dachte nicht daran. »Sieh ihn dir an! Brezeln scheißen, die Welt vom Kapitalismus befreien wollen und hernach waidwund in meinem Bett liegen. Ihr Kerle steht mir bis zum Hals!«

Louis sah unsicher zu Daisy. »Warum ist sie so zornig auf mich?«

Das fragte sich Daisy längst auch. Sie schluckte den Kloß in ihrem Hals hinunter und schilderte Louis ihre Begegnung mit Hugo vom Vormittag, den angeblichen Inhalt der Plastiksäcke und erwähnte auch den finsteren Herrn von Greiff.

Schon vor Daisys Bericht hatte Louis erbarmungswürdig ausgesehen, nun war er leichenblass geworden. Mitzi hatte ein Einsehen. Wortlos reichte sie Louis den Schnaps, und bald zeigte der Alkohol den gnadenreichen Effekt, dass Louis in den Schlaf sank. Kurz darauf füllte sein Schnarchen den Raum. Draußen dämmerte bereits der Morgen herauf.

Die Freundinnen setzten sich in die Küche. »Wie soll's jetzt weitergehen? Irgendeinen Plan?«, erkundigte sich Mitzi.

Frau Kulke nahm in ihrem geblümten Schlafrock zwischen ihnen Platz – wie eine Pufferzone. Die hatten sie auch nötig.

Daisys schwelender Zorn kochte erneut hoch. »War das wirklich nötig?«, zischte sie. »Ich hätte es Louis gerne selbst gesagt.«

»Ach ja? Mit blümchenumkränzten Worten? Louis hat mächtig Mist gebaut! Ich versteh euch zwei nicht. Ihr seid mit dem goldenen Löffel im Mund zur Welt gekommen und habt jede Möglichkeit. Und was macht ihr draus? Dein Bruder wirft sein Leben weg, und du bist der lebensuntüchtigste Mensch, den ich kenne.«

»Ach ja, ist das etwa meine Schuld? Mir wurde beigebracht, auf Gesellschaften hübsch zu lächeln, zu jedem Gericht die entsprechende Gabel zu wählen und wie man eine Fischgräte vornehm in die Serviette spuckt.«

»Eben! Jeder Mensch mit Grips sollte da aufschreien! Du besitzt doch Verstand. Nutze ihn, Daisy!«

»Deshalb wollte ich in Ruhe mit Louis über den Anschlag reden, aber du musstest es ihm ja sofort unter die Nase reiben«, begehrte Daisy auf. »Dabei ist die Sachlage weit von einer Aufklärung entfernt. Vielleicht…«

»Vielleicht, vielleicht!« Mitzi rollte mit den Augen. »Das arme Brüderchen schonen, was? Du hast ja keine Ahnung, was sich in Berlin abspielt. Während du geruhsam in Tessendorf schlummerst, geht es hier jede Nacht zur Sache, und fast immer gibt es Tote.«

»Jetzt übertreibst du«, wehrte Daisy ab.

»Nein. Zwischen den Kommunisten und den Ultranationalisten dieses Gauleiters Goebbels tobt ein Entscheidungskampf! Goebbels hat einen üblen Krawallhaufen zusammengestellt, und alles schießt und knüppelt. Dazu kommen Anarchistenspinner wie das Dahlem-Duo, die Villen überfallen, oder dein Bruder, der den politischen Fliegenfängern auf den Leim geht, jeden Mist glaubt und fleißig Öl ins Feuer gießt. Louis ist nichts weiter als ein nützlicher Idiot. Unsereiner will einfach nur in Frieden seiner Arbeit nachgehen, und die lassen das nicht zu. So sieht's aus!«

Erstaunlicherweise dämpfte Mitzis offenkundige Rage Daisys eigenen Zorn. Im Verhalten ihrer Freundin lag etwas, was sie aufhorchen ließ. »Fein, Mitzi«, meinte sie. »Dich sticht der

Hafer wegen der Zustände in Berlin. Das erklärt aber noch lange nicht, weshalb du derart auf Louis losgehen musstest.«

»Na, hör mal!«, erwiderte Mitzi. »Wir laufen uns zwei Nächte die Füße wund, und was tut der gnädige Herr? Er treibt sich mit Anarchisten herum und zündelt mit Sprengstoff. Und wenn's dann schiefgeht, pocht er an unsere Tür. Da wird man ja mal mit dem Fuß aufstampfen dürfen!«

»Gute Verteidigung, aber mein Bauchgefühl verrät mir, dass mehr dahintersteckt. Du verschweigst mir etwas. Wenn ich es nicht besser wüsste, würde ich glatt meinen, du seist auf Willi eifersüchtig.«

»Natürlich bin ich das!«, überraschte Mitzi mit der Flucht nach vorn. »Wir vier waren einmal die allerbesten Freunde und haben alles miteinander geteilt, und nun vereinnahmt Willi Louis vollkommen für sich, setzt ihm böse Flöhe ins Ohr und formt aus einem redlichen jungen Mann einen Verbrecher. Verdammt, ja, ich bin stinkwütend auf Willi und habe es an Louis ausgelassen. Na und? Er hat es verdient!« Mitzi deutete zum Schlafbereich. »Sobald unsere Schnapsdrossel unter die Lebenden zurückgekehrt ist, verpasse ich ihm noch eine Ladung.«

Daisy ließ es vorerst dabei bewenden. Die letzten Tage waren anstrengend genug gewesen, und es wäre unsinnig, ihre übrigen Kraftreserven an Streit zu verschwenden. Sie kehrte zu Mitzis Frage zurück. »Louis kann unmöglich in Berlin bleiben. Ich werde Mutter bitten, ihn abzuholen und mit nach Tessendorf zu nehmen. Danach können wir nur auf das Beste hoffen. Und kein Wort zu niemandem, Mitzi.«

»Das brauchst du mir nicht sagen.«

Bevor Daisy antworten konnte, erfüllte Frau Kulke ihre Funktion als Schiedsrichter und legte beiden Frauen je eine Hand auf den Arm. Das beendete die Diskussion endgültig.

Es war Sonntag. Während Mitzi bei Louis wachte, brach Daisy mit Frau Kulke zu einem Spaziergang auf, der sie auch zu einem Fernsprechapparat führte, um ihre Mutter zu benachrichtigen. Als Yvette am frühen Nachmittag mit ihrem Wagen eintraf, brauchte es keine großen Überredungskünste, um Louis dazu zu bewegen, mit ihr nach Tessendorf zu kommen. Er ließ alles mit sich geschehen, innerlich abgeschottet und nach außen hin gegenüber allem gleichgültig, als sei er eine Marionette, der man die Schnüre gekappt hat. Daisy konnte nur ahnen, welchen inneren Stürmen sich ihr Bruder derzeit ausgesetzt sah.

Louis' Knöchel heilte. Nach vier Wochen konnte er auftreten, nach weiteren zweien laufen, ohne zu humpeln. Jedenfalls nach Beurteilung von Doktor Seeburger, der in regelmäßigen Abständen nach ihm sah und seinen Patienten nach sechs Wochen für genesen erklärte.

Louis, der sein Zimmer seit dem ersten Tag nicht verlassen hatte und alle seine Mahlzeiten dort einnahm, schloss sich weiter darin ein. Sämtliche Anstrengungen, die Daisy und Yvette unternahmen, um ihn ins Freie zu locken, liefen ins Leere. Auch Violette und Kuno versuchten erfolglos ihr Glück.

Großmutter Sybilles Geduldsfaden riss. Nach einer längeren guten Phase, in der ihr ein Stock zum Gehen genügte, hatte sie einen neuerlichen Krankheitsschub erlitten, der sie zurück in den Rollstuhl zwang. Bei nächster Gelegenheit ließ sie sich von Franz-Josef in Louis' Zimmer bringen. Sie fuhr dicht an sein Bett heran, bis ihre Fußstützen es berührten, und fixierte ihren Enkel. Louis gab vor zu schlafen. Sybilles funkelnder Drachenblick durchdrang indes auch geschlossene Lider. Louis verriet sich durch ein Blinzeln.

»So geht das nicht, mein Junge«, schalt Sybille. »Doktor Seeburger berichtet, du seist geheilt. Was liegst du da noch im Bett herum? Du hast zwei gesunde Beine, benutze sie gefälligst! Dies ist ein Gutsbetrieb, kein Sanatorium. Entweder du arbeitest für Kost und Logis, oder ich schlage vor, du suchst dir eine andere Bleibe. Dein Verhalten ist unerträglich, und es ist Verschwendung. Und rasiere dir endlich das Gestrüpp aus dem Gesicht! Ich gebe dir bis morgen Zeit. Entscheide dich, Junge. Servus!«

Daisy war ihrer Großmutter nachgeschlichen und berichtete ihrer Mutter von Sybilles Ultimatum.

»*Bon sang!*«, seufzte Yvette. »Wenn *le dragon* Louis nicht auf die Füße bringt, sollten wir wirklich über ein Sanatorium nachdenken.«

»Aber *Maman!* Das kann unmöglich dein Ernst sein.«

»*Naturellement*. Wir sollten achtgeben, dass sich unser Louis nicht bei Nacht und Nebel davonschleicht. Solange er hier bei uns ist, kann er wenigstens keine weitere *stupidité* anstellen.«

Daisy hatte sich keinen anderen Rat gewusst, als ihre Mutter von Louis' Verwicklung in den Anschlag einzuweihen, und *stupidité* lautete der geheime Code für die Tat. Die im Übrigen bisher keine Konsequenzen für Louis nach sich zog, außer der Bestrafung, die er sich selbst auferlegte, indem er sich in seinem Zimmer wegsperrte. Daisy und ihre Mutter litten indessen unter der quälenden Vorstellung, Hugo könne auftauchen und Louis verhaften. Daisy versuchte, ihren Bruder zu überreden, das Land zu verlassen, aber er lehnte ihren Vorschlag vehement ab. Im Übrigen erwies sich das als der einzige Moment in diesen langen Wochen, in dem er kurz aus seiner Lethargie erwachte, ansonsten erweckte er den Eindruck, er warte auf seinen Henker.

Der Justiziar Herr Bertram berichtete Sybille in Daisys Beisein, dass die Ermittlungen zum Attentat auf Lok und Depot stockten. Weitere verheerende Anschläge würden Polizei und Hauptstadt seither in Atem halten, und Hugos Vorgesetzte, der Innenminister und der Polizeipräsident, erwarteten von ihm Ergebnisse.

Daisy und ihre Mutter werteten dies als eine positive Nachricht. Würde Hugo auch nur den geringsten Verdacht gegen Louis hegen, er würde kaum zögern, ihn zu verhaften. Damit mochte vielleicht fürs Erste die Gefahr gebannt sein, dass Louis an die Wand gestellt würde, aber es minderte nicht seine Schuld.

Daisy brauchte frische Luft, doch anhaltender Regen hatte die Wege wieder einmal für einen Ausritt unpassierbar gemacht. Stattdessen musste eine Runde im Park genügen. Leider hatten ihre Tanten dieselbe Idee gehabt. Als Daisy sie in ihren Lodenmänteln die Treppe herabschreiten sah, ihre nervösen Rehpinscher im Schlepptau, beschloss sie, zunächst wie in alten Zeiten eine Zigarette am Schmugglerloch zu rauchen. Sie erschrak fast zu Tode, als aus einem nahe gelegenen Gebüsch eine dunkle Gestalt sprang. Bevor sie einen Schrei ausstoßen konnte, lag eine Hand auf ihrem Mund, und eine Stimme raunte: »Nur die Ruhe, ich bin's.« Willi ließ sie los.

»Bist du verrückt? Was tust du hier? Verschwinde!«, fauchte Daisy.

Willi hielt sich nicht mit einer Antwort auf. »Wie geht es Louis?«

»Gut. Und jetzt hau ab.«

»Warum? Weil du sonst die Polizei rufst?« Sogleich hob Willi schlichtend die Hände. »Lass uns nicht streiten, Daisy. Uns geht es doch beiden um dasselbe.«

»Und was soll das bitte schön sein?«

»Louis' Wohlergehen.«

Daisy schoss die Galle hoch. »Ihm würde es ohne dich wohler gehen! Du hast ihn doch erst in diese Misere hineingeritten!«

»Ich habe gute Nachrichten«, verkündete Willi.

»Was soll das heißen?«

»Die Polizei verbreitet Lügen. Beim Anschlag auf euer Depot ist niemand getötet worden. Die angebliche Leiche existiert nicht, das habe ich aus vertrauenswürdiger Quelle. Dieser Trostburg will der roten Arbeiterfront nur einen weiteren Mord unterschieben. Eine gängige Praxis. Seine ganze Behörde ist ein Misthaufen.«

Daisy verschränkte misstrauisch die Arme. »Vertrauenswürdige Quelle?«

»Auch unter den Polizisten gibt es Genossen.«

Daisy blieb skeptisch. Welcher Täter würde sich selbst nicht reinwaschen wollen?»Und was hätte Hugo davon?«

»Das liegt doch auf der Hand. Der Staat führt einen geheimen Krieg gegen die Kommunisten. Goebbels' Schlägertruppe wütet und mordet nach Lust und Laune. Danach zeigen sie mit dem Finger auf uns und behaupten, wir seien das gewesen. Goebbels' Propaganda schürt den Volkszorn, indem sie uns als Mörder und Unruhestifter brandmarkt, und die eigenen Verbrechen kehren sie unter den Teppich.«

»Verstehe... Die Anarchisten sind wahre Unschuldslämmer, und dass sie hier und da ein paar Dinge in die Luft jagen, dient natürlich einer guten Sache...«

»In jeder Gruppierung finden sich zwangsläufig Radikale. Aber es ist falsch, die Mehrheit für die Taten einiger weniger Extremisten verantwortlich zu machen. Du wärst auch wütend, wenn du Freunde und Mitstreiter durch die Faschisten verloren hättest.«

Daisys Mund kräuselte sich zu einem süffisanten Lächeln. »Bravo, Willi. All die vielen schönen politischen Weltverbesserungsparolen sind nur Fassade. Am Ende geht es euch um die Rache an den Faschisten.«

»Du denkst zu kurz. An Reformen entzündet sich seit jeher Streit. Die einen halten am Bewährten fest wie an einem Seil, andere zerren daran, bis eine Partei im Dreck landet. Derzeit tobt ein Kampf zwischen alter und neuer Ordnung. Als Kommunist trete ich dafür ein, dass jeder Bürger...«

»Komm auf den Punkt, Willi«, winkte Daisy genervt ab. »Weshalb sollte ich dir glauben, dass Hugo uns belügt?«

Willi konterte mit einer Gegenfrage. »Was zählt für den

Bürger am Ende des Tages? Was will eine Mutter für ihre Kinder?«

»Was soll das?«, erwiderte Daisy.

»Tu mir den Gefallen und antworte darauf.«

»Vermutlich ein Heim voller Licht und Wärme, einen Gemüsegarten und eine gute Schulausbildung.«

Willi lächelte zum ersten Mal ehrlich. »Genau das hat meine Mutter immer gesagt. Aber dazu braucht es sozialen Frieden. Und der wird derzeit durch Faschisten massiv gestört. SA-Straßenterror und Goebbels' perfide Lügenpropaganda schüren die Angst. Bis das Volk zuletzt bereit ist, jede Maßnahme zu akzeptieren, die seiner eigenen Sicherheit dient. Sobald der Bürger glaubt, die rote Front sei an allem schuld, wird er selbst radikalere Maßnahmen fordern und jeden denunzieren, der eine Schiebermütze trägt.«

»Weißt du, Willi, vielleicht hättest du Priester werden sollen, so gern wie du predigst. Selbst wenn du und dein ominöser Informant recht habt und der Tote im Depot eine Lüge ist, ändert das nichts an Louis' Situation.«

»O doch. Überlass das mir.«

Am Ende erlag Louis Willis Einflüsterungen. Denn nach nichts sehnte er sich mehr, als die Schuld am Tod eines Unschuldigen abzulegen. Und so wagte er sich zurück nach Berlin. Daisy wusste, dass sie nichts dagegen unternehmen konnte, ihre Sorge um ihn würde die nächste Zeit ihr ständiger Begleiter sein.

Kapitel 32

> »Wenn wir irgendetwas beim Nationalsozialismus anerkennen, dann ist es die Tatsache, dass ihm zum ersten Mal in der deutschen Politik die restlose Mobilisierung der menschlichen Dummheit gelungen ist. [...]
>
> Dr. Kurt Schumacher, Rede vor dem Reichstag,
23. Februar 1932

Am Samstagmorgen nach Louis' Abreise betrat Daisy den kleinen Salon. Sie hatte eine harte Woche hinter sich. Auf die Aufsichtsratssitzung am Montag waren drei Tage Verhandlungsmarathon mit einer Militärdelegation aus Japan gefolgt, und der Freitag hatte mit einem Brand in der Schreinerei geendet, wobei noch nicht feststand, ob es sich um einen Unfall oder einen Sabotageakt handelte.

Sie wollte mit ihrer Mutter sprechen und wähnte sie allein im Salon.

»Oh, Verzeihung, *Maman*«, sagte sie, als sie den fremden Gast bei ihr bemerkte. »Ich wusste nichts von deinem Besuch.«

Der Fremde erhob sich höflich aus dem Sessel, und Daisy hatte ihre liebe Mühe, sich ihre Überraschung nicht anmerken zu lassen. Trotz der verstrichenen Zeit erkannte sie in ihm zweifelsfrei Marie la Saintes Begleiter vom Stettiner Bahnhof, den Mann, den Mitzi Hinkebein getauft hatte. Er musste inzwischen zu Geld gekommen sein, da er die Kleidung eines Gentlemans trug.

»Marguerite, das ist Gaston Charlemagne.« Yvette wandte sich mit einem Lächeln ihrem Gast wieder zu. »Monsieur, das ist meine älteste Tochter Marguerite. Gaston ist Vertreter für französische Spirituosen, *Chérie,* und kommt auf Empfehlung eines gemeinsamen Freundes. Zur Verkostung hat er uns mehrere Flaschen aus seinem Angebot mitgebracht. Franz-Josef stellt eben ein Tablett zusammen. Möchtest du uns Gesellschaft leisten und den Champagner versuchen? Ich hätte gerne deine Meinung dazu gehört.«

Daisy verstand die Bitte ihrer Mutter als versteckte Botschaft. Yvette schien der Mann ebenso wenig geheuer wie ihr selbst. »Sehr gerne«, willigte sie ein.

Franz-Josef trat ein. Die Verkostung dauerte eine Stunde, und Daisy wurde die ganze Zeit das Gefühl nicht los, sie veranstalteten eine Scharade zu dritt. Der Händler verabschiedete sich und nahm eine Bestellung von einem halben Dutzend Kisten mit.

»*Mon dieu*«, entfuhr es Yvette, kaum dass Franz-Josef den Gast hinausgeleitet hatte, »was für ein seltsamer Geselle. Du kamst gerade zur rechten Zeit, *Chérie,* sonst hätte ich nach dir geschickt. Hätte dieser Charlemagne nicht die Referenz eines Freundes vorgewiesen, ich hätte ihn nicht empfangen.«

»Ich frage mich, was er wirklich wollte«, meinte Daisy gedankenversunken und lieh ihrer Mutter nur ein halbes Ohr. Vom Fenster aus verfolgte sie, wie ihr Besucher auf eine staubige Limousine zusteuerte. Bevor er einstieg, wandte er sich nochmals um und taxierte das Herrenhaus mit einem Blick, als schätzte er seinen Wert in Goldmünzen. Ihre Mutter war neben sie getreten. »Sieh an. Franz-Josef teilt unser Ressentiment, was diesen Gaston anbetrifft.«

»Wie kommst du darauf, *Maman*?«

»Er hat ihm nicht die Wagentür aufgehalten. So verfährt er mit Gästen, die seiner Ansicht nach keine zuvorkommende Behandlung verdienen.«

»Hoffentlich sehen wir diesen schmierigen Typen nie wieder.«

»Deinem Wunsch kann ich mich nur anschließen«, seufzte Yvette. »Aber eine Ahnung verrät mir, dass sich hinter Monsieur Charlemagnes Besuch mehr verbirgt als nur der Verkauf von Champagner.«

Daisy merkte jäh auf, als hätte die Nennung von Schaumwein ihren Geist angeregt. »Als du vorhin von einem gemeinsamen Freund sprachst, meintest du damit etwa Henry Roper-Bellows?«

»*Oui*«, bestätigte Yvette und hob eine Augenbraue.

»Die Vorstellung, er könnte ihn an uns verwiesen haben, fällt mir tatsächlich schwer.« Allein die Erwähnung Henrys versetzte Daisy einen neuerlichen Stich der Enttäuschung. Sie konnte ihm seinen Verrat nicht verzeihen.

»Da bin ich vollkommen mit dir *d'accord, Chérie*. Und deshalb werde ich 'Enry wegen Gaston Charlemagne kontaktieren.«

Daisy war klar, dass sie möglicherweise ihre heimliche Beobachtung vom Stettiner Bahnhof preisgeben musste. Aber sie wollte zunächst abwarten, was ihre Mutter in Erfahrung bringen würde.

Zwei Tage später hatten sie Gewissheit. Henry Roper-Bellows kannte einen Spirituosenhändler namens Gaston Charlemagne aus La Rochelle. Allerdings hinkte sein Bekannter nicht, befand sich bereits im zweiundachtzigsten Lebensjahr und unternahm keine längeren Reisen mehr. Henry konnte sich keinen Reim auf die Täuschung machen, versprach Yvette jedoch, Erkundigungen einzuholen.

Nun beichtete Daisy ihrer Mutter auch, was sie selbst über den angeblichen Gaston Charlemagne wusste. Großzügig verzichtete Yvette auf Vorhaltungen und murmelte lediglich nachdenklich: »Das erklärt einiges.«

»Was erklärt es, *Maman*?«

»Nicht jetzt, *Chérie*. Ich muss einen Brief schreiben.«

»An Marie la Sainte?«

»Sicher nicht. Sei so gut und lass mich jetzt allein.«

»Du wirfst mich hinaus?«

»Sei nicht gekränkt, *Chérie*. Ich bin es ja auch nicht, obwohl du mir erst jetzt reinen Wein eingeschenkt hast.«

Daisy senkte beschämt den Kopf. »Ich weiß, *Maman*.«

»Du solltest mir vertrauen, *ma fille*. So, wie ich dir vertraue.«

»Was wirst du wegen Gaston unternehmen?«

Ihre Mutter legte ihr kurz die Hand an die Wange. »Wie ich eben sagte, *Chérie*. Vertraue mir, dass ich das Richtige tue.«

***

Am folgenden Freitagabend fuhr Daisy nach Berlin. Mitzi feierte Premiere mit ihrem neuen Programm im Tingel-Tangel, und Daisy wollte sich dieses besondere Ereignis nicht entgehen lassen.

Der Tapetenwechsel kam ihr gerade recht. Seit Tagen zerbrach sie sich den Kopf über die merkwürdige Begegnung mit dem angeblichen Gaston Charlemagne und der Frage, was ihre Mutter mit dem Hochstapler verband. Gaston war in ihren Gedanken so präsent, dass sie sich einbildete, sie hätte ihn am Stettiner Bahnhof, kurz bevor sie den Zug bestieg, gesehen.

Es war schon nach neun Uhr, als sie vor Mitzis Wohnung den Taxifahrer entlohnte. Sie öffnete mit dem eigenen Schlüssel, den ihr Mitzi bei ihrem letzten Besuch überreicht hatte. Klopfen erübrigte sich, da sie die Freundin um diese Zeit im Theater wusste und Frau Kulke es ohnehin nicht hören konnte. Umso größer ihr Erstaunen, als sie Mitzi, halb entblößt, mit einem Mann auf dem Diwan entdeckte. Von Frau Kulke keine Spur.

Der Mann kam sofort auf die Beine und ordnete seine Kleidung, während Mitzi liegen blieb und auf eine Weise lächelte, als sei sie sturzbetrunken. Ihr Liebhaber fand sich schnell in der neuen Situation zurecht. Mit einem komischen kleinen Lächeln, das wohl Bedauern ausdrücken sollte, trat er auf Daisy zu. »Ich wusste nicht, dass Mitzi Besuch erwartet«, erklärte er ölig. Instinktiv wich Daisy vor ihm zurück. Irgendetwas stimmte hier nicht. Sie wusste, dass eine ziemliche Menge an Alkoholischem nötig war, um Mitzi in diesen Zustand zu versetzen. Auf dem Tisch entdeckte sie eine Flasche Sekt und zwei halb geleerte Gläser, nach einem echten Gelage sah das nicht aus. Hinter dem Bettvorhang war ein Stöhnen zu vernehmen. Mit einem Satz sprang Daisy zur Seite und riss den Stoff mit kräftigem Ruck zurück. Prompt segelte die gesamte Stoffmasse herab. Frau Kulke lag wie betäubt auf dem Bett, ein Auge zugeschwollen. Alarmiert fuhr Daisy herum, aber es war bereits zu spät. Der Mann packte sie und schleuderte sie gegen die Kommode. Der heftige Schmerz nahm ihr den Atem. Als sie hochsah, hielt er ein Messer in den Händen. »Ein Laut, und du machst Bekanntschaft damit«, warnte er. »Sag, wer bist du hübsches Vögelchen?« Er lächelte selbstbewusst.

Mit der Kommode im Rücken konnte Daisy nicht zurückweichen. Sie tastete hinter sich, bekam ein Stück des Bettvorhangs zu fassen und warf ihn blitzschnell in Richtung des Mannes. Der Stoff legte sich um Messer und ausgestreckten Arm. Daisy hechtete über das Bett hinweg zurück Richtung Tür, doch er holte sie rasch ein und warf sich auf sie. Er drückte sie bäuchlings nieder, presste ihr ein Knie in den Nacken und schnürte ihr damit die Luft ab. Darauf packte er ihre Haare und riss brutal ihren Kopf zurück. Daisy durchfuhr ein glühender Schmerz, als hätte er ihr das Messer in den Rücken gerammt.

»Du verdammtes Weibsstück«, zischte er an ihrem Ohr. Daisy rang vergeblich um Atem, aber dann ließ er sie so plötzlich los, dass ihr Kinn auf den Boden knallte, und rutschte zur Seite. Daisy holte keuchend Luft, kroch auf allen vieren von ihm weg und rieb sich noch völlig benommen den Hals. Sie zuckte zusammen, als eine Hand sich leicht auf ihre Schulter legte. Frau Kulke! Die Arme sah schrecklich aus. Das Gesicht zerschrammt, ein Auge fast völlig zugeschwollen, doch das unversehrte Auge schaute gütig wie eh und je, und ihr liebes Lächeln legte sich wie Balsam auf Daisys Gemüt. Sie setzte sich auf und erlitt darauf den Schreck ihres Lebens. Neben ihr ausgestreckt lag ihr Peiniger – und aus seinem Rücken ragte eine Stricknadel!

Daisy stöhnte und schloss ihre Lider vor diesem neuerlichen Albtraum. Als sie sie wieder öffnete, lag der Tote noch immer dort. Daisys Blick suchte Mitzi. Die rekelte sich weiterhin halb nackt auf dem Diwan, als ginge sie das ganze Drama nichts an. Was hatte ihr dieser grässliche Mensch bloß eingeflößt?

Mithilfe von Frau Kulke rappelte Daisy sich hoch und verfluchte ihre weichen Knie. Jetzt nur nicht die Nerven verlieren. Um nicht weiter von den toten Augen des Mannes verfolgt zu werden, breitete sie den Bettvorhang über ihn. Frau Kulke nahm indes Daisys Schließkorb, begab sich in die Küche, und als Daisy ihr auf immer noch ziemlich wackeligen Beinen folgte, füllte sie bereits Bohnen in die Kaffeemühle. Daisy sank auf einen der klapprigen Stühle und sammelte ihre Gedanken. Was für eine vertrackte Situation! Nach einem Überfall rief man in der Regel die Polizei. Wegen Hugo schreckte sie davor zurück. Sobald er Wind von der Sache bekam, hätte sie ihn auf der Pelle, und er würde die Lage für sich ausnutzen. Die arme Frau Kulke würde verhaftet werden und vermutlich Mitzi gleich mit. Die Alte stellte eine berauschend gut duftende Tasse Kaffee vor ihr ab, und Daisy fuhr beschämt in die Höhe. Frau Kulke war verletzt, und sie hatte sich bisher nicht um sie gekümmert! Sie feuchtete ein Tuch an und bedeutete ihr, sich zu setzen. Frau Kulke ließ Daisys Behandlung geduldig wie ein kleines Kind über sich ergehen. Sicher litt sie Schmerzen, aber weder zuckte sie zusammen noch gab sie einen Laut von sich. Erst nachdem sie Frau Kulkes Auge gekühlt hatte, konnte Daisy ihren Kaffee tatsächlich genießen. Die nächste Tasse war für Mitzi bestimmt. Daisy flößte ihr das starke Gebräu ein, und die Freundin schluckte es brav.

Allmählich ließ die Wirkung der unbekannten Droge nach. Gespenstisch blass und elend kauerte Mitzi wenig später auf der Couch. »Wo ist Frau Kulke?« Ihr Blick flackerte suchend durch den Raum.

»In der Küche. Es geht ihr gut, aber sie hat ein kapitales Veilchen davongetragen.«

»Dieser Mistkerl hat sie geschlagen?«

»Ja. Weshalb weißt du das nicht?«

»Das Letzte, woran ich mich erinnere, ist, wie Edgar mir ein Glas Sekt reichte und danach ... Filmriss.« Die Erkenntnis ließ Mitzi zusammenzucken: »Das Schwein hat mich betäubt!« Sie knirschte mit den Zähnen. »Raus mit der Sprache, was habe ich noch verpasst?«

Fassungslos, die Hände um den dröhnenden Kopf gelegt, lauschte Mitzi Daisys Bericht. Als Frau Kulkes Stricknadel ins Spiel kam, rutschte sie vom Diwan, torkelte zum improvisierten Leichentuch, hob es an, wurde noch bleicher und sank auf halbem Weg kraftlos auf den Couchtisch. »So eine verdammte Sauerei«, schimpfte sie.

»Wer ist diese Kanaille?«, wollte Daisy wissen.

Mitzi rieb sich die roten Augen. »Das wird dir nicht gefallen.«

»Es gefällt mir schon jetzt nicht. Und schlimmer als das da«, Daisy wies mit dem Kopf Richtung Boden, »kann es kaum werden.«

»O doch, es kann. Edgar ist einer von Hugos Bluthunden«, gestand Mitzi.

Daisy japste entsetzt auf. »Verflucht! Woher kennst du ihn überhaupt?«

»Aus dem Bierkeller vom Prenzlauer Berg. Er war mein Kontakt zur Politischen Polizei. Edgar hat mir bereits seit geraumer Zeit nachgestellt und mir auch den Job im Wertheim verschafft.« Mitzi griff nach der Kaffeetasse und schlürfte den letzten Schluck.

Daisy war speiübel. »Was machen wir jetzt bloß?«, stöhnte sie. Eine Weile verharrten die Freundinnen in Schweigen, schockiert von der Dimension der Angelegenheit.

Frau Kulke kam, räumte das Geschirr inklusive Sekt und Gläser ab, kehrte zurück und trat in aller Seelenruhe zum Toten. Nachdem sie über ihm das Kreuz geschlagen hatte, beugte sie sich hinab und faltete die Decke ordentlich zurück. Ohne jedes Zögern packte sie darauf die Stricknadel und zog sie mit kräftigem Ruck heraus. Anschließend säuberte sie sie an der Decke und breitete diese wieder sorgfältig über den Toten. Die Stricknadel wanderte zurück in den Wollkorb.

Fassungslos verfolgten die Freundinnen ihr Treiben, und Mitzi sprach schließlich das aus, was sie beide bewegte: »Frau Kulke darf niemals in Hugos Hände geraten. Wir müssen Edgars Leiche verschwinden lassen.«

»Und wohin damit?«

»In den Landwehrkanal. Das ist nicht weit.«

Daisy schüttelte den Kopf. »Irgendwer, ich glaube Hagen, hat ihn kürzlich als ›zentrale Entsorgungsstelle‹ bezeichnet. Dort fahnden sie immer zuerst. Und nicht weit bedeutet hier in der Nähe, oder?«

»Wohin dann? Bitte sag, dass du mit dem Wagen gekommen bist.«

»Nein, Reichsbahn.« Nachdenklich berührte Daisy ihr Sternenmal. »Wie spät ist es?« Sie konsultierte ihre Uhr. Ein Plan reifte in ihr heran, und mit einem Ruck wandte sie sich Mitzi zu.

»Pass auf, ich nehme heute noch den letzten Zug zurück nach Tessendorf und hole Mutters Wagen. Damit wäre ich noch vor Tagesanbruch zurück. Wir schaffen den Mann im Schutz der Dunkelheit in das Automobil, und ich bringe ihn nach Tessendorf. Dort kenne ich eine Stelle, wo er nie mehr auftauchen wird.«

»Und wie kriegst du ihn allein aus dem Wagen?«

Auch hier wusste Daisy Rat. »Ich werde Zisch um Hilfe bitten. Er wird uns nicht verraten.«

»Schande. Ich möchte nicht in deiner Haut stecken. Zwei Stunden allein im Wagen mit einer Leiche auf dem Rücksitz und Zisch als Totengräber.«

Daisys Nackenhaare richteten sich auf. »Alle Achtung, du besitzt wirklich die Gabe der Ermutigung.«

»Ich mein ja nur, ob ich nicht lieber mir dir nach Tessendorf kommen soll. Das würde dir ersparen, Zisch in die Sache hineinzuziehen.«

Kurz war Daisy versucht, auf das Angebot einzugehen, aber die Vernunft siegte. »Nein, du bleibst besser bei Frau Kulke.« Noch etwas fiel ihr ein: »Was ist eigentlich mit deinem Auftritt?«

Mitzi riss entsetzt die Augen auf. »Verdammt! Herr Hollaender wird furchtbar wütend auf mich sein. Das war's dann wohl, er wird mich rausschmeißen. Na ja«, auf Mitzis mitgenommenem Gesicht zeigte sich ein ergebenes Lächeln. »Das sollte jetzt wohl meine geringste Sorge sein.«

»Und ich sollte mich sputen.« Daisy nahm ihre Tasche. Mitzi umarmte sie an der Tür. »Danke«, sagte sie schlicht.

Es waren nervenaufreibende Stunden für Daisy. Die Zeit im Zug allein mit ihren Gedanken. Die Rückfahrt nach Berlin im Wagen ihrer Mutter, den sie, ohne zu fragen, ausgeliehen hatte. Eine Ausrede dafür musste ihr später einfallen, und wenn sie an die bevorstehende Konfrontation mit Zisch dachte, den sie zum unfreiwilligen Komplizen auserkoren hatte, zog es ihr das Rückgrat zusammen. Der Stallmeister würde ihr seine Hilfe nicht versagen, aber sie hätte viel lieber Waldo um Hilfe gebeten, der trieb sich allerdings nach wie vor irgendwo im Orient herum.

Bis zu Daisys Rückkehr nach Berlin um drei Uhr morgens verlief alles glatt. Sie parkte direkt vor dem Haus und schlüpfte in die Wohnung zurück, wo ihr der scharfe Geruch von Putzmitteln entgegenschlug. Mitzi hatte sämtliche Blutspuren beseitigt. Der Tote lag, in ein Laken verschnürt, zum Abtransport bereit, und Frau Kulke döste sitzend auf dem Sofa.

»Also los«, sagte Daisy. Sie hob die Beine an, Mitzi packte die Schultern. »Verdammt, ist der schwer«, ächzte Mitzi.

Sie bekamen Edgar kaum vom Fleck, und ihnen standen noch ein langer Flur und eine steile Kellertreppe bevor. Plötzlich stand Frau Kulke an ihrer Seite. Mit ihrer Hilfe schafften sie es bis zur Tür.

Da klopfte es. Der Laut versetzte sie unmittelbar in Panik. Sie ließen die Leiche fallen, hoben das sperrige Paket dann schnell wieder auf und verfrachteten es kurzerhand unter das Bett. Das Klopfen wiederholte sich, und Mitzi ging zur Tür. »Wer ist da so früh?«, fragte sie, gespielt schläfrig.

»Gaston Charlemagne. Ich bin ein Freund von Mademoiselle von Tessendorf. Lassen Sie mich rein. Ich weiß, dass sie hier ist«, sagte er auf Französisch.

Mitzi, die dank Daisys Unterricht ebenfalls gute Französischkenntnisse aufwies, sah zu ihrer Freundin. »Er muss mir gefolgt sein«, flüsterte Daisy bestürzt. Und sie hatte ihn sogar bemerkt, aber geglaubt, ihr Verstand spielte ihr einen Streich.

»Kommen Sie in zwei Stunden wieder. Um diese frühe Zeit empfange ich keinen Herrenbesuch«, beschied Daisy forsch.

»Bedaure, aber heute werden Sie von Ihren Gepflogenheiten abweichen müssen, Mademoiselle. Ich möchte einer hübschen Dame ungern Schwierigkeiten bereiten, verstehen Sie?« All dies brachte er in einem leicht blasierten Plauderton vor.

»Welche Schwierigkeiten könnten Sie mir schon bereiten? Und jetzt gehen Sie bitte, Monsieur.«

»Entweder Sie lassen mich sofort ein, oder ich kehre mit Freunden zurück.« Und das war definitiv eine Drohung.

Daisy nickte, und Mitzi schloss auf. Gaston Charlemagne bedankte sich mit einem falschen Lächeln. Im Abendanzug mit Schal und Zylinder wirkte er wie ein Salonlöwe, der den Annehmlichkeiten des Berliner Nachtlebens frönte.

»Nun, Monsieur Charlemagne, wie kann ich Ihnen dienlich sein?«, fragte Daisy und bediente sich weiterhin des Französischen. Der leichte Konversationston kostete sie einige Mühe, da sie insgeheim Blut und Wasser schwitzte.

»Nun, ich dachte, wir könnten uns ein wenig unterhalten, Mademoiselle. Wollen wir uns dazu nicht setzen?« Er machte eine Bewegung auf den Wohnraum zu. Aber Daisy versperrte ihm den Weg, und Mitzi platzierte sich mit verschränkten Armen am Durchgang, entschlossen, den ungebetenen Besucher aufzuhalten, falls dies erforderlich würde.

»Ich finde es an der Tür gemütlich genug«, erwiderte Daisy, dabei traten sie sich quasi gegenseitig auf die Füße.

Gaston lächelte maliziös. »Wie streitbar Sie sind.«

Daisy hätte ihm hundert Gründe dafür nennen können.

»Also, worüber wollen Sie mit mir sprechen?« Auch sie verschränkte ihre Arme.

»Über Ihre Mutter. Wissen Sie, sie verhält sich mir gegenüber nicht sehr entgegenkommend.«

»Was verstehen Sie unter entgegenkommend?«, knurrte Daisy, deren Geduld zur Neige ging.

Er verstellte sich nicht länger, sondern rieb Daumen und Zeigefinger in der typischen Geste aneinander.

»Sie wollen also Geld, Monsieur. Wie viel soll es denn sein?«

»Ich verlange fünf Kilo in Gold und werde für immer schweigen.«

Angesichts dieser ungeheuren Forderung stieß Daisy einen zischenden Laut aus. Mitzi fragte dagegen wie beiläufig: »Hatten Sie kürzlich einen Unfall, Monsieur?«

»*Excusez-moi?*«

»Nun, Sie scheinen auf den Kopf gefallen zu sein. Anders lässt sich Ihre verrückte Forderung nicht erklären.«

»Es ist mir todernst. Ich denke, ein Leben ist fünf Kilo in Gold wert.«

»Welches Leben?«, rief Daisy erschrocken und warf einen Blick zum Bett. Er konnte doch unmöglich davon wissen?

»Das Leben Ihrer Mutter, *naturellement*.«

Daisy rang nach Luft. Sie hatte einen Toten fortzuschaffen, und jede Minute konnte draußen die schützende Dunkelheit weichen, während sie hier wertvolle Zeit an einen Erpresser verschwendete, der das Leben ihrer Mutter bedrohte. Am liebsten hätte sie Gaston erwürgt. Er musste den Wunsch in ihren Augen gelesen haben, denn plötzlich sah sie eine Pistole auf sich gerichtet.

»Nicht doch, die Damen wollen sicher nicht tätlich werden«, sagte er im Schutz seiner Waffe. »Ich will Ihnen nichts tun, aber ich bin ein guter Schütze und verfüge über schnelle Reaktionen. Bitte, nach Ihnen.« Er dirigierte sie in den Wohnraum und hieß sie auf dem Sofa Platz nehmen.

»Und du hast gesagt, es könnte nicht übler werden«, beschwerte sich Daisy laut.

»Es ist dein Erpresser, nicht meiner«, erwiderte Mitzi.

»Falsch, es ist Mutters Erpresser.«

»Warum gibst du ihm nicht das Gold, das wir im Schrank versteckt haben?«, schlug Mitzi vor.

Erwartungsgemäß ruckte das Kinn des Mannes in die gewiesene Richtung, und Mitzi formte mit den Lippen ein stummes Jetzt für Frau Kulke, die sich hinter Gaston mit erhobener Sektflasche heranschlich. Die Flasche sauste auf Gastons Schädel nieder. Der verlor die Pistole, kippte wie ein Brett nach vorn und prallte mit der Stirn unschön gegen die Tischkante.

Daisy und Mitzi sprangen sofort auf. Mitzi schnappte sich die Pistole, und Daisy stand mit dem Aschenbecher bereit, falls ihr Besucher noch einen Mucks tat. »Nun ist er wirklich auf den Kopf gefallen«, meinte Mitzi. Sie kicherte nervös.

»Lebt er noch?«, hauchte Daisy.

Gaston gab die Antwort selbst, indem er aufstöhnte.

Frau Kulke verschwand indes in der Küche und kam mit

einem Handtuch und einer Kehrschaufel zurück. Das Handtuch legte sie unter Gastons Kopf, damit er die billige Auslegeware nicht gänzlich mit seinem Blut ruinierte, und machte sich daran, die Scherben zu beseitigen.

»Frau Kulke denkt praktisch«, sagte Mitzi, und ihre Hand fuhr zum Mund. »Mann, mir ist so was von schlecht.«

Daisy beugte sich über Gaston. »Denkst du, wir sollten einen Arzt rufen? Das ist viel Blut.«

»Ach was, so ein Schädel hält 'ne Menge aus. Außerdem kommt er schon wieder zu sich.« Mitzi hielt vorsichtshalber den Revolver griffbereit.

Gaston stemmte sich in eine sitzende Position. Wimmernd berührte er seinen Kopf und betrachtete verblüfft die blutigen Finger. Darauf irrte sein Blick durch den Raum. »Wo ist meine Maman?«, greinte er. Im zweiten Anlauf schaffte er es auf die Beine.

»Jetzt mal langsam«, warnte ihn Mitzi.

»Ich muss mal«, beharrte Gaston in seinem merkwürdigen Kleinjungen-Singsang, lächelte blöde, fummelte an seiner Hose und holte seinen schlaffen Lümmel heraus. Bevor die Freundinnen sein Vorhaben richtig begriffen, erleichterte er sich bereits ungeniert auf dem Teppich.

Während Daisy und Mitzi noch zögerten, handelte Frau Kulke. Flugs kippte sie die aufgefegten Scherben auf den Tisch, hob die Kehrschaufel und briet sie Gaston tüchtig über. Das gab ein böses Geräusch, das schon beim Zuhören wehtat. Der Erpresser verdrehte die Augen und ging erneut zu Boden, diesmal unter Vermeidung der Tischkante.

Die Freundinnen erfassten erst jetzt das gesamte Ausmaß

ihrer Situation, ihre Hände suchten und verflochten sich ineinander. Wie, fragten sie sich, konnte ihre Welt innerhalb dieser kurzen Zeitspanne derart aus den Fugen geraten, als seien sie aus der realen Welt geschleudert worden?

»Ist er tot?«, flüsterte Daisy. Sie hatte die Augen fest zugekniffen.

»Wir sollten nachsehen.« Auch Mitzi flüsterte.

»Mach du das, ich fürchte, ich kann das gerade nicht.«

»Denkst du, mir geht's anders?«

Ein leises Klirren. Frau Kulke hatte sich wieder den Scherben zugewandt. Daisy und Mitzi betrachteten die Alte unter halb gesenkten Lidern.

»Dafür, dass sie so friedfertig ist, zeigt unsere Kulke einen erstaunlichen Eifer, anderen das Licht auszublasen«, kommentierte Mitzi.

»Bitte nicht«, stöhnte Daisy. »Eine Leiche ist genug. Ich kann sie nicht auf dem Rücksitz stapeln. Das Ganze ist so... so...«, sie rang um den passenden Ausdruck, »absurd, das kann sich doch niemand ausdenken.« Sie sank tiefer in das durchhängende Sofa, davon niedergeschmettert, dass ihr noch eine Fahrt nach Tessendorf und die Entsorgung einer Leiche bevorstand. Womöglich wurden es sogar zwei...

»Jetzt ist es ohnehin zu spät.«

Daisy nickte. Alles war schiefgegangen, und wenn selbst Mitzi den Mut verlor... »Es ist ausweglos«, stimmte sie zu.

»Nein, es wird schon hell«, berichtigte Mitzi. »Wir müssen bis morgen warten.« Sie wies zum Fenster, wo die Schwärze der Nacht einem fahlen Grau gewichen war.

Daisy schälte sich aus der Couch, registrierte den heraufdämmernden Morgen und schämte sich des Augenblicks ihrer Schwäche.

»Wenigstens eine gute Nachricht gibt es.« Mitzi kniete auf dem Boden und zeigte auf den beschlagenen Handspiegel, den sie Gaston vor den Mund hielt. »Der Kerl hat die Kehrschaufel überlebt. Ein Vivat auf den Dickschädel der Franzosen.«

»Und was machen wir jetzt mit ihm? Schaffen wir ihn zu einem Arzt?«

»Damit der uns Fragen stellt? Nein, es muss eine bessere Lösung geben.«

Daisy versteifte sich. »Ohne ihn umzubringen, meinst du?«

Mitzi zuckte mit den Schultern und ließ die Frage offen. »Wir sollten versuchen, ihn rasch auf die Beine zu bringen, und vielleicht darum beten, dass er sich an nichts erinnern kann.« Sie verschwand kurz in der Küche, kehrte mit einem Krug Wasser, einem Geschirrtuch und Verbandszeug zurück. Sie säuberte die Wunden an Stirn und Hinterkopf und legte einen straffen Verband an. Gaston rührte sich nicht. Erst als ihm Mitzi ein paar Tropfen Wasser auf Mund und Nase träufelte, durchlief seinen Körper ein Zucken. Er stöhnte, lag darauf allerdings wieder still da.

»Na, der wird schon«, erklärte Mitzi mit zweckmäßigem Optimismus.

Gegen sechs schlug Gaston erstmals die Lider auf. Mitzi hielt ihm den Schnaps hin, und er schluckte ihn mit einer Gier, die den geübten Trunkenbold verriet. Er keuchte, als Mitzi das leere Glas absetzte, und versuchte, ihre Hand festzuhalten, was ihm nicht gelang. Gaston gab Schmerzenslaute von sich und tastete unbeholfen nach dem Verband. Tränen strömten aus seinen seltsam farblosen Augen. »*Maman?*«, greinte er. Und noch einmal: »*Maman?*« Er wimmerte und schluchzte zum Herzerweichen und hörte nicht mehr damit auf.

Mitzi hatte rasch genug. Missmutig bemerkte sie: »Ich hätte ihn nicht aufwecken sollen. Wo ist die Kehrschaufel?«

»Auf jeden Fall piept's bei ihm im Oberstübchen. Oder denkst du, er spielt das nur?«

»Nein«, erklärte Mitzi mit Bestimmtheit.

»Warte mal…« meinte Daisy. Sie legte Gaston sanft die Hand an die Wange, lächelte ihm freundlich zu, und die erzielte Wirkung war erstaunlich. Er wurde sofort ruhiger, fuhr sich mit dem Ärmel über die Augen, und aus dem Greinen wurde ein Schniefen. »*Maman*«, murmelte er selig.

Sie setzten ihm ein Glas Milch vor und drückten ihm ein Stück Rosinenkuchen in die Hand. Während Gaston das Gebäck in die Milch stippte, nahm Mitzi Daisy beiseite. »Ich weiß jetzt, wie wir ihn loswerden können. Wir ordnen seine Kleider, verstecken den Verband unter seinem Zylinder, und ich spaziere mit ihm zum Alexanderplatz. Dort halte ich ein Taxi an, nenne dem Fahrer eine Adresse am anderen Ende Berlins und bitte ihn, meinen Verlobten, der heute Nacht etwas über die Stränge geschlagen hat, dort aussteigen zu lassen. Das Geld für die Fahrt händige ich ihm vorher aus, worauf ich mich vom Acker mache.«

»Du willst ihn aussetzen?«

»Fällt dir etwa was Besseres ein? Irgendwer wird ihn schon aufgreifen und die Schupos rufen. Ich wette, wenn sie Gastons Zustand bemerken, liefern sie ihn beim französischen Konsulat ab. Sollen die sich mit ihm rumärgern.«

Daisy fiel nichts Besseres ein, selbst ihr Sternenmal brachte ihr keine Eingebung, und damit war Mitzis Plan beschlossen. Sie säuberten Gastons Abendanzug und durchsuchten ihn bei der Gelegenheit. Sie nahmen alles an sich, was auf seine Identität hinweisen könnte, Brieftasche, Hotelrechnung und einen klimpernden Schlüsselbund. Daisy erstarrte und erinnerte sich an die staubige Limousine: »Verdammt! Seinen Wagen müssen wir auch verschwinden lassen.«

Mitzi sah darin keine Schwierigkeit. »Ich fahre ihn nach Wedding und schraube die Nummernschilder ab. Du glaubst nicht, wie schnell sich dort ein Automobil in Luft auflöst.«

Mitzi kleidete sich passend zur eleganten Aufmachung Gastons, hakte ihn bei sich unter und machte sich mit ihm auf den Weg ins Zentrum.

Die Glocke einer naheliegenden Kirche schlug acht Uhr, als Mitzi allein zurückkehrte. Daisy hatte mit der tatkräftigen Unterstützung von Frau Kulke inzwischen die übrigen Spuren der Nacht beseitigt. Der mit Blut besudelte Teppich wartete eingerollt an der Wand auf seine Entsorgung. Damit ihr Blick nicht ständig auf die Leiche unterm Bett fiel, hatten sie über die Matratze bis zum Boden reichende Decken drapiert.

»Alles klar«, verkündete Mitzi eine Spur zu lebhaft. »Problem Nummer eins wären wir los, und heute Nacht kümmern wir uns um Problem Nummer zwei.«

»Wenn es nur schon so weit wäre«, seufzte Daisy. Ihr graute vor den langen Stunden des Wartens.

»Vielleicht sollten wir Edgar in den Teppich einschlagen?«

»Bist du verrückt? Mutter bringt mich um, wenn ich ihre

Ledersitze mit dem verpissten Ding ruiniere. Oh, verflucht, der Wagen!« Daisy klatschte sich mit der Hand gegen die Stirn. »Ich muss anrufen, bevor Anton ihn als gestohlen meldet.«

»Hast du denn keine Nachricht hinterlassen?«

»Nein, die Zeit drängte, und ich ging davon aus, rechtzeitig vor dem Morgengrauen zurück in Tessendorf zu sein.«

»Dann geh du zuerst telefonieren, und danach werde ich mich um die Entsorgung von Gastons Wagen kümmern.«

»Vergiss nicht, ihn zuvor zu durchsuchen«, riet Daisy, die schon auf dem Sprung war.

»Ich bin ja nicht von gestern«, murmelte Mitzi und schloss hinter ihrer Freundin die Tür.

Daisy benötigte kaum eine Stunde für ihr Vorhaben, Mitzi hingegen kehrte erst nach zwei Stunden von ihrer Mission zurück. Das bot Daisy ausreichend Zeit, um vor Sorge durchzudrehen. Selbst die ansonsten gemütsberuhigende Wirkung Frau Kulkes versagte erstmals. Was vermutlich daran lag, dass die Alte auf dem Sofa ihrer liebsten Beschäftigung nachging: dem Stricken. Daisy vermied es tunlichst, hinzusehen, aber leider genügte das leise klappernde Geräusch, um sie daran zu erinnern, wozu eine dieser Nadeln noch vor wenigen Stunden verwendet worden war. Außerdem musste sie Mitzi von dem Telefonat mit ihrer Mutter berichten, das ganz anders verlaufen war als geplant. Sie hätte mit Yvettes feinem Gespür rechnen müssen. Die Sache mit ihrem Wagen nahm sie gar nicht richtig zur Kenntnis: »*Chérie*, was ist los? Hast du etwa geweint? Ist es Louis?«

»Nein, es ist alles in Ordnung«, versicherte Daisy.

»Du schwindelst deine *Maman* an, *Chérie*, und ich vermute, du tust es, um deinen Bruder zu schützen. *Bien*, ich komme nach Berlin.«

»Nein, warte, *Maman!* Es geht nicht um Louis.«

»*Alors*, es geht also um dich. Was hast du angestellt?«

»Gar nichts, *Maman*«, versicherte Daisy.

»Wegen nichts weint man nicht oder belügt die eigene Mutter«, entgegnete Yvette streng. Sie ließ sich nicht abspeisen, und Daisy brach unter der Last der Ereignisse ein. »Es ist Mitzi, *Maman*. Sie wurde in ihrer Wohnung von einem Mann bedrängt. Frau Kulke wollte ihr helfen und erwischte ihn dabei unglücklich mit der Stricknadel.«

»Unglücklich? *Malheureux?* Was soll das bedeuten?«

»Er ist tot.«

»*Bon sang!*«, entfuhr es Yvette erschrocken.

Einmal in Fahrt, bekam Yvette nun von Daisy die gesamte Geschichte vorgesetzt. Dass es sich bei dem Toten um einen von Hugos Agenten handelte und es neben der Leiche einen zweiten Verletzten gab, nämlich jenen ominösen Spirituosenhändler Charlemagne.

Yvette fackelte nicht lange. »Hör mir gut zu, *ma fille*, du gehst jetzt zurück in Mitzis Wohnung und bleibst da. Verhaltet euch beide ruhig, und unternehmt nichts. Ich schicke euch einen Freund, der sich um alles kümmern wird. Wartet auf ihn!«

»Welchen Freund?«

»Welchen Freund?«, fragte nun auch Mitzi, nachdem Daisy ihr vom Gespräch mit der Mutter berichtet hatte.

»Keine Ahnung. Sie hat aufgelegt.«

Eine Stunde später klopfte es. Daisy huschte zur Tür. »Wer ist da?«, fragte sie leise.

Eine Stimme raunte: »Ein Freund von Yvette.«

Daisy tauschte einen schnellen Blick mit Mitzi, die ihr gefolgt war. Diese nickte, in der Hand hielt sie für alle Fälle Gastons Pistole bereit, und Daisy öffnete die Tür. »Henry?«, hauchte sie überrascht und wich einen Schritt zurück. Mit dem Briten hatte sie zuletzt gerechnet.

Kurz wirkte es, als wollte Henry sie in seine Arme reißen, er schien sich jedoch rechtzeitig zu besinnen und beschränkte sich auf ein sparsames Lächeln und den Gruß: »Mylady, stets zu Diensten.«

Hinter ihm erblickte Daisy einen weiteren Mann, der Roper-Bellows um Haupteslänge überragte. Zu zweit trugen sie nun einen Zinksarg herein. Daisy war noch zu verblüfft, und als Henry fragte: »Wo ist die Leiche?«, wies Mitzi ihm den Weg.

Die zwei Männer machten sich umstandslos an die Arbeit. Sie hoben Edgar in den Sarg und verschlossen ihn. Daisy und Mitzi verfolgten stumm ihr Tun.

Henry brach das Schweigen, bevor sie den Sarg aufnahmen. »Die Damen können vollkommen unbesorgt sein. Betrachten Sie die Angelegenheit hiermit als erledigt.«

Daisy war verlegen, unsicher und völlig durcheinander. Es wäre ihr lieber gewesen, sie könnte weiter auf Henry wütend sein, aber gerade überwog die Erleichterung, dass er ihnen zu Hilfe gekommen war. Es tat gut zu wissen, dass die Last der Verantwortung nicht länger auf ihren Schultern lag. Ein heiseres Danke blieb jedoch alles, was sie herausbrachte, bevor sie sich von ihm abwandte. Die Tür schloss sich hinter Henry

und seinem Gehilfen, woraufhin Mitzi sagte: »Puh, das wäre geschafft. Aber den Engländer hat's ganz schön erwischt.«
Daisy tat, als hätte sie es nicht gehört.

Am Sonntagmittag kehrte sie nach Tessendorf zurück und suchte sofort ihre Mutter auf. »Wir müssen reden, *Maman*.«
»Das ist mir klar, *Chérie*«, seufzte ihre Mutter. »Am besten in meinem Appartement, da sind wir ungestört.«
Dort angekommen, sagte Daisy ohne Umschweife: »Womit hat dich Gaston Charlemagne erpresst? Hat es mit seiner Mutter zu tun?«
»Was weißt du über seine Mutter?«
»Marie hat mir damals im Gefängnis erzählt, Madame Bouchon sei die Besitzerin des *Chat noir* gewesen. Sie wurde ermordet.«
»*Mon dieu!* Marie ist eine *terrible* Schwätzerin.«
»Mag sein, aber als Antwort taugt das wenig.«
Yvette stieß einen verlegenen Laut aus. »Marie ist die jüngere Schwester meiner Mutter. Sie haben beide für die Bouchon gearbeitet. Ich wurde im *Chat noir* geboren.«
»Wie? Alle im Gewerbe? Mutter, Tochter, Tante?« Daisy war nicht schockiert, irgendwie hatte sie es ja geahnt.
»*Alors*«, Yvettes zuckte mit den Achseln, »was soll ich sagen, die Poissons sind ebenfalls ein Familienunternehmen. Aber ich selbst habe nie im *Chat noir* gearbeitet. Meine Mutter wollte für mich ein besseres Leben und schickte mich auf ein erstklassiges Internat. Die Bouchon hatte mit mir allerdings andere Pläne: Sie hat mich verkauft.«
»Verkauft?«, rief Daisy irritiert.

»Im *Chat noir* fand einmal im Monat eine Auktion statt. Männer konnten die Jungfernschaft neuer Mädchen ersteigern. Je schöner und vor allem je jünger die Ware, umso höher kletterte der Preis.«

»Das verstehe ich nicht... Wie konnte deine Mutter das zulassen?«

»Sie hat es weder zugelassen noch davon gewusst. Die Bouchon hat mich heimlich an einen orientalischen Fürsten verkauft, der ihr dafür zehn Kilo Gold angeboten hat.«

Daisy kräuselte die Stirn. »Sagtest du nicht, deine Mutter hätte dich auf ein Internat geschickt? Woher kannte der Mann dich dann?«

»Wir sind uns einmal zufällig begegnet, als ich meine Mutter in den Ferien im *Chat noir* besucht habe. Der Fürst hatte an jenem Tag das gesamte Etablissement für sich gemietet. Ich war damals gerade sechzehn, trug das Haar lang, und er geriet wegen meiner silbernen Locken völlig aus dem Häuschen. Angeblich hatte ihm eine Seherin prophezeit, er würde eine Frau mit Mondhaar heimführen. Der Mann hatte tatsächlich die Absicht, mich als Nebenfrau in sein Land mitzunehmen, und verstand nicht, dass ich dies ablehnte.«

»Und warum war am Ende die Bouchon tot?«

»*Alors,* der Fürst hatte ihr bereits die erste Hälfte der Bezahlung übergeben. Als Marie die tote Bouchon fand, war dieses Gold jedoch verschwunden. Vermutlich ein Mord aus Habgier. Die Polizei konstruierte daraus aber irgendeine Spionagegeschichte. Das *Chat noir* war das exklusivste Bordell von Paris, und seine Kunden stammten teils aus höchsten Regierungskreisen. Das Haus wurde geschlossen, alle Angestellten und

Mädchen verhaftet und wochenlang verhört. Um sich selbst zu retten, haben die Mädchen der Bouchon meine Mutter, meine Tante und mich eines Mordkomplotts bezichtigt. Uns dreien drohte der Strang.«

»Himmel, *Maman!* Wie habt ihr es geschafft, zu entkommen?«

»Der Fürst hatte von unserem Schicksal erfahren. Er nutzte seine diplomatischen Beziehungen und löste uns mit seinem Gold aus.«

»Einfach so?«, fragte Daisy ungläubig. »Wie konnte er überhaupt von eurer misslichen Lage erfahren?«

Yvette zögerte kurz, bevor sie weitersprach: »Ich habe ihm einen Brief gesandt, in dem ich einwilligte, mit ihm in sein Land zu gehen.«

Nun stockte Daisy der Atem. »Du hast dich... geopfert? Aber...«

»Du fragst dich jetzt sicher, wie es dazu kam, dass ich zwei Jahre später deinen Vater heiraten konnte? *Alors,* die Antwort darauf lautet: dein Onkel Waldo.«

»Waldo hat dich gerettet?« Das wurde ja immer abenteuerlicher!

»Er und der Fürst waren seit Langem befreundet, und Waldo besuchte ihn eines Tages in seinem Palast am Bosporus. Wenn der Fürst Fremde empfing, blieben wir Frauen unter uns. Wir hatten nicht viel Zerstreuung, und die Neugier trieb mich, ihrem Gespräch zu lauschen. Ich wurde von einer Wache erwischt, aber der Fürst liebte mich, und er vertraute seinem Freund. Anstatt mich wegzuschicken, erlaubte er mir sogar, voll verschleiert ihrem Gespräch beizuwohnen. Später gelang es mir, Waldo einen Brief zuzustecken.«

»Damit er dich befreit?«

»Aber nein. Die Zeilen waren für meine Mutter bestimmt. Ich wollte sie wissen lassen, dass der Fürst mich gut behandelte. Außer meiner Freiheit fehlte es mir an nichts. Waldo blieb eine Woche, und an einem Nachmittag schlug er den Wachen ein Schnippchen. Er passte mich bei einem Spaziergang im Park ab und riskierte Kopf und Kragen, um mich zu fragen, ob ich heim nach Frankreich wollte. Natürlich wollte ich das, aber ich sah keinen Weg, und außerdem hatte ich dem Fürsten mein Versprechen gegeben.«

»Wie hat Waldo es trotzdem geschafft?«

»Der Fürst schuldete Waldo sein Leben, und dafür hat er meines eingefordert. Es war ein Ehrenhandel, und der Fürst entband mich von meinem Schwur. So kehrte ich mit Waldos Hilfe nach Paris zurück«, schloss Yvette ihre Erzählung.

»Also ist es kein Zufall gewesen, dass du Vater in Paris begegnet bist?«, fragte Daisy enttäuscht. »Hat Waldo euer Treffen arrangiert?«

Yvette lächelte schwach. »Nicht, wie du meinst, *ma puce*. Das Ganze hat sich auch erst ein gutes Jahr später zugetragen. Waldo und ich hielten seit meiner wundersamen Befreiung Kontakt und waren an jenem Tag in Paris im Jardin du Luxembourg verabredet. Waldo hatte auch seinen Neffen Kuno dort hinbestellt. Dein Onkel verspätete sich, dein Vater hingegen erschien pünktlich. *Et voilà!* So sind dein Vater und ich uns das erste Mal begegnet.«

Daisy hatte einiges zu verdauen und noch mehr Fragen. »Warum hast du am Tag von Gaston Charlemagnes Besuch so getan, als würdest du ihn nicht kennen?«

»Weil ich bei seinem Besuch zunächst keineswegs sicher war. Zuletzt bin ich Pierre Bouchon begegnet, als er fünfzehn gewesen ist, und damals hatte er ein Pickelgesicht und war fürchterlich fettleibig. Ich musste mir selbst erst Klarheit verschaffen. Zudem hat es mich irritiert, dass er sich auf 'Enry bezogen hat.«

»Warum glaubt Pierre Bouchon, du hättest seine Mutter ermordet? Und wieso kommt er nach so vielen Jahren erst jetzt damit an?«

»Er saß wegen Totschlags im Gefängnis, als das mit seiner Mutter passiert ist. Mathilde Bouchon hat ihren Sohn fürchterlich verhätschelt. Sie rief ihn *ma petit Pierre,* dabei war er ein Taugenichts und suchte gerne Streit. Für seine Tat erhielt er damals lebenslänglich, aber er kam überraschend vor zwei Jahren frei. Seither war er auf der Suche nach mir. Pierre ist meiner Tante Marie nach Stettin gefolgt, wo du ihn gesehen hast, und schließlich tauchte er hier auf. Ich schickte ihn fort und instruierte Franz-Josef, ihn abzuweisen, falls er es weiter wagte, mich zu belästigen. Da Pierre in Tessendorf nicht an mich herankam, drohte er mir in einem Brief, meine Vergangenheit auffliegen zu lassen. Dein Vater kannte meine Herkunft, und das war alles, was für mich zählte. Daher ignorierte ich Pierres Forderung. Als Nächstes hat er es bei dir versucht. Es tut mir leid, *ma fille,* dass ich dich in diese üble Sache hineingezogen habe.«

»Es wäre also besser gewesen, wir hätten den Dreckskerl nicht in das Taxi gesetzt. Aber Mitzi und ich mussten ihn loswerden und wussten uns nicht anders zu helfen.«

»Sorge dich nicht, *Chérie.* Ich habe André bereits gebeten, nach Bouchons Verbleib zu forschen. Er kann sich nicht in Luft auflösen.«

»André Francois-Poncet, den französischen Botschafter? Ist das nicht gefährlich? Was ist, wenn Bouchons Zustand nur vorübergehend ist und er sich an Mitzi und mich erinnert?«

»André ist ein Freund, und er ist sehr diskret. Pierre Bouchon hingegen ist ein aktenkundiger Totschläger. Du und Mitzi, ihr habt nichts zu befürchten. Ich regle das, vertrau mir.«

Sie tauschten einen liebevollen Blick, und Daisy schmiegte sich in die Arme ihrer Mutter. »Danke, *Maman*«, murmelte sie an ihrer Schulter. Sie hielt es für den passenden Augenblick, ihr eine weitere Frage zu stellen: »Woher kennst du Henry so gut?«

Yvette blieb unbewegt, dennoch nahm Daisy eine Veränderung der Stimmung wahr. »Die Wahrheit, *Maman*.«

»'Enry ist ein Freund von André. Er hat uns beide miteinander bekannt gemacht.« Es klang nicht danach, als wollte sie mehr preisgeben.

Das ärgerte Daisy erst recht: »Offenbar ist Henry ein Teil deiner Vergangenheit, den du lieber verschweigst.«

Yvettes Mundwinkel zuckten. »Das Wichtigste ist, dass er ein Freund ist, auf den man sich jederzeit verlassen kann. Ich glaube nicht, dass man mehr über einen Menschen zu wissen braucht als das.«

»Du willst es mir also nicht verraten?«

»Das hat nichts mit Wollen zu tun, *Chérie*. Ich verlasse mich auf ihn, und er verlässt sich auf mich. Warum fragst du 'Enry nicht selbst?«

Das bremste Daisy aus, und sie ließ das Thema vorerst fallen.

Yvette legte die Hand an ihre Wange. »Du bist blass, *ma fille*. Kein Wunder, du und Mitzi, ihr habt viel durchgemacht. Vielleicht solltest du *le dragon* um ein paar freie Tage bitten.«

Daisys Kopf ruckte hoch, dankbar für das neue Ventil. »Nein, Großmutter wäre außer sich, wenn ich mir jetzt freinehme. Wir schwimmen in neuen Aufträgen, die Japaner sind geradezu bestellwütig, die Lieferanten sind am Limit und...«

»*Mon dieu*«, fiel ihr Yvette lächelnd ins Wort. »Und du scheinst geradezu arbeitswütig...«

»Die Arbeit lenkt mich ab, *Maman*.«

Yvette nickte verständnisvoll. »Wie geht es deinem Bruder? Hast du etwas von ihm gehört? Seid ihr nicht eigentlich an diesem Wochenende verabredet gewesen?«

»Ja, heute Morgen. Aber nach allem, was passiert ist, habe ich unser Frühstück abgesagt. Dafür habe ich mich mit ihm für die kommende Woche verabredet.«

»Du willst nächstes Wochenende erneut nach Berlin fahren?«

»Warum nicht? Ich möchte auch Mitzi wiedertreffen.«

Yvette seufzte ergeben. »Ihr zwei Mädchen seid wirklich wie Pech und Schwefel. Aber tu mir einen Gefallen, *Chérie*, und übernachte dieses Mal im *Adlon, oui*?«

***

Das Wochenende darauf wartete Daisy in einem kleinen, schlecht beleuchteten Lokal in Neukölln auf Louis. Den Treffpunkt hatte ihr Bruder vorschlagen und dabei nicht erwähnt, dass es sich um eine reine Arbeiterkneipe handelte. Kaum hatte

Daisy einen Fuß hineingesetzt, als sich ihr alle Köpfe zuwandten und das Stimmengewirr reihum verstummte. Das einzige Geräusch kam vom Wirt hinter dem Tresen, der ein Bier zapfte. Das konnte ja heiter werden! Sie trug noch ihr Bürokostüm, weil ihre Großmutter sie aufgehalten und sie es nicht mehr nach Hause geschafft hatte, um sich umzuziehen. In ihrer feinen Kleidung verkörperte sie geradezu den anrüchigen Kapitalismus. Dem unverhohlenen Misstrauen begegnete sie mit einem Lächeln und steuerte gezielt einen Tisch in der Ecke an. Sie legte Tasche und Handschuhe ab, den Hut behielt sie auf. Trotz des abseitigen Platzes fühlte sie sich, als säße sie mitten auf dem Präsentierteller. Immerhin stieg reihum der Geräuschpegel wieder an, und Daisy konnte etwas freier atmen.

Während sie auf ihren Bruder wartete, bestellte sie ein Bier und studierte die Speisekarte. Die Aussicht auf das Tagesgericht, Buletten mit Gurke und Kartoffelpüree, versöhnte sie kurzfristig mit der unbehaglichen Atmosphäre. Sie zündete sich eine Zigarette an und wünschte, Louis würde sich nicht verspäten. Sie drückte eben den Stummel aus, als er zur Tür hereinkam. Sein Anblick jagte ihr einen Schrecken ein. Er war so mager geworden, dass ihm der Anzug um den Körper schlotterte. Aber mehr als das verstörte Daisy der gehetzte Ausdruck in Louis' Augen. Er wirkte wie ein Mann, der längst über den Rand der Welt hinweggeschritten war und den Weg zurück nicht mehr fand. Daisy hütete sich, ihn darauf anzusprechen, und begrüßte ihn mit einer liebevollen Umarmung.

Sie bestellten die Buletten. Das Essen kam, und Daisy schilderte kurz die jüngsten Geschehnisse, vermied es aber, die zunehmende Schwermut ihres Vaters zu erwähnen. Louis lauschte ihr höflich, während er das Essen achtlos in sich hineinschaufelte, mit den Gedanken sichtlich überall, nur nicht bei ihr.

Daisy seufzte, griff über den Tisch und zog ihm den Teller weg.

»Was?« Louis blinzelte und sah sich um, als hätte jemand laut seinen Namen gerufen. Dann erst fand er zu seinem Fixpunkt zurück, in diesem Fall Daisy.

»Wo bist du, Louis?«, fragte sie ihn sanft.

Zu seiner Ehrenrettung machte Louis nun einen ziemlich ertappten Eindruck. »Verzeih mir. Ich hätte nicht herkommen sollen.«

»Warum? Wirst du etwa wegen Bankraubes steckbrieflich gesucht?« Statt eines Scherzes hatte Daisy einen Volltreffer gelandet. Sein bestürztes Gesicht sagte alles. »O nein! Was ist passiert?«

»Nicht hier.« Er griff nach seiner Börse und warf einen Schein auf den Tisch. Sie verließen das Lokal. Louis sah sich kurz prüfend um und zog Daisy anschließend mit sich in eine schmale, düstere Gasse zwischen zwei grauen Mietskasernen. Überall lag stinkender Unrat, und sie scheuchten eine fette Ratte auf, die über ihre Füße davonhuschte. Daisy schauderte. »Was machen wir hier, Louis?«

Er öffnete den Mund und schloss ihn wieder. Er stemmte sich gegen die Wand, als wollte er sie wegschieben. Er schüttelte ratlos den Kopf. Daisys zwang sich zur Geduld, obwohl es sich anfühlte, als raste ein Zug auf sie zu.

Schließlich meinte Louis. »Besser, du gehst jetzt.«

»Was?«, explodierte Daisy. »Hast du sie noch alle beisammen? Du verhältst dich wie ein Krimineller auf der Flucht und denkst, du kannst mich einfach so fortschicken? Louis, du wirst mir jetzt sofort sagen, was mit dir los ist.«

Louis' magere Schultern sanken herab. Er bot einen kläglichen Anblick.

Und dann ging plötzlich alles rasend schnell. Männer tauchten auf, warfen sich auf Louis, legten ihm Handschellen an und führten ihn ab. Zwei andere packten Daisy und zerrten sie mit sich. Am Straßenrand warteten zwei dunkle Limousinen. Louis wurde in die eine, Daisy in die andere verfrachtet. Sie wehrte sich lautstark, verstummte jedoch abrupt, als sie den Mann erkannte, der neben ihr auf der Rückbank saß. Ihr Herz setzte einen Schlag lang aus. »Hugo!«, hauchte sie erschrocken.

»Guten Tag, Marguerite. Entschuldige bitte die Umstände. Ich hätte mir unser Wiedersehen auch anders gewünscht.«

»Was soll das!«, fuhr sie ihn an. »Bin ich verhaftet?«

»Wo denkst du hin. Natürlich nicht.« Er lächelte.

»Dann kann ich also gehen?«

»Jederzeit.«

»Sehr gut. Dann werde ich jetzt aussteigen und meinen Bruder mitnehmen.«

»Das ist leider ausgeschlossen. Louis wird zum Verhör ins Präsidium gebracht.«

»Was wird ihm vorgeworfen?«

»Bedauere, dabei handelt es sich um eine geheime Staatsangelegenheit. Du musst verstehen, Marguerite, dass ich das nicht mit dir erörtern kann.«

»Nein, das verstehe ich nicht. Ich kenne Louis, und daher

weiß ich, dass er niemals etwas Verbotenes tun würde!«, ereiferte sich Daisy.

Hugo gab sich verständnisvoll. »Natürlich setzt du dich als Schwester für ihn ein. Darin ähneln wir uns, Marguerite. Familie und Zusammenhalt sind das stärkste Bindeglied unserer Gesellschaft.«

Bei Daisy schrillten sämtliche Alarmglocken. Empört musterte sie ihren Ex-Verlobten. Selbstverliebt posierte er in maßgeschneiderter Uniform und polierten Stiefeln neben ihr im Wagen. Doch es ging um Louis, daher schluckte sie ihren Zorn hinunter und stellte die Frage, die sie vermutlich in einen Abgrund reißen würde: »Was kann ich für meinen Bruder tun?«

Hugo griff nach ihrer Hand, küsste ihre Fingerspitzen und sprach: »Ganz einfach. Du hast zwei Möglichkeiten. Die erste lautet: Du lieferst mir Willi Hauschka aus.«

»Und die zweite?«

»Heirate mich, und Louis ist frei. Du hast achtundvierzig Stunden.«

»Das ist Willkür!«

»Nein, das ist Macht.«

»Ich hasse dich!«

»Das glaubst du nur. In Wirklichkeit fürchtest du meine Stärke. Du weißt selbst nicht, was du willst, Marguerite. Warum vertraust du nicht meinem Urteil, dass ich der beste Mann für dich bin?«

Er redete nur Blödsinn. Daisy wurde davon speiübel. Ungehindert stürzte sie aus dem Wagen, lief um die nächste Ecke und übereignete dem Trottoir eine gute Mahlzeit. Dieser Teufel Hugo stellte sie vor eine unmögliche Wahl: Lieferte sie Willi ans Messer und Louis fand es heraus, würde ihr Bruder ihr das vermutlich nie verzeihen. Aber es musste noch eine andere Möglichkeit geben, um sich aus diesem Verhängnis zu befreien, ohne das Schwein gleich heiraten zu müssen. Oder zu ermorden…

Daisy suchte sich ein Taxi und ließ sich zum *Adlon* bringen, das über ein eigenes Telegrafenamt verfügte. Von dort verständigte sie erst ihre Großmutter Sybille und danach ihre Mutter Yvette. Am selben Abend noch traf Yvette in Begleitung des Firmenjustiziars Lothar Bertram in Berlin ein. Herr Bertram zog in der Angelegenheit die bekannte Berliner Kanzlei Mendel & Sohn hinzu.

Vierundzwanzig Stunden später hatten die Anwälte in der Angelegenheit keinen nennenswerten Fortschritt erreicht. Herrn Mendel senior wurden wenige Minuten mit seinem Mandanten gestattet, und diese auch nur im Beisein von Hugos Beamten. Zur Anklage wurde kein Wort verlautbart. Hugo wusste unter dem Vorwand der geheimen Staatsangelegenheit jeglichen Vorstoß abzublocken. Auch Yvette und Daisy wurde ein Besuch bei Louis verwehrt, nachdem man sie zunächst mehrere Stunden in einem stickigen Zimmer hingehalten hatte.

Nun saßen sie mit den beiden Anwälten im Besprechungsraum der Kanzlei Mendel und warteten auf Herrn Bertram, der nebenan ein Telefonat mit Sybille von Tessendorf führte. Für Yvette und Daisy eine weitere Geduldsprobe. Die Tür öffnete sich.

»Was unternimmt meine Schwiegermutter, um ihren Enkelsohn aus dem Gefängnis zu holen? Und weshalb dauert das so lange?«, empfing Yvette Herrn Bertram.

Der Justiziar nickte Yvette höflich zu, er verbreitete geradezu enervierende Ruhe. »Verehrte Gräfin«, begann er. »Frau von Tessendorf hat in der Angelegenheit bereits mehrere Gespräche geführt. Bitte bedenken Sie, dass sie hierbei äußerst vorsichtig agieren muss, und dies beansprucht Zeit.«

»*Mon dieu!*«, stöhnte Yvette. »Das ist typisch für meine Schwiegermutter! Ihr Enkel sitzt im Gefängnis, und sie taktiert. Wann sollten wir unsere vielfältigen Beziehungen zu unserem Nutzen einsetzen, wenn nicht jetzt?«

»Mit Verlaub, Gräfin, soweit wir die Sachlage überschauen können, haben wir es hier primär mit einem politischen Problem zu tun. Louis von Tessendorf scheint zwischen die Fronten widerstreitender nationaler Interessen geraten zu sein.«

Daisy schüttelte energisch den Kopf. »Pardon, Herr Bertram. Mir erschließt sich nicht, worüber Sie sprechen. Die schlichte Wahrheit lautet: Hugo zu Trostburg erpresst mich mit meinem Bruder, damit ich in die Heirat mit ihm einwillige.«

»Dies ist sicherlich ein wichtiger Faktor, Komtess«, meldete sich Mendel senior neutral zu Wort. »Falls Sie erlauben, werde ich Ihnen den politischen Aspekt erläutern.«

Konsterniert suchte Daisy Blickkontakt zu ihrer Mutter. Die zuckte ratlos mit den Schultern. »Fahren Sie fort.«

Mendel lehnte sich zurück, faltete die Hände über dem flachen Bauch und begann sichtlich bewegt: »Bis gestern fungierte der Freistaat Preußen als letzte verbleibende Regierungsbastion der Sozialdemokraten innerhalb der Weimarer Republik. Nun haben sich die Feinde des Freistaates Preußen vereinigt, um die legitime preußische Regierung zu entmachten. Es wurde eine Notverordnung erlassen, mit der die Grundrechte eingeschränkt werden, und gleichzeitig wird dadurch jeglicher Protest gegen diese Maßnahme für illegal erklärt. Franz von Papen wurde als neuer Reichskommissar von Preußen bestellt.«

»Ist das wahr?«, entfuhr es Yvette erschrocken. »Ein solches Vorgehen würde unser Reichspräsident doch niemals zulassen!«

»Im Gegenteil, Frau Gräfin. Es geschah auf seine Veranlassung hin. Paul von Hindenburg hat die Notverordnung unterzeichnet. Seit dem gestrigen Morgen prangt sie an jeder Litfaßsäule Berlins. Ein wahrhaft rabenschwarzer Tag für die deutsche Sozialdemokratie.«

»Was verspricht er sich davon?«

»Der Feldmarschall steckt geistig im Jahr 1914 fest. Die Weimarer Republik und ihre freiheitliche Verfassung läuft seinem Vaterlandsdenken zuwider. Er macht die Novemberrevolution 1918 dafür verantwortlich, dass die Einheit der Nation in einem Gewirr politisch-egoistischer Gegensätze aufgelöst wurde, und ist überzeugt, der Marxismus habe Deutschland ruiniert, Parlamentarismus sei überflüssig und der 1919 ausgerufene Freistaat Preußen ein historischer Sündenfall. Mein Sohn Martin«, Mendel senior nickte selbigem zu, »ich und viele weitere Juristen unseres Kreises beobachten mit Besorgnis die Bestrebungen des Reichspräsidenten, alle vermeintlich nationalen Kräfte in einem Regierungsbündnis zu konzentrieren. Hindenburgs großes Lebensziel ist die nationale Einigung Deutschlands. Dafür nimmt er jedes Opfer in Kauf, solange sein Ruf als Held von Tannenberg keinen irreparablen Schaden...«

»Verzeihung Sie, Herr Mendel, dass ich Sie unterbreche«, meldete sich Yvette. »Ihr Anliegen, uns die politischen Strömungen Berlins näherzubringen, ist höchst ehrenwert. Aber wir Frauen sind diese Diskurse nicht gewohnt. Zudem möchte ich vor allem wissen: Was hat Hindenburgs Politik mit der Verhaftung meines Sohnes zu schaffen?«

»Ich bitte um Verzeihung, gnädige Frau. Ich komme zum entscheidenden Punkt. Nach der Absetzung der preußischen Regierung ist noch in diesem Jahr mit einer Auflösung des Reichstags und Neuwahlen zu rechnen. Hindenburg liebäugelt inzwischen mit der Hitlerpartei NSDAP als Koalitionspartner im angestrebten nationalen Bündnis. Manche handeln Adolf Hitler bereits als nächsten Reichskanzler. Und Hugo Brandis zu Trostburg gilt als treuer Anhänger Hitlers. Fällt Hitler die Reichskanzlerschaft zu, fällt auch er die Treppe weiter nach oben. Solange im politischen Berlin die Unsicherheit herrscht, zu wessen Gunsten sich die Waagschale am Ende neigen wird, mangelt es den von uns Angesprochenen am nötigen Schneid, aktiv Partei für Louis von Tessendorf zu ergreifen.«

»Sie erklären uns gerade, mein Bruder sei das Opfer der Hasenherzigkeit politischer Ränkespiele? Weil es sich niemand mit einem möglichen Reichskanzler Hitler und seinem Paladin Hugo verscherzen möchte?«, empörte sich Daisy.

»Selbst hätte ich es nicht besser auszudrücken vermocht.« Herr Mendel senior schaute betrübt. »Wenn Adolf Hitler aus diesem Machtkampf als Sieger hervorgeht, werden alle Karten neu durchgemischt. Jedoch sehe ich durchaus eine Möglichkeit, das Blatt zu unseren Gunsten zu wenden: Nach allen Gesetzen der Wahrscheinlichkeit wird Hermann Göring zum neuen Ministerpräsidenten von Preußen ernannt werden. Derzeit hat er das Amt als Reichstagspräsident inne. Ich würde bei ihm ansetzen.« Herr Mendel sah von Yvette zu Daisy, ein Blick, von dem sich Daisy überrollt fühlte, ohne die geringste Ahnung, weshalb. »Wie darf ich das verstehen?«, fragte sie.

»Durch Herrn Bertram erfuhr ich, dass die Herren Göring und ihr Halbbruder Hagen von Tessendorf ein enges freundschaftliches Verhältnis pflegen. Was spricht dagegen, Herrn von Tessendorf als Vermittler hinzuzuziehen, damit er sich bei Hermann Göring für seinen Halbbruder Louis verwendet?«

»Wir sollen Hagen um Hilfe bitten?« Verständlicherweise stieß der Vorschlag bei Daisy auf wenig Begeisterung.

Ihre Mutter griff nach dem bereitstehenden Glas mit Wasser. Die beiden Mendels schwiegen verlegen, sich der jähen Spannung im Raum bewusst. Herr Bertram hatte es offenbar versäumt, seine Kollegen vorzuwarnen, dass das Verhältnis zwischen Yvette, Daisy und Hagen trotz der familiären Bande wenig freundschaftlich war.

Yvette erhob sich. »Ich werde Ihre Anregung aufnehmen, Herr Mendel, und mich in Kürze wieder bei Ihnen melden.« Sie nahm Schirm und Handschuhe und verließ gemeinsam mit Daisy die Kanzlei.

»*Maman*«, erklärte Daisy auf dem Bürgersteig, »wenn du möchtest, werde ich mit Hagen sprechen.«

»Danke, *Chérie*, es ist lieb von dir, das vorzuschlagen. Aber ich denke, es wird nicht nötig sein, 'Agen in der Angelegenheit hinzuzuziehen.« Yvette streifte ihre Handschuhe über und öffnete ihren Schirm gegen die brütende Julihitze, die wie eine Glocke auf der Stadt lag.

»Du vertraust auf den Erfolg von Großmutters Intervention?«

»Lass uns ein paar Schritte gehen, *ma petite*.« Ihre Mutter hakte sich bei ihr ein. Die Kanzlei Mendel & Sohn residierte im Regierungsviertel unweit der Reichskanzlei am belebten Leipziger Platz. Wer sich einen Eindruck von der neuen Epoche verschaffen wollte, in welche Berlin eintrat, war hier am richtigen Ort. Automobile und Menschen, Lärm und Geschwindigkeit – Daisy fragte sich unwillkürlich, ob die Zeit in Berlin schneller lief als anderswo und seine Bewohner damit zwang, ihr nachzueilen. Sie vermisste den Hufschlag der Pferde, den Anblick der früher allgegenwärtigen Fuhrwerke und Droschken und bangte, sie würden bald völlig aus dem Stadtbild verschwunden sein. Auf der gegenüberliegenden Seite des Platzes erhob sich Mitzis Wirkungsstätte, das Warenhaus Wertheim. Direkt an das Gebäude mit der klassischen Kolonnadenfassade grenzte linker Hand der Eingang zur Untergrundbahn. Altertum und Moderne, lediglich durch eine Treppe voneinander getrennt.

Inmitten von Verkehrslärm und Hektik hielt Daisy das Schweigen ihrer Mutter nicht mehr aus. Sie entzog ihr den Arm und blieb stehen. »Was wollen wir wegen Louis unternehmen, *Maman*? Bei Gott, wenn ich für seine Freiheit vor Hagen auf den Knien rutschen muss, werde ich das tun!«

»Mein wundervoller Schatz.« In Yvettes Lächeln lag die ganze Wärme ihrer Mutterliebe. »Das würde ich niemals zulassen, und es wird auch gar nicht nötig sein. Wir brauchen 'Agen nicht als Vermittler, denn ich werde mich direkt an 'Ermann Göring wenden. Wir werden ihn mit weiblichem Charme gewinnen. Vertrau mir.«

Mutter und Tochter kehrten ins *Adlon* zurück, und Yvette ließ das dortige Telefonfräulein eine Verbindung zum Büro des Reichstagspräsidenten Göring herstellen. Im zweiten Anlauf bekam sie ihn selbst an den Apparat. Herr Göring entsprach Yvettes Bitte um eine Unterredung mit großer Liebenswürdigkeit, und sie vereinbarten ein Treffen im Restaurant *Horcher* für denselben Abend. Bis dahin blieben einige Stunden zu überbrücken.

»Was hältst du von einem Besuch im Schönheitssalon?«, schlug Yvette vor. »Eine Gesichtsmassage gegen die Anspannung täte uns beiden sicher wohl.«

Daisy bezweifelte, ruhig auf dem Behandlungsstuhl sitzen zu können, und sei es auch nur für eine Minute. Lieber wollte sie die Zeit für ein Gespräch mit Mitzi nutzen. Die Stunde bis zu deren Feierabend vertrieb sie sich mit einem Spaziergang. Pünktlich wartete Daisy an der Angestelltenpforte des Wertheim in der Voßstraße. Die Freundinnen setzten sich in ein nahes Kaffeehaus, und Mitzis Wiedersehensfreude wich rasch Entsetzen, als sie von den neuesten Entwicklungen erfuhr.

»Der arme Louis!«, rief sie.

Daisy nickte betrübt. »Ich habe von Anfang an geahnt, dass Willi Louis eines Tages in Schwierigkeiten bringen würde. Aber dieses Ausmaß hätte ich mir trotzdem niemals ausgemalt. Du hättest mich besser nicht daran hindern sollen, Louis die Geldkassette zu zeigen.«

»Ach, lass doch diese alte Geschichte«, winkte Mitzi ab. »Denkst du, das hätte was geändert? Willi ist der Fleck auf Hugos weißer politischen Weste. Er hat ihn damals entwischen lassen und will diesen Makel unbedingt ausbügeln.«

»Auf jeden Fall spielt Hugo seine Karten mit dem Ultimatum schamlos aus.«

»Apropos«, erinnerte Mitzi. »Morgen Mittag läuft es ab. Was hast du vor, falls Göring keinen Finger für Louis rührt?«

Daisy schaute grimmig. »Bevor ich Hugos Frau werde, stürze ich mich eher in die Oder.«

»Oder du lieferst ihm Willi ans Messer.«

»Wie könnte ich? Hugo überschätzt mein Wissen. Ich habe nicht den blassesten Schimmer, wo er steckt.«

»Womöglich habe ja ich einen Tipp, wo Willi sich aufhält.«

»Du?«, hauchte Daisy. »Und damit rückst du erst jetzt heraus?«

»Erstens vertraue ich darauf, die einflussreiche Tessendorf-Sippe findet eine Lösung. Und zweitens möchte ich dich ungern in eine prekäre Lage bringen.«

»Ich weiß«, murmelte Daisy niedergeschlagen. »Louis würde mir einen Verrat vermutlich nie verzeihen. Denkst du, ich kann Hugo das Versprechen abnehmen, dass Louis niemals davon erfährt?«

»Gott, wie naiv bist du, Daisy? Das da draußen ist eine hässliche, niederträchtige Welt, und Menschen wie Hugo haben sie geschaffen. Das Erste, was er tun wird, ist, Louis deinen Verrat aufs Brot zu schmieren. Die Gelegenheit, Zwietracht zwischen euch zu säen, lässt er sich kaum entgehen.«

»So oder so sitze ich also in der Falle.« Daisy erfasste Panik. Den Gedanken an ein mögliches Scheitern ihrer Anstrengungen hatte sie bisher verdrängt. Nervös kaute sie auf ihrer Unterlippe. »Aber es muss eine Lösung geben! Ich werde Hugo niemals heiraten!«

Nachdem die beiden Mendels ihre Mandantinnen an der Kanzleitür verabschiedet und noch einige Worte allein mit Herrn Bertram gewechselt hatten, bevor auch er sich auf den Weg machte, folgte Martin Mendel seinem Vater unaufgefordert in dessen Büro.

Eugen Mendel entnahm einem Barschrank Cognac und zwei Schwenker. »Setz dich. Dein Unbehagen ist unübersehbar. Was beschäftigt dich?« Er füllte die Gläser.

Mendel junior nahm zunächst die Brille ab und massierte seine Nasenwurzel. Während sein Vater eher zu langwierigen Ausführungen neigte, formulierte Martin in der Regel schnell, scharf und in knappen Sätzen. Nun nahm er sich Zeit für eine Antwort. »Es ist deine Offenheit, Vater. Nicht jedermann teilt deine Überzeugung, dass Reichspräsident Hindenburg seinen Widerstand gegen diesen Hitler aufgeben und ihn zum Reichskanzler erheben wird. Erst kürzlich noch hat Hindenburg erklärt, er würde Hitler nicht einmal zum Postminister ernennen.«

»Meine Überzeugung beruht auf dem sorgfältigen Studium der Akteure und ihrer bisherigen Schachzüge. Du weißt, wie Politik funktioniert und Allianzen geschmiedet werden: Der Feind meines Feindes ist mein Freund.«

»Ich zweifle keinesfalls an deinem Sachverstand, Vater. Gleichwohl gebe ich zu bedenken, ob es nicht ein wenig unklug von dir gewesen ist, vor unseren Mandantinnen derart unverblümt und offenkundig politisch Stellung zu beziehen.«

Mendel senior lehnte sich zurück. Über seine eigene Brille hinweg fixierte er den Sohn. »Weshalb sollte ich mir selbst den

Mund verbieten? Die Weimarer Republik ist eine Demokratie, und verfassungsgemäß steht es mir zu, meine Meinung frei zu äußern. Ich hege allerdings starke Zweifel, ob dies unter Hitlers Nationalsozialisten noch in dieser Form möglich sein wird. Das antidemokratische Gebräu scheint ja sogar schon bis zu dir durchgesickert zu sein.«

»Ich rate dir lediglich zur Vorsicht, Vater.«

»Dann sei vorsichtig, dass der vorauseilende Gehorsam dich nicht irgendwann einholt. In Berlin laufen schon ausreichend Menschen mit verbogenem Rückgrat herum. Wir sollten unsere Stimme erheben und nicht freiwillig verstummen. Ich habe nicht im Großen Krieg gekämpft und wurde nicht Abgeordneter der SPD, um jetzt zu erleben, wie alles wieder zunichtegemacht wird.«

»Deine politischen Aktivitäten in allen Ehren, Vater, aber sie schaden uns. Wir verlieren fortwährend Klienten, und die neue Mandantschaft zum Fall Louis von Tessendorf haben wir Herrn Bertram zu verdanken, der selbst Jude ist.«

»Eben, davon spreche ich! Es gibt schon genügend Ressentiments gegen die jüdische Bevölkerung. Dieser Goebbels marschiert mit seiner Sturmabteilung durch die Berliner Innenstadt und terrorisiert unbehelligt jüdische Geschäftsleute und schändet Synagogen. Wohin soll das noch führen? Bis man uns eines Tages zu unerwünschten Bürgern erklärt und aus dem Land jagt?«

»Denkst du, mich treiben diese Gedanken nicht um? Sarah ist gerade mit unserem zweiten Kind schwanger, und sie traut sich kaum mehr auf die Straße. Deshalb rate ich dir eben zu mehr Zurückhaltung.«

»Also wegducken und hoffen, dass die Situation sich nicht weiter verschlechtert? Erkennst du es denn nicht? Sie rühren gerade das Rezept einer Diktatur an, und wir schauen ihnen dabei zu, bis wir selbst im Topf kochen.«

»Findest du nicht, dass du etwas überdramatisierst? Wir kennen beide Reichskanzler von Papen. Er ist ein redlicher Mann und stets um Konsens bemüht. Natürlich gibt es Rückschläge. Für die meisten Menschen in diesem Land geht der Wandel seit dem Großen Krieg zu schnell. Revolution, Hunger, Inflation, wir sind von einer Krise in die nächste getaumelt. Dazu die Entwicklungen der Moderne. Autos, Flugzeuge, und im Lichtspieltheater schaut man Filme mit Sprechrollen. Bei alledem steckt das Gros der Bevölkerung noch im alten Denken fest. Die einen klammern sich an die Kaiserzeit, indem sie sie verklären, die anderen haben Angst vor den Marxisten oder generell vor allem Neuen. Warum haben wir nicht ein wenig mehr Vertrauen in die neue Zeit? Der Wandel ist ohnehin nicht aufzuhalten.«

»Gute Worte, aber ohne Pointe. Denn du übersiehst dabei das Wesentliche: Derzeit wird mit aller Gewalt versucht, diesen demokratischen Wandel aufzuhalten. Die Kommunisten machen Wahlkampf gegen den Kapitalismus, die NSDAP gegen die Juden, und so hat ein jeder sein Feindbild, um die Wähler anzulocken. Hindenburg selbst hegt einen rückwärtsgewandten Traum und erliegt den Einflüsterungen der extremen Kräfte um Hitler. Die faseln etwas von nationaler Einheit, im Bestreben, eine nationalsozialistische Diktatur zu errichten. Derweil überfällt die paramilitärische SA landesweit Gewerkschaftshäuser und Arbeiterkneipen. Wenn es gegen Juden, Sozialisten und Marxisten geht, schaut die Politische Polizei in Berlin meist nur noch zu. Die Nazis merken, sie kommen damit durch, und sie werden die Schraube um unser Volk immer fester anziehen. Mit der neuen Notstandsverordnung hat Hindenburg endgültig die Hunde von der Leine gelassen.« Mendel senior hatte sich nicht in Rage geredet, im Gegenteil. Am Ende klang er erschöpft, als entzögen ihm die eigenen Worte die Lebenskraft. Aber er war noch nicht fertig: »Hitlers Rezept der Diktatur ist das aller Autokraten: Er verbreitet mit seiner Bürgerkriegsarmee SA so lange Angst und Schrecken unter der Bevölkerung, bis diese selbst nach einem starken Mann ruft, der ihnen Sicherheit verspricht. Ohne zu begreifen, dass es derselbe Mann gewesen ist, der den Terror erst auf die Straße gebracht hat. Danach hetzt man gegen jene Menschen, die das perfide Spiel durchschauen, und erklärt sie zu Staatsfeinden. Das funktioniert immer.«

»Was schlägst du vor, Vater? Sollen wir uns etwa wie die SA bewaffnen und einen Bürgerkrieg anzetteln?« Auch Martins Ton ließ eher Resignation als Kampfeslust erkennen.

Mendel senior heftete den Blick auf seinen Sohn. Der erkannte darin eine tiefe Trauer, und sie nahm die nächsten Worte seines Vaters vorweg. »Das ist unser unlösbares Dilemma, mein Sohn. Uns liegt die Gewalt nicht im Blut, weil wir keinen Sinn darin erkennen. Das Recht des Stärkeren ist Unrecht. Was bleibt den Friedfertigen anderes, als das Heimatland zu verlassen?«

»Du willst emigrieren?« Martin schluckte hörbar.

»Ja, weil ich mein Land nicht wiedererkenne. Je mehr von nationaler Einheit die Rede ist, umso mehr fühle ich, wie alles auseinanderbricht. Wir sollten gehen, bevor wir uns einen Weg durch die Trümmer suchen müssen.«

∗∗∗

»Schau dir das an, *Maman*.« Daisy beugte sich aus dem Fenster der Limousine, die sie zum Restaurant *Horcher* bringen sollte. Sie waren früher als geplant unterwegs. Der Concierge des Adlon war so freundlich gewesen, sie vorzuwarnen, das Zentrum sei durch eine Kundgebung verstopft. Dergleichen fand nun beinahe täglich in Berlin statt, und die Polizei machte sich überall rar. Warum sich einmischen, wenn sich die Politischen untereinander verprügelten?

Am Brandenburger Tor stand eine Kolonne Braunhemden. Sie schwenkten Fahnen und grölten ein Lied. Einige wenige ausländische Touristen hatten sich in ihre Nähe getraut und fotografierten die SA-Männer, die nichts dagegen hatten. Einige posierten regelrecht für die Kameras.

»*Mon dieu*, überall diese Männerchöre in Uniform. Wenn sie wenigstens etwas Hübsches singen würden«, seufzte Yvette und lehnte sich im Fond zurück.

Ihr Chauffeur hatte Mühe, sich einen Weg in den Bezirk Schöneberg zu bahnen, und trotz der frühzeitigen Abfahrt trafen sie dennoch eine Viertelstunde zu spät in der Martin-Luther-Straße ein.

Görings schwarz glänzender, bewimpelter Staatskarosse schien es auf den verstopften Straßen nicht besser ergangen zu sein, jedenfalls fuhren sie gleichzeitig am *Horcher* vor. Der Reichstagspräsident kam in Gesellschaft von Hagen. Ausgerechnet! Daisys Halbbruder verstand es, eine Lage zu seinem Vorteil auszunutzen. Mit einem selbstzufriedenen Lächeln schritt er auf sie zu.

»Verehrte Stiefmutter, liebe Schwester, es ist mir eine Freude, euch hier zu begegnen«, säuselte er.

Hermann Göring begrüßte sie ganz Kavalier mit Handkuss. Er freute sich sichtlich über ihr Treffen, und sein langer Blick auf Daisy ging weit über Wohlwollen hinaus, er signalisierte Interesse. Daisy verbuchte es als Pfund, mit dem sie für Louis wuchern konnte.

An der Tür empfing Otto Horcher seinen hohen Gast persönlich und geleitete die Gruppe um den Reichstagspräsidenten zur festlich gedeckten Tafel. Vom Nebentisch grüßten Bekannte, der Flieger Ernst Udet und der Schauspieler Heinz Rühmann.

Nachdem der Ober die Bestellung aufgenommen hatte, viermal die Spezialität des Hauses, *Faisan de presse,* wurden ihnen Champagnercocktails serviert.

Yvette kam ohne Umschweife auf ihr Anliegen zu sprechen. Sie redete eindringlich, aber leise. Sie hätte sich einen intimeren Rahmen gewünscht als das voll besetzte *Hocher,* die Wahl der Lokalität hatte jedoch bei Göring gelegen, der hier als Stammgast verkehrte. Der Politiker hörte ihr aufmerksam zu, und auch seine Antwort fiel am Ende politisch aus: »Frau Gräfin, ich verstehe Ihre Besorgnis als Mutter. Sie haben meine Zusage, dass ich mir einen Überblick in der Angelegenheit Ihres Sohnes verschaffen werde. Allerdings bitte ich um Ihr Verständnis, dass ich Ihnen kein Versprechen geben kann. Wir sind an Recht und Gesetz gebunden.«

Yvette bedankte sich mit ausgewählten Worten. Daisy war

damit jedoch nicht geholfen. Da sie nichts zu verlieren hatte, beschloss sie, ohne diplomatische Zurückhaltung den vollen Einsatz auf den Tisch zu legen.

»Offensichtlich teilt Herr Brandis zu Trostburg nicht Ihre Auffassung von Recht und Gesetz, Herr Reichstagspräsident. Er trat mit einer höchst unverschämten Forderung an mich heran: Wenn ich einwillige, seine Frau zu werden, lässt er im Gegenzug meinen Bruder Louis frei.«

Göring blinzelte pikiert, Hagen gab einen grollenden Laut von sich, und Yvette griff mahnend nach der Hand ihrer Tochter.

Daisy war all das gleich. Ihr Bruder saß unrechtmäßig im Gefängnis, und sie wurde von Hugo erpresst. Die Karten gehörten offengelegt.

»Komtess«, ergriff Göring salbungsvoll das Wort. »Ist es denkbar, dass Sie hier zwei Sachverhalte vermengen?«

»Sicher nicht, Herr Reichstagspräsident.« Daisy hob angriffslustig ihr Kinn. »Ich erkenne durchaus, wenn ich im Austausch für die Freiheit meines Bruders in eine Ehe gezwungen werden soll. Wie passt das zur Anklage der geheimen staatsfeindlichen Umtriebe? Ein Ring an meinem Finger, und ein angeblich gefährlicher Staatsfeind kommt frei? Ich weiß nicht, wie Sie ein solches Vorgehen bezeichnen würden, aber ich nenne das Willkür!«

Görings bisher zur Schau getragene Jovialität wich einem verärgerten Gesichtsausdruck. Er setzte zu einer Antwort an, Hagen kam ihm jedoch zuvor: »Dir ist wohl der Champagner zu Kopf gestiegen, Marguerite. Sie meint es nicht so, Hermann. Sie sorgt sich, und das macht sie hysterisch.«

»Wer hat dich gefragt?«, fuhr Daisy ihn an.

Inzwischen besaßen sie die ungeteilte Aufmerksamkeit des Lokals. Göring erfreute sich relativer Beliebtheit, und in Berlin wurde spekuliert, dass der verwitwete Reichstagspräsident über kurz oder lang eine neue Gemahlin wählen würde. Daisy kam daher durch das heutige Treffen in den zweifelhaften Genuss, von allen Anwesenden als mögliche Kandidatin betrachtet zu werden.

Yvette stieß just in diesem Moment ihr volles Weinglas um. Rotwein ergoss sich auf das Tischtuch, und einige Tropfen trafen ihr Seidenkleid. »*Mon dieu*«, zwitscherte Daisys Mutter mit einem hellen Lachen. »Wie ungeschickt von mir.« Sie erhob sich und zwang damit auch Göring und Hagen von ihren Sitzen. »Marguerite«, gurrte sie, »bitte sei so lieb und begleite mich in den Puderraum. Wenn uns die Herren kurz entschuldigen würden?« Sie fasste Daisy am Unterarm und dirigierte sie in Richtung der Tür.

»Das hast du absichtlich getan, Maman.«

»Natürlich habe ich das. Zwei Kampfhähne und ein Huhn. Kikeriki. Hast du vergessen, dass wir Göring brauchen?«

»Ich habe es einfach satt, behandelt zu werden, als könnte ich nicht bis drei zählen.«

»Aber das ist unsere Stärke, *Chérie!* Solange Männer glauben, wir Frauen seien dumm, unterschätzen sie uns. Das verschafft uns einen entscheidenden Vorteil.«

Daisy sah überrascht auf. »Das ist ... ein raffinierter Gedanke.«

Ihre Mutter lächelte, allerdings lag wenig Kraft darin. Sie griff nach einem Handtuch, befeuchtete es und betupfte damit den Seidenstoff ihres Kleides. Daisy sank auf einen roten Samthocker. »Und jetzt, *Maman?* Wie bekommen wir Louis frei? Ich kann unmöglich Hugo heiraten.«

»Und wenn du dich mit jemand anderem verlobst?«

»Wie bitte?«

»Nun, es ist mir nicht entgangen, dass unser 'Ermann Gefallen an dir gefunden hat.«

»Das kann unmöglich dein Ernst sein!« Daisy wirkte eher verwirrt als empört.

»Warum? Wenn die Männer uns für dumm verkaufen können, steht uns dann nicht das gleiche Recht zu? Du musst Göring ja nicht heiraten, nur eine Weile hinhalten, bis 'Ugo begreift, dass er zurückstecken muss. Ober sticht Unter. Das ist das Spiel.«

»Weißt du, *Maman*, ich glaube, ich habe dich bisher unterschätzt.«

»Soll ich das nun als Kompliment betrachten, *ma puce?*« Yvette knuffte ihre Tochter und warf das Handtuch in einen bereitstehenden Behälter. »Lass uns zurückkehren. Wir wollen Herrn Göring auch nicht gleich das Ärgste unterstellen. Womöglich setzt sich unser Reichstagspräsident auch ohne jede Gegenleistung für deinen Bruder ein.«

»Glaubst du das wirklich, *Maman?*«, fragte Daisy zweifelnd. »Er ist Politiker. Großmutter sagt, die rühren keinen Finger, wenn es ihnen keinen eigenen Nutzen einbringt.«

»*Le dragon* ist weise, aber das Leben hat sie auch ein Stück weit verbittert, und das macht ihr Urteil hart. 'Ermann kann sehr liebenswürdig sein, und ich traue ihm durchaus zu, Partei für Louis zu ergreifen, ohne dafür eine Gegenleistung zu verlangen.«

Da kam sie wieder zum Vorschein, jene Seite von Yvette, die

unbedingt an das Gute glauben wollte, um das Gute zu bewirken. Daisy hegte weitaus mehr Zweifel an Görings Hilfsbereitschaft. Hagen führte etwas im Schilde, daran bestand für sie kein Zweifel, denn sonst wäre er nicht mitgekommen. Sie befürchtete, dass es um sie ging. Am Ende wäre sie vielleicht tatsächlich dazu gezwungen, dem Reichspräsidenten schöne Augen machen zu müssen. Aber Hermann Göring war ein völlig anderes Kaliber als ihre jungen Verehrer, die sie an der Nase herumführen konnte.

Mitzi teilte ihre Ansicht. Nach dem Essen kehrte Daisy nicht mit ihrer Mutter ins *Adlon* zurück, sondern ließ sich vom Fahrer zu Mitzis Wohnung am Prenzlauer Berg kutschieren.

»Herrgott«, bemerkte ihre Freundin, nachdem ihr Daisy den Abend im *Horcher* geschildert hatte, »hättest du es seinerzeit nicht versäumt, im entscheidenden Moment *Nein* zu Hugo zu sagen, befändest du dich nicht in dieser Lage. Und Louis auch nicht.«

»Und nun soll ich mich einem anderen Mann an den Hals werfen, um Hugo loszuwerden?«

»Es wird dir wohl nichts anderes übrig bleiben. Aber vergiss nicht, *Nein* zu sagen, wenn dir Hermann den Ring unter die Nase hält.«

»Danke, Mitzi. Du bist sehr hilfreich«, schnaubte Daisy.

»Gern geschehen.«

Frau Kulke, auf deren fabelhaftes Gespür für die rechte Zeit stets Verlass war, tauchte plötzlich neben ihnen auf und reichte jeder eine Tasse Tee. Mit einem stillen Lächeln schlurfte die Alte danach davon und nahm ihre Handarbeit auf dem Sofa wieder auf.

»Und? Was hast du jetzt vor?«, fragte Mitzi und pustete in ihre Tasse.

Daisy zuckte mit den Schultern. »Ich weiß es nicht«, antwortete sie. »Morgen endet Hugos Ultimatum, und ich kann nichts weiter tun, als abzuwarten, bis er sich meldet.«

Wie in der Nacht zuvor fand Daisy auch in dieser keinen Schlaf. Am Morgen verabschiedete sie sich von Mitzi und fuhr mit der Straßenbahn zum *Adlon*, wo sie von ihrer Mutter zum Frühstück erwartet wurde. Daisy brachte keinen Bissen hinunter, trank stattdessen drei Tassen Kaffee und wurde dadurch noch nervöser. Bevor sie um neun zur Kanzlei Mendel aufbrachen, telefonierten sie mit Sybille von Tessendorf und informierten sie, dass sie so lange in Berlin bleiben würden, bis Louis freikam. Danach begaben sich Mutter und Tochter in die Kanzlei Mendel, nur um zu hören, dass die beiden Anwälte seit dem Vorabend nichts Neues in Erfahrung hatten bringen können.

Ihrerseits berichtete Yvette den Mendels von Hermann Görings Zusage, Louis' Angelegenheit zu prüfen. Alle nickten und beteuerten sich gegenseitig, dass man sicher bald vom Reichstagspräsidenten hören würde. Darauf folgte jene hilflose Stille, die nur durch Hoffnung belebt werden kann.

***

Von Hermann Göring hörten sie nichts, weder an diesem Tag noch am folgenden. Hugo machte es ebenfalls spannend. Er ließ Daisy zappeln, meldete sich nicht, blieb unsichtbar, und dennoch spürte sie ihn im Nacken wie ein dunkles Phantom.

Gegen Mittag des zweiten Tages legte Yvette ihre Zurückhaltung ab, rief im Reichstagspräsidentenpalais an und verlangte Göring zu sprechen. Der versprochene Rückruf erfolgte nie.

Am Morgen des dritten Tages erklärte Yvette: »Komm, Chérie, wir statten 'Ermann jetzt einen Besuch ab.«

Da das *Adlon* nur einen Steinwurf vom Reichstagsgebäude entfernt lag, begaben sich Daisy und ihre Mutter zu Fuß dorthin. Die Ostseite des Reichstagsgebäudes neigte sich der Spree zu. Aus der Ferne betrachtet, war es nur ein Gebäude, aber wenn man davorstand, spürte man den Schatten der Geschichte. Daisys Blick wanderte die Fassade empor, dorthin, wo sie Görings Büro- und Repräsentanzräume wähnte. Von dort oben hatte man sicher einen herrlichen Blick auf das tägliche Treiben auf dem Fluss.

Das Reichstagspalais diente Göring auch als Wohnsitz, weshalb Yvette hoffte, ihn dort zur Frühstückszeit anzutreffen. Dem war nicht so. Laut Auskunft einer Ordonnanz hatte sich der Herr Reichstagspräsident Göring mit Herrn Hitler auf eine Reise ins Salzburger Land begeben.

Wieder draußen, merkte Daisy, wie sehr ihre Füße schmerzten. Das weitläufige Gebäude war reich an Korridoren und mit einer Olympiade an Treppen ausgestattet. Sie stürzte sich auf die nächste Sitzgelegenheit, eine Bank an der Uferböschung, entledigte sich ihrer Pumps und massierte ihre Zehen. »Was nun, *Maman*?«, fragte sie beunruhigt. Ihre Mutter setzte sich zu ihr und blickte nachdenklich übers Wasser.

Ein nächtlicher Regen hatte die dampfende Julihitze kurz aufgefrischt, aber die Wolken waren längst weiter westwärts gezogen, der Himmel leuchtete klar und blau, und Berlin stand ein weiterer brütend heißer Tag bevor.

»Wir kehren ins *Adlon* zurück«, entschied Yvette.

Sie hatten kaum das Foyer betreten, als sich dort ein junger Mann aus einem der Sessel erhob, als hätte er nach ihnen Ausschau gehalten. Mit schnellen Schritten strebte er auf sie zu.

»Louis!«, riefen Yvette und Daisy wie aus einem Mund, und schon fanden die drei in einer engen Umklammerung zusammen.

Später, nachdem Louis ein Bad genommen und sich an dem für ihn auf die Suite bestellten Essen gestärkt hatte, schilderte er seine Erlebnisse. Hugo habe er nach seiner Verhaftung nicht mehr zu Gesicht bekommen. Andere Akteure hätten übernommen und ihn fast ununterbrochen verhört. Bis auf blaue Flecken, den Befall von Ungeziefer und einen Rattenbiss war Louis körperlich unversehrt, aber vier Tage Schlafentzug und die quälende Ungewissheit hatten an ihm gezehrt. Am meisten, erklärte Louis, habe ihm zu schaffen gemacht, dass man ihm wiederholt damit gedroht habe, sie hätten auch seine Schwester in der Mangel und allein sein Geständnis könne sie vor der Folter bewahren.

»Gut, dass du ihnen das nicht geglaubt hast«, meinte Daisy erleichtert.

»So war es nicht ganz, Schwesterherz. Ich habe ihnen erklärt, ich würde alles gestehen, wenn sie dich sofort freiließen.« Louis bediente sich nochmals an der heißen Consommé. »Aber zunächst bestand ich darauf, dich sofort zu sehen, um mich selbst von deiner Unversehrtheit überzeugen zu können. Das wurde mir verweigert. Deshalb war ich sicher, dass sie blufften. Willi hat mich davor gewarnt.«

»Wovor?«

»Dass sie beim Verhör häufig versuchen, ihre Verhafteten mit einem Angehörigen zu erpressen.«

Daisy schaute ihren Bruder prüfend an. Niemand steckte einen Aufenthalt im Gefängnis so einfach weg. Sie hatte nur eine Nacht im Pariser Saint-Lazare verbracht, aber sie erinnerte sich gut an das ohnmächtige Gefühl, wie ein Tier eingesperrt zu sein. Louis hingegen hatte ganze vier Tage und Nächte in Gewahrsam verbracht und pausenlose Verhöre erduldet.

Glücklicherweise hatte ihre Mutter mit ihrer Einschätzung richtiggelegen, was Hermann Göring anging. Daisy bedankte sich beim Reichstagspräsidenten mit einem artigen Brief für seine Intervention. Darauf hörte sie nichts von ihm. Allerdings kochten in diesen Wochen die Ereignisse in Berlin besonders hoch, und Göring in seiner Eigenschaft als Reichstagspräsident befand sich mitten im Zentrum der politischen Turbulenzen. Es gab Reichstagsauflösungen, ein Misstrauensvotum gegen den Reichskanzler Papen, Neuwahlen, Streit unter den Parteien, Streit innerhalb der Parteien, jeder gegen jeden, und im Hintergrund betrieb der greise Hindenburg sein großes Lebensprojekt, die nationale Einigung, weiter voran – koste es, was es wolle. Menschenleben inbegriffen.

Yvette und Daisy kehrten allein nach Tessendorf zurück. Louis hatte sich geweigert, Berlin zu verlassen, weil er sein Studium fortsetzen wollte. Ebenso vehement blockte er Daisys Nachfrage zum untergetauchten Willi ab. Sie hatte nichts unversucht gelassen, um ihren Bruder zur Abreise aus Berlin zu bewegen. Sie verwies auf Hugo, der sicher nicht lockerlassen und ihn fortan überwachen würde, damit er ihm irgendwann den Weg zu Willi wies.

»Es ist mein Leben und mein Risiko«, erklärte Louis.

»Du hast dich verändert«, sagte Daisy traurig.

»Nein, ich habe mich weiterentwickelt«, erwiderte Louis, und dann hatte er sie angelächelt und wie früher in den Arm genommen.

Nun saß Daisy mit ihrer Mutter im Fond des Wagens und fragte sich, welche Veränderungen die vergangenen Tage auch bei Yvette bewirkt hatten. Zwar verhielt sich ihre Mutter wie üblich, ganz Charme und Esprit und stets ein Lächeln, das jeden für sie einnahm. Und dennoch vermisste Daisy etwas, eine verloren gegangene Essenz, die sie nicht zu benennen vermochte.

Die Geschehnisse rissen nicht ab. Nur einen Monat später gab es die nächste Aufregung, und dieses Mal betraf es Mitzi. Sie hatte sich inzwischen als Sängerin politischer Couplets in der Hauptstadt etabliert, und ihr *Zitronenfalter* entwickelte sich zum Gassenhauer. Auch ihr Traum, als Schauspielerin Fuß zu fassen, rückte in greifbare Nähe. Jonathan Fontane hatte Probeaufnahmen mit ihr gemacht und ihr eine Rolle in seinem nächsten Film angeboten. Mitzi berichtete Daisy freudestrahlend von diesem jüngsten Coup.

Zwei Tage darauf war Jonathan Fontane tot. Das Dahlem-Duo war in seine Villa eingedrungen, hatte ihn, seine beiden Gäste und die drei Bediensteten ermordet. Daisy erfuhr davon aus der Zeitung und versuchte sofort, Mitzi zu erreichen. Es stellte sich heraus, dass Mitzi an jenem verhängnisvollen Abend ebenfalls bei Jonathan zu Gast gewesen war und als Einzige das Massaker unverletzt überlebt hatte. Grund genug für Hugo und seine Leute, Mitzi als Verdachtsperson in Gewahrsam zu nehmen. Daisy schaltete erneut die Kanzlei Mendel als anwaltlichen Beistand ein, und Mitzi kam nach drei Tagen frei. Ihr Gesicht wies Spuren von Misshandlungen auf, aber sie wollte partout nicht über ihre Erlebnisse sprechen. Weder über den Überfall in der Villa noch über die vergangenen Tage in den Händen der Polizei. Daisy erfuhr einzig von ihr, ein Mann mit Augenklappe habe sie pausenlos vernommen, was Daisy sofort an Hubertus von Greiff denken ließ, jenen düster aussehenden Mann, den Hugo ihr nach dem Anschlag auf die Lokomotive flüchtig als seinen besten Ermittler vorgestellt hatte.

Die Berliner Ereignisse um Mitzi und Louis hatten Daisy drastisch vor Augen geführt, wie schnell sich das Schicksalsrad drehen konnte. Man hätte nun annehmen können, dass ihr Drang, aus ihrem vorbestimmten Dasein auszubrechen, dadurch verstärkt werden würde. Das Gegenteil war der Fall. Daisy haderte weiter mit ihrer Zukunft. Sie wusste genau, was sie nicht wollte, aber hatte keine Ahnung, was die Alternative war.

Kapitel 33

> Das Leben ist weder einfach noch verzwickt,
> weder klar noch dunkel, weder widerspruchsvoll
> noch zusammenhängend.
> Das Leben ist.
>
> Antoine de Saint-Exupéry aus
> *Die Stadt in der Wüste*

Es war das eingetreten, was Daisy und Mitzi bereits des Längeren befürchtet hatten: Louis hatte erfahren, dass Willi ihn betrog.

Daisy fuhr noch am selben Tag nach Berlin. Ein Glück, dass es sich um einen Samstag handelte, so brauchte sie nicht bei ihrer Großmutter um eine Urlaubserlaubnis zu betteln. Sie traf sich mit Louis zur Feierabendzeit in einer Kneipe nahe seiner kleinen Wohnung. Daisy trank ein Soda, Louis eine Molle mit Korn. Routiniert kippte er den Klaren und schickte das Bier hinterher, und Daisy musste ihre Nase nicht bemühen, um zu wissen, dass dies heute nicht sein erster Schnaps war. Früher kam Louis selten über ein Glas Wein zum Essen hinaus. Daisy beunruhigte der Alkoholkonsum ihres Bruders, sie sprach ihn jedoch nicht darauf an. »Was hast du jetzt vor?«, fragte sie stattdessen.

Louis zuckte hilflos mit den Achseln und stierte in sein Bierglas. »Was schon? Ich werde mich von Willi trennen und mein

Leben neu ordnen. Speer will mich als seinen Universitätsassistenten haben. Ich werde annehmen.«

»Und dein Studium?«

»Das kann ich weiter absolvieren. Ein Teil der Zeit wird mir angerechnet.«

»Übersetzt heißt das wohl, du willst dich zu Tode arbeiten.«

»Und wenn schon.« Er winkte dem Kellner und bestellte einen weiteren Korn. »Du hättest dich nicht herbemühen müssen, Daisy. Ich komme schon klar.«

»Indem du dich betrinkst?« Sie sagte es ohne jeden Vorwurf.

Louis lächelte matt. »Es hilft. Wenigstens für eine Weile. Nur auf die Kopfschmerzen könnte ich gern verzichten.«

»Willst du mir erzählen, wie du von Willi und dem… anderen erfahren hast?«

Louis stärkte sich mit dem Korn. »Einer dieser verdammten Zufälle, von denen man sich hinterher wünscht, sie seien nie passiert. Ich war mit Willi im Kleist-Casino verabredet, sagte ihm jedoch aus Zeitgründen ab. Dann schaffte ich es doch, mich früher loszueisen, und als ich beim Kleist ankam, sah ich, wie Willi mit einem anderen Mann aus dem Eingang trat. Ich bin den beiden bis zu einer kleinen Villa gefolgt. Vor dem Tor wartete ich auf Willi.«

Daisy beunruhigte das Gesagte. »Wie kann Willi einfach so ausgehen? Ich dachte, er sei untergetaucht? Ihr bringt euch beide in Gefahr, wenn ihr so unvorsichtig seid.«

Louis kniff ein Auge zu. »Willst du die Geschichte nun zu Ende hören oder mir weiter Vorwürfe machen?«

»Ist ja gut, erzähl weiter.«

Louis griff zum Bier, nahm einen tüchtigen Schluck und wischte sich den Schaum achtlos mit dem Ärmel von der Lippe. »Es dauerte zwei Stunden, bis Willi wieder auftauchte. Ich stellte ihn zur Rede, aber er hat mich ausgelacht und gemeint, ich sähe Gespenster. Der Mann sei Verleger und ein linker Sympathisant, und sie hätten lediglich über einen Artikel debattiert. Aber ich wusste es einfach.«

Daisy legte mitfühlend ihre Hand auf seinen Arm. »Nicht, dass ich es Willi keineswegs zutrauen würde, aber bist du dir wirklich sicher?« Daisy fühlte sich fast ein wenig schuldig, weil sie immer gehofft hatte, die beiden würden sich trennen.

»Natürlich!«, entfuhr es Louis, einen Tick zu laut. Die beiden Männer am Nebentisch blickten neugierig zu ihnen herüber.

Louis dämpfte seine Stimme. »Ich kenne Willis Geruch nach dem ... Der Mistkerl hat sich danach nicht einmal gewaschen.« Rote Flecken traten auf seine Wangen. Daisy wollte ihrem Bruder eben vorschlagen, die stickige Kneipe gegen einen Spaziergang an der frischen Luft zu tauschen, als ein Mann an ihren Tisch trat.

»Sieh an, die Kavallerie ist eingetroffen. Und? Bringst du deinen Bruder wieder gegen mich auf?«

»Aufwiegelei ist deine Spezialität, Willi, nicht meine«, entgegnete Daisy kühl.

Louis stand schwerfällig auf. Brust an Brust mit Willi flüsterte er drohend: »Lass sie gefälligst in Frieden.«

»Jederzeit. Komm mit mir, wir müssen reden.«

»Es gibt nichts mehr zu sagen. Verschwinde!«

»He, was fällt dir ein? Du kommst jetzt mit.« Willi packte

Louis am Arm, und da er ihm an Größe und Kraft überlegen war, hätte er diesen mühelos nach draußen befördert, wäre Daisy nicht dazwischengegangen.

»Nun mal halblang, ihr zwei. Oder wollt ihr euch etwa die Nasen einschlagen?«

»Du bringst mich da auf eine Idee«, knurrte Willi und stieß sie von sich.

Die beiden Männer am Nebentisch erhoben sich. Den Mienen nach waren sie einer kleinen Feierabendschlägerei keineswegs abgeneigt. Auch die anderen Tische begannen, sich für das offensichtliche Drama – zwei Männer im Kampf um eine Frau – zu interessieren. Das wiederum brachte den Wirt auf den Plan. Er drängte sich durch die Menge, in der Hand den Holzhammer, den er gewöhnlich nutzte, um ein frisches Fass anzuschlagen, und der gelegentlich auch bei streitlustigen Gästen zur Anwendung kam. Sekunden später fanden sich die drei vor die Tür gesetzt.

Sie entfernten sich ein paar Schritte von der Kneipe und bogen in die nächste Nebenstraße ab. Vor einer geschlossenen Wäscherei blieben sie stehen.

»Tu dir einen Gefallen, Daisy, und nimm ein Taxi. Ich muss mit Louis sprechen.«

Daisy sah zu ihrem Bruder. Der trat Willi entschlossen entgegen. »Es gibt nichts mehr zu sagen. Es ist aus. Ich kann dir nicht mehr vertrauen.«

»Ausgerechnet du sprichst von Vertrauen?«, höhnte Willi. »Wer ist denn wem heimlich hinterhergeschlichen und reimt sich irgendwelche Hirngespinste zusammen?«

»Geh einfach. Lass mich in Ruhe.« Louis wandte sich ab,

aber Willi riss ihn grob zu sich herum. »Du lässt mich nicht einfach so stehen, hörst du!«, zischte er.

»Und, was willst du dagegen tun?«, erwiderte Louis ruhig.

»Das.« Willis Faust landete krachend in Louis' Gesicht. Während Louis rückwärtstaumelte, stürzte Daisy sich mit einem Aufschrei auf Willi. Der wich zur Seite wie ein Boxer und schubste sie in den Straßengraben. Sie fing sich mit den Händen ab und sprang sofort wieder auf die Beine.

Louis hielt sich die blutende Nase. »Ist das deine Art zu reden?«, nuschelte er. Daisy gab ihrem Bruder ein Taschentuch und warf Willi einen zornigen Blick zu.

Der hob die Hände. »Entschuldige, ich habe wohl etwas überreagiert.«

»Überreagiert?«, schrie Daisy. »Du hast meinem Bruder die Nase gebrochen!«

»Das ist deine Schuld!«, giftete Willi zurück. »Wärst du einfach gegangen und hättest mich das mit Louis allein regeln lassen, wäre das nie passiert.«

Seine Unverfrorenheit verschlug Daisy kurzzeitig die Sprache.

Willi winkte: »Komm, Louis, wir gehen.«

Dieser rührte sich nicht. Daisy überwand ihre Lähmung. »Hör zu, Willi, das hier führt zu nichts. Louis will nichts mehr mit dir zu tun haben. Bitte akzeptiere seine Entscheidung. Du kannst deinen Willen nicht in ihn hineinprügeln.«

»Wer hat dich gefragt?«, blaffte Willi. »Halt dich da gefälligst raus, Daisy. Das ist eine Sache zwischen mir und Louis. Und jetzt verschwinde, bevor ich dir Beine mache.«

»Werden Sie von dem Herrn belästigt, mein Fräulein?«

Selten hatte sich Daisy mehr über den Anblick eines Schutzmanns gefreut. Sie zeigte auf Willi: »Ja, dieser Mann hat mich belästigt und meinen Bruder geschlagen, als er mir zu Hilfe geeilt ist.«

Der Blick des Schupos wanderte erst zu Louis und dann zurück zu Willi. Der warb effektheischend um Verständnis. »He, Mann, das war nur ein kleiner Zwist unter Liebenden. Das passiert. Wir haben beide einen Kleinen über den Durst getrunken.« Und zu Louis: »Komm schon, Kumpel, tut mir leid. Du darfst mir gerne auch eine reinhauen.« Er grinste komplizenhaft.

Der Polizist ließ sich jedoch nicht beirren. Unvermittelt schaute Willi in die Mündung einer Pistole. »Sie sind vorerst verhaftet«, erklärte der Schupo. »Und Sie, junge Dame und junger Herr, folgen mir beide aufs Revier, um Anzeige zu erstatten.« Er winkte Willi mit den Handschellen zu sich.

»Schon gut«, sagte der zerknirscht und streckte dem Polizisten beide Hände entgegen.

Als der Uniformierte näher trat und ihm die erste Schelle anlegte, nutzte Willi den Augenblick. Er stieß dem Schupo brutal das Knie in den Magen, und während sich der Mann vor Schmerz krümmte, versetzte er ihm mit den Fäusten einen zusätzlichen Hieb auf den Nacken. Benommen ging der Polizist zu Boden. Willi schnappte sich seine Waffe und rief: »Hier, Daisy! Fang.« Reflexartig griff sie zu, starrte eine verwirrte Sekunde auf die Pistole in ihren Händen und ließ sie entsetzt los.

»Sag mal, drehst du jetzt völlig durch?«, fuhr Daisy Willi an. Der lachte nur, trat den sich rührenden Schupo wie beiläufig zurück in den Graben, hob dessen Dienstwaffe vom Boden und rief Louis zu: »Wir sprechen uns noch, Kumpel.« Darauf verschwand er in einer dunklen Gasse. Daisy und Louis verständigten sich mit einem Blick ebenfalls darauf zu verschwinden, bevor sie auf dem Revier Rede und Antwort stehen mussten. Zuvor vergewisserte sich Daisy noch rasch, dass der lädierte Schutzpolizist von allein wieder auf die Beine käme. »Es tut mir leid«, murmelte sie ihm zu. Zudem nahte Hilfe von der anderen Straßenseite in Gestalt eines älteren Herrn, der seinen Dackel spazieren führte.

»Was für ein Desaster«, meinte Daisy, als sie sich fünf Minuten später in Louis' Wohnung darum bemühte, sein Nasenbluten mit einem kalten Waschlappen zu stillen.

»Ich begreife nicht, was in Willi gefahren ist! Er ist völlig außer Rand und Band. Au! Drück nicht so fest«, beschwerte sich Louis.

Daisy nahm den Waschlappen, wusch ihn aus und reichte ihn ihrem Bruder zurück. »Mach es selbst. Sag mal, hast du, außer diesem, keine Handtücher mehr? Das hier ist schmutzig.«

»In der Wäscherei«, brummte Louis.

Daisy trocknete sich die Hände an ihrem Rock. »Nimm's mir nicht übel, Louis, aber deine Wohnung ist ein ziemliches Drecksloch.« Das erklärte zumindest, warum er sie nie hierherbestellte, sondern immer in die Kneipe.

»Pah, das ist schnell aufgeräumt«, näselte Louis.

»Wohl eher ein Fall für den Kammerjäger.« Daisy schüttelte das Thema mit einem Schulterzucken ab, kippte das blutige Wasser weg und zapfte frisches.

»Das hat er noch nie getan«, stöhnte Louis unter dem Waschlappen.

»Was?«

»Mich geschlagen.«

»Falls du mich damit beruhigen willst, lass es, ja? Mir reicht, was ich gesehen habe. Er ist ein brutaler Schläger. Und ehrlich gesagt finde ich, wir sollten von hier verschwinden.«

»Willi hat keinen Schlüssel zur Wohnung, wenn du das befürchtest.«

»Und wie habt ihr seine... Besuche arrangiert?«

»Über den Hinterhof durch den Kohlenkeller. Plus ein verabredetes Klopfzeichen an der Wohnungstür. *Radetzkymarsch*.«

»Ausgerechnet... Pass auf, pack ein paar Sachen zusammen, du nimmst mein Zimmer im *Adlon*, ich schlafe bei Mitzi.«

Louis ließ den Waschlappen sinken. »Du nächtigst immer bei Mitzi. Wozu hast du das Zimmer im *Adlon*?«, erkundigte er sich argwöhnisch.

»Mutter bestand auf der Reservierung. Sie dachte, wir könnten es brauchen.«

»Du hast Mutter von meinen... Schwierigkeiten erzählt?«, brauste Louis auf.

»Das war gar nicht nötig. Sie hat es erraten. Und ich musste mir ihren Wagen leihen. Wie, glaubst du, hätte ich es sonst so schnell nach Berlin geschafft?«

»Ich hab dich nicht darum gebeten«, grollte Louis.

Daisy sparte sich den Kommentar. Da ihr Bruder keine Anstalten machte, sich zu bewegen, schritt sie zum einzigen Schrank, entdeckte am Boden seine Tasche und zerrte diese heraus. Sie klaffte auf. »Ach, da sind ja noch Handtücher!«

»Lass sie drin!«, rief Louis und sprang auf. Aber es war zu spät. Daisy zog die gefalteten Handtücher heraus, etwas Schweres löste sich daraus und polterte zu Boden.

»Du besitzt eine Waffe?« Rasch stellte sie ihren Fuß darauf, bevor Louis danach greifen konnte. Sie kannte diese Waffe. Die drei eingravierten Pfeile auf dem Lauf waren schwerlich zu übersehen. Erschreckt rief sie: »Das ist Willis Waffe!«

»Gib sie her!«

»Nein. Zuerst will ich wissen, warum du sie bei dir versteckst.«

Sie traktierten sich mit Blicken. Schließlich gab Louis nach: »Willi hat sie mir gegeben.«

»Hat er dir auch verraten, warum?«

»Zu meinem Schutz?«

»Himmelherrgott, Louis! Mach dir doch nichts vor. Du weißt genau, was das für eine Waffe ist! Willi hat sie dir aufgedrängt, weil er sie nicht wegwerfen wollte. Gleichzeitig ist sie ein so heißes Eisen, dass er ausschließen wollte, dass man sie bei ihm findet. Diese Waffe bringt dich in Gefahr!«

»Das brauchst du mir nicht zu sagen. Und jetzt nimm den Fuß runter.«

»Nein, ich nehme sie mit nach Tessendorf und vergrab sie dort.«

Wieder funkelten sie sich an, und wieder knickte Louis ein. »Mach doch, was du willst«, erklärte er gereizt. »Das tust du sowieso immer.«

»Glaub mir, das ist das Beste.« Daisy leerte die Trommel und stopfte Patronen sowie Waffe in ihren ägyptischen Beutel. »Ich packe das Nötigste für dich zusammen, und du ziehst inzwischen saubere Sachen an. Mit dem blutbesudelten Hemd kannst du nicht ins Hotel.«

Vor der Tür erwartete sie eine böse Überraschung. Yvettes Cabriolet war weg. »Verdammt, jemand hat Mutters Wagen geklaut!« Fassungslos glitt Daisys Blick die Straße rauf und runter. Louis schwieg in sich gekehrt.

»Das war sicher Willi, nur, um mir eins auszuwischen«, schimpfte Daisy. »Komm, versuchen wir, ein Taxi aufzutreiben. Ansonsten gehen wir zu Fuß. So weit ist es ja nicht.« Mittlerweile ging es auf Mitternacht zu, aber sie hatten Glück und konnten bald darauf ein Taxi anhalten. Aufgrund der fortgeschrittenen Stunde blieb auch Daisy im Hotel.

»Kann ich dich wirklich allein lassen?«, erkundigte sich diese, bevor sie ihr eigenes Zimmer einen Stock tiefer bezog. Louis nickte.

»Gut, dann werde ich jetzt ein Bad nehmen. Vielleicht solltest du das auch tun. Wenn du etwas brauchst, klingel bei mir durch, ja?«

Louis nahm den Eisbeutel von der Nase. Daisy hatte ihn, genauso wie den Braten mit Beilage, der unberührt unter der silbernen Servierglocke stand, aus der Küche geordert. »Was ich vor allem brauche, Daisy, ist meine Ruhe.«

»Kein Grund, so garstig zu werden.«

»Geh baden, Daisy.«

Sonntagmorgen um acht Uhr klingelte Daisys Telefon. Sie hatte die restliche Nacht kein Auge zugetan, stets auf dem Sprung, nach Louis zu sehen oder von ihm zu hören. Jetzt stürzte sie sich auf den Apparat. »Louis?«

»Nein, *Chérie*, ich bin es«, sagte ihre Mutter. »Ist Louis nicht bei dir?«, erkundigte sie sich besorgt.

»Doch, *Maman*, er ist auf seinem eigenen Zimmer eine Etage höher und schläft hoffentlich. Er wollte keine Gesellschaft und zog es vor, allein zu sein.«

»Wie geht es ihm?«

»Waidwund wie ein verletztes Reh, *Maman*. Aber nach dem, was Willi sich gestern Abend geleistet hat, ist zu hoffen, dass Louis rascher über seine Liebe hinwegkommen wird, als wir zuvor annehmen durften.« Daisy berichtete die Einzelheiten der vergangenen Nacht. »Und ich muss dir noch etwas beichten, *Maman*: Dein Cabriolet wurde gestohlen.«

»Oh, deshalb wollte ich dich auch sprechen. 'Ugo rief mich vorhin an. Mein Wagen wurde gefunden. Kaum zu glauben, aber er diente offenbar als Fluchtfahrzeug bei einem Raubüberfall.«

Daisys Wangen wurden kalt.

»*Chérie*, bist du noch dran?«

»Ja, entschuldige, *Maman*. Ich überlegte nur gerade, dass mir nun sicherlich ein Besuch von Hugo bevorsteht.«

»Der Kelch könnte an dir vorübergehen. 'Ugo meldete sich aus Paris und erklärte, sein bester Beamter sei mit der Sache befasst und würde sich darum kümmern, dass ich meinen Wagen nach Abschluss der Untersuchungen sofort zurückerhalte.«

»Untersuchungen? Ich… Oh, warte kurz, *Maman*. Es hat gerade an der Tür geklopft. Das ist bestimmt Louis!«

Daisy legte den Hörer ab und lief zur Tür. Es war nicht Louis. Dennoch kannte sie ihren Besucher. Der Mann mit der Augenklappe!

»Guten Morgen, Fräulein von Tessendorf. Ich bin Hauptmann Hubertus von Greiff und vertrete Kriminalrat Brandis zu Trostburg«, erklärte er knapp. Über die Schulter hinweg fragte er scheinbar zusammenhanglos: »Und, erkennen Sie die junge Dame?«

Hinter Greif trat eine Gestalt hervor. »Ja, das ist die junge Dame«, bestätigte der von Willi verprügelte Schupo.

»Ohne jeden Zweifel?«

»Ja, Herr Hauptmann.«

»Gut, Sie können gehen.«

Greiffs Auge lag wie ein Röntgenstrahl auf Daisy und übermittelte die stumme Botschaft, jegliches Leugnen sei zwecklos.

Schockiert rätselte Daisy, wie sie so schnell hatte gefunden werden können.

»Unterhalten wir uns«, forderte von Greiff. Er schritt in ihr Hotelzimmer und reichte den Ledermantel, den er lose über der Schulter getragen hatte, einem jungen Begleiter in schmucker Uniform. Dieser legte ihn ordentlich über den Arm und trat steif zurück. Daisy verfolgte verblüfft das kurze Intermezzo. Indessen hatte von Greiff bereits einen Stuhl herangezogen und wies Daisy einen Platz auf dem Sofa gegenüber zu. Er wartete, bis sie saß. Das höfliche Auftreten aber war bloß Fassade, Greiff war ein Mann des Verhörs, nicht der Konversation.

Er schlug die bestiefelten Beine übereinander, formte die Finger wie ein Zelt vor seiner Nase und musterte sie wortlos. Das sollte sie vermutlich nervös machen, und es funktionierte.

Daisy kämpfte gegen das Gefühl der Unruhe und Furcht

an: Warum sprach er nicht? Mit jeder Sekunde fühlte sie sich schuldiger, dabei hatte sie gar nichts verbrochen. Sie hielt seinem Schweigen nicht länger stand. »Ich bin ein wenig irritiert über Ihr Vorgehen, Herr von Greiff. Beim gestrigen Vorfall, den ich selbstverständlich außerordentlich bedauere, handelt es sich um ein reines Missverständnis. Falls Sie keinen Einwand haben, werde ich dem Schupo als Entschuldigung einen Präsentkorb zukommen lassen.« Sogleich ärgerte sich Daisy über sich selbst: Sie hatte von Greiff mit der Contenance einer Dame begegnen wollen, stattdessen lieferte sie hohles Geschwafel ab.

Von Greiff ließ die Hände sinken, ohne dass seine Miene etwas preisgab. »Warum sind Sie und Ihr Bruder weggelaufen und haben sich nicht um den verletzten Polizisten gekümmert?« Wie es von jedem anständigen Menschen zu erwarten gewesen wäre, bezichtigte sie sein Ton.

Daisys Gedanken rasten. Willi war bereits in der Kneipe aufgefallen, und danach hatte er dem Schupo weismachen wollen, es wäre nur eine kleine Meinungsverschiedenheit unter Freunden. Zu behaupten, sie kenne ihn nicht, fiel daher flach. Sie würde teilweise schwindeln müssen, und der Schluckauf saß ihr bereits in der Kehle.

»Mein Bruder Louis und ich waren beide furchtbar schockiert vom Verhalten unseres Bekannten. Erst schlug er meinen Bruder, danach griff er den Polizisten an und stahl ihm die Waffe. Louis jagte ihm nach, und ich fürchtete um meinen Bruder. Weshalb ich ihm ebenso kopflos hinterhergerannt bin.«

»Sie geben also zu, dass Sie den Mann kennen, der Ihren

Bruder und den Polizisten angegriffen hat. Wie lautet sein Name?«

Verdammt, jetzt hat er mich, dachte Daisy konfus. Ihr fiel keine Antwort ein – außer der Wahrheit, und die kam nicht infrage.

Ihr Gesprächspartner lehnte sich lässig zurück. »Ich habe nicht den ganzen Tag Zeit. Kürzen wir das Ganze also ab. In welchem Verhältnis stehen Sie zu Willi Hauschka?«

Die Abkürzung ersparte Daisy zu lügen, und vermutlich strahlte sie vor Erleichterung wie ein verdammter Kronleuchter. »Er ist der Sohn unseres früheren Rentmeisters auf Gut Tessendorf. Mein Bruder und ich sind quasi mit ihm aufgewachsen.«

»Sie drei sind also befreundet?«

»Als Kinder standen wir uns nahe. Später trennten sich unsere Wege«, erklärte Daisy knapp.

»Und gestern Abend trafen ihre Wege rein zufällig wieder aufeinander?«

»Ich war mit meinem Bruder in seiner Stammkneipe verabredet, und plötzlich kreuzte tatsächlich Willi an unserem Tisch auf.«

»Woraufhin es zum Streit kam«, fasste von Greiff zusammen.

»Ja, daher hat uns der Wirt kurzerhand vor die Tür gesetzt.«

»Schildern Sie den darauffolgenden Streit.«

»Nun...« Daisy rang um den Einstieg. »Ein Wort ergab das andere. Plötzlich ging Willi mit den Fäusten auf meinen Bruder los. Ich ging dazwischen, und da tauchte bereits der Schutzpolizist auf. Er hat die Situation richtig eingeschätzt, aber bevor es zur Verhaftung Willi Hauschkas kam, wurde er von diesem niedergeschlagen. Willi griff sich die Waffe und floh.«

Von Greiff musterte sie misstrauisch: »Das war alles? Sind Sie sicher?«

»Ja.«

»Was hatten sie drei ausgerechnet vor der Wäscherei zu suchen?«

»Bitte?« Daisy war verwirrt. »Ich verstehe die Frage nicht.«

»Laut Schupo Brosemann hat er Sie vor einer Wäscherei aufgegriffen. Weitere Zeugen haben das bestätigt. Das Geschäft liegt eine Straße von der Kneipe entfernt.«

»Stimmt, wir haben uns einige Schritte von der Kneipe fortbewegt. Es schien uns ratsam, da die Stimmung im Lokal durch den vorangegangenen Streit aufgeheizt war. Wir wollten ungern heraustretenden Gästen begegnen.«

»Gibt es einen Grund, warum Sie mir das eben verschwiegen haben?«

»Ich habe es keineswegs verschwiegen, Herr von Greiff, sondern einfach nicht daran gedacht. Die Prügelei fand auf der Straße statt. Warum sollte der Ort wichtig sein?«

»Die Entscheidung, was wichtig ist und was nicht, mögen Sie bitte mir überlassen.«

Daisy nervte seine herablassende Art. »Und ich möchte Sie bitten, Ihre Unterstellungen zu lassen. Ich bin jederzeit bereit, Ihre Fragen als Zeugin zu beantworten, und verbitte mir, von Ihnen wie eine Beschuldigte behandelt zu werden.«

Ohne darauf einzugehen, versetzte er ihr den nächsten Hieb: »Die Wäscherei wurde heute Morgen kurz nach sechs Uhr früh ausgeraubt und ihr Besitzer erschossen.«

Daisy stockte das Blut. »O Gott, wie furchtbar!« Plötzlich hörte sie ihre Mutter am Telefon sagen: Mein Wagen wurde gefunden. Kaum zu glauben, aber er diente offenbar als Fluchtfahrzeug bei einem Raubüberfall!

Von Greiff fuhr wie ein Ankläger fort: »Das Cabriolet Ihrer Mutter Yvette von Tessendorf wurde unweit des Tatorts mit Motorschaden aufgefunden. Laut ihren Angaben hat Sie Ihnen das Fahrzeug überlassen.«

»Der Wagen wurde mir gestern Nacht gestohlen.«

»Wann genau?«

»Ich bemerkte es gegen Mitternacht.«

»Warum haben Sie nicht sofort Anzeige erstattet?«

»Mein Bruder blutete, wir waren erschöpft und beschlossen, das könne bis zum Morgen warten.«

»Die Tochter des Wäschereibesitzers hat ausgesagt, bei den Tätern handelte es sich um zwei Personen, einen Mann und eine Frau. Und es sei die Frau gewesen, die den tödlichen Schuss auf den Vater abgegeben habe.«

Daisy hatte das jähe Gefühl, als kröche etwas sehr Kaltes vom Boden ihre Beine hinauf. »Hören Sie, dieser Überfall ist ein scheußliches Verbrechen, das ich mit ganzem Herzen verurteile, und mein Mitgefühl gilt der bedauernswerten Tochter und den Angehörigen. Aber ich kann nicht ganz nachvollziehen, warum Sie mir das im Detail erzählen?«

Von Greiff spitzte die blutleeren Lippen. »Beschreibung und Vorgehensweise gleichen dem Dahlem-Duo. Ich gehe davon aus, Sie haben bereits von diesem mörderischen Pärchen gehört?«

»Jeder, der Zeitung liest, hat vom Dahlem-Duo gehört«,

bestätigte Daisy. Worauf wollte er hinaus? Ihre Alarmglocken schrillten immer lauter.

»Den Tätern ist erstmals ein grober Fehler unterlaufen. Sie haben die Tatwaffe an Ort und Stelle zurückgelassen. Diese konnte einwandfrei als jene identifiziert werden, die Schutzpolizist Brosemann wenige Stunden zuvor von Willi Hauschka entwendet worden ist. Derzeit untersuchen wir die Pistole auf Spuren.«

Jäh spürte Daisy eine Schlinge um ihren Hals. Sie hatte die Waffe in Händen gehalten, als Willi sie ihr zuwarf! Er musste das Ganze geplant haben. Betroffen schüttelte sie den Kopf, als ihr das gesamte Ausmaß seiner Boshaftigkeit klar wurde. Plötzlich wünschte sie, Hugo wäre gekommen, statt von Greiff zu schicken. Mit Hugo konnte man sprechen, er war ein Mensch. Dagegen gab es vermutlich nichts, was von Greiff rühren konnte.

Sein seelenloser Blick lag abschätzend auf ihr. »Sie wissen, dass Willi Hauschka ein gefährlicher Anarchist ist?«

Zögernd neigte sie den Kopf. »Das ist ein offenes Geheimnis, seit er vor Jahren von unserem Gut in Pommern geflohen ist.«

»Hatten Sie in der Zwischenzeit Kontakt zu ihm?«

»Nein«, hickste Daisy.

»Aber Ihr Bruder.« Eine erneute Feststellung.

»Das entzieht sich meiner unmittelbaren Kenntnis«, wand sich Daisy. »Was ich weiß, ist, dass er uns am gestrigen Abend in der Kneipe auf unverschämte Weise nachgestellt hat.«

»Der Wirt hat ausgesagt, bei dem Streit sei es um Sie gegangen. Schutzpolizist Brosemann gab zu Protokoll, Willi Hauschka habe behauptet, es sei nur ein Zwist unter Liebenden. Haben Sie ein Verhältnis mit Willi Hauschka, Fräulein von Tessendorf?«

»Natürlich nicht!«, empörte sich Daisy.

»Gut. Ich fasse Ihre Aussage zusammen. Sie erklären, Sie und Willi Hauschka sind weder Liebende noch befreundet. Was sind Sie dann? Komplizen?«

Daisy fuhr vom Sofa hoch. »Was erlauben Sie sich! Sie kommen hierher, werfen mit irgendwelchen Behauptungen um sich und beschuldigen mich, die Komplizin eines Anarchisten zu sein?«

Greiff rührte sich nicht. »Setzen Sie sich wieder, Fräulein von Tessendorf. Sie werden nicht beschuldigt, nur befragt. Allerdings lasse ich mich ungern zum Narren halten. Sie scheinen mir durchaus ein Problem mit der Wahrheit zu haben, und mir stellt sich die Frage nach dem Warum.«

»Ich lüge nicht.«

»Jeder lügt. Es ist verständlich, dass Sie Ihren Bruder schützen wollen.«

Daisy umging die Falle. »Wovor sollte ich meinen Bruder schützen wollen? Mein Bruder hat genauso wenig mit dem Raubüberfall zu tun wie ich. Wir sind beide unschuldig.«

»Dann haben Sie beide auch nichts zu befürchten. Um jeden Zweifel auszuräumen, wird zur Stunde die Wohnung Ihres Bruders durchsucht.«

Daisy drehte sich der Magen um. Sie zwang sich, nicht zur Frisierkommode zu schauen, wo ihr Beutel mit Willis Anarchistenwaffe lag. Die würden sie wenigstens nicht bei Louis finden! Sie konnte nur beten, dass Willi keine anderen Überraschungen bei ihm deponiert hatte.

»Ist mein Bruder über die Durchsuchung informiert worden?«, erkundigte sie sich steif.

»Er ist im Bilde. Ich habe ihn bereits vor Ihnen befragt.«

»Wo ist mein Bruder?«, fragte Daisy sofort misstrauisch.

»In seinem Hotelzimmer. Es gibt einige Ungereimtheiten in seiner Aussage. Deshalb habe ich ihn dort unter Arrest gestellt, solange die Durchsuchung seiner Wohnstatt läuft.«

»Möchten Sie auch mich durchsuchen?« Verärgert breitete Daisy die Arme aus.

»Das wird wohl nicht nötig sein. Laut Concierge haben Sie das Hotel nicht verlassen. Wir warten noch auf die Bestätigung des Portiers, der bereits dienstfrei hat. Derzeit werden Sie nicht als Täterin verdächtigt.«

»Ich kann nicht behaupten, dass mir Ihr *derzeit* gefällt, Herr von Greiff«, erklärte Daisy.

»Ihre Befindlichkeiten sind nicht Gegenstand meiner Untersuchung, Fräulein von Tessendorf. Meine Aufgabe ist die Anarchisten-Jagd, und dabei trete ich auf viele Zehen. Das Dahlem-Duo ist brandgefährlich. Sie beschaffen mit den Überfällen die finanziellen Mittel, um Terrorakte gegen die Berliner Bevölkerung zu verüben. Ein gutes Dutzend Morde gehen auf ihr Konto.«

»Eben! Mir erschließt sich nicht, warum Sie wertvolle Zeit darauf verschwenden, meinen Bruder und mich zu behelligen, anstatt dieses mörderische Anarchisten-Pärchen zu jagen!«

Von Greiffs Blick schien sie zu durchbohren. »Stunden vor dem Überfall wurden Sie und Ihr Bruder mit dem gesuchten Anarchisten Hauschka am Ort des Geschehens gesehen. Des

Weiteren wurde Ihr Wagen keine zweihundert Meter weit entfernt davon aufgefunden. Sie können nicht ernsthaft erwarten, dass ich diese Hinweise ignoriere.«

Daisy verlor die Beherrschung. »Sie können uns nicht ernsthaft als Dahlem-Duo verdächtigen!«, wütete sie.

»Ich wüsste nicht, dass davon mit einer Silbe die Rede gewesen wäre. Nichtsdestotrotz verhalten Sie sich verdächtig. Sagen Sie, wird Ihr Verhalten ausschließlich durch die sexuelle Fehlveranlagung Ihres Bruders Louis bedingt, oder verbirgt sich mehr dahinter?«

Daisy zuckte zusammen. Sie dachte an den Toten in Mitzis Wohnung und an ihre Fingerabdrücke auf der Tatwaffe. »Ich habe mir absolut nichts zuschulden kommen lassen«, betonte sie.

»Ach, und zur sexuellen Orientierung Ihres Bruders haben Sie keinen Kommentar übrig?« Greiffs Röntgenauge glitzerte boshaft.

Daisy rümpfte die Nase. »Was wollen Sie von mir hören?«

Er wedelte lässig mit der Hand. »Ihre Reaktion genügt mir vollkommen.«

»Wissen Sie«, erklärte Daisy mit einem samtigen Lächeln, »grundsätzlich vertrete ich die Meinung, man sollte lieben dürfen, wen man will.« Es war nur so ein Gefühl, aber sie sah zur Wand, wo der blutjunge Uniformierte beinahe mit der Tapete verschmolz.

Greiff rückte ein Stück auf dem Stuhl vor. »Das haben Sie fein formuliert.« Auch er lächelte, auf sardonische Art. »Sie pflegen eine enge Freundschaft zu Hermine Gotzlow?«, konfrontierte er sie übergangslos.

Einen Atemzug lang setzte Daisys Verstand aus. *Hermine Gotzlow? Mitzi! Er sprach von Mitzi!*

»Ja, sie ist die Nichte unserer Kochmamsell und hat mehrere Jahre bei uns auf dem Gut gearbeitet.«

»Und sie stammt wie Willi Hauschka aus Tessendorf, und gleichzeitig ist sie die einzige Überlebende eines Raubüberfalls des Dahlem-Duos. All diesen merkwürdigen Zufällen auszuweichen käme einem Hindernislauf gleich. Wären Sie an meiner Stelle, welche Schlüsse würden Sie ziehen, Fräulein von Tessendorf?«

»Keinesfalls die Ihren!«, entgegnete Daisy laut. »Frau Gotzlow lernte Herrn Fontane durch mich kennen. Sie sollte in seinem nächsten Film spielen. Das ist der einzige Grund, warum sie sich in seiner Villa aufgehalten hat.«

»Und als Einzige entkam sie dem Massaker.«

»Worüber ich über die Maßen froh bin, auch wenn ich selbstverständlich die anderen Opfer bedauere.«

»Selbstverständlich. Die Antwort eines Edelfräuleins«, bemerkte er mokant. »Verraten Sie mir, wer da in der Leitung ist und unser Gespräch mithört?«

»Wie bitte?«

Sein Kinn wies zum Sekretär. »Der Hörer. Er liegt nicht auf. Sie haben telefoniert, bevor ich eintraf. Mit wem?«

»Mit meiner Mutter Yvette.«

»Ach ja, *die Französin.*« Er entfaltete seine Beine und erhob sich. Sogleich fand sich der junge Gehilfe an seiner Seite, bereit, ihm den Ledermantel um die Schultern zu drapieren. Mit einen Kopfschütteln hielt er ihn davon ab. In dieser Sekunde klopfte es.

»Herein«, rief von Greiff, als sei es sein Hotelzimmer. Ein zweiter blutjunger Mann in Uniform steckte den Kopf durch die Tür und erklärte: »Da ist ein Herr Mendel. Er sagt, er sei der Anwalt von Fräulein von Tessendorf.«

Daisy kam erleichtert auf die Füße.

»Ah, den hat wohl Ihre Frau Mutter bestellt. Wie fürsorglich, die Mutter schützt ihre Brut.« Von Greiff gab seinem Adlatus ein Zeichen: »Herr Mendel kann eintreten. Ich bin hier fertig.«

Nichts hörte Daisy lieber.

Mendel senior trat ein. »Herr von Greiff«, begrüßte er ihn kurz und knapp. »Ich vertrete die Interessen von Louis und Marguerite von Tessendorf. Hier ist meine Legitimation.« Er hielt ihm ein Papier entgegen, das Greiff mit einer wedelnden Handbewegung abtat.

Mendel positionierte sich neben Daisy.

Von Greiffs Auge glitt geradezu träge über sie hinweg. »Wir sehen uns wieder, Fräulein von Tessendorf.« Grußlos schritt er davon.

»Bitte setzen Sie mich ins Bild«, bat der Advokat Daisy.

»Sofort, Herr Mendel. Zuerst möchte ich nach meinem Bruder sehen.« Daisy riss die Tür auf und fand sich einem von Greiffs Männern gegenüber. »Stehe ich etwa auch unter Arrest?«, entfuhr es ihr verblüfft.

»Nur so lange, bis die Untersuchungen abgeschlossen sind.«

»Und wann wird das sein?«

»Bedaure, das entzieht sich meiner Kenntnis.«

»Ich möchte mit meinem Bruder sprechen. *Jetzt.*«

»Das ist derzeit nicht möglich. Bitte, Fräulein, gehen Sie

zurück in Ihr Zimmer.« Er baute sich vor ihr auf und vermittelte unmissverständlich: Notfalls würde er nachhelfen, falls sie sich nicht fügte.

Wütend warf Daisy die Tür ins Schloss. Wenn man sie wie eine Verbrecherin behandelte, brauchte sie sich nicht wie eine Dame zu benehmen.

»Die haben komplett ihren Verstand verloren«, erklärte sie düster und ließ sich aufs Sofa sinken. Aber sie sprang sofort wieder auf, nahm den Hörer auf und rief: »*Maman*, bist du noch dran?«

»*Naturellement*. Ich konnte das meiste mithören. Vor diesem fürchterlichen Greiff gruselt es einen selbst aus der Ferne. Aber du hast dich ganz *fabuleux* geschlagen, *Chérie*. Sei unbesorgt, die ganze Angelegenheit wird sich in Wohlgefallen auflösen.«

Daisy hätte ihren Worten liebend gern geglaubt, leider hielt ihre Angst an. »*Maman*, der Mann wird nicht lockerlassen!«

»Damit will er dich verunsichern, *Chérie*. Dieser Greiff steht unter enormem Druck. Das Dahlem-Duo hält Berlin in Atem, und die Presse sitzt ihm im Nacken. Er braucht dringend einen Fahndungserfolg, ansonsten lässt 'Ugo ihn fallen.«

»Es ist aber auch wirklich zu vertrackt, *Maman*. Alle diese Hinweise passen zusammen wie ein Mosaik.«

»Darum solltest du dich vorwiegend nach dem Warum fragen, *Chérie*.«

»Du hältst es also auch nicht für einen Zufall?«

»Nein, dafür ist es ein zu offensichtliches Konstrukt. Lass uns später darüber reden. Nun bitte ich dich, Herrn Mendel zu informieren. In längstens drei Stunden bin ich bei euch.«

»Du kommst nach Berlin?« Daisy hatte es gehofft.
»Nichts könnte mich davon abhalten.«

Als Yvette von Tessendorf eintraf, hatte Greiff bereits seine Männer aus dem Hotelflur abgezogen. Das blieb jedoch für den Rest des Tages das einzige Anzeichen einer positiven Entwicklung. Ansonsten hörten sie nichts mehr von dem Mann mit der Augenklappe. Rechtsanwalt Mendel sprach auf dem Präsidium am Alexanderplatz vor, wurde jedoch nicht zu Hauptmann Greiff durchgelassen. Man speiste ihn mit der Auskunft ab, die Ermittlungen dauerten an, und seine Mandanten würden beizeiten verständigt werden.

»Er lässt uns schmoren«, klagte Daisy.

»Greiff hat nichts gefunden, außer ein paar alten Flugblättern«, betonte Louis nicht zum ersten Mal. Die Nase stand ihm schief im Gesicht, aber ebenso deutlich sein schlechtes Gewissen. Greiffs Verhör steckte ihm in den Knochen, und er fühlte sich schuldig, weil Daisy dieselbe Behandlung hatte erdulden müssen. Als sie einen Moment ungestört gewesen waren, hatte er sich bei ihr bedankt, weil sie Willis Waffe bei ihm zu Hause an sich genommen hatte.

»Ja, das war wirklich Dusel«, meinte Daisy.

»Ich hoffe, du hast sie gut versteckt?«, wollte Louis wissen.

»In meinem Beutel in der Nachttischschublade.«

Am frühen Sonntagabend kehrte Herr Mendel zum zweiten Male unverrichteter Dinge aus dem Präsidium zurück. Daisy, Louis und ihre Mutter saßen in der Suite und berieten sich mit dem Advokaten. Vom Servierwagen zogen einladende Essensdüfte herüber, aber niemand verspürte Appetit.

Herr Mendel packte seine Aktentasche. »Ich verabschiede mich nun. Sobald ich etwas Neues erfahre, werde ich mich bei Ihnen melden, gnädige Frau. Im umgekehrten Falle freue ich mich über Ihren Anruf.« Er ging.

»*Alors, mes enfants.* Hat denn niemand von euch Hunger? Es wäre schade um das gute Menü.«

Daisy und Louis verständigten sich mit einem Blick. »Ich glaube, Greiff ist uns beiden auf den Magen geschlagen«, bekannte Louis.

»Ich möchte gerne zu Mitzi fahren, *Maman*.«

Seit Greiff Mitzi erwähnt hatte, drängte es sie danach, ihre Freundin zu warnen.

Ihre Mutter hatte Einwände. »Mir wäre wohler, du bliebest hier, *Chérie*.«

»Glaub mir, *Maman*, mir auch. Aber ich werde so lange keine Ruhe finden, bevor ich nicht mit Mitzi gesprochen habe.«

Kapitel 34

> Dummheit und Stolz wachsen auf einem Holz.
> Yvette von Tessendorf

Das war's«, schloss Daisy ihren Bericht zu den Ereignissen der vergangenen vierundzwanzig Stunden.

Bis auf gelegentliche Grimassen, die abwechselnd Missbilligung und Erstaunen ausdrückten, hatte Mitzi ihr schweigend gelauscht. Umso heftiger geriet nun ihre Reaktion: »Himmel, Arsch und Zwirn!«, brach es aus ihr heraus. »Das hat der Willi fein gedrechselt! Dieses kriminelle Schwein! Ich sag's bestimmt nicht gerne, aber an Greiffs Stelle würde ich uns auch verdächtigen.«

»Mutter sagt, in der Welt von Greiff ist jeder verdächtig.«

»Da ist echt was dran. Wer so oft belogen wird, verliert den Blick für die Wahrheit.« Mitzi nahm sich eine Rosine aus der Schale und warf sie in den Mund. »Hat er dir sehr zugesetzt?«

Daisy zupfte an ihren Fingern. »Weder Louis noch ich wurden von ihm geschlagen, wenn es das ist, wonach du dich erkundigst.« In ihr stiegen Schuldgefühle hoch, denn sie erinnerte sich an Mitzis dreitägiges Martyrium in Greiffs Händen.

Die Freundin hatte es genauso wenig vergessen. »Noch ein Vorteil, wenn man der feinen Gesellschaft angehört: Man wird nicht wie Freiwild behandelt und fängt sich keine Maulschellen ein.«

Daisy ließ sich nicht auf die Provokation ein. Sie beschlich ein Verdacht. »Warum überkommt mich gerade das seltsame Gefühl, dass du versuchst, von etwas anderem abzulenken?«

»Wovon zur Hölle sprichst du?« Mitzi schaute harmlos, doch Daisy kannte sie zu gut.

»Zum Beispiel davon, dass Hermine Gotzlow als Einzige das Massaker des Dahlem-Duos überlebt hat. Und seither keine Auftritte mehr absolviert.«

Mitzi gab ein schnalzendes Geräusch von sich. »Manchmal, Daisy, vergesse ich, dass du viel mehr fühlen kannst als denken.«

»He!«, fuhr Daisy empört auf.

»Lass es gut sein. Ich werde dir die Geschichte erzählen.« Mitzi klemmte ihre Hände zwischen die Knie und fixierte einen Punkt hinter Daisys Schulter. Ihre Stimme klang belegt, als sie die entsetzlichen Ereignisse vom zweiten September schilderte. »Jonathan hatte an dem Abend nur mich und den Produzenten mit seiner Freundin eingeladen. Wir vier waren im Wohnzimmer und stießen auf seinen neuen Film an, in dem ich die Hauptrolle spielen sollte. Plötzlich tauchte Lilo Hennessy auf. Sie schrie, es sei ihre Rolle, schüttete mir Champagner ins Gesicht und stürmte hinaus. Ich ging nach oben in den zweiten Stock, um mich in Jons Bad umzuziehen, als das Dahlem-Duo in seine Villa eindrang. Dort oben hörte ich die Schüsse, als Jon, seine Gäste und die Dienstboten nacheinander exekutiert wurden, und versteckte mich im Kleiderschrank. Jonathan bewahrte dort seine Waffe auf, aber ich konnte sie nicht finden. Der maskierte Mann stöberte mich schließlich dort auf. Er hob die Waffe, und ich schloss die Augen in Erwartung des Schusses. Nichts geschah. Ich öffnete die Lider, und der Mann blickte mich unverwandt an. Auf der Treppe rumorte die Frau und rief nach ihm. Er hob einen Finger an die Lippen, damit ich leise sei, und schloss den Schrank. Ich habe überlebt, weil... Willi mich verschont hat.« Mitzi verharrte in ihrer eigentümlichen Starre, während es Daisy buchstäblich den Atem verschlug. Aus der Ahnung war Gewissheit geworden, und es schmerzte: Ihr Bruder liebte einen zig-fachen Mörder, und es würde ihn vermutlich umbringen, wenn er davon erfuhr.

Frau Kulke, die bisher still in der Sofaecke gesessen und an einem senfgelben Schal gestrickt hatte, ließ ihre Nadeln sinken und reichte Daisy ein Taschentuch. Erst da merkte diese, dass sie weinte. »Was machen wir jetzt bloß?«, schluchzte sie verzweifelt.

»Ist eine wirklich scheußliche Zwickmühle«, bestätigte Mitzi grimmig. »Wenn ich Willi ans Messer liefere, wird Greiff mir zu Recht vorwerfen, die nachfolgenden Opfer des Dahlem-Duos gingen auf meine Kappe, weil ich bei der Vernehmung nicht alles gesagt habe, was ich weiß. Aber ich konnte nicht zulassen, noch tiefer in die Angelegenheit verwickelt zu werden. Ich bin für Augenklappe ja schon allein deshalb verdächtig, weil ich überlebt habe und vom selben Ort wie Willi stamme.«

Daisy schniefte ins Taschentuch. »Hast du eine Vermutung, wer die Frau sein könnte?«, fragte sie undeutlich.

Mitzi wiegte ihren Kopf. »Darüber grübele ich schon die ganze Zeit nach, und ich glaube, es ist die rote Olga. Nein, eigentlich bin ich mir ziemlich sicher, seit ich ihre Stimme auf der Treppe rufen hörte.«

»Welche rote Olga?«, fragte Daisy.

»Alias Bertha Schimmelpfennig.«

Schockiert riss Daisy die Augen auf. »Verdammt! Und ihr habt euch alle dieselbe Wohnung am Gendarmenmarkt geteilt! Noch so ein verdammtes Puzzlestück!«

»Ja, irgendwie unfassbar. Und es kommt noch schlimmer. Lilo Hennessy heißt eigentlich Lieselotte Schimmelpfennig und ist Berthas jüngere Schwester. Bertha hasst mich, weil sie glaubt, ich hätte Willi verführt, auf den sie selbst scharf war, und Lilo hasst mich, weil Jon mich ihr vorgezogen hat. Wir sind alle derart miteinander verstrickt, dass es an ein Wunder grenzt, dass Greiff noch keinen von uns auf Dauer eingebuchtet hat.«

Daisy hob entsetzt die Hände. »Verschrei es bloß nicht. Ich werde das Gefühl nicht los, dass er irgendwo dort draußen ist und auf einen falschen Schritt lauert.«

»Vermutlich lässt er dich überwachen.«

Daisy blickte sich beunruhigt um. »Was? Jemand ist mir hierhergefolgt?«

»Oh, du Unschuldslamm.« Mitzi verdrehte die Augen. »Wir sollten uns lieber Gedanken machen, wie's jetzt weitergehen soll. Ich habe nämlich so gar keine Lust darauf, in Willis trübem Fahrwasser unterzugehen. Solange Louis nicht mit Willi bricht, wäre es vielleicht angebracht, du kämest nicht mehr hierher.«

Daisy fuhr auf. »Du kündigst mir die Freundschaft?«, fragte sie schockiert.

»Nein, ich versuche, unsere Köpfe aus der Schlinge zu halten.«

Aber Daisy war durch Mitzis Ansinnen gerade derart außer Fassung, dass kein Argument zu ihr durchdrang. »Du lässt zu, dass Willi uns auseinanderbringt? Bedeutet dir unsere Freundschaft denn so wenig?«

Mitzi kam um den Sofatisch herum, kauerte sich vor Daisy und nahm deren kalte Hände in die ihren. »Du musst mir jetzt zuhören, Daisy«, sagte sie eindringlich. »Greiff ist ein Bluthund, und er hat Witterung aufgenommen. Er wird Willi und Bertha erwischen, ihre Tage sind definitiv gezählt. Ich bin eine Zeugin, sowohl in seinen Augen als auch in denen von Willi. Einmal hat Willi mich verschont, aber sobald er glaubt, ich hätte ihn an Greiff verpfiffen, um dich und Louis zu schützen, geht's mir an den Kragen. Willst du das?«

»Natürlich nicht«, flüsterte Daisy.

»Aus diesem Grund müssen wir für eine Weile Abstand halten. Sprich mit Louis, damit er sich ebenso von Willi fernhält.«

»Das hatte er sowieso vor. Er hat es mir gestern gestanden. Deshalb kam es in der Kneipe überhaupt zum Streit, weil Louis Willi zum Gehen aufgefordert hat.«

»Willi wird es nicht wagen, sich Louis im Hotel zu nähern«, überlegte Mitzi laut. »Du musst deinen Bruder überzeugen, Daisy, vorerst dort zu bleiben.«

»Louis wollte ohnehin nicht in seine Wohnung zurück, seit Greiffs Leute sie durchwühlt haben.«

»Na, dann war das wenigstens für eines gut«, meinte Mitzi. »Und du solltest dich jetzt auf den Weg machen.« Sie holte Daisys Mantel und half ihr beim Hineinschlüpfen.

»Wann sehen wir uns wieder?«, erkundigte sich Daisy bange.

»Sobald Willi und Bertha dingfest gemacht und verurteilt sind. Und ich nicht neben ihnen am Strick baumele«, ergänzte Mitzi mit einer Grimasse.

Daisy zog die Freundin in ihre Arme. »Das werde ich niemals zulassen«, sagte sie erstickt an ihrer Schulter.

***

»*Chérie,* du bist schon zurück?« Ihre Mutter legte eben letzte Hand an ihre Abendtoilette.

»Du gehst aus, *Maman?*«

»Nur runter in die Bar. Ich traf in der Lobby zufällig den französischen Botschafter. André gibt einen kleinen Cocktailempfang und war so freundlich, mich einzuladen. Vielleicht gibt es zwischenzeitlich Neuigkeiten zu unserem verschollenen Gaston alias Pierre Bouchon.« Yvette bog ihre blonden Haarspitzen in die Wangen, glättete ihre Brauen und traf auf Daisys Blick im Spiegel. »Was besorgt dich, *Chérie?* Dass ich heute noch ausgehe?«

»Ja. Nein ... Ich meine, ich weiß, wie wichtig die diplomatischen Kontakte für unser Unternehmen sind und auch der Verbleib von Pierre ...« Daisy hielt unschlüssig inne. »Ist Louis auf seinem Zimmer?«

»*Non,* er hat sich nebenan aufs Bett gelegt. Ich habe eben nach ihm geschaut. Er schläft. Endlich.« Yvette legte den Silberfuchs nochmals ab, setzte sich aufs Sofa und klopfte auf den Platz neben sich. »Was hast du auf dem Herzen, *ma puce?*«

Es hatte nur diese Aufforderung gebraucht. »Es ist Mitzi, *Maman*«, sprudelte es aus Daisy hervor. »Sie ist der Meinung, wir sollten uns in nächster Zeit nicht sehen. Sie möchte von Greiffs Aufmerksamkeit nicht unnötig auf sich lenken.«

»Mitzi ist ein kluges Mädchen.«

Daisy schlug nervös die Augen nieder. »Sie kennt die Identität des Dahlem-Duos, *Maman*.«

Yvette versteifte sich. »Und schlau, wie sie ist, hat sie hoffentlich entschieden, den Mund zu halten?«

»Selbstverständlich.«

»Aber dir hat sie die Namen anvertraut?« Yvettes fein geschwungene Brauen trafen sich fast über der Nasenwurzel.

Daisy zögerte nicht, sie musste dieses Wissen teilen, weil es ihr sonst die Brust sprengte. »Es ist Willi, *Maman*. Er ist ein Mörder«, sagte sie, und eine einzelne bittere Träne löste sich aus ihrem Auge.

Yvette zog Daisy an sich und hauchte ihr einen Kuss auf die Schläfe. »Die Liebe ist ein Zauber, *Chérie*, und manchmal wandelt er sich zum Bösen, ohne dass wir es merken. Louis hat zu oft weggeschaut, nur um am Ende doch enttäuscht zu werden. Das ist schwer zu verkraften. Darum darf er es niemals erfahren. Louis soll Willi nicht so in Erinnerung behalten.«

Daisy wischte mit dem Handrücken über ihre feuchte Wange. »Ja, *Maman*. Aber ich könnte Willi den Hals umdrehen.«

Yvette drückte ihre Tochter abermals kurz an sich, bevor sie sich erhob. »Ich lasse dich jetzt allein. Ruh dich aus, *ma puce*. Wir unterhalten uns später weiter.« Sie prüfte nochmals den Sitz ihres seidenen Kleides, schlang den Silberfuchs um ihre Schultern und griff das funkelnde Abendtäschchen. »Sorge dich nicht zu sehr, *Chérie*«, sagte sie mit einem warmen Mutterlächeln. »Es wird alles gut.«

Daisy war todmüde und fand dennoch keinen Schlaf. Sie wälzte sich auf dem Sofa, meilenweit davon entfernt, zu glauben, alles würde wieder gut werden. Irgendwann musste sie dennoch eingedöst sein. Ihre Mutter weckte sie.

»Wie spät ist es?«, murmelte sie benommen und schlug die Wolldecke zurück.

»Gleich drei. Wo ist Louis, *Chérie*?« Etwas in der Stimme ihrer Mutter ließ Daisy ruckartig auffahren.

»Ist er nicht nebenan?«

Yvette schüttelte den Kopf. »Und er ist auch nicht auf seinem Zimmer. Hast du seit gestern Abend mit ihm gesprochen?«

»Nein, *Maman*. Aber ich habe zweimal nach ihm gesehen. Gleich nachdem du gegangen bist, und nochmals gegen Mitternacht. Er hat beide Male tief und fest geschlafen.«

Ihre Mutter zögerte keine Sekunde. Sie ging zum Telefon und sprach zunächst mit dem Concierge, danach mit dem Nachtportier. Minuten später hatten sie Gewissheit. »Louis wurde beobachtet, als er gegen zwei Uhr das Hotel verlassen hat.«

»Er will zu Willi«, hauchte Daisy erschrocken.

»Zweifellos. Oh, mein lieber verzweifelter Junge«, klagte Yvette aufgewühlt. »Er wird Greiffs Schergen direkt zu ihm führen.«

Daisy legte den Finger auf ihr Sternenmal. Sie fasste sich. »Da wäre ich mir nicht so sicher, *Maman*. Louis hat von Willi gelernt, wie man Verfolger erkennt und abschüttelt. Er ist vor aller Augen aus dem Hotel spaziert, weil er gesehen werden wollte.«

Yvette neigte den schmalen Kopf. »Das ist gar kein so abwegiger Gedanke«, pflichtete sie ihrer Tochter bei. Sie schlüpfte aus ihren silbernen Abendschuhen, und Daisy half ihr aus dem Kleid. Yvette stellte ihren zierlichen Fuß auf den Couchtisch, löste den Strumpfgürtel und rollte den seidenen Strumpf herab. »Was meinst du, *Chérie?* Besteht die Möglichkeit, dass Mitzi Willis Versteck kennt?«

»Es könnte durchaus sein. Warum fragst du?«

»Weil es vielleicht noch nicht zu spät ist. Louis hat eine Stunde Vorsprung. Sicher hat er mehrere Umwege gewählt, um eventuelle Verfolger abzuschütteln.« Yvette kramte einen dunklen Pullover und eine graue Hose hervor und streifte beides in Windeseile über. Sie schlüpfte in bequeme Halbschuhe und verschnürte sie. Verwirrt verfolgte Daisy ihre Vorbereitungen. »Was hast du vor, *Maman?*«

»Ich fahre jetzt zu Mitzi und frage sie nach Willis Versteck.«

»Aber ... was soll das bringen?«

»Louis von einer Dummheit abhalten, *naturellement!*«

Daisy überkam Gänsehaut. »Was befürchtest du, *Maman?*«

»Dein Bruder hat die Pistole aus deinem Beutel mitgenommen, *Chérie.*«

Daisy stürzte zum Nachttisch. Tatsächlich, Revolver und Munition waren verschwunden. »Verdammt! Ich komme mit.« Sie wollte sich ankleiden.

»Nein, du bleibst hier«, trat ihr Yvette in aller Bestimmtheit entgegen. »Ich werde nicht zulassen, dass du dich in Gefahr begibst, *ma fille.*«

»Und was ist bitte schön mit dir?«

»Ich weiß, was ich tue. Vertrau mir.« Verblüfft beobachtete

Daisy ihre Mutter, wie sie eine Waffe aus ihrer Krokohandtasche zog, routiniert Trommel und Abzug prüfte und anschließend in den Hosenbund steckte. Den Pullover zog sie darüber.

»Du wartest hier auf mich und bewegst dich nicht vom Fleck. Versprich es mir, *Chérie*. Allein kann ich mehr für Louis tun.« Sie nahm ihren Trenchcoat vom Stuhl.

»Aber ich könnte dir helfen!«

»Nein, du würdest mich nur behindern! Im Übrigen vergeuden wir mit dieser Diskussion nur wertvolle Zeit.«

Verschämt gestand es Daisy ein. »Bitte sei vorsichtig, *Maman*.«

Das Warten war fürchterlich. Daisy hatte keine Ruhe. Sie wanderte durchs Zimmer, nahm Gegenstände in die Hand und stellte sie wieder ab. Legte sich hin und stand wieder auf. Schaute aus dem Fenster, öffnete mehrmals die Tür und sah in den Gang, weil sie glaubte, sie hätte etwas gehört, und lenkte lediglich die Aufmerksamkeit des Zimmermädchens auf sich. Sie bestellte Frühstück, trank einen Schluck Kaffee und knabberte an einem Butterhörnchen. Sie versuchte zu lesen, aber die Buchstaben verschwammen vor ihren Augen. Als das Telefon klingelte, hatte sie es so eilig, dass sie über ihre eigenen Füße stolperte und auf dem Teppich lang hinschlug. Sie rappelte sich auf und schnappte nach dem Hörer. »Ja«, rief sie atemlos.

»Spreche ich mit dem Fräulein von Tessendorf?«

»Ja, ja, ich bin's. Was gibt es?«

»Hier spricht der Concierge, meine Dame. Ich wollte Sie nur in Kenntnis setzen, dass Ihr Herr Bruder zurück ist. Der junge

Herr, ähm«, er hüstelte, »hatte einen kleinen Zusammenstoß. Er ist mit einem unserer Pagen auf dem Weg nach oben. Verbandszeug lasse ich Ihnen auch gleich hinaufbringen. Falls Sie einen Arzt...«

»Danke! Es hat geklopft!«, schnitt Daisy ihm das Wort ab, ließ den Hörer achtlos fallen und spurtete zur Tür.

Auf die Schulter des Pagen gestützt, humpelte Louis zum nächsten Sessel und ließ sich ächzend hineinfallen. Er war bleich wie ein Gespenst und hatte sich ein Veilchen und eine blutige Lippe zur schiefen Nase eingefangen.

Daisy entlohnte den Pagen mit einem großzügigen Trinkgeld, ebenso das Dienstmädchen, das ihm mit Verbandszeug auf dem Fuße folgte.

Daisy funkelte Louis an. Sosehr sie seine Rückkehr erleichterte, so wütend war sie auf ihn. »Du hast *Maman* und mir eine Höllenangst eingejagt. Was hast du dir dabei gedacht, einfach so zu verschwinden! Was ist überhaupt passiert?«

Er wich der Frage aus. »Wo ist Mutter? Immer noch beim Cocktailschlürfen?«

Daisy missfiel sein Ton. »Nein, du Blödmann. Sie sucht dich!«

»Ach ja? Wo denn? In der Bar?«

»Was ist bloß in dich gefahren, Louis?« Daisy wickelte eine Rolle Verbandszeug auf, aber er nahm sie ihr aus der Hand und warf sie hinter sich.

Daisy reichte es. »Du benimmst dich absolut kindisch.«

Er lachte gequält auf. »Du und Mutter, ihr behandelt mich doch wie ein Kind: ›*Er darf es niemals erfahren, Chérie.*‹ – ›Ja, Maman.‹ Heul, heul!«, äffte er sie beide nach.

»Du hast uns belauscht?«

Louis kam auf die Beine. »Steck dir die Entrüstung sonst wohin«, entgegnete er grob. »Willi ist mein Freund, und ihr habt kein Recht, über meinen Kopf hinweg zu entscheiden, was ich erfahren sollte und was nicht.«

Daisy seufzte, setzte sich und wartete. Louis war sicherlich nicht grundlos ins Hotel zurückgekehrt. Er wollte vermutlich reden. Und ihre Geduld wurde belohnt. Louis warf sich zurück in den Sessel, trommelte noch eine Weile mit den Fingern auf der Lehne und fragte schließlich mürrisch: »Du sagtest, Mutter sucht mich. Mitten in der Nacht? Berlin ist ein gefährliches Pflaster! Wo wollte sie überhaupt hin?«

»Zu Mitzi. Sie hat gehofft, von ihr zu erfahren, wo du steckst.«

»Mitzi...« Louis nickte bedächtig.

»Und ich vermute, du wolltest zu dieser späten Stunde zu Willi.«

Er stritt es nicht ab. Daisy seufzte und warf einen Blick auf das verletzte Auge ihres Bruders, das inzwischen völlig zugeschwollen war.

»Soll ich dir ein Steak bestellen?«, fragte sie mit einem dünnen Lächeln.

Louis winkte verdrossen ab. »Ich habe keinen Hunger.«

»Es wäre für dein Veilchen.«

»Ich verschwende sicher keine guten Lebensmittel dafür!«

»Du könntest es ja hinterher essen.«

Louis verdrehte die Augen und bekam dafür prompt die Quittung. Er stöhnte auf und hielt sich den Schädel.

»Was ist passiert, Louis?«, tastete sich Daisy voran. »Hast du dich mit Willi geprügelt?«

Louis wirkte, als wollte er abermals den Kopf schütteln, unterließ es aber. Kleinlaut murmelte er: »So weit kam ich gar nicht. Am Alexanderplatz fielen drei Männer über mich her und raubten mich aus.« Er klang fassungslos.

»Ja, Berlin ist ein gefährliches Pflaster.« Daisy konnte sich das nicht verkneifen. Doch dann wurden ihre Augen rund. »Heißt das, Willis Revolver ist auch weg?« fragte sie perplex.

Louis gab ein zustimmendes Geräusch von sich.

»Das heißt wohl ja! Dem Himmel sei Dank, damit sind wir wenigstens diesen Unglücksbringer los.«

»Wo Mutter bloß so lange bleibt?« Louis verbarg seine Besorgnis nicht. Das ließ Daisy hoffen, ihr Bruder würde so langsam wieder zur Vernunft kommen. Sie hütete sich, ihm von Yvettes eigener Waffe zu erzählen. Dafür packte sie ein anderes heißes Eisen an: »Können wir über Willi sprechen?«

Louis versteifte sich augenblicklich. »Was soll das bringen?«

»Gestern in der Kneipe wolltest du ihn noch fortschicken, und heute begibst du dich in Lebensgefahr, um ihn zu treffen.«

»Ich war wütend.«

»In der Regel ist das meine Ausrede.«

»Stimmt. Was willst du hören?«

»Ich will nichts hören, Louis«, entgegnete Daisy mit einem Anflug von Ärger. »Aber du solltest dir darüber im Klaren sein, dass du uns damit alle Gefahr bringst. Ab jetzt hat von Greiff ein Auge auf uns. Buchstäblich!«

»Denkst du, das wüsste ich nicht?« Er stemmte sich aus dem Sessel und schritt humpelnd umher. Plötzlich blieb er vor ihr stehen: »Du würdest Willi am liebsten tot sehen. Gib es zu.«

Daisy wollte entrüstet auffahren, aber Louis stoppte sie mitten in der Bewegung. »Du hast zu Mutter gesagt, du würdest Willi gerne den Hals umdrehen.«

»Brezel, das habe ich doch nur so dahingesagt. Wie kannst du mir das zum Vorwurf machen?«

»Tu ich gar nicht, ich stelle es nur fest.«

»Und ich stelle fest, wir drehen uns im Kreis. Wenn du nicht über Willi sprechen willst, sag's einfach.«

»Ich will nicht über Willi sprechen. Wer ist Pierre?«

Daisy schluckte. »Und ich will nicht über Pierre sprechen.« Ihr Blick verirrte sich zum Fenster. Es wurde langsam hell, doch die Schatten im Zimmer blieben. Sie sorgte sich um ihre Mutter. Hatte ihr Mitzi helfen können, Willi aufzuspüren? So intensiv waren ihre Gedanken auf ihre Mutter gerichtet, dass sie Yvette zunächst für eine Einbildung ihres Geistes hielt, als sie plötzlich vor ihr stand.

Ihre Mutter schien nicht davon überrascht, Louis vorzufinden. Der Concierge musste es ihr bereits verraten haben. Daisy warf sich in Yvettes Arme.

Diese streichelte ihr den Rücken, schob Daisy darauf von sich und wandte sich deren Bruder zu. »Sieh an, der verlorene Sohn. Was hast du dir bloß dabei gedacht, einfach so zu verschwinden! Du hast mir und Daisy einen Riesenschrecken eingejagt. Und jedes Mal siehst du übler aus als vorher.«

»Ich bin dir keine Rechenschaft schuldig, Mutter. Es ist eine Sache zwischen mir und Willi.«

»Oh, du närrisches Kind!« Yvettes Augen verdunkelten sich. »Willst du es nicht begreifen? Das ist längst keine Angelegenheit mehr zwischen zwei Liebenden. Es geht uns alle an. Willi ist ein Mörder! Willst du für ihn hängen?«

Nie zuvor hatte Daisy ihre Mutter derart in Rage erlebt. Louis' Gesicht verfärbte sich rot. »Ach ja? Weil Mitzi das behauptet? Die blöde Kuh konnte Willi doch noch nie ausstehen, und jetzt stellt sie ihn als Mörder hin«, ätzte er.

Yvette sah kurz fragend zu Daisy, worauf diese erklärte: »Louis hat unser Gespräch vorhin belauscht.«

»*Bien*, wie ich's mir gedacht habe. Im Übrigen tust du Mitzi unrecht.«

»Genau!«, bekräftigte Daisy empört. »Sie hat kein Sterbenswörtchen verraten!«

»Ach ja? Mutter scheint da anderer Meinung zu sein«, höhnte Louis. »Hast du nicht zu ihr gewollt, um sie nach Willi zu fragen, *Maman*? Was hat sie dir gesagt?«

»Nichts. Sie war gar nicht da.«

Das brachte Louis kurz aus dem Konzept. In die Stille hinein fragte Daisy verwundert: »Merkwürdig. Als ich sie gestern Abend verließ, hatte sie keineswegs vor, noch auszugehen.«

Yvette zuckte unschlüssig mit den Achseln und trat zum Servierwagen. »Ist das Kaffee in der Kanne?«

»Er dürfte nur noch lauwarm sein«, beschied ihr Daisy.

»Sei so gut und ordere frischen, *Chérie*. Und du«, wandte sie sich in einem Ton an Louis, der jede Widerrede ausschloss, »setzt dich jetzt auf deinen *cul* und hörst mir zu.«

Bockig wollte Louis auffahren, aber im Blick seiner Mutter lag etwas, das ihn in die Schranken wies. Er ließ sich in den nächstbesten Sessel fallen.

»Bevor du nach Amerika abgereist bist, Louis, haben wir ein Gespräch über die Liebe geführt. Erinnerst du dich?«

Ihr Sohn nickte, wenngleich unwillig.

»Ich wünschte mir damals für dich eine Liebe ohne Leiden. Dieser Wunsch ist fehlgegangen, denn du leidest wie verrückt, *mon fils*. Weil du tief in deinem Inneren weißt, dass Willi dich seit Jahren belogen und enttäuscht hat. Und das ist es, was dich so zornig macht.«

Louis stierte stumm auf seine Füße, aber er wies es nicht von sich.

Yvette ließ ein paar Atemzüge verstreichen. »Wir sind auf deiner Seite, Daisy, Mitzi und ich. *Bien sûr* ist es dein Leben und deine Entscheidung. Es sind dein Schmerz und deine Gefühle. Niemand kann dir die Last der Entscheidung abnehmen. Du bist klug, *mon fils*, also handele klug. Und falls du Hilfe benötigst, ich bin für dich da.« Sie erlaubte sich eine kurze mütterliche Geste, indem sie ihm über den gelockten Schopf strich. »Für den Anfang«, meinte sie mit einem winzigen Lächeln, »sollten wir deine Wunden versorgen. Du siehst zum Fürchten aus. Und frische Kleider wären auch eine gute Idee, *non*?«

Frischer Kaffee wurde hereingerollt, zusammen mit einer Frühstücksauswahl. Daisy hatte alles bestellt, worauf Louis Lust haben könnte, sogar an einen Eisbeutel hatte sie gedacht.

Louis verschwand nebenan im Bad, was Mutter und Tochter die Möglichkeit eines kurzen Austauschs bot.

Daisy seufzte. »Es hat ihn völlig aus der Bahn geworfen. Louis hat sich zeitweilig aufgeführt wie ein komplett anderer Mensch.«

»Er ist gespalten, *Chérie*. Der eine Teil liebt Willi wie verrückt, der andere weiß, dass es ihn zerstören wird. Dein Bruder steht vor den Trümmern seines Lebens. Er muss einen neuen Weg einschlagen, und das bereitet ihm eine Höllenangst.«

»Da ist er nicht allein. Und dank Willi sitzt uns dieser Bluthund Greiff im Nacken.« Daisy zerrupfte nervös ein Croissant. Sie warf einen Blick auf die geschlossene Schlafzimmertür, bevor sie ihrer Mutter anvertraute: »Ich schäme mich nicht, es auszusprechen, *Maman*. Aber die beste Lösung wäre tatsächlich, Willi würde geschnappt und für seine Taten verurteilt werden. Vorher kann Louis vermutlich nicht mit ihm abschließen.«

Yvette nippte mit geschlossenen Augen an ihrem Kaffee. »Von Greiff ist tatsächlich ein Problem«, murmelte sie.

»Woran denkst du, *Maman*?«

Louis kehrte im Bademantel zurück und unterbrach ihr Gespräch. Beide Damen empfingen ihn mit einem Lächeln.

Louis behielt seine deprimierte Miene bei, ließ es jedoch zu, dass Daisy ihm einen Teller mit Toast, Ei und Schinken reichte und ihm Kaffee eingoss. Er trank und aß lustlos, aber zumindest fand ein wenig Nahrung den Weg in seinen Magen.

Daisy verstand seine Empfindungen. Auch ihr schmeckten Hörnchen und Marmelade fad, und dem Kaffee fehlte jedes Aroma. Sie holte den Eisbeutel und wollte etwas sagen, aber ihre Mutter gebot ihr mit einem Kopfschütteln Einhalt. Stumm übergab Daisy den Beutel an ihren Bruder. Louis presste das Eis auf sein verletztes Auge und sog scharf die Luft ein. Er ließ die Hand mit dem Beutel sinken.

»Ihr müsst mich nicht wie ein rohes Ei behandeln. Ich werde Willi nicht mehr sehen. Dass er tatsächlich ein Mörder ist, sehe ich nicht als erwiesen an. Aber er hat meiner Schwester bewusst die Polizei auf den Hals gehetzt. Und das tut nur ein mieses Schwein.« Nach dieser kurzen Rede lehnte er sich zurück und platzierte das Eis wieder auf der Schwellung.

Yvette und Daisy sahen sich an, als wollten sie noch nicht so recht an Louis' Sinneswandel glauben. Dennoch war es der erste Anklang von Frieden in dieser langen, ereignisreichen Nacht.

Ein Poltern gegen die Tür schreckte alle drei auf. Daisy vergoss Kaffee, Louis entglitt der Eisbeutel, sie wechselten erschrockene Blicke. Yvette verlangte mit einer Geste Ruhe und begab sich zur Tür. »Wer ist da?«, rief sie.

»Hugo zu Trostburg, gnädige Frau.«

»*Alors*, ist es nicht ein wenig zeitig für einen Besuch bei einer Dame, Monsieur?«

»Ich bitte um Verzeihung für die frühe Störung. Allerdings bringe ich Nachrichten, die Sie interessieren dürften, Frau Gräfin.«

Yvette drehte sich um und sah in die beklommenen Gesichter ihrer Kinder. Daisy schüttelte nervös den Kopf, Louis war wie erstarrt.

»*Bien*«, sprach Yvette durch die Tür. »Ich fürchte, Monsieur zu Trostburg, in dem Fall müssen Sie mir einige Minuten zugestehen, damit ich mich angemessen kleiden kann.« Yvette trug noch Pullover und Hose ihres nächtlichen Streifzugs.

»Wann immer Sie bereit sind, gnädige Frau«, antwortete Hugo galant.

Yvette verlor keine Zeit. Sie winkte ihre Kinder in den Nebenraum. Während sie ein graues Wollkleid, Strümpfe und Pumps heraussuchte, erteilte sie rasche Instruktionen. »Ihr zwei bleibt hier drin, bis ich euch rufe, verstanden?«

Daisy warf einen gehetzten Blick auf die zweite Tür des Schlafzimmers. Durch diese hatte sich Louis in der Nacht davongestohlen.

»Denk nicht mal dran, *Chérie*«, sagte Yvette leise. »'Ugo ist mit Sicherheit nicht allein gekommen. Du würdest ihm direkt in die Arme laufen.«

Yvette verschwand im Bad, um sich anzukleiden. Zuletzt fuhr sie mit dem Kamm durch ihr platinblondes Haar, das ihr Gesicht weich umrahmte. »*Aux armes, citoyens!*«, raunte sie den Auftakt der Marseillaise ihrem Spiegelbild zu.

Während Daisy und Louis an der Tür zum Nebenraum klebten, öffnete ihre Mutter dem Besucher.

»Monsieur zu Trostburg. Ach, und zur Verstärkung werden Sie durch Herrn von Greiff flankiert.«

»Gnädige Frau, einen guten Morgen wünsche ich. Sie sind wie stets eine Augenweide.«

Yvette bat die beiden Männer herein.

»Oh, wir haben Sie beim Frühstück gestört«, gab sich Hugo erstaunt und musterte die drei Gedecke.

»Keine Ursache«, erklärte Yvette liebenswürdig. »Nun, Monsieur Trostburg. Sie erwähnten, Sie brächten gute Neuigkeiten?«

»Wo sind Ihre Tochter und Ihr Sohn?«, knarzte Greiffs Stimme dazwischen.

»Louis und Marguerite haben sich nach dem Frühstück hingelegt, und ich möchte ihren Schlaf ungern stören, wenn es recht ist. Sie mussten eine lange und erschöpfende Befragung mit absurden Anschuldigungen erdulden.«

»Ihr Missfallen ist verständlich, und ich bedaure die Umstände«, erklärte Hugo neutral. »Aber ich ziehe es jederzeit vor, dass man meiner Behörde Übereifer vorwirft statt Nachlässigkeit. Mein Auftrag ist der Schutz der Bürger Berlins vor gefährlichen Subjekten und...«

»O bitte, Monsieur! Spannen Sie eine neugierige Frau nicht auf die Folter. Warum überspringen wir das politische Geplänkel nicht und kommen zum Punkt? *Alors*, wie lauten die guten Nachrichten?«

»Ihr Wunsch ist mir Befehl, Gräfin. Wir haben heute früh Willi Hauschka aus dem Landwehrkanal gefischt. Mit einer Kugel in der Brust.«

Hugos Worte schlugen wie Peitschenhiebe im Nebenraum auf. Louis wimmerte erstickt. Bevor Daisy reagieren konnte, riss er die Tür auf und stürzte hinaus. »Willi ist tot?«, stotterte er kreidebleich.

Hugo hatte sich erhoben, Greiff verharrte ohne Regung.

»Ah, da ist ja der junge Louis von Tessendorf. Wo haben Sie Ihre reizende Schwester Marguerite gelassen?«, erkundigte sich Hugo wie bei einer Salonplauderei.

Diese verbarg sich mit heftig klopfendem Herzen hinter der Tür. Sie wollte weder Hugo noch Greiff begegnen. Ein wenig schämte sie sich ihrer Furcht.

Yvette nahm die Situation in die Hand. »Meine Tochter ruht sich aus, Monsieur«, wies sie ihn zurecht. Louis blickte währenddessen wie in Trance zu Hugo.

»Willi ist tot?«, wiederholte er zitternd. Fraglos stand er unter Schock.

Yvette ging zu ihm und stellte sich vor ihn wie ein Schutzschild. »Wie ist Herr 'Auschka zu Tode gekommen?«, wandte sie sich an Hugo.

Hugo fixierte über ihre Schulter hinweg Louis, während er antwortete: »Oh, der Anarchist ist nicht tot. Allerdings schreit er Zeter und Mordio, weil jemand versucht hat, ihm das Licht auszublasen.«

»Ein Mörder hat nichts gegen das Töten, es sei denn, es geht ihm selbst an den Kragen«, warf von Greiff ein.

»O Gott«, murmelte Louis.

Yvette nutzte die Gelegenheit, ihrem Sohn zuzuflüstern: »Du musst dich jetzt zusammenreißen, Louis.« Sie hätte ihn liebend gern ins Nebenzimmer zurückgeschoben. Aber Louis stand wie festgewurzelt.

Greiff nutzte die Gelegenheit. »Setzen Sie sich zu uns. Alle beide. Wir hätten ein paar Fragen.«

Widerstrebend leisteten Yvette und Louis Folge. Hugo nickte Greiff zu und überließ seinem Mann fürs Grobe das Feld. »Wo sind Sie heute Nacht gewesen, Herr von Tessendorf? Haben Sie sich zwischenzeitlich geprügelt? Als ich Sie verließ, war lediglich Ihre Nase gebrochen.«

»Mein Sohn war die ganze Nacht hier«, verteidigte ihn Yvette.

»Lassen Sie bitte Ihren Sohn antworten, meine Dame.«

»Ich war hier«, wisperte Louis mit gesenktem Kopf.

»In welchem Verhältnis stehen Sie zu Willi Hauschka? Sie scheinen über die Maßen erschüttert.«

Louis hatte sich ein wenig gefasst. »Wir sind seit unserer Kindheit befreundet.«

»In Ihrer gestrigen Aussage haben Sie noch behauptet, ihn seit Jahren nicht gesehen zu haben. Sie trafen ihn angeblich erst in der Kneipe wieder, wo er Sie und Ihre Schwester belästigt hat.«

»Was soll das?«, fragte Yvette angemessen empört. »Sie verdächtigen meinen Sohn nicht ernsthaft des versuchten Mordes an Willi 'Auschka?«

Hugo hob beschwichtigend die Hände. »Wir interessieren uns lediglich für die Wahrheit. Ist Ihnen der Paragraf 175 ein Begriff?«

»Sind Sie neuerdings bei der Sittenpolizei, oder worum geht es hier?«, entgegnete Yvette scharf. Sie erhob sich und zwang damit auch Hugo und von Greiff auf die Beine. Nacheinander nahm sie beide ins Visier: »*Bien*, ich denke, wir sind hier fertig. Mein Sohn hat das Hotel nicht verlassen. Mein Ehrenwort als Dame darauf. Falls Sie nach der Wahrheit fahnden, suchen Sie sie woanders. Leben Sie wohl, meine Herren.« Yvette pokerte hoch.

Hugo verneigte sich. Ein kleines, wissendes Lächeln umspielte seine Lippen, den Hinauswurf nahm er gelassen. »Madame, es war mir wie immer ein seltenes Vergnügen. Auf Wiedersehen, Marguerite«, rief er laut und winkte von Greiff zur Tür.

Daisy sandte ein Stoßgebet gen Himmel, und Yvette atmete im Stillen auf. Ein letztes anmaßendes Nicken, dann schloss sich die Tür hinter den beiden Männern.

Yvette lehnte sich dagegen. »*Diable!*«, fluchte sie.

Daisy kam aus dem Schlafzimmer, eilte zu Louis, wollte ihn trösten, doch er entwand sich ihr und verschwand wortlos nach nebenan.

»Lass ihn, *Chérie*. Er hat eine Menge zu verdauen.«

»Was hatte dieser Besuch zu bedeuten, *Maman*?«

»'Ugo macht sich wichtig. Er hat nichts in der Hand, ergeht

sich in Andeutungen und testet unsere Reaktionen. Allerdings bin ich überzeugt, Louis dient ihm nur als Vorwand. Es geht ihm weiterhin um dich, *Chérie*.«

Daisy sank auf die nächste Sitzgelegenheit. »Seine Hartnäckigkeit ist mir ein Rätsel. Er ist wie etwas, was einem am Schuh klebt und was man nicht mehr loskriegt«, erklärte sie verzweifelt. »Ich habe absolut kein Interesse an ihm. Ich will ihn nicht, und das habe ich ihm mehrmals eindeutig zu verstehen gegeben.«

»*Alors!* 'Ugo kommt mit der Zurückweisung nicht zurecht. Je weniger du ihn willst, umso mehr will er dich. Je mehr du dich ihm entziehst, umso mehr will er dich besitzen.«

»Und deshalb beißt er sich erneut an Louis fest? Sein Erpressungsversuch hat bereits beim letzten Mal nicht funktioniert.«

»Ich fürchte, wenn es um dich geht, mangelt es 'Ugo an jeglicher Rationalität.« Ein nachdenklicher Zug trat auf Yvettes Gesicht, ihre Finger spielten mit ihrer Kette. »Die Frage ist, wie weit er gehen wird«, murmelte sie abwesend.

»*Maman*, jetzt machst du mir Angst.«

Yvette gab sich einen Ruck. »*Pardon, Chérie,* das lag nicht in meiner Absicht. Es wird sich alles finden. Sehen wir nach Louis.«

Kapitel 35

> Unsichtbar wird die Dummheit, wenn sie genügend große Ausmaße angenommen hat.
>
> Bertolt Brecht

Willi Hauschka wurde der Prozess gemacht. Für die Anklage lag der Fall klar: Er war die eine Hälfte des Dahlem-Duos, und der Staatsanwalt verkündete, dass man ein schnelles Urteil erwarte. Hauschka wurden vierzehn Morde und mehrere Anschläge auf staatliche Einrichtungen zur Last gelegt. Die Presse stürzte sich auf den spektakulären Fall, und Willi und der Staatsanwalt schafften es auf alle Titelseiten. Es spielte keine Rolle, dass Hauschka weder ein Geständnis abgelegt noch den Namen seiner Mittäterin preisgegeben hatte. Die Anklage war von seiner Schuld überzeugt, und Willis Pflichtverteidiger legte sich für seinen Mandanten nicht sonderlich ins Zeug. Es war ihm kaum zu verdenken, der Unglückliche wurde im Vorfeld bedroht und von Unbekannten verprügelt. Auch gegen die Zeugen der Anklage gingen seitens der Anarchistenszene Drohungen ein. Daraufhin ordnete der Richter an, die Öffentlichkeit bis auf wenige ausgewählte Medienvertreter vom Prozess auszuschließen.

Im Haus Tessendorf sorgte der Fall Willi Hauschka für nicht unerhebliche Spannungen. Louis bestürmte seine Eltern, ihm die benötigte Summe zu leihen, um einen kompetenten Strafverteidiger für seinen Freund zu engagieren. Sie verweigerten das aus gutem Grund. Sollte bekannt werden, dass sich die Tessendorfs finanziell in Willis Angelegenheit engagierten, wäre der Skandal vorprogrammiert.

Auch Sybille war erbost. Eine Meute Reporter lagerte tagelang vor den Toren der Werft, und in der Presse musste sie lesen, dass der Sohn eines getreuen Gutsangestellten Bomben auf Helios-Lokomotiven warf und Unschuldige meuchelte.

Louis indes versuchte, jeden anzupumpen, auch Daisy, aber sie besaß wenig Barmittel.

»Dann versetz deinen Schmuck!«

Diese Forderung war neu. »Bei aller Liebe, Louis. Das werde ich nicht tun.«

»Dir ist es egal, dass sie Willi hängen!«

Diese Anklage kannte sie allerdings zur Genüge. Seine zunehmende Verzweiflung ging ihr nahe, aber ihre Unterstützung kannte Grenzen. »Darüber haben wir bereits erschöpfend diskutiert.«

»Dann triff dich mit Hugo. Ein Abendessen, mehr verlangt er doch gar nicht. Bitte, tu es für mich! Sie werden Willi töten. Ich muss ihn ein letztes Mal sehen. Warum hilfst du mir nicht?«

Daisy stöhnte gequält auf. Seit Tagen liefen ihre Gespräche immer darauf hinaus. Hugo erlaubte Louis einen Besuch bei Willi unter der Bedingung, dass »Marguerite« einem Abendessen mit ihm zustimmte.

Sie suchte Rat bei ihrer Mutter. Yvette steckte mitten in der alljährlichen Durchsicht ihrer Schränke und sortierte Kleidungsstücke für die Wohlfahrt. Ihre Zofe Almut unterstützte sie dabei. Ein Blick in das Gesicht ihrer Tochter genügte, und Yvette schickte Almut hinaus.

»Ich erwäge, mich mit Hugo zu treffen, *Maman*.«

Yvette reagierte wenig überrascht. »Louis hat dich also weichgekocht. Du verbringst zu viel Zeit mit ihm, *Chérie*.«

»Aber, *Maman*, er ist absolut verzweifelt.«

»Natürlich ist er das. Und es verstellt ihm den Weg zur Realität. Auf seine Weise ist er ähnlich verbohrt wie Hugo. Beide wollen das Offensichtliche nicht sehen.«

Daisy überraschte ihre Reaktion. »Urteilst du nicht ein wenig zu hart? Louis leidet sehr, Maman.«

»Und es hilft ihm keineswegs, wenn du mit ihm leidest, *Chérie*. Ich muss dich wohl kaum daran erinnern, dass weder dein Vater noch ich und schon gar nicht *le dragon* einen Besuch von Louis bei Willi gutheißen. Abgesehen von den Konsequenzen, die es für dich nach sich zieht, wenn Hugo sich neuerliche Hoffnungen macht. Hast du dir das wirklich gut überlegt, *ma puce*?«

»Darum bin ich zu dir gekommen, *Maman*. Louis' Verzweiflung zerreißt mir das Herz. Ich ertrage das nicht länger, und vielleicht hilft es ihm, Willi ein letztes Mal zu sehen. Es wäre eine Art Abschluss, verstehst du? Falls Willi noch einen Funken Gefühl für Louis hegt, wird er ihm vielleicht seine Schuld gestehen. Mein Bruder könnte loslassen und sein Leben fortführen.«

»*Alors*, das sind eine Menge frommer Wünsche. Und wenn Willi ihm gegenüber seine Unschuld beteuert, hast du daran gedacht?«

»Natürlich ist es ein Risiko. Aber irgendetwas muss ich tun, *Maman*.«

Yvette mied den flehenden Blick ihrer Tochter und musterte den Stapel ausrangierter Kleidungsstücke, als läge die Antwort darunter begraben. »*Bien*«, gab sie ihr Einverständnis. »Aber lass mich die Bedingungen mit Trostburg verhandeln. Du wirst dich erst mit ihm an einem öffentlichen Ort treffen, *nachdem* Louis' Besuch bei Willi im Gefängnis stattgefunden hat. Niemand darf von diesem Treffen erfahren. Sollte etwas darüber an die Öffentlichkeit gelangen, ist die Vereinbarung zum Abendessen zwischen dir und 'Ugo nichtig.«

Drei Tage später fand die Begegnung zwischen Louis und Willi im Spandauer Gefängnis statt. Hugo hielt sich strikt an die Vereinbarung, und die Öffentlichkeit erfuhr nichts von dem geheimen Besuch. Louis kehrte von dem Treffen in sich gekehrt zurück. Er bedankte sich bei Daisy, aber er verlor kein Wort über Willi oder ihr Gespräch.

Zwei Tage darauf löste Daisy ihren Teil der Abmachung ein. Das Abendessen mit Hugo würde im Restaurant des Hotels *Kaiserhof* stattfinden, wo er seit einiger Zeit als Gast logierte. Yvettes Arrangement lieferte Daisy zugleich den Vorwand, selbst im Taxi vorzufahren und nicht von ihm im *Adlon* abgeholt zu werden.

Das *Kaiserhof* hatte als erstes Luxushotel Berlins gegolten – bis ihm das *Adlon* den Rang ablief. Selbstverständlich genoss es weiterhin einen erstklassigen Ruf, und in seinem Restaurant in einem überdachten Innenhof speiste man auf das Vorzüglichste. Die hohen Pflanzen verliehen ihm ein exotisches Flair, die vielen Kristalllüster einen warmen Glanz. Hugo erwartete Daisy am Tisch. Als er sie sah, sprang er sofort von seinem Stuhl auf, lief ihr einige Schritte entgegen und überreichte ihr einen Strauß roter Rosen. Damit lenkte er alle Blicke auf sie beide.

Himmel! Daisy fürchtete bereits die neu heraufziehenden Verlobungsgerüchte. Auch sonst verhielt sich Hugo wie ihr Kavalier und überhäufte sie mit Komplimenten. Als entspränge ihre Verabredung dem romantischen Ansinnen eines sich zugeneigten Paares und nicht der Erbringung einer Gegenleistung.

Sie hatten kaum ihre Bestellung aufgegeben, als zwei Männer an ihren Tisch traten. Hugo erhob sich. »Herr von Ribbentrop, Herr Roper-Bellows! Welch angenehme Überraschung«, begrüßte er sie, ausgesucht entgegenkommend.

Beide Männer küssten Daisy die Hand, und es wurden einige höfliche Worte ausgetauscht. Dann ließen sich Henry und von Ribbentrop zu ihrem Tisch bringen.

Daisy verbarg ihre Verwirrung. Sie freute sich, Henry so rasch wiederzusehen, und fragte sich, ob diese Begegnung dem Zufall entsprang oder ob ihre Mutter die Hand im Spiel und den Freund darum gebeten hatte, am heutigen Abend ein Auge auf sie zu haben. Daisy fühlte sich auf jeden Fall ein ganzes Stück wohler, seit sie Henry in ihrer Nähe wusste.

Auch Hugo beschäftigte die Begegnung mit den beiden Herren. »Roper-Bellows ist seit unserer letzten gemeinsamen Begegnung die diplomatische Leiter um einiges hinaufgefallen«, berichtete er mit gedrosselter Lautstärke. »Seine Chancen stehen gut, der nächste britische Botschafter in Berlin zu werden. Und von Ribbentrop steht sich äußerst gut mit dem Führer. Er war bereits auf den Obersalzberg eingeladen. Dabei ist dieser Sekthändler Ribbentrop ein falscher *Adliger*«, erklärte Hugo mit der Arroganz eines Mannes, der auf eine lange adlige Ahnenreihe zurückblicken konnte. »Den Titel hat er sich durch Adoption erkauft.«

Daisy war das gleichgültig. Sie vermutete, Hugos Mitteilsamkeit entsprang einer gewissen Eifersucht, da er selbst noch nicht von seinem Führer mit einer Einladung auf den Obersalzberg geehrt worden war.

Hugo prahlte während des Menüs weiter mit politischem Klatsch, der in seichten Wellen an Daisy vorbeiplätscherte. Ihr hartnäckiger Verehrer verfügte tatsächlich über eine angenehme Eigenschaft: Er hörte sich gerne selbst reden, weshalb sie kaum etwas zur Konversation beizusteuern brauchte. Sie horchte erst auf, als Hugo das Gespräch erneut auf Henry lenkte.

»Unter uns gesagt«, raunte er ihr über den Tisch zu, »halte ich diesen Roper-Bellows für etwas zwielichtig. Ich wette, hinter seiner blasierten Diplomatenfassade steckt weit mehr, als er uns weismachen will.«

Daisy tat sehr erstaunt. »Tatsächlich? Was lässt dich das vermuten?«

Hugo gab sich weltmännisch. »Instinkt und jahrelange Erfahrung. Sieh nicht zu ihm rüber, Marguerite. Vermutlich ist er Angehöriger des britischen Geheimdienstes. Zudem pflegt er auffällig enge Kontakte zu den Amerikanern.«

»Nein!«, hauchte Daisy übertrieben und sah prompt zu Henry.

»Nicht«, warnte Hugo. »Ich sagte doch, *nicht* hinsehen.«

»Verzeihung. Mit Geheimdienstgepflogenheiten kenne ich mich nicht aus. Das ist dein Metier. Unter uns«, wisperte Daisy mit mädchenhaftem Augenaufschlag, »ich finde es aufregend.«

»Das ist es in der Tat.« Hugo lächelte geschmeichelt.

Plötzlich lag seine Hand auf der ihren. »Wie hinreißend du bist, Marguerite.«

Verdammt, das hatte sie nicht kommen sehen. »Vielen Dank.« Sie senkte den Kopf und entzog ihm vorsichtig ihre Finger, darauf bedacht, ihn nicht zu brüskieren.

Ursprünglich hatte sie den Abend lediglich mit Anstand hinter sich bringen wollen, um sich danach auf Nimmerwiedersehen aus Hugos Leben zu verabschieden. Doch seit dem ersten Gespräch darüber mit ihrer Mutter hatte sich die Situation schon wieder verändert. Und die aktuelle Lage verlangte, sich sein Wohlwollen zu erhalten. Nun ging es um Mitzi.

Erwartungsgemäß war ihre Freundin als einzige Überlebende des Dahlem-Massakers vom Staatsanwalt als Zeugin in Willis Prozess vor Gericht zitiert worden. Danach passierte das, wovor sich Mitzi gefürchtet hatte: Hubertus von Greiff beschuldigte sie, Willis Komplizin zu sein, und verhaftete sie unmittelbar nach ihrer Aussage.

Völlig überraschend war ihre Freundin jedoch an diesem Morgen nach einer Woche Haft wieder freigekommen. Daisy hatte sich sofort mit Mitzi getroffen, deren Bericht von Willkür und Drohungen sie darin bestätigte, dass noch nicht alles ausgestanden war.

»Greiff ist überzeugt, ich hätte versucht, Willi aus dem Weg zu schaffen, um von ihm nicht als Komplizin enttarnt zu werden. Solange die rote Olga nicht hinter Schloss und Riegel sitzt und ein Geständnis abgelegt hat, stehe ich unter ständiger Beobachtung«, hatte Mitzi gestöhnt. »Und weißt du, was mindestens genauso beunruhigend ist? Sieben Tage Verhör, und in der ganzen Zeit hat mich Augenklappe Greiff nicht ein Mal nach Edgar gefragt.«

Das Dessert wurde gebracht, und Daisy fand, sie hätte sich bisher insgesamt gut geschlagen.

»Wann wiederholen wir diesen schönen Abend, Marguerite?«, fragte Hugo mit tiefem Blick.

Daisys Herz tat einen Satz, sie musste sich erst die Kehle freischlucken. »Die letzten Wochen, Hugo, sind für mich sehr aufreibend gewesen«, begann sie verhalten. »Meine Mutter schlug mir deshalb vor, gemeinsam für eine Weile zu verreisen, um nach den fortgesetzten Aufregungen ein wenig zur Ruhe zu kommen. Vielleicht begleitet uns auch mein Bruder Louis«, improvisierte Daisy aus dem Stand. »Danach werden wir uns natürlich wiedersehen.« Eine glatte Lüge, begleitet von einem verschämten Lächeln.

Hugo lehnte sich zurück und richtete seine gestärkten Manschetten. Für die Dauer eines Wimpernschlags öffnete sich ein Riss in seiner perfekten Fassade und zeigte seinen Unmut. Er räusperte sich. »Gut, in Ordnung. Deine Mutter weiß sicher, was das Beste für dich ist. Melde dich, Marguerite, wenn ihr von eurer Reise zurückgekehrt seid. Da ich mich gedulden muss, wirst du mir sicher gestatten, dich nachher zurück in dein Hotel zu begleiten.«

Diese Bitte konnte sie ihm schwerlich abschlagen. Hugo orderte für sich als Digestif Whisky, Daisy nahm einen Mocca, und kaum hatte sie die Tasse geleert, deutete sie damenhaft Erschöpfung an. »Bitte verzeih mir meine Schwäche, Hugo, aber ich konnte in letzter Zeit nicht viel Schlaf finden.«

Sie wollten eben aufbrechen, als am Eingang zum Restaurant Bewegung entstand. Von großer Entourage umgeben, hielt Adolf Hitler Einzug wie ein gekröntes Staatsoberhaupt, huldvoll nach allen Seiten nickend. Daisy wunderte sich nicht sonderlich, unter des Führers Begleitung ihren Halbbruder Hagen auszumachen, der sich zwischen Hermann Göring und Putzi Hanfstaengl geschmuggelt hatte. Die gesamte Herrengruppe trug Smoking. Fast die Hälfte der Restaurantbesucher hatte sich wie im Theater erhoben und beklatschte begeistert Hitlers Ankunft, die Übrigen nahmen keine Notiz. Der Blick des Führers schweifte durch den Saal, registrierte die Getreuen wie die Nichtgetreuen, um am Ende auf Daisy haften zu bleiben. Mit einem strahlenden Politikerlächeln steuerte er schnurstracks auf ihren Tisch zu. Hugo, ein Getreuer, erwiderte des Führers Lächeln, doch Hitlers Augenmerk galt allein Daisy.

»Komtess von Tessendorf«, schnarrte er mit typisch rollendem R, »es ist mir eine besondere Freude, Sie wiederzusehen.« Galant beugte er sich über ihre Hand.

Erst Hugo und die roten Rosen, nun der Hitler. Bei so viel Aufmerksamkeit dachte Daisy nur noch an Flucht.

»Und, mein liebes Fräulein? Wie schaut's denn aus mit der Jagd? Sind Sie weiterhin mit der gleichen Begeisterung bei der Sache?«, knüpfte Hitler nahtlos an ihre letzte Begegnung an. Getreue und Nichtgetreue, der gesamte Saal spitzte die Ohren.

»Mich begeistert vor allem das Reiten, Herr Hitler.«
Der nickte wohlwollend und erspähte als Nächstes den verräterischen Strauß in der Vase. »Öha!«, reagierte er mit Dialekt. »Mir schwant, ich presche da gerade in einen besonderen Abend. Darf man Ihnen denn gratulieren, Komtess?« Seine stahlblauen Augen schwenkten zu Hugo, als bemerke er dessen Anwesenheit erst jetzt, dabei bettelte Hugos gesamte Haltung um Beachtung. »Ah, der Herr Brandis zu Trostburg ist der Glückliche.« Hitler schüttelte ihm jovial die Hand. Hugo strahlte, als hätte er eben den Ritterschlag erhalten, während Daisy wünschte, sie könnte sich in Luft auflösen. Der gesamte um sie herum drapierte Hitler-Hofstaat grinste dazu vergnügt, ganz vorne mit dabei Daisys Halbbruder Hagen. Sie schluckte einen hässlichen Gedanken hinunter, und der Führer, der sie nun erneut ins Visier nahm, was ihr ein leichtes Fröstatln bescherte, erklärte ernsthaft: »Komtess, ich hab mein Versprechen nicht vergessen. Äußern Sie einen Wunsch, und er sei erfüllt.«

Tatsächlich hegte Daisy im Moment nur einen Wunsch: Der Führer möge sich mitsamt seiner feixenden Entourage verziehen, damit der peinliche Moment ein Ende fand. Doch sie neigte nur den Kopf und lächelte wohldosiert. Mehr fiel ihr in der Verlegenheit nicht ein, und ihr Gegenüber schien sein Pulver ohnehin verschossen zu haben.

»Habe die Ehre, Komtess.« Der Politiker verabschiedete sich und zog weiter, um nun Ribbentrop und Henry zu begrüßen. Sein Anhang schwänzelte ihm hinterher und schlang sich um den nächsten Tisch. Daisy atmete auf, als sei sie einer Umklammerung entkommen, und nahm zum ersten Mal an diesem Abend dankbar Hugos dargebotenen Arm, um sich aus dem Saal begleiten zu lassen.

Sein Chauffeur fuhr die Limousine vor, und Hugo nahm im Fond neben Daisy Platz. Als sie vor dem *Adlon* hielten, verließ er mit ihr das Fahrzeug, zog sie unvermittelt in die Arme und küsste sie. Daisy ließ ihn gewähren, auch wenn ihr seine Zudringlichkeit zuwider war. Sie hatte nicht geahnt, wie viel Anstrengung es sie kosten würde, sich stundenlang zu verstellen. Mittlerweile fühlte sie sich bis an ihre Grenzen ausgelaugt und brachte die nötige Kraft zur Gegenwehr nicht mehr auf.

Hugo stieg zurück in den Wagen. Erst jetzt bemerkte Daisy das Fahrzeug, das in geringer Entfernung hinter dem ihren parkte. Durch die Frontscheibe konnte sie Henrys Gesicht erkennen. Er war ihnen vom *Kaiserhof* gefolgt. Der Brite nickte ihr zu, startete den Motor und entfernte sich in Richtung Brandenburger Tor.

Am folgenden Tag wurde das Urteil gegen Willi gesprochen: schuldig, Tod durch Strang. Die Vollstreckung sollte am 12. November erfolgen. Willi hatte noch zehn Tage zu leben.

Kapitel 36

»Geh du hin und prügle ihn aus, ich bin zu zornig.«

Platon
Nach Plutarch, *Moralische Abhandlungen*

Am Samstag vor dem dritten Advent bestieg Daisy das zweite Wochenende in Folge den Zug nach Berlin. In der Nacht hatte es auch in der Hauptstadt geschneit, gerade genug, um die Straßen in Matsch zu verwandeln. Ausnahmsweise steckten Daisys Füße im passenden Schuhwerk, warme Winterstiefel, die in Tessendorf allerdings auch nötig waren, da dort alles längst unter einer glitzernden Schneedecke verborgen lag.

Mitzi staunte nicht schlecht, als sie Daisy zur Feierabendzeit am Angestelltenzugang des Wertheim erblickte. »Nanu, schon wieder zurück?«

»Ich wollte nach Louis sehen. Vielleicht erwische ich ihn ja diesmal.«

Mitzi hakte sich bei ihr ein. »Du wirst noch zu einer richtigen Glucke. Louis wird schon über Willi hinwegkommen.«

»Ich weiß, aber seit seiner Hinrichtung sind erst wenige Wochen vergangen.«

»Ob tot oder lebendig, Willi bereitet nur Scherereien. Und es ist längst nicht ausgestanden.« Auf dem Weg zur Straßenbahn sah Mitzi mehrmals misstrauisch über die Schulter.

Daisy wusste Bescheid. Seit Greiff Mitzi aus dem Arrest freigelassen hatte, ließ er ihre Freundin regelmäßig überwachen.

»Suchst du deinen Verfolger?«

»Ja. Normalerweise ist es einfach, ihn aufzuspüren. Der von heute scheint es ein wenig schlauer anzustellen.«

Auch Daisy nahm ihre Umgebung ins Visier. »Könnte es der im Lodenjanker sein?«

»Nein, den kenne ich. Der arbeitet im Wertheim als Elektriker.«

Das Wertheim befand sich in der bedeutendsten Geschäfts- und Einkaufsstraße Berlins. An diesem wichtigsten Verkehrsknotenpunkt zwischen Ost und West lagen weitere Luxuskaufhäuser wie KaDeWe und Tietz, und mindestens ein Dutzend Straßenbahnen und Omnibuslinien kreuzten sich hier. Zu Stoßzeiten und an einem Samstag wie heute kam der Verkehr regelmäßig zum Erliegen. Für etwas Entlastung hatte die neue U-Bahn-Linie gesorgt. Noch mehr versprach man sich von der zweiten, sobald die Arbeiten abgeschlossen wären, derzeit trugen sie allerdings eher zu Stauungen bei.

Eine Frau mit ausgefranstem Kopftuch und fingerlosen Handschuhen rempelte Mitzi an.

»He, pass doch auf!« Mitzi zog ihre Umhängetasche fester an ihren Körper. Aber die Frau hatte nicht Taschendiebstahl im Sinn. Mitzi stutzte, als sie die rote Olga erkannte. Die gab ihnen ein Zeichen, ihr zu folgen. In der nächsten Einfahrt huschten sie hinter einen dort parkenden Lastwagen, und das Erste, was Mitzi tat, war, Bertha eine schallende Ohrfeige zu verpassen.

Die hielt sich verblüfft die Wange. »Spinnst du?«

»Bist du verrückt geworden, uns derart in Gefahr zu bringen?«, herrschte Mitzi sie an. »Was glaubst du, was geschieht, wenn man uns mit dir zusammen erwischt?«

Bertha plusterte sich auf. »Keine Bange, um deinen Spürhund hab ich mich gekümmert.« Sie zog ein Klappmesser aus ihrem Mantel und ließ es aufschnappen. An der Klinge klebte Blut.

Mitzis Gesichtsfarbe wechselte von Zornesrot zu Schreckensbleich. »Du hast den Mann abgemurkst?«

Bertha grinste.

»Was?«, japste Daisy erschrocken. Die Frau war ja völlig irre! Ihre Hand krallte sich in Mitzis Arm. Die schob ihre Freundin ein Stück hinter sich, außer Reichweite von Berthas Messer.

»Was willst du?«, fragte Mitzi barsch.

»Willi! Ich habe Neuigkeiten!«

»Willi ist tot, und das ist alles andere als neu.«

»Ich fürchte, da bist du nicht ganz auf dem Laufenden.« Effekt heischend legte Bertha eine Pause ein, lange genug, um es Mitzi und Daisy zu ermöglichen, einen verstörten Blick zu tauschen.

»Willi lebt«, verkündete Bertha ihre unheilvolle Botschaft.

»Was soll der Blödsinn!«, erboste sich Mitzi. »Komm, Daisy, hör nicht auf die Pestbeule. Wir gehen.«

Aber Daisy stand wie festgewachsen. »Was sagt sie?«, flüsterte sie mit bleichen Lippen.

Bertha wollte nun alles loswerden. Als sei es ihr Verdienst, tönte sie wie eine Fanfare: »Willi ist aus dem Gefängnis geflohen. Die Bullerei vertuscht es, um in der Öffentlichkeit nicht als Versager dazustehen.«

Ihre Worte trafen Daisy wie ein Stromschlag. Sie konnte nur an eines denken: wie verheerend dieses Gerücht auf Louis wirken würde.

»Wage es ja nicht, meinem Bruder mit dem Mist zu kommen!«, schrie sie wütend.

Bertha, völlig auf ihre vermeintliche Rivalin Mitzi fokussiert, fuhr zu ihr herum. »Halt du dich da gefälligst raus, sonst landest du wieder im Sarg!«

»Was…?« Daisy wurde schwarz vor Augen. Die Erinnerung an die Zeit unter der Erde kam wieder hoch. Ihre Welt schrumpfte auf die Größe einer Holzkiste, sie schmeckte feuchte Erde, und ein tonnenschweres Gewicht senkte sich auf ihre Brust.

Bertha fuhr ungerührt fort: »Kannst froh sein, dass du noch lebst. Ich hätte kurzen Prozess mit dir gemacht. Aber Willi ist so schrecklich sentimental.«

Das holte Daisy zurück in die Realität. »Willi?«, keuchte sie fassungslos.

Mitzi zog ihre Freundin am Arm. »Los, wir verschwinden.«

Mitzis Reaktion ließ Daisy stutzen. »Kennst du das Gerücht, dass Willi angeblich lebt?«

Mitzi seufzte resigniert. »Ich hab gestern ein ähnliches Gerücht aufgeschnappt, mehr nicht.«

»Warum hast du nichts gesagt?«

»Ja, wann denn? Ich wusste ja nicht einmal, dass du heute bei mir hereinschneist!«

»Du wolltest es mir verschweigen!«, hielt Daisy ihr vor.

»Sicher«, räumte Mitzi ein. »Weil es nichts als dummes Geschwätz ist. Willis Anarchistenkumpels stricken an seiner Legende. So sieht's aus.«

»Du verdammte Heuchlerin!« Unvermittelt ging Bertha mit dem Messer auf Mitzi los. Aber diese war gewappnet. Sie sprang blitzschnell zur Seite, schlug Bertha die Waffe aus der Hand und drehte ihr gekonnt den Arm auf den Rücken.

»Lass mich los, du Miststück!«, fauchte Bertha.

»Zuerst verrätst du, warum du mir aufgelauert hast.«

Berthas Gesicht verzog sich zur giftigen Fratze. »Du steckst doch mit Willi unter einer Decke. Wo ist er?«, keifte sie.

»Wie bitte?« Mitzi schleuderte Bertha gegen die Mauer. »Bist du jetzt völlig verblödet?«

»Du hast ihn nicht verdient! Er gehört mir!« Bertha stürzte sich wie eine Furie erneut auf Mitzi. »Wo ist Willi? Los, sag's mir!«

Sie kämpften. Nur mit Daisys Unterstützung konnte sich Mitzi aus den wütenden Krallen ihrer Gegnerin befreien. Sie schubste Bertha kraftvoll von sich, ergriff sofort Daisys Hand, und die beiden Freundinnen rannten, als sei der Teufel hinter ihnen her. Sie sprangen in die nächste Straßenbahn. An der darauffolgenden Haltestelle bemerkten sie, dass sie in die völlig falsche Richtung fuhren. Es war ihnen egal. »Ich glaub's nicht«, murmelte Daisy fassungslos.

»Hör nicht auf die blöde Kuh«, flüsterte Mitzi. »Willi ist tot, aber sie will es nicht wahrhaben. Deshalb hat sie sich das mit seiner angeblichen Flucht ausgedacht. Das Gerücht gibt's bloß, weil sie es selbst verbreitet.«

Daisy kämpfte weiter gegen die Klammer um ihre Brust, die

ihr die Luft abschnürte. »Dass Willi mich in einen Sarg steckt und fast umbringt...«, hauchte sie erschüttert.

»Zumindest hast du nun Klarheit und musst dir nicht mehr den Kopf zerbrechen, wer dir das angetan hat.«

Daisy nickte. Willis Tat würde sie noch lange beschäftigen. Aber sie musste sich jetzt den gegenwärtigen Sorgen zuwenden.

Die Elektrische hielt erneut, doch sie machten beide keine Anstalten, auszusteigen. Angespannt musterte Daisy ihre Freundin. »Warum jagt Bertha dir hinterher und nicht Louis?«

Mitzi zuckte genervt mit den Schultern. »Keine Ahnung, was in ihrem Erbsenhirn vorgeht. Willi hat mich nie interessiert.«

»Solange er sich für dich interessiert hat, ist das Jacke wie Hose, nicht wahr?«

Mitzis Katzenaugen wurden schmal. »Sieh an, du hast es also mitbekommen?«

»Ich hab's eigentlich eben erst so richtig kapiert. Vermutlich wollte ich es auch lange nicht wahrhaben. Wegen Louis.« Daisy sah auf ihre nassen Stiefelspitzen. »So viel Schmerz wegen seiner großen Liebe, die eigentlich keine war. Ich glaube, daher rührte meine Aversion gegen Willi. Irgendwie habe ich es immer gespürt, dass er Louis für seine Zwecke ausgenutzt hat.« Sie senkte traurig den Kopf. Mitzis Hand berührte ihr Knie. »Ganz so ist es nicht gewesen. Willi hatte Louis wirklich gern und sah sich als sein Beschützer. Aber er war selbst innerlich zerrissen und viel zu unstet, um richtig lieben zu können. Und am meisten begehrte er das, was er nicht haben konnte.«

Daisy schaute auf. »Und das bist du gewesen?«

In Mitzis Miene trat ein deprimierter Zug. »Ich habe Louis schon als Kind geliebt und später als Frau, und Willi hat ihn bekommen. Willi war ein abscheulicher Egoist, und für ihn gab es wohl keine größere Herausforderung, als mich ebenfalls in sein Bett zu kriegen. Einmal hat er mich sogar in der Wohnung am Gendarmenmarkt in meinem Zimmer überfallen. Ich habe mich gewehrt, aber er lag wie ein Stein auf mir, und ausgerechnet Bertha ist damals hereingeplatzt. Seither hasst sie mich. Sie bildet sich ein, ich hätte Willi verführt. Sie war ihm hörig.«

Die Bahn hielt am Pariser Platz, und diesmal stiegen sie aus. Mitzi studierte kurz den Fahrplan an der Haltestelle.

Ihre eigene Tram ratterte zügig heran, und sie ergatterten ganz hinten zwei freie Plätze. »Ihre Eifersucht bringt Bertha fast um den Verstand, und das macht sie brandgefährlich«, erklärte Mitzi leise.

»Sie wird dich nicht in Ruhe lassen«, nahm Daisy den Faden auf.

»Und dazu sitzt mir der Greiff im Nacken! Ob er Bertha nun schnappt oder nicht, die Hexe zeigt auf jeden Fall mit dem Finger auf mich. Und die Ermordung meines Aufpassers belastet mich zusätzlich. Auch Edgar wird immer noch vermisst.«

Beides hatte Daisy kurzzeitig verdrängt. Betroffen fuhr sie nun zusammen. »Denkst du, Bertha hat den Mann wirklich ermordet?«, hauchte sie.

»Bei meiner derzeitigen Pechsträhne...«, wisperte Mitzi düster.

»Dann sollten wir nicht zu dir fahren«, überlegte Daisy. »Besser, du verschwindest für eine Weile aus Berlin. Ich werde mich um Frau Kulke kümmern, ich nehme sie mit nach Tessendorf.«

Mitzi antwortete nicht sofort. Sie hauchte gegen die Scheibe und malte einen Kreis in die beschlagene Stelle. »Wenn ich jetzt verschwinde, würde mir das sofort als Schuldeingeständnis ausgelegt. Dann ist mein Leben endgültig im Eimer. Außerdem würde sich der Greiff unsere Frau Kulke holen. Du wirst sie auch in Tessendorf nicht schützen können, Daisy. Nein, ich muss mich der Sache so oder so stellen. Immerhin bin ich unschuldig.« Sie klang kühn und entschlossen, aber in ihren Augen flackerte Furcht.

»Heute bin ich in jedem Fall dein Alibi. Wir waren die ganze Zeit über zusammen. Zur Not werde ich nochmals mit Hugo dinieren«, erklärte Daisy.

Auf dem Weg von der Haltestelle bis vor Mitzis Wohnblock am Prenzlauer Berg prüften sie mehrfach, ob ihnen jemand gefolgt war.

»Schade«, seufzte Mitzi. »Heute würde ich mich glatt über meinen Bewacher freuen.« Sie betraten das Treppenhaus, stiegen abwärts und eilten den spärlich beleuchteten Flur des Tiefparterres entlang, von dem Haustechnik, Waschküche und ganz hinten der Kohlenkeller abzweigten. Mitzis Zugang lag am hinteren Ende. Je mehr sie sich der kleinen Wohnung näherten, umso intensiver schlug ihnen der köstliche Duft von Frischgebackenem entgegen.

Plötzlich gab Mitzi einen erstickten Laut von sich, und Daisy sah, wie sie in den Kohlenkeller gezogen wurde. Sie stürzte sofort kopflos hinterher, sprang dem Täter in den Rücken, riss ihm den Hut vom Kopf und boxte auf ihn ein. Schließlich konnte sich der Mann Gehör verschaffen: »Hört auf, ich bin es, Henry!«

Verblüfft hielten sie inne.

»Henry? Warum, in Gottes Namen, greifst du uns an?«, fragte Daisy.

»Das lag nicht in meiner Absicht, und ich bitte um Pardon für den Schrecken«, erklärte er förmlich. »Ich habe hier unten gewartet, weil ich deine Freundin warnen wollte, ohne selbst gesehen zu werden.« Er bückte sich nach seinem Hut und klopfte ihn aus.

»Die Polente erwartet mich schon in meiner Wohnung?«, fragte Mitzi erschrocken.

»Nein, das nicht. Aber wie konnten Sie bereits davon erfahren?«, erkundigte sich Henry reichlich verdutzt.

»Gehen wir erst einmal hinein.« Mitzi sperrte die Tür auf.

»Wie sieht es denn hier aus?«, fragte Daisy angesichts der üppigen Weihnachtsdekoration aus bunten Wollsternen verwundert.

»Frau Kulke strickt jetzt Sterne«, erklärte ihre Freundin.

Sie entledigten sich ihrer Mäntel, und Mitzi bat Henry in den Wohnraum. Daisy folgte den beiden etwas pikiert. Sie störte sich an Henrys distanziertem Verhalten. Zur Begrüßung hatte er lediglich ein vages Nicken für sie übriggehabt, und jetzt mied er jeden direkten Augenkontakt. Daisy vermutete als Ursache ihre letzte Begegnung vor dem *Adlon*, wo Henry beobachtet hatte, wie Hugo sie küsste. Sie fand allerdings nicht, dass ihm ein Recht auf Eifersucht zustand.

Frau Kulke kam mit einem Teller verlockendem Weihnachtsgebäck aus der Küche. Sie stellte es zwischen die drei auf den

Tisch und lud sie lächelnd ein, zuzugreifen. Nie hatte Daisy Süßes nötiger gehabt. Mitzi holte den Birnenschnaps.

»Sie wollten mich warnen, Henry? Geht es um Willi Hauschka?«, erkundigte sie sich und füllte drei Stamper.

Henrys Stirn kräuselte sich. »Sie haben bereits davon gehört?«

»Wir hatten eine höchst unangenehme Begegnung mit der roten Olga. Sie verbreitet das Gerücht, Willi sei aus dem Gefängnis geflohen und es würde vertuscht, damit die Polizei nicht als Versager gilt.«

Henry nickte ernst. »Leider handelt es sich um mehr als ein bloßes Gerücht. Hauschka ist tatsächlich noch am Leben.«

Daisy verschluckte sich fast an ihrem Gebäck.

»Verdammt!«, rief Mitzi entsetzt. »Es ist also wahr?« Sie klopfte der hustenden Daisy auf den Rücken.

»Die Öffentlichkeit wurde getäuscht. Offiziell hat die Hinrichtung Hauschkas stattgefunden, bloß steckte ein anderer Verurteilter unter dem Jutesack.«

Daisy kam wieder zu Atem. »Hugo und Greiff versuchen also wirklich, seine Flucht zu vertuschen?«

»Ja, aber aus anderen Motiven«, erklärte Henry. »Hauschka spitzelt jetzt für die Politische Polizei.«

»Willi?« Daisy lachte ungläubig auf. »Der würde sich lieber selbst die Kugel geben, bevor er sich mit seinem ärgsten Feind gemeinmacht.«

Henry schaute ernst. »Wenn es um das eigene Überleben geht, Mylady, sind die meisten Menschen zu allem bereit. Hauschka wäre nicht der Erste, der seine Überzeugungen über Bord wirft. Zudem werden seine Dienste gut bezahlt.«

Daisy reichte das nicht als Begründung. Unsicher suchte sie Blickkontakt zu Mitzi, die sich gar nicht erst gesetzt hatte.

Ihre Freundin teilte ihre Vorbehalte: »Ich glaube vielmehr, Hugo hat das Gerücht bewusst gestreut, um die Anarchisten gegeneinander aufzubringen. Damit sät er Misstrauen, und am Ende bespitzelt jeder jeden.«

»Das ist nicht völlig von der Hand zu weisen«, räumte Henry ein. »Meine Information stammt allerdings aus sicherer Quelle. Bei dem Ganzen handelt es sich um ein abgekartetes Spiel. Hugo zu Trostburg und Hubertus von Greiff haben sehr viel Mühe auf die Geheimhaltung ihres Planes verwandt.«

»Anscheinend nicht genug«, mokierte sich Mitzi. »Sie wissen durch Ihre Quelle Bescheid, aber wie bekam die rote Olga davon Wind?«

»In Anarchistenkreisen dürfte Hauschkas Flucht inzwischen die Runde gemacht haben«, bemerkte Henry. »Diese Olga ist in der roten Szene gut vernetzt. Hauschkas Spitzeltätigkeit hingegen ist ein Staatsgeheimnis.«

»Dieses Miststück hat mir jedenfalls etwas Übles eingebrockt«, grollte Mitzi und schilderte dem Briten in aller Knappheit die Ereignisse auf dem Nachhauseweg.

»*Hell,* das ist in der Tat übel! Man wird Sie des Mordes an Ihrem Beschatter beschuldigen, Mitzi.«

»Das ist mir vollkommen klar.«

»Und trotzdem sind Sie nicht geflohen«, meinte er anerkennend. Kurz galt sein Augenmerk Frau Kulke, die sich zu Daisy gesetzt hatte und ihr Gespräch mit dem Klappern ihrer Stricknadeln begleitete. In dieser Sekunde biss sie einem fertigen Wollstern den Faden ab, um ihn zu verknoten.

Daisy rutschte nervös auf der Kante des Sofas herum.

»Ich fürchte, ich kann dir nicht mehr folgen, Henry. Warum bist du hier? Wovor genau wolltest du Mitzi warnen?«

Er gab sich einen Ruck und sah zu Mitzi. »Es ist eine weitere Überlebende des Überfalls auf die Fontane-Villa aufgetaucht. Diese Zeugin hat ausgesagt, sie habe Mitzi Gotzlow beim Überfall als Willis Partnerin erkannt.«

»Der Überfall liegt über zwei Monate zurück. Wieso kommt sie erst jetzt damit an?«, fragte Mitzi ungläubig.

»Die Frau erlitt beim Überfall eine Schussverletzung am Kopf. Angeblich erlangte sie erst kürzlich ihr Erinnerungsvermögen zurück.«

»Lassen Sie mich raten. Die Zeugin heißt nicht zufällig Lilo Hennessy?«

Henry hob eine Augenbraue. »Das ist korrekt. Wie gut sind Sie mit ihr bekannt?«, fragte er zurück.

»Bekannt? Die Frau hasst mich! Ihr richtiger Name lautet Lotte Schimmelpfennig, und sie ist die Schwester von Bertha Schimmelpfennig, alias rote Olga. Verdammt!« Erbost lief Mitzi auf und ab.

»Lilo Hennessy«, ergänzte Daisy niedergeschlagen, »war Jonathan Fontanes Favoritin, bevor Mitzi ihr den Rang abgelaufen hat.«

Mitzi blieb stehen und kippte einen zweiten Schnaps. »Das Miststück Lilo lügt!«

»Solange Greiff ihr glaubt, tut das nichts zur Sache«, merkte Henry nüchtern an. »Er wird Sie verhaften, Mitzi. Morgen früh gegen fünf.«

»Und das haben Sie auch aus Ihrer Quelle?«

»Exakt. Morgen um diese Zeit soll eine konzertierte Aktion gegen die rote Front stattfinden. Ein Großteil der Polizeikräfte Berlins wird dabei zum Einsatz kommen.«

»Mir bleiben also neun Stunden...«, sagte Mitzi nachdenklich.

Daisy war schon auf den Beinen. »Das reicht, um dich über die Grenze schaffen! Los, pack das Wichtigste zusammen, und dann verschwinden wir von hier.«

Der drohenden Gefahr zum Trotz verfiel Mitzi nicht in Panik, sondern bewahrte einen kühlen Kopf. »Nicht so hastig, Daisy. Es gibt ein weiteres Problem.«

»Wovon, zum Teufel, sprichst du?«

Mitzi wechselte einen schnellen Blick mit Henry. Der ließ ihr den Vortritt.

»Willi kann sich ausrechnen, dass ich dem Gerücht über seine angebliche Flucht nicht auf den Leim gegangen bin. Wenn es wahr ist, dass Greiff ihn als Spitzel einsetzt, kann schon ein verdammtes Gerücht Willi das Genick brechen. Das macht dich und mich zu gefährlichen Mitwissern.«

Daisy wollte nicht an diese neue Bedrohung glauben. »Wir können trotzdem nicht völlig ausschließen, dass Willi die Flucht aus eigener Kraft gelungen ist und Hugo und Greiff es verschleiern. Oder Willi bot sich nur zum Schein als Spitzel an, um aus Berlin zu fliehen?« Ihr Blick zuckte unruhig von Henry zu Mitzi.

»Nein«, entgegnete Mitzi hart. »Willi ist es gelungen, die Polizei jahrelang zum Narren zu halten. Er ist viel zu sehr von sich eingenommen, um jetzt den Schwanz einzuziehen. Glaub mir, Daisy, so oder so, Willi ist noch in Berlin. Zu fliehen käme für ihn einer Niederlage gleich. Im Ansatz gebe ich dir aber recht, Daisy. Vermutlich versucht Willi, beide Seiten zu täuschen.«

»Du glaubst, er nimmt das Geld der Politischen und lässt ein paar seiner Anarchistenkumpels über die Klinge springen? Aber die würden doch in kürzester Zeit Lunte riechen«, hielt Daisy entgegen.

»Nicht, wenn Willi Hauschka fortfährt, weiter Anschläge zu verüben«, beteiligte sich Henry wieder am Gespräch. »Die gestrige Kofferbombe am Anhalter Bahnhof trägt seine Handschrift, und die heutigen Schlagzeilen stoßen alle ins gleiche Horn: Die Bevölkerung verlangt nach mehr Sicherheit! Die Anschläge liefern Trostburg den Vorwand, um noch härter gegen die Kommunisten vorzugehen. Kein Hahn kräht mehr danach, wenn sie ein paar von ihnen totknüppeln. Beide Seiten tragen zum Chaos bei, und das wiederum führt zu mehr Verboten und Notstandsgesetzen. Terror befördert Diktaturen.«

Daisy hatte gerade keinen Kopf für politische Wahrheiten; sie spürte den Würgegriff einer völlig neuen Sorge. »Über kurz oder lang wird Willi wieder bei Louis aufschlagen.« Ihre Stimme zitterte.

»Nach dem, was heute passiert ist, wird Bertha Willi zuvorkommen«, bestätigte Mitzi kummervoll. »Vermutlich sucht sie Louis, seit er umgezogen ist.«

»Ich muss sofort zu ihm!« In ihrer Hektik stolperte Daisy über die neue Auslegeware und fiel Henry direkt in die Arme. Er fing sie auf und stellte sie sogleich wieder auf die Beine, fast so, als scheute er den engen Körperkontakt.

Mitzi mahnte: »Nicht so übereilt, Daisy. Du kannst deinem

Bruder nicht ernsthaft erzählen wollen, dass Willi noch am Leben ist.«

»Wieso nicht? Er sollte es von mir erfahren und nicht von Bertha!« Daisys Gesicht glühte wie im Fieber.

»Lass es!«

»Warum bist so rigoros dagegen?«

»Weil es nicht in deiner Verantwortung liegt. Du kannst Louis nicht vor sich selbst schützen. Er muss allein damit klarkommen. Schließlich hat er sich auch aus freien Stücken mit Willi eingelassen.«

Daisy verharrte unschlüssig. »Aber ... es muss doch etwas geben, was wir unternehmen können.«

»Nein, außer, wir bringen Bertha und Willi eigenhändig für immer zum Schweigen. Aber wir sind keine Mörder ...« Mitzis Blick verlor sich kurz im Raum. Sie hatte selten so hilflos ausgesehen wie in diesem Augenblick. Bertha und Willi hielten ihr Leben in der Hand, und es gab nichts, was sie dagegen tun konnte.

»Ich kann Sie sicher außer Landes schaffen, Mitzi«, erklärte Henry überraschend.

»Das würdest du tun?« Dankbar suchte Daisy die Verbindung zu ihm. Henry gab jede Zurückhaltung auf. Erstmals schaute er sie offen an, und seine Augen sagten ihr, dass es nichts auf dieser Welt gab, was er nicht für sie tun würde.

Mitzi räusperte sich. »Ich weiß Ihr großzügiges Angebot durchaus zu schätzen, Henry. Aber ich habe nicht vor, Berlin zum jetzigen Zeitpunkt zu verlassen.«

Frau Kulke küsste den fertigen Stern und überreichte ihn Mitzi wie eine fromme Gabe.

»Ich könnte arrangieren, dass Frau Kulke Sie ins Ausland begleitet«, ergänzte Henry aufmerksam.

Mitzi blickte auf den Stern in ihrer Hand. »Das ist nicht der Grund, jedenfalls nicht der einzige«, sagte sie. »Ich weiß nicht, ob Sie das in Ihrer privilegierten Position verstehen können, Henry. Als Waisenmädchen lehrten mich die Nonnen, mein Schicksal gottgefällig anzunehmen, und meine Tante wollte mir später weismachen, eine Karriere als Köchin sei das Beste, was ich vom Leben erhoffen dürfe. All die Zeit habe ich auf den Traum hingearbeitet, mir in Berlin eine Existenz aufzubauen. Zum Teufel, ich werde mich nicht von hier vertreiben lassen!« Ihr Atem ging schneller, aber ihre Haltung signalisierte wilde Entschlossenheit.

Henrys Miene gab nichts preis. Seine Hände ruhten auf der Sessellehne. Nun aber beugte er sich Mitzi ein winziges Stück entgegen.

Daisy merkte interessiert auf. Sie sah von Henry zu Mitzi. Da war gerade etwas zwischen dem Briten und ihrer Freundin in Bewegung geraten, das sie nicht einschätzen konnte. Zwischen den beiden floss spürbar eine intensive Energie, als nähmen sie gegenseitig Maß.

Anerkennend neigte Henry schließlich den Kopf. »Selbst nicht um den Preis Ihres Lebens, Mitzi?«

»Wie viel Wert hätte mein Leben noch, wenn ich nicht selbst über es bestimmen kann?«

»Verraten Sie mir, was Sie stattdessen vorhaben?«

»Ich werde eine Weile untertauchen.«

»Komm mit mir nach Tessendorf!«, drängte Daisy sich in ihren Austausch. »Wir werden dich so gut verstecken, dass Greiff dich niemals finden kann.«

Mitzi drehte sich zu ihr. »Nein, Daisy. Ich werde in Berlin bleiben. Hier habe ich Freunde, die mich unterstützen werden. Es muss mir irgendwie gelingen, an Lotte Schimmelpfennig heranzukommen und sie davon zu überzeugen, ihre Aussage zu ändern. Sie muss die Wahrheit sagen.«

»Und wenn du sie nicht findest oder sie sich weigert, um ihre Schwester Bertha zu schützen?«

»Lotte und Bertha sind sich spinnefeind. Für Bertha steht Lotte für alles, was sie hasst. Wenn es stimmt, dass Lotte angeschossen wurde, stellt sich die Frage, wer hat ihr die Kugel verpasst? Das ist meine Chance. Ich muss in Lotte den Zweifel wecken, dass es ihre eigene Schwester gewesen ist, die versucht hat, sie zu ermorden.« Mit einem blassen Lächeln schaute sie zu Henry: »Und wenn's schiefgeht, dann kann mich unser britischer Freund immer noch außer Landes schmuggeln. In der Zwischenzeit bitte ich dich, gut auf unsere Frau Kulke achtzugeben, Daisy.«

»Natürlich! Verlass dich auf mich.«

Wehmütig sah Mitzi an ihrer Uniform des Wertheim hinab. »Ich geh mich umziehen und packe ein paar Dinge zusammen.«

Daisy und Henry blieben zurück, und erneut stellte sich zwischen ihnen Verlegenheit ein.

Henrys Adamsapfel zuckte. »Deine Freundin ist sehr tapfer.«

»Das ist sie. Und dickköpfig«, ergänzte Daisy mit einem Seufzer. »Ich wollte, sie käme mit mir nach Tessendorf oder nähme dein Angebot an. Das war sehr großzügig von dir… Mr Darcy«, ergänzte Daisy zaghaft. Es überraschte sie selbst, wie sehr sie sich nach seiner Nähe sehnte. Als sie vorhin unvermutet in seine Arme gestolpert war, hatte sie seinen festen warmen Körper an ihrem gespürt. Henry bedeutete Geborgenheit, und sie wünschte, sie könnte sich für immer in dieses Gefühl von Schutz und Sicherheit hüllen. Aber gerade war nichts sicher, und ihre Freundin Mitzi schwebte in großer Gefahr. Der Gedanke ließ Daisy erbeben. Und da passierte es. Plötzlich lag sie in Henrys Armen! Er hielt sie innig umschlungen, und seine Lippen fanden ihre Schläfe. Daisy schmiegte sich an ihn, und für einen Augenblick rückte alles in den Hintergrund, Angst und Sorgen, und sie überließ sich dem Gefühl, von Henry behütet zu sein.

Ein hüstelndes Geräusch ließ sie auseinanderfahren. »Ich störe nur ungern, aber ich wäre so weit«, sagte Mitzi. Sie trug weite Hosen und einen dunklen Rollkragenpullover, der ihre Blässe hervorhob.

Henry nahm ihr die Reisetasche ab. »Ich bringe Sie, Mitzi. Sie müssen mir nur sagen, wohin.«

»Ich komme mit«, erklärte Daisy und griff nach ihrem Mantel.

»Mir wäre es lieber, du bliebest bei Frau Kulke«, bat ihre Freundin.

Frau Kulke stand verloren hinter ihnen im Zugang zum Wohnzimmer. Mitzi ging zu ihr, umarmte sie und erklärte ihr mit den Händen, dass sie für eine Weile fortmüsse, dass aber Daisy sich solange um sie kümmern würde. Frau Kulke nickte. Sie segnete Mitzi mit dem Kreuz, nahm ihren Kopf in beide Hände und küsste sie sanft auf die Stirn. Darauf kehrte sie zurück ins Wohnzimmer, setzte sich und sortierte ihre Wollreste. Einige Sekunden betrachtete Mitzi die Alte bedrückt. Mit einer schnellen Bewegung wandte sie sich ab und schlüpfte in ihren Mantel, den Henry für sie bereithielt. Daisy konnte ein Schniefen nicht ganz unterdrücken, und Mitzi sagte: »Ich hasse Abschiede.«

Plötzlich flog die Tür durch einen kräftigen Tritt auf, und mehrere Männer drängten herein. Henry und die Frauen stolperten hilflos im schmalen Flur rückwärts in den Wohnraum. Dort schob Henry sogleich Daisy und Mitzi energisch hinter sich, breitete die Arme aus und versperrte den Zugang mit seinem Körper.

Jemand griff ihn an, aber er wich dem Faustschlag geschickt aus, parierte seinerseits mit einem mächtigen Hieb und schlug den Mann k. o. Noch bevor er zusammensacken konnte, packte Henry ihn am Kragen und schleuderte ihn dem zweiten Mann entgegen, der nach hinten taumelte und den dritten Angreifer ebenfalls in Bedrängnis brachte. Henry sah seine Chance, sprang über den ersten Mann hinweg und verpasste dem zweiten einen gezielten Schlag gegen das Kinn. Der allerdings konnte mehr einstecken als sein Kumpan und setzte sich zur Wehr. Henry kassierte einen Schwinger in den Magen, krümmte sich und rammte unvermittelt seinen Gegner mit dem Kopf. Der fiel über seinen Hintermann, und nun gingen sie zu dritt zu Boden, ein wildes Knäuel aus rangelnden Männern.

Harter Stahl in Henrys Nacken beendete den ungleichen Kampf. »Aufstehen, ganz langsam«, befahl eine schleppende Stimme. »Und die Hände heben.«

Henry war Hubertus von Greiff zuvor nie begegnet, hatte aber zur Genüge von ihm gehört. Trostburgs Mann fürs Grobe und kalt wie eine Hundeschnauze.

Der Einäugige taxierte ihn ausdruckslos. »Sie sind verhaftet«, sagte er.

Henry ließ die Arme sinken und spannte jeden Muskel an. »Sie können mich nicht verhaften. Ich bin Sir Henry Prudhomme Roper-Bellows und gehöre dem diplomatischen Korps des britischen Empire an. In dieser Funktion genieße ich Immunität in Ihrem Land.«

Greiff, vom selben Gardemaß wie Henry, trat näher an ihn heran. Nur wenige Zentimeter fehlten, und ihre Nasenspitzen hätten sich berührt. »Ist das so? Weisen Sie sich aus, *Sir*.«

Henry trat zwei Schritte zurück ins Wohnzimmer und holte seinen Diplomatenausweis aus der Anzugjacke, während von Greiff jede seiner Bewegungen aufmerksam verfolgte. Greiffs Vorsicht war nicht vonnöten. Sträflicherweise hatte Henry seine Pistole im Handschuhfach gelassen, wofür er sich nun verfluchte.

Greiff nahm das Ausweispapier und steckte es ein, ohne ihm die geringste Beachtung zuteilwerden zu lassen.

Henry vereiste. »Sir, Sie geben mir sofort meinen Ausweis zurück. Außer Sie legen Wert darauf, sich Schwierigkeiten mit der britischen Regierung einzuhandeln«, erklärte er grimmig.

»Ich habe keine Ahnung, wovon Sie sprechen, *Sir*. Sie konnten sich nicht ausweisen und haben mehrere Beamte der Deutschen Republik tätlich angegriffen. Ich komme lediglich meiner Pflicht nach.«

Etwas in Henrys Augen veranlasste Greiff, seine Waffe erneut gegen ihn zu erheben. »Alles durchsuchen!«, befahl er seinen Männern. »Zuerst die Frauen und den *Diplomaten*. Danach nehmt die Wohnung auseinander. Und holt mir endlich die Person unter der Zudecke hervor!« Er hatte Frau Kulke auf dem Sofa entdeckt, die dort eingerollt wie ein Embryo lag.

Daisy schob sich an Henry vorbei. »Wenn Sie meiner Freundin oder Frau Kulke auch nur ein Haar krümmen, *Herr* von Greiff«, erklärte sie mit kaltem Zorn, »werde ich dafür sorgen, dass Ihnen Hugo das Fell über die Ohren zieht.«

Von Greiff erstarrte. Aber es waren nicht Daisys Worte, die diese Reaktion hervorgerufen hatten, sondern etwas, das hinter ihrem Rücken vor sich ging. Sie fuhr herum, wo einer von Greiffs Männern Frau Kulke auf die Beine gezerrt hatte. Die Alte hatte ihr Kopftuch verloren, mit hängenden Schultern sah sie zu Boden. Mit einem langen Schritt war von Greiff bei ihr, packte sie grob am Kinn und zwang ihren Kopf nach oben. »Du!«, zischte er hasserfüllt. Er ließ sie los. »Fesseln und sofort abführen! Setzt das Weib in meinen Wagen!«

»Nein!«, protestierten Daisy und Mitzi gleichzeitig erschrocken. Mitzi konnte sich nicht von ihrem Häscher losreißen, aber Daisy stellte sich neben Frau Kulke und griff nach ihrer freien Hand. »Lassen Sie sie gefälligst in Frieden. Sie ist nur eine alte, taubstumme Frau!«

»Schafft die Alte fort«, befahl von Greiff ungerührt. Er fasste nach Daisys Arm, aber nun ging Henry dazwischen und schirmte die junge Frau ab. »Sei vernünftig, Daisy«, raunte er nah an ihrem Ohr. »Im Moment können wir nichts tun.«

Hilflos mussten sie mitansehen, wie Frau Kulke weggebracht wurde.

»Fräulein von Tessendorf!« Von Greiff drehte sich nun zu ihr. »Mischen Sie sich nicht ein, wenn Sie keine Ahnung haben. Ich handle auf ausdrücklichen Befehl des Herrn zu Trostburg. Und achten Sie künftig mehr auf Ihren Umgang. Sie haben sich da mit gefährlichen Gestalten eingelassen.«

Eine Antwort lohnte nicht. Angewidert strafte ihn Daisy mit Verachtung, aber sein Blick hatte sich längst von ihr ab- und Mitzi zugewandt. »Hermine Gotzlow, ich verhafte Sie wegen anarchistischer Umtriebe und mehrfachen Mordes. Wachtmeister Dengel, Handschellen.« Mit der Waffe hielt er sie weiter in Schach, und seine Untergebenen machten sich ans Werk.

Mitzi wurde gefesselt und gründlich abgetastet. Einer der Polizisten zog Berthas Klappmesser aus ihrem Mantel und ließ es aufschnappen.

Daisy japste erstickt. *Wie kommt das in deine Tasche?*, fragte ihr Blick.

Ich habe keine Ahnung, antwortete Mitzi. In ihren Augen stand das blanke Entsetzen.

Greiff nahm das Messer zur Begutachtung an sich und drehte es zwischen seinen schwarzen Lederhandschuhen. »Ich erkenne darauf Blut.« Er reichte die Waffe an seinen Mann zurück und befahl: »Einpacken.«

Er fixierte Mitzi. »Falls Wachtmeister Paul Schneider damit ermordet wurde, wird unsere Kriminaltechnik das morgen früh wissen. Besser, Sie gestehen die Tat sofort, Frau Gotzlow.«

»Ach ja? Wozu? Bieten Sie mir dafür mildernde Umstände an? Statt eines Stricks einen Seidenschal?«

Daisys Magen drehte sich. Warum musste Mitzi Greiff in ihrer Situation zusätzlich herausfordern? Ihr Mut war bewundernswert, aber gerade völlig sinnlos.

Greiffs schmale Lippen verzogen sich zum Ansatz eines Lächelns. Es sah gefährlich aus, als fletschte er seine Zähne. Selten hatte Daisy sich so ohnmächtig gefühlt.

Eine fremde Hand griff nach ihr. Instinktiv holte Daisy aus, und ihre Ohrfeige landete klatschend im Gesicht des Polizisten, der sie hatte durchsuchen wollen. »Rühren Sie mich noch einmal an, und ich sorge dafür, dass Sie morgen aus dem Dienst entlassen werden!«, drohte sie, leider mit wenig Aussicht auf Erfolg.

Der Geschlagene sah unsicher zu Greiff. Der winkte ab. »Lassen Sie sie. Wir haben, was wir brauchen.«

Mitzi wurde ergriffen und aus der Wohnung abgeführt. Greiff bildete das Schlusslicht der Truppe, die Pistole weiter im Anschlag. An der Tür zog er Henrys Diplomatenpass hervor und schmiss ihn in den Raum. »Da ist Ihr vermisster Ausweis. Vielleicht geben Sie das nächste Mal besser darauf acht, *Sir*.« Er verspottete sie, indem er sie soldatisch grüßte, und entschwand durch die demolierte Tür.

Henry stieß einen lästerlichen Fluch aus und pflückte das Dokument vom Boden. Daisy sank kraftlos auf den Diwan. Sie war vom Ausmaß der Ereignisse wie betäubt.

Henrys Hand berührte sacht ihre Schulter. »Es tut mir leid. Es tut mir so schrecklich leid«, sagte er leise.

Daisys Lippen zuckten. »Es ist nicht deine Schuld«, antwortete sie erstickt.

»Woher kennt dieser Greiff Frau Kulke?«

»Ich kann mir keinen Reim darauf machen. Es ergibt absolut keinen Sinn.« Fassungslos rieb Daisy ihre Schläfen.

»Ich werde versuchen, etwas darüber herauszufinden«, versicherte er. »Was hat es mit dem Taschenmesser auf sich? Handelt es sich dabei wirklich um die Tatwaffe?«

Daisy schniefte und wischte sich übers Gesicht. Wenn sie jetzt die Nerven verlor, würde das Mitzi kaum weiterhelfen. Sie richtete sich auf. »Das war Bertha. Sie muss das Messer Mitzi heimlich in die Tasche geschmuggelt haben.«

»*Hell!*« Henry schlug die Faust in die Handfläche. »Wenn die Waffe zur Wunde passt und die Blutgruppe stimmt, kann nur noch ein Wunder deine Freundin retten.« Er prüfte seine Uhr am Handgelenk. »Es ist kurz nach neun. In der britischen Botschaft findet gerade ein Empfang für eine Gesandtschaft aus Polen statt. Ich werde hinfahren und mit Sir Rumbold sprechen.«

Daisy war dem britischen Botschafter Baron Horace Rumbold bei ein oder zwei Gelegenheiten bereits begegnet und erinnerte sich an einen angenehm zurückhaltenden Gesprächspartner. Sie konnte sich allerdings nicht vorstellen, wie er Mitzi helfen könnte. Sie begegnete Henrys Blick. Etwas darin beschleunigte ihren Pulsschlag. »Woran denkst du?«, fragte sie hoffnungsvoll.

»An einen diplomatischen Zwischenfall in Kairo, der ziemlich genau zwanzig Jahre zurückliegt. Damals hat der stellvertretende britische Botschafter eine Frau geheiratet, die ebenfalls unter Mordverdacht stand. Sie erlangte dadurch diplomatische Immunität und wurde der örtlichen Gerichtsbarkeit entzogen.«

Daisys Stirn furchte sich ungläubig. »Du willst Mitzi heiraten? Aber... das würden Hugo und Greiff niemals zulassen!«

Henry nickte eindringlich. »Aus diesem Grund brauche ich Horace' Einverständnis und Unterstützung. Der Botschafter kann mir die entsprechenden Papiere beschaffen, die nachweisen, dass ich zum Zeitpunkt von Mitzis Verhaftung bereits mit ihr verheiratet gewesen bin.« Er wies zur defekten Haustür. »Hier kannst du nicht bleiben. Komm, ich setze dich auf dem Weg in die Botschaft beim *Adlon* ab.«

Daisy packte rasch Mitzis wenige Sachen von Wert zusammen, und Henry stellte die Tür notdürftig in den Rahmen.

»Ich beeile mich«, versprach er beim Abschied.

Gegen Mitternacht klopfte Henry an die Tür ihrer Suite, und Daisy ließ ihn ein.

»Was hast du erreicht?« Dabei ahnte sie die schlechte Nachricht bereits anhand seiner Miene.

»Nichts«, bekannte er bedauernd. »Horace verweigert strikt seine Unterstützung in dieser Angelegenheit. Er verbot mir jegliche Einmischung und ging sogar so weit, mir zu sagen, dies sei ein Befehl.«

»Aber warum? Für ihn wäre es doch keine große Sache, oder? Mitzi ist unschuldig, und er könnte ihr mit ein paar Stempeln das Leben retten!«

Henry lief ein paar Schritte und lehnte sich mit verschränkten Armen an die Kommode. »Der Botschafter vertritt die Auffassung, das Britische Empire bewege derzeit andere Sorgen als das Schicksal einer deutschen Verkäuferin. Zumal die diplomatischen Beziehungen zwischen Großbritannien und dem Deutschen Reich derzeit alles andere als stabil zu bezeichnen sind. Horace betrachtet die aktuellen politischen Strömungen als Gefahr für die junge Weimarer Republik. Er verfolgt mit Sorge die Koalitionsverhandlungen zwischen den Deutschnationalen und den Nationalsozialisten, die ausgerechnet vom ehemaligen Reichskanzler Franz von Papen geführt werden – ein Mann, von dem er persönlich wenig hält.«

Daisy gingen Politik und die damit zusammenhängenden Interessen tüchtig auf die Nerven. Zu oft diente sie Männern als Vorwand, um keine Verantwortung übernehmen zu müssen. Spöttisch spitzte sie ihre Lippen: »Oh, wir wollen natürlich keinesfalls, dass sich Sir Horace einen Zacken aus der Krone bricht, indem er sich deutschem Unrecht entgegenstellt.«

Henry schaute unglücklich.

»Entschuldige, Henry«, besann sich Daisy rechtzeitig. »Du versuchst, uns zu helfen, und ich sollte dir dafür danken, anstatt mich an dir abzureagieren. Das Ganze ist nur so schrecklich ungerecht!«

Er lächelte und setzte sich zu ihr auf den Diwan. Daisy hing beschämt ihren Gedanken nach, und Henry widmete sich eingehend ihrem Profil. »Was hast du jetzt vor?«, fragte er leise.

Daisy rückte ein wenig von ihm ab, aber nur, um ihm besser in die Augen blicken zu können. »Was geschieht jetzt mit Mitzi? Und bitte sei ehrlich. Ich muss es wissen.«

Henry straffte sich. »Wenn es um eine Mordanklage geht, unterscheidet sich das britische Recht kaum vom deutschen. Im Falle eines Schuldspruchs wird man deine Freundin hängen.«

»Das ist mir klar. Aber Mitzi hat niemanden ermordet. Was ist, wenn sie kein Geständnis ablegt? Wird man sie foltern?«

Daisy musste Henry nur ansehen, um die Antwort zu kennen. Das Blut wich aus ihrem Gesicht. »Machen das die Briten auch so?«, fragte sie leise.

»Nein, wir foltern keine Frauen. Nicht mehr«, gestand er ehrlich ein. »Dagegen… *Hell*…« Er stockte hilflos.

»Ja? Bitte, sag es mir. Ich vertrage die Wahrheit.«

»Von Greiff ist ein anderes Kaliber. Es wird ihm nachgesagt, dass am Ende bei ihm noch jeder ein Geständnis abgelegt hat.«

Daisy schluckte hörbar. »Ich muss sofort mit Hugo sprechen, bevor Greiff Mitzi…« Ihre Stimme versagte, doch sie räusperte sich energisch. Mitzi brauchte sie jetzt. »Kannst du mich zum *Kaiserhof* bringen, Henry? Hugo wohnt dort.«

»Natürlich.«

Der Rezeptionist im *Kaiserhof* erteilte ihnen die Auskunft, Herr zu Trostburg habe das Haus am Morgen verlassen und sei bisher nicht zurückgekehrt. Ihre nächste Anlaufstelle war das Polizeipräsidium am Alexanderplatz, Hugos Arbeitsstätte. Der Volksmund nannte das Backsteingebäude die Rote Burg. Im Präsidium brannte fast überall noch Licht. Daisy wurde vor allem beim Gedanken bang, was in seinen Kellern vor sich gehen mochte, wo dicke Mauern jeden Schrei abschirmten. Sie betraten die Halle und fragten am Empfangstresen nach Herrn zu Trostburg. Der Uniformierte griff zum Hörer, und es dauerte keine fünf Minuten, bis Hugo erschien.

Hugo küsste Daisy lächelnd die Hand und begrüßte Henry kühl höflich.

»Haben Sie Dank, Herr Roper-Bellows, für Ihre Begleitung zu dieser späten Stunde«, verabschiedete Daisy ihn förmlich. Es war Henry anzumerken, dass es ihm keineswegs behagte, sie mit Hugo allein zu lassen. Er verzichtete jedoch auf einen Einwand, verneigte sich und verließ das Gebäude mit gemessenem Schritt. Hugo nahm Daisys Hand und legte sie auf seinen Arm. »Komm, meine Liebe. Gehen wir in mein Büro.«

Er führte sie die breite Treppe hinauf ins obere Stockwerk. Durch ein verwaistes Vorzimmer gelangten sie in ein edles, holzgetäfeltes Büro. Eine breite Fensterfront gewährte den Blick auf den beleuchteten Alexanderplatz, an den Wänden hingen Stiche der Stadt Berlin und ein goldgerahmtes Gemälde des Reichspräsidenten in Uniform hoch zu Ross. Ein dicker Perserteppich dämpfte ihre Schritte. Der ganze Raum wirkte wohnlich und gediegen, und wäre nicht der Schreibtisch gewesen, auf dem sich die Akten stapelten, hätte man ihn kaum für ein Büro gehalten.

Hugo geleitete Daisy zu einer Polstergruppe und hieß sie Platz nehmen. Darauf griff er zum Telefon, und ohne sich nach Daisys Wünschen zu erkundigen, bestellte er für sie Kaffee und Gebäck.

Danach nahm er neben ihr Platz. »Ich freue mich über deinen Besuch, wenngleich zu ungewöhnlicher Stunde«, sagte er verhalten.

Daisy hatte nicht vor, ihm etwas vorzuspielen. »Ich bin wegen Adelaide Kulke und Mitzi Gotzlow hier und möchte eine Aussage zu Protokoll geben.«

»Hauptmann von Greiff hat mich bereits über die Umstände ihrer Verhaftung in Kenntnis gesetzt.« Er schüttelte betrübt sein Haupt. »Diese Gotzlow war nie ein guter Umgang für dich, meine Liebe. Du bist eine Dame.«

Daisy ärgerte sein schulmeisterlicher Ton, aber in dieser Situation ging es um Verständigung und nicht um Konfrontation. »Meine Freundin Mitzi ist unschuldig, Hugo. Sie kann diesen Wachtmeister gestern unmöglich ermordet haben. Und bei der Verhaftung von Frau Kulke handelt es sich genauso um einen Irrtum.«

Hugo lehnte sich zurück und schlug lässig ein bestiefeltes Bein über sein Knie. »Die Angelegenheit Kulke fällt nicht in mein Ressort.«

»Was soll das heißen?«

»Es ist nichts Politisches.«

»Natürlich ist es das nicht! Frau Kulke ist eine alte, taubstumme Frau, die keiner Fliege etwas zuleide tun könnte.«

»Vielleicht keiner Fliege«, schmunzelte Hugo.

Daisy fand seine Belustigung unangebracht. Zumal sie sicher sein konnte, dass niemand außer den Beteiligten von Frau Kulkes Taten in Notwehr wusste. »Ich bin sicher, sie hat nichts Unrechtes getan«, beharrte sie.

Hugo beugte sich vor. »Warum hat sich die Frau dann bei der Gotzlow versteckt?«, fragte er.

»Was redest du da?«, fragte Daisy verwirrt. »Frau Kulke hat sich dort keineswegs versteckt. Sie wohnte schon da, bevor Mitzi die Räume im Tiefparterre von ihrem Sohn angemietet hat. Sie bilden sozusagen eine Wohngemeinschaft.«

»Falsch. Ein Komplize, nicht der Sohn, hat die Wohnung für die Kulke angemietet. Im Übrigen lebte diese raffinierte Person dort seit vielen Jahren unter falschem Namen.« Aus irgendeinem Grund bereitete es Hugo diebisches Vergnügen, seine Kenntnisse vor ihr auszubreiten. Daisy fragte sich, warum. Vielleicht war ihm sein engster Mitarbeiter selbst nicht ganz geheuer, und er befürchtete, dass ihm von Greiff eines Tages den Rang ablaufen könnte.

Hugo sah kurz zur Tür, dann ließ er die Katze aus dem Sack. »Diese Frau ist seine Mutter! Es heißt, sie habe ihm das Auge ausgestochen. Mit einer Stricknadel! Ist das zu fassen?«

Daisy war platt.

»Hubertus versucht alles, um es unter dem Deckel zu halten. Keine Chance. Morgen weiß es die ganze Burg.«

Ich wette, dafür wirst du sorgen. »Was geschieht jetzt mit ihr?«, hauchte Daisy atemlos.

Hugo hob die Achseln. »Ich halte mich da raus. Ein Mann sollte seine familiären Angelegenheiten selbst regeln. Dem Anschein nach ist Greiffs Mutter nicht ganz bei Trost. Er wird sie vermutlich in eine Anstalt abschieben.«

Daisy wägte die Situation ab. Sie würde diese Information an Henry weitergeben. Eine Anstalt war kein Gefängnis, und sie würden einen Weg finden, um Frau Kulke alias Greiff dort herauszuholen. Sie konzentrierte sich wieder auf Mitzi. »Ich wiederhole, Hugo, meine Freundin Mitzi ist unschuldig.«

»Bedauerlicherweise sprechen alle Beweise gegen sie. Die Leiche von Wachtmeister Schneider wurde unweit des Wertheim mit durchschnittener Kehle gefunden, und die Gotzlow trug sogar die mutmaßliche Tatwaffe noch bei sich. Die Kriminaltechnik sichert gerade die Spuren. Spätestens morgen früh werden wir die Gotzlow endgültig des Mordes überführt haben.«

»Aber Mitzi kann die Tat unmöglich begangen haben! Ich habe sie heute direkt an der Angestelltenpforte des Kaufhauses abgeholt und bin danach die ganze Zeit über mit ihr zusammen gewesen. Darauf«, erklärte Daisy feierlich, »gebe ich dir mein Wort als Dame.«

Es klopfte. Ein Uniformierter servierte den bestellten Kaffee in kostbarem Meissener Porzellan und das Gebäck auf einer silbernen Etagere. Hugo pflegte einen erlesenen Lebensstil. Mit einem »Danke, wir bedienen uns selbst« schickte Hugo den Mann hinaus. Er goss Daisy Kaffee ein und schob das Gebäck in ihre Richtung. Daisy nahm Hugo zu Gefallen einen Schluck Kaffee und knabberte an einem Biskuit.

Hugo übte sich in Nachsicht. »Ich zweifele keineswegs an deinem Wort, Marguerite. Aber die Gotzlow könnte zuvor das Wertheim jederzeit verlassen und den Mann ermordet haben. Danach ist sie heimlich zurückgekehrt, um auf dich zu warten. Glaub mir, sie ist eine raffinierte Delinquentin und benutzt dich nur als Alibi. Du gehörst zu ihrem Plan.«

»Mitzi wusste gar nicht, dass ich komme, Hugo. Ich habe sie überrascht und kann daher keinesfalls Anteil an ihrem angeblichen Plan haben«, erklärte Daisy mit Nachdruck.

Hugo wischte einen unsichtbaren Fleck von seinem blank polierten Stiefel. »Gut, Marguerite. Ich glaube dir.« Eine Sekunde schwankte Daisy zwischen Erleichterung und Misstrauen. Sie tendierte eher zu Letzterem und wurde von Hugo prompt darin bestätigt.

»Allein die Vorstellung, deine Freundin könnte deine Loyalität ausnutzen, fällt dir schwer, Marguerite. Schau, welche Erklärung hast du für das blutige Messer in ihrer Tasche?«

»Die Antwort ist einfach. Die wahre Mörderin hat es ihr heimlich zugesteckt. Ihr Name lautet Bertha Schimmelpfennig. Der Polizei ist sie besser bekannt als die *rote Olga*. Sie ist ... war ...«, berichtigte sich Daisy rechtzeitig, »Willi Hauschkas Komplizin im Dahlem-Duo. *Die* solltet ihr dingfest machen, statt eine Unschuldige wie Mitzi einzusperren.« Daisys Atem ging schneller, aber sie mäßigte sich sofort. »Verzeih mir, Hugo. Die Angelegenheit nimmt mich sehr mit. Ich kenne Mitzi seit Kindertagen. Sie könnte nie jemanden ermorden! Das musst du mir glauben.«

Kurz wich Hugo ihrem Blick aus. Er musste ihr gar nichts glauben, und Daisy verstand durchaus seine Botschaft.

»Bei allem Wohlwollen, Marguerite«, gab er sich gefällig, »selbst wenn ich dir Glauben schenkte, solltest du dich fragen, wieso deine Freundin Umgang mit einer gefährlichen Anarchistin wie der roten Olga pflegt.«

»Ich versichere dir, Mitzi hält liebend gern Abstand zu dieser Verrückten. Aber wenn es nur darum ginge, kannst du mich gleich zu ihr sperren.« Ihr Blick forderte ihn heraus.

»Du bist mit der roten Olga bekannt?« Hugos Stirn zeigte missfällige Falten.

»Nicht so, wie du denkst. Olga hat Mitzi und mich heute regelrecht überfallen und mit dem Messer bedroht. Bei der Gelegenheit hat Olga Mitzi die Tatwaffe heimlich in die Manteltasche gesteckt.«

»Hast du das gesehen?«

»Ja«, log Daisy so dreist wie unüberlegt und sogar ohne Schluckauf.

»Hm, das ist in der Tat eine interessante Information.«

Hugo betrachtete kurz den Wappenring an seinem Finger und konzentrierte sich wieder auf Daisy. »Weshalb hast du deine Freundin dann nicht sofort gewarnt, Marguerite?«

Verdammt. Henry hatte sie auf der Herfahrt eindringlich gewarnt: Hugo verstünde sich ausgezeichnet auf Verhörtechniken. Worauf sie erwidert hatte, es gäbe nichts Überzeugenderes als die Wahrheit. Warum hatte sie sich bloß selbst nicht daran gehalten? Lüge zog Lüge nach sich. Aber sie hatte sich schon zu weit vorgewagt, und es gab kein Zurück. »Das habe ich natürlich. Wir wollten das Messer nicht fortwerfen. Schließlich handelte es sich um ein wichtiges Beweisstück.«

»Zu diesem Zeitpunkt wusstet ihr also bereits vom Mord an Wachtmeister Schneider«, konstatierte Hugo.

»Ja. Bertha hat sich regelrecht damit vor uns gebrüstet. Eine widerliche Person.«

Hugo setzte die hauchzarte Tasse an die Lippen. Bevor er trank, warf er Daisy einen undeutbaren Blick zu, der ihr gerade deshalb einen Schauer über den Rücken jagte.

»Warum«, fragte er gedehnt, »habt ihr in diesem Fall nicht sofort die Polizei gerufen? So verhalten sich unschuldige Menschen, Marguerite.«

»Wir hatten Angst«, bekannte Daisy.

»Wovor?«

Weil Frau Kulke deinen Agenten Edgar gemeuchelt hat und keine von uns das Bedürfnis hatte, erneut durch Greiff verhört zu werden, dachte Daisy. »Ich bin in Panik geraten, Hugo«, sagte sie dann und zwang eine Träne zwischen ihre Wimpern. »Es war fürchterlich. Bertha, ihr Geständnis und das blutige Messer... ich konnte einfach nicht mehr klar denken.«

Hugo nickte entgegenkommend. »Du warst von der Situation völlig überfordert, Marguerite. Das ist absolut verständlich.«

»Bitte, Hugo, Mitzi ist unschuldig. Ihr könnt sie nicht für etwas hängen, das sie nicht getan hat!«

»Aber, aber!« Er hob die Hände. »Wer spricht denn gleich von Hängen? Wir sind ein Rechtsstaat, Marguerite. Hermine Gotzlow wird angeklagt und ein ordentlicher Prozess gemacht. Wenn es dein Wunsch ist, wirst du als Zeugin gehört. Ich werde es so arrangieren, dass deine Aussage unter Ausschluss der Öffentlichkeit aufgenommen wird.«

Daisy lag nichts an Heimlichkeit. »Warum solltest du das tun? Ich fürchte die Öffentlichkeit nicht. Was ich zu sagen habe, ist die Wahrheit, und die kann von jedermann gehört werden.«

»Ich habe allein dein Wohl im Blick, Marguerite. Dein Einsatz für deine angebliche Freundin ehrt dich, aber es würde dich allzu sehr kompromittieren. Du bist meine Verlobte, und es ist meine Pflicht, dafür zu sorgen, dass dein Ruf keinen Schaden nimmt.«

Sein Hinweis auf die eigentlich nicht existente Verlobung schluckte Daisy hinunter. Hier ging es nicht um sie, sondern um Mitzi. Sie berührte ihr Sternenmal und sammelte sich.

»Du hast vorhin auf unseren ordentlichen Rechtsstaat gepocht, Hugo. Wo Recht und Gesetz herrschen, wird ein Geständnis niemals durch Folter erpresst. Habe ich dein Wort als Ehrenmann, Hugo, dass meine Freundin Mitzi Gotzlow anständig behandelt wird und von Greiff ihr kein Haar krümmen wird?« Sie legte ihm die Hand auf den Arm.

Er nahm ihre Finger und küsste sie. »Selbstverständlich, Marguerite. Wir sind die Polizei und keine Monster.«

»Ich verlasse mich auf dein Wort. Und jetzt möchte ich zu Mitzi. Bitte bringe mich zu ihr.« Daisy erhob sich und entzog ihm bei der Gelegenheit ihre Hand. Hugo stand ebenfalls auf. »Bedauere, Marguerite, zu diesem Zeitpunkt ist ein Besuch nicht möglich. Es gibt Vorschriften, und die kann ich nicht umgehen.«

»Ach, und ich dachte, du seist hier der Chef?«, bemerkte Daisy leichthin.

»Das bin ich, aber ich habe auch einen Vorgesetzten, Polizeipräsident Melcher.« Hugo zupfte an seinem Jackett.

»Oh, ich kenne Herrn Melcher vom letzten Ball auf Tessendorf. Ein höchst charmanter Herr«, heuchelte Daisy schamlos. Kurt Melcher war Jurist und ein ehemaliger Richter und von überaus sprödem Charakter. »Herr Melcher würde mir meine Bitte sicher nicht abschlagen.«

Hugo hatte keine Balleinladung erhalten, ließ seinen Verdruss jedoch beiseite. »Wie stellst du dir das vor, Marguerite?«, entgegnete er geduldig. »Unser Polizeipräsident ist mit vielfältigen Aufgaben betraut und kann für Besuchserlaubnisse keine Zeit erübrigen. Das liegt in meiner Verantwortung. Du musst verstehen, dass gerade ich als Vorgesetzter als Vorbild dienen muss und keine Ausnahme machen kann. Am allerwenigsten für meine Verlobte.«

Daisy änderte den Kurs. »Natürlich verstehe ich, dass du deinen Männern mit gutem Beispiel vorangehen musst. Wenn nicht heute Nacht, so lass mich morgen mit Mitzi sprechen. Es würde mir unendlich viel bedeuten, wenn du mir diesen

Wunsch erfüllst, Hugo.« Sie schenkte ihm einen erprobten Blick, der schon so manchen Verehrer hatte hoffen lassen.

»Hmm. Wir werden sehen.« Hugo genoss die Position des Stärkeren zu sehr, und Daisy sah ihre Felle schon davonschwimmen. Sie besaß nur einen einzigen Trumpf – sich selbst, und den wollte sie nicht zu früh ausspielen. »Bitte, Hugo«, verlegte sie sich aufs Flehen. »Meine Freundin Mitzi sitzt unschuldig im Gefängnis!«

»Es ist Aufgabe der Justiz, *das* festzustellen, Marguerite«, belehrte er sie nüchtern. »Deine angebliche Freundin wird im Übrigen nicht nur des Mordes an Paul Schneider bezichtigt, sondern weiterer schwerwiegender Verbrechen. Meine Leute überwachen sie bereits seit Wochen und…«

»Wie bitte?«, tat Daisy überrascht. »Du hast Mitzi seit Längerem beschatten lassen? Welchen Anlass hättest du dazu haben können?«

Hugo winkte ab. »Das tut jetzt nichts zur Sache. Jedenfalls wird seit September ein Agent vermisst, und ein weiterer ist nun tot. Da steckt wesentlich mehr dahinter als nur ein seltsamer Zufall. Das kannst selbst du nicht leugnen, Marguerite.«

»Aber Mitzi wusste nichts von der Überwachung, das hätte sie mir doch verraten!« Schon wieder eine Lüge, und diesmal konnte sie den Schluckauf nicht unterdrücken.

»Du bist viel zu arglos«, meinte Hugo gönnerhaft. »Du hast keine Ahnung, wer deine Freundin wirklich ist. Wir haben eine Zeugin, die Hermine Gotzlow als Teil des Dahlem-Duos identifiziert hat. Deine Freundin ist gefährlich wie eine Tollkirsche. Das ist ihr *wahres* Gesicht, Marguerite. Besser, du distanzierst dich beizeiten von ihr, damit ihre Taten nicht den Saum deines Kleides beschmutzen.«

»Ich verstehe. Das ist der wahre Grund, warum du mich nicht zu ihr lässt. Damit der Saum meines Kleides nicht auch dich beschmutzt«, sagte Daisy bitter. Die Erkenntnis, dass sie Mitzi nicht würde retten können, weil Hugo längst von ihrer Schuld überzeugt war, fraß sich wie ein Schwelbrand durch ihr Inneres.

»Mir ist klar, dass dich meine Enthüllungen aufwühlen, Marguerite. Komm, ich bringe dich in dein Hotel. Sobald du eine Nacht darüber geschlafen hast, wirst du einsehen, dass ich recht habe.«

Daisy widersprach nicht. Heute Nacht konnte sie bei Hugo nichts mehr ausrichten. Sie ließ sich von ihm ins *Adlon* bringen, und sobald er sich verabschiedet hatte, rief sie ihre Mutter an.

In dieser Nacht fand Daisy keinen Schlaf, aber sie kam ein wenig zur Ruhe und schmiedete Pläne.

Früh um sieben traf ihre Mutter ein und wenige Minuten nach ihr auch Henry. Louis fehlte in der Beratungsrunde. Daisy war mit ihrer Mutter übereingekommen, ihn vorerst nicht hinzuzuziehen.

Nachdem Daisy die Einzelheiten ihres nächtlichen Gesprächs mit Hugo geschildert hatte, beschied Henry: »Unsere erste Maßnahme muss sein, Mitzi einen guten Strafverteidiger zur Seite zu stellen.«

Yvette neigte den Kopf. »Herr Mendel senior hat mir bereits einen ausgezeichneten Mann empfohlen.«

»Weshalb übernimmt er das Mandat nicht selbst?«, erkundigte sich Daisy verwundert.

»Er sieht sich seitens der Behörden zunehmend der Judenfeindlichkeit ausgesetzt. 'Ugo und dieser grässliche Greiff sind Mitglieder der NSDAP, und immer mehr Staatsanwälte und Richter treten seit November in die 'Itler-Partei ein. Herr Mendel vertritt deshalb die Meinung, eine mögliche Mandatierung seiner Person sei Mitzis Sache nicht zuträglich, und ihre Chancen stünden besser, wenn ein nicht jüdischer Anwalt sich ihrer annähme.«

Die Erklärung entlockte Daisy einen Laut des Unwillens. »Und erst gestern hat mich Hugo zu Justitia und ordentlichem Rechtsstaat belehrt. So viel dazu.«

»Es geht immer um Befindlichkeiten, *Chérie*. Damit eröffnen sich auch Chancen, sie sich zunutze zu machen.«

»Was könnten wir Hugo großartig anbieten?« Daisy stockte kurz, bevor sie in verzagtem Ton sagte: »Außer, ich nehme seinen nächsten Antrag an?«

»Du willst Hugo zu Trostburg ehelichen?« Erstmals wankte Henrys Unerschütterlichkeit.

Daisy atmete tief ein, bevor sie antwortete: »Du wärst bereit gewesen, Mitzi zu heiraten, um ihr Leben zu retten.« Sie atmete hörbar aus. »Wenn es sein muss, werde ich dasselbe für sie tun.«

»Aber die Ehe mit Mitzi hätte nur pro forma bestanden! Hugo hingegen wird...« Henry schnitt sich selbst das Wort ab.

Yvette versenkte ihren Blick in der Kaffeetasse. *Mon dieu...* Sie schmuggelte ihrer Tochter ein aufmunterndes Lächeln zu. »Ich glaube kaum, dass dieser letzte Schritt nötig sein wird, *Chérie*. Ganz abgesehen davon würde Mitzi dein Opfer ablehnen. Uns stehen andere Möglichkeiten zur Verfügung.«

»Die da lauten?«

»*Alors*, wer frühzeitig der NSDAP beigetreten ist wie 'Ugo, glaubt entweder wirklich an die Partei-Ideologie oder tat es aus Gründen der Karriere. 'Ugo zählt eindeutig zu letzterer Kategorie. Er ist ein Opportunist, und erst kürzlich hat mir Joachim von Ribbentrop gesteckt, zu Trostburg gelüste es nach einem Posten als Botschafter. Vielleicht könnte man ihm einen solchen in Aussicht stellen im Austausch für Mitzis Freilassung? Möglichst weit weg in einer der britischen Kolonien, *que dites-vous?*«

Daisy wandte sich Henry mit einem fragenden Ausdruck zu, als könnte er Entsprechendes aus dem Hut zaubern.

Der Brite hüstelte. »Sie stellen die britische Diplomatie vor eine große Herausforderung, Madame.«

»*Naturellement*. Aber es gilt als schlecht gehütetes Geheimnis, dass auf höherer Ebene vorab Sondierungsgespräche stattfinden, um das Empfangsland nicht durch einen unwillkommenen Kandidaten in Verlegenheit zu bringen.«

Henry senkte ergeben den Kopf. »Ich werde mein Möglichstes versuchen, Madame, und im Hintergrund alle Hebel in Bewegung setzen. Unglücklicherweise stehen die Weihnachtsfeiertage bevor, und da legt selbst die Diplomatie eine Pause ein. Und ich gebe Weiteres zu bedenken: Es ist unumgänglich, Herrn zu Trostburg frühestmöglich in diesen Sondierungsprozess einzubinden.«

»Wegen Mitzi?« Daisy lauschte dem Austausch mit regem Interesse. Sie begriff, dass hier gerade zwei gewiefte Verschwörer ihre Netze spannen.

»Nein«, antwortete Henry. »Ich möchte unbedingt vermeiden, dass Trostburg zwischenzeitlich seine Meinung ändert. Auf meine Beziehungen würde sich das fatal auswirken.«

»Sie fürchten, eine begossene Pudel zu sein«, übersetzte Yvette charmant und nicht ganz korrekt. Sie drehte nachdenklich ihren Aquamarin am Ringfinger. »Joachim Ribbentrop hat mir glaubwürdig versichert, 'Ugo strebe eine Botschaft im Ausland als weiteren Karriereschritt an. Er sehe sich zu Höherem berufen und erhoffe sich eines Tages die Position als Außenminister.« Aufmerksam musterte sie den Briten. »Was lässt Sie an Joachims Aussage zweifeln, 'Enry?«

Der Brite zögerte keine Sekunde, bevor er sein Wissen preisgab: »Kürzlich haben wir Kenntnis erhalten, dass die künftige deutsche Regierung aus der Politischen Polizei die größte Polizeibehörde des Reiches formen will. Ein neuer Name wurde bereits gefunden: Geheime Staatspolizei. Der Amtsinhaber würde eine Menge Macht und Prestige genießen, und als derzeitiger Leiter der PP hat Hugo zu Trostburg große Aussichten, zum Chef dieser neuen Behörde ernannt zu werden.«

»*Mon Dieu*, noch mehr geheime Polizei! Die Herren werden sich in Berlin bald gegenseitig auf die Füße treten«, mokierte sich Yvette. Sie gab einen Seufzer von sich. »Aber Ihre Bedenken leuchten ein, 'Enry. Bevor wir uns weiter aus dem Fenster lehnen, sollten wir abwarten, bis wir mehr Gewissheit haben.«

»Aber *Maman*, dazu bleibt keine Zeit. Mitzi wird sicher bald angeklagt werden, und dann könnte es zu spät sein!«

»Falls wir Mitzi nicht durch Bestechung freibekommen«, brachte Henry vor, »bleibt uns nur, sie von allen Vorwürfen zu entlasten. Ich schlage vor, wir verfolgen zunächst Mitzis Plan.«

»Und der wäre?«, horchte Yvette interessiert auf.

»Hugos Zeugin ist Lotte Schimmelpfennig«, übernahm Daisy die Antwort. »Mitzi wollte zu ihr und sie davon überzeugen, ihre Aussage zu ändern.« Daisy erläuterte kurz die Umstände und die Feindschaft zwischen den beiden Schwestern Schimmelpfennig.

»Was wollte Mitzi dieser Lotte im Austausch für ihr Entgegenkommen anbieten?«

»Das hat sie nicht erwähnt, *Maman*.«

»*Bien*.« Yvettes Blick wurde spekulativ. »Vielleicht können wir hierbei nachhelfen. Du erwähntest, diese Lotte sei eines von Fontanes kleinen Filmsternchen gewesen?«

»Woran denkst du, *Maman*?«

»An einen Einstieg ins Filmgeschäft. Georg Wilhelm Papst plant einen neuen Film, und er ist mir noch einen Gefallen schuldig. Für seinen letzten Film habe ich ihm die Geldgeber vermittelt, und ich werde ihm auch diesmal wieder unter die Arme greifen. Da Eile nottut, werde ich deinen Vater um das Geld bitten. Dafür gibt Georg Wilhelm dieser Lotte eine Rolle in seinem neuen Werk.«

»Und den Vertrag erhält sie erst, wenn sie ihre Aussage widerruft«, überlegte Daisy laut. Ein Gedanke zupfte an ihr. Papst hatte Regie bei Mitzis Lieblingsfilm *Die Büchse der Pandora* geführt. »Warum hast du eigentlich Mitzi nie für eine Rolle vorgeschlagen, *Maman*?«

»Weil Mitzi ihren Stolz besitzt und keine Hilfe oder Protektion meinerseits nötig hatte. Bei ihrem Talent hätte sie es allein geschafft. Dass Willi ihr die Karriere vermasseln würde, damit konnte keiner rechnen.«

Henry lenkte den Fokus zurück auf ihr Vorhaben. »Dann sind wir uns einig? Ich werde mit allen mir zur Verfügung stehenden Mitteln nach dieser Lotte Schimmelpfennig fahnden, und Sie, Madame, sprechen mit Herrn Pabst und Ihrem Herrn Gemahl. Falls nötig, biete ich Ihnen gerne an, mich selbst als Filmproduzent zu betätigen und die benötigten Devisen zur Verfügung zu stellen.«

»Danke, Henry.« Zum ersten Mal an diesem Tag schöpfte Daisy wieder etwas Mut. »Ich werde am Vormittag erneut Hugo aufsuchen. Er gab mir gestern sein Wort, dass ich Mitzi heute sehen darf.« Das entsprach zwar nicht ganz Hugos Aussage, aber nun, da sie mit ihrer Mutter und Henry kompetente Mitstreiter zur Rettung ihrer Freundin in ihrem Rücken wusste, wollte sich Daisy unbedingt in Zuversicht üben.

Frustriert und wütend kehrte Daisy von ihrem Ausflug zum Alexanderplatz zurück. Sie hatte weder Hugo noch Mitzi zu Gesicht bekommen. Am Empfangstresen der Roten Burg hatte sie ein verknöcherter Beamter mit der Nachricht abgespeist, Herr zu Trostburg könne sie heute nicht empfangen und würde sich zu gegebener Zeit bei ihr melden, und, nein, sie könne sich hier keinesfalls zum Warten niederlassen, dies sei eine Behörde und keine Bahnhofshalle. Missmutig stapfte Daisy zurück in den Berliner Nieselregen und fuhr mit dem Taxi zum *Kaiserhof,* darauf hoffend, Hugo dort anzutreffen. Der Concierge verneinte. In der Halle war ihr aber Hitler begegnet, der aufmerksam seinen Hut für sie gelüpft und sich trotz seiner sichtlichen Eile die Zeit genommen hatte, sie freundlich zu begrüßen.

Im *Adlon* telefonierte ihre Mutter noch immer Herrn Pabst hinterher. Er weilte zu Dreharbeiten in Frankreich.

Am frühen Abend meldete sich Henry. Er hatte inzwischen herausgefunden, dass sich Lotte Schimmelpfennig nicht in polizeilichem Gewahrsam befand, sondern irgendwo zur Kur an der Ostsee. Er fahnde dort in aller Diskretion nach ihr.

Hugo schickte keinen Boten, auch nicht am Folgetag. Jetzt, da Daisy Hugos Aufmerksamkeit an ihrer Person am dringendsten benötigte, schien diese nachzulassen.

Daisy und ihre Mutter trafen sich auch mit Mitzis Strafverteidiger. Zu Daisys Leidwesen bestätigte ihr der Advokat Hugos Worte. Herr Brandis zu Trostburg habe das Recht und auch die Pflicht, ihr den Besuch bei Mitzi zu verwehren. Als eingetragene Zeugin sei ihr der Kontakt zur Angeklagten aus formaljuristischen Gründen verwehrt.

So schwer es Daisy fiel, sah sie davon ab, nochmals im Präsidium vorstellig zu werden.

Zumindest Yvette konnte bald mit einer positiven Nachricht aufwarten: Der gefeierte Regisseur Georg Wilhelm Pabst hatte sich bereit erklärt, Lotte zu Probeaufnahmen einzuladen. Vorausgesetzt, Henrys Suche war von Erfolg gekrönt. Yvette fuhr bald darauf heim nach Tessendorf. Weihnachten und die Feiertage standen bevor und brachten stets eine Vielzahl an Verpflichtungen mit sich, nicht zuletzt die Organisation des traditionellen Silvesterballs.

»Vielleicht solltest du mich begleiten, *Chérie*. Beschäftigung ist immer eine gute Ablenkung.«

»Nein, ich möchte lieber in Berlin bleiben. Es ist vielleicht ein naiver Gedanke, aber ich habe das Gefühl, ich kann hier mehr für Mitzi und Frau Kulke tun, als wenn ich in Tessendorf sitze. Großmutter wird das zwar nicht gefallen und denken, ich drücke mich vor der Arbeit.«

»Überlass *le dragon* mir. Sie muss verstehen, dass dir Mitzi und Frau Kulke jetzt wichtiger sind als die Werft.«

Daisy sah Henry tatsächlich erst wenige Tage vor Heiligabend wieder. Ungeduldig zog sie ihn in ihre Suite. »Hast du Lotte gefunden?«, bestürmte sie ihn.

Henry setzte den feuchten Hut ab und schüttelte bedauernd den Kopf. »Die Frau scheint wie vom Erdboden verschluckt. Und es tut mir leid, aber ich habe eine weitere schlechte Nachricht. Diesen Morgen erreichte uns eine dringende Order aus London. Ich muss noch heute mit Sir Rumbold nach England aufbrechen.«

»Du gehst fort? Für wie lange?« Daisy fühlte sich bereits jetzt von ihm im Stich gelassen.

»Einige Tage. Längstens eine Woche. Ich melde mich bei dir.« Er wollte sie in seine Arme ziehen, aber Daisy wich vor ihm zurück. »Du willst gleich wieder gehen?«

»Ich will nicht, aber ich muss leider. Mein Fahrer Sunjay wartet draußen und Sir Rumbold am Flughafen. Ich habe schon reichlich Verspätung, aber ich wollte dich vor meinem Abflug unbedingt noch sehen.«

Die Enttäuschung legte Daisy die Worte in den Mund. »Ich will natürlich nicht dafür verantwortlich sein, dass du deinen Flug mit dem britischen Botschafter verpasst.«

»Ich komme ja wieder. Bis es so weit ist, habe ich die Suche nach Lotte in die Hand meines fähigsten Mitarbeiters gegeben.«

Henry ging, und die nächsten Tage verliefen ebenso zäh und ereignislos wie jene zuvor.

Erst einen Tag vor Heiligabend kamen die Dinge ins Rollen. Hugo schickte am Morgen einen Boten und lud Daisy für denselben Freitagabend zu einem Dinner ins *Adlon* ein. Dazu stand in der Nachricht, sie könne für Hermine Gotzlow eine Tasche mit Kleidung und Toilettenartikeln mitbringen. Daisy verständigte sofort ihre Mutter, die ihr riet, Hugo die Führung zu überlassen und abzuwarten, bis er von selbst auf das Thema Mitzi zu sprechen kam.

Daisy plante den großen Auftritt und kalkulierte eine Viertelstunde Verspätung gleich mit ein. Hugo hatte sie zu Mitzi lange genug auf die Folter gespannt, und er sollte sich nicht einbilden, sie käme nun in aller Eile angesprungen. Sie musste Hugo heute mit ihrem Aussehen blenden. Als Erstes ging sie zum Friseur und zur Pediküre. Danach fuhr sie mit dem Taxi zu Mitzis Wohnung. Sie stöckelte über den Gehsteig und kramte in ihrem Beutel nach dem Schlüssel, als plötzlich Louis wie aus dem Nichts vor ihr auftauchte.

»Wie siehst du denn aus?«, fragte er verblüfft angesichts ihrer eleganten Steckfrisur.

»Danke, gleichfalls«, entgegnete Daisy. Seine schlechte Verfassung machte sie betroffen. Der Kummer um Willis Verlust höhlte ihn aus, aber sie hütete sich, ihn darauf anzusprechen.

»Seit wann bist du wieder in Berlin?«

Daisy zögerte. Sie wollte weder lügen noch sich erklären.

»Schon gut, lass dich nicht aufhalten«, winkte Louis ab und wollte an ihr vorbei.

Daisy war perplex. »Was ist denn los?«

»Ich muss mit Mitzi reden.«

Brezel! Daisy zog ihren Pelzkragen enger. »Sie ist nicht zu Hause.« Das stimmte.

»Wann kommt sie wieder?«

»Das weiß ich nicht.« Das stimmte ebenso, aber Louis kannte seine Schwester lange genug, um skeptisch zu werden.

»Aha, du lügst zwar nicht, aber du verschweigst mir etwas. Und du bist nervös.«

»Ich bin nicht nervös, nur in Eile«, wich Daisy aus.

»Dein Kavalier wird sicher gerne ein paar Minuten auf dich warten. Also, was ist los? Wo ist Mitzi?«

Nach wie vor wusste Louis nichts von Mitzis Schicksal, und Daisy konnte jetzt unmöglich Farbe bekennen. Ebenso wenig war sie imstande, ihren Bruder zu belügen.

»Warum musst du denn so dringend mit ihr sprechen?«, wich sie erneut aus.

»Das ist eine Sache zwischen ihr und mir.«

Offenbar hatte auch er etwas zu verbergen!

»Komm doch morgen früh wieder. Um neun?«, bat sie. »Dann können wir über alles reden.«

Louis betrachtete sie mit einem Ausdruck, den sie nicht an ihm kannte und der ihr einen Stich versetzte. »Ganz offensichtlich willst du mich loswerden, Schwesterherz. Wer ist denn dein Kavalier? Er muss ja mächtig Eindruck auf dich gemacht haben.«

»Es ist nicht das, was du denkst«, versicherte Daisy.

»Als wenn du wüsstest, was ich denke.«

»Louis, ich ...«

Er fiel ihr ins Wort. »Lass gut sein, ich habe kein Interesse an deinen amourösen Abenteuern. Kommt Mitzi heute Abend nun nach Hause oder nicht?«

»Ich rechne eher nicht mit ihr«, erwiderte Daisy verdrossen. Louis versenkte beide Hände in den Hosentaschen und sah sich kurz um, als fragte er sich, welche Richtung er als Nächstes nehmen sollte. Einen Lidschlag lang wirkte er wie ein kleiner Junge, der die Orientierung verloren hatte. Sein umherirrender Blick traf den seiner Schwester. Intuitiv fasste sie nach seiner Hand.

»Vertrau mir, Louis«, beschwor sie ihn und ein Stück weit auch sich selbst. »Es wird alles wieder in Ordnung kommen.«

Sein Lächeln war geisterhaft. »Die Zeit heilt alle Wunden, was?« Er entzog sich ihr mit einem Ruck. »Falls du Mitzi siehst, sag ihr, ich muss mit ihr sprechen. Schönen Tag noch.« Louis wandte ihr den Rücken zu und ging.

Kapitel 37

»Das Schicksal besitzt seinen eigenen Willen.«

Marlene Kalten aus Marlene

Sie verspätete sich um die beabsichtigten fünfzehn Minuten. Daisy ließ die Tasche für Mitzi an der Garderobe und folgte dem Kellner in den hell erleuchteten Speisesaal des *Adlon*. »Bitte verzeih meine Verspätung, Hugo«, sagte sie ohne jegliche Begründung, da eine Dame sich nicht erklärte.

»Ich warte schon mein ganzes Leben auf dich, Marguerite. Was bedeuten da ein paar Minuten mehr?«, entgegnete er liebenswürdig und beugte sich über ihre Hand.

Als er ihren Sessel für sie zurechtrückte, lag seine Wange viel zu nah an ihrem Ohr, und seine Hände glitten von ihren Schultern bis zu den Ellbogen hinab. Erleichtert schloss Daisy kurz die Augen.

Hugo schnippte nach dem Kellner, bestellte den teuersten französischen Champagner und fragte nach dem Patron des *Adlon*. Louis Adlon genoss einen ausgezeichneten Ruf als Weinkenner, und in dieser Eigenschaft beriet er Hugo bei der Auswahl des passenden Rebensaftes zum Menü. Die beiden Männer widmeten diesem bedeutsamen Vorgang viel Zeit und strapazierten Daisys Geduld. Was kümmerten sie Speis und Trank! Unter dem Tisch wippten ihre Füße, über dem Tisch hielt sie mit Mühe ihre Hände ruhig. Herr Adlon verabschiedete sich, und Hugo betrieb Small Talk. Daisy hielt bis zur Vorspeise durch. Blanchierte Krabben in Wachteleimarinade, serviert auf einem Bett aus Chicorée. Hugo spießte eine Krabbe auf und kostete. »Exzellent! Heimisch aus der Nordsee.«

Daisy nervte sein Gehabe. Sie überlegte gerade, wie sie das Gespräch auf Mitzi bringen könnte, als Hugo ohne erkennbaren Zusammenhang sagte: »Ich möchte dir für dein Vertrauen danken, Marguerite.«

»Sehr freundlich.« *Wovon faselt er?*, fragte sie sich.

»Nein, wirklich, es ist mein Ernst. Du hast dir meinen Rat zu Herzen genommen und dich in der Angelegenheit Gotzlow angenehm zurückhaltend gezeigt.«

Daisys Puls schlug sofort aus. »Wie geht es ihr? Kann ich sie sehen?«

Hugo tunkte eine weitere Krabbe in die Marinade und verspeiste sie. »Du kannst die Gotzlow jederzeit besuchen, Marguerite. Unter einer Bedingung: Du musst zuvor deine Zeugenaussage zurückziehen. So lange erlaubt das Gesetz leider keinen Kontakt zwischen dir und der Angeklagten.«

Daisy hatte befürchtet, dass Hugo diesen Vorwand weiter nutzen würde, um sie von ihrer Aussage abzubringen. Allerdings hatte er ihr gerade etwas Wichtiges mitgeteilt. »Mitzi wird also angeklagt werden?« Mitzis Strafverteidiger hatte dazu bisher keine neuen Informationen von der Staatsanwaltschaft erhalten.

»Der Prozessbeginn wurde für Mitte Januar festgesetzt«, bestätigte Hugo.

»Bitte, Hugo.« Daisy legte kurz ihre Hand auf seine. »Gewähre mir den Besuch. Gerne auch im Beisein eines Beamten. Mitzi ist meine Freundin, und ich will ihr nur ein wenig Beistand leisten.«

»Bedauere, ich habe hier keinen Spielraum und kann das Gesetz nicht umgehen. Es gibt nur ein Entweder-oder. Du musst dich entscheiden, Marguerite.«

»Aber es braucht doch niemand etwas davon zu erfahren! In deiner Position dürfte es ein Leichtes sein, es so zu arrangieren. Bitte, Hugo, tu es für mich.« Daisy hasste es, sich selbst betteln zu hören.

Aber sie hatte seine Aufmerksamkeit verloren. Etwas in ihrem Rücken zog Hugos Blick auf sich. Er nahm seine Serviette vom Schoß und stand auf. »Warte bitte kurz.«

Daisy wandte sich um und verfolgte, wie Hugo mit langen Schritten auf den Eingang des Saals zustrebte, wo der Oberkellner mit einem Mann im Straßenanzug disputierte. Hugo und der Unbekannte verschwanden im Foyer. Daisy verging vor Unruhe. Wie konnte er sie einfach so hier sitzen lassen? Nach fünf Minuten hielt sie es nicht mehr aus und machte Anstalten, aufzustehen, um Hugo zur Rede zu stellen. In diesem Moment kehrte er zurück.

»Es tut mir leid, Daisy. Wir müssen unser Abendessen ein andermal wiederholen.«

»Ist etwas passiert? Geht es um Mitzi?«, fragte sie erregt.

»Nein, beruhige dich. Aber ich muss dich leider jetzt verlassen.« Er küsste ihre Hand und eilte davon.

Daisy blieb zutiefst aufgewühlt zurück. Sie hatte so lange auf dieses Treffen gewartet, und nun war sie keinen einzigen Schritt weitergekommen. Sie musste daran denken, was Henry am Tag von Mitzis Verhaftung gesagt hatte, nachdem man die Tatwaffe bei ihr gefunden hatte: *Nur ein Wunder kann deine Freundin jetzt noch retten.* Via Telefon setzte sie ihre Mutter über diese neuerliche Enttäuschung in Kenntnis. Einem jähen Impuls nachgebend, kramte sie ein paar Sachen zusammen und beschloss, diese Nacht in Mitzis Wohnung zu verbringen. Vielleicht überlegte es sich Louis ja anders und tauchte am Morgen dort auf. Es nagte an ihr, dass er sie am Mittag einfach so hatte stehen lassen. Sie beide mussten dringend miteinander reden, auch wenn es bedeutete, dass sie ihn über Mitzis Lage aufklären musste. Sie nahm ein Taxi, ging aber die letzten fünfzig Meter zu Fuß. Im Treppenhaus entledigte sie sich ihrer Stöckelschuhe. Der lange, schlecht beleuchtete Gang im Tiefparterre war so schon wenig anheimelnd, da mussten die eigenen Schritte nicht auch noch wie Pistolenschüsse hallen. Sie hielt den Schlüssel parat und fuhr zurück. Mitzis Wohnungstür war aufgebrochen worden! Schon wieder! Eine panische Sekunde wusste sie nicht, was sie tun sollte, und verfiel in Starre. Plötzlich vernahm sie von innen Stimmen.

»Nimm die Waffe runter, Bertha«, sagte Willi deutlich.

»Nein! Er ist ein Verräter!«

»Unsinn. Du reimst dir da was zusammen, Bertha.«

»Ich weiß, was ich weiß«, erwiderte die Frau störrisch.

»Gib mir die Waffe, und wir reden darüber.«

»Ich hab genug vom Reden! Immer nur reden, und was kommt am Ende heraus? Nichts als Lügen! Nur Taten zählen.« Ein Hahn klickte. »Geh mir aus der Schussbahn, Willi.«

»Nein.«

Die jähe Erkenntnis ließ Daisy taumeln. Bertha meinte

Louis! Diese Verrückte wollte Louis erschießen! Sie verlor völlig den Kopf und stürmte hinein.

Die Szene, die sich ihr bot, würde sich für immer in ihr Gedächtnis brennen. Unwirklich und dennoch gestochen scharf. Ihr Bruder Louis, leichenblass vor dem Sofa, und Bertha und Willi, die erschrocken zu ihr herumfuhren. Willi, der sich Bertha entgegenwarf. Der Schuss, der sich löste, während die beiden miteinander rangen und wie ein Liebespaar aussahen, als sie Arm in Arm zu Boden sanken. Louis, der wie von Sinnen auf die beiden zustürzte und dessen Hände plötzlich blutverschmiert waren. Bertha, die auf allen vieren auf dem Boden herumkroch und kreischte, als hätte sie endgültig den Verstand verloren. Wieder Louis, der nun Willis Kopf auf seine Knie bettete, und das schaumige Blut, das aus Willis Mund quoll. Und sie selbst, Daisy, hilflos ausgeliefert dem tobenden Chaos, zu dem ihr Leben geworden war und in dem sie zu versinken drohte, als stünde sie auf Treibsand.

Sie hatte nicht mehr auf Bertha geachtet. Plötzlich griff diese nach ihrem Knöchel und brachte sie mit einem kräftigen Ruck zu Fall. Wie eine Wahnsinnige fiel Bertha über ihr Opfer her, umklammerte Daisys Hals und drückte kraftvoll zu. Der Schmerz fuhr in Daisy wie ein glühendes Eisen. Sie strampelte und boxte, aber Bertha lastete auf ihr wie ein Fels. Es war Louis, der Bertha schließlich von seiner Schwester herunterzerrte. Er stieß sie weg und beugte sich über Daisy. Doch Bertha gab sich nicht geschlagen. Mit einem Aufschrei sprang sie Louis in den Rücken und versuchte, ihm mit den Fingern in die Augen zu stechen. Louis drehte und buckelte wie ein wildes Pferd, aber erst, als er mit ihr rücklings heftig gegen die

Wand prallte, gelang es ihm, sie abzuschütteln. Bertha rutschte zu Boden und blieb reglos liegen. Louis verlor keine Zeit und eilte gleich wieder zu Daisy. Sie lag auf der Seite und schnappte nach Berthas Angriff benommen nach Luft. Nachdem Louis sich vergewissert hatte, dass sie sich bereits von der Attacke erholte, rannte er in die Küche und kam mit einem Geschirrtuch und einem Krug Wasser zurück. Er feuchtete das Tuch an und begann, Willis Gesicht sanft vom Blut zu säubern. Daisy rappelte sich etwas auf und rutschte auf den Knien neben ihren Bruder. Willi lebte noch, aber die Blutblasen und seine wächserne Gesichtsfarbe verhießen das Schlimmste. Daisy wollte etwas sagen, brachte aber kaum ein Röcheln zustande.

»Du musst deinen Hals kühlen, damit die Schwellung schnell abklingt«, sagte Louis mit einem Seitenblick. Erneut barg er den Kopf seines Freundes auf dem Schoß. Jäh bäumte sich Willi auf, sein gesamter Körper versteifte sich, während seine Lippen zuckten und die Hände unruhig umhertasteten. Er schien etwas sagen zu wollen, aber kein Wort, sondern frisches helles Blut drang aus seinem Mund. In Willis weit aufgerissenen Augen spiegelte sich namenloses Entsetzen. Reiner Instinkt ließ Daisy den Kopf heben, und sie sah, was Willi vor ihr bemerkt hatte: Bertha, die sich soeben mit einem Messer heranschlich und jetzt mit erhobenem Arm auf Louis losging. Bevor sie ihn erreichte, ertönte jedoch ein Schuss. Mit einem überraschten Laut sank Bertha zusammen. Halb auf Willis Beinen liegend, versuchte sie stöhnend, sich sogleich wieder aufzurichten. Schwer auf einen Ellbogen gestützt, das strähnige Haar im Gesicht, suchte sie Willis Augen.

»Willi, was hast du getan?«, sagte sie mit der Stimme eines

kleinen, betrogenen Mädchens. Es sollten ihre letzten Worte sein, bevor sie zurückfiel und ihr Blick für immer brach. Mit einem leisen Klirren entglitt Willi Berthas Waffe, die er zuvor zu fassen bekommen hatte. Louis nahm sie und starrte ungläubig darauf. »Drei Pfeile«, murmelte er betroffen. Willi hustete qualvoll.

Plötzlich füllte sich der Raum mit Männern. »In flagranti!«, knarzte eine verhasste Stimme. »Das macht die Sache einfach. Waffe fallen lassen, Tessendorf!«, befahl von Greiff. Louis tat wie geheißen. Sofort wurde er von Greiffs Männern hochgezerrt und gefesselt. Daisy klammerte sich an ihren Bruder, sie wollte den Irrtum klarstellen, aber die verdammte Bertha hatte ihr die Stimme gestohlen.

Greiff trat näher, und seine unheilvolle Gegenwart fiel auf sie wie ein dunkles Omen. »Fräulein von Tessendorf«, sagte er ölig. »Haben Sie eine Doppelgängerin? Man stolpert ja allerorten über Sie!« Unvermittelt packte er ihren Kopf und riss sie an ihren Haaren zurück. »Wer hat Ihnen diesen hübschen Halsschmuck verpasst?«

Daisy röchelte.

»Wie angenehm. Zur Abwechslung hat es Ihnen die Stimme verschlagen.«

»Lassen Sie sofort meine Schwester los!«, fuhr Louis ihn an.

Greiffs Kinn ruckte herum, Louis' Bewacher reagierte sofort auf den stummen Befehl, und Daisys Bruder kassierte einen brutalen Magenhieb. »Halt's Maul, du Mörder!«, giftete sein Peiniger.

Greiff ließ Daisy nun tatsächlich los, und sie holte sogleich aus, um ihm eine Ohrfeige zu verpassen. Er fing ihre Hand ab, zog sie nah an sich heran und knurrte: »Versuch das noch einmal, und deine Freundin und dein Bruder werden für dich büßen. Hast du mich verstanden?«

Daisy zitterte am ganzen Körper. Einige ohnmächtige Trotzsekunden hielt sie ihm stand, dann senkte sie den Kopf. Von Greiff wandte sich mit einem verächtlichen Laut von ihr ab. Mit dem Stiefel tippte er Bertha grob an. Sie rollte von Willi, kam auf dem Rücken zu liegen und starrte mit leeren Augen zur Decke. Darauf ging Greiff in die Knie und untersuchte Willi. »Der ist auch hinüber«, sagte er verächtlich.

»Was?« Louis schrie auf wie ein verwundetes Tier und versuchte, sich von seinem Bewacher loszureißen. Doch der Grobian versenkte seine Faust erneut in Louis' Magen. Ihm blieb die Luft weg, er krümmte sich, und Daisy eilte besorgt an seine Seite.

»Louis von Tessendorf, ich verhafte Sie wegen zweifachen Mordes«, schnarrte Greiff. »Aufs Revier mit ihm. Die beiden Leichen bleiben vorerst an Ort und Stelle. Die Wohnung wird als Tatort versiegelt. Und Sie«, er packte Daisy am Arm, »kommen mit mir.« Er pflückte Daisys Abendtäschchen vom Boden, überzeugte sich kurz, dass es keine möglichen Waffen enthielt, und drückte es ihr in die Hand.

Vor dem Gebäude hatte sich bereits eine beachtliche Menge Schaulustiger eingefunden und um die Dienstwagen der Polizei versammelt. Schmährufe wurden laut. Die Polizei erfreute sich wenig Beliebtheit in diesem Viertel. Greiffs Männer hielten ihre Waffen bereit, eine Gruppe Schupos ihre Knüppel. Von Greiff bugsierte Daisy in seine bereitstehende Limousine. Daisy kramte in ihrer Tasche nach Stift und einem Zettel, aber sie hatte weder das eine noch das andere eingesteckt. Sie zitterte noch immer unkontrolliert, jeder Atemzug schmerzte, und sie kämpfte gegen Übelkeit. Nach Mitzi drohte nun auch Louis eine Mordanklage, und das Schicksal der armen Frau Kulke war ebenso ungewiss.

»Wie ich höre«, sagte von Greiff neben ihr, »sind Glückwünsche angebracht.«

Seine falsche Liebenswürdigkeit ließ Daisy auffahren. Statt »Was reden Sie da«, das sie ihm eigentlich entgegenschleudern wollte, kam jedoch nur ein Krächzen aus ihrer Kehle.

Er verstand sie trotzdem. »Zur Verlobung mit Kriminalrat Brandis zu Trostburg.«

Der Wagen hielt vor dem Präsidium. Der Fahrer öffnete die Tür, und von Greiff sagte: »Nach Ihnen, Fräulein von Tessendorf.«

ENDE TEIL 1

Nachwort

Falls Sie zu jener Spezies gehören, die zuerst das Nachwort liest (wie ich): STOPP!
Ansonsten... Ja, es ist ein fieser Cliffhanger. Entschuldigung. Das Buch sollte ursprünglich nicht so lang werden. Aber mir erging es irgendwann wie einem meiner Schreibvorbilder J. R. R. Tolkien – die Geschichte wuchs und wuchs. Vielleicht entschädigt Sie die Leseprobe im Anhang für das Warten auf Band 2 im Herbst 2023.
Um nicht zu vielen Teppichklopfern ausweichen zu müssen und *Unmöööglich*-Missverständnissen vorzubeugen, sei betont, dass es sich hierbei um eine fiktive Geschichte handelt, bei der ich mich des Instruments bedient habe, auf dem alle Autoren spielen: der dichterischen Freiheit. Die handelnden Personen, sofern sie nicht der historischen Wirklichkeit entspringen, sind zwar fiktiv, gleichwohl sind sie von der Realität inspiriert. Meine Protagonisten sind in ihren Handlungen und Empfindungen sowie in ihrem Wortschatz dem damaligen Zeitgeist entsprechend abgebildet. Und obschon es mir widerstrebt, das Selbstverständliche zu betonen, spiegeln Aussagen meiner Protagonisten weder meine Meinung noch meine Haltung wider. Und ich distanziere mich schon jetzt von möglichen Kommentaren.

Historischer Rahmen bedeutet Recherche, und ich habe wieder viele Quellen bemüht. Da es sich um die Vergangenheit handelt und die Forschung aus den Erlebnissen, Erinnerungen und Aufzeichnungen anderer besteht, erheben meine Geschichten, so auch diese, niemals Anspruch auf die vollständige Abwesenheit von Fehlern.

In diesem Buch geht es nicht darum, aufzuzeigen, wie das Dritte Reich geendet hat. Die Verbrechen sind bekannt. Es geht darum, wie es begann. Hitlers Herrschaft beruhte auf Hass. Wie gelang es ihm, diesen Hass in die Herzen der Menschen zu pflanzen?

Heutzutage ist es für einen Politiker einfach, Aufmerksamkeit zu erregen – via Social Media. Oder er nimmt in einer der zahlreichen Talkshows Platz. Anfang der Neunzehnhundertzwanziger brüllte Hitler in Bierhallen vom Podium, einige Jahre später blechern in die noch instabile Mikrofontechnik. Er nutzte früh die Printmedien und verbreitete später seine Propaganda primär durch Rundfunkempfänger und Kino-Wochenschauen. Hitler bestimmte als Diktator alles (»Führer befiehl, wir folgen dir!«). Die braune Ideologie setzte fest, was als deutsch galt und was nicht. Nicht deutsch waren das jüdische Volk, das Volk der Sinti und Roma und viele mehr, anders Lebende, anders Fühlende, anders Denkende. Der Ausgrenzung folgte die Ausmerzung. Warum erkannten die Menschen nicht das Böse dahinter?

Warum ich als Pazifistin mit meinen Romanen immer wieder im Krieg lande, werde ich oft gefragt. Darauf habe ich keine ultimative Antwort. Allein der Gedanke, dass es Krieg gibt, wühlt mich auf, und es drängt mich danach, mir den

Wahnsinn von der Seele zu schreiben. Yvette sagt es in der Fortsetzung zu diesem Roman: Krieg ist Irrsinn, nur Irre können ihn befehlen. Krieg ist Mord, nur Mörder können Menschen in den Tod schicken.

In den letzten fünftausend Jahren gab es geschätzt fünfzehntausend bewaffnete Konflikte mit circa vier Milliarden Toten. Wann hört das auf? Wenn es keine Menschen mehr gibt? Oder sollte die Frage eher lauten: Wer will Krieg? Bleiben wir wachsam und bewusst, gehen wir den Dingen mehr auf den Grund. Dazu gehört auch, unbequeme Fragen zu stellen. Politik ist ein Spiel der Interessen, und der Preis, den wir für Freiheit und Demokratie zahlen müssen, ist Wachsamkeit. Oder wie es Jean-Luc Picard in der Folge *Startrek – Das Standgericht* ausdrückt: »Mit dem ersten Glied ist die Kette geschmiedet. Wenn die erste Rede zensiert, der erste Gedanke verboten, die erste Freiheit verweigert wird, sind wir alle unwiderruflich gefesselt.« Wie meine Protagonisten ist auch Jean-Luc Picard nur eine fiktive Gestalt. Aber ich möchte unbedingt daran glauben, dass wir Menschen nicht nur im Rahmen von Science-Fiction bewusst, redlich und ethisch handeln, sondern auch im wirklichen Leben.

Es liegt an uns, künftige Kriege zu verhindern. Lassen wir nicht zu, dass unsere Zivilisation im ewigen Kreislauf der Kriege stagniert. Wagen wir mutig den nächsten Schritt in eine bessere Welt. Für unsere Kinder. Als Eltern sind wir dazu da, unsere Kinder zu schützen. Nicht umgekehrt.

Danksagung

Da sind wir nun, liebe Leserinnen und Leser, knapp sechshundert Seiten später. Danke, dass Sie mich durch diese Geschichte begleitet haben. Ich weiß nicht, wie viele Tage Sie mit Daisy, Louis, Yvette und Mitzi verbracht haben, aber an dieser Stelle kann ich eine mir häufig gestellte Frage beantworten: Bei mir waren es vom ersten aufblitzenden Funken bis zur druckreifen Version exakt vierhundertfünfunddreißig Tage und nochmals gute sechs Monate, bis das Buch fertig im Laden ausliegt. Während Sie dies hier lesen, habe ich Daisys Honigland bereits verlassen und mich mit ihr auf eine neue Reise begeben.

Ernest Hemingway hat einmal gesagt, Schreiben sei einfach. Man setzt sich an die Schreibmaschine und blutet. Brezel, es ist wieder viel von meinem Herzblut geflossen! Und sind wir nicht alle ein bisschen »Daisy«? Wir suchen nach unserem Platz im Leben, versuchen, mit Fehlentscheidungen und Enttäuschungen umzugehen, und kämpfen nebenher mit überflüssigen Pfunden. Damit meine ich nicht nur jene, die gerne an unserem Körper haften, sondern auch jene, die unsere Seele beschweren. Leben ist nicht einfach.

Da sich ein Buch nicht von allein schreibt, bin ich vielen

Beteiligten zu Dank verpflichtet. Meinem famosen Mann, der mir geduldig den Rücken freihält und für Wärmflaschen sorgt, wenn selbiger gegen meine sitzende Tätigkeit protestiert. Meiner lieben Mami, die immer für mich da ist. Meinen führenden Freundinnen und Freunden, die für mich wieder kampfgelesen haben oder mich auf andere Weise unterstützt haben: den beiden Christines, Julia, Julie, Heike, Ro, Rami, Ludwig, Sabine, Martha, Andrea, Nico, Eva, Caro, Tine, Bettina, Geli und Claudi. Und noch einige mehr. Ihr seid alle in meinem Herzen! Freue mich schon auf unseren nächsten Mädelsstammtisch, auf Kicherlawinen und Kaiserschmarrn mit heißen Pflaumen.

Myriam, meine Seelenverwandte! Ich beginne einen Satz, sie beendet ihn. Sie begleitet mich als Lektorin/Korrektorin seit dem ersten Buchstaben, sie treibt mich an, steht mir hartnäckig in den Hacken und holt das Beste aus mir heraus. Ihre Kommentare sind manchmal schuld, dass ich meinen Cappuccino verschütte.

Die großartige Andrea Müller vom Piper Verlag, die mich nun bereits durch das vierte Buch begleitet hat. Sie steht mir mit Rat und Tat zur Seite, und das zu jeder Zeit. Sie schreibt wunderbare Vorschautexte, und wenn ich wieder einmal rotiere, weiß sie noch genau, wo oben ist. Sie gibt meinen Bücherbabys den letzten Schliff. Und nimmt es mit engelsgleicher Geduld hin, wenn ich meine Abgabetermine mit wiederkehrender Regelmäßigkeit nach hinten schiebe... Ebenso möchte ich dem ganzen Team danken, den tollen, engagierten und kreativen Menschen bei Piper. Sie leben und lieben Bücher.

Meiner einmaligen Agentin, Entdeckerin und Herzensfreundin Lianne Kolf danke ich, dass ich mich in jeder Lebenslage auf sie verlassen kann. Sie ist meine gute Fee. Ihre mitreißende Tatkraft sucht ihresgleichen. Und ihr Litag-Team ist einfach grandios. Danke, dass es euch Mädels gibt!

Nachdem unser Seelenfell Puppi über den Regenbogen gegangen ist, zog vor Kurzem die kleine Toffi bei uns ein. Drei Kilo pure Lebenslust. Hier liegt überall Spielzeug. Sie ist die putzigste Ablenkung überhaupt und hat zur Entstehung des Buches nichts beigetragen. Ich liebe sie.

Nicht zuletzt gilt mein Dank Ihnen, liebe Leserinnen und Leser. Und wenn ich Sie duzen darf, so möchte ich euch sagen, ich schreibe und brenne für euch und fühle mich euch durch diese Zeilen nahe. Mit einigen von euch verbindet mich inzwischen eine wunderbare Freundschaft. Ich freue mich auf die nächste Lesung, auf Gespräche und Begegnungen! Bitte bleibt gesund, glücklich und unverzagt in diesen herausfordernden Zeiten. Fühlt euch von mir auf diesem Wege von ganzem Herzen umarmt, ich sende allen gute Gedanken, Licht und Liebe. Denn Liebe ist das Einzige, was diese Welt heilen kann.

Herzlichst
Eure Hanni M. im Juli 2023

Leseprobe Band 2

HONIGSTAAT

Prolog

Oktober 1966

Sie stieß das Tintenfass um. Verflixt und zugenäht, heute steckte in allem der Wurm, dabei fing der Tag gerade erst an. Die Tageszeitung war nicht gekommen, beim Frühstück hatte sie sich Brombeermarmelade auf die Seidenbluse gekleckert, und der sehnlichst erwartete Elektriker hatte den Termin erneut abgesagt. Und nun auch noch das. Der Brief an ihre Freundin musste warten, zunächst hatte sie die tintenblaue Bescherung zu beseitigen. Wäre ihr Mann anwesend, würde er über ihre gewohnte Tollpatschigkeit schmunzeln. Ursprünglich hatte sie ihn schon am gestrigen Abend zurückerwartet; als Diplomat musste er häufig verreisen und konnte nicht immer frei über seine Zeit verfügen. Er war der klügste und beste Mann überhaupt, nur mit technischem Know-how haperte es. Darum auch der Elektriker. Als kürzlich die Klingel ihren Dienst versagte, wollte ihr Mann sie reparieren und hatte einen Kurzschluss provoziert. Ihm war nichts passiert, aber besser, man hielt ihn vom Werkzeugkasten fern. Es klang schon fast wie ein Widerspruch, dass er den Pilotenschein besaß. Nun gut, diesen hatte er noch vor dem Krieg erworben, und ein Haus war kein Flugzeug. Was wieder einmal bewies: Wer etwas von Wolle verstand, konnte noch lange nicht stricken.

Sie beugte sich über ein frisches Blatt Briefpapier, als sie den sachten Luftzug einer sich öffnenden Tür spürte. Er war zurück! Sie fühlte seinen Blick auf sich ruhen und lächelte. Ohne den Kopf zu wenden, fragte sie: »Was siehst du?«

»Die Liebe meines Lebens!« Er bückte sich zu ihr hinunter und küsste sie auf jene kleine, empfindsame Stelle zwischen Nacken und Schlüsselbein. Sie schloss kurz die Augen, aber sie hatte seine Anspannung bemerkt. »Was ist los? Was hast du, Liebling?«

»Er ist frei.« Er löste sich von ihr, ging zum Fernsehempfänger und stellte ihn an.

Auf dem Bildschirm erschien ein älterer Herr. Er posierte auf einer geschwungenen Treppe und gab einer Traube Reporter ein Interview. Ein ganzer Wald von Mikrofonen streckte sich ihm entgegen. Das Paar verfolgte aufmerksam die Sendung.

Noch vor dem Ende der Übertragung erhob sie sich jedoch und schaltete den Apparat ab. »Er genießt die Aufmerksamkeit. Sich selbst darzustellen, darin besteht sein primäres Talent.« Kurz überschattete ein Ausdruck von Ekel ihr Gesicht.

»Wenn du ihn treffen möchtest, Liebling«, bemerkte ihr Mann verhalten, »könnte ich das unauffällig arrangieren.«

»Nein. Ich habe lange gebraucht, um diesen Abschnitt meines Lebens hinter mir zu lassen. Ich habe nicht vor, alles wieder aufzuwühlen.« Sie trat ans Fenster, das sich zum Garten hin öffnete. Doch weder das satte Grün noch der Anblick ihrer Rosenbeete konnte sie heute beruhigen. Sie rang sichtbar um Fassung.

Sie wussten beide, dass es nicht in ihrer Macht stand, zu verhindern, dass dieser Mann die trüben Wasser der Vergangenheit aufwirbelte. Die Pressekonferenz war nur der Auftakt.

Er trat erneut hinter sie und schlang seine Arme um sie. Sie lehnte sich zurück, ein Zittern hatte ihren Körper erfasst, ein innerliches Beben, das sie nicht unter Kontrolle halten konnte. »Der Mann hat zwanzig Jahre hinter Gittern verbracht, mein Liebling.« Er zog sie fester an sich. »Vielleicht hat ihn das geläutert, und er empfindet nun ehrliche Reue für seine Taten?«

»Nein!« Das Wort kam hart und schnell. »Er ist ein Schauspieler und Manipulator und wird alle an der Nase herumführen. Genauso wie dieser Verbrecher einst die Richter in Nürnberg täuschen konnte, werden die Menschen auch heute wieder auf ihn hereinfallen. Er wird sich behaglich in seiner Vergangenheit einrichten und aus scheinbarer Reue ein lukratives Geschäft aufziehen. Das Einzige, was dieser Mann bereut, ist, dass sein großes Idol und er den Krieg verloren haben!«

Sie sprach es nicht aus, aber auch sie war einst auf ihn hereingefallen.

Literaturnachweise/ Quellennachweise

Wilhelm Busch: *Was beliebt ist auch erlaubt*, Rolf Hochhuth (Hrsg.), C. Bertelsmann Verlag, München, 1982

Wolfram Pyta: *Hindenburg*, Pantheon, Verlagsgruppe Random House GmbH, 2007

Magnus Brechtken: *Albert Speer*, Pantheon, Verlagsgruppe Random House GmbH, 2018

Hansjörg Wohlfromm, Gisela Wohlfromm: *Und morgen gibt es Hitlerwetter!*, Anaconda Verlag, Verlagsgruppe Random House GmbH, 2017/2020

Horst Möller: *Die Weimarer Republik*. Piper Verlag, München, 2018

Christopher Clark: *Die Schlafwandler*. Pantheon Verlag, 2013

Winston S. Churchill: *Der Zweite Weltkrieg*, Scherz Verlag, 1948/1992

Volker Ullrich: *Adolf Hitler – Die Jahre des Aufstiegs*, S. Fischer Verlag GmbH, 2013

Heike B. Görtemaker: *Hitlers Hofstaat*, dtv Verlagsgesellschaft/C. H. Beck, 2019/2020

Jörg von Bilavsky: *Joseph Goebbels*, Rowohlt Verlag GmbH, 2009

J. R. R. Tolkien: *Der Herr der Ringe, Band 1, Die Gefährten*, Klett-Cotta, 10. Auflage, 2012

Mark Twain für Boshafte, insel taschenbuch, Insel Verlag, April 2010

Ernst Klee: *Das Personenlexikon zum Dritten Reich*, Nikol Verlagsgesellschaft, 2003/2021

Anton F. Schimmelpfennig (Hrsg.): *Tagebücher Joseph Goebbels*, Band 1 bis Nov 1942, Sketec Verlag, 2016

Rochus Misch: *Der letzte Zeuge*, Piper Verlag GmbH, 2009/2020

Jeri Taylor: *Star Trek: The Next Generation,* Episode: »The Drumhead«, 29.04.91

Patrick White: *Im Auge des Sturms,* Piper Verlag, 1992, Lizenzausgabe der Claassen Verlag GmbH, Düsseldorf, 1974

Juval Noah Harari: *Eine kurze Geschichte der Menschheit,* Pantheon Verlag, Penguin Random House Verlagsgruppe GmbH, 2013

Otto von Leixner: *Der Weg zum Selbst,* Verein der Bücherfreunde Berlin, 1905

Antoine de Saint-Exupéry: *Bekenntnis einer Freundschaft.* Übersetzt von Grete und Joseph Leitgeb, Karl Rauch Verlag, 2010

Antoine de Saint-Exupéry: *Die Stadt in der Wüste,* Übersetzt von Oswalt von Nostitz, Karl Rauch Verlag, Neuausgabe März 2009

Karl Marx: *Der achtzehnte Brumaire des Louis Bonaparte.* MEW 8, S. 115, 1852

Colli, Giorgio/Mazzino Montinari, Mazzino (Hrsg.): *Nietzsche Werke. Kritische Gesamtausgabe.* Teil 3, Bd. 4: *Nachgelassene Fragmente,* De Gruyter, S. 286

Kurt Tucholsky: *Der Traum – ein Leben.* Revue von Alfred Polgar und Theobald Tiger, 1927

Victor Klemperer: *LIT – Notizbuch eines Philologen.* Aufbau-Verlag, 1947

Rainer Maria Rilke: *Erste Strophe des Gedichts »Lieben – IV«* Traumgekrönt. Neue Gedichte, Verlag P. Friesenhahn, Leipzig, 1897

Friedrich Wilhelm Nietzsche: *Also sprach Zarathustra.* Ein Buch für Alle und Keinen, 1. vollständige Ausgabe 1892, Erster Teil, Zarathustras Vorrede

Prof. Kurt Alan (Hrsg.): Martin Luther. *Tischreden,* Reclam, Verlag GmbH, Dietzenbach, 1986

Bertolt Brecht: *Das Verhör des Lukullus,* Hörspiel. Suhrkamp Verlag, Berlin, 1999

Albert Einstein: *Einstein sagt. Zitate, Einfälle, Gedanken.* Betreuung der dt. Ausgabe und Übersetzungen von Anita Ehlers, Piper Verlag GmbH, München/Berlin, 1997

Edmonde Charles-Roux: *Coco Chanel. Ein Leben.* Fischer Taschenbuch, 12. Auflage, Neuausgabe 1. November 2005